방정환과 '어린이'의 시대

이기훈 ● 연세대학교 국학연구원 HK 교수. 한국근대사를 전공했으며, 어린이, 청소년, 청년과 학교, 대학, 청년운동 등 성장과 사회화 과정, 신세대 문화에 관심을 가지고 연구하고 있다. 저서로 『청년아 청년아 우리 청년아—근대 청년을 호명하다』(돌베개, 2014), 『일제하 광주 전남의 민족운동』(광주광역시·전라남도, 2016) 등이 있고, 논문으로 「1920년대 『어린이』지 독자 공동체의 형성과 변화」「강기문씨 따라가기—식민지 한 행상의 삶과 길」 등이 있다.

염희경 ● 한국 아동문학 연구자로, (재)한국방정환재단 연구부장으로 재직 중이며 인하대학교와 춘천교육대학교에 출강하고 있다. 저서로 『소파 방정환과 근대 아동문학』(경진출판, 2014), 공저로 『문학 속의 인천, 인천의 문학』(글로벌콘텐츠, 2014), 『동아시아 한국문학을 찾아서』(소명, 2015), 『한국아동문학사의 재발견』(청동거울, 2015) 등이 있다. 논문으로 「일제 강점기 번역·번안 동화 앤솔러지의 탄생과 번역의 상상력」(1) (2), 「『해송동화집』의 이본과 누락된 「홍길동」의 의미」 등이 있다.

정용서 ● 명지대학교 객원교수. 한국근현대사 전공. 공저로 『근대 국학자들의 '전통' 이해』(한국 전통문화대학교, 2014), 『일제하 '조선 역사·문화' 관련 기사 목록 1』(선인, 2015), 『연희전문 학교의 학문과 동아시아 대학』(혜안, 2016) 등이 있다. 논문으로 「조선물산장려회의 기관지 발간」, 「1930년대 초 천도교신파의 정세인식과 조직강화」, 「해방 후 천도교청우당의 정치운동」 등이 있다.

방정환연구총서 01

방정환과 '어린이'의 시대

2017년 2월 23일 1판 1쇄 인쇄 / 2017년 2월 28일 1판 1쇄 발행

지은이 이기훈 염희경 정용서 / 기획 한국방정환재단
펴낸이 임은주 / 펴낸곳 도서출판 청동거울
출판등록 1998년 5월 14일 제406-2002-000128호
주소 (10881) 경기도 파주시 문발로115 (파주출판도시) 세종출판벤처타운 201호
전화 031) 955-1816(관리부) 031) 955-1817(편집부) / 팩스 031) 955-1819
전자우편 cheong1998@hanmail.net / 네이버블로그 청동거울출판사

출력 월드CNP / 인쇄 세진피앤피, 경희정보인쇄 / 제책 상지사P&B

ISBN 978-89-5749-195-9 (94800)
ISBN 978-89-5749-194-2 (세트)

이 도서의 국립중앙도서관 출판시도서목록(CIP)은 서지정보유통지원시스템 홈페이지
(http://seoji.nl.go.kr)와 국가자료공동목록시스템(http://www.nl.go.kr/kolisnet)에서
이용하실 수 있습니다. (CIP제어번호: CIP2017005263)

방정환연구총서 01

방정환과
'어린이'의 시대

이기훈 · 염희경 · 정용서 지음

살다 보면 잘 모르는 단체나 모임의 사람들과 함께 일을 해야만 하는 경우가 있다. 그럴 때 일을 쉽게 하려면 흔히 그곳에서 가장 바쁜 사람과 함께 하라고 한다. 대체로 유능하고 성실하며 열정적인 사람들에게 일이 많이 모이기 때문이다. 사람들이 일을 맡기는 것도 있겠지만, 본인이 적극적으로 일을 만들어내는 것도 많기 때문이다.

우리는 1920년대 식민지 조선에서 가장 바쁜 사람 중의 한 사람에 대해 공부해 왔다. 사실 그가 생계를 유지하는 본업은 잡지사의 편집자 겸 기자였다. 요즘도 그런 경우가 없지는 않지만, 이때 잡지사들은 몇 권의 잡지들을 함께 발간했다. 한 달에도 마감이 서너 번씩 돌아온다고 생각하면 될 일이다. 한 잡지는 그가 전담하다시피 만들었다. 청탁도 하고 코너도 만들고 독자 작품도 심사하고 독자들의 질문에 답도 해줬다. 원고가 모자라거나 마땅한 필자가 없으면 다 스스로 써야 했다. 한 호에 몇 번씩 이름이 나오는 것도 남 보기 민망한 일이니 필명이 점점 늘어나게 되었다. 다른 잡지에 기사도 써야 하고 간혹 새 잡지를 만드는 일을 맡기도 했다.

하지만 그는 아동문학가와 동화구연가로 더 유명했다. 그렇다. 그는 방정환이다. 그가 편집을 책임졌던 잡지는 『어린이』였고, 그가 번안한 동화집 『사랑의 선물』은 1920년대 내내 최고의 베스트셀러 중 하나였다. 그는 기가 막힐 정도로 재능 있는 동화구연가 겸 강사였다. 이야기보따리를 제대로 풀기 시작하면 어른이고 아이고 넋을 잃고 그 속에 빠져 들었다. 숱한 어린이들이 그가 자기 지방을 방문해서 이야기 들려주기를 원했고, 그러니 한 달에도 몇 번씩 지방에 강연을 다녀야 했다. 이야기만 들려준 것이 아니었다. 그는 어린이들에게 더 좋은 환경을 만들고 더 나은 교육을 제공하기 위해 노력하는 소년운동가였다. 어린이를 존중하고 어린이들을 즐겁게 하며 그들이 감성과 도덕성을 스스로 키워 나갈 수 있도록 해주고자 했다. '어린이날'을 만든 것은 그런 노력의 한 부분이었다.

방정환이 이렇게 수많은 관심과 재능을 보일 수 있었던 것 자체가 시대적 산물이다. 1899년 생인 방정환은 초등교육부터 근대적 학문의 세례를 받은 첫 세대였다. 이 세대들 가운데 새로운 분야의 그야말로 선구자들이 많이 나타났는데, 방정환은 여러 분야에 걸쳐 다양한 재능과 통찰력, 열정과 추진력을 함께 보여준 사람이었다. 아마도 그와 같이 여러 분야에서 두각을 나타내는 사람이 다시 나타나기는 어려울 것이다. 오늘날 우리는 인간 방정환과, 그를 만든 시대, 또 그가 만들어낸 시대를 연구하는 것만으로도 벅찰 지경이다.

우리는 방정환의 다양한 면모를 찾고 드러내며 그 의미를 해석할 뿐 아니라, 그의 시대, 또 그가 만들어낸 시대를 설명하고자 했다. 이 책의 1부에서는 방정환의 삶과 운동, 문학 속에서 그가 그의 시대를 어떻게 살았으며 그의 문학이 어떻게 형성되었는지 살펴보았다. 염희경이 쓴 1부 2장의 제목처럼, 우리는 필명과 가명, 그리고 다양한 작품 속에 '숨은 방정환'을 찾고자 했던 것이다. 사실 이 문제는 매우 논쟁적이다. 방정환의 필명이 워낙 다양하다 보니, 논란이 되는 지점들도 많다. 논쟁이야말로 숨은 방정환을 더 적극적으로 세상에 드러내 보이는 계기가 될 것이라 생각한다.

2부는 방정환과 그의 동료, 제자, 그리고 독자들의 이야기다. 어떤 면에서는 방정환이 만든 시대의 이야기다. 물론 이 속에는 방정환 스스로 의도하지 않았던 결과도 포함되어 있으리라. 처음에 그곳에서 가장 바쁜 사람과 함께 일하는 것이 좋다고 했다. 그러나 그 사람 혼자만 바쁘다면, 그 단체나 모임과는 같이 일을 도모하지 않는 것이 최선이다. 방정환은 즐겁게 함께 일하는 사람이었다. 건강을 해칠 정도로 무리한 것이 끝내 그의 생명을 단축시켰지만, 혼자 모든 일을 떠맡아 하는 사람은 아니었다. 정용서는 그가 어떤 사람들과 어떤 목표로 함께 일했는지 살펴보았다. 1920년대 방정환은 요즘 아이돌들의 팬덤 못지 않은 열광적인 독자들을 가지고 있었다. 이들 중 일부는 그야말로 아동문학의 시대를 만들어낸 작가가 되기도 했거니와, 이기훈과 정용서는 그의 제자와 독자들, 그리고 그들이 성장해 가면서 어떻게 변하게 되는가를 살펴보았다.

각각 아동문학, 문화사, 사상사를 전문 분야로 하는 세 사람이 그의 시대 속에서 '숨은 방정환'을 함께 찾는 작업을 하면서, 사료에 대한 엄밀한 해독과 데이터의 구축을 공동의 기반으로 삼았다. 우리는 먼저 방정환과 그의 시대를 읽는 기본적인 데이터로서 『어린이』를 다시 읽었다. 책 표지의 목차와 실제 목차를 비교했고, 필자들의 이명을 다시 확인했으며, 독자투고와 편집자들이 남긴 말도 살펴보았다. 영인본 『어린이』지에 실린 모든 글의 제목, 표기된 저자 이름, 실제 저자, 분야 등을 정리한 데이터를 만들었다. 이 데이터들을 비교 검토하면서 많은 정보들을 서로 주고받았고, 연구 방법에서도 많은 시사를 얻었다. 이 목록을 책에 포함하는 것도 검토했으나 기왕 다른 책에 목록이 나와 중복되므로 싣지 않기로 했다. 그동안 한국방정환재단에서 두 번의 학술발표회를 열었으며 그 결과물들은 학술지에 싣기도 했다.

이 책에 실린 논문들은 대부분 2011년 한국방정환재단의 연구지원을 받은 이후 발표한 논문들을 모은 것이다. 재단에서 개최한 두 번의 학술발표회에서 발표한 원고들이 중심이다. 일부 이전에 발표되거나 직접 지원을 받지 않은 논문도 밀접히 관련되어 있는 필자들의 연구 성과들이다. 재단의 지원이 없었다면 책이 나오는 것이 불가능했을 것이다. 한국방정환재단 이상경 이사장, 이상진 사무총장께 감사드린다. 상업성과는 거리가 먼 책의 출판을 맡아준 청동거울의 임은주 대표, 조태봉 편집장께도 고마움을 전한다. 청동거울은 방정환 연구 총서를 기획하여 출판하고 있다. 인문학 출판시장이 얼마나 어려운지 잘 아는 우리로서는 그저 고마울 따름이다. 그리고 나를 포함한 필자들에게 격려를 새삼 전한다.

한 세기 전, 방정환은 그가 들을 수 있는 가장 작은 목소리를 들었고, 그 소리에 귀 기울였다. 그리고 그들에게 새로운 이름을 주었다. 비로소 그들은 '어린이'로 이야기하기 시작했다. 어떻든 그것은 그의 덕분이며, 21세기에도 우리가 그와 그의 시대를 공부하는 이유일 것이다. 우리의 연구가 그와 그의 동료들에게 항상 밝은 조명만을 비추고 있는 것은 아니다. 그러나 아무도 걷지 않은 길을 처음 열며 가장 약한 자들에게 이름을 주었다는 것만으로도, 그의 삶, 문학, 꿈은 충분히 공부할 만했다. 그러므로 가장 큰 감사는 결국 그에게 돌려야 할 것이다.

2017년 2월
필자들을 대표하여
이기훈

| 차 례 |

제1부_방정환, 그의 시대와 문학

1920년대 '어린이'의 형성과 방정환의 소년운동

이기훈

1. 머리말

어른이 되기까지 삶이란 '성장'하는 일련의 과정이다. 아기는 어린이가 되고, 어린이는 청소년이 되고, 청년으로 성장해간다. 그런데 오늘날 우리가 지극히 일상적이고 당연하게 받아들이는 유아 – 어린이 – 청소년 – 청년의 '성장' 단계는 고정 불변의 것이 아니라 역사적 산물이다. '성장'은 당연히 생물학적 성숙을 전제로 한다. 어느 시대, 어느 사회에서나 아이는 신체적으로 성장하고 나이가 들면서 어른이 되지만, 성장과 연령에는 시대와 사회마다 다른 의미가 부여된다. 성인으로 인정받는 나이도 다르고 또 성인이 아닐 때 사회로부터 받는 대우도 다르며, 함께 묶이는 연령집단도 다르다. 그리하여 성인이 되기까지의 과정에는 사회마다 다른 단계들이 설정된다. 특히 근대적 가족제도와 교육제도가 확립되면서부터, 한 인간이 나고 자라서 어른이 되기까지의 과정은 이전보다 세분화된 단계를 거치게 되었다.

성장 단계가 세분화되면서 그 단계에 요구되는 사회적 기대도 달라진다. 아직 어른이 되지 못한 '아이'들은 유아인지 어린이인지 10대의 사춘기인지에 따라 다른 행동양식이 요구되고, 각 단계에 따라 서로 다른 사회적 조건에 처하게 된다. 이처럼 '성장' 단계에 대한 인식과 제도는 한 사회가 스스로를 재생산하는 구조의 핵심적인 틀이다. 그러므로 이런 인식과 제도의 변화과정을 추적하는 것은 한국에서 '근대'의 형성과정을 해명하는 또 하나의 단서가 될 수 있을 것이다.

어린이, 청소년, 청년의 구분 자체가 근대적 산물이거니와, 필자는 '청년'의 도입과 청년기의 규정을 둘러싼 담론적 대립의 과정을 추적했다. 오늘날 우리가 사용하는 젊은이 집단을 지칭하는 청년이라는 말은, 서구의 youngman, youth의 번역어로 도입된 말이며, 청년이라는 연령집단의 구분 또한 전통적 사회에서 급격히 근대화되는 가운데 새로운 사회적 주체를 형성하려는 시도 가운데 명확해졌다. 그리고 그 가운데 국가와 사회세력들이 자신의 청년상을 현실 속에 실현시키기 위해 경쟁하고 대결하는 역동적 과정이 전개되었다.[1]

이 글에서는 청년보다 어린 소년에 대한 사회적 담론의 형성과정을 '어린이'라는 사회적 용어의 발명과 확산에 주목하여 살펴보고자 한다. '어린이'와 '어린이기'에 관해서는 국내외에서 다수의 원론적 저작들이 있으며,[2] '어린이기'의 제도화와 이를 둘러싼 담론질서의 재형성을 사회사적으로 분석한 연구도 있었다.[3] 또 '어린이' 관념의 확산에 가장 크게

---

1 이기훈, 『청년아 청년아 우리 청년아─근대, 청년을 호명하다』, 돌베개, 2014. 일본과 중국에서도 청년의 탄생이 가지는 역사적 역동성은 마찬가지다. 木村直惠, 『「靑年」の誕生─明治日本における政治的實踐の轉換』, 新曜社, 1998. 백영서, 『중국현대대학문화연구』, 일조각, 1994. 유용태, 『지식청년과 농민사회의 혁명 : 1920년대 중국 중남부 3성의 비교 연구』, 문학과지성사, 2004.
2 아동문학이나 어린이, 소년운동 등에 관련된 서구나 일본의 주요한 연구성과들은 다음과 같다. Philppe Aries(Translated by Robert Baldick), centurise of childhood, Alfred A. Knopf, 1960., 필립 아리에스 저, 문지영 옮김, 『아동의 탄생』, 새물결, 2003. ; 존 로 타운젠트 지음, 김무홍 옮김, 『어린이책의 역사 1, 2』, 시공주니어, 1996. ; 페리 노들먼 지음, 김서정 옮김, 『어린이문학의 즐거움 1, 2』, 시공주니어, 2001. ; 조형근, 「어린이(기) ─ 순수한 자기를 꿈꾸는 우리들의 초자아」, 『문화과학』 21, 2000. ; 北村三子, 『靑年と近代─靑年と靑年をめぐる言說の系譜學』, 世織書房, 1998. ; 河原和技, 『子ども觀の近代─"赤い鳥"と"童心"の理想』, 中央公論社, 1988. ; 가라타니 고진 지음, 박유하 옮김, 『일본근대문학의 기원』, 민음사, 1996.

기여했던 방정환에 대한 연구도 아동문학, 교육학, 역사학계에서 상당한 연구성과가 축적되어 왔다.[4] 특히 최근에는 방정환의 사상과 어린이운동, 문학활동 등에 대한 깊이 있는 분석이 진행되면서, 방정환의 필명과 작품에 대한 논쟁도 활발히 전개되고 있다.[5]

오늘날 우리에게 어린이는 어른뿐만 아니라 청소년과도 명백히 구분되는 연령집단을 가리킨다. 그러나 처음 '어린이'라는 말이 나타났을 때, 과연 지금 우리의 머릿속에 떠오르는 이미지 그대로 받아들여졌을까? 그렇지 않았다. '어린이'라는 낯선 개념이 어떻게 식민지 조선 사회 속으로 확산되었으며, 어떻게 현재의 이미지로 정착해 왔는가?

'어린이'는 뚜렷한 목적하에 의도적으로 만들어진 말이다. 우리는 '어린이'라는 말이 등장하게 되는 과정을 추적하면서 당대 사회를 변화시키고자 하는 '운동'—방정환과 1920년대 소년운동—을 만나게 된다. '어린이'라는 새롭고 근대적인 말이 사회적으로 확산되고 정착하는 과정은 1920년대 전반 천도교 주도의 소년운동과 긴밀히 연관되어 있었다. 그러므로 '어린이'라는 말에 대한 분석은 현실의 사회운동과 연계하여 진행되지 않을 수 없다.

그런데 이 시기 소년운동은 동화와 뗄 수 없는 관계 속에서 전개되었다. 방정환이 각국의 동화를 모아 만든 『사랑의 선물』이 1920년대 전반

---

3 김혜경, 『일제하 "어린이기"의 형성과 가족변화에 관한 연구』, 이화여대 박사학위논문, 1998.
4 李在徹, 『韓國兒童文學作家論』, 개문사, 1983. ; 李在徹, 『韓國現代兒童文學史』, 일지사, 1978. ; 金正義, 『韓國少年運動史』, 민족문화사, 1992. ; 仲村修, 「方定煥研究序論―東京時大を中心の」, 『青丘學術論集』 14, 1999. ; 김정의, 『한국의 소년운동』, 혜안, 1999. ; 안경식, 『소파 방정환의 아동교육운동과 사상』, 학지사, 1999. ; 원종찬, 『아동문학과 비평정신』, 창작과비평사, 2001. ; 원종찬, 「'방정환'과 방정환」, 『문학과 교육』 16호, 한국교육미디어, 2001. ; 조은숙, 「방정환과 '어린이', 해방과 발견 사이」, 『비평』 10, 생각하는 나무, 2002. ; 이상금, 『사랑의 선물』, 한림출판사, 2005. ; 박지영, 「방정환의 '천사동심주의'의 본질―잡지 『어린이』를 중심으로」, 『대동문화연구』 50, 2005.
5 염희경, 『소파 방정환과 근대 아동문학』, 경진출판, 2014. ; 장정희, 「방정환 문학 연구」, 고려대학교 박사학위논문, 2013.

최고의 베스트셀러가 되었던 것도 천도교소년운동의 전성기에 달했던 당시 상황 속에서 이해할 수 있을 것이다.[6]

결국, 1920년대 식민지 조선에서의 어린이의 동화, 소년운동은 서로 분리해서 생각할 수 없었다. 소년운동이 없었다면 동화가 확산되지 못했을 것이고, 동화가 없는 소년운동이라는 것도 존립하기 어려웠을 터였다. 그리고 소년운동이란 결과적으로 동화의 독자층으로서 '어린이'를 만들어가는 것이기도 했다. '어린이'와 동화는 모두 방정환 등 소년운동가들에 의해 새롭게 보급된 것이며, 당대 소년운동 과정에서 긴밀히 연결되어 있었다. 또한 어린이와 동화를 보급한 사람들이 주도한 소년운동은, 독자적인 근대화 기획과 전망을 가지는 더 큰 정치적 운동의 일환으로서 위상을 갖는 것이었다. '순수'가 결코 완전한 무편향의 투명성이나 정치적 중립을 의미할 수 없는 것처럼, '어린이'라는 말도 이데올로기적이다. 특히 이념적 갈등과 대립이 막 드러나기 시작하는 식민지 상황에서 어린이도, 또 동화도 모두 유동적이며 정치적 의미를 지니게 된다. 이제 운동과의 관련 속에서 '어린이'의 제도화와 그 속에서 동화의 의미를 추적해 보고자 한다.

2. '어린이'의 발명과 사회적 확산

먼저 가장 기본적인 질문에서 시작해보자. 누가 어린이인가? 오늘날 '어린이'라는 말은 특정한 성장단계에 있는 아동들을 의미하며, 일반적

---

6 『조선일보』 1923년 12월 24일자. ; 『동아일보』 1925년 12월 25일자. ; 「大京城白晝暗行記 기자 총출동(제1回) 1時間社會探訪」, 『別乾坤』 2, 1926년, 13~14쪽, 1920년대 독서와 출판의 전반적인 경향에 대해서는 『역사문제연구』 제7호의 "특집 : 1920~30년대 독서의 사회사"에 실린 세 편의 글 참조.

으로 유치원과 초등학교에 다니는 아이들을 가리킨다.[7] 그런데 이런 상식적인 '어린이' 정의는 유치원과 초등·중등교육이 보편화되고, 이 시기의 성장과정이 성인들의 사회와 명백히 분리, '보호'되는 오늘날의 교육제도에 의해 확고해진 것이다. 오늘날 아동들은 연령별로 특정한 학제로 편성되어 '어린이' 또는 사춘기의 '청소년'으로 분류되며, 일단 성립된 학제는 실제 성장의 개인차와 무관하게 개인의 성장단계를 결정한다.[8]

그러나 이제 막 근대적 교육제도가 실시되어 초등교육 취학률이 20%에도 미치지 못하던 1920년대 식민지 조선의 상황은 오늘날과 큰 차이가 있을 수밖에 없었다. 더구나 '어린이'는 방정환이 처음 '발명'한, 새롭게 정의되어야 하는 말이었다.[9] 방정환 스스로도 '어린이'는 애녀석, 어린애, 아해놈을 대신하는 새로운 말이라고 밝힌 바 있고 이광수가 '어린이'는 개벽사에서 '발명'했다고 한 것에서 볼 수 있듯이, 당대인들에게 '어린이'는 낯선 말이었다.[10] 방정환 자신도 '어린이'가 정확히 어느

---

7 색동회에서는 1988년 '어린이 용어정립 연구위원회'를 구성하여 1년간의 연구결과 '어린이'란 말을 다음과 같이 정의했다. ①나이 : 만 4세~12세, ②배움 : 유치원~국민학교, ③자람 : 말을 익히고 자유롭게 활용할 때부터 사춘기 직전까지, ④마음 : 또래모임(집단)에서 친구를 사귀고 시작할 때부터 부모의 보호에서 벗어나고 싶어하는 나이, ⑤특징 : 사람으로서 가장 기억력이 왕성하고 모방심이 강하며, 감수성이 예민하여 주위환경에 물들기 쉬운 시기. 요컨대 이 정의에 의하면 '어린이'란 아기와 사춘기 사이, 유치원과 초등학교에 다니는 아동이다.
8 아리에스에 의하면 근대 유럽에서 '순진무구한 어린이'라는 인식은 성인의 보호와 감독, 훈육의 강화로 귀착되는데, 이는 기존 사회와 분리되는 학교 공간의 제도화에 의해 강화되었다.(P. Aries, op, cit Part 2).
9 방정환 이전에도 최남선의 글 등에서 '어린이'라는 표현이 보이고, 그 이전에도 어린이라는 말이 등장한다고 하지만, '어린(형용사)+'이'(명사)의 경우가 대부분이다. 방정환은 '어린이'라는 말에 '천진난만'의 의미를 부여하여 이를 중심으로 하는 개념체계를 구성했다는 점에서, 그가 '어린이'를 발명했다고 해도 좋을 것이다.
10 『어린이』 1930년 3월호, 4쪽. 1920년 8월 『개벽』 3호에 방정환이 번역한 시 「어린이 노래 : 불 켜는 이」가 실린다. 최근 이 시가 『지킬 박사와 하이드 씨』 등을 쓴 로버트 루이스 스티븐슨의 「The Lamplighter」(1885)를, 일본 작가 아가호시 센타(赤星仙太)가 일본어로 번역한 「點火夫」를 다시 번역한 것임이 밝혀졌다. (염희경, 「방정환의 번안시 「어린이노래 - 불 켜는 이」 연구」, 『동아시아문화연구』, 한양대학교 동아시아문화연구소, 2015. ; 조은숙, 「번역시 〈어린이 노래 : 불 켜는 이〉(방정환 역, 1920)의 원작 〈The Lamplighter〉를 찾아서 다시 돌아보는 방정환이 꿈

연령대를 가리키는 것인지 규정한 적이 없으므로, 당시의 여러 용례를 통해 검토해 볼 수밖에 없다. 먼저 방정환이 어린이에 대해 묘사하고 있는 글을 살펴보자.

고운 나비의 날개—비단결 같은 꽃잎, 아니 아니 이 세상에 곱고 보드랍다는 아무 것으로도 형용할 수 없이 보드랍고 고운 이 자는 얼굴을 들여다보라! 그 서늘한 두 눈을 가볍게 감고, 이렇게 귀를 기울여야 들릴만큼 가늘게 코를 골면서 편안히 잠자는 이 좋은 얼굴을 여기서 발견하게 된다.[11]

새와 같이 꽃과 같이 앵두 같은 어린 입술로 천진난만하게 부르는 노래, 그것은 그대로 자연의 소리이며, 그대로 하늘의 소리입니다.
비둘기와 같이 토끼와 같이 부드러운 머리를 바람에 날리면서 뛰노는 모양, 그대로가 자연의 자태이고 그대로가 자연의 자태이고 그대로가 하늘의 그림자입니다. 거기에는 어른들과 같은 욕심도 있지 아니하고 욕심스런 계획도 있지 아니합니다.[12]

방정환의 '어린이'관을 가장 잘 드러내주는 것으로 평가받은 이 두 글에서 우리가 연상할 수 있는 것은 대체로 5~7세 정도의 아동일 것이다. 그러나 위의 글들에서 '어린이'는 방정환이 이상화한 모습이니만큼 소파 자신도 '어린이'의 기준을 굳이 이 연령대로만 생각하지는 않았을 것이다.
그렇다면 당시 '어린이'가 본격적으로 사용되는 계기가 되었던 잡지 『어린이』를 기준으로 생각해 보자. 그 제목에서도 명백하듯이 『어린이』

꿈 "모도 다 가티" 행복한 세상」, 『봄에 만나는 방정환』 방정환 봄 문학 포럼 자료집, 2015.)
11 방정환, 『어린이 讚美』, 『신여성』 2권 6호, 1924, 66쪽.
12 방정환, 『처음에』, 『어린이』 창간호, 1922.

는 '어린이'를 대상으로 하는 잡지였다. 그런데 이 『어린이』지 독자들조차 도대체 몇 살까지 어린이 혹은 소년인지 혼란스러웠던 모양이다. 1925년 18세의 독자가 『어린이』지 담당자에게 과연 소년은 몇 살까지를 말하는지, 자신은 이 잡지에 투고할 수 있는지를 질문했다. 이에 대해 담당자는 조선에서는 일반적으로 소년을 20세까지로 정의한다면서 투고가 가능하다고 알려주고 있다.[13] 이광수도 1921년 『개벽』에 발표한 「少年에게」라는 글에서 소년을 20세 이내의 남녀로 규정하고 있으며, 천도교소년운동의 주요 지도자였던 김기전도 "七歲로부터 十九歲까지의 어린아이(幼少年)"이라는 표현을 사용하고 있다.[14]

또 『어린이』지에는 1924년부터 1927년까지 잡지의 맨 뒷장에 독자들이 보낸 사진을 수록하고 있는데, 여기에 성명과 연령을 기재되어 있다. 아래는 사진을 개재한 독자의 연령 분포를 표로 나타낸 것이다.

〔표 1〕 『어린이』지 사진 게재 독자의 연령분포

연령	7	8	9	10	11	12	13	14	15	16	17	18	19	20	계
독자수	2	7	4	0	9	9	24	27	52	64	80	42	25	6	351

참고 : 7세 이라 어린이의 사진도 있으나 '독자'로서 최소한 능력을 갖추기 위한 하한을 7세로 설정했다. 21세와 24세 청년의 사진도 있었다. 자세한 내용은 2부 5장 참조.

[표 1]에서 독자의 평균연령은 17.72세로, 당시 남성의 평균혼인연령과 거의 일치한다. 오늘날의 개념으로는 도저히 어린이라고 볼 수 없을 것이다. 그렇다면 〈어린이 = 『어린이』지 독자 = (유)소년 = 20세(또는 19세) 이하의 연령층〉이라는 도식이 성립 가능하지 않을까? 이 무렵의 청

---

13 『어린이』 1925년 3월호, 49쪽, 독자담화실.
14 김기전, 「다같이 생각합시다」, 『어린이』 5권 8호, 1927.

년회 회원들의 연령 기준 또한 확고하지는 않지만, 18세, 혹은 20세부터 였으니 '소년'에 해당하는 나이라면 다 '어린이' 축에 들어가는 것은 아닐까?

그러나 당시의 '어린이'가 사춘기 청소년까지의 미성년 일반을 모두 포괄하는 말이라고 단정할 수는 없다. 『어린이』를 읽는 독자층의 연령대가 상당히 넓었다 하더라도 잡지에 실린 글들은 대부분 보통학교 학생 정도의 아동을 대상으로 하고 있었고, 또 지식인이나 소년운동가들이 '어린이'라고 했을 때는 보통학교 재학 이하의 아동을 지칭하는 경우가 많았기 때문이다. 예를 들어 방정환이 지방에 강연을 나갔을 때 머물렀던 집주인의 딸이 평소 『어린지』를 통해 방정환의 글을 읽어 만나보고 싶어하지만 수줍어서 나서지를 못했다고 한다. 방정환은 당연히 보통학생 정도의 '어린이'라고 생각하고 "어이구 귀여워라 어디 보자"고 했는데, 여학교에 다니는 처녀가 나서서 인사를 하는 바람에 몹시 당황했다고 한다. 이는 방정환 자신이 기대한 '어린이'와 현실의 『어린지』지 독자가 일치하지 않았음을 보여주는 한 예일 것이다.

이런 혼란이 초래된 까닭은 무엇보다 '어린이'가 발명된, 근대적 말이기 때문이었다. 오늘날 우리에게 익숙해진 어린이의 이미지는 당대인들에게 아직 낯선 것이었다. 발명자들이 '어린이'에게 부여한 이미지는, 바로 사회적으로 정착되지는 못했다. '어린이'의 이미지, 또 그것이 지칭하는 연령층은 이후의 역사적 과정 속에서 대중 속으로 확산되어왔다고 봐야 한다.

만약 한국이 일찌감치 근대적 학제와 의무교육제도를 시행했다면 어린이 개념의 혼란이 오래 지속되지는 않았을 것이다. 그러나 식민지의 기형적인 교육제도는 아동의 성정과정을 학제로써 구분하는 것을 여의치 않게 했다. 1920년대 초중반까지 보통학교 취학률은 20%를 밑돌았고, 중등학교 진학률은 실제 학령인구의 2~3%대에 머무는 수준이었다.

오늘날 어린이와 청소년으로 흔히 규정하는 7세에서 18세까지의 인구집단 대부분이 학교교육으로부터 배제된 상황에서, 학제에 의한 성장단계의 구분은 받아들여지기 어려웠다. 또 중등교육이 극히 예외적이었던 당시 현실에서 어린이(기)와 청소년(기)의 구분은 별다른 의미가 없었다. 보통학교에 다닌다고 해도 10살이 넘어 입학하는 일이 흔했고, 이 '어린이'들 대부분에게 초등교육은 그들이 받을 수 있는 정규 교육의 전부였다. 중등학교 이상의 교육을 받게 되면 '학생'이라고 불리었지만, 이는 성장단계나 연령집단이라기보다 엘리트적 사회계층을 가리키는 말이라고 봐야 할 것이다.

상급학교 진학이 극히 예외적이었던 상황에서 보통학교를 졸업한 '어린이'들은 취직하는 것이 당연했다. 순사시험이나 보통문관시험을 치거나, 그도 아니면 학교 급사나 상점의 점원으로라도 취직을 해야 했고, 일가의 생계를 책임지기도 했다.[15] 특히 시골 소년들은 학교교육의 혜택을 받지 못했을 뿐 아니라 '어린이'로 대우받지도 못했다. 농촌 동네에서 소년들이 화투나 투전방을 기웃거리고 사랑방에 모여앉은 어른들의 이야기판에 섞여 앉은 것은 별스러운 일이 아니었다.[16]

현실이 이러하다 보니 '어린이'를 위한 소년운동을 전개할 때도 오늘날과는 다른 연령기준을 적용할 수밖에 없었다. 천도교소년회는 1921년에 결성되어 1920년대 전반 동안 가장 활발한 활동을 전개했던 소년운동 조직이었다. 방정환과 김기전이 주도하면서 '어린이' 용어의 확산을 실질적으로 주도했던 천도교소년회는 그 회원자격을 만 7세부터 16세까지의 남녀소년으로 규정하고 있었다. 일단 오늘날의 '어린이'보다는 훨씬 나이가 많은 층을 회원으로 삼고 있음을 알 수 있는데, 그렇다면 7

---

15 김남주, 「普通學校를 맛추고무엇을할ㅅ가?」, 『어린이』 5권 4호, 10~13쪽.
16 김명호, 「다시금 농촌少年에게」, 『어린이』 1928년 2월호, 8~9일. 서구에서 18세기 이전 어린이에 대한 아리에스의 서술을 연상하게 하는 대목이다. (Philippe Aries, 1960, op. cit. p.99).

세에서 16세라는 기준은 무엇이었을까?

일단 학제를 생각해 볼 수 있을 것이다. 7세부터 16세까지라는 연령대는 대체로 1922년 교육령 개정 이전의 학제인 보통학교 4년 + 고등보통학교 5년을 합한 기간과 일치한다. 그러나 이 학제는 일본 본국과 비교해서는 물론이고 대한제국시기보다 훨씬 단축된 기형적인 것이었고, 당시 지식인 일반이 여기에 매우 비판적이었다는 점, 또 곧이어 1922년 교육령이 개정되면서 학제가 전면적으로 재조정되고 보통학교와 중등학교 재학기간이 연장되었다는 점 등을 고려해볼 때, 소년회의 연령구분에 1910년대의 학제가 중요한 영향을 미쳤다고 보기는 어렵다. 1924년 『어린이』사에서 주최한 추석놀이에 15세 이하의 소년만을 입장시켰던 사례에서 볼 수 있듯이, 대체로 1920년대 중반까지도 '어린이'나 소년을 가늠하는 기준은 여전히 모호했다.[17]

그리하여 앞에서 보았듯이 『어린이』 독자가 실제 우리가 예상했던 '어린이'가 아닌 현상이 나타날 수 있었다. 원래 보통학교 수준의 아동을 독자층으로 설정한 『어린이』의 실제 독자들 가운데는 보통학교를 졸업하고 상급학교에 진학하지 못한 소년들이 다수 있었다. 그런 탓에 잡지 표지에는 어린 천사나 유아의 그림이 그려져 있는 반면, 바로 그 뒷면에는 "고등학교 못 간다고 낙망마시오"로 시작하는 『中等通信講議錄』이나 "立身의 近道"라는 『鐵道員養成講議錄』 광고가 게재되기도 했다.

그러나 1920년대 후반으로 접어들면서 '어린이'는 점차 오늘날에 흔히 사용되는 것과 같은 유치원과 보통학교 취학연령대의 아동층을 가리키는 말로 정착되기 시작했다. 1924년에 이돈화는 방학을 맞아 고향으로 돌아가는 고등보통학교 이상의 학생들에게 "어린이들과 結託하라"고 당부하면서,

---

17 『동아일보』, 1924.9.10.

朝鮮의 장래는 오즉 '어린이'에게 잇다. 제군보다 나희도 어리고 지식도 淺短한 소년들의 손에 잇다. 제군이 엇더한 포부를 가젓는지는 별문제이다 다만 제군의 흉중에 가지고 잇는 포부를 지금부터 施設할 곳도 소년을 버리고도 한 곳도 업다. 例하면 每夜의 그 洞里의 어린이들과 談話會를 열어 少年會를 조직케

하라고 권하고 있다.[18] 여기서 학생들이란 "중학교 혹은 전문학교 또는 대학교"를 모두 일컫는 것이니, '어린이'란 중등학생보다 어린 소년들을 가리키는 말이 된다.

'어린이'의 정착을 가장 잘 보여주는 것이 신문이었다. 1920년대 초반만 해도 거의 찾아보기 힘들었던 '어린이'라는 표현이 1920년대 중반 이후 부쩍 늘어나기 시작했다. 초기에 주로 어린이날과 관련 기사에서나 보이던 '어린이'가 이제 생활기사, 아동란 등에 자리잡기 시작했다. 예를 들어 『조선일보』가 〈가정부인〉란을 개설하면서 '경쾌하고 보기 조흔 어린이 양복', '보통학교에 입학한 어린이에 대한 주의'. '어린이들의 예술적 교육' 등의 기사를 내보내고 있는데, 여기서 '어린이'란 명백히 유치원과 보통학교에 다니는 연령대의 아동을 의미한다. 『시대일보』도 1925년 11월 1일자 4면을 〈어린이시대〉라는 특집으로 꾸며 '어린이 소식', '동요', '어린이들이여 조선이라는 수레를 꽃으로 장식하라' 등의 기사를 싣고 있다. 『중외일보』는 1920년부터 아예 어린이란을 따로 정해 동화나 옛날이야기 등을 연재하고 있고, 경성방송에서도 1927년 〈어린이시간〉을 한 시간으로 연장하여 소년운동협회에 진행을 의뢰하고 있었다.[19]

'어린이'의 정착에는 몇 가지 요인이 함께 작용했다. 첫 번째 요인은

---

18 「夏休 中 歸鄕하는 學生 諸君에게」, 『開闢』 49호, 1924년 7월호.
19 『조선일보』 1927.4.28.

보통학교 취학률이 급속도로 증가한 것이다. 1920년도에 4.4%에 불과하던 보통학교 취학률이 1929년에는 전국적으로 17.4%까지 급격히 증가했다. 특히 남아의 취학률은 1929년 현재 28.4%에 달했으며, 도시지역에서는 성별에 관계없이 이미 50% 이상의 취학률을 보이고 있었다.[20] 1920년대 교육열의 열풍이 전국적으로 불어닥치면서, 사회 전반에 걸쳐 보통학교 취학연령기를 인간의 성장과정에서 당연히 사회로부터 분리되어 학교에 다녀야 하는 시기로 보는 인식이 확산되었다.

취학연령대를 기준으로 삼는 '어린이'라는 인식의 확산에는 신문의 역할도 매우 중요했다. 앞서 보았듯이 '어린이'라는 인식이 사회 속에 이미 상당히 폭넓게 침투했음을 보여주는 사례이기도 하지만, 역으로 신문에서 새로운 말 '어린이'가 자주 다루어지면서 그 확산에 크게 기여했다. 특히 『동아일보』는 1920년대 초반부터 '어린이날'이나 소녀회에 관한 시가는 물론이고 입학, 아동건강, 동요 등에 관한 기사에서 '어린이'를 자주 부각시키고 있다.

무엇보다 '어린이'라는 말과 인식을 확산시킨 주역은 역시 소년운동이었다. 1920년대 전반 전국 각지에서 청년회운동과 계몽활동이 활발히 전개되었고, 그 속에서 소년회운동도 활성화되었다. 1920년대 전반 각지에서 맹렬히 전개된 강연회와 동화회를 통해 '어린이' 의식이 크게 보급되었고, 1923년부터 열린 어린이날 행사가 전국적으로 확산되면서 '어린이'라는 말의 정착에 크게 기여했다. 방정환이 발행을 주도한 잡지 『어린이』의 역할도 매우 컸다. 『어린이』는 그 자체로 소년운동의 일환이라 보는 것이 옳을 터인데, 이 잡지는 1925년경 판매 부수가 3만 부에 이르면서 '10만 독자'를 운위하기에 이르게 되었다.

그러나 1920년대 후반 '어린이' 개념이 나름의 사회적 안정성을 확보

---

20 오성철, 『식민지초등교육의 형성』, 교육과학사, 2000, 133~150쪽.

하는 시점에서 이에 대한 강력한 저항 또한 나타났다. 취학률이 높아지면서 일정한 나이가 되면 학교에 다니는 것이 '정상'으로 받아들여지게 되었지만, 여전히 다수의 어린이들은 학교교육의 혜택을 받지 못하는 '비정상' 상태에 놓여 있었다. 사회주의적 의식의 성장은 이런 '근로소년', '무산소년'에 대한 관심을 고조시켰다. 또 1920년대 중반 천도교 주류의 자치운동 노선에 대한 반발이 커지면서 소년운동에서도 천도교계의 주도권에 대한 강력한 도전이 전개되었다. 사회주의의 성장과 천도교 주도권에 대반 반발은 곧 '어린이' 개념에 대한 도전이기도 했다.

　오늘날에도 '소년'과 '어린이'는 다른 뉘앙스를 가진다. 대개 '소년'이라 할 때 떠오르는 이미지는 '어린이'에서 연상되는 모습보다 성숙하고 자율적인 성격이 강하다. 1920~30년대 사회주의의 영향을 받은 소년운동가들은 방정환 등 천도교소년운동의 지향이 강하게 배어 있는 '어린이' 대신에 '무산소년'·'근로소년'을 새로운 소년운동의 주체로 내세웠다. 재미있는 점은 이런 '어린이'와 '소년'의 변화과정에서 그 대상이 되는 연령집단이 변화하고 있다는 점이다. 앞에서 본 천도교소년회가 만 7세에서 16세까지를 회원으로 했던 것에 반해, 좌익적 소년운동의 영향이 커지는 1927년에 결성된 조선소년연합회는 소년회원의 연령을 만 18세까지로 하고 있었고, 방정환 등이 탈퇴한 1928년의 조선소년총동맹은 아예 회원의 연령을 12세 이상 18세까지로 제한하여 연령층을 대폭 상향 조정하고 있다.[21]

　천도교소년회와 소년총동맹 사이에서 연령층의 차이는 '어린이'와 '무산소년'이 지향하던 운동의 방향이 각각 얼마나 달라지는가를 보여주는 것이기도 하다. 해방 이후 한 평론가는 방정환의 어린이가 '천사적 아동'이었다면, 1930년대 계급운동에서 지향한 것은 '청년적 아동'이며

---

21 김정의, 앞의 책, 202쪽.

수염난 총각이었다고 지적한 바 있는데,[22] 이는 양자의 의도와 지향을 잘 드러내주는 것이다. '천진한 어린이'를 추구하는 천도교소년운동의 입장에서는 대상연령층을 상대적으로 낮게 설정했고, 소년층의 계급적 각성과 이에 입각한 실천, 그리고 장차 무산계급운동가로의 성장을 추구했던 사회주의 소년운동은 상대적으로 대상연령층을 높게 설정한 것이다. 사회주의 계열의 이런 구상은 청년운동과의 관계에서도 드러나는데, 1925년 조선청년총동맹은 연령제한조사위원회의 지역실태조사를 토대로 하여 청년운동자의 연령을 만 16세 이상 30세 미만으로 결정한 바 있다.[23] 결국 청년운동과 소년운동은 일정 부분 겹치는 꼴이 되었다. 사람의 성장과정에서 언제부터 언제까지가 소년인지가 결정된 후 그것에 의해 그 기간 동안 무엇을 해야 할지가 정해지는 것이 아니라, '소년이 무엇을 해야 하는가'라는 당위적이고 계몽적인 문제에 의해 어떤 사람들이 소년인지가 결정되는 상황이 초래된 것이다. 성장과정의 근대적 제도화가 확립되지 않은 식민지 사회에서, 민족운동의 일부를 감당하지 않을 수 없었던 소년운동에게, 현실적인 실천 주체의 역할까지 떠맡겼던 셈이다.

---

22 송완순, 「조선아동문학시론」, 『신세대』 2호, 1946. 송완순은 일찍부터 『신소년』에서 활약한 사회주의 계열의 소년문학가로 알려져 있다. (최미선, 「『신소년』의 서사 특성과 작가의 경향 분석」, 『한국아동문학연구』 27, 2014) 그러나 송완순도 대전 진잠 소년영일회 회원으로 『어린이』지의 애독자였고, 「고향의 팽나무」 등을 투고한 바 있었다. (『어린이』 4권 5호, 1926, 62쪽 ; 『어린이』 4권 7호, 57쪽) 이후 어떤 이념을 택했든, 이 무렵의 어린 독자들은 대다수가 방정환 키즈라 불러도 좋을 만큼 방정환과 『어린이』지에게서 큰 영향을 받고 있었다. 송완순과 같은 방정환 키즈의 성장과 의식의 변화에 대해서는 2부 5장 참조.
23 인건호 · 박혜란, 「1920년대 중후반 청년운동과 조선청년총동맹」, 『한국근현대청년운동사』, 청년사, 1995, 98쪽.

3. 방정환의 '어린이'와 천도교소년운동

앞서 살펴본 바와 같이 근대적 교육제도나 가족제도가 확립되고, 이에 대응하는 의식상의 변화가 초래된 이후, 이를 표현하는 말로서 '어린이' 가 생겨난 것이 아니었다. 오히려 이런 근대화를 적극적으로 지향하는 입장에서 '어린이'가 발명되었고, 소년운동은 그 말에 합당한 사회적 공간의 창출과 제도화를 중심으로 전개되었다.

그렇다면 당시 소년운동은 '어린이'에 어떤 지향과 의미를 부여했는 가? 1920년대 초반 소년운동을 주도했던 방정환의 '어린이' 개념을 통해 살펴보자.

우리가 종래에 생각해오던 한우님의 얼굴을 여기서 발견하게 된다. 어느 구석에 먼지만큼이나 더러운 티가 있느냐? 어느 곳에 우리가 싫어할 한 가지 반가지나 있느냐? 죄 많은 세상에 태어나서 죄를 모르고, 더러운 세상에 태어나서 더러움을 모르고, 부처보다도 예수보다도 한울 뜻 고대로의 산 한우님이 아니고 무엇이랴?[24]

방정환은 어린이 속에 존재하는 아동성 그 자체를 순결과 도덕적 완성의 원형으로 파악하고 있다. 방정환이 상정한 이 '어린이'는 단순히 현실적으로 존재하는 특정한 연령집단이 아니라 현실의 아동들이 지향해야 할 바와 그것을 가능하게 하기 위해 사회가 추구해야 할 지향까지 포괄하는 이념적 정치적 목표가 내장되어 있었다. 그 목표는 천도교소년운동과 불가분의 것이기도 했다.

기존 연구에서 널리 알려진 것처럼 방정황은 의암 손병희의 사위로

---

24 방정환, 『어린이 讚美』, 『신여성』 2권 6호, 1924, 66쪽.

당시 천도교단의 주류와 천도교청년운동 지도자들과 긴밀한 관계를 맺고 있었다.[25] 이 시기 천도교단의 주류는 문명개화론적이고 준비론적인 입장을 취하면서,[26] 당시 폭넓게 제기되던 사회 '개조' 문제에서 중심적인 역할을 수행하고자 천도교청년회를 조직했다. 천도교청년회 지도자들은 정신적 측면에서의 개조를 통해 일반 민중을 각성시키고 근대적 의식을 함양시킬 것을 추구했다. 이는 조선에 신문화를 건설하기 위한 계몽활동이었으며, 나아가 천도교를 중심으로 민족적 중심세력이 될 만한 정치 단체를 결성할 것을 목표로 하는 정치적 운동이었다. 1923년 천도교청년회를 천도교청년당으로 재편한 것도 더욱 강력한 정치적 조직과 훈련을 위한 것으로, 이는 궁극적으로 천도교 신파의 자치운동과 연결되는 것이었다.[27]

1920년대 천도교청년운동의 이념적 토대를 제공한 것은 이돈화와 김기전이었다. 특히 김기전은 방정환과 더불어 천도교소년회를 창립한 중심인물로서 1920년대 소년운동의 이론과 실천에 큰 영향을 미쳤다.[28] 1923년 5월 1일 조선소년협회가 제1회 어린이날을 맞아 배포한 선전문 중 「소년운동의 기초 조건」은 김기전의 「開闢運動과 合致되는 朝鮮의 少年運動」을 정리한 것으로, 「어린이날의 약속」은 방정환의 글로 각각 추정되는데, 1920년대 초반 소년운동에서 이 두 사람의 비중을 단적으

---

25 방정환은 1920년부터 천도교청년회 주최의 강연회에서 『개벽선언』, 『세계평화는 인내천주의』 등의 주제로 강연을 했으며, 천도교청년회 동경지부 회장을 겸하기도 했다. 1923년 천도교청년당이 만들어진 이후 1925년 4월 제2차 정기총회에서 21인의 당본부위원 중 한 사람으로 선출되었으며, 1926년에는 당의 유년부, 소년부 책임자가 되었으며, 1927년에는 13인의 중앙집행위원으로 선출되기도 했다(정용서, 「천도교청년당의 운동노선과 정치사상」, 『한국사연구』 105, 한국사연구회, 1999, 244~25쪽 참조.)

26 김정인, 「1920년대 중후반 천도교세력의 민족통일전선운동」, 『한국사론』 32, 서울대 국사학과, 1994, 235쪽.

27 천도교 신파의 정치지향에 대해서는 위의 글, 153~173쪽과 정용서, 앞의 글, 232~241쪽 참조.

28 김기전의 생애와 사상에 관해서는 윤해동, 「한말 일제하 天道敎 金起田의 '近代수용와 '民族主義'」, 『역사문제연구』 창간호, 1999. 참조.

로 보여주는 사례이다.[29] 두 사람의 역할을 지나치게 단순화한 면은 있지만 당시 소년운동에서 김기전은 이론가요. 방정환은 실천가라고 한 평가 또한 두 사람의 긴밀한 관계를 잘 보여준다.[30] 실제로 방정환은 순회강연과 동창회, 각지의 소년회 결성 후원, 『어린이』를 비롯한 『개벽』, 『신여성』의 편집과 발간, 1923년부터 어린이날 행사의 기획과 후원에 눈코 뜰 새 없이 분주한 활동가였던 만큼, 심도 깊은 이론적 작업을 통해 자신의 어린이관을 설명할 여유를 갖지 못했다. 그리하여 그의 어린이관은 많은 부분에서 김기전의 논리전개와 유사한 면을 보인다.

김기전은 20세기 초반의 서구사상, 특히 生철학을 도입하여 천도교의 인내천 교리를 확립하고자 했다. 그에 의하면 현대사상의 핵심이며 중추는 生이다. 그런데 생에서는 '활동'이 '피치 못할 운명'이며, 이런 활동 중에서도 '超越'을 통해 인간은 유폐된 자신의 '자아를 해방하여 우주의 대자아에 접속'할 수 있으며,[31] 이렇게 발견된 인간의 '我' 미에는 우주의 전체적 생명의 대조류가 흐르고 있다고 했다.[32] 그리하여 김기전은 '活動', '生', '생명' 등의 생철학적 개념을 동원하여 인격의 '진화와 완전화를 해명하고, 이를 통해 '인생 각자가 신과 同體임을 인정하고 신과 더불어 合一'하는 것으로서 인내천을 설명했다.

방정환 역시 인간 안에 있는 완전성에 도달하는 것에서 인내천에 이르는 길을 찾았는데, 그 완전성의 원형은 바로 '어린이'에 있었다. 어린이를 '인내천의 천사'라 한 것이 이를 단적으로 보여준다. 특히 방정환도 김기전처럼 생명력이나 활동, 힘 등에 주목했는데 "꿈적거린다〔活動〕

---

29 이정호는 1920년대 초반의 어려운 상황에서 "집단에 잇서서는 김기전 씨의 힘을 빌고 『어린이』 잡지에 잇서서는 개벽사의 후원과 방정환 씨의 힘을 빌어 …… 창간호를 내엇습니다"라고 회고하고 있다 (이정호, 「백호를 내이면서 창간 당시의 추억」, 『어린이』 100호, 1932.10.)
30 윤석중, 「天道敎少年運動과 그 影響」, 『한국사상』 12, 한국사상연구회, 1974.
31 金起瀍, 「活動으로부터 超越에」, 『開闢』 제20호, 1922, 2~6쪽.
32 金起瀍, 「部分的生活로부터 全的生活에」, 『開闢』 제17호, 1921, 21~22쪽.

는 그것뿐만이 그들의 생명이요 생활의 전부"[33]이며, "뻗어나가는 힘! 뛰노는 생명의 힘! 그것이 어린아이"라는 서술에서 보이듯, 어린이 속에 있는 한울님에 도달하는 힘의 원천을 '어린이'의 생명력이라고 보았다. 그리하여 이 생명의 힘이 '온 인류의 전화와 향상'의 원동력이 된다고 함으로써 지상천국에 이르는 근본적인 길로 파악했다.

한편, 방정환은 일찍부터 서구나 일본의 새로운 교육사상에도 관심을 가졌으며, 그의 어린이론에서도 자유주의적 근대 교육사상의 영향을 찾아볼 수 있다. 방정환은 무엇보다 어린이는 어른과 다르다는 점을 강조한다. "어린 사람에게는 어른의 세상과는 전혀 딴판인 조금도 같지 않고 딴판인 세상 하나가 따로 있는 것을 유소년을 대하는 사람들은 잘 알아야"[34] 한다. 즉 어린이는 어른의 시각에서가 아니라 그들의 관점과 시각에서 이해해야 한다는 것이다. 이렇게 어른과 어린이를 분리하고 어린이의 시각에 입각하는 아동관은 루소 이래 서구 근대교육사상이 가지는 공통된 출발점이다.

그러나 어린이는 결코 부모의 물건이 되려고 생겨나오는 것도 아니고, 어느 기성 사회의 주문품이 되려고 나오는 것도 아닙니다. 그네는 훌륭한 사람으로 태어나오는 것이고 저는 저대로 독특한 한 사람이 되어갈 것입니다. 그것을 자기 마음대로 자기 물건처럼 이렇게 만들리라 이렇게 시키리라 하는 부모나, 이러한 사회의 필요에 맞는 기계를 만들리라 하여 그 일정한 판에 찍어내려는 지금의 학교교육과 같이 틀린 것, 잘못된 것이 어디 있겠습니까.[35]

---

33 「아동문제강연자료」, 『학생』 제2권 7호 ; 안경식, 앞의 책(자료편), 309쪽.
34 「천도교와 유소년문제」, 『신인간』 1928년 신년호 ; 이원수·이주홍·이재철 편, 『소파방정환문학전집』 7권, 1974, 94쪽에서 재인용.
35 방정환, 「소년의 지도에 관하여」, 『천도교회월보』 통권 제150호, 1923.

어린이는 '훌륭한 한 사람으로 태어'나며, '저대로 독특한 한 사람'으로 성장해 나간다는 이 논리는 외부의 강제나 통제를 배격하고 아동의 개성, 흥미, 욕구, 적성, 자발성에 입각한 교육을 주장하는 진보주의 교육사조의 기본적 사고와 일치한다. 방정환이 토오요오(東洋) 대학에 유학할 때에, 진보주의 교육사조가 크게 유행하면서 이른바 다이쇼(大正)자유교육운동이 활발히 진행되고 있었다.[36] 그 중에서도 특히 인기를 끌었던 예술교육운동은 방정환의 어린이론과 동화운동에 많은 영향을 주었다

1910~20년대 일본에서 동화문학의 전성기를 이뤘던 오가와 미메이(小川未明)나 스즈키 미에기치(鈴木三重吉) 등 일련의 동심주의 아동문학가들은 모두 순진무구한 어린이(こども)의 동심을 상정하고, 여기서 인간의 이상적인 모습을 발견하고자 했다.[37] 특히 오가와는 동화를 "어린이의 마음을 잃지 않는 모든 인류를 향한 문학"이라고 정의했는데, 방정환은 이 구절을 자신의 동화론에서 직접 인용하고 있다.[38] 1924년 『어린이』사에서 개최했던 자유화대회도 야마모토 가나에(山本鼎) 등이 주도한 자유화교육의 영향을 받았던 것으로 보인다.

그러나 방정환의 '어린이'는 이 시기 일본의 자유교육운동, 동화운동을 그대로 들여온 것이 아니었다. 일본과 조선의 아동이 처해 있는 사회적 상황은 현격히 달랐다. 일본에서는 이미 1900년에 소학교 취학률이 90%에 도달하여 초등학교 학령아동은 거의 모두 학교제도 안으로 포괄되었다. 그리하여 1910년대에는 아동문제에서도 이전의 계몽적 관점에

---

36 지금까지 오천석이 진보주의 교육사조(특히 듀이를 중심으로 하는)를 수용한 것으로 평가되었다. 그러나 오천석 이전에 주요섭이 듀이 이론을 먼저 배워왔고, 방정환도 일본유학시기에 大正교육개혁운동의 사상적 기반으로 진보주의 교육이론에 영향받았을 가능성이 있다. 한편 이 세 사람이 모두 1920년 이전에 모두 동화에 손대고 있다는 점 또한 흥미롭다(방정환, 「새로 개척되는 동화에 관하여」, 『개벽』 4권 1호, 1923년 1월호 참조.)

37 河原相致, 앞의 책, 1988, 157쪽 ; 원종찬, 「한일아동문학의 기원과 성격비교—방정환과 한국 근대 아동문학의 본질」, 『아동문학과 비평정신』, 창비, 2001.

38 「새로 開拓되는 童話에 關하여—特히 少年 以外의 一般 큰이에게」, 『開闢』 4권 1호.

서 탈피하면서 '내면'에 관심을 기울이게 된다. 그 결과 1910~20년대에 일본 아동문학을 주도한 인물들은 어린이를 '無垢' 함의 상징으로서 그들 자신의 내면을 표현하는 하나의 '풍경'으로 발견하게 되었다.[39] 이 시기 일본 아동문학이 표방한 순진무구한 존재로서 착한 어린이들은 적극적인 행동파가 아니라 끊임없이 반성하는 성찰적이며 휴머니즘적인 모델로 그려진다.[40]

그러나 방정환의 '어린이'는 이런 내성적인 인간이라기보다는 민족의 미래를 직접 책임지고 만들어가야 할 계몽적이고 적극적인 주체였다. 방정환이나 일본의 동화문학가들이나 '어린이' 또는 'こども'에 이상적 인간형을 설정했다는 점에서도 동일하다. 그러나 방정환 등 당시 소년 운동 지도자들에게 '어린이'는 우리의 미래를 책임지는 실천적 담지자들이었다. "어린이라고 하는 말은 그 뜻이 이 세계의 장래 주인공"이었고, 그러므로 "우리 어린이들은 씩씩한 긔상과 고-흔 心정과 쾌활하고도 부즈러운 마음을 항상 새롭게 하야 이 세계의 지금(現在) 주인공이신 아버님 어머님 先生님보담 더 나은 사람이 되어야"[41] 했다.

이런 관점에서 추구하는 이상정 인간형은 공리적이고 성취지향적이 될 수밖에 없었다. 그리하여,

조선은 느릿느릿 배암처럼 풀 속에서 보기 실케 굴다가 세상문명에 뒷써러 젓슴니다. 남보다 아는 것시 적고 힘이 적고 싸혼 거시 적슴니다. …… 사랑하는 少年少女 여러분 우리의 하라버지야 무슨 노릇을 하엿건 우리 아버지들이야 무슨 짓을 하엿건 우리들만은 느릿느릿한 진취성(進就性) 없는 버릇을 버리고 채쭉으로 한번 치거던 천리라도 만리라도 한숨에 아프로 다라날 말가튼 용긔가

---

39 가라타니 고진, 앞의 책, 152쪽.
40 河原相致, 앞의 책, 152쪽.
41 색동회 조재호, 「오월 어린이데-선물」, 『어린이』 3권 5호, 2쪽.

가집시다.[42]

라는 당부에서 드러나듯이, 어린이운동도 결국은 세상문명에 뒤떨어진 것을 만회하고 진보의 궤적을 따라잡는 것을 목적으로 하게 되었다. 이를 위해서는 지식과 힘과 부를 늘려가야만 했다. "어린 사람을 터줏대감으로 믿고 거기다 정성을 바쳐야 새 운수가 온다. 늙은이 중심의 살림을 고쳐서 어린이 중심의 살림으로 만들어야 우리에게도 새살림"이 온다는 것이다.[43] 여기서 새 살림이란 문명과 진보의 세계에 다름 아니었다.

또한 '어린이'는 조선민족을 강하게 전제하는 개념이었다. 어린이들은 자기 혼자만 열심히 공부하면 되는 것이 아니라 조선의 600만 유소년 중 학교교육을 전혀 받지 못하는 530만 이상의 '우리 동무'들을 항상 생각해야 했다. "혼자 써러저 잇지 말고 엉켜 사는 소년", "이웃에 사는 여러 동무와 한가지로 배워나가는 사람"[44]이 되어야 한다는 점이 거듭 강조되었다.

비슷한 시기 일본의 아동문학운동, 특히 상당한 이론적 영향을 받았을 자유주의적 아동관과 비교할 때 나타나는 이런 어린이관의 차이는 이론적 이해의 맥락이나 수준의 상이함에서 비롯된 것이 아니다. 방정환이나 김기전에게 중요했던 것은 뒤처진 조선을 계몽하고 문명으로 이끌어가는 운동의 전략이었다. 일본의 아동문학운동이나 자유교육운동이 이미 확립된 국민국가 속에서 가장 자유주의적인 부분이 진행한 근대적 시민 양성의 프로젝트였다면, 조선의 소년운동은 식민지 조건하에서 민족주의의 새로운 활로를 모색하던 계몽운동의 일환이었다고 볼 수 있다.

그러나 조선의 현실을 개조 계몽해야 한다는 강렬한 목적의식이 '어

---

42 申瑩撤, 「금년은 말해외다—새해를 당하야 말을 배움시다」, 『어린이』 8권 1호, 6~7쪽. 신영철은 『어린이』 편집진 중의 한 사람이었다.

43 방정환, 「아동문제 강연자료」, 『학생』 2권 7호 ; 『小波方定煥文集』, 319쪽에서 재인용.

44 金起田, 「다갓치 생각해봅시다」, 『어린이』 5권 8호, 1쪽.

린이'에 투사되면서, '어린이'는 '인내천의 천사'로서 계몽적 이상과 순수를 표상하는 존재로서 상정되었고, 역설적으로 현실의 어린이와는 무관한 존재가 되어버렸다. 특히 방정환이 『어린이독본』 등에 제시하는 이상적인 어린이의 모습은 교통사고가 나도 약속을 지키기 위해 동생을 대신 보냈다는 식의 지나치게 관념적인 내용이거나, 시간은 돈이라는 프랭클린의 일화처럼 극히 근대적이고 부르주아적 기준에 입각한 것이었다. 그러므로 심지어 학교제도에도 제대로 포섭될 수 없었던 식민지 어린이들로서는 실행하기 어려운 요구일 수밖에 없었다.

4. 천도교소년운동의 실천과 동화

방정환은 어린이의 마음이 인간이 돌아가야 할 "그 깨끗한, 곱고 맑은 고향"이라 했고, 이런 어린이의 마음이 바로 한울님이라고 보았다. 그렇다면 소년운동의 궁극적 목적은 어린이 속에 내재하는 이 한울님을 보존하고 키워나가는 것이다. 방정환은 '인내천의 천사'로서 새 세상의 새 일꾼으로 '지상천국[45]의 건설에 종사함', '어린 동무'들을 '영원한 천사'[46]가 되게 하는 것은 '수신강화 같은 교훈담이나 수양담'으로는 불가능하다고 보았다. 기성의 어른들이 "이것이 옳은 것이니 받으라고 무리로 강제로 주어서는 안 된다"는 것이었다.

방정환은 어린이의 성장에 가장 필요한 것이 기쁨이라고 했다. 기쁨이 몸과 생각과 기운을 자라게 하는 것이다. 그런데 어린이들은 '꿈적거리

---

45 천도교의 최고 이상은 布德天下 廣濟蒼生을 통한 지상천국의 건설이었다. 이들에게 지상천국은 특정한 형식과 조건을 갖춘 것이 아니라 "그 시대 시대에서 각각 보다 좋은 신사회"를 건설하는 것을 의미했다.(정용서, 앞의 글, 233쪽)
46 방정환,「동화를 쓰기 전에 어린애를 기르는 부형과 교사에게」,『천도교회월보』126호 ; 안경식, 앞의 책(자료편), 195쪽에서 재인용.

는 것(生活)'에서 가장 큰 기쁨을 느낀다. 이때의 활동은 몸만이 아니라 속생각의 활동도 포함하는 것이며, 이 속생각의 활동을 더욱 도와주기 위해 동화며 동요며 그림이 필요한 것이다.[47] "저희끼리의 소식, 저희끼리의 작문담화 또는 동화 동요 소년소설"만으로도 충분했다. 동화는 동화구연회 등의 방법을 통해 대중화·조직화를 위한 수단이 될 수 있었으며, 동화집이나 아동잡지를 발간함으로써 더 체계적이고 지속적으로 보급할 수 있었다. 방정환의 천도교소년운동이 동화를 중심으로 전개했던 이유가 바로 여기에 있다. 기성의 어른들 세계에서 통용되는 수신 강화가 아닌 새로운 계몽의 가장 적절하고 새로운 수단이 바로 동화였던 것이다.

1) 소년회—새로운 '어린이' 공간의 창출

"기성된 사회와의 일정한 약속 하에서 그의 필요한 인물을 조출하는 밖에 더 理想도 計劃도 없는"[48] 현재 학교에서의 교육, 즉 "산술이나 글씨 쓰는 것을 배우는 것"이나 '수신 강화' 따위로는 어린이 속의 한울님을 키워나간다는 거의 불가능하므로 "더 근본적으로 사람 노릇하는 바탕"을 지어가는 공간, "더 근본적이요 더 실제적인 생각과 지식과 또 훈련을 주는 것"[49]이 필요하게 된다. 이 공간으로 제시된 것이 바로 소년회였다.

일반적으로 근대 사회에서는 학교가 아동을 어른들의 세계로부터 분리하여 훈육하는 역할을 수행했다. 그러나 방정환을 중심으로 하는

---

47 방정환, 「아동문제강연자료」, 『학생』 2권 7호, 1930년 7월호 ; 안경식, 앞의 책(자료편), 309~311쪽. 방정환은 동화 외에 아동미술에도 많은 관심을 보여 1924년에는 自由畵대회를 개최했고, 1928년에는 세계아동예술전람회를 개최하기도 했다. 여기서 앞에서 본 기타하라 하쿠슈우(北原白秋), 야마모토 가나에(山本鼎) 등이 주도한 예술교육운동의 영향을 받았던 점이 주목받기도 했다(안경식, 같은 책, 65쪽).
48 방정환, 「소년의 지도에 관하여」, 『천도교회월보』 통권 150호, 1923년 3월호 ; 안경식, 앞의 책(자료편), 310~311쪽.
49 『아동문제강연자료』 ; 안경식, 앞의 책(자료편), 310~311쪽.

1920년대 소년운동가들이 보기에 식민지 학교는 어른들 세계의 연장이며 어른 중심의 논리와 훈화가 지배하는 공간이었다. 따라서 소년운동의 가장 직접적인 목표는 일단 많은 소년회를 조직하여 어린이들의 공간을 새로이 만들어가는 것이었다. 이들은 소년회는 "우리 소년이라는 사람을 뚝 떼어내서 따로히 소년의 세계를 지어놓고 볼 때에 소년이 소년 자신을 위하야 외따로 못할 일을 모여서 한다는 것"이며, "소년회와 같은 단체는 모아진 힘으로 이 누름에 눌리우지 않기를 힘쓰는 데서 보다 더 잘 살 수 있다"[50]고 보았다. 특히 "오늘날 사회의 윤리, 도덕, 법률, 종교, 문학 등에 많이 물들어"[51] 있으면서 어린이를 내리누르는 몽매한 어른들의 세상으로부터 "짓밟히고 학대받고 쓸쓸스럽게 자라나는 어린 혼을 구원"하기 위해서 소년회는 필수적이었다. 그리하여 무엇보다 먼저 "지방 지방으로 다니면서 촌촌마다 소년회를 골고루 조직하게 하고 또 온 조선의 모든 소년회가 한결같이 소년회다운 소년회가 되게" 하는 것이 우선적인 과제로 제기되었다.[52]

이렇게 독자적인 소년회 공간을 창출하고자 하는 시도가 기존의 총독부가 주도하는 제도권 교육을 정면으로 혹은 직접 반대하는 것은 아니었다. 오히려 독자성을 유지하는 속에서 학교교육과 상호보완의 관계를 형성할 수도 있다고 생각했던 듯하다. 방정환이나 천도교소년운동 지도자들이 대안교육적 계획을 가졌던 것 같지는 않으며, 그보다는 분리를 통해 독자성을 확립하면서 천도교 민족주의운동의 추진력을 확대시키고자 했을 것이다. 궁극적으로 이런 소년들을 모으는 것은 결국 천도교의 청년지도자들이 상정했던 민족적 중심세력 구상과 결코 무관하지 않은 것이었다.

---

50 李晟煥, 「소년회이야기」, 『어린이』 3권 5호, 8~9쪽.
51 위의 글, 9쪽.
52 편집인, 「'어린이' 동무들께」, 『어린이』 2권 12호, 39쪽. (편집인은 방정환)

또 소년회는 누군가가 만들어주는 것이 아니라 어린이들이 직접 만들어가야 하는 것이었다. 앞서 당대 일본과 비교하여 천도교 소년운동의 '어린이'가 계몽적 주체로서의 성격이 강하다는 점을 지적했지만, 어린이들에게 자신들의 '모듬'을 만들 것을 거듭 강조했다.[53] 특히 김기전은 어린이들이 방학 중에 할 일 가운데 가장 시급한 것을 소년회와 소년모임을 만드는 일이라 하고 있으며,[54] 김명호도 농촌소년들이 어른들 사이에 끼여 노름이나 사랑방 이야기를 듣고 있지 말고 모임을 짓자고 호소하고 있다.[55]

그리하여 1920년대 초반 천도교계의 활동가들이 후원하고 지지하는 소년회 결성이 크게 확산되었다. 그 바탕은 천도교 소년회였다. 1921년 4월 천도교청년회 유소년부가 결성되었고, 1921년 5월 1일 김기전·방정환·이정호가 중심이 되어 천도교소년회가 발족했다. 이후 각 지역에서 소년회 조직이 급속히 확대되었는데, 방정환 등의 지방순회 강연활동은 여기서 핵심적인 역할을 했다. 방정환은 명연사로 유명했지만, 특히 동화구연이 백미였다. 수많은 소년소녀들이 자기 고장을 방문해 줄 것을 요청했고, 지방에서 열리는 소년운동행사 포스터에 "방정환 씨 출장 참석합니다"라는 문구를 삽입하는 것만으로도 대단한 광고 효과를 볼 수 있었다.[56]

기존의 사회현실로부터 분리된 어린이들의 공간을 만들어갈 때, 동화는 이 분리된 공간 속에서 통용되는 환타지의 논리구조 역할을 하도록 기대되었다. 동화구연회는 단순히 동화를 들려주는 모임이 아니라 계몽과 조직화의 중요한 수단이기도 했다. 그리하여 동화구연에 익숙하지

---

53 활천 이용순, 「씩씩한 소년이 되십시오. 그리고 특별히 소년회 없는 곳 여러분께 드리는 말씀」, 『어린이』 1권 8호.
54 金起田, 「네가지 긴요한 일」, 『어린이』 8권 6호, 4~5쪽.
55 金明昊, 「다시금농촌少年에게」, 『어린이』 6권2호, 7~9쪽.
56 안경식, 앞의 책, 377쪽.

않는 사람들이나 초심자들을 위한 실용안내서까지 발간될 정도였다.[57] 이 과정에서 1920년대 전반 식민지 조선 전체에 걸쳐 고조되고 있던 계몽적 열기 또한 소년회가 급속도로 확산되는 데 중요한 원인이 되었다.

2) 방정환의 동화구연과 『사랑의 선물』

이런 적극적인 동화구연 활동 속에서 동화에 대한 관심이 크게 고조되었다. 동화열기를 이끌어가는 선도자로서 1920년대 출판시장에 큰 영향을 미쳤던 것이 바로 방정환이 편집한 번안동화집 『사랑의 선물』이었다.[58] 이 책은 1921년 방정환이 도쿄 유학중에 안데르센 동화, 페로 동화, 오스카 와일드 동화 등 세계적으로 유명한 동화 10편을 모아서 1922년 7월에 개벽사에서 단행본 동화집으로 출판한 것이었다. 초판 발행 이래 『사랑의 선물』은 1928년까지 11판을 발행했으며 1930년대 중반까지도 여전히 독자들의 사랑을 받았다. 1922년 50전이었던 이 동화집에는 다음과 같은 동화들이 실려 있었다.[59]

57 沈宜麟 저, 「話方練習實演童話第一集」, 『어린이』 1928년 하기방학호 광고.
58 현재까지 많은 출판사에서 『사랑의 선물』이라는 제목으로 동화집을 발간했으나 원본에 충실한 것은 거의 없으며, 대부분 방정환이 이후에 창작하거나 번안한 작품들을 끼워넣어 발간했다. 이원수·이주홍 등이 편찬한 『소파 방정환 문학전집』(1974년 간행) 6권은 『사랑의 선물』인데, 이는 방정환의 번역동화를 모두 모은 것으로서 『사랑의 선물』 원본과는 차이가 있다. 한국방정환재단에서 2000년 9월에 간행한 『小波方定煥文集』 하권에는 『사랑의 선물』 수록 동화 전편이 분산되어 실려 있는데, '번안동화·번안소설' 편과 '어린이독본·미담·실화·소품' 편이 흩어져 있으며, 실려 있는 동화도 원본에 비해 착오가 있다. 해방 이후 간행본으로 부산 시립시민도서관에 소장된 1953년 신향사 간행본과 최근 仲村修의 연구에서 저본으로 삼은 1960년 학급문고사 간행본은 수록동화의 내용과 순서가 일치하고 비교적 정확한 편이지만, 원본과 비교할 때 빠진 동화도 있다. 필자는 2000년 무렵 원종찬 선생의 후의에 의해 1928년판 『사랑의 선물』를 구할 수 있었고, 여기에 일반적으로 1922년 6월로 알려져 있던 이 동화집의 간기가 1922년 7월 7일로 되어 있음을 확인할 수 있었다.
59 원래 필자의 논문에서는 원작자 등을 잘못 파악한 오류가 있었다. 염희경, 앞의 책, 2014, 4장 내용에 근거해 수정했다. 또 최근 연구에 의하면 1927년 10판까지 판매부수가 약 2만 부였다고 한다.(장정희, 「『사랑의 선물』 재판 과정과 이본 발생 양상」, 조선대 인문학연구원, 『인문학연구』 51, 2016, 298~300쪽)

『사랑의 선물』 수록 동화

수록 제목	원작자	비고
란파선	데 아미치스	소년소설 『쿠오레』 중 한 부분
'산드룡'의 류리구두	페로	영어식 발음인 『신데렐라』로 더 잘 알려진 동화
왕자와 제비	오스카 와일드	
요술왕 아아	시칠리아 동화	
한네레의 죽음	하우프트만	독일 자연주의 극작가 하우프트만의 1894년 작품. 원제는 『하넬레의 승천』
어린 음악가		
잠자는 왕녀	그림	잠자는 숲 속의 미녀
텬당 가는 길		독일동화
마음의 꽃	미상	
꽃속의 작은이	안데르센	

이 동화 작품들은 당시 일본에서 널리 유행하던 세계동화집 가운데서 방정환이 선별 번안한 것이다. 이 작품들은 대체로 『잠자는 왕녀』, 『산드룡의 유리구두』 등 17세기에 재정리된 유럽의 전래동화류와 19세기 이후 오스카 와일드나 안데르센 등의 창작동화로 분류할 수 있는데, 수록 동화들이 일관된 특징을 찾기는 어렵다. 방정환은 당시 소개된 여러 부류의 동화들을 다양하게 소개하고자 하는 의도를 가졌던 것 아닌가 싶다.

또한 방정환의 번안 자체가 동화구연을 그대로 글로 옮긴 듯하고 대화체가 많아 동화극으로 만들기에 적합했다. 특히 『한네레의 죽음』은 빈곤과 학대에 시달리던 어린 소녀의 죽음에 관한 이야기인데, 수록 동화 중에서 당시 식민지 소년들의 현실에 가장 근접한 성격인 데다 그 비극적 정조가 상당히 호소력을 가졌던 탓인지 학교나 소년회 연극무대에 자주 올려지기도 했다.[60]

---

60 장문성, 「나의 일기」, 『어린이』 3권 4호, 1925, 44쪽.

『사랑의 선물』 이전에도 이미 오천석의 『금방울』,[61] 韓錫源의 『눈꽃』[62] 등의 동화집이 발간되었으나, 『사랑의 선물』이 대성공을 거두자, 이와 유사한 제목으로 양산되었다. 『사랑의 불꽃』, 『사랑의 눈물』 등 다수의 책들이 발간되었으며, 어린 독자들 중에는 "사랑의 云云" 책들이 모두 동화집인 줄 알고 잘못 사오는 경우도 있었다고 한다.[63]

그러나 역시 『사랑의 선물』 이후 가장 많이 출판된 것은 다양한 종류의 동화들이었다. 먼저 『사랑의 선물』처럼 외국동화를 번역하여 편집한 동화집이 발간되었다. 노자영이 『天使의 션물』이라는 제목의 동화집을 냈으며, 방정환과 함께 『어린이』를 발간하던 李定鎬도 『世界一周童話集』(以文堂, 정가 60전)을 편역하여 5판 이상을 발행했다. 延星欽도 여러 나라의 동화 18편을 모은 『世界名作童話寶玉集』을 만들어 이문당에서 발간했고, 1926년에는 오천석이 번역한 『그림동화』가 한성도서주식회사에서 발간되었다.[64] 1929년에 高長煥이 40여 편의 동화를 모아 만든 『世界傑作童話全集』 광고에는 "現代는 童話의 世紀"[65]라 할 정도였다. 번역동화집 외에 창작동화도 나타나기 시작했다. 마해송이 1923년 최초의

---

61 『금방울』은 현재 원본을 확인할 수 없었다. 1921년 8월 중 『동아일보』에 필자 吳天園, 발행소 廣益書館의 『금방울』 광고가 3회 실리는 것으로 보아, 아마 1921년 7월경에 발행된 것 같으며, 오천석이 1921년 도미유학했으므로 그 이전 도쿄 유학시절에 편집, 번역했을 것으로 추정된다. 수록 동화는 '길동무, 어린인어아씨의 죽음, 엘니쓰공주, 어린석냥파리처녀, 빛나는 훈장, 소년 십자군, 어린음악사' 등이었다고 한다. 『어린이』 1928년 하기방학특별호의 文化書館 광고에도 동화집 『금방울』이 나오는데, 같은 책으로 추정된다.

62 한석원은 주일학교연합회 총무로 오래 근무하고 기독교적 성향이 강한 아동잡지 『아이생활』 편집인으로 활동했던 인물이어서 그의 동화집은 성경동화가 아닐까 추측되지만, 확인할 수는 없다. 오천석의 『금방울』과 한석원의 『눈꽃』은 『개벽』 1923년 1월호에 게재된 방정환의 글 『새로 개척되는 동화에 관하여』에 언급된 동화집이다. 이 두 동화집 외에 1910년대에 『로빈손漂流記』, 『불상한동무』(플란더스의 개) 등이 신문관에서 번역된 바 있다.

63 蘇瑢叟, 「創作號브터의 讀者의 感想文」, 『어린이』 제8권 3호, 1930, 60~61쪽. 『신소년』 1930년 2월에 실린 中央印書館 도서목록에는 "사랑의 ……" 시리즈가 아예 구분되어 소개되어 있다. "사랑의 恨, 사랑의 눈물, 사랑의 싸홈, 사랑의 무덤, 사랑의 노래, 사랑의 꿈, 사랑의 秘密, 사랑과 설움, 靑春의 사랑, 最後의 사랑" 등 모두 10권이 있다.

64 『동아일보』 1926년 1월 31일자, 한성도서주식회사 서적 광고.

65 『어린이』 제7권 3호, 별지 광고.

창작동화「바위나리와 아기별」을 발표한 이래, 1927년에는 처음으로 창작동화집이라고 제목을 단 고한승의『무지개』가 발간되었다.[66]

한편, 조선 전래동화의 수집이 강조되었다. 방정환은 우리 힘으로 우리 동화를 발굴하는 것이 가장 중요하고 긴급한 과제라고 했다.[67] 먼저『개벽』지에서 1922년 조선 전래동화의 현상공모를 행하고 당선작을 1923년도에 게재한 이후『동아일보』,『조선일보』등 주요 신문들도 각지의 전설이나 민담을 연재하기도 했고,『어린이』지에서도 지방의 민담을 실었다. 1927년에는 약 30여 개의 전래동화를 가려 뽑은 한충(韓沖)의『조선동화 우리동무』(禮饗書屋 발행, 정가 60전)가 발행되기도 했고, 한성도서주식회사에서 전래동화를 모은『동화집 황금새』,『동화집 바다색시』를 발행하기도 했다.[68]

그런데 이런 많은 동화들 속에서 왜『사랑의 선물』이 그토록 폭발적인 인기를 누렸을까? 마치 동화를 직접 구연하고 있는 듯한 방정환의 번안이 뛰어난 것이기는 했지만, 그것이 1920년대 전체를 통해 10판 이상을 발매할 만큼의 인기를 몰고 왔던 근본적인 원인이었던 것 같지는 않다. 간행시기도『금방울』이 1921년 8월 이전으로『사랑의 선물』보다 먼저였다.『사랑의 선물』이 장기간에 걸쳐 베스트셀러가 된 것은 책 내용과 수준이 다른 동화집과 현격한 차이를 보여주었기 때문이라기보다 방정환이 만들었다는 사실 자체에 힘입은 바 컸다. 방정환이 동화구연과 지방강연을 활발히 전개하고『어린이』지 편집자로서 활동하면서〈동화 = 방정환〉의 등식이 성립될 수 있었던 것이다.

『사랑의 선물』은 1922년 발간 직후부터 그해 안에 재판을 발간하는

---

66 『무지개』에 실린 동화들은 창작이라기보다 번안으로 봐야 할 것이 많다고 한다(이재철,『韓國現代兒童文學史』, 153쪽).

67 小波,「새로 개척되는 동화에 대하여」,『개벽』4권 1호.

68 『어린이』5권 8호 게재 광고.

등 큰 호응을 얻었지만, 1923년에 방정환이 『어린이』지를 창간하고 1924년에 도쿄 생활을 청산 귀국한 후 각지를 돌며 동화구연회, 강연회 활동을 벌이면서 더욱 판매가 촉진되었다. 방정환이 서울의 천교도당에서 토요일마다 개최한 동화회는 2,000명 이상이 몰려드는 대성황을 이루었고, 길거리에서 군밤 파는 아이들조차 방정환의 동화를 듣고 『산드룡』이야기를 흉내낼 수 있을 정도였다.[69]

동화구연회를 통해서 글을 읽지도 못하는 아동들도 동화를 접할 수 있었다. 또 방정환의 동화구연을 들은 어린이들은 『사랑의 선물』을 읽으면서 구연 장면을 다시 떠올렸을 것이다. 방정환은 동화구연에 천부적 재능을 발휘했다. 조풍연의 회고에 의하면, 방뚱뚱이라는 별명이 붙을 정도로 비대했던 소파가 극도로 마른 사람을 묘사할 때면 소파의 몸이 마치 꼬챙이처럼 말라보이는 환각을 불러일으킬 정도였다고 한다. 이런 '환각'이 가능했던 것은 아마도 청중들이 이런 방식의 공연이나 이야기 방식을 받아들이는 코드를 공유하고 있었기 때문에 가능했을 것이다. 조풍연도 "우리 듣는 사람은 말하는 이의 具象과는 달리, 거기 상상만을 받아들였기 때문"에 소파의 마술 같은 화술이 가능했다고 말한다.[70] 방정환 자신도 이화여자보통학교에서 동화구연을 할 때 여학생들은 눈물을 줄줄 흘리면서, 선생님들은 눈물을 훔치면서 이야기를 듣다가 결국에는 일제히 대성통곡하는 바람에 구연을 잠시 중단하면서 학생들을 달래느라 무척 민망했다고 회고하고 있다.[71] 소파의 지방강연은 동화구연과 부형을 위한 대중강의를 같이 진행했는데, 1920년대 중반 소파의 대

---

69 독자, 「方定煥氏尾行記」, 『어린이』 3권 11호, 1925.
70 조풍연, 「소파 방정환의 추억」, 『신인간』 제389호, 1981년 7열 ; 안경식, 앞의 책(자료편), 143쪽에서 재인용.
71 이때 방정환이 구연했던 동화는 전형적인 해피엔드물인 『산드룡』, 즉 신데렐라였다. 학생들이 통곡한 대목은 신데렐라가 계모에게 매맞은 장면이었는데, 이야기의 도입부에 불과한 이 시점에서 청중이 완전히 이야기에 몰입할 수 있었다는 점은 주목할 만하다.

[그림 1] 독자가 그린 방정환의 모습 (『어린이』 2권 5호 43쪽)　[그림 2] 실제의 방정환

중강연에는 2,000여 명의 부형이 참가할 정도로 대단한 인기였다고 한다.[72]

[그림 1]은 홍성에 온 방정환의 모습을 독자가 상상해 그린 것인데, 실제의 방정환과 달리 수염을 기른 날씬한 신사로 묘사해 놓았다. 방정환 스스로도 자신의 모습이 이렇게 예쁘지는 않다고 했으나, 독자들의 상상 속에서 방정환은 오늘날의 연예인과도 같이 멋진 모습의 '방선생님'이었다. 일종의 팬덤이 형성되었다고 보아도 될 듯하다.

예상 외로 광고의 효과는 크지 않았다. 책을 처음 발간한 후 개벽사는 1922년 7월에서 9월 사이에만 『동아일보』에 6회나 광고를 실을 정도로 열성이었다. 그러나 이후 광고는 잡지 『어린이』나 『신여성』에만 내고 신문에는 1923년에만 한 번 내는 것이 전부였다. 판권이 박문서관으로 옮겨간 1926년 이후에도 광고는 『어린이』지에만 실렸다. 신문에 광고를

---

72 『어린이』 9권 7호, 12쪽. 서적의 신문광고 상황에 대해서는 이기훈, 「독서의 근대, 근대의 독서
　─1920년대의 책읽기」, 『역사문제연구』 7호, 2001. 참조.

좀 많이 내보라는 독자의 요청에 신문광고는 효과가 별로 없어 내지 않는다고 했다.[73] 보통학교 학생이나 졸업생을 대상으로 하는 참고서나 수험서 등이 꾸준히 신문광고를 내고 있는 것과 대조적이다. 『사랑의 선물』 같은 동화집은 학부형이 신문광고를 보고 책을 사주는 형태로 소비되지 않았다. 아마도 동화구연회나 강연에 참석한 어린이가 부모를 졸라서 사거나, 소년회에서 함께 구입한 책을 돌려 읽는 경우가 다수였을 것이다.

당시에 책을 산다는 것은 오늘날과 다른 의미를 갖는다. 1920년대의 책들은 그 판매부수보다 몇 배의 사회적 파급력을 가졌다고 봐야 한다. 당시 어린이들은 『사랑의 선물』을 한 권 사면 1년 넘게 읽고 또 읽어 외울 지경이었다.[74] 소년회가 있는 곳에서는 이런 책을 돌려 읽는 것이 너무나 당연한 일이었다. 실제로 소년회를 만들고 유지하는 데서 동화나 소년잡지의 역할은 매우 컸다. 동네나 학교를 단위로 『어린이』 독서회나 『신소년』 독서회가 만들어졌고, 청년회 같은 조직의 후원을 얻기도 했다. 많은 어린이들이 소년회나 학우회에서 구독하는 『어린이』 잡지나 동화책을 함께 읽었지만, 어린이 스스로가 자기 학교나 마을에서 친구들을 권유하여 독자회를 조직하기도 했다.[75] 이들 독서회나 독자회가 발전하여 소년회를 만들기도 했고, 경우에 따라서는 소년문예연구와 독서장려를 목적으로 하는 본격적인 동인조직을 만들기도 했다.[76] 사실 앞에서 살펴보았듯이, '어린이'나 '소년'의 연령 설정 자체가 모호한 것이 현실이었기 때문에 오늘날처럼 동화 독자가 특정 연령층으로 국한되지 않았

---

73 『어린이』 1925년 5월호, 휴게실에 게재된 "신문에 광고하시면 좃켓슴니다"라는 독자의 건의에 『어린이』지 편잡자들은 "신문에 광고내여도 그닥지 신통한 효과가 업는고로 안 냇슴니다"고 대답하고 있다.
74 「독자담화실」, 『어린이』 3권 7호, 47쪽.
75 「독자담화실」, 『어린이』 3권 9하, 70쪽. ; 「독자담화실」, 『어린이』 5권 1호, 63쪽 등.
76 蘇瑢叟, 앞의 글 ; 「독자화담실」, 『어린이』 8권 3호, 67쪽.

을 가능성이 높다. 그러나 학교교육과 소년운동이 확산되는 속에서 '어린이'에 대한 인식도 널리 퍼져갔고, 독서회나 독자회, 기타 다양한 독자들 간의 교류가 '어린이' 의식을 확산시키는 데 중요한 역할을 했을 것이다.

읽을거리가 절대적으로 부족했던 1920년대 현실에서 동화집 붐은 총독부 학무 관계자들에게 영향을 미치게 되었다. 이전부터 일선 학교에서는 "소년회에 가입하면 퇴학"시키거나 "『어린이』를 읽으면 벌"[77] 세우는 방식으로 천도교소년운동을 방해하기도 했다. 그러나 소년운동과 동화의 열기는 여전히 식지 않아, 일선 학교의 조선인 선생들 중에는 직접 『어린이』를 읽어주거나 학생들에게 읽히는 사람도 있었고, 학교 학예회에서 『한네레의 죽음』이 단골 레퍼토리가 되는 상황이 전개되었다. 이에 총독부 당국자들은 계몽적 소년운동을 원천적으로 부정할 명분이 마땅찮은 마당에 소극적 대응만으로는 한계가 있다고 판단했다. 그리하여 총독부 학무국이 직접 조선인 아동을 위한 과외 독서자료로서 『아동문고』를 발간하기에 이르렀다.[78] 이 책은 학년별로 나누어 조선의 전래동화나 일본 동화를 싣고 있었는데, 저학년의 경우 조선어로 된 조선동화가 몇 편 실려 있었지만, 대부분 일본어로 된 일본 동화를 많이 수록하여 일본어 교육을 위한 보조수단으로 활용되었다.[79] 총독부는 이런 동화집들을 간행하여 학습교재이면서 조선인에 의해 주도되는 동화운동에 대응하는 수단으로서의 역할을 동시에 수행하게 하고자 했으나, 일본어 교본의 성격이 강했으므로 그 파급력에는 한계가 있었다.

이와는 별도로 1925년에는 活文社書店에서 『朝鮮童話』를 간행했는데, 전 3집으로 조선총독부가 각지에서 수집한 "水中의 珠, 狡猾한 兎,

---

77 방정환, 「少年運動」, 『동아일보』 1925년 1월 1일자. ; 『소파방정환문집』 하 299쪽에서 재인용.
78 木下久吉, 「兒童文庫春の卷の刊行を終りて」, 『文教の朝鮮』, 1928년 6월호.
79 朝鮮敎育會 編, 兒童文庫―春と秋の卷 3 1928~1930(국립중앙도서관 朝12 - A9).

好事者의 盲人(이상 1집), 龜의 使者, 蛙와 狐의 智慧比較, 父母를 버리고 사람(2집), 겁만흔 虎, 三個의 珠(3집)" 등 전래동화를 수록했다고 한다. 그런데『동아일보』에는 한글로 책 내용을 소개하는 광고를 내보냈지만 실제로 이 책은 일본어로 쓰여졌을 가능성이 더 높다.[80] 책을 출판한 활문사서점은 주로 각종 일문 수험서나 참고서, 초이스 독본 등을 취급하던 곳으로, 한글 서적을 간행했을 가능성이 희박하다. 조선총독부에서 수집한 전설을 허가를 얻어 출판했다는 것으로 보아 1924년에 조선총독부에서 발간한 조선민속자료 제2집『朝鮮童話集』에 수록된 것들 중 일부를 몇 편의 삽화와 함께 3권으로 나누어 발행한 것이 아닌가 추측된다.[81] 광고에 나온 설화는 모두『朝鮮童話集』에 실린 水中の珠, 狡い兎, 物好きな盲者, 龜のお使, 蛙と狐の智慧くらべ, 親を捨てる男, 臆病な虎, 寒中の覆盆子, 三つの珠이라는 제목을 직역한 것이다. 또 당시 경성제대 예과부장이던 오다 쇼고(小田省吾)가 보통학교 학생의 과외독본으로 유익하다는 추천사를 싣고 있는 점도 이 책이 일문이었을 가능성을 더욱 높게 해준다. 따라서 역시 다수의 보통학교 학생들이 쉽게 읽을 수 있는 동화집이 되었을 가능성은 거의 없다.

동화운동과 동화집 발간이 하나의 붐을 이루어 총독부 학무당국의 반응까지 이끌어내는 시점에서, 방정환 등의 천도교소년운동은 절정에 이르렀다. 1923년 천도교소년회가 중심이 되어 소년운동협회가 결성되었고, 이후 매년 5월 1일을 어린이날로 정하여 대규모 행사를 개최했다. 지역별로 개최된 어린이날 행사는 일제 경찰에 의해 금지되기도 했지만, 소년운동을 더욱 확산시키는 계기가 되었다.

---

80 1920년대의『동아일보』서적 광고에는 일문 서적의 제목과 목차를 번역하여 일부 소개하는 경우가 드물지 않다.
81 朝鮮總督府,『朝鮮童話集』, 1924. 이 책은 大海堂이라는 일본인 회사에서 인쇄를 했고, 大阪玉號書店 경성지점에서 발매했다. 서울대 중앙도서관 백사문고에 소장되어 있다.

그러나 1925년 5월회가 결성된 이후부터 소년운동 내에서 사회주의적 경향이 대두했다. 이들은 천도교 계열의 주도권에 강력히 도전했다. 천도교 중심의 계몽운동에 대한 도전은 방정환의 '어린이' 개념을 허물고 이에 도전하는 것으로 나타났고, 이러한 새로운 경향은 '어린이' 자체의 쇠퇴로 이어진다. 『동아일보』 등 신문에서는 여전히 '어린이'라는 표현이 사용되고 있지만, 소년잡지에서는 오히려 '어린이'가 밀려나간 자리를 '근로소년'이 점거해가고 있었다. 이것은 '어린이'가 상정했던 현실 세계와의 분리를 무너뜨리는 과정에서 나타나는 현상이며, 당연히 계몽 전략으로서 동화의 위상과 기능에도 영향을 미치게 된다. 즉 이미 1927년 10월에 조선소년연합회 창립대회 참가자들은 간담회에서 '감상적인 동요, 소설들을 전문적으로 하는 출판물을 배척하고, 과학과 건전한 지도덕 문화운동'에 주력하는 잡지를 후원하기로 결정하고 있다.[82] 결국 『어린이』 스스로도 "앞에는 험악한 산이 있고 굶주림과 추위에 우는 동무가 있는데 『어린이』 혼자서 고운 노래와 아름다운 시나 부르고 읊고 앉았을 것인가?"[83]고 반문하지 않을 수 없을 지경에 이르게 되면서 소년운동과 '어린이' 인식은 큰 변화를 겪게 된다.

5. 맺음말

서구에서 기존의 어른 세계와 분리되는 성장단계로서 '어린이기'와 순진무구한 어린이라는 관념은 부르주아적 가족제도와 교육제도의 확립과 관련되어 설정되었다. 이에 비해 근대 한국에서 '어린이'는 이런 서구적

---

82 『동아일보』 1929년 10월 17일자.
83 고문수, 「어린이는 과연 가면지인가?」, 『어린이』 10권 5호, 1932.

근대화를 급속히 달성하고자 하는 '운동'에 직접적으로 연계되어 있었다. 식민지에서는 현실의 가족제도나 교육제도가 근대적 변화를 거치면서 아동에 대한 사회적 인식과 대우가 달라지고, 그 변화가 '어린이'란 말에 반영되었던 것이 아니었다. 오히려 당대의 부르주아 소년운동이 추구하는 근대적이고 계몽적인 아동과 사회의 모습을 반영하여 발명된 것이 '어린이'라는 말이었다. 이렇게 '어린이'는 운동을 통해 사회 속으로 확산되어야 하는 말이었던 만큼, 그 이해의 방식에는 시차가 존재할 수밖에 없었다. 1920년대 초중반 '어린이' 용례의 혼란은 이 말이 운동의 관점에서 발명된 말이었다는 사실을 다시 한번 확인해주는 것이다.

처음부터 '어린이'는 천도교 주도의 계몽적 소년운동과 분리해서 생각할 수 없었고, '어린이'가 상징하는 운동은 천도교 주류가 표방하는 정치적 사상적 지향에서 영향받지 않을 수 없었다. 이는 방정환의 '어린이'관에서도 드러난다. 방정환은 '어린이'를 통해 서양 근대와 아동관과 교육관을 전유하면서 천도교의 인내천 사상을 소년운동의 논리로 전화시키고자 했다. 이는 당시 일본의 아동문학운동에서 상당히 많은 이론적이고 실천적인 시사를 받은 것이기는 하지만, 그것과는 구별되는 것이었다. 방정환의 '어린이'는 천도교소년운동을 통해 지상에 구현되어야 할 이념적 목표를 함축하는 것으로서, 문명과 진보를 향한 개량적이고 계몽주의적인 지향을 강력히 전제하고 있었다. 방정환이 중심이 되어 전개했던 동화운동 또한 이런 천도교소년운동의 구체적인 선전과 조직의 방법이었으며, 또한 '어린이' 개념을 일반대중 속으로 확장시키는 데 중요한 역할을 수행했다. 어떤 의미에서 1920년대는 사회적 제도로서 정착된 특정 연령층의 '어린이'들이 동화를 읽거나 들었다기보다, 동화운동과 소년운동이 '어린이'라는 인식을 확산시켜 갔던 시기였다. 특히 방정환 등이 주도한 동화운동은 소년회 조직과 운동을 확산시키는 계기가 되었으며, 또 어린이 잡지나 동화의 독서회가 소년회의 모태가 되기도 했다.

이런 속에서 동화는 당시 수준에서 폭발적 인기를 누릴 수 있었다. 1920년대 초중반 『사랑의 선물』이 10판 이상을 발행한 베스트셀러가 되고, 수많은 번역동화집이 쏟아져 나오는 전성기를 이룰 수 있었던 배경에는 천도교를 중심으로 한 계몽적 소년운동과 이에 기초한 '어린이' 인식의 확산이 자리잡고 있었다. 그리하여 1920년대 중반 이후 신문이나 잡지에서는 어린이라는 용어가 자연스럽게 사용된다.

그러나 이렇게 '어린이'가 안정적인 개념으로 정착해갈 때, 이해의 시차나 혼란 이상의 대립이 나타나기 시작했다. '어린이'는 천도교가 주도하는 계몽적 소년운동을 상징하는 말로서 서구화·문명화의 근대 기획과 실천을 전제하는 것이었다. 따라서 1920년대 후반 사회주의적 의식이 소년운동 내에서 성장함에 따라 '어린이'는 점차 '근로소년', '무산소년' 등과 대립하게 되었다. 소년회 회원의 연령층을 7~16세에서 12~18세로 상향 조정하고 있는 사태는 소년운동 내에서 '어린이' 의식의 쇠퇴를 단적으로 보여주는 사례이다. 주체를 노동자 청년으로 성장할 계급운동의 새 세대 '무산소년'으로 볼 것인가, 또는 신문명의 지식과 힘을 익혀 민족의 근대화·문명화를 이끌어갈 '어린이'로 볼 것인가에 따라 소년운동의 노선이 달라질 뿐 아니라, 과연 소년(또는 어린이)이 누구인지조차 달라질 수 있었다.

참고문헌

김정의, 『한국의 소년운동』, 혜안, 1999.

박지영, 「방정환의 '천사동심주의'의 본질 ; 잡지 『어린이』를 중심으로」, 『대동문
　　　화연구』 50, 2005.

안경식, 『소파 방정환의 아동교육운동과 사상』, 학지사, 1999.

최미선, 「『신소년』의 서사 특성과 작가의 경향 분석」, 『한국아동문학연구』 27,
　　　2014.

염희경, 『소파 방정환과 근대 아동문학』, 경진출판, 2014.

염희경, 「방정환의 번안시 「어린이노래―불 켜는 이」 연구」, 『동아시아문화연구』
　　　61, 2015

오성철, 『식민지초등교육의 형성』, 교육과학사, 2000.

원종찬, 『아동문학과 비평정신』, 창작과비평사, 2001.

원종찬, 「'방정환'과 방정환」, 『문학과 교육』 16호, 한국교육미디어, 2001.

이기훈, 「독서의 근대, 근대의 독서―1920년대의 책읽기」, 『역사문제연구』 7호,
　　　2001.

이기훈, 『청년아 청년아 우리 청년아―근대 청년을 호명하다』, 돌베개, 2014.

이상금, 『사랑의 선물』, 한림출판사, 2005.

李在撤, 『韓國兒童文學作家論』, 개문사, 1983.

李在撤, 『韓國現代兒童文學史』, 일지사, 1978.

장정희, 「방정환 문학 연구」, 고려대학교 박사학위논문, 2013.

정용서, 「천도교청년당의 운동노선과 정치사상」, 『한국사연구』 105, 한국사연구
　　　회, 1999.

조은숙, 「방정환과 '어린이', 해방과 발견 사이」, 『비평』 10, 생각하는 나무, 2002.

조형근, 「어린이(기)―순수한 자기를 꿈꾸는 우리들의 초자아」, 『문화과학』 21,
　　　2000.

한국역사연구회 근현대청년운동사연구반, 『한국근현대청년운동사』, 청년사,
　　　1995.

필립 아리에스 저, 문지영 옮김,『아동의 탄생』, 새물결, 2003.

仲忖修,「方定煥研究序論—東京時大を中心の」,『靑丘學術論集』14, 1999.

河原和技,『子ども觀の近代 – "赤い鳥'と"童心'の理想』, 中央公論社, 1988.

北村三子,『靑年ど近代–靑年と靑年をめぐる言說の系譜學』, 世織書房, 1998.

숨은 방정환 찾기

— 방정환의 필명 논란을 중심으로

염희경

1. 왜 다시 필명인가?

2000년대 이후 방정환 연구는 장르별 문학 연구로 세분되는 추세이고, 언론·출판 매체, 근대 문학·문화의 제도 연구로 시야와 담론이 확장되었다. 그럼에도 방정환 연구는 연구의 기초인 대상의 확정에서 여전히 취약하다. 방정환 연구의 일차 대상인 '누가' 방정환이며, '무엇이' 방정환의 글이냐 하는 것이 여전히 미궁 속에 있기 때문이다. 잘 알려진 것처럼 방정환은 20여 개가 넘는 다수의 필명으로 다양한 매체에 글을 썼으며 무기명으로 잡지의 구석구석을 메웠다. 게다가 알려진 필명들은 지인들의 회고에 의존한 것들이 많기에 실증적 검토가 요구된다. 자료의 유실뿐 아니라 실체 확인이 어려운 다수의 필명이나 익명 아래 숨어 있는 근대 문인들 속에서 다양한 매체에서 종횡무진 활약했던 방정환을 찾아내기란 실로 난감한 일이 아닐 수 없다.

최근 장정희는 「방정환 문학 연구」(고려대 박사논문, 2013)에서 반 세기가 넘는 시간 동안 방정환의 대표적 필명으로 거론되어 온 '삼산인(三山人)'과 '쌍S'를 차상찬의 필명이라고 밝혔다. 두 필명으로 발표한 글은 무려

90여 건에 이르며 방정환의 대표작도 포함되어 있다. 방정환 연구의 기초가 근본부터 흔들리는 상황에 직면한 것이다. 기초와 실증의 부실에서 오는 아동문학계 연구의 문제점이 증폭되어 방정환의 필명을 둘러싼 논란이 다시금 제기된 것이다.

필자는 이 글에서 방정환의 필명을 둘러싸고 진행되어 온 그동안의 논의를 정리하고 필자의 기존 연구(2008; 2012)도 비판적으로 검토해 오류를 바로잡고자 한다. 또한 최근 방정환 필명 논의에 도전적인 문제를 제출한 장정희의 연구(2013)를 중점적으로 살펴 생산적이고 비판적인 대화를 시도할 것이다. 이 연구는 방정환의 필명에 관해 최근까지 진행되어온 필자의 연구에 대한 장정희의 비판적 문제제기에 보내는 나름의 응답이다.

필명 확정은 깊이 있는 작가 연구를 수행하기 위한 기초 작업이다. 이러한 연구는 방정환뿐 아니라 동시대의 묻혀 있는 필자들에게 문학사의 평가를 온당하게 부여하기 위해서도 필수적이다. 이러한 기초 연구가 축적되어 문학사의 오류를 바로잡고 객관적인 연구와 평가의 기반이 마련되기를 기대한다.

2. 필명 확정 과정 검토

1) 편·저자별 방정환 필명 확정 현황

다수의 필명이 어떤 과정을 거쳐 방정환의 필명으로 거론되고 확정되었는지를 고찰하기 위해서 각종 방정환 관련 회고담이나 문헌, 방정환 선집과 전집, 방정환 연구서를 대상으로 구체적으로 분석할 필요가 있다.

〔표1〕 편·저자별 방정환 필명 확정 양상[1]

주요 편저자	저서 (발행연도)	필명	추가 필명	검토 필명	제외 필명	비고
(가) 최영주 마해송	『소파전집』 (박문서관, 1940)	몽견초(夢見草), 몽중인(夢中人), 북극성(北極星), 소파, 쌍S, 잔물, 편집인 (7종)				최영주, 「소파 방정환 선생의 약력」: "夢見草, 北極星, 雙S, 잔물 외 十數種의 匿名"
(나) 윤석중	『방정환 아동문학독본』 (을유문화사, 1962)	깔깔박사, 몽견초, 몽중인, 방소파, 북극성, 삼산인(三山人), 서삼득, 소파, 쌍S, 잔물, ㅈㅎ생, 허삼봉 (12종)	깔깔박사 방소파 삼산인 서삼득 ㅈㅎ생 허삼봉			「해설」: "몽견초, 몽견인, 삼산인, 소파, 잔물, 북극성, 쌍S...(…중략…) 서삼득, 허삼봉"
(다) 방운용	『방정환 아동문학전집』 (삼도사, 1965)	과목동인, 길동무, 깔깔박사, 몽견초, 몽중인, 북극성, 삼산인, 서삼득, 소파, 쌍S, 잔물, 잠수부, 편집국, 편집인, 허삼봉 (15종)	과목동인 길동무 잠수부 편집국			
(라) 방운용 이재철	『소파 방정환 문학전집』 (문천사, 1974)	과목동인, 길동무, 깔깔박사, 목성(牧星), 몽견초, 몽중인, 방소파, 북극성, 삼산인, 서삼득, 성서인(城西人), 소파, 쌍S, 에쓰피생, 은파리, 일기자, ㅈㅎ생, 잔물, 잠수부, 파영(波影), 편집국, 편집인, 허문일(許文日), 허삼봉, CW생 (25종)	목성 성서인 에쓰피생* 은파리 일기자 파영* 허문일 CW생			'에쓰피생' '파영' : 필명이라 밝히지 않았으나 수록작품에 넣었음. '편집국' '편집인' '일기자' : 확실하다고 인정되는 것만 수록했다고 밝힘. 「윤달이야기」(『어린이』 8권 6호): 목차에는 '일기자', 본문에는 '안선생' 으로 되어 있어 수록하지 않았다고 밝힘.

<hr>

1 [표 1]은 장정희의 논문에서 활용한 표(〈시대별 방정환의 필명 변화 양상〉, 장정희, 「방정환 문학 연구」, 고려대 박사논문, 2013, 57면)를 참고하여 수정 보완한 것이다. 장정희가 작성한 표에서 안경식(1994), 염희경(1999), 이상금(2005)의 기존 연구가 누락됨으로써 민윤식(2003) 자료를 분석·평가하는 데에 적지 않은 오류가 있었다. 또한 대상 자료를 실증적으로 검토한 결과 각 자료에서 사용한 필명(해설 등에서 직접 언급한 필명이나 선정 작품의 필명 확인 결과임)을 잘못 파악한 부분이 있어 이를 수정 보완하였다.

(마) 윤석중	『어린이와 한평생』(범양사, 1985);『어린이와 한평생』(웅진출판주식회사, 1988)	금파리, 깔깔박사, 독자상담실지기, 목성, 몽견초, 몽중인, 물망초(勿忘草), 북극성, 삼산인, 삼봉생, 서삼득, 성서인, 소파, 쌍S생, 은파리, 잔물, ㅈㅎ생, 허삼봉, 허문일, CW생 (20종)	금파리 독자 상담 실지기 물망초 삼봉생 쌍S생		'물망초' : 범양사판(1985)에서 언급했으나 웅진출판주식회사판(1988)에서는 빠짐.
(바) 안경식	「소파 방정환 선생 연보」,『소파 방정환의 아동교육운동과 사상』(학지사, 1994)	길동무, 김파영(金波影), 깔깔박사, 노덧물, 老직이, 목성, 몽견초, 몽중인, 북극성, 삼산생(三山生), 삼산인, 서삼득, 소파, 소파생(小波生), 雙S, 雙S生. 은파리, 일기자, ㅈㅎ생, 잔물, 잠수부, 파영, 편집인, 허문일, 허삼봉 (25종)	김파영 노덧물 노직이 삼산생 소파생		『조선일보』〈어린이란〉에 발표한 다수의 글 추가
(사) 염희경	「방정환 작품 연보」,『어린이문학』7권(한국어린이문학협의회, 1999.5)	견초(견草), 김파영, 깔깔박사, 노덧물, 목성, 몽견초, 방소파, 북극성, ㅅㅍ생, ㅈㅎ생, 삼산인, 성서인, 소파, 소파생, 쌍S, 쌍S생, SS생, SP생, 에쓰피생, 은파리, 일기자, ㅈㅎ생, 잔물, 파영, 파영생, 편집인, CWP, CW생 (28종)	견초 ㅅㅍ생 ㅈㅎ생 파영생 CWP SP생 SS생	허문일 (허삼봉)	허문일(허삼봉) : 최원식, 「농민문학을 위하여」,『한국문학의 현단계』, 창작과비평사, 1984; 심명숙, 「다시 쓰는 방정환 동요 연보」,『아침햇살』, 1998년 가을호
(아) 민윤식	『청년아, 너희가 시대를 아느냐』(중앙M&B, 2003)	견초, 과목동인, 길동무, 김운정(金雲庭), 김파영, 깔깔박사, 몽견초, 몽중인, 무명초(無名草), 물망초, 북극성, ㅈㅎ생, 삼산인, 서삼득, 성서인, 소파, 소파생, 쌍S, 쌍S생, SS생, 에스피생, SP생, 영주(影洲), 운정(雲庭), 운정거사(雲庭居士), 월견초(月見草), 일기자, ㅈㅎ생, 잔물, 잠수부, 직이영감, 파영생, 편집국, 편집인, CWP, CW생 (36종)	김운정 무명초 영주 운정 운정거사 월견초 직이영감	금파리 노덧물 신감초(?) (辛甘草)	운정 : 한기형, 「근대 초기『신청년』과 경성청년구락부—『신청년』 연구(1)」,『서지학보』26호, 2002.12.

(자) 이상금	『사랑의 선물』(한림출판사, 2005)	노덧물, 목성, 몽견초, 몽중인, 북극성, 삼산인, 소파, 소파생, 쌍S, 우촌(雨村), 양우촌(梁雨村), 진우촌(秦雨村), 운정생(雲庭生), SP생, 일기자, 은파리, 잔물, 편집인 (18종)	우촌 운정생 양우촌 진우촌		CW생	
(차) 염희경	「소파 방정환 연구」(인하대 박사논문, 2007)	견초, 길동무, 김파영, 깔깔박사, ㅁㅅ생, 목성, 몽견초, 방소파, 방운정(方雲庭), 복면귀(覆面鬼), 복면관(覆面冠), 복면아(覆面兒), 복면자, 북극성, ㅅㅍ생, ㅅㅎ생, 삼산인, 삼산생, 성서인, 소파, 소파생, 헛파리, 쌍S, 쌍S생, SS생, 에쓰피생, SP생, 운정생, 은파리, 일기자, ㅈㅎ생, 잔물, 파영, 파영생, 편집인 (35종)	ㅁㅅ생 복면귀* 복면관** 복면아*** 복면자**** 헛파리 방운정	방희영(方熙榮)	과목동인 금파리 김운정(金雲汀) 노덧물 영주 우촌 ㅈㅎ생# 허삼봉(허문일, 허일) CW생 CWP	* 복면귀 :『녹성』 ** 복면관:『동아일보』 *** 복면아 :『별건곤』,『학생』 **** 복면자 :『별건곤』 # ㅈㅎ생:『청춘』(「일인과 사회」의 필자)
(카) 염희경	「방정환의 초기 번역소설과 동화 연구—새로 찾은 필명 작품을 중심으로」(『동화와번역』15집, 2008.6)		포영(泡影) 서몽(曙夢)			
(타) 염희경	「새로 찾은 방정환 자료, 풀어야 할 과제들」(『아동청소년문학연구』 10호, 2012.6)		월계(月桂) 양우촌(梁雨村)	우촌		* 월계, 양우촌:『신여자』 ** 우촌:『신여자』,『신청년』,『어린이』1~2호
(파) 장정희	「방정환 문학 연구」	길동무, 깔깔박사, ㅁㅅ생, 목성, 몽견초, 몽중		우촌	쌍S SS생	

(고려대 박사논문, 2013)	인, 무명초, 물망초, 복면귀, 복면아, 복면자, 북극성, 소파, ㅅㅍ생, ㅅㅎ생, 에스피생, SP생, 영주, 운정, 운정거사, 월견초, 월계, 은파리, ㅈㅎ생, 잔물, 파영, 파영생 (27종)			삼산인 서몽 성서인 신삼초 안선생 잠수부 직이영감 포영	
(하) 염희경 「숨은 방정환 찾기」(2014)	견초, 길동무, 김파영, 깔깔박사, ㅁㅅ생, 목성, 몽견초, 물망초, 방소파, 방운정, 복면귀, 복면관, 복면자, 북극성, ㅅㅍ생, ㅅㅎ생, 삼산인, 삼산생, 서몽, 성서인, 소파, 소파생, 쌋파리, 쌍S, 쌍S생, SS생, 에쓰피생, SP생, 우촌, 운정생, 운정거사, 월계, 은파리, 일기자, ㅈㅎ생, 잔물, 잠수부, 파영, 파영생, 편집인 (40종)	CW생 CWP* 우촌 양우촌**	복면아?	과목동인 금파리 김운정 노덧물 무명초 영주 월견초 ㅈㅎ생# 포영*** 허삼봉(허문일)	* CW생, CWP : 『신청년』, 『신여성』 ** 우촌, 양우촌: 『신여자』, 『신청년』, 『어린이』1~2호 *** 포영 : 최성윤, 「『조선일보』초창기 번역 번안소설과 현진건」, 『어문논집』65호, 민족어문학회, 2012 # ㅈㅎ생:『청춘』(「일인과 사회」의 필자)

(가) 『소파전집』(박문서관, 1940)은 방정환 사후 방정환의 작품을 최초로 엮은 선집이다. 이 선집에서는 7종의 필명을 확인할 수 있으며, 선집에 실린 작품은 모두 방정환의 작품이다. 최영주는 이 책의 「小波 方定煥先生의 略歷」에서 "**夢見草, 北極星, 雙S, 잔물**, 외 **十數種의 匿名**으로 發表되는 飜案, 創作의 多種多樣한 文章으로 類似匿名 或은 同名異人의 模造記事가 各社雜誌에 登載까지 되는 人氣"(5쪽)였다고 밝혔다. 선집에는 '쌍S'로 쓴 글을 수록하지 않았지만, 방정환과 함께 개벽사에서 편집 일을 했던 최영주는 '쌍S'가 방정환의 필명임을 처음으로 밝혔다.

(나) 『방정환 아동문학독본』(을유문화사, 1962)은 을유문화사에서 10권으로 펴낸 한국아동문학독본 시리즈의 제1권으로, 윤석중이 방정환 편을 엮었다. 『소파전집』 이후 20여 년이 지나 나온 선집으로 방정환의 필

명이 12종으로 확장된다. 윤석중은 「해설」에서 "몽견초, 몽견인, 삼산인, 소파, 잔물, 북극성, 쌍S (…중략…) 서삼득, 허삼봉" 등을 방정환의 필명이라 밝혔다. '몽견인'은 '몽중인'의 오식이거나 윤석중의 착오이다. '깔깔박사'의 「미련이 나라」, 'ㅈㅎ생'의 「물망초 이야기」를 선집에 포함한 것으로 볼 때, 이 선집에서 추가한 필명은 '깔깔박사, 삼산인, 서삼득, ㅈㅎ생, 허삼봉'이다. 선집에 수록된 작품 가운데에는 출처뿐 아니라 필명조차 알 수 없는 글들도 있는데, 『어린이』에 실린 무기명의 짧은 글을 뽑은 것으로 보인다. 심지어 신영철의 「새집을 헌 아이들」(『어린이』 6권 6호, 1928.10)도 포함되어 있다. 이 작품은 그 뒤 방운용 편 전집(삼도사, 1965)과 방운용·이재철 편 전집(문천사, 1974)에서도 재수록되었다. 수록작에 대한 구체적 검증과 오류의 정정이 요구된다.

　(다) 『방정환 아동문학 전집』(삼도사, 1965)은 방정환의 장남 방운용에 의해 방정환 사후 마련된 본격적인 방정환 전집이다. 전 5권으로 발행된 이 전집에서부터 '길동무', '잠수부' '과목동인'의 작품이 수록되기 시작했다. 윤석중(1962)이 방정환의 필명으로 '삼산인'을 거론했지만, 작품을 수록하지는 않았는데, 이 전집에서부터 '삼산인'의 「자미잇고 서늘한 느티나무 신세 이약이」(『어린이』 1929.7·8~9)가 실리기 시작하였다. '허삼봉(허문일)'의 「삼부자의 곰 잡기」(『어린이』 1930.7), '과목동인'(연성흠)의 「겁쟁이 도둑」(『어린이』 1930.2)도 수록되었다. 그런데 어떤 경위나 근거로 이들 필명을 방정환의 필명으로 확정했는지는 밝히지 않았다. '삼산인'과 '허삼봉'의 경우는 윤석중의 회고(1962)에 전적으로 의존했으며, '과목동인'은 그 출처를 확인할 수 없다.

　(라) 『소파 방정환 문학 전집』(문천사, 1974)은 방운용이 엮고 이원수, 이주홍, 이재철이 편집위원으로 참여해 기존의 필명을 중심으로 관련 자료를 최대한 수집해 엮은 전 8권의 방정환 전집이다. 삼도사판의 작품을 그대로 실었고, 새로운 자료를 방대하게 수집하였다. '목성' '성서인'

'파영' '은파리' 등의 필명을 추가하였다. '편집인' '일기자'의 글 가운데 방정환의 글이라 확신할 수 있는 자료를 모았다고 밝혔으며, '길동무'의 경우 『어린이』에 실린 5편의 글 가운데 2편을 제외했는데 그 기준은 모호하다.

(마) 『어린이와 한평생』(범양사, 1985; 웅진출판주식회사, 1988)은 윤석중의 회고에 의존한 자료로, 방정환의 필명으로 '물망초'와 '금파리'를 추가했다. 동일 제목의 웅진출판사판(1988)에서는 '물망초'를 뺐는데 전후 사정에 대한 언급은 없다. 윤석중(1962)에서부터 '허삼봉(허문일)'을 방정환의 필명으로 언급하여 후속 연구에서도 구체적 검증 없이 이 필명을 수용하는 데에 영향을 끼쳤다.

(바) 안경식(1994)은 기존의 방정환 생애와 작품 연보를 한층 성실하게 보완하여 작성했다. 특히 『부인』의 작품을 보완했으며, 『별건곤』에 실린 '쌍S생'의 「호랑이똥과 콩나물」을 발굴했고, 강연회 관련 자료들도 대폭 보완하였다. 안경식이 새로 추가한 필명은 '노덧물' '김파영' '삼산생' '老직이'이다. 개벽사 발행 잡지를 두루 살펴 방정환일 것으로 보이는 '노덧물'과 '노직이'를 추가했는데 이 두 필명은 재고가 필요하다.

(사) 염희경(1999)은 『어린이』를 제외하고 개벽사 발행 잡지 중심으로 방정환의 작품 연보를 제시했는데, 방정환의 필명으로 논의되었던 '허문일(허삼봉)'을 최원식과 심명숙의 관련 연구를 토대로 방정환 필명에서 제외했다.[2] 또한 개벽사 관련 자료를 최대한 수집하여 표기만 달리한 필명 '견초, ㅅㅍ생, ㅅㅎ생, CWP, SS생'과 수록 작품들을 최대한 찾아냈다. 이를테면 『천도교회월보』에 「宗敎上의 奇異—生殖崇拜敎의 信仰」

---

2 최원식, 「농민문학을 위하여」, 『한국문학의 현단계』, 창작과비평사, 1984; 심명숙, 「다시 쓰는 방정환 동요 연보」, 『아침햇살』 1998년 가을호. 그 뒤 신현득은 허문일이 천도교청년회 대표에 당선되기도 했던 인물임을 밝히는 등 알려지지 않았던 그의 활동과 작품 세계에 대해 자세히 다루었다. (신현득, 「방정환 바로 알기」, 『월간문학』 47호, 한국문인협회 월간문학사, 2006.5.)

(『천도교회월보』 1922.1~2)을 발표한 'ㅅㅍ생'을 방정환의 필명일 것으로 추정했다. 또한 『별건곤』에 실린 'SS생'의 「露西亞 學生들의 夏休生活」이나 『조선농민』에 실린 「각설이제 式으로—農民文藝運動에 關한 諸家의 意見」 등 기존의 전집이나 연보에서 누락된 작품을 상당수 보완했다. 『청춘』 지면에서는 'ㅈㅎ생'이 아닌 'ㅅㅎ생'으로 작품을 투고했다는 사실을 밝혔다. 『청춘』의 'ㅈㅎ생'의 주소가 당시 방정환의 주소와 다른 '창원군'으로 되어 있는 것을 확인하고 다른 인물일 가능성을 제기했다. 이후 염희경(2007)에서 『청춘』의 'ㅈㅎ생'을 방정환이 아닌 인물로 확정하였다. 이 연보는 지면과 여건상 『어린이』와 기타 신문 자료의 방정환 작품 연보를 제시하지는 않았지만 개벽사의 주요 잡지를 최대한 수집해 이후 연구의 주요한 단초를 마련했다.

(아) 민윤식(2003)에 이르러 방정환의 필명이 대폭 확장되었다. 2002년 한기형에 의해 경성청년구락부의 『신청년』이 발굴되어 그동안 알려지지 않았던 '운정(雲庭)'류의 필명을 새롭게 추가할 수 있었다. 민윤식이 추가한 방정환의 필명은 '김운정(金雲庭)', '무명초(無名草)', '영주(影州)', '운정거사(雲庭居士)', '월견초(月見草)', '직이영감'인데, 그 근거나 출처는 뚜렷하게 제시하지 않은 채 유사성에 의해 방정환 필명이라 확정했다. 이를 테면, 그가 언급한 '김운정(金雲庭)'이라는 필명은 실제로 발견되지 않는데, 『어린이』에 아동극을 발표했던 연극계의 '운정 김정진(雲汀 金井鎭)'의 '김운정(金雲汀)'에서 파생된 오식일 것으로 추정된다. 추가한 필명들에 대한 정밀한 학술적 검증이 요구되는 상황이다. 더욱이 안경식(1994)과 염희경(1999)의 작품 목록을 참조했던 것으로 보이는데, 이를 밝히지 않은 채 언론 보도 등을 통해 자신의 최초 발굴로 공개하고 별도의 작품집을 펴내는 등 논란의 소지가 적지 않다.

(자) 이상금의 『사랑의 선물』(한림출판사, 2005)은 대중서로 발간된 민윤식(2003)의 '소파 방정환 평전'과는 다른 방식의 글쓰기로, 방대하고 충

실한 자료를 실증적으로 검토한 바탕에서 서술한 방정환 평전이다. 본격적인 학술서로도 손색이 거의 없는 저서로 평가된다. 이 저서에서는 방정환의 생애와 작품 세계, 활동을 재구했는데, 방정환의 필명과 작품 연보를 구체적으로 작성하지는 않았지만 필명과 관련해 주요 사항을 제시했다. 『신청년』과 『신여자』 자료를 통해 '운정생'과 '우촌(雨村)', 그리고 '양우촌(梁雨村)'이라는 필명을 추가했는데, 『어린이』의 '강우촌' '진우촌'도 방정환의 필명으로 포괄한 문제점이 드러난다. 또한 『신청년』에 실린 '천원 오천석'과 'CW'의 글을 함께 검토하면서 'CW'를 '천원'의 영자 이니셜로 파악해 방정환의 필명에서 처음으로 제외하였다. 'CW'는 방운용·이재철(1974) 이후 방정환의 필명으로 논의되었던 필명이다.

(차) 염희경(2007)은 민윤식을 거쳐 대폭 확장된 방정환의 필명을 자료를 실증적으로 검토하면서 잘못 알려진 필명을 제외하였다. '과목동인(연성흠)', '우촌(강우촌, 진우촌)', 'CW생(오천석)', '노덧물(이은상)', '허삼봉(허문일)', 『청춘』의 「一人과 社會」(『청춘』 1917.9)의 'ㅈㅎ생'을 제외했다.[3] 한편 방정환이 주도적으로 펴냈던 『녹성』의 '복면귀(覆面鬼)' 『학생』의 외국 탐정소설 번역 필명으로 썼던 '복면아(覆面兒)', 『보성』의 '쉿파리' 등을 추가했다. 염희경은 후속 연구(2008; 2012)에서 『동명』의 포영(泡影)과 『개벽』의 '서몽(曙夢)', 그리고 『신여자』의 '월계(月桂)'와 '양우촌(梁雨

---

3 'ㅈㅎ생'은 방정환의 필명인데, 「一人과 社會」의 'ㅈㅎ생'은 방운용·이재철(1974)의 전집에서 최초로 수록한 이래로 방정환의 첫 작품으로 논의되어 왔다. 하지만 「一人과 社會」의 'ㅈㅎ생'의 주소는 '昌原郡 熊東面 馬川里'이다. 『청춘』 12호(1918.3)의 〈독자문예〉에 '배재황(裵在晃)'이라는 본명으로 시 「내노래」가 실렸는데 그의 주소는 '昌原郡 熊東面 大壯里'로 되어 있다. 같은 주소로 된 동일 인물 '배재황'의 산문 「雪山의 感」은 『청춘』 14호(1918.6)에 가작으로 뽑히기도 했다. 방정환은 『청춘』에 여러 필명으로 작품을 투고했는데 주소는 '京城 堅志洞 一一八'이었다. 방정환이 『유심』에서는 'ㅈㅎ생'을 필명으로 썼지만 『청춘』에서는 동일 필명을 피하기 위해 'ㅅㅎ생'을 썼다고 볼 수 있다. 이처럼 동일 필명일 경우 발표 매체의 성격과 글의 특징, 다른 정황 증거 등 여타의 사항들을 검토하여 필명으로 확정해야 한다.

村'등의 필명을 추가했다. 이때 '포영'과 '서몽'의 경우 몇 가지 추정의 근거를 들었지만 확정 단계는 아니기에 실증적 자료를 토대로 검증 과정을 거쳐야 할 것이다. 특히 최근에 최성윤은 소설 「處女의 자랑」(『조선일보』, 1921.12.6.~12.16)을 발표한 '泡影生'을 현진건의 초창기 번역·번안 활동 당시의 필명일 것으로 제기했다.[4] 당시 현진건이 『동명』의 기자로 활동했기에 『동명』에 등장하는 '포영'도 현진건의 필명일 가능성이 크다.

(파) 장정희(2013)는 기존의 회고담과 선집과 전집, 연구서 등을 대상으로 방정환의 필명 수록 여부를 집중적으로 검토하였다. 이 연구에서 윤석중(1985) 이후 1990년대 중후반에 본격화된 안경식(1994)과 염희경(1999)의 연구를 빼놓고 민윤식의 저서(2003)를 다루어 민윤식에 이르러 방정환의 필명이 대폭 확장되고 자료가 발굴된 것으로 평가하였다.[5] 장정희의 연구에서는 생애 관련 자료를 보완했으며 그동안 방정환의 필명으로 확정되어 왔던 '삼산인'과 '쌍S' 등의 필명을 차상찬의 필명으로 확정했다. 그는 최종적으로 '쌍S', 'SS생', '삼산인', '성서인', '안선생', '잠수부', '직이영감', '신감초', '서몽', '포영' 등을 필명에서 제외했다. 그리고 '무명초', '영주', '월견초' 등의 필명은 방정환의 필명이라고 보았는데, 이 필명들은 민윤식이 제기했던 필명이기도 하다. 장정희의 최근 연구로 방정환의 필명을 둘러싼 그동안의 연구들이 일시에 도전을 받고 있는 실정이다. 방정환 연구의 기초이자 쟁점은 '다시 문제는 필명'이 된 것이다.

---

4 최성윤, 「『조선일보』 초창기 번역 번안소설과 현진건」, 『어문논집』 65호, 민족어문학회, 2012.
5 장정희는 민윤식이 추가한 필명으로 'SP생, 에쓰피생, CWP, 月見草, SS생, 城西人, 雲庭, 金雲庭, 雲庭居士, 波影, 影州, 金波影, 직이영감, 노덧물, 辛甘草'를 제시했다 (장정희, 「방정환 문학 연구」, 고려대 박사논문, 2013, 57쪽). 그러나 대부분의 필명은 방운용·이재철(1974)과 안경식(1994), 염희경(1999)의 연구에서 추가했던 필명이다. 민윤식이 추가한 필명은 '김운정, 무명초, 신감초, 운정거사, 영주, 월견초, 직이영감'이다.

2) 확정 필명과 미확정 필명

지금까지 방정환의 필명으로 거론되어 온 것들을 확정과 미확정, 제외로 구분해 정리해보면 다음과 같다.

① 확정 필명 : 서삼득(徐三得), 소파(小波, 소파生, 小波生, 方小波), ㅅㅎ생, ㅈㅎ생, 목성(牧星, ㅁㅅ생), 몽중인(夢中人), 몽견초(夢見草, 見草), 북극성(北極星), 파영(波影, 波影生, 金波影), 운정(雲庭, 雲庭生, 雲庭居士, 方雲庭), 은파리(銀파리), 잔물, SP생(에쓰피생), 깔깔박사 (14종)

② 미확정 필명: 길동무, 담화실직이(독자 상담실직이, 직이, 직이영감), 물망초(勿忘草), 삼산인(三山人, 三山生), 성서인(城西人), 쌍S(雙S, 双S, SS생, 雙S生), 안선생, 우촌(雨村, 梁雨村), 일기자(一記者), 잠수부, 편집인(編輯人), CW(CW生, CWP) (이상 12종은 회고) // 老직이, 무명초(無名草), 복면귀(覆面鬼), 복면아(覆面兒), 복면관(覆面冠), 신감초(辛甘草), 서몽(曙夢), 섯파리, 영주(影州), 월견초(月見草), 월계(月桂) (이상 11종은 추정)

③ 제외 필명 : 과목동인(果木洞人), 금파리, 김운정(金雲庭; 金雲汀의 오식), 노덧물, 포영(泡影), 허삼봉(허문일, 허일, 삼봉) (6종)

괄호 안에 표기한 필명은 원래의 필명에서 파생된 것으로, 한글 표기를 한자 표기로 바꾼 형태, '생(生)'을 덧붙이거나 '金'이나 '方'과 같은 성씨(姓氏)를 덧붙인 형태, 성(姓)과 호의 결합 형태, 이름과 호를 영문 이니셜로 표기한 형태 등이다. 이때 발음은 같지만 뜻이 다른 '운정(雲庭)'과 '운정(雲丁)'은 다른 사람의 필명이므로 한자 표기를 확인할 필요가 있다. 어느 한 필명이 방정환의 필명으로 확정되면 그와 유사한 필명이 함께 거론되면서 방정환의 필명 수는 대폭 증가하는 경향을 보였다. 이를 테면 '은파리—금파리—헛파리', '물망초—몽견초—월견초—무명초—신감초', '복면귀—복면관—복면아' '상담실지기—담화실직이—직이영감—老직이' 등이다.

이상의 필명 가운데 '소파, 운정, 잔물, ㅅㅎ생, ㅈㅎ생, 목성, 몽중인, 몽견초, 북극성, SP생, 파영, 은파리, 깔깔박사'는 확정된 필명이다. 개벽사가 발행한 잡지와 동시대의 신문을 대상으로 작품이 재수록 되는 과정을 살펴보면 이들 필명이 방정환의 필명임을 확인할 수 있다.[6]

한편, 『어린이』 1권 8호(1923.9)에서는 '몽중인이 누구?'인가를 묻는 〈현상〉이 열린 뒤 『어린이』 1권 10호(1923.11)에서 몽중인은 '소파 방정환'이라고 밝히기도 한다. 또한 『어린이』 3권 6호(1925.6)에서도 "글투와 꾸며가는 솜씨"를 봐서 "박달성, 차상찬, 방정환, 고한승, 손진태"이 다

---

6 ㉠ 牧星, 「은파리」, 『개벽』 7호~18호(1921.1~1921.12)→ 牧星, 「은파리」, 『신여성』 2권 5호~2권 7호(1924.7~1924.10)→ 銀파리, 「은파리」, 『신여성』 2권 8호~4권 10호(1924.11~1926.10)→ 은파리, 「은파리」, 『별건곤』 4호~5호 (1927.2~1927.3)

ㄴ 銀파리, 「셈 치르기」, 『신여성』 3권 1호(1925.1)→ 깔깔박사, 「셈 치르기」, 『어린이』 4권 1호(1926.1)

ㄷ 夢中人, 「양초귀신」, 『어린이』 3권 8호(1825.8)→ 波影, 「양초귀신」, 『별건곤』 3호(1927.2)

ㄹ 波影, 「임자 찾는 백만원」, 『별건곤』 22호(1929.8)→ 方定煥, 『별건곤』 53호(1932.7) ('소파 유고'로 재수록)

ㅁ 牧星, 「왕자와 제비」, 『천도교회월보』 126호(1921.2)→ 方定煥, 『사랑의 선물』, 개벽사, 1922.

ㅂ 牧星, 「귀 먹은 집오리」, 『천도교회월보』 129호(1921.5)→ 小波, 『어린이』 3권 5호(1925.6)→ 方定煥, 『어린이』 11권 5호(1933.5) 재수록.

ㅅ 牧星, 「귀신을 먹은 사람」, 『천도교회월보』 137호(1922.3)→ 夢中人, 『어린이』 2권 9호~10호(1924.9~10)→ 方定煥, 『조선농민』 2권 3호(1926.3)

ㅇ 牧星, 「까치의 옷」, 『천도교회월보』 129호(1921.5)→ 夢中人, 『어린이』 3권 6호(1925.6)

ㅈ 夢見草, 「남겨둔 흙미인」, 『신여성』 16호(1925.5)→ 見草, 「남겨둔 흙미인」, 『별건곤』 10호(1927.12) (『별건곤』 목차에는 '몽견초'로 밝힘)

ㅊ 깔깔博士, 「꼬부랑 할머니」, 『어린이』 7권 3호(1929.3)→ 小波, 「조선 제일 짧은 동화—촛불, 이상한 실, 꼬부랑 이야기」, 『어린이』 8권 3호(1930.3) (제목이 바뀌었고 글도 더 짧게 줄였음)

ㅋ 雲庭 譯, 「귀여운 희생」, 『신청년』 3호(1920.8)→ 雲庭, 「귀여운 피」, 『어린이』 1권 3호(1923.4)→ 方定煥, 「귀여운 희생」, 『조선일보』, 1926.1.1.

섯 선생 중에 '북극성'이 누구인지 알아맞춰 보기 현상 문제를 낸다. 그리고는 『어린이』 3권 7호(1925.7)에서 '북극성'이 방정환이라는 사실을 밝힌다. 『청춘』과 『유심』에 작품을 투고했을 때부터 썼던 'ㅅㅎ생'과 'ㅈㅎ생' '잔물' '소파' 등은 같은 지면에서 방정환의 주소와 같은 "경성 견지동 일일팔"로 되어 있어 방정환의 필명임을 확인할 수 있다. '서삼득'은, 방정환이 동요 「허잽이」를 '서삼득'이라는 이름으로 『어린이』에 발표했다가 훗날 어린이 독자의 시를 표절한 것으로 오해를 받자 자신의 가명이었음을 밝힌 이름이다.[7]

이와 달리, 기존 연구의 결과로 방정환의 필명에서 '금파리, 허삼봉(허문일), 노덧물(이은상의 필명), 과목동인(연성흠의 필명), 포영(현진건의 필명)'은 방정환의 필명에서 제외되었다. 『신청년』 발굴 이후 필자는 '우촌'과 'CW생'을 제외했고 그 이후의 방정환 연구에서 이 두 필명은 제외되었는데, 이 부분은 재고가 필요하다.

②에 해당하는 필명은 방정환과 함께 활동했던 인물들의 회고에 의존해 선집과 전집 발간 과정에서 추가되면서 방정환의 필명으로 굳어진 것들이다. 최근 논란이 불거진 필명도 있지만, 상당수의 필명은 그동안 거의 의심 없이 받아들여져 왔다. 그러나 지인들의 회고에 전적으로 의존한 것이기에 방정환의 필명이라 확정할 만한 객관적 근거를 뚜렷하게 제시하지 않는다면 논란도 있는 만큼 필명으로 확정하기는 어렵다.

현재 미확정 필명 가운데에는 방정환이 관여했던 잡지나 신문 등의 자료를 수집 정리하는 과정에서 2000년대 이후 방정환의 필명으로 추정되어 추가된 것들도 10여 종에 이른다. 따라서 ②로 분류된 필명의 진위를 따지는 일은 방정환 연구를 수행하기 위해 무엇보다도 선결되어야 할 기초 과제이다.

---

7 方定煥, 「동요 '허잽이'에 관하야」, 『동아일보』 1926.10.5.~10.6.

3. 논란이 되는 필명의 구체적 검토

3장에서는 논란이 되는 필명을 구체적으로 검토하고자 한다. 먼저 방정환 사후에도 지속적으로 등장하는 필명(삼산인, 쌍S)과 동시대의 다른 인물들도 사용했던 필명(우촌, CW생), 기타의 필명(서몽, 길동무. 무명초, 월견초, 영주, 잠수부 등)으로 나누어 살필 것이다.

1) 방정환 사후에도 등장하는 필명: 삼산인(三山人), 쌍S

방정환의 필명 가운데 가장 논란이 되는 필명은 방정환 사후에도 적지 않게 사용된 필명이다. 특히 이들 필명으로 발표된 작품에 방정환의 대표작으로 거론되는 작품들이 포함되어 있는데다 사용 기간도 지속적이고 작품 편수도 적지 않아 비중이 꽤 높다. '금파리'의 경우 '은파리'의 유명세를 업고 지어진 유사 필명이라 하더라도 동일 필명의 경우 심각한 논란을 야기할 수 있다.

방정환 사후 개벽사 잡지들이 폐간된 1934년까지를 기준으로 삼을 때 3년 동안 '고 소파' 또는 '방정환 유고작'이라는 표현 없이 방정환의 필명이 등장한 경우는 대략 '북극성' 1회, '은파리' 1회, '삼산인' 14회, '쌍S' 7회이다. '북극성'과 '은파리'는 방정환의 확정 필명인데다 1회에 그쳤기 때문에 누군가 도용한 것으로 볼 수 있다. 그러나 '삼산인'과 '쌍S'의 경우 지인들의 회고에 의존에 방정환의 필명으로 거론되어 왔기 때문에 뚜렷한 근거를 제시할 수 없다면 논란은 증폭될 수밖에 없다. 더욱이 최근 '삼산인'과 '쌍S'가 차상찬의 필명이라는 주장이 제기되어 이를 구체적으로 검토할 필요가 있다.

(1) '삼산인'의 경우

'삼산인(三山人, 三山生)'은 1923년 『어린이』 1권 9호(1923.10)부터 11권
5호(1933.5)까지 총 41회 등장하는데, 방정환 사후인 9권 8호(1931.9)에 1
회, 9권 11호(1931.12)에 1회,[8] 11권 5호(1933.5)에 1회 해서 사후에는 3번
등장한다. 『별건곤』에는 11호(1928.2)부터 70호(1934.3)까지 총 14회 등장
하며, 사후에 7회나 등장한다. 『신여성』에는 4권 9호(1926.9)에 처음 등장
한 뒤 한동안 나타나지 않다가 방정환 사후인 6권 12호(1932.9)에 다시
등장하여 7권 8호(1933.8)까지 사후에만 3회로 총 4회 등장한다. 『혜성』
에는 방정환 사후인 2권 2호(1932.2)에 1회 등장한다. 사후에만 무려 14
회나 등장한 것이다.

이때 주목할 것은 가장 장기간, 가장 많은 횟수인 41회나 등장했던
『어린이』의 경우 사후에는 3회만 등장한다는 사실이다. 흥미롭게도 9권
8호의 수록작은 「반짝반짝 빛나는 별나라이야기」라는 별과 관련된 과학
상식 소개글이다. 이 소개글 말미에는 '(다음호에씃)'이라고 예고되었
는데, '미완'에 그쳤다.[9] 그러나 '편집후기'에 관련 사항에 대한 소식은
전해지지 않는다. '삼산인'이라는 필자에게 피치 못할 사정이 생겼다고
봐야 할 것이다. 추정일 수 있지만 예기치 못했던 방정환의 사망으로
『어린이』 9권 7호(1931. 8)가 '방정환 추도호'로 꾸며지면서 방정환이 전
에 써두었던 이 글이 방정환 사후인 9월로 넘겨져 실렸을 가능성이 있

---

8 『어린이』 9권 11호(1931.12)는 기존의 영인본에는 누락되었던 호이다. 최근 새로 발굴되어 영인
된 『미공개 『어린이』』 영인본(소명출판, 2014)에 실렸다. 삼산인, 「당나귀 수효」라는 짤막한 '소
화(笑話)'가 실렸는데 목차에만 '삼산인'의 필명이 적혔고, 본문에는 무기명으로 되어 있다.

9 기존에 확인할 수 있는 『어린이』 영인본에는 9권 9호(1931.10)와 9권 10호(1931.11)가 누락되
어 있다. 최근 발굴되어 새로 영인된 『어린이』 자료를 확인한 결과 이 글은 9권 9호와 9권 10호
에 연재되지 않고 미완에 그쳤다. 최근 발굴된 『어린이』를 포함한 『어린이』 발행 사항에 대해서
는 정용서의 논문 참조. (정용서, 「방정환과 잡지 『어린이』」, 『근대서지』 8호, 근대서지학회,
2013.12)

다. 미완일 수밖에 없었던 것도 방정환의 사망으로 더 이상의 연재가 불가능했기 때문이 아닐까?

이러한 추정을 뒷받침할 수 있는 또 다른 근거로는 방정환 사후인 『어린이』 11권 5호(1933.5)에 실린 「둑겁이 재판」이 『어린이』 4권 5호(1926.5)에 실렸던 「무서운 둑겁이」(삼산인)를 제목만 바꾸어 재수록한 작품이라는 사실이다. 최영주는 이 『어린이』 11권 5호의 「편집을 마치고」에서 원고가 부족해서 방정환과 김기진의 글을 다시 실었다고 밝혔다. 이때 재수록된 작품은

[그림 1] 무기명, 「굉장한 약방문」, 『어린이』 11권 5호(1933.5)

방정환의 동화 「귀먹은 집오리」와 김기진의 동화 「꾀꼬리 폭포」이다. 그런데 이 11권 5호에는 재수록된 작품이 이 2편 외에도 2편이 더 있다. 그 2편은 앞서 밝힌 '삼산인'의 「둑겁이 재판」과 무기명의 「굉장한 약방문」이다. 게다가 이 「굉장한 약방문」은 '성서인(城西人)'이라는 필명으로 『어린이』 4권 4호(1926.4)에 실렸던 「굉장한 약방문」으로, 「둑겁이 재판」을 싣고 남은 여백에 글자 크기를 작게 해 지면을 채운 듯이 무기명으로 재수록된 것이다. 더욱이 흥미로운 사실은 「굉장한 약방문」은 『어린이』 4권 4호(1926.4)에 수록될 당시 목차에는 '삼산인'으로 소개되었고, 본문에는 '성서인'이란 필명으로 발표되었던 작품이라는 점이다.

결국 '삼산인'과 '성서인'은 동일인의 필명임을 알 수 있다. 최영주는 편집후기에서 원고가 부족해 방정환과 김기진의 글을 재수록했다고 밝혔는데, 재수록된 글은 방정환의 「귀먹은 집오리」, '삼산인'의 「둑겁이

어린이第四卷第四號「四月號」目次

「봄편지」曲譜	尹克榮
봄! 봄! 봄!!	福鶴人
사랑하는 봄꼿	어떤분
굉장한약방문	三山人
벗꼿이약이	夢見草
朝鮮의자랑	朴達成
童謠「할미꼿」	韓晶東
南朝鮮섬나라	申瑩澈
七七團의秘密	北極星
쌀쌀笑學校	新入生

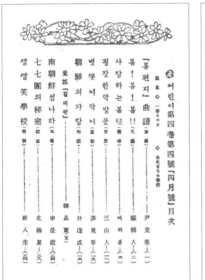

[그림 2] 삼산인, 「굉장한 약방문」, 『어린이』 4권 4호(1926.4) 목차

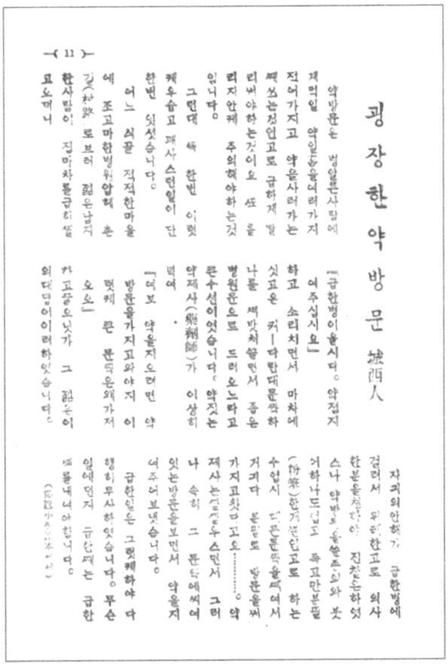

굉장한 약방문 城西人

— 11 —

[그림 3] 성서인, 「굉장한 약방문」, 『어린이』 4권 4호(1926.4)

재판」, '성서인'의 「굉장한 약방문」, 김기진의 동화 「꾀꼬리 폭포」 이렇게 4편이었다. 이러한 정황을 볼 때 최영주의 편집후기를 통해 '삼산인=성서인'이 실은 방정환의 또 다른 필명임을 간접적으로 확인할 수 있다.

그렇다면 9권 8호(1931.8)인 '방정환 추도호'에서 〈어린이독본〉의 「너그러운 마음」을 실으며 '고 방선생 유고'[10]라고 밝혔던 것과 달리 '삼산인'의 글을 방정환의 유고작이라 밝히지 않은 것은 왜일까? 방정환이 살아있을 때 『어린이』에서 방정환임을 공개적으로 밝힌 '북극성'이나 '몽중인' 같은 필명과 달리 '삼산인'을 포함해 공개적으로 밝히지 않았던 방정환의 그 밖의 필명을 사후에 굳이 밝히지 않으려 했다고 볼 수 있다. 개벽사의 여러 잡지 가운데 '삼산인'이라는 필명이 가장 오랜 기

10 엄밀한 의미에서 '유고'라기보다는 이전에 『어린이』 5권 8호(1927.12)에 발표했던 〈어린이독본〉 제 6과의 글을 재수록한 것이다.

간 동안 가장 많이 실렸던 『어린이』에 방정환 사후 '삼산인'의 글이 생존 당시 글의 재수록을 포함해 단 3편에 불과했던 것은 '삼산인'이 방정환이었기 때문이 아니었을까? 엄밀히 따져 볼 때 『어린이』에는 방정환 사후 누군가 '삼산인'이라는 필명으로 새로 쓴 글이 결국 1편밖에는 발표되지 않았던 셈이다.

장정희는 「방정환 문학 연구」에서 '삼산인'이 방정환의 필명이 아니라 차상찬의 필명이라고 밝혔는데,[11] 그 근거로 최초의 방정환 문학선집인 『소파전집』(박문서관, 1940)에 '삼산인'의 글이 단 1편도 실리지 않았던 사실을 들었다. 「자미있고 서늘한 느티나무 신세 이약이」(1929.7~8.9합호)와 같은 뛰어난 작품이 있는데도 '삼산인'으로 발표한 글들이 단 1편도 수록되지 않았던 것은 쉽게 이해하기 어렵다. 장정희는 최영주가 『소파전집』 후기에 "原稿는 全部 靑吾 車相瓚 先生이 提供해 주신 것"이라고 한 부분을 들어 '삼산인'이 작품을 고른 차상찬 본인의 필명이었기 때문에 삼산인의 글이 단 1편도 수록되지 않은 것이라고 보았다. 더욱이 '성서인'이 차상찬의 필명이라면서 '삼산인=성서인=차상찬'임을 확정했다.

그런데 개벽 관련 연구나 차상찬 평전을 보더라도 '삼산인'이나 '성서인'을 차상찬의 필명이라고 확정한 연구는 없다.[12] 유사 필명으로 '삼각산인(三角山人)',[13] '성동학인(城東學人)', '성서학인(城庶學人)'[14]이라는 필명

---

11 장정희, 앞의 논문, 64~67쪽.

12 이 부분에 대해 장정희는 "2009년에 발행된 『부인/신여성』(이상경) 영인본에는 '삼산인(三山人)'을 차상찬의 필명으로 거론해 놓은 것"이 있다고 밝혔다(장정희, 「방정환 필명 논의는 무엇을 지향하는가」, 『소파 방정환 연구(3) : 방정환의 재발견』, 한국방정환재단 주최 2014년 방정환 포럼 토론문, 2014.5.16, 106쪽). 그러나 이상경은 영인본 해제에서 차상찬의 필명에 '삼산인'을 포함했을 뿐 아니라 방정환의 필명에서도 '삼산인' '성서인' '쌍S' 등을 포함했다. 동일 필명을 두 사람의 필명에 모두 포함했으며 필명 확정에 대해서도 명확한 근거를 제시하지 않았다 (이상경, 『『부인/신여성』까지』, 『부인』/『신여성』 영인본 16권, 케포이북스, 2012, 25쪽·27쪽).

13 '삼각산인(三角山人)'이 차상찬의 필명이라 밝힌 연구는 성주현, 「『신인간』지와 필자, 그리고 필명」, 『신인간』 600호, 2000.8, 74쪽; 최수일, 『『개벽』연구』, 소명, 2008, 740쪽.

14 지금까지의 연구에서 밝힌 차상찬(1887~1946)의 필명은 다음과 같다.

이 있지만 동일 필명이라고 단정하기 어렵다. 엄연히 다른 사람이었던 허문일을 그동안 방정환의 필명이라고 해왔는데, 허문일은 '삼봉(三峰)' '허일(許日)'이라는 필명 외에도 '삼봉산인(三峰山人)'이라는 필명을 썼다. 이 때 '삼봉산인(三峰山人)'에서 '봉'자가 빠진 '삼산인(三山人)'을 동일인의 필명이라 보고 '삼봉산인=삼산인=허문일'이라고 할 수는 없다. 마찬가지로 '성서학인'에서 '학'자가 빠진 '성서인'을 같은 필명의 파생으로 보는 것은 무리이다. 더욱이 한자 표기가 다른 '운정(雲庭)'과 '운정(雲汀)'을 동일 필명으로 볼 수 없는 만큼, 한자어가 다른 '성서학인(城庶學人)'과 '성서인(城西人)'을 동일인의 필명이라 확정하는 것은 논리의 비약이다. 그렇다면 『소파전집』에는 왜 '삼산인'의 글이 단 1편도 실리지 않았던 것일까?

원고를 차상찬이 제공했다는 것은 당시 차상찬이 개벽사가 펴낸 여러 잡지의 발행인이자 편집주간으로 있으면서 관련 잡지를 귀중하게 보관하고 있었기 때문이다.[15] 차상찬은 『소파전집』의 편집동인들에게 개벽사의 '잡지'(원고)를 제공했고, 편집동인들, 즉 마해송, 최영주가 중심이 되

청오(青吾), 수춘산인(壽春山人), 월명산인(月明山人), **삼각산인(三角山人)**, 취서산인(鷲棲山人), 취운생(翠雲生), 강촌생(江村生), 관상자(觀相者), 사외사인(史外史人), 차기생(車記生), 차부자(車夫子), 차천자(車賤子), 주천자(酒賤子), 풍류랑(風流郎) 고고생(考古生) 문내한(門內漢) 방청생(傍聽生), 독두박사(禿頭博士) 차돌이, 돌이, 각살이, 삼청동인(三淸洞人), 가회동인(嘉會洞人), 강촌우부(江村愚夫), 계산인(桂山人) **성동학인(城東學人), 성서학인 (城庶學人)**, 강촌범부(江村凡夫), 향로봉(香爐峰), 첨구생(尖口生), C.S (총 31개) (박길수, 「차상찬 연보」, 『차상찬 평전』, 모시는사람들, 2012, 409쪽)

그밖에 성주현, 같은 논문과 최수일, 같은책 참조.

'돌이'라는 필명은 논란의 소지가 적지 않다. 개벽사 기자이자 천도교청년회 핵심 간부였던 박달성도 '박돌이' '돌이'라는 필명을 썼기 때문이다.

15 "온갖 역경 속에서 〈개벽사〉를 초창기부터 마지막까지 지켜왔던 청오 차상찬은 〈개벽사〉가 문을 닫자 부인 성일당 홍순화 여사와 함께 수레에 〈개벽사〉의 각종 책과 짐을 싣고 밀고 끌면서 가회동 집으로 옮겨갔다." "홍순화 여사는 6.25전쟁 중에도 이 잡지들(인용자 주: 『개벽』, 『혜성』, 『부인』, 『신여성』, 『별건곤』, 『제일선』, 『어린이』 등)을 보관하기 위해 서울을 떠나지 않았고, 임종하면서도 "너희들에게 돈도 재산도 하나도 물려 줄 건 없다. 그러나 한평생을 민족과 국가를 위해 인생의 정도를 걸었던 아버님의 행적과 정신이 깃든 이것(잡지들)을 잘 보관하며 아버님 보듯이 하여라."는 말을 남겼다." (박길수, 같은책, 134쪽·195쪽)

어 선집에 수록할 작품을 골랐던 것이다. '삼산인'의 글이 빠진 이유는 편집동인이 「遺稿를엮고서」에서 "雜文, 時事記事, 世態記事, 初期作品(渡東以前) 等은 일부러 빼었"다고 밝힌 부분을 통해 짐작할 수 있다. 즉 방정환의 대표적 필명인 '삼산인'이나 '성서인' '쌍S' '은파리' 등의 필명으로 발표한 글들은 이러한 유형의 글들이 많기 때문에 『소파전집』에서 제외되었던 것이다.

그렇다면 방정환 사후 『별건곤』과 『신여성』 등에 나오는 '삼산인'의 글은 어떻게 봐야 할까? 이때의 글은 다른 필자(개벽사의 기자)가 잡지에서 글의 일관된 성격을 유지하기 위해, 또는 다양한 필진의 글이 실리는 것으로 보이기 위해 방정환의 이전 필명을 그대로 사용해 지면을 채웠다고 추정된다. 방정환 사후 '삼산인'이라는 필명으로 『별건곤』에 발표된 글은 역사와 과학 상식에 관한 기사가 주를 이룬다. 『어린이』의 '삼산인'이 썼던 기사와 유사한 성격을 지닌다. 실제로 『어린이』 3권 11호 (1925.11)에 실린 '삼산인'의 「이것도 電氣」라는 글은[16] 방정환 사후에 '삼산인'이라는 필명으로 『별건곤』 71호(1934.3)에 몇 문장을 생략한 채 거의 그대로 재수록되었다. 흥미롭게도 정작 방정환 생존 당시 『별건곤』의 '삼산인'은 『어린이』의 '삼산인'과는 달리 기담이나 세태풍자류의 글을 주로 발표했다.[17] 이처럼 『별건곤』의 '삼산인'이 쓴 글의 성격이 방

---

16 『어린이』 3권 11호 목차에 필자를 '三山人'이라 밝혔으나 본문에는 무기명으로 발표되었다.
17 『별건곤』에 발표된 '삼산인'의 글은 다음과 같다.
「女子靑年會 氷水店: 新流行豫想記」, 『별건곤』 11호, 1928.2; 「女學校 다니곤 結婚을 못하게 되어서: 新流行豫想記」, 『별건곤』 11호, 1928.2; 「埃及女王 크레오파토라 艶史」, 『별건곤』 24호, 1929.12; 「自動車 黃金時代」, 『별건곤』 26호, 1930.2; 「죽은 지 十五個月 後에 棺속에서 긔여나온 사람」, 『별건곤』 31호, 1930.8; 「處女鬼! 處女鬼!」, 『별건곤』 40호, 1931.5; 「柔術家 美樂園氏의 世界的 拳鬪家와 싸와 익인 이야기」, 『별건곤』 41호, 1931.7; <u>「朝鮮壬申史上에 빗나는 薩水大戰捷, 百萬隋兵을 一擧擊滅한 壯快史談」, 『별건곤』 47호, 1932.1; 「태양의 열이 줄지 안는 이유」, 『별건곤』 61호, 1933.3; 「궁금푸리(과학)」, 『별건곤』 69호, 1934.1; 「떡과 밥은 엇더케 다른가(과학)」, 『별건곤』 70호, 1934.2;</u> 「이것도 電氣」, 『별건곤』 71호, 1934.3; <u>「사람과 원숭이」, 『별건곤』 72호, 1934.4; 「개아미이야기」, 『별건곤』 73호, 1934.6,</u> (밑줄은 방정환 사후 필명 '삼산인'으로 발표된 글이다. 이전 글의 성격과 확연히 다르다.)

정환 사후 확연하게 변한 것은 개벽사의 다른 필자가 방정환 사후 동일 필명으로 필자의 개성이 두드러지지 않는 상식, 과학 등 소개글 위주로 글을 썼기 때문일 것이다.

(2) '쌍S'의 경우

'쌍S(雙S, 雙S生, SS生, 双S)'는 『신여성』 2권 6호(1924.8)에 처음 등장한 이래 총 32회 나타나는데, 『신여성』에 4회, 『별건곤』에 20회, 『학생』에 8회 실렸다. 이 가운데 방정환 사후에 7회나 사용되었다. 『어린이』에는 단 한 번도 등장하지 않는 필명으로, 독자 연령이 그보다 높은 『학생』에 소화(笑話), '중학교 만화(漫話)' 등의 장르에 등장하며, 대중오락 취미 잡지를 표방한 『별건곤』에서 비중이 높았던 필명이다. 주로 사회의 은밀한 현장을 고발하고 탐사하는 보도 기사에 사용되었던 만큼 '쌍S'의 글은 『개벽』과 『신여성』을 무대로 활약했던 '은파리'처럼 풍자성이 강한데 '은파리'보다 한층 통속적이고 감각적인 이슈 등 민감한 소재를 다룬 편이다. 부정적 정치 상황이나 부조리한 세태를 고발하는 풍자성이 강한 글인 경우 검열을 피하기 위한 방법으로 의도적으로 글쓴이의 정체를 모호하게 하기 때문에 필명의 주인을

[그림 4] 은파리, 쌍S 경연, 『신여성』 3권 1호(1925.1)

확정하는 데에 많은 어려움이 따른다. 이것을 대표적으로 보여주는 사례는 『신여성』 3권 1호(1925.1)에 실린 '銀파리, 雙S 競演'의 「笑門萬福來」 코너에 실린 '銀파리'의 「셈 치르기」와 '雙S'의 「늦동이도적」이다.

'은파리'는 「셈 치르기」에서 다음과 같이 능청스럽게 이야기를 시작한다.

> 정월초하로는 은파리의 탄생긔렴일이라. 아츰부터 술ㅅ잔이나하시고 안젓더니 **말ㅅ성쟁이 편즙장(編輯長)**이 뒷둥뒷둥차저옵섯다. (…중략…)『신년새해이니 남의험담은 잠간쉬엇다 하기로하고칠십로파도 허리가 곳곳해질만한 굉장히 우스운이약이나하라』고. 그리고『이번은**쌍에쓰라는 놈**과 우슨이약이경쟁이니 쌍에쓰보다도 더 우스운 이약이를하라나』한다. (…중략…) **쌍에쓰인가 그작가**는 언젠지신녀성에 고구마잘먹는 싸마중선수이약이를하야, 독자들을 쐐웃킨모양이지만 그 **까짓것쯤**을 이 은파리게비교하는 것은 령리하다는**편즙장**도 대실책이지 엇잿거나 경쟁이라니 한마듸할것이니 은파리구재가엇던가보십시래라 ……." (은파리, 「셈치르기」, 『신녀성』 3권 1호(1925.1), 54쪽)

잘 알려진 것처럼 당시 『신여성』 편집장은 방정환이었는데, 방정환의 필명인 '은파리'는 자신인 '편집장'을 마치 다른 사람처럼 얘기하고, 또 자신의 다른 필명인 '쌍S'를 전혀 다른 필자인 것처럼 비하하며 능청을 떤다. 『신여성』의 편집장이 방정환인 것을 아는 독자들은 '은파리'를 방정환의 필명일 것으로 예상했다가 혼란을 겪을 수 있었을 터이다. 더욱 이 '은파리'가 방정환이라는 것을 확신하는 독자일 경우 '쌍S'를 방정환일지도 모른다고 생각해왔다면 이 글 때문에 혼란은 더욱 가중될 것이다. 여기서 '은파리'와 '쌍S'의 경연은 다른 두 필자의 우스운 이야기 경쟁이 아니라 실은 방정환의 '일인삼역'이었던 것이다. 정체를 가리는 가면(복면) 역할을 하는 이러한 필명은 독자의 호기심을 자극할 뿐 아니라 당국의 검열을 피해갈 수 있는 일종의 전략적 글쓰기 방식이기도 하다.

더욱이 개벽사의 기자들은 『개벽』과 『별건곤』을 중심으로 2~3인을 그룹으로 한 몇 대의 기자단이 현장에 출동하여 취재하고 기획, 특집으로 탐사보도 기사를 쓰기도 했던 만큼 유사한 형태의 글이 많아 필자를 확정하기가 어렵다. '쌍S'의 글도 이런 특징을 혼용하고 있는데다 방정환 사후 가장 많이 사용된 필명이기 때문에 방정환의 필명이 아닐 가능성을 배제할 수 없다.

'쌍S'는 최영주의 「小波 方定煥先生의 略歷」(『소파전집』, 박문서관, 1940)에서의 발언 이후 방정환의 주요 필명 중 하나로 일찍이 확정되었고, 윤석중의 『방정환 아동문학독본』에 수록된 이래 지금껏 의문 없이 받아들여져 각종 선집과 전집에 포함되어 왔다. 최근에 이르러 자료의 수집과 확인 과정에서 방정환 사후에도 적지 않은 수의 글이 확인되면서 논란의 중심에 놓이게 된 필명이다. 엄밀히 따지면 최영주와 윤석중의 회고 외에 지금껏 실증적인 근거가 제시되지 않았기 때문에 논란은 증폭될 수밖에 없는 상황이다.

이러한 상황에서 장정희는 나름의 근거를 들어 '삼산인'과 '쌍S'를 방정환이 아닌 차상찬의 필명이라고 밝혔다. 두 필명으로 발표된 작품의 수를 대략 합치면 90여 편이 넘는다. 더욱이 이들 필명으로 발표된 작품 가운데에는 방정환의 대표작으로 거론되는 작품들이 상당수 포함되어 있기에 장정희의 주장이 맞다면 근대아동문학사를 다시 써야 하는 중대한 문제 상황에 놓이게 된다.

그러나 장정희가 강력한 근거로 제시한 자료를 구체적으로 검토하면 오히려 차상찬이 아닌 방정환의 글이라는 사실이 명확하게 드러난다. 이를 구체적으로 살펴 보자.

'쌍S'의 글 가운데 『학생』에 4회 연재된 「호랑이똥과 콩나물」은 입담이 상당한 수준에 이르며 해학성이 돋보이는 작품이다. '중학교 만화(漫

話'라는 일종의 장르명을 달고 연재된 이 글은 말 그대로 정통의 글쓰기 방식을 취하기보다는 '만필'이 지닌 특성을 한껏 발휘했다. 일정한 형식이나 체계 없이 즉흥적으로 글을 쓰기 때문에 격식을 갖춘 글보다 비속하거나 말장난에 가까운 글쓰기 방식을 곳곳에서 취하고 있다. 표면의 통속적인 재미에 이면의 숨은 뜻이 가려져 작가의 의도를 쉽게 간파하기 어렵다.

「호랑이똥과 콩나물」은 『학생』 4호~7호(1929.7~10)에 연재되었는데, 7호의 말미에 '次號完結'이라 밝혔으나 영인본에 누락되어 마지막 회를 확인할 수 없다. 작가는 학교생활에서 영원히 없어지지 않는 일 중 선생의 별명 짓기와 관련된 우스꽝스러운 일화를 소개하는데 정작 말하고 싶은 것은 거기서 "二十여년전의학교생활"을 엿보고 당대 시대가 요구하는 진정한 교사의 상을 제시하고자 하는 것이다. 음악 선생이 아닌 체조교사에게 '콩나물'이라는 별명이 붙여진 일화를 보성소학교의 체조교사 김○근 교사에게서 유래되었다고 하며 이야기를 들려준다. 글 중간 중간 큰 글씨로 소제목을 넣었는데, 소제목은 〈校服亂離 水中行軍〉〈악박골 襲擊 雪中大接戰〉〈華奢退治와 强制斷髮偉功〉이다. 작가가 보성소학교에 다닐 당시 군인 기질의 김○근 체조교사나 '계산호랑이'로 유명했던 중앙학교의 조철호(趙喆鎬) 같은 민족정신이 투철했던 분들을 회상하며 그런 분들을 볼 수 없는 그 당시의 학생들이 불행하다며 안타까운 마음을 드러내고 있다.

예전 **普成高普에계시던 李○祥先生**의 號令소리가 마치콩나물장사가 콩나물사라고 외이는소리갓다고하야 치운 새벽에 呼吸體操식이러나오는 先生의얼골이밉살스러서 「콩나물사우」 「콩나물사료!」 하고 놀리기始作하야 그것이各學校에퍼젓다고 <u>그새 普成高普에다니든學生들은누구던지</u> 알고잇다.

그러나 實은그보다도 더오래된옛날부터콩나물의歷史는잇서나려온것이다.

只今으로부터 **二十餘年前에 私立普成小學校**가西大門안에只今 京城中學校의 正門건너편 聖經學校잇는터에잇슬째 **金○根이라는 體操先生**이잇섯다." (雙S 生, 「호랑이똥과 콩나물」, 『학생』 1권4호, 1929.7, 83쪽, 강조는 인용자)

"校服亂離 水中行軍

(…중략…)

어느해엿섯던지 느진녀름이엇다. 遠足을가는셈이엿던지 行軍練習을하는셈 이엿던지 三百여명 學生을 四列縱隊로하야 舞鶴재고개(只今西大門監獄압)를 넘어서 홍제원(洪濟院) 내를씨고도라 洗劍亭을거처서 장의문으로하야 孝子洞 으로하야도라오기로하고 써낫는대 다른先生들은 學監 까지석겨서 뒤에써러저 오고맨先頭에는 우리 戰場先生콩나물金선생이 스서서行軍을하엿다.

그런대 喇叭소리를마처서 舞鶴고개를넘어가기까지는조왓스나 마츰 장마뒤 씃이라 홍제원 그큰시내는 싯뻘건물이 漢江물가티흘러서 논까지 길까지물에덥 혓다.

(…중략…)

『이놈아 戰場에 나가다가도 물이잇스면 섯슬터이냐?』

戰場이라는말에는 할말이업다. (雙S生, 「호랑이똥과 콩나물」, 『학생』 1권5 호, 1929.8, 60~62쪽, 강조는 인용자)

'쌍S생'의 「호랑이똥과 콩나물」에서 체조교사 김 선생의 일화 가운데 〈교복난리 수중행군〉 부분은 방정환이 「二十년전學校이약이―벌거숭이 三百명」(『어린이』 4권 8호, 1926.9)에서 짧게 언급한 다음의 부분을 좀더 자 세히 풀어낸 것이다.

홍수(洪水)가저서 홍증원내물(川水)이 강물가티 쏘다저흘르는데도 『군대는 물속이라도전진하는법이라고』 하낫 둘 하낫 둘 호령하면서 여러백명학생을 고

대로 물속으로 전진식힌일도잇섯스닛가요   (방정환, 「二十년전학교이약이-벌
거숭이 三百명」, 『어린이』 4권 8호, 1926.8 · 9월호, 25쪽)

더욱이 「호랑이똥과 콩나물」에 소개된 〈華奢退治와 强制斷髮偉功〉 부
분에서는 '雙S生'이 방정환이라는 사실을 직접적으로 보여준다.

콩나물 第一世 서울東大門밧콩나물장사의아드님 金○根先生이 이전時代軍
隊의 一兵丁이든몸으로 普成學校體操副敎員으로 가지가지의武勇을절치던 그
째는 朝鮮에 學校란것이 처음생기던째이라 敎員도 망건 감투갓속에 커다란상
투를달고 단엿고 學生도 상투우에갓을쓰고단이는 것이 大部分이고 只今의女學
校處女처럼 編髮을길다라케느리고단이는總角들이 더러잇섯고 **머리를 깍근學**
生이라고는 校長님(그째는 校長님이라고 불넛다)宅 아드님하고 **철모르는筆者**
나하고 겨우 三四人박게 업섯다.
    (…중략…)
    우리는 그째 小學生이라 校主님(인용자 주 : 이종호)댁에세배간다는 것을 픽
깃버하엿다. (雙S生, 「호랑이똥과 콩나물」, 『학생』 1권 7호, 1929.10, 56~57쪽)

인용한 부분은 새해를 맞아 교주(校主: 이종호)에게 세배를 드리러 가는
줄 알았다가 강제로 단발을 했던 때의 일화를 소개한 것인데, '쌍S생'
즉 방정환이 「二十년전學校이약이—강제로 머리 깍이든째」(『어린이』 4권 9
호, 1926.10)에 나오는 일화 부분과 동일하다. 방정환이 일곱 살 때 삼촌을
따라 보성소학교에 놀러갔다가 교장(김중환)을 만나 머리를 깎고 돌아왔
던 때의 일화는 유명하다. 그가 보성소학교 유치반에 입학했을 때에는
이미 머리를 깎은지라 "머리 깎은 애"라는 소리를 듣고 다녔다.
    장정희는 '쌍S'의 「호랑이똥과 콩나물」에 언급된 보성고보 체조교사
이희상에 대한 일화가 차상찬이 필명 '관상자(觀相者)'로 쓴 「콩나물 선

생·李熙祥氏」(『별건곤』 5호, 1927.3)를 썼던 부분과 동일하다고 지적하고, 「호랑이똥과 콩나물」에서 "普成高普에다니든學生들은누구던지알고잇다"는 대목을 들어 '쌍S'를 차상찬으로 확정했다. 방정환은 보성고보를 다니지 않았지만 차상찬은 보성중학교와 보성고보를 다녔기 때문이다.[18] 그러나 「호랑이똥과 콩나물」에서 가장 많은 비중을 차지하는 학교 이야기는 보성소학교 때의 일화들이다. 차상찬은 1887년생으로 보성소학교에 다닌 이력이 없으며 1904년(18세) 두 형과 함께 진보회에 가입해 갑진개화운동을 펼쳤고, 그 뒤 천도교에 입교했다.[19] 잘 알려진 것처럼 갑진개화운동의 대표적 활동은 '흑의단발(黑衣斷髮)'이었다. 그리고 20세인 1906년에 보성중학교 1기생으로 입학하여 1910년 보성중학교를 졸업한 뒤 보성전문에 입학하였다.

---

18 1910년 4월 4일자 '사립 보성중학교 제 1회 졸업생 급 직원 일동'의 사진에는 창립 초기 교사 15명의 명단이 나온다. 차상찬이 보성중학교에 다닐 당시(1906~1910년)의 체조교사는 김계환(金桂煥), 장성원(張騂遠)이었다. 체조교사 이희상은 제 6회 졸업기념 사진첩(1915년)에 수록된 '이수과정 급 담임선생씨명'에 처음 등장한다(보성80년사 편찬위원회 편, 『보성80년사』, 보성학원, 1986, 92~95쪽 참조). 차상찬이 보성고보(보성중학교)에 다녔던 시기(1906~1010년)와 체조교사 이희상의 보성고보 재직 시기(1915년~)가 맞지 않는 것이다. 따라서 「호랑이똥과 콩나물」에서 "그재普成高普에다니든學生"이라는 말을 근거로 필자 '雙S生'을 보성고보 출신이라고 단정한 뒤 차상찬이라 확정하는 것은 오류이다.
장정희는 차상찬 평전에서 차상찬이 1904년 신학문 수학 이력과 1906년 보성중학교 입학 사이의 2년의 공백 시기를 주목하면서 소학교 시절을 거치지 않고 바로 중학생이 될 수 있는지 의문을 제기하였다. 그리고 '쌍S'를 차상찬이라고 보고, 「호랑이똥과 콩나물」이 차상찬의 2년의 공백 시기, 즉 소학교 시절을 뒷받침하는 자료일 가능성을 제기했다(장정희(2014), 104쪽). 그러나 차상찬 평전을 검토하면 차상찬은 셋째 형 상학의 주선으로 1906년 보성중학교 1기생으로 입학하여 신식 수업을 받게 되었다고 한다. 차상찬의 셋째 형 상학은 1903년 천도교에 입도하여 대한신문과 만세보 기자를 거쳐 1910년 천도교회월보사의 초대주간, 편집 겸 발행인을 역임했던 인물이다. 차상찬의 이력에서 소학교 경력이 없음에도 보성중학교에 입학할 수 있었던 것은 셋째 형 상학이 천도교 재단에서 차지한 위상과도 관련이 있을 것이다(차상찬과 차상학에 관해서는 박길수의 『차상찬 평전』 참조). 특히 당시 사립 보성중학교 규칙 제 26조는 입학 지원자의 자격으로 '① 연령 15세 이상 25세 이하의 남자 ② 신체 건강하고 품행 단정한 자 ③ 고등소학교 제 2학년 수업에 상당한 학력이 있는 자'로 규정하였다. 그런데 당시 서당에서 한문을 배워 상당한 학력을 갖춘 사람들이 많았으므로 '고등소학교 2학년 수업에 상당한 학력'의 폭이 융통성 있게 적용되었다고 한다(사립 보성중학교 규칙 제 26조에 대해서는 보성80년사편찬위원회 편, 『보성80년사』, 보성학원, 1986, 63쪽 참조).
19 박길수, 앞의 책 참조.

「호랑이똥과 콩나물」의 주요 일화인 강제단발 부분을 보면 필자가 어린 나이에 보성소학교에 다녔다는 사실을 알 수 있다. 차상찬은 보성소학교를 다닌 적이 없을 뿐더러 이 시기는 이미 장성한 나이로 보성중학교에 다닐 무렵이었다. 「호랑이똥과 콩나물」에 나오는 강제단발과 수중행군 부분은 방정환이 쓴 수필 「二十년전學校이약이」에서의 '상투에 학교일홈붓치던 재' '내가 소학교에 입학하든 재'의 주요 일화와 동일하다. 게다가 「호랑이똥과 콩나물」의 필자인 '쌍S생'은 글 안에서 **"철모르는筆者나"** **"그재 小學生"**이라고까지 하며 자신의 정보를 노출한다.

한편, 장정희는 '쌍S'가 차상찬의 필명이라는 결정적인 근거로 『어린이』 7권 6호(1929.7)에 실린 『별건곤』 22호(1929.8) 목차에서 〈경부선 경의선 남북대경쟁탐방기(南北大競爭探訪記)〉에 **'경부선—남대기자'**로 **차상찬**을, **'경의선—북대기자'**로 김진구(金振九)의 실명을 밝힌 광고를 주목하였다.

『별건곤』에서는 1927년 이래로 몇 차례에 걸쳐 〈남북대경쟁탐방기〉

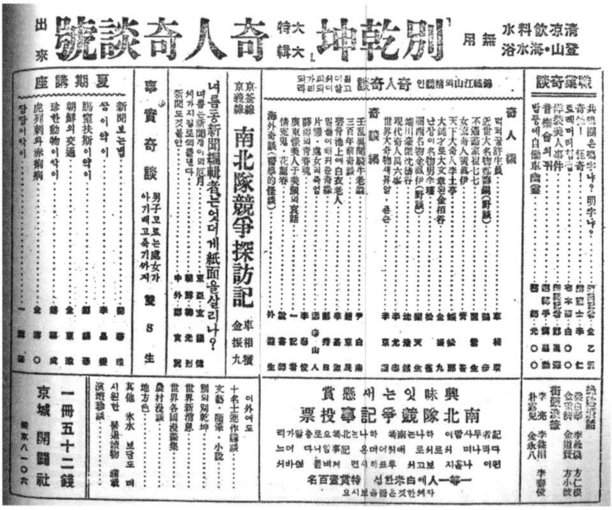

[그림 5] 『별건곤』 22호(1929.8) 목차, 『어린이』 7권 6호 (1929.7)

를 실었는데, 독자의 투표로 승자를 결정하고 승자팀의 독자 가운데 1등을 뽑아 현상을 하는 이벤트를 벌였다.

이 무렵 『별건곤』 21호(1929.6)에서 대대적으로 광고를 했고, 『별건곤』 22호(1929.8)에서는 예고한 바대로 '경부선—남대기자'로 차상찬의 탐방기와 '경의선—북대기자' 김진구의 탐방기를 실었다. 그리고 『별건곤』 23호(1929.9)에 총 9027매 중 남대 6003매, 북대 3024매로, 남대 즉, 차상찬이 승자로 뽑혔다고 밝혔다.

[그림 6] 경의선 경부선 남북대경쟁탐방기사 현상 광고, 『별건곤』 21호(1929.6)

장정희는 이 자료가 '쌍S'를 구체적인 인물인 '차상찬'으로 지명한 유일한 실증 자료라고 주장했는데, 자료를 검토하는 과정에서 중대한 착오를 일으켰다.[20] 〈남북대경쟁탐사기사 심판투표결과 발표(南北大競爭探訪記事 審判投票結果 發表)〉를 한 부분에서 『별건곤』 23호가 아닌, 2년 전에 시행했던 『별건곤』 7호(1927.7)의 투표 결과인 '北隊記者 雙S君 勝'이라는 자료를 제시한 것이다. 장정희가 이 부분에서 착오를 일으킨 것은

---

20 장정희(2013), 63쪽; 장정희(2014), 100~102쪽.

『별건곤』 7호에서 "北隊記者 石火生(인용자 주: 김진구)은 阿片屈에 流入하야 阿片을 먹어가며 探査(二月號에揭載) 하엿고 南隊記者 双S生은 女學生 誘引의 魔窟에 變裝侵入하야놀라운 內幕을 탐사(三月號에揭載)"(『별건곤』 7호)하였다는 잘못된 기사 내용 때문이다. 『별건곤』은 같은 지면에서 실제 투표 결과를 "北隊記者 雙S君 勝"이라 해놓고 내용 설명 부분에서는 '남대기자 쌍S생'와 '북대기자 석화생'으로 잘못 표기했다. 그 때문에 잡지에서는 "南隊가나엇다한投票中에서 공평히제비 쌥아" 부분에서 '南隊' 부분의 '南'자 옆에 '北'으로 고쳐놓았다. 잡지의 기사 자체에 오류가 있었던 이 자료를 근거로 장정희는 그보다 2년 뒤에 '남대기자 차상찬' '북대기자 김진구'라고 실명을 밝힌 기사(『별건곤』 22호, 1929.8)를 연결시켜 '북대기자=석화생=김진구', '남대기자=쌍S=차상찬'이라고 파악했던 것이다. 『별건곤』 7호(1927.7)의 기사 내용이 오류임은 『별건곤』

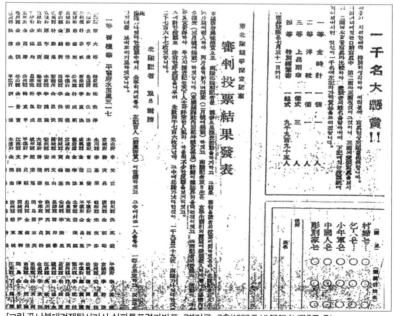

[그림 7] 남북대경쟁탐사기사 심판투표결과발표, 『별건곤』 7호(1927.7) (北隊記者 双S君 承)

4호(1927.2)에 '남대기자' 석화생의 아편굴 이야기가, 『별건곤』 5호(1927년 3월호)에 '북대기자' 쌍S생의 여학생 유인굴 이야기가 실렸던 사실로 확인할 수 있다.

더욱이 『별건곤』의 이 특집에서 '남대기자'와 '북대기자'는 특정 인물이 고정적으로 같은 지역만을 탐사했던 게 아니었다. 『별건곤』 15호(1928.8)에서는 지역을 3개로 나누어 1대 관상자(차상찬)가 개성 지역을, 2대 파영생(방정환)이 인천 지역을, 3대 석화생(김진구)이 원산 지역 탐방 기사를 쓰기도 했다. 따라서 1927년~1929년의 2년이나 시차가 있는 자료를 근거로, 더욱이 남대기자와 북대기자가 뒤바뀐 자료를 두고 '쌍S'가 차상찬이라는 것을 구체적으로 지명한 실증 자료라고 주장하는 것은 연구자의 의도적 오류에 불과하다.

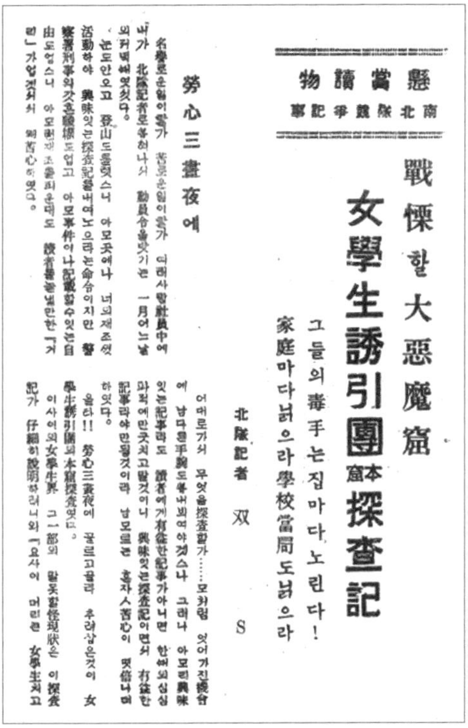
懸賞讀物
南北隊競爭記事

戰慄할大惡魔窟
女學生誘引團本窟探査記

그들의毒手는집마다노린다!
家庭마다닑으라學校當局도닑으라

北隊記者 双 S

勞心三晝夜에

[그림 8] 북대(北隊)기자 双S, 「여학생유인단 본굴 탐사기」, 『별건곤』 5호(1927.3)

결정적인 근거로, '북대기자 쌍S'가 차상찬이 아니라 방정환인 사실은 이 글 「여학생유인단 본굴 탐사기」에서 찾을 수 있다. 이 글에서 '쌍S'는 "나는 내 中折帽子와 外套를 버서맷기고"(79쪽) "八字에업는 浮浪青年이되느라고 理髮을하시고 香水를뿌리고"(81쪽) "三十갓가운 男子"(83쪽)라는 식으로 자기 신분을 노출한다. 차상찬은 1887년생이고, 방정환은 1899년생인데, 이 글이 발표된 시기가 1927년이니 당시 차상찬은 우리 나이로는 41세, 방정환은 29세였다. 그러니 이 글에서 "삼십 가까운 남자"라 밝힌 '쌍S'는 차상찬이 아니라 바로 방정환인 것이다.

방정환 사후 『별건곤』에 지속적으로 '쌍S'의 필명이 등장하는 것은 '삼산인'과 마찬가지로 잡지에서의 글 성격을 유지하기 위해서, 그리고 소수의 제한된 필자들이 지면을 채워야 했던 근대 잡지에서 다양한 필진의 글로 구성된 듯한 효과를 부각하기 위한 개벽사 편집진의 기획이 었다고 할 수 있다. 글투를 살피면 『별건곤』의 '삼산인'의 글에서와 마찬가지로 '쌍S'의 글도 그 이전에 쓴 글과 차이가 감지된다. 방정환 사후에 발표된 '쌍S'의 글은 간결한 말투가 더 강하고, 희곡 형식을 부분적으로 차용한 듯한 문답식의 글 특성이 두드러진다. 그리고 주요 필자라기보다는 좌담의 사회자 역할을 하기도 한다.

개벽사의 핵심 멤버 가운데 방정환과 차상찬, 박달성 등이 이런 류의 글을 많이 썼는데, 글의 특징을 볼 때 방정환 사후 『별건곤』의 '쌍S'는 차상찬보다는 박달성일 가능성이 더 크다.[21] 또 다른 가능성으로 방정환 사후에 '쌍S'나 '삼산인'의 필명을 개벽사의 기자 한두 사람이 공유하며 썼을 가능성도 완전히 배제할 수 없다. 그런데 필자가 방정환 사후의 '삼산인'과 '쌍S'를 박달성일 것으로 추정하는 것은, 방정환 사후 『별건곤』에 등장한 '單S'라는 필명이 예사롭지 않기 때문이다. '單S'라는 필명으로 발표된 글은 3편인데[22], 1편은 이전 방정환의 「셈 치르기」를 재수록한 것이고[23], 나머지 2편의 글은 글투가 박달성의 글투와 유사하다. '單S'는 '雙S'와 대비가 되는 필명이다. 방정환 생존시 '雙S'는 방정환

---

21 박달성 문학의 특징에 관해서는 최수일, 앞의책, 545~558쪽 참조할 것.

22 單S, 「셈 치르기」, 『별건곤』 59호(1933.1). ; 單S, 「들창으로 드려다본 이약이」, 『별건곤』 65호 (1933.7). ; 單S, 「잡어먹고 십흔 이야기(1), 나는 몰라요」, 『별건곤』 64호(1933.6).

개인의 필명이었고, 방정환 사후 이 필명은 개벽사의 두 명의 'S'인 방정환과 박달성이 함께 했던 때를 의미하고, '單S'는 방정환 사망 후 홀로 남은 'S', 즉 '달성(TS)'을 연상케 한다.[24] 방정환의 '쌍S'라는 필명은 '삼산인', '성서인', 'SP생', '에쓰피생'의 영자 이니셜에서 파생된 필명일 것으로 추정된다.

박달성(1895년생)과 방정환(1899년생)은 연배도 비슷할 뿐 아니라 1920년대 초부터 천도교청년회 도쿄지회에서도 함께 활동했고, 개벽 시대를 함께 했던 동지였다. 방정환 사후 '쌍S'가 사회를 본 「各界男女 逢變 誌上 座談會」(『별건곤』 65호, 1933.6)에서 좌담 참석자 가운데 차상찬이 있는 것으로 봐서 사회를 맡은 '쌍S'는 박달성일 가능성이 더 높아진다.[25] 더욱이 이 글 삽화에서 이 때 사회자인 '쌍S'는 가면을 쓰고 있는데, 흥미롭게도 그 얼굴이 박달성과 닮았다.

이상에서 방정환 사후 지속적으로 등장했던 '삼산인'과 '쌍S'의 필명을 살펴보았다. 최근 이 두 필명이 방정환이 아닌 차상찬의 필명이라는 연구가 제기되었으나 텍스트에 대한 구체적 검증 결과 두 필명은 방정환의 필명임을 확정할 수 있었다. 사후에 사용된 필명은 최영주가 『소파전집』에서 밝혔던 것처럼 **"同名異人의 模造記事"**라고 보아야 할 것이다.

'삼산인'과 '쌍S'가 방정환의 필명임을 뒷받침할 또 다른 정황 근거로, 『별건곤』 9호(1927년 10월 1일 발행)의 '사고(社告)' 「무엇으로」를 주목할

---

23 은파리, 「셈 치르기」, 『신여성』 3권 1호(1925.1)→ 깔깔박사, 「셈 치르기」, 『어린이』 4권 1호(1926.1)→ **單S, 「셈 치르기」,** 『별건곤』 59호(1933.1)
　　'은파리' '깔깔박사'는 방정환의 확정 필명이다. '單S'는 방정환 사후 방정환이 이전에 『어린이』와 『신여성』에 발표했던 「셈 치르기」를 『별건곤』에 재수록했다.
24 박달성의 필명은 '춘파(春坡)' '가자봉인(茄子峰人)' '네눈이' 'ㄷㅅ생' 'TS생' '대갈생(大喝生)' '돌이(乭伊)' '박돌이' 'P생' 등이다. (최수일, 『『개벽』 필명 색인』, 앞의 책 참조)
25 사회 : 雙S, 出席者 : 卞榮魯, 薛義植, 許英肅, 姜아근(女), 廉想涉, 尹益善, 李泰運, 尹聖相, 徐椿, **車相瓚**

[그림 9] 쌍S(사회) 외, 「각계남녀 봉변 지상 좌담회」, 『별건곤』 65
호(1933.6)

필요가 있다. 이 사고에서는 "方定煥君이 병으로 月餘나 呻吟하는 중"(119쪽)이라는 소식을 전하고 있다. 실제로 『별건곤』 9호에는 방정환의 글이 단 한 편도 실리지 않았다. 즉 방정환의 필명으로 거론되는 '북극성, 소파, 파영, 쌍S, 성서인, 삼산인, 깔깔박사, 은파리' 등 방정환이 『별건곤』에서 사용했던 어떤 필명으로도 발표한 글이 없다. 만약 '쌍S'나 '삼산인' '성서인'이 방정환이 아닌 차상찬(또는 박달성)의 필명이라면 주요 필자였던 방정환의 빈 자리를 메우기 위해서라도 이러한 필명은 더 많이 등장했어야 할 것이다. 참고로 『별건곤』 9호에 차상찬과 박달성의 글은 각각 2편씩 실렸다. 아쉽게도 같은 시기 『신여성』은 휴간 중이었기에 검토할 수 없다. 『어린이』 5권 7호(1927년 10월 1일 발행)에만 연재물 「천일야화」와 「칠칠단의 비밀」 단 2편이 실렸다. 다른 때와 견줄 때 방정환의 글이 상당히 적은 편이다. 이런 사실들은 '쌍S'나 '삼산인' '성서인'이 방정환의 필명일 가능성을 한층 더 뒷받침하는 단서이다.

2) 다른 필자와의 동일 필명: 우촌(雨村)과 CW생(CWP)

방정환의 필명으로 알려진 것 가운데 동시대의 다른 인물들의 필명과 겹치는 필명이 있다. 우촌(雨村)과 CW생(CWP)이 그것이다. 필자 역시 첫 연구(1999)에서는 'CW'를 방정환의 필명으로 보았다가 『신청년』 발굴 이후 'CW'를 오천석의 필명으로 판단하여 방정환 필명에서 제외(2007) 했다. 그러다 최근의 연구(2012)에서 『신청년』과 『신여자』, 그리고 『어린이』 1~2호의 '우촌'이 방정환의 필명일 가능성을 다시 조심스레 제기하는 등 여러 차례의 우여곡절을 겪었다.

방정환은 『신청년』과 『녹성』의 발간 경험을 바탕으로 『신여자』의 편집고문으로 활동했다고 알려져 왔는데[26] 『신여자』 편집인들의 후기를 보면 "編輯顧問 梁雨村 先生"이라고 되어 있다. 이 당시 '양우촌'이라는 인물명은 발견되지 않는데, 당시 편집고문이었던 방정환의 가명일 가능성이 높다. 한편, 『어린이』 창간호에 '우촌'이라는 필명으로 전래동요 「파랑새」가, 『어린이』 1권 2호(1923.4.1.)에 '우촌'이라는 필명으로 꽃 전설 「노란 수선꽃」이 실렸다. 방정환은 'ㅈㅎ생'이라는 필명으로 『어린이』 1권 1호와 1권 3호에 꽃 전설을 발표했다. 다양한 필자가 확보되지 않은 잡지 발행 초창기에 여러 필명을 활용해 글을 발표했던 상황을 고려하면[27] 방정환이 '우촌'이라는 필명으로 글을 썼다고 볼 수 있다. 한편, 『어린이』 2권 4호(1924.4)에 '강우촌(姜雨村)'이라는 필명으로 발표된

---

26 유광렬, 「나의 이력서」, 『한국일보』 1974.3.16.
27 방정환은 『어린이』 창간호에 '소파, 小波, 夢中人, ㅈㅎ생, 雨村'이라는 필명을 활용해 글을 썼고, 『어린이』 2호에는 '小波, 夢中人, 雨村'을, 3호에는 '雲庭, 小波, ㅈㅎ생, 夢見草'를 썼다. 『어린이』 1~3호까지 지속적으로 실렸던 서양의 꽃 전설의 경우 글의 특성상 'ㅈㅎ생'의 필명을 일관되게 쓸 수 있었다. 방정환은 대체로 특정 장르의 작품에는 특정 필명만을 사용하곤 했는데 이 시기만 해도 그것이 고정되지는 않았던 것 같다. 실제로 방정환은 『어린이』 1권 10호부터는 'ㅈㅎ생'이라는 필명을 주로 '이솝우화'를 소개할 때 썼다. 『어린이』에 이솝우화류의 소개가 줄어들면서 1918년경부터 썼던 필명 'ㅈㅎ생'은 1924년 이후에는 『어린이』에서 사라진다. (부록의 [표 2] 참조)

「장재연못」은 진주소년운동가 강영호(姜英鎬)의 필명이 '우촌'이었으며, '장재연못'이 진주에 전해지는 유명한 전설이라는 점을 보더라도 강영호의 재화일 것이다. 그동안 '강우촌'이 '진우촌(秦雨村)'의 오기로 추정되면서 「장재연못」은 우촌 진종혁(雨村 秦宗赫)의 글로 알려졌다.[28] 강영호는 방정환과 함께 일본 유학 당시 색동회 동인으로 활동했던 인물로, 『어린이』에 실린 「장재연못」은 강영호의 재화임이 거의 확실하다.[29]

이처럼 여러 인물이 동시대에 흔히 사용한 '우촌(雨村)'과 같은 필명의 경우 확정하는 데에 많은 어려움이 따른다. 이 경우 발표 매체의 성격과 글 특성, 필자로 추정되는 인물과 해당 잡지의 관련 여부 등을 따져 필명을 확정해야 한다. 필자가 『신여자』의 편집고문으로 소개된 '양우촌'과 『신청년』에 글을 발표한 '우촌', 『어린이』 창간호와 1권 2호의 '우촌'을 방정환으로 보는 이유는 이들 세 조건을 고려할 때 강영호나 진종혁이 아닌 방정환일 가능성이 가장 높기 때문이다. 『신청년』과 『신여자』는 당대의 신청년과 신여성을 주요 독자로 한 잡지로, '자매지'라 할 정도로 잡지 발간 목적과 집필층의 성격에서 공유하는 바가 컸다. 방정환은 경성청년구락부 중심의 문예지 『신청년』을 발간하는 중심 주체였으며, 이 당시에 『신청년』에서 '小波(小波生), 雲庭(雲庭生), 잔물, SP생' 등 여러 필명을 두루 썼다. 당시 『신청년』의 필자들은 소수였고, 『신청년』의 '우촌'의 경우 강영호나 진종혁이라 볼 수 있는 어떤 단서도 발견할 수 없다. 특히 '우촌'이라는 필명으로 발표한 「虛僞를 避하야」(『신청

28 윤진현 엮음, 『구가정의 끝날─진우촌전집』, 인천 : 다인아트, 2006.
29 염희경, 「새로 찾은 방정환 자료, 풀어야 할 과제들」, 『아동청소년문학연구』 10호, 한국아동청소년문학학회, 2012.6, 239쪽. 장정희는 "『어린이』의 '姜雨村'과 『신여자』의 '梁雨村'이 모두 방정환의 필명이라는 견해가 있다. 그러나 이를 확정할 만한 근거는 부족하다. 윤석중은 『어린이와 한 평생』이라는 글에서 진장섭을 우촌이라고 언급한 바 있다. 논의가 더 이루어져야 할 필명이다."(장정희, 앞의 논문, 67~68쪽)라고 평가했는데, 필자는 기존 연구(2012)에서 「장재연못」의 '강우촌'을 방정환의 필명이라고 한 바 없다. 또한 윤석중이 진장섭의 필명이 우촌이라 했다고 했는데, 이것은 윤석중이 '진우촌'이라는 필명을 썼던 진종혁을 잘 몰랐거나 진종혁과 진장섭을 동일인으로 착각한 데에서 나온 발언일 가능성이 크다.

년』 2호, 1919,12)에서는 "市街에는 虛僞와 不正에 싸인 사람들"이 많다며, 자신은 "生存競爭의 敗退者"인 "弱子"이지만 "마음만 純直히 虛僞를 避하야 압흐로가자"(14쪽)며 글을 맺는다. 방정환이 이 당시의 시나 수필에서 자주 보였던 생각이다. 『신여자』의 '양우촌', 『신청년』의 '우촌', 『어린이』 창간호와 1권 2호의 '우촌'은 방정환이라 볼 수 있지만 그 외의 '우촌'은 강영호와 진종혁이라고 봐야 한다. 특히 이들은 자신의 성을 붙인 '강우촌' '진우촌'이라고 썼기 때문에 해당 시기, 해당 잡지에서의 '양우촌'과 '우촌'과는 구별되며, 해당 지면의 '양우촌'과 '우촌'은 방정환이라고 봐야 할 것이다.

한편, 'CW생'은 방정환과 동시대에 활동한 오천석의 필명일 가능성이 높아 논란이 되는 필명이다. 오천석(吳天錫)은 방정환과 동시대에 유사한 활동을 펼쳤던 인물로, 외국 문학의 번역, 특히 서양 동화 및 타고르 시의 번역에서도 대활약을 했고 『학생계』의 주간으로도 활약했다. 그의 대표적인 필명은 '天園, 에덴生, 바울'이다. 그런데 그의 필명 '천원'의 영자 이니셜인 'CW'도 오천석의 필명으로 간주된다.[30] 앞에서 살폈듯, 이상금은 『사랑의 선물』에서 『신청년』에 실린 'CW생'의 글을 오천석의 글로 확정했다. 1923년 7월 창간된 기독교계 잡지 『신생명』에는 'CW생'이 쓴 「男女平等論-特히 道德上 平等」(『신생명』 6호, 1923.12)이라는 글이 있는데, 기독교 신자의 글임을 확인할 수 있다. 이 경우에는 방정환일 수가 없는 것이다. 『신청년』이 발굴되기 이전까지 기존의 방정환 연구에서 'CW생' 'CWP'는 방정환의 필명으로 알려져 왔다. 때문에 'CW생' 'CWP'도 '우촌'처럼 발표 시기와 발표 매체, 글의 성격에 따라 필

---

30 필자는 「소파 방정환 연구」에서 'CW生', 'CWP'를 오천석의 필명으로 보고 방정환의 필명에서 제외하였다 (염희경, 「소파 방정환 연구」, 인하대 박사논문, 2007, 11쪽). 그러나 이 연구에서 텍스트에서의 주요 단서를 통해 『신청년』과 『신여성』에 등장하는 'CW生', 'CWP'는 방정환의 필명임을 확정한다. 특정 지면에 한정해서 필명을 확정하는 이유는 영자 이니셜로 된 필명인 만큼 다른 필자도 동일 필명을 사용한 것이 발견되기 때문이다.

자를 구분해서 확정할 필요가 있다.

　방정환과 관련성이 깊은 잡지에서 'CW생' 'CWP'로 발표된 글은 모두 5건으로, 『신청년』에 2편, 『신여성』에 3편이 실렸다. 『신청년』 소재의 글은 타고르의 시를 번역한 「自由의 樂園」(CW 譯, 『신청년』 3호, 1920.10, 4쪽)과 시 「花盆을들고」(CW生, 『신청년』 3호, 1920.8, 17면~18쪽)이다. 오천석의 경우 1920년대에 타고르의 시 「기탄자리」를 『창조』(1920.7~1921.5)에 번역 연재하기도 했고, 타고르의 희곡 「우편국」을 축약 번역해 『세계문학걸작집』(한성도서주식회사, 1925)에 싣기도 했다. 더욱이 '천원 오천석'은 「永遠길의는者」(목차의 제목은 「永遠의길가는者」)라는 연애소설을 『신청년』 3호에 발표하기도 했다. 물론, 방정환도 1920년대에 타고르 시 「구름과 물결」을 「어머님」(잔물, 『개벽』 1호, 1920.6)으로 번역한 적이 있기에 『신청년』에 번역된 타고르의 시 「자유의 낙원」을 오천석의 번역이라고 확정할 수는 없다.

　시 「花盆을들고」는 사랑하는 사람을 그리워하는 마음을 담고 있다. 이때 오천석이나 방정환이라 확정할 단서를 찾기는 어렵다. 다만 이 시에서 "사랑으로 보내쥬신 **햐신쓰**고흔숫"(17쪽)이라는 대목에서 방정환이 좋아하는 꽃으로 『신여자』와 『어린이』에서 히아신스에 관한 꽃전설을 소개했던 것이 연상된다.[31]

　『신청년』의 'CW', 'CW生'을 방정환이라고 확정할 근거가 미약한 반면, 『신여성』에 'CW生', 'CWP'로 발표된 3편의 글은 방정환의 글로 볼 수 있다. 「씩씩한 中에도 고운 心情을 가진 米國 女學生」(CW生, 『신여성』 창간호, 1923.9), 「淸雅하기짝업는瑞西의女學生들」(CWP, 『신여성』 2권 4호, 1924.6), 「信明女學校이약이 : 女學校 訪問記(其四)」(CW生, 2권 9호, 1924.12)의 글인데, 서구의 여학생에 대한 소개글과 조선의 유명 여학교 방문기이

31　月桂, 「滋味잇는 西洋傳說 꽃이야기」, 『신여자』 3호(1920.5.25.); ㅈㅎ생, 「졸내 조코 빗고흔 사랑의 꽃 햐―신트 이약이」, 『어린이』 3호(1923.4.23.)

다. 외국 여학생에 대한 소개글의 경우 1921년부터 10여 년 동안 미국 유학을 했던 오천석이 『신여성』에 투고했을 가능성을 배제할 수 없다. 그런데 「信明女學校이약이」의 글을 살펴보면 방정환임을 확정할 만한 주요 단서가 나온다.

> 먼저책들을펴들고 찬미가를일동이부르난대 **나는 찬미가를몰라서벙벙하엿스나** 엽헤잇는이의 책을들려다보닛가 일백륙십일장 「완전함을원함」이라는것이 엿습니다. 찬미가가긋나고 리화학당출신인 장은환선생이 교단에올라서서 성경을넑고 설교라하는지 강도라하는지는몰라도 지금넑은구절에관한말슴을하엿습니다. (…중략…)
>
> 교장과 리선생은 열쇠를가저오라하야긔숙사집웅속에잇는 도서실(圖書室)에 안내해주엇습니다. 참말상당한설비엿습니다. 책장속에는 여러가지의참고서적이갓득하엿고 책상우에는 **「신녀성」「어린이」**를비롯하야 여러가지잡지가여러호씩모여잇섯난대 그중에 **「개벽」잡지가잇든것과「사랑의선물」두책이 다해여지게되여잇섯든것**은의외엿습니다. 『이런한뎜에까지 주밀허용의하시는것은**감사**한일임니다. (CW生, 「信明女學校이약이」, 『신여성』 2권 9호, 1924.12, 29쪽)

인용한 부분을 보면, 필자(기자)가 기독교 계열의 신명여학교에서 학생들이 찬미가를 부르고 성경을 강도하는 것을 낯설어 하는 것을 알 수 있다. 이 대목을 보면, 천도교 신자인 방정환일 수는 있어도 목사의 아들로서 일찍이 기독교 신자였던 오천석이 필자일 수는 없다. 또한 개벽사가 발행한 『신여성』『어린이』『개벽』 잡지를 주목했는데, 이 부분을 보면 필자가 외부 필자가 아닌 개벽사 기자임을 알 수 있다. 더욱이 방정환의 번역(번안)동화집인 『사랑의 선물』(개벽사, 1922)이 다 해질 정도가 된 것이 의외였다고 하여 번역자로서 기쁜 마음을 내비치고 있다. 당시 개벽사의 기자 중에서 'CW生' 'CWP'의 영자 이니셜을 쓸 수 있는 기자는 방정환이었다.[32] 따라서 『신여성』 소재의 'CW生' 'CWP'는 방정환의 필명이라고 확정할 수 있다.

이렇게 볼 때 『신청년』에 등장하는 필자 'CW', 'CW生'도 방정환일 가능성이 높아진다. 그렇다면 방정환은 무려 '小波(小波生), 雲庭(雲庭生), 잔물, SP생, 雨村, CW(CW生)' 이렇게 '生'을 덧붙인 필명까지 포함하면 총 9개의 필명을 동원해 『신청년』의 지면을 꾸미며 잡지를 주도적으로 운영했다고 볼 수 있다.

3) 그 밖의 필명

(1) '서몽(曙夢)'의 경우

필자(2008)는 『개벽』(1922.6)에 일본의 유명한 옛이야기 「모모타로(桃太郎)」를 계급주의적 시각으로 고쳐 쓴 「XX鬼의 征伐」의 '서몽(曙夢)'이 방정환의 필명일 가능성을 제기한 바 있다. 필자가 '서몽'을 방정환의 필명으로 추정한 근거는 이 무렵 『개벽』에 동화를 소개했던 작가로 방정환이 유일했기 때문이다. 더욱이 방정환은 『개벽』에 「XX鬼의 征伐」을 발표하기 이전에는 사회주의 사상이 담긴 일련의 작품들(「은파리」「깨여가는 길」「狼犬으로부터 家犬에게」)을 잇달아 발표했고, 이 작품 이후 외국 동화 번역(「호수의 여왕」, 「털보장사」)과 동화 평론(「새로 개척되는 동화에 관하야」)을 발표했다. 「XX鬼의 征伐」이 발표된 『개벽』 24호(1922.6)는 방정환의 번역 동화집 『사랑의 선물』의 출판을 대대적으로 광고하기 시작한 호이기도 하다. 그리고 『개벽』은 두 달 뒤인 1922년 8월호에 〈조선고래동화모집(朝鮮古來童話募集)〉 공고를 내기 시작한다. 이때 공고를 하면서 "朝鮮古來

---

32 방정환은 소설 「그날밤」에서 여주인공 '허정숙'의 영자 이니셜을 'CS'라 했다. 방정환이 자신의 영자 이니셜로 'CW'를 썼을 가능성이 더 높아진다.

의 童話와童謠는 이에 留意하는이업슴에 어느 듯 몰르는中에파뭇처 버리고 京鄕의우리새民族은불으느니 モシモシカメ이고 아느니 ウラジマ 太郞 **桃太郞**쁜이다"라고 하여 조선의 옛이야기가 아닌 일본의 옛이야기를 즐겨 듣는 상황을 안타까워한다.

이처럼 당대의 독자들에게 모모타로(桃太郞)는 널리 알려진 이야기였는데 『개벽』에서 이 이야기를 굳이 소개했던 것이다. 그 이유는 「XX鬼의 征伐」은 군국주의 색채가 강한 일본 옛이야기 「모모타로」를 계급주의적 시각으로 재해석해서 '다시 쓴' 번안작이었기 때문이다. 이 작품은 일본 옛이야기를 그대로 번역한 것이 아니라 당시 방정환이 지녔던 친사회주의적 사상을 옛이야기 '고쳐 쓰기(재창작)'를 통해 시도한 작품으로, "오늘날 우리 젊은 사람들 가튼 동무"(71쪽)가 "동리사람들도 누구던지 다 쌈흘리고 일하는 것은 그만두지 안으되 옷밥이次次넉넉해지고 子女들에게 글 배워 줄 힘과 新聞雜誌를 사다 읽을 생각"(71쪽)을 할 수 있는, 계급적 불평등과 착취를 벗어난 세상을 위해서 각성과 단결이 중요하다는 계몽성을 부각한 작품이다.[33]

장정희는 필자의 이러한 문제제기에 몇 가지 의문을 제기했는데, 첫째, 민족주의 사상이 강했던 방정환이 과연 일본 군국주의를 선전하는 동화 「모모타로」를 번역했겠는가 하는 점을 제기했다. 앞서 밝혔듯 이 작품은 원작 그대로를 번역한 것이 아니라 방정환이 새롭게 다시 고쳐 쓴 번안으로, 원작의 군국주의 색채를 지우고 피지배층의 관점에서 부당한 계급적 착취에 대항해 민중의 각성과 단결로 착취자를 몰아내자는 주제를 살렸다. 이 당시 방정환의 민족주의 사상과 계급주의적 사상을 한층 강렬하게 보여준 작품이라 할 수 있다. 더욱이 「모모타로」는 당대의 독자들에게 워낙 잘 알려진 인기 있는 이야기였던 만큼 그 이야기를

---

33 이 부분은 염희경, 「방정환의 초기 번역소설과 동화 연구—새로 찾은 필명 작품을 중심으로」, 『동화와번역』 15집, 동화와번역연구소, 2008.6, 156~164쪽에서 부분 발췌함.

새롭게 읽히고 싶은 작가의 욕망도 작용했을 터이다. 장정희는 방정환이 일본 동화는 단 한 편도 번역한 적이 없었다고 했는데 '쌀깔박사'라는 필명으로 발표한 「셈치르기」(『어린이』 4권 1호, 1926.1)는 일본의 어느 시골에 전해지는 이야기를 소개한 것이다. 또한 '동화'는 아니지만 방정환은 일본의 다나카 소이치로(田中總一郎)의 탐정소설 「가면무도회의 밤(假面舞蹈會の夜)」을 「신사도적」(북극성, 『신소설』 창간호, 1929.12)으로 번역해 발표하기도 했다.[34]

둘째로, 장정희는 「XX鬼의 征伐」이 '동화'로 소개되지 않은 점을 주목하면서 당시 방정환이 번역했던 동화(「호수의 여왕」과 「털보장사」)의 문체와 비교 검토하였다. 특히 '동화'에 대한 방정환의 철저한 장르 인식을 들어 동화를 쓸 때는 독자인 아동의 입장에서 '순국문체'를 기본 원칙으로 한 점을 지적했다. 또한 방정환이 재화한 우리 옛이야기인 「두더지의 혼인」(小波, 『어린이』, 1924.1)과 비교하면서 문장의 서술 방식에서도 큰 차이가 난다는 점을 들어 '서몽'이 방정환이 아니라고 주장했다.

필자도 장정희의 지적처럼 방정환의 '동화'에 대한 인식이나 문장 서술 방식 등에 대체로 동의한다. 그런데 필자가 '서몽'의 이 작품을 방정환의 작품이라고 추정한 근거로 방정환이 이 당시 『개벽』에 동화를 소개한 유일한 작가였다고 했던 것은, 방정환이 이 작품을 어린이들에게 들려주기 위한 '동화'로 인식하고 그것을 동화로 창작(변안)했다는 것을 의미했던 것은 아니다. '동화'라는 표현에서 다소 오해의 소지가 있지만 『개벽』에서 당대의 독자들(어린이와 성인)에게 일본의 유명한 옛이야기를 고쳐 쓴 작품을 소개할 만한 사람으로 방정환이 가장 적합했다는 것을 의미한

---

34 「신사도적」은 '번역'이 아닌 '변안' 작인데, 일본적 배경과 인물을 지우고, 조선의 현실로 옮겨 놓았으며 문체와 줄거리, 주제에서도 변형을 시도했다. 「XX鬼의 征伐」도 「모모타로」의 번역이 아닌 '변안'이라는 점에 주목할 필요가 있다. 「신사도적」의 발굴 자료와 대략적 소개는 염희경, 「새로 찾은 방정환 자료, 풀어야 할 과제들」, 『아동청소년문학연구』 10호, 한국아동청소년문학학회, 2012.6 참조.

다. 즉 이 무렵 외국동화를 번역하고 〈조선고래동화모집〉을 공고하며 선정에서도 주도적 역할을 했고, 평론에서도 외국 동화의 번역과 우리 옛이야기의 수집과 발굴로 창작동화의 세계를 넓힐 것을 강조한 부분들은 방정환이 『어린이』잡지를 창간하기 이전 『개벽』과 『부인』, 『천도교회월보』 등 성인 대상의 잡지에서 외국 동화 번역과 옛이야기 재화를 했던 활동과 동일선상에 놓여 있다. '서몽'의 「XX鬼의 征伐」은 엄밀한 의미에서 어린이에게 들려주기 위한 '동화'가 아니다. 성인 독자, 즉『개벽』의 주독자층인 청년층에게 일본의 유명한 옛이야기를 빌어 계급적 각성을 촉구하기 위해 번안한 '어른을 위한' 계몽적 이야기였던 것이다.

따라서 「XX鬼의 征伐」이 어린이를 위한 '순국문체'의 '동화'로 쓰이지 않은 것은 당연하다. 이러한 특성은 방정환이 일본 사회주의자 사카이 도시히코(堺利彦)의 「깨여가는 길」(牧星, 『개벽』 10호, 1921.4)을 번역한 작품이나 「狼犬으로부터 家犬에게」(ㅁㅅ생, 『개벽』, 1922.2)에서도 나타나는데, 이때도 한글로 표기할 수 있는 것들을 한자로 표기하고 있다. 문장 서술 방법에서 큰 차이가 난다고 했는데 다음의 인용문들을 비교하면, '서몽'의 「XX鬼의 征伐」을 방정환의 작품이 아니라고 할 결정적 단서가 되지 않는다.

① **넷날 어느 동리에 아들도 쌀도 업는 正 불상한 늙은이 두 내외가 살앗습니다.** 오막살이 單間 집에서 생활이 貧寒하야 한머니는 쌕빨래질을 하고 녕감은 나무팔이를 해서 아츰 저녁으로 粥을 끌혀 먹으며 간신히 살아갑니다. 게다가 서리 우에 눈 덥히는 셈으로 그 동리 뒷산에 사는 XX鬼라는 가장 몹쓸고 악하게 되어먹은 귀신들이,

「이 산은 내 소유니 세金을 물고야 나무를 한다!」

「이 강은 내 소유니 세金을 물고야 빨래를 한다!」

이리하야 番番이 세금이라는 것을 저무도록 번 것에서 半分式이나 바다가군

하기 때문에 늙은네 살림은 점점 더 구차하게 되어 하로에 죽 한끼식 끌히기도 어립어저 갑니다.

그런데 이 두 늙은네만 아니고 그 동리에 사는 여러 사람들은 누구나 다 못 인간이 봄내나 녀름내나 땀 흘리고 애써 벌어도 필경은 이 XX鬼에게 절반식은 논하 바치게 됨으로 헐 수 할 수 업시 늘 배를 골코 지내는 터입니다. (曙夢, 「XX鬼의 征伐」, 『개벽』 24호 , 1922.6, 69~70쪽, 강조는 인용자)

② **猿猩의 인류화, 인류의 생활조직, 국가의 성립, 국력의 증대, 부자의 簇出, 자본가의 강성 등, 예측치 못할 변천에 痛感하는** 나는 어느 상식만흔 古老를 차저가서 이악이 하던 끗에 인류 최고의 역사에 관한 일을 2, 3무르니까 古老는 무릅을 치며서 『하나 보여 줄 것이 잇다』고 벌덕 일어나 문갑을 열고 책 한 권을 내어다 주며서 이 책은 어느 零落한 舊家의 서책 중에서 어든 것인데 아마 대단히 오랜 예적부터 전해오던 이악이를 그 후 어느 때 누가 기록하야 전해오던 것 갓고 무슨 큰 의미가 잇는 것 갓기는 하나 우리는 벌서 늙어서 腦가 낫바서 그 의미를 모를 점이 만키로 그대에게 주면 그 깁흔 의미를 알아 무슨 유익한 일이 잇슬 줄 안다고 하는지라. 바다가지고 집에 돌아와서 즉시 읽어 보앗다. 과연 古代古代의 猿猩이 가튼 사람의 생활을 묘사한 것이어서 나의 인류사 연구의 흥미, 祖先憧憬의 감정은 저윽이 만족을 어덧스나 古老가 말하던 『깁흔 의미가 잇는 듯』하다는 그 깁흔 의미는 나도 전혀 아지 못할 점이 만타. 그러나 널리 세상의 識者諸君에게 소개하면 밧듯이 그 의미를 아는 이가 잇서 세상을 위하야 유익한 일이 잇슬 줄로 밋고 그 글을 현대통상어로 고처서 左에 소개한다. (堺利彦, 牧星 번안, 「깨여가는 길」, 『개벽』, 1921.4, 126~127쪽)

③ **옛날 어느 산 밑에 아들도 딸도 없는 늙은이 내외가 살고 있었습니다.** 천량이 없어서 가난하기는 하였지만 영감님이나 마나님이나 똑같이 마음이 착해서 남에게 폐를 끼치거나 신세를 지지 아니하고 부지런히 일을 하면서 살아갔

습니다. 그러나 그 이웃집에 **마음 사납고 게으르고 욕심 많은** 홀아비 한 영감이 있어서 날마다 낮잠만 자고 놀고 있으면서 마음 착한 내외를 꼬이거나 소겨서 음식은 음식대로 먹고, 돈은 돈대로 소겨서 **빼아서가고** 그리면서도 고맙다는 말한마디 하는법 없이 매양 두 내외를 괴롭게 굴고 흠담을 하고 돌아다니고 하였습니다. (…중략…) 참말 그 욕심쟁이 늙은이로 해서 착한 영감내외는 아무리 힘을 드려 일을 하고 애를 써서 벌어도 밑바닥 깨어진 독에 물길어 붓는것 같아서, 돈 한푼 모이지 않고 단 하루도 편히 쉬일수가 없었습니다. (「이상한 샘물」, 『어린이』, 1923; 해당 작품은 영인본 낙질로 『소파전집』, 박문서관, 45쪽에서 재인용)

장정희는 작품 ①의 밑줄 친 부분을 예로 들어, '서몽'의 문장은 "긴 수식어를 거느린 주어부와 서술부로 구성"되어 있는데, 방정환은 옛이야기를 다시 쓴 많은 작품(전래동화)에서 "문장의 수식 관계를 풀어 완결된 의미 단락을 엮음 방식으로 계속 꾸려"나가는 입말투의 구연체 문장을 자주 구사하기 때문에 서로 다른 필자라고 주장했다. 필자도 방정환의 문장 구사 방식은 우리의 옛이야기 입말체에 가깝다고 평가한 바 있다.[35] 그런데 장정희가 예를 든 ①의 밑줄 친 문장 구성 방식은 「XX鬼의 征伐」에서도 예외적인 문장 구성 방식이다. ①에서도 밑줄 친 첫 문장을 제외한 그 외의 문장 구성 방식은 수식 관계를 풀어 길게 엮어 쓰는 방식이 더 일반적이다. 게다가 이 부분은 방정환의 또 다른 옛이야기 재화인 ③「이상한 샘물」의 첫 시작 부분과도 크게 다르지 않다. 또한 방정환의 번역인 ②「쌔여가는 길」의 밑줄 친 부분의 "긴 수식어를 거느린 주어부"와도 다르지 않다. 더욱이 방정환이 서구의 근대 동화를 번역한 것과 서구(또는 일본)의 옛이야기를 번역한 것을 같은 선상에서 놓고 문

---

35 염희경, 「전래동화, 근대 아동문학으로 편입된 옛이야기」, 『창비어린이』 4호, 창비, 2004년 봄호.

체를 직접적으로 비교하고 다른 점을 지적하는 것은 근대 창작 동화와 옛이야기의 문장 구조와 이야기 전개 방식의 차이를 간과한 일면적 평가라 할 수 있다.

셋째, 장정희는 방정환이 「털보장사」나 「사월 그믐날 밤」과 같은 작품에서 '복숭아나무'나 '복숭아꽃'이라는 표현 대신 '복사나무'와 '복사꽃'이라는 말을 즐겨 썼는데 「XX鬼의 征伐」에서는 "아이 이름을 복숭아에서 어덧다는 뜻을 표하기 위하야" 어려운 한자식 표현인 "桃童"이라고 붙인 부분을 들어 방정환이 아니라고 보았다. 그러나 방정환이 '복사나무'나 '복사꽃'이라는 표현을 즐겨 썼다는 사실이 '봉숭아'라는 표현을 **절대로** 쓰지 않았다는 것을 의미하지는 않는다. 실제로 방정환은 수필 「觀花」(『청춘』 15호, 1918.7)에서 "복송아 고은 숫"(77쪽)이라는 표현을 쓴 적이 있다. 게다가 「모모타로」를 번안한 이 작품에서 번역자가 자신이 즐겨 쓰는 '복사'라는 표현보다는 '복숭아'라는 표현을 살리는 것이 더 자연스럽다고 판단했을 수 있다. '서몽'이 방정환의 필명이 아닐 수는 있지만, 장정희가 지적한 이러한 사항들이 그것(서몽≠방정환)을 입증하는 충분한 근거라고 판단하기는 어렵다.

(2) '길동무'의 경우

'길동무'는 『어린이』에서만 사용된 필명으로, 『어린이』 4권 2호(1926.2)에 처음 출연해 총 5회 등장하였다. '길동무'를 방정환의 필명으로 처음 추가한 것은 방운용(1965)인데, 이 전집에서는 '길동무'의 작품 1편을 수록하였다. 그 뒤 '길동무'의 작품을 수집해 실은 것은 방운용·이재철(문천사, 1974)인데, 이 전집에서는 『어린이』에 발표된 5편의 글 가운데 3편만을 수록했다. 수록하지 않은 글은 「少年 探險軍 이약이」(『어린이』 1926.6~7)로 "이 작품은 소련 공산 소년단의 이야기이므로 제외"(전집 4권,

256쪽)하였다고 밝혔다. 그런데 필명 '길동무'로 『어린이』에 처음 발표된 글은 「겨우 살아난 하나님―한 비행가의 이약이에서」로, 러시아의 '가린'이라는 비행가가 극지방에 불시착하여 '하느님' 대접을 받았던 일화를 다루고 있다. 이 때 '가린'을 묘사한 부분에서 "붉은 별을 커다랗게 하여 붙인 가죽 모자"를 쓴 것으로 나오는데, 이 일화의 주인공도 러시아인이다. 방운용(삼도사, 1965) 전집에 실렸던 「봄철을맛는 어린이공화국」(『어린이』 1926.4)도 사회주의 국가인 러시아 소년들의 자치 활동과 '동무 재판' 등을 소개한 글이다. 방운용·이재철(문천사, 1974) 전집에서 제외한 「少年探險軍이약이」는 『어린이』(1926.6~7)에 2회 연재되었는데, 이러한 글들의 연장에 있는 글이다. 그 뒤 '일기자'라는 필명으로 『어린이』 5권 1호(1927. 1)에 「로서아 쎄오네르」가 발표되었는데, 이 기사는 삭제되고 만다. 또한 『어린이』 6권 4호(1928.7)에도 '로서아 영사부인' 치차예 크세니아의 「씩씩하고숫숫한 露西亞의 어린이생활」이라는 글을 실으려다가 삭제되었다. 크세니아의 동일 제목의 글이 방정환 사후인 『어린이』 9권 7호(1931.8)에 실리는데, 이전에 삭제되었던 글을 다시 실은 것으로 보인다. 번역자가 밝혀져 있지 않지만 그 이전 러시아 소년들의 생활을 소개했던 '일기자'이고 그는, 다시 그 이전 러시아 소년단을 소개한 '길동무'와 동일한 인물일 것이다.[36]

　이처럼 '길동무'는 『어린이』에 러시아 비행가의 일화, 러시아 소년단의 이야기, 그리고 러시아 어린이의 생활을 소개할 때 주로 쓴 필명이다. '길동무'를 방정환의 필명이라 확정할 수 있는 객관적인 근거는 없지만,[37] 방정환은 「아동재판의 효과」(『대조』 1호~3호, 1930.3~5)라는 글에서 월

---

36 『어린이』지의 '길동무'('길동무'/'일기자') 글의 수록과 삭제 사항에 대해서는 염희경, 「소파 방정환 연구」, 인하대 박사논문, 2007, 75쪽 참조.

37 정용서는 방정환의 필명으로 논의되어 온 '길동무, 깔깔박사, 삼산인, 성서인, 잠수부' 등과 '일기자', '편집인' 등의 글을 방정환의 글로 확정하지 않았다. (정용서, 「방정환과 잡지 『어린이』」, 근대서지학회 3회 학술대회 발표문, 2013.11.30, 46쪽)

리암 R. 조지가 창설한 미국 소년 자치단의 활동을 소개하면서 '아동재판'의 모습을 길게 소개하였다. 이 글에서 "이 소년자치단이란 것은 저 빠우엘의 소년군같이 세계적으로 퍼진 것은 아니나"라고 하여 독자들이 이미 러시아의 삐오네르를 잘 알고 있다는 것을 전제로 서술한다. 또한 『어린이』에서 러시아 소년들에 관한 글을 소개한 '길동무'를 방정환의 필명이라고 판단하는 이유는 방정환이 필명 'SS生'으로 「露西亞 學生들의 夏休生活」(『학생』 1권 4호, 1929.7)이라는 글도 발표했기 때문이다.

방정환은 어린이들을 '어린 동무' '어린 사람'으로 즐겨 불렀는데 『어린이』의 권두언이나 사고에서도 '어린 동무들께'라는 식의 글을 많이 썼다. '길동무'라는 필명은 방정환이 민족의 미래인 어린이들과 함께 자신이 추구하는 삶의 방향, 즉 '길'에서 어린이와 함께 나아가는 '동무'라는 의미로 지은 필명이라고 추정된다. 한편으로는 '길동무'가 러시아와 관련된 이야기를 소개할 때 쓴 필명으로, 방정환의 친사회주의적 경향성을 보여주는 필명이라고도 볼 수 있다. 좌우의 이데올로기와 소년운동의 분열이 가속화되던 이 시기에 '길동무'라는 필명으로 특정의 이야기를 주로 다룬 것은 천도교청년회 신파 가운데서도 『개벽』의 주체들(방정환, 김기전, 박달성, 차상찬 등)이 이 시기 사회주의 러시아와의 적극적 연대와 모색을 추구했던 만큼 민족의 독립과 민중 해방의 세상이라는 '큰 길'에서 그러한 사회주의적 지향들과도 함께 하는 '동무'임을 표현했던 것은 아닐까 한다.[38]

---

38 1926년 5월 『개벽』에 실린 필자 미상의 「메이데와 '어린이날'」과 같은 시기 『어린이』에 실린 박봄의 「어린이날을 맞으면서」에서 "배고프고 옷벗은 무리들의 잊지 못할 국제적 명절! 더구나 그 중에서도 또 한겹 짓밟히고 학대받고 온갖 쓰림만 맛보는 조선의 어린이들의 새 생명"(『어린이』, 1926.5)이라는 대목이나 "國際勞動者聯合會 及 이 會와 뜻을 가티하는 모든 團體와 또 個人은 眞理와 正義와 道德으로써 이를 相互間, 及 人種, 宗教, 國籍의 如何를 不問하고 一切의 同胞에 대하는 行為를 基礎를 삼을 것을 承認"(『개벽』, 1926.5, 43쪽)한다는 대목들에서도 이 시기의 『개벽』과 『어린이』의 지향을 엿볼 수 있다. '길동무'가 1926년~1928년 『어린이』에 집중적으로 등장하는 것도 개벽 주체들의 지향이 반영된 것으로 읽을 수 있다.

(3) '무명초' '월견초' '영주' '직이영감' '잠수부' 등

'무명초(無名草)'는 민윤식(2003)이 처음 추가한 필명이다.[39] 그는 "몽견초와 비슷한 필명으로 견초(見草), 물망초(勿忘草), 월견초(月見草), 무명초(無名草) 등"(310쪽)이 있다고 밝혔는데, 유사성만으로 방정환의 필명이라 확정하기는 어렵다. 장정희(2013)도 '무명초'를 "방정환의 필명인 '몽견초'와 '월견초'를 연상케 하는 필명으로 방정환의 필명일 가능성이 크다."(67쪽)고 보았는데, '草'가 붙은 필명이라는 유상성이나 연상에 의존할 뿐 구체적 근거는 제시하지 못했다. 글 특성상 방정환의 글이 아닌 듯하다.

'월견초'는 꽃전설이나 외국의 명화, 교양물 등을 썼는데, 방정환 사후 『어린이』, 『별건곤』, 『신여성』에도 등장하였다. '무명초'와 마찬가지로 '월견초'를 방정환의 필명으로 처음 추가한 사람은 민윤식(2003)이다. '몽견초'와 유사 필명이지만 방정환의 필명이라는 근거를 제시하지는 않았다. '물망초'는 윤석중(1985)에서 처음 추가했다가 윤석중(1988)에서 제외했는데,[40] 그 뒤 민윤식이 방정환의 필명으로 추가했다. 별도의 근거를 제시하지 않았는데 윤석중의 회고를 따른 것으로 보인다. 따라서 '무명초' '물망초' '월견초'를 방정환의 필명으로 추가할 만한 실증적 근거를 확보해야 한다. 한편, 장정희도 '월견초'를 방정환의 필명으로 확정했는데, '월견초'가 사후에도 등장하는 것에 대해서는 "잡지의

---

39 장정희가 작성한 표 〈시대별 방정환의 필명 변화 양상〉을 보면, 방운용 이재철(1974)이 '무명초'를 추가한 것으로 되어 있는데, 출처를 정확히 알 수 없다. (장정희, 앞의 논문, 57쪽) 필자가 파악한 바로는 장정희가 이 전집에서 추가했다고 밝힌 필명 '안선생' '무명초'는 찾지 못했다.

40 장정희는 윤석중의 『어린이와 한 평생』(범양사, 1985)에서 '물망초'라는 필명을 처음 추가했다고 밝혔다 (장정희, 앞의 논문, 57쪽). 확인 결과 윤석중은 범양사판(1985)에서 방정환의 필명으로 '물망초'를 제기했다가 웅진출판주식회사판(1988) 『어린이와 한 평생』(1, 2)에서는 제시하지 않았다. 범양사판에서 추가했던 '물망초'를 확실하지 않아 이후 웅진출판주식회사판에서 뺄 것으로 추정된다.

성격과 필자를 일관된 모습으로 유지하기 위해 후대의 편집자가 기존 필명을 사용한 경우"(68쪽)라고 보았다. 그러나 방정환 생존 당시 '월견초'로 발표된 「培花女高評記」(『신여성』1931.3)의 필자명에는 '進明女高 月見草'로 밝혔다. 이 기사는 〈여학생의 여학교 논평〉(2회)이라는 기획 기사로 필자들이 모두 여학교 여학생이었다. 더욱이 '월견초'는 1925년에 『동아일보』에 동요, 시, 소설 등을 발표하기도 했는데[41] 방정환의 글과는 경향이 아주 다르다. 한시풍의 시가 있는가 하면 소녀 주인공들이 꿈에 역할이 바뀌어 경쾌한 놀이를 하는 장면을 보여주는 등 전반적으로 밝은 분위기의 동화이다. 이런 점들을 볼 때 '월견초'는 방정환의 필명이라 보기 어렵다.

방정환의 필명에 '영주(影州)'를 추가한 연구자는 민윤식과 장정희이다. 민윤식(2003)은 "김파영(金波影), 파영생(波影生), 영주(影州)라는 필명도 눈에 띄는데, 이 역시 파영에서 파생한 필명"(312쪽)이라고 했지만 그 근거는 제시하지 않았다. 장정희(2013)는 "방정환의 필명 가운데 하나인 '파영'은 『별건곤』에서만 사용된 것이다. 따라서 『별건곤』에서 사용된 '영주'가 방정환의 필명인 것을 쉽게 확인할 수 있다. '소파의 그림자'라는 뜻으로 '파영'이 파생되었고, '파영'에서 다시 '영주'라는 필명으로 파생된 것"(83쪽)이라고 보았다. 특히 "'소파'의 의미가 모두 제거된 '영주'라는 필명을 사용한 것"을 조지웰스의 공상과학소설 「타임머신」을 번역 소개한 「八十萬年 後의 社會」(『별건곤』 창간호~2호, 1926.11~12)가 "자본가 계급과 노동자 계급의 불평등구조를 폭로하고 그것이 가져올 인류의 재앙을 경고"(83쪽)하는 글의 성격 때문이라고 밝혔다.[42] 그런데 이 번역

---

41 월견초, 「古城」(시), 『동아일보』, 1925.1.21.; 월견초, 「그노래」(시), 『동아일보』, 1925.1.30.; 월견초, 「꿈」(동화), 『동아일보』, 1925.2.9.~1925.2.13.; 월견초, 「處女時節」(소설), 『동아일보』, 1925.2.23.~1925.5.23.; 월견초, 「그립은 누구」(시), 『동아일보』, 1925.4.10.; 월견초, 「우리누나」(시), 『동아일보』, 1925.4.30.

물은 방정환이 외국 문학을 번역했을 때 '공상과학물'에 대한 관심을 보였던 적이 없는데다, 원작의 문체에서도 영향을 받겠지만 방정환의 번역 문체와는 이질적이기 때문에 다른 사람의 번역일 것으로 추정된다.

'영주'라는 필명은 1920년대 후반 『어린이』와 『학생』의 편집에 관여했던 최영주(崔泳柱, 본명 崔信福)의 이름을 한자 표기만 바꾸어 사용한 필명일 것으로 추정된다. 특히 김종수의 「해방기 탐정소설 연구」에 따르면, 최영주는 '복면아(覆面兒)'라는 필명으로 『중앙』(1935.1~1936.6)에 연재했던 탐정소설 「魔耶의 黃金窟」의 필자로, 이 작품은 해방 후 단행본 『마야의 황금굴』(정음사, 1950)로 출판되었는데 '최영주 역'으로 밝혔다고 한다. 이 책의 발문에 최영주가 연재 당시 '복면아'라는 필명을 사용했다고 기록되어 있다고 한다.[43] 이렇게 볼 때 이 시기 『학생』의 편집에 주도적으로 관여했던 최영주가 이 시기 탐정소설이나 외국 문학 번역을 활발히 했으며, '복면아'라는 필명으로 『학생』에 번역한 2편의 탐정소설 (「石中船」(『학생』, 1930.10)과 「怪殺人事件」(『학생』, 1930.11))도 방정환이 아닌 최영주의 번역일 가능성이 높다. 그런데 '복면아'라는 필명으로 『별건곤』(1930.1)에 발표한 '大大諷刺' 「社會成功秘術」은 방정환이 '은파리'나 '쌍S'로 발표했던 부정적 세태에 대한 날카로운 풍자를 보여준 글과 거의 유사하기에 방정환일 가능성이 상당히 높다. 지나친 억측일 수는 있지만 최영주는 방정환의 묘 근처에 부모, 자식, 자신까지 3대의 묘를 썼을 정도로 방정환을 깊이 존경했던 인물인지라 방정환의 필명이었던 '복면아'를 방정환 사후 방정환의 분신처럼 이어받아 썼을 가능성도 배

---

42 '글의 성격' 때문이라고 한 대목이 모호하다. 검열을 의식해 필자를 알 수 없는 '영주'라는 필명을 썼다는 것인지, 아니면 글의 성격이 방정환이 평소 보여주었던 생각과 차이가 난다는 것인지 불분명하다. 이 부분은 방정환이 1920년대 초반에 번역과 세태풍자기에서 보여주었던 생각들과 그리 다른 것이 아니기에 후자를 염두에 둔 평가라면 재고가 필요하다.

43 김종수, 「해방기 탐정소설 연구─단행본 서적의 발행 현황과 특성을 중심으로」, 『동양학』 48집, 단국대 동양학연구소, 2010.8, 96~97쪽.

제하기 어렵다. 이 경우 『학생』에 번역된 탐정소설과 「社會成功秘術」의 '복면아'는 방정환이고, 방정환 사후 『중앙』에 연재된 「마야의 황금굴」의 필자인 '복면아'는 최영주가 아닐까 하는 추정도 가능할 것이다. 이유는 다를지라도 최영주도 다른 이들처럼 방정환 사후 방정환과 동명의 필명을 사용했던 것은 아닐까. 이에 대해서는 최영주가 발표했던 다른 글들을 좀 더 분석해서 확인해야 할 과제로 남긴다.[44]

'직이영감'은 윤석중(1985; 1988)의 '독자 상담실지기'(인용자 주: '담화실 직이'의 착오일 듯), 안경식(1994)의 '老직이'라는 필명에서 파생된 필명인데,[45] 이 두 필명을 방정환의 필명으로 확정할 뚜렷한 근거가 제시되지 않는 한 '직이영감'도 방정환의 필명이라 확정할 수 없다. 『어린이』 3권 7호(1926.2)의 '편집후기'에 해당하는 「깃버하십시요」의 필자는 '담화실 직이'인데 이 글에서는 "그러나 이번 二月號가 느저진것은참말로미안합니다. 사실대로말슴하면 **方先生님이 넘어피곤하신모양이여서** 머리가 묵업고 원긔가 절치지안으신 까닭으로 하로하로느저진것입니다. 사정

---

44 최영주가 이 당시 『별건곤』에 발표한 글들은 대략 5편 정도 발견되는데, 4편의 글은 대체로 봄과 관련해 자기 고향에서의 일화나 서울의 봄 풍경을 다루고 있다. 이와 달리 『별건곤』 23호(1929.9)에 실린 「서울 내음새, 서울맛, 서울정조」에서는 당시 서울의 부정적 세태, 즉 서울 냄새는 색시, 돈, 술의 냄새라고 비판했는데 신랄한 풍자에 이르지 못하고 상투적이다. '복면아'라는 필명으로 쓴 「사회성공비술」의 개성 넘치는 신랄한 풍자와 야유에는 훨씬 미치지 못하는 글로 동일 필자의 글이라 보기 어렵다.

45 '老직이'라는 필명은 『어린이』 4권 5호(1926.5)에 1회 등장한다. 이때 발표한 작품은 「망두석 재판」인데, 이정호는 이 작품을 『신가정』(1933.7)에 발표했다. 이로 보아 '노직이'를 이정호의 필명이라고 볼 수도 있다. 하지만 이정호는 방정환의 글(방정환이 확정된 필명으로 발표한 글로 「까치의 옷」「눈 어둔 포수」「성냥파리소녀」「작난꾼의 귀신」「나비와 꾀꼬리」「눈물의 모자갑」「작은 힘도 합치면」「순히의 설음」 등)을 거의 그대로 옮겨 방정환 사후에 『동아일보』에 발표하기도 했다. 또한 이정호의 『세계일주동화집』(이문당, 1926)에 실린 「거만한 곰과 꾀바른 여호」「월계처녀」「의조혼 내외」「개고리 왕자」「눈먼 용사 '삼손' 이야기」「선물 아닌 선물」 등은 제목이나 문장 등에서 약간의 변화를 보이긴 하지만 방정환이 번역한 것과 똑같은 문장을 그대로 쓴 대목들이 상당히 많은 편이다. 따라서 이정호가 『신가정』에 발표한 「망두석 재판」도 이전 방정환이 '노직이'라는 필명으로 발표했던 작품을 재발표했다고 볼 수도 있다. 따라서 지금 상황에서 '老직이'의 필자를 확정하기는 어렵다. 이와 관련해서는 염희경, 「소파 방정환 연구」, 인하대 박사논문, 2007, 110쪽과 159쪽 참조.

을 짐작하시고 동정과용서를 함께 주십시오"라고 잡지 발행이 늦어진 사연을 밝히고 있다. 이때의 '담화실직이'는 이정호일 가능성이 높다. 대체로 「편집후기」에서는 편집을 맡았던 방정환, 이정호, 최영주가 '方' '李' '崔' 등으로 각자 편집후기란에 글을 썼기 때문에 이 부분도 방정환이 썼다면 자신임을 밝혔을 것이다. 그렇다고 '담화실직이' '직이영감' '직이' '노직이' 등을 모두 이정호라고 확정할 만한 정확한 근거도 없다. '―직이'류의 필명을 주로 담당한 사람(이정호로 추정됨)이 있더라도 때에 따라 여럿이 공유하며 썼을 가능성도 배제할 수 없다.

'잠수부'는 『어린이』 4권 8호(1926.9)에 딱 한 번 등장하는 필명이다. 「서늘한 바닷속 물나라 이약이」로, '고래와 싸우면서 바닷속에서 17년 산 사람의 경험 이야기'라는 부제를 달고 있다. '우산청장(宇山淸藏)'이라는 일본인 잠수부가 쓴 수기를 번역하여 실은 글이다. '잠수부'라는 필명의 이 글은 방운용(1965)에 처음 수록된 뒤 방운용·이재철(1974)에서도 재수록되어 거의 확정된 방정환 필명이다. 그러나 두 전집에서 '잠수부'를 방정환의 필명으로 확정한 근거는 별도로 기술하지 않았다. 이 때문에 최근 방정환의 글로 파악할 만한 근거가 부족하다는 평가가 제기되었다.[46] '번역'이기 때문에 번역자의 글투보다는 원작자의 영향을 많이 받을 수 있지만 번역 문장을 보면 방정환의 글투를 엿볼 수 있다. 의성어·의태어의 활용이나 반복적 어구, 과장된 표현 등은 방정환이 옛이야기를 재화하거나 들려주는 말투의 글을 쓸 때 자주 활용하는 방식이다. 이를 테면, "**어떻게** 시원하고 **어떻게** 아름다운지" "**어찌도** 추운지 물 속에서 **벌벌** 떨면서" "**깊고 깊은** 바닷속은 **몹시 몹시** 말할 수 없이" "이가 **딱딱** 떨려서 참말 죽을 뻔하였습니다"와 같은 문장들은 방정환의 글투와 비슷하다. 또한 방정환은 1년 전 『어린이』에 「사시사철 물 속에

---

46 장정희, 앞의 논문, 67쪽.

살면서 녀름에도 오히려 추워하는 海女의 이약이」(小波, 『어린이』 3권 8호, 1925.8)를 발표했고, 그 글은 방정환 사후 '고 소파(故 小波)'의 글로 『신여성』 6권 8호(1932.8)에 「해녀의 물 속 생활」이라는 제목으로 재수록되기도 했다. 더욱이 방정환의 이 글은 '은하수(銀河水)'라는 필명으로 『어린이』 11권 8호(1933.8)에 「사시사철 물에 사는 海女 이야기」라는 제목으로 재수록되기도 하였다. 방정환이 이전에 발표했던 글을 방정환 사후 마치 다른 사람의 다른 글인 것처럼, '은하수'라는 낯선 필명을 붙여 재수록한 것이다. 방정환은 『어린이』(1930.7)에 '삼산인'이라는 필명으로 「바다의 지식」이라는 상식 소개글을 발표하기도 했는데, '잠수부'의 이 글이 방정환의 번역일 가능성이 더 커진다. '잠수부'를 방정환이 1회 사용한 필명으로 확정해도 큰 무리가 없다고 판단된다.

4. 남은 과제

이상의 검토를 토대로 방정환의 필명으로 확정할 수 있는 필명과 여전히 검증을 필요로 하는 필명을 다시 정리해 보자.

① 확정 필명 : 소파(小波, 소파生, 小波生, 方小波), ㅅㅎ생, ㅈㅎ생, 목성(牧星, ㅁㅅ생), 몽중인(夢中人), 몽견초(夢見草, 見草), 북극성(北極星), 파영(波影, 波影生, 金波影), 운정(雲庭, 雲庭生, 雲庭居士, 方雲庭), 은파리(銀파리), 잔물, SP생(에쓰피생), 깔깔박사, 삼산인(三山人, 三山生), 성서인(城西人), 쌍S(雙S, 双S, SS생, 雙S生), CW(CW生, CWP), 우촌(雨村, 梁雨村), 서삼득(徐三得; 1회 사용 가명)

② 미확정 필명 : 老직이, 물망초(勿忘草), 편집인(編輯人), 길동무, 잠수부,

일기자(一記者), 복면귀(覆面鬼), 복면아(覆面兒), 복면관(覆面冠), 월계(月桂), 서몽(曙夢), <u>쉿파리</u> (밑줄은 필자의 추정)

③ 제외 필명 : 과목동인(果木洞人), 금파리, 김운정(金雲汀), 노덧물, 허삼봉(허문일, 허일, 삼봉), 포영(泡影), 무명초(無名草), 상담실직이, 담화실직이, 월견초(月見草), 신감초(辛甘草), 안선생, 영주(影州)

②에 해당하는 필명은 방정환의 지인들이 회고에 의존해 밝힌 필명과 발표 매체와 방정환의 글쓰기 방식, 장르 특성과 정황 근거 등을 들어 방정환의 필명일 것이라 추정한 필명으로 지속적인 검증이 요구된다. 특히 '편집인' '일기자'는 해당 시기 해당 잡지에서도 여러 필자들이 사용했던 필명인 만큼 글의 특성을 잘 따져 방정환의 글인 것과 아닌 것을 확정해야 한다. 마찬가지로 '독자담화실' 또한 방정환뿐 아니라 이정호나 최영주 등이 독자들의 편지에 답변을 했던 만큼 '담화실직이'도 방정환만의 필명이었다고 단정할 수 없다.

이 연구를 통해 지금까지의 필명 논란을 종식하고 방정환의 필명을 최종적으로 확정할 수는 없을 것이다. 기존 연구에 대한 필자의 반론뿐 아니라 필자가 제외했거나 추가한 필명도 검증받아야 할 또 하나의 논란거리일 수 있다. 더욱이 최근의 연구에서 그동안 당연하게 간주했던 방정환의 주요 필명이 논란의 중심으로 부상하면서 방정환의 필명을 둘러싼 논란은 한동안 이 분야의 연구자뿐 아니라 근대문학 연구자들에게도 해결하고 넘어가지 않으면 안 되는 부담스러운 숙제로 제출된 셈이다.

이 논문에서는 그동안 방정환의 필명을 둘러싸고 제기된 자료와 연구들을 한 자리에 모아 정리했다. 필자의 최근 연구뿐 아니라 기존의 필명 논의에 대해 대폭적 수정을 제기한 최근의 도전적 연구까지를 포함해서 비판적이고 생산적인 대화를 시도하고자 하였다. 필명 연구는 자료 유실과 함께 근대문학 연구에서 가장 곤혹스러운 대목 중 하나이다. 그럼에도 불구하고 필명이 확정되지 않은 상태에서 진행하는 연구는 자칫 왜곡된 연구 결과를 도출할 수 있기에 지속적인 관심을 갖고 수정 보완하여 확정 과정을 철저히 거쳐야 할 것이다. 근대 잡지 및 자료의 발굴과 수습, 근대문학 및 근대문학자 관련 연구의 진전으로 다수의 다양한 필명들이 하나둘 밝혀져 기초 연구의 토대가 제대로 마련되기를 기대한다.

　방정환 연구는 방정환과 '그들', 익명 또는 필명으로 사라진 이들의 글과 활동을 입체적으로 재조명할 때 가능하다. 방정환과 '그들'의 시대를 온전하게 조명하기 위해서는 다수의 익명과 필명의 존재뿐 아니라 개벽사의 주요 인물에 대한 연구가 심도 있게 이루어져야 한다. 학계의 연구가 상호 교류되는 장에서 방정환과 그들의 시대와 활동이 비판적으로 재조명되기를 기대한다. 방정환을 둘러싼 '자명'한 것부터 의심할 때 방정환 연구는 한 단계 앞으로 나아갈 수 있을 것이다.

■ 부록

(표 2) 연도 및 매체별 방정환 필명 사용 빈도[47]

	1918	1919	1920	1921	1922	1923	1924	1925	1926	1927	1928	1929	1930	1931	1932	1933	1934	빈도
소파	유심(1) 천도교(1)	신청년(2) 천도교(1)	개벽(1) 천도교(1)	나월(1) 천도교(2)	개벽(2) 부인(2) 천도교(3)	개벽(1) 부인(2) 신여성(2) 어린이(6) 천도교(1)	신여성(5) 어린이(12)	어린이(6)	어린이(8) 조선농민(1)	어린이(2)	별건곤(1)	별건곤(2)	어린이(2) 별건곤(5)		신여성(*1)			72
ㅈㅎ생	유심(2)					어린이(4)	어린이(7)											13
ㅅㅎ생	청춘(3)		개벽(1)															4

47 이 통계는 신문을 제외한 잡지만을 대상으로 한 것이다. 대상 잡지는 『개벽』, 『어린이』, 『녹성』, 『웅민』, 『당성』, 『대조』, 『동네』, 『별건곤』, 『부인』, 『생장』, 『신소설』, 『신여성』, 『신여자』, 『신청년』, 『어린이』, 『유심』, 『조선농민』, 『조선문단』, 『천도교회월보』, 『청춘』, 『하성』, 『혜성』이다. [표 2]에서 '천도교'는 『천도교회월보』를 지칭한다. 괄호 안의 *은 유고작임을 말한다. 괄호 안의 *은 유고작임을 향한 경우이고, 굵은 서체는 방정환 사후 나온 필명이다.

방정환 (102)	복면귀 (1)	은정 (5)	잔물 (19)	SP생 (6)	목성 (23)
어린이(*1)					
별건곤(*1)					
어린이(2) 별건곤(2) 신여성(6) 해성(3) 당성(2)					
농민(1) 대조(2) 등대(1) 어린이(8) 별건곤(7) 학생(4)	별건곤(1)				
어린이(11) 별건곤(2) 조선농민(1) 학생(4)					
어린이(11) 신여성(2) 조선농민(1)					
어린이(8) 별건곤(2)					
어린이(7) 조선농민(2)					
어린이(3) 조선문단(1)			어린이(2)		신여성(4)
개벽(1) 어린이(1)		어린이(1)	어린이(2)	신여성(2)	신여성(2)
개벽(2)		어린이(1)	개벽(1) 부인(2)	개벽(1) 천도교(1)	개벽(11) 천도교(4)
청춘(3)	녹성(1)	신청년(1) 신청년(2)	개벽(5) 신청년(1) 천도교(1) 신청년(1)	신청년(2)	개벽(2)

월계[48]	물망초	몽견초	서몽	몽중인	삼산인	방
신여자(3)	신여자(1)					
		부인(1)	개벽(1)			
신여성(1)		어린이(2)신여성(1)		어린이(5)	어린이(1)	신여성(0/3)
	신여성(1)	어린이(3)신여성(6)	어린이(3)	어린이(10)	어린이(3)신여성(3)	어린이(1/3)신여성(0/3)
		어린이(4)신여성(1)		어린이(3)	어린이(6)신여성(1)	어린이(0/4)
		어린이(3)별건곤(1)		어린이(4)	어린이(4)	어린이(0/1)별건곤(0/1)
		어린이(2)		어린이(6)별건곤(2)		어린이(0/5)별건곤(0/2)
		어린이(1)		어린이(7)별건곤(1)		어린이(0/7)별건곤(0/2)
				어린이(9)별건곤(2)		어린이(0/9)별건곤(0/3)
				어린이(3)별건곤(2)		신여성(0/4)
				신여성(1)해성(1)별건곤(1)		
				어린이(*1)신여성(2)별건곤(1)		
				별건곤(5)		
4	1	27	1	21	62	4/45 = 49 (권두/편집후기)

필명	수							
은과리	9	별건곤(1)	학생(0/4)	학생(3/9)	별건곤(2)	신여성(2)	신여성(3)	신여성(1)
앵두	32	별건곤(3)신여성(1) 별건곤(2)		별건곤(4)학생(8)	별건곤(1)	별건곤(5) 신여성(1)	신여성(1)	신여성(1)
과영	16		별건곤(2)	별건곤(1)	별건곤(5)	별건곤(3)	별건곤(2)	천도교회월보(1)
편집인	17		어린이(2)	어린이(1)	어린이(1)	어린이(1)	어린이(5) 어린이(7)	어린이(1) 신여성(2) 어린이(1)신여성(2) 어린이(4)
독자	38	별건곤(1)	어린이(7)	어린이(3) 신소설(1)	어린이(5) 별건곤(1)	어린이(7) 별건곤(1)	어린이(8) 생장(4)	
샛파리	1							보성(1)
김동무	5				어린이(5)	어린이(4) 별건곤(1)		
깔깔박사	8			어린이(3)		별건곤(1)		

복면자					별견군(1)		1
잠수부					어린이(1)		1
직이영감				별견군(3)	어린이(1)	어린이(1)	2(?)
섬서인				별견군(1)	어린이(1)		5
복면아						별견군(1) 하생(2)	3
CW생	어린이(2)	신여성(2)					5
우촌	신청년(1)	어린이(2)					3

---

48 '월계'는 『신여자』와 『신여성』에서만 사용한 필명이다. 『신여성』(1924.6)의 글 「出嫁한 處女」는 『신여자』(1920.3)에 발표했던 「犧牲된 處女」를 제목을 바꾸고 한자 노출을 줄이고 문장을 다듬어 재수록한 작품이다. 재수록 잡지라는 '특정'의 매체에서만 한정적으로 사용한 필명이라 할 수 있다.

〔표 3〕 매체별 사용 필명과 빈도수

매체	필명(빈도)	비고
개벽	**목성(14회)** 잔물(6회) 소파(4회) 방정환(3회) SP생(1회) ㅅㅎ생(1회) 서몽(1회)	
낙원	소파생(1회)	
녹성	복면귀(1회)	
농민	방정환(1회)	
대조	방정환(2회)	
등대	방정환(1회)	
별건곤	**쌍S(20회) 파영(15회) 삼산인(14회) 방정환(14회)** 방소파(6회) 성서인(4회) 북극성(3회) 소파(2회) 은파리(2회) 몽견초(1회) 깔깔박사(1회) 방(편집후기 5회)	방정환 사후: 쌍S(6회) 삼산인(7회) 북극성(1회) 방정환(1회 * 유고작 밝힘)
부인	소파(4회) 잔물(2회) 몽견초(1회)	
생장	북극성(4회)	
신소설	북극성(1회)	
신여성	몽견초(8회) 소파(7회) 은파리(7회) 방정환(6회) 목성(4회) 삼산인(4회) 쌍S(4회) 잔물(2회) SP생(2회) 편집인(2회) 월계(1회) 방(편집후기 8회)	방정환 사후: 삼산인(3회) 쌍S(1회) 은파리(1회)
신여자	월계(3회) 물망초(1회)	* 편집고문 : 양우촌
신인간	방정환(2회)	
신청년	운정생(3회) SP생(2회) 소파생(2회) 잔물(2회)	
어린이	**방정환(52회) 삼산인(43회) 소파(35회) 북극성(30회) 몽중인(21회) 몽견초(17회) 편집인(15회) ㅅㅎ생(11회)** 깔깔박사(7회) 잔물(6회) 길동무(5회) 성서인(1회) 방소파(1회) 운정(1회) 방(권두 1/편집후기 20) 잠수부(1회)	방정환 사후 : 방정환(2회) 삼산인(2회)
유심	ㅈㅎ생(2회) 소파생(1회)	
조선농민	방정환(4회) 소파(1회)	
조선문단	방정환(1회)	
천도교회월보	소파생(소파 8회) 목성(5회) ㅅㅍ생(2회) 잔물(1회) 김파영(1회) SP생(1회)	
청춘	ㅅㅎ생(3회) 방정환(3회)	
학생	방정환(8회) 쌍S(8회) 방(권두 3/편집후기 13회) 복면아(2회)	
혜성	방정환(3회) 삼산인(1회)	

참고문헌

1. 자료

방운용 편, 『방정환 아동문학 전집』(전 5권), 삼도사, 1965.

방운용 편, 『소파 방정환 문학 전집』(전 8권), 문천사, 1974.

윤석중 편, 『방정환 아동문학 독본』, 을유문화사, 1962.

최영주 · 마해송 편, 『소파 전집』, 박문서관, 1940.

『개벽』『낙원』『녹성』『농민』『대조』『등대』『별건곤』『부인』『생장』『신소설』『신여성』『신인간』『신청년』『어린이』『유심』『조선농민』『조선문단』『천도교회월보』『청춘』『학생』『혜성』『동아일보』『조선일보』

2. 단행본

민윤식, 『청년아, 너희가 시대를 아느냐』, 중앙 M&B, 2003.

박길수, 『차상찬 평전』, 모시는사람들, 2012.

안경식, 『소파 방정환의 아동교육운동과 사상』, 학지사, 1994.

윤석중, 『어린이와 한평생』, 범양사, 1985; 웅진출판주식회사, 1988.

이상금, 『사랑의 선물』, 한림출판사, 2005.

최수일, 『『개벽』 연구』, 소명출판, 2008.

최원식, 『한국문학의 현 단계』, 창작과비평사, 1984.

3. 논문

김종수, 「해방기 탐정소설 연구—단행본 서적의 발행 현황과 특성을 중심으로」, 『동양학』 48집, 단국대 동양학연구소, 2010.8.

성주현, 「『신인간』지와 필자, 그리고 필명」『신인간』 600호, 2000.8.

신현득, 「방정환 바로 알기」『월간문학』 47호, 한국문인협회 월간문학사, 2006.5.

심명숙, 「다시 쓰는 방정환 동요 연보」『아침햇살』 1998년 가을호.

염희경, 「소파 방정환 연구」 인하대 박사논문, 2007.

염희경, 「방정환의 초기 번역소설과 동화 연구—새로 찾은 필명 작품을 중심으로」

『동화와번역』15집, 동화와번역연구소, 2008.6.

염희경, 「새로 찾은 방정환 자료, 풀어야 할 과제들」『아동청소년문학연구』10호, 한국아동청소년문학학회, 2012.6.

염희경, 「'소설가' 방정환과 근대 단편소설의 두 계보」『아동청소년문학연구』13호, 한국아동청소년문학학회, 2013.12.

장정희, 「방정환 문학 연구」고려대 박사논문, 2013.

장정희, 「방정환 필명 논의는 무엇을 지향하는가」『방정환의 재발견』(2014년 방정환포럼 : 소파 방정환 연구(3) 토론문), 한국방정환재단, 2014.5.16.

정용서, 「방정환과 잡지『어린이』」『근대서지』8호, 근대서지학회, 2013.12.

최성윤, 「『조선일보』초창기 번역 번안소설과 현진건」『어문논집』65호, 민족어문학회, 2012.

방정환의 번안시 「어린이노래─불 켜는 이」 연구

─원작 로버트 루이스 스티븐슨의 「The Lamplighter」, 일본어 번역본 「點火夫」와의 비교 연구를 중심으로

염희경

1. 번역 문학의 원작·중역본 고찰의 중요성

작가 작품 연구에서 가장 기초적인 연구는 작품을 확정하는 일이다. 방정환 연구에서는 이 기초 연구 부분이 논란거리다. 방정환의 필명을 둘러싼 논란이 최근 다시 쟁점으로 떠올랐고[1], 그로 인해 장르 확정뿐 아니라 작품 확정도 어려움을 겪고 있다.

특히 번역의 경우 원작 미상이 적지 않다. 원작을 알더라도 중역본을 확인하지 못해 원작 또는 중역에 충실한 번역인지, 재창작이 가미된 번안인지 확정할 수 없다. 대표적인 예로 동요 「형제별」(소파, 『부인』, 1922.9; 『어린이』,1923.9)이 방정환의 번역인지 번안인지, 곡만 일본의 것을 빌었을 뿐 노랫말은 창작인지 여전히 확정 짓지 못하고 있다.[2] 구전되던 옛이야

---

1 장정희, 「방정환 문학 연구」, 고려대학교 박사학위논문, 2013, 56~75쪽; 염희경, 「숨은 방정환 찾기─방정환의 필명 논란을 중심으로」, 『아동청소년문학연구』 14호, 한국아동청소년문학학회, 2014.6 ; 장정희, 「방정환 필명 논의 무엇을 지향하는가?」, 『방정환의 재발견』(한국방정환재단 주최, 2014년 방정환 포럼 : 소파 방정환 연구(3) 토론문), 2014.5.16.
2 「형제별」을 둘러싼 논란은 염희경, 「소파 방정환 연구」, 인하대학교 박사학위논문, 2007 ; 염희경, 『소파 방정환과 근대아동문학』, 경진출판, 2014, 306~311쪽 참조.

기의 재화(再話)인지 옛이야기투를 살려 쓴 창작인지, 외국 옛이야기의 번역인지 우리 옛이야기의 재화인지 이 또한 확정하기 어려운 경우가 많다. 이러한 문제들은 방정환 문학에 대한 온당한 문학사적 평가를 가로막는다.

방정환의 초창기 번역시로 알려진 「어린이노래—불 켜는 이」3(『개벽』 1920.8)도 오랫동안 원작자와 원작시가 미상인 채로 남겨져 왔던 작품이다. 최근 「불 켜는 이」의 원작시가 로버트 루이스 스티븐슨의 「The Lamplighter」라는 사실이 밝혀졌다.4

이 글에서는 「불 켜는 이」의 원작과 중역본 텍스트로 추정되는 일본어 번역시를 실증적으로 검토하여 비교 분석하고, 번역 과정에서의 변용 양상을 구체적으로 살필 것이다. 방정환의 번역에 이르면 특정 부분의 삽입으로 새로운 시상이 전개되고 시의 정조와 주제도 변하였다. 「불 켜는 이」도 그의 다른 번역처럼 독자적 사상이 개입된 '이중 번안'5인 것이다. 또한 방정환이 『개벽』에서 『어린이』로 발표 매체를 달리해 「불 켜

---

3 이하 『개벽』에 발표된 「어린이노래—불 켜는 이」는 「불 켜는 이」로 표기하며, 『어린이』에 약간 고쳐 재수록한 「어린이의 노래」와 구별한다.

4 이 논문의 투고를 며칠 앞두고, 조은숙 교수에 의해 「불 켜는 이」의 원작이 밝혀졌다는 것을 확인했다 (조은숙, 「번역시 〈어린이 노래: 불 켜는 이〉(방정환 역, 1920)의 원작 〈The Lamplighter〉(로버트 루이스 스티븐슨, 1885)를 찾아서 다시 돌아보는 방정환이 꿈꾼 "모도가 다—가티 행복"한 세상」, 『봄에 만나는 방정환』(방정환 봄 문학 포럼 자료집), 2015. 3.27.). 애초 이 논문은 「불 켜는 이」의 원작과 중역본으로 추정되는 일본어 번역본을 학계에 처음 공개하는 데에 의의를 두었으나 원작이 밝혀진 만큼 이 글이 지닌 의의는 일정 정도 축소될 것이다. 그러나 필자는 원작을 밝힌 조은숙의 논지를 넘어서 중역본 텍스트일 가능성이 높은 일본어 번역본을 추적하고, 원작과 일본어 번역본, 방정환의 번안작을 비교 분석하여 『개벽』의 「불 켜는 이」를 '번안시'로 자리매김하였다. 또한 『개벽』에서 『어린이』로 수록 매체가 변하면서 일종의 장르 변환이 이루어진 점도 주목했다.

5 '이중 번안'은 일반적으로 통용되는 학술용어는 아니다. 이 글에서 사용하는 '이중 번안'은 이중번역(二重飜譯)의 약어인 중역(重譯)과 동일한 의미로 사용한 것이 아니다. 필자가 중역본으로 추정하는 일본어 번역본의 경우 원작시를 충실히 번역한 '직역'이 아니라 후반부에서 중요한 변용이 이루어졌기 때문에 부분적으로 번안시라 볼 수 있다. 필자는 아가호시 센타의 번안시가 「불 켜는 이」의 중역본일 가능성이 높다고 보았기 때문에 방정환의 번안은 '일본어 번안시'에서 또 한 번의 변용(번안)이 이루어진 것으로, '중역'과 변별하여 '이중 번안'이라는 용어를 사용하였다. 번안작을 다시 번안했다는 점에서 '재번안(再飜案)'이라 할 수도 있을 것이다.

는 이」를 재수록하면서 고친 부분도 주목하고자 한다. 단순히 특정 시구나 2~3행의 변화가 아니라 그 변화를 추동한 요인과 맥락, 작가 의식과 장르 의식 등을 면밀히 따져볼 필요가 있기 때문이다. 방정환이 매체를 달리해 재수록한 작품의 구체적 변화 양상을 살피면 그 실마리를 얻을 수 있을 것으로 기대한다.

2. 스티븐슨 시집의 국내 수용과 일본에서의 스티븐슨 시 번역 수용 개괄

「불 켜는 이」의 원작은 로버트 루이스 스티븐슨(Robert Louis Stevenson; 1850~1894)의 「The Lamplighter」이다. 스티븐슨은 스코틀랜드 태생의 소설가이자 시인이며 수필가로, 『보물섬』(1883)과 『지킬 박사와 하이드 씨』(1886)의 작가로 잘 알려져 있는 인물이다. 「The Lamplighter」는 스티븐슨의 시집 『어린이 시의 정원(A Child's Garden of Verses)』(London: Longmans, Green, 1885)에 수록된 시이다. 1885년에 첫 출간된 이래 『어린이 시의 정원』은 저명한 어린이책 일러스트레이터들이 그림을 그려 다양한 버전으로 꾸준히 재출간되었다. 그만큼 영미권에서는 상당히 인기 있는 어린이시집이다.

현재 국내의 대학 도서관에는 1890~1920년대에 출간된 스티븐슨의 이 영문 시집이 적지 않게 소장되어 있다. 방정환이 이 시를 번역할 때 참고했을 가능성이 있는 시기만을 따져 보아도 ①찰스 로빈슨(Charles Robinson)이 그림을 그린 1895년판(New York : Charles Scribner's Sons London Ichn Lane) ②제시 윌콕 스미스(Jessie Willcox Smith)가 그림을 그린 1905년판(Charles Scribner's Sons) ③플로렌스 에디스 스토러(Florence Edith Storer)가 그림을 그린 1909년판(Charles Scribner's Sons) ④머틀 쉘던(Myrtle Sheldon)이

그림을 그린 1916년판(M.A.Donohue &. Co. Chicago) 등이 전해진다. 특히 찰스 스크립너스 선즈 출판사는 일러스트레이터를 달리하며 여러 해에 걸쳐 스티븐슨의 시집(①②③)을 다양한 버전으로 공들여 재출간했다.[6] 이 가운데 「The Lamplighter」에 삽화가 함께 실린 판본은 다음과 같다.

[그림 1] 찰스 로빈슨(1895)

[그림 2] 제시 윌콕 스미스(1905)

[그림 3] 밀리센트 소월바이(1909)

[그림 4] 머틀 쉘던(1916)

---

6 밀리센트 소월바이(Millicent Sowerby: 1878~1967)도 스티븐슨의 시집 『어린이 시의 정원』에 그림을 그려 1909년 스크립너스 출판사에서 시집을 출간했다. 현재로서는 1909년에 출간된 시집을 확인할 수 없지만, Philadelphia David Mckay, Publisher에서 재출간된 시집이 전해진다. 1909년판의 재판일 것으로 추정된다.

한편, 「The Lamplighter」는 1912년 일본에서, 그리고 1920년 한국에서 처음으로 번역되었다. 한국에 스티븐슨의 시를 처음 번역 소개한 사람은 다름 아닌 방정환이다.[7] 방정환은 대략 65편에 이르는 스티븐슨의 시 중에서 유일하게 이 작품을 선정해 번역했다. 원작을 충실히 번역했는지, 작가의 사상과 상상력을 가미해 재창작에 가까운 번안을 했는지 살펴 볼 필요가 있다. 이 시기의 번역 경로가 대체로 중역인데다, 방정환은 거의 중역을 했기 때문에 일본에서의 『어린이 시의 정원』의 번역 수용사를 검토하는 것은 필수적이다.[8]

일본에서 스티븐슨의 시가 최초로 번역된 것은 메이지기 오오다 타케키(大和田建樹)가 편역한 전 3권의 『歐美名家詩集』(博文館, 1894)의 하권에 실린 「배는 어디로 가나(舟のゆくへ)」, 「바람(風)」 두 편이다. 그 뒤 한두 편씩 번역되다가 아가호시 센타(赤星仙太)에 의해 메이지(明治) 44년(1911년) 12월부터 메이지 45년(1912년) 1월까지, 대표적 기독교 잡지인 『신조카이 新女界』에 시 16편이 본격적으로 번역 소개되었다.[9] 그러나 이때까지도 스티븐슨의 시 「The Lamplighter」는 번역되지 않았다. 아가호시 센타

---

7 김병철의 저서를 참고할 때 해방 이전까지 스티븐슨의 시가 번역된 사례는 발견되지 않는다 (김병철, 『한국근대번역문학사연구』, 을유문화사, 1975). 이 저서에는 아동잡지와 아동서적, 신문에서의 아동문학 작품의 번역 사항이 상당 부분 누락되어 있기 때문에 단정할 수는 없지만, 스티븐슨의 시가 다른 영미시와 견줄 때 거의 번역되지 않았던 것으로 파악된다.
　　한편, 방정환 이후에도 1930년대에 시문학파 동인이었던 박용철과 동시 창작에서 성과를 남겼던 박목월에 의해 스티븐슨의 시가 번역되었는데, 이들이 번역한 스티븐슨의 시는 「어른이 되는 날」, 「딴 세상」, 「햇님의 여행」으로, 장난꾸러기 아동의 이미지를 담은 시들이라고 한다 (조은숙, 앞의 글, 2쪽).
8 방정환의 번역 문학 특히 중역(重譯)에 대한 연구는 염희경, 앞의 책, 174~222쪽 참조.; 李姃炫, 「方定煥の兒童文學における飜譯童話をめぐって―『オリニ』誌と『サランエソンムル(愛の贈り物)』を中心に」, 大阪大學大學院 言語文化研究科 碩士論文, 2004.; 李姃炫, 「方定煥の飜譯童話研究―『サランエソンムル(사랑의 선물)을 中心に」, 大阪大學大學院 言語文化研究科 博士論文, 2008 참조.
9 『신조카이(新女界)』는 청일·러일전쟁 이후, 도쿄 혼고(本郷)교회에서 여성 신도를 위해 발행한 기독교 계몽지다. 『신징(新人)』을 발행한 신징사(新人社)에서 자매지로 발행한 여성 잡지로, 1909년 창간하여 1919년 폐간되었다. (『『新人』『新女界』の研究: 二〇世紀初頭キリスト教ジャーナリズム』, 同志社大学人文科学研究所, 人文書院, 1999).

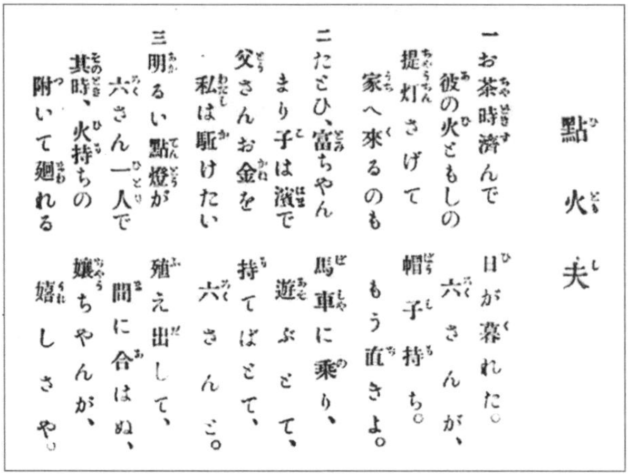

[그림 5] 아가호시 센타(赤星仙太), 「點火夫」, 『子供の歌園』, 福音社書店, 1912.12 (초판 발행)

點火夫

一 お茶時濟んで 日が暮れた。
彼の火ともしの 六さんが、
提灯さげて 家へ來るのも
もう直きよ。

二たびひ、富ちゃん 馬車に乗り、
まり子は濱で 遊ぶとて、
父さんお金を 持てばとて、
私は驅けたい 六さんぞ。

三 明るい點燈が 殖え出して、
六さん一人で 間に合はぬ、
其時、火持ちの 嬢ちゃんが、
附いて廻れる 嬉しさや。

는 다이쇼 1년(1912년) 12월, 『어린이 노래 정원 子供の歌園』(福音社書店, 1912)이라는 제명으로 번역시집을 출판하였다. 그는 이 시집에 『新女界』에 번역했던 이전의 16편의 시에다 19편의 시를 추가해 총 35편을 번역해 실었다. 이때 「The Lamplighter」가 「點火夫」라는 제목으로 번역되었다. 아가호시 센타의 「點火夫」는 일본에서 스티븐슨의 「The Lamplighter」가 최초로 번역된 사례이다.

다이쇼기에 들어 스티븐슨의 시는 주로 사이조 야소(西條八十)와 나이토 토요(內藤豊雄)에 의해 아동잡지 『킨노후네 金の船』와 그 후신인 『킨노호시 金の星』에 주로 번역되었다. 또한 다이쇼 11년(1922년) 9월, 후쿠하라 린타로우(福原麟太郎)와 쿠즈하라 시게루(葛原滋)가 34편을 공역하여 『어린이시 子供の詩』(東光閣書店, 1922)라는 제명으로 번역시집을 출간하였다. 「The Lamplighter」는 「點燈夫」라는 제목으로 이 시집에 번역되어 실렸다.[10] 이 작품은 아가호시 센타의 번역과 견줄 때 원작에 훨씬 더 가깝게 번역되었다.

10 일본에서의 스티븐슨 시 번역 수용사는 山戶道昭・榊原貴教, 『兒童文學飜譯作品總攬 第 1卷 (イギリス編)—明治 大正 昭和 平成の135年飜譯目錄』, 大空社・ナダ出版センター, 2005, 335~339쪽 참조.

방정환은 『개벽』 3호(1920년 8월호)에 「불 켜는 이」를 처음 번역 소개했고, 이후 몇 부분을 약간 고쳐 『어린이』 6권 1호(1928년 1월호)의 〈어린이 독본〉 제 7과에 재수록하였다. 『개벽』에 수록된 「불 켜는 이」의 말미에는 '六一年八月十五日……잿골집에서…… 역'[11]이라 적혀 있다. 일본에서의 스티븐슨 시 번역사 개관을 통해 알 수 있듯, 방정환이 작품을 번역하고 발표한 시기가 1920년 8월이니, 일본어 번역본을 참고했다면 아카호시 센타의 「點火夫」가 중역본일 가능성이 크다.

3. '번안시' 「어린이노래—불 켜는 이」와 '번안동시' 「어린이의 노래」

1) 동심주의의 민중주의적 전유

「불 켜는 이」의 원작시가 스티븐슨의 「The Lamplighter」이고, 아가호시 센타의 「點火夫」가 중역본일 가능성이 높다는 점을 살폈다. 서구에서 발원한 이 시가 일본을 경유해 방정환에 이르기까지 어떻게 번역 수용되었는지 그 구체적 변용 양상을 살펴보자.

① The lamplighter (1885)	② 點火夫 (1912)	③ 불 켜는 이 (1920.8)
The lamplighter	點火夫	어린이노래
		잔물
My tea is nearly ready and the sun has left the sky; It's time to take the window to see Leerie going	一. お茶時齊んで 日が暮れた° 彼の火そしの 六さんが 堤灯さげて 帽子持ち°	* 불켜는이 * 기-나긴 낮동안에 사무를 보던

---

11 '六一年'은 천도교 포덕 연도로 1920년이고, '잿골집'은 방정환이 살던 처가 재동(齋洞)이다.

by;
　For every night at teatime and before you take your seat,
　With lantern and with ladder he comes posting up the street.

　Now Tom would be a driver and Maria go to sea,
　And my papa's a banker and as rich as he can be;
　But I, when I am stronger and can choose what I'm to do,
　O Leerie, I'll go round at night and light the lamps with you!

　For we are very lucky, with a lamp before the door,
　And Leerie stops to light it as he lights so many more;
　And O! before you hurry by with ladder and with light;
　O Leerie, see a little child and nod to him to-night!

번역문:

점등원

　차가 준비되고 해는 이미 저물었어요.
　창가로 가서 레리가 지나가는 걸 볼 시간이에요.
　매일 저녁 차 마실 때가 되면, 그리고 내가 의자에 앉기 전에
　레리가 랜턴과 사다리를 들고 길거리에 불을 켜며 올 시간이거든요.

家へ來るのも　もう直さよ゚
　二.
たそび゙富ちやん　馬車に乘り゙
まり子は濱で　遊ぶそで
父はんお金を　持てばそで
私は駈けたい　六さんそ゚
　三.
明るい點燈が　殖え出して
六さん一人で　間に合はぬ゙
其時火持ちの　孃ちやんが゙
附いて廻れゐ　嬉しさや゚

번역문 :

점화부

1.
차 시간도 끝나고 날이 저물었다.
저 불을 켜는 로쿠상이 초롱을 들고 모자를 들고, 집에 오는 것도 거의 다 왔어.

2.
설령, 토미짱 마차를 타고 마리코는 물가에서 놀려고 해도,
아버지는 돈을 가졌으면 해도,
나는 달리고 싶어, 로쿠상과.

3.
환한 점등이 늘어가,
로쿠상 혼자서 충분하지 않고
그때, 초롱을 든 아가씨가 함께 따라 돈다 기쁨이구나.

사람들이 벤도끼고 집에돌아와
저녁먹고 大門다칠 째가되면은
사다리 질머지고 석냥을들고
집집의 장명燈에 불을켜노코
다름질 해가는 사람이잇소

銀行家로 이름난 우리아버지는
재조껏 마음대로 돈을모겟지……
언니는 바라는 大臣이되고
누-나는 文學家로 成功하겟지……
아-나는 이담에 크게자라서
이몸이 무엇을 해야조흘지
나홀로 選擇할수 잇게되거던
그-럿타 이몸은 저이와갓치
거리에서 거리로 돌아다니며
집집의 장명燈에 불을켜리라

그리고 아모리 구차한집도
밝도록 환-하게 불켜주리라
그리하면 거리가 더밝어져서
모도가 다-가티 幸福되리라

거리에서 거리로 싯을이어셔
점-점점 山속으로 들어가면서
寂寞한 貧村에도 불켜주리라
그리하면 世上이 더욱밝겟지……

이제 톰은 운전수가 되고 마리아는 바다로 가겠죠. 그리고 우리 아빠는 은행가가 되어 원하는 만큼 부유해지겠죠; 하지만 내가 몸이 튼튼해져서 뭔가 할 일을 선택할 만한 때가 되면, 오 레리, 난 당신과 함께 밤거리를 돌아다니며 램프에 불을 붙일 거예요. 문 옆에 램프가 있어 다행이에요. 레리는 여태껏 늘 그래왔듯 불을 붙이려고 멈춰있어요. 오! 사다리와 랜턴을 챙기느라 서두르기 전에 레리, 오늘밤 아이를 보면 눈인사라도 해주세요.		여보시오 게가는 불켜는이어 고닯흔 그길을 외로워마시요 외로이 가시는 불켜는이어 이몸은 당신의 동무입니다 (六一年八月十五日……잿골집에서…… 역)

세 편의 시를 비교해 보면, 원작과 일본어 번역본은 총 3연으로 시의 구조가 같다. 원작「The Lamplighter」는 총 3연이며, 각 연은 4행으로 외형상 동일한 시형을 유지하는데, 각 연마다 1, 2행과 3, 4행의 각운을 잘 살렸다. 즉, 1연의 1행과 2행은 'sky'와 'by', 3행과 4행은 'seat'과 'street'로, 2연의 1행과 2행은 'sea'와 'be', 3행과 4행은 'do'와 'you'로, 3연의 1행과 2행은 'door'과 'moor'로, 3행과 4행은 'light'와 'to-night'로 운을 맞췄다. 일본어 번역본인 아가호시 센타의「點火夫」는 언뜻 보면 연 구별이 없지만, 연 앞에 '一', '二', '三'이라고 글자 크기를 작게 표기하여([그림 5] 참조) 총 3연 12행으로 구성된 시임을 알 수 있다. 아가호시 센타의 번역은 원작의 총 3연 12행의 시형을 그대로 따랐고 시상의 전개도 거의 유사하다.

원작, 일본어 번역본과 달리 방정환의 번안시는 총 6연 28행으로 구성되었다. 방정환이「The Lamplighter」를 번역해『개벽』에「불 켜는 이」를 소개할 때 번역 텍스트로 원작인 영시만을 보았는지, 아니면 일본어 번역본만을 보았는지, 그도 아니면 두 텍스트를 모두 참고했는지 현재로서는 단정하기 어렵다. 여러 가능성을 열어두고 몇 가지 추론을 해보면, 아가호시 센타의 번역 시집에는 「點火夫」에 삽화가 없다. 그와 달리 영문시집들 속의 「The Lamplighter」에는 유명 화가들의 삽화가 함께 실렸다. 더욱이 앞에서 밝혔듯, 1890~1920년대에 출간된 스티븐슨의 시집이 국내의 대학 도서관에 여러 권 소장되어 있는 것을 볼 때, 그 당시 스티븐슨의 영시집을 그리 어렵지 않게 구해 볼 수 있었을 것으로 보인다. 그림을 그린 사람이 누구인지 알 수 없지만 『개벽』에 소개된 「불 켜는 이」에도 삽화가 실렸기 때문에 영문 시집의 삽화나 편집 형태를 참고했을 가능성을 배제할 수 없다.

특히 다른 시집의 삽화들이 동심의 순수성을 부각하는 그림체가 강한데, 1916년판인 머틀 쉘던의 「The Lamplighter」의 그림([그림 4] 참조)은 불 켜는 이의 고단한 노동이 상대적으로 부각되어 주목된다. 시집의 출간 시기도 방정환이 이 시를 『개벽』에 번역 소개한 시기와 가장 가까운 편이다. 더욱이 머틀 쉘던이 그림을 그린 1916년판 이 시집은 현재 고려대학교 도서관에 소장되어 있기에, 당시 보성전문학교에 재학 중이던 방정환이 번역 텍스트로 참고했을 가능성이 상당히 높은 영역본이다.

그렇다면, 방정환이 다른 작품을 번역할 때와 달리 이 시를 번역할 때는 일본어 중역이 아니라 영시를 직접 번역했다고 추정해 볼 수도 있을 것이다. 그렇지만 「불 켜는 이」의 시 제목 앞에 '어린이**노래**'라 표현한 부분을 보면, 스티븐슨의 영시집의 'Verses'을 '시(詩)'가 아닌 '노래(歌)'로 번역한 아가호시 센타의 『어린이 **노래**정원(子供の歌園)』에서 영향을 받지 않았을까 추정된다. 또한 방정환은 자유시형의 원작을 7.5조(8.5조, 6.5조)의 정형률로 번역했는데, 이 부분도 일본어 번역본의 시형과 유사하다. 그런 점에서 방정환이 영시와 함께 일본어 번역본을 함께 참고했을 것으로 보인다. 특히 일본어 번역본에서의 특정 시구는 방정환 번

안에 영향을 주었을 것으로 짐작되는데 이 부분은 뒷부분에서 다루기로 한다.

방정환의 번안시는 기본적으로 원작과 일본어 번역본의 시형을 따랐지만 3개의 연을 추가하였다. 형태상 3개의 연을 추가했지만 「불 켜는 이」의 2연과 3연은 원작의 2연에 해당한다. 따라서 원작에 없는 새로운 내용으로 두 개의 연을 추가한 셈이다. 이때 원작과 중역본으로 추정되는 일본어 번역본에 없는 전혀 새로운 내용이 삽입되면서 시의 정조뿐 아니라 주제도 상당히 달라졌다. 이 대목이 바로 방정환 번역의 독자성이다. 시상과 정조, 주제의 차이로 방정환의 「불 켜는 이」는 '번안시'가 되었다.

원작의 시적 화자는 어린이로, 저녁 시간이 되면 거리의 등에 불을 밝히는 '레리(Leerie)'를 지켜본다. 이 시가 실린 『어린이 시의 정원』은 병약했던 작가가 어린 시절의 꿈과 환상, 놀이 등을 아름답게 그려낸 자전적 성격이 강한 시집으로 잘 알려져 있다.[12] 그 때문에 「The Lamplighter」의 '하지만 내가 몸이 튼튼해져서(But I, when I am stronger)'라는 시구도 병약했던 작가의 어린 시절의 모습이 투영된 것으로 해석되곤 한다.

그러나 이 시는 전반적으로 우울한 정조보다는 신비롭고 따뜻하고 평

---

12 존 로 타운젠트는 로버트 루이스 스티븐슨의 『어린이 시의 정원』의 성격을 낭만적, 이국적인 시집으로 평가했다. "로버트 루이스 스티븐슨의 『어린이 시의 정원(A Child's Garden of Verses)』(1885)은 한 아이가 일인칭으로 쓴 것 같은 시집으로, 실제로 스티븐슨이 어린 시절의 추억을 떠올려 놓은 것이다. 몇몇 시에서 그 아이가 일찍이 여행과 모험을 깊이 동경하여, 자라서 낭만적이고 이국적인 책들을 쓰고 남해에서 인생을 마감하리란 것을 예상할 수 있다." (존 로 타운젠트, 강무홍 옮김, 『어린이 책의 역사』 1, 시공사, 1996, 182쪽)
이재철도 스티븐슨을 소개한 부분에서 공상성과 낭만성을 주요한 특징으로 언급했다. "원래 몸이 허약한 그는 23세경부터 폐병에 걸려 그의 일생은 국내와 국외에 걸쳐 투병, 요양을 위한 전지 여행을 계속해야 했으며 그 틈을 이용한 문학의 창작이라는 비참한 삶을 살아야 하였다. 그는 원래 공상적인 성격과 방랑벽이 있었고 로만적인 모험을 좋아하여 끊임없이 장밋빛 꿈을 추구하는 소설과 수필, 여행기 등을 많이 남겼다." (이재철, 『세계아동문학사전』, 계몽사, 1989, 193쪽, 강조는 인용자)

온한 정감이 주조를 형성한다. 어둠을 밝히는 등불의 이미지와 함께, 집 문 앞에 가스등이 있어 '운이 좋다(또는 행복하다)'는 화자의 말에서, 그리고 어린 아이한테 밤 인사를 해주라고 레리에게 당부하는 시적 화자의 목소리에서 레리를 무척 좋아하는 천진한 아이의 모습을 엿볼 수 있다. 시적 화자인 아이에게 레리는 특별한 의미를 지닌 존재이다. 그렇다면 아이에게 레리는 왜 특별한 존재로 비춰졌을까? 왜 아이는 장차 어른이 되면 가스등에 불을 켜는 사람이 되고 싶었을까? 이 부분에 대한 해석은 시를 읽는 독자의 몫이다. 텍스트 안에는 '왜'에 대한 특별한 단서나 해답을 남겨두지 않았기 때문이다.

원작시에 나오는 톰과 마리아는 시적 화자인 어린이의 남매인 듯한데, 운전수가 된다거나 바다로 놀러간다는 표현을 통해 아이다운 바람뿐 아니라 밝고 활동적인 모습이 연상된다. 은행가인 아버지도 장차 부자가 될 거라는 대목에서 시적 화자인 아이가 풍족한 가정에서 근심 걱정 없이 자랄 것으로 기대된다. 스티븐슨의 『어린이 시의 정원』의 전반적인 분위기가 놀이와 모험이 생동감 있게 펼쳐지고 밝고 공상적이라는 사실을 감안할 때, 이 시에서도 저녁 티타임의 차분함과 평온함, 정서적으로 밝음이 감지된다.

흥미롭게도 스티븐슨은 "가스등을 위한 항변(A Plea For Gas Lamps)" (1881)이라는 수필에서 전깃불을 '못 생긴 눈부신 섬광'이자 '악몽의 램프'로 묘사한 반면, 가스등을 정서적으로 지지했다. 특히 이 수필에서 스티븐슨은 가스등에 불을 켜는 사람(Lamplighter)을 '밤에 구멍을 내는 사람'이자, 그리스 신화의 '불멸의 가치를 지닌 존재'로 묘사했다.[13] 스티븐슨의 이러한 생각이 「The Lamplighter」에도 반영되었다고 볼 수 있

---

13 Robert Louis Stevenson, "A Plea For Gas Lamps", *Virginibus Puerisque, and Other Papers.*, 1881
http://ebooks.adelaide.edu.au/s/stevenson/robert_louis/s848vi/chapter12.html

다. 이 시의 어린이 화자에게 불 켜는 사람인 '레리'는 생계를 위해 고단한 일상을 살아가는 노동자라기보다는 신비로운 마법사와도 같은 존재로 비쳤을 것이다. 물론 이 시에 따뜻함과 평온함, 행복감만이 넘치는 것은 아니다. 산업혁명 이후 점차 도시화, 산업화되어 가는 자본주의화와 과도한 과학 기술의 진보와 문명화로 가스등이 전깃불에 밀려 사라져 간 실제 현실의 사회상이 그 배면에 깔려 있듯, 이 시 저변에는 가스등에 대한 작가의 아련한 향수와 병약했던 어린 시절의 외로움도 깃들어 있다고 봐야 할 것이다.

그럼에도 이 시를 감상할 때 어린이를 위해 씌어진 많은 시들, 어린이를 위해 골라낸 시선집에 어린이 화자의 목소리를 차용한 시들이 많은데, 이들 시 속에 어린이 화자를 무지하기 때문에 순진하고 귀엽게 바라보는 시선, 즉 아동기에 대한 어른의 식민주의적 이데올로기가 숨어 있다는 페리 노들먼(Perry Nodelman)의 지적을 상기할 필요가 있다. 페리 노들먼은 그러한 경향의 대표적인 시로 스티븐슨의 「내 그림자(My Shadow)」를 언급한 바 있다.[14] 마찬가지로 「The Lamplighter」에도 스티븐슨의 시집 전체에서 감지되는 낭만적이며 동심주의적인 발상이 깃들어 있다.

그렇다면 일본에서는 「The Lamplighter」가 어떻게 번역되었을까? 앞서 밝혔듯 아가호시 센타의 「點火夫」는 원작의 총 3연 12행의 시형을 그대로 따랐고, 원작의 느낌을 충실하게 재현하지는 못했지만 방정환의 번역처럼 작가의 사상과 상상력의 개입으로 심하게 변형된 번안은 아니다. 전체적으로 원작의 뜻이 훼손되지 않는 선에서 시형을 간결하게 처리한 점이 눈에 띤다. 흥미로운 대목은 원작의 'Tom'과 'Maria'를 '富ちゃん'과 'まり子'로 바꾼 부분이다. 외국 아이 이름이 연상되도록 소

---

14 페리 노들먼, 김서정 옮김, 『어린이 문학의 즐거움』 2, 시공주니어, 2001, 409~411쪽.

리를 살리면서도 일본식으로 바꿨다. 특히 '富ちゃん'은 소리의 유사성 뿐 아니라 글자의 시각 이미지를 통해 부자여야 마차를 탈 수 있던 당시 일본의 상황을 연상케 한다. 더욱이 원작의 '톰은 운전수가 되고(Tom would be a driver)'를 아가호시 센타는 '토미짱 마차를 끌다(富ちゃん 馬車を 引く)'가 아니라 '토미짱 **마차를 타다**(富ちゃん 馬車に乘り)'로 번역했다. 이 부분은 후쿠하라 린타로우와 쿠즈하라 시게루가 공역한 「點燈夫」에서 '톰은 **마부가 되고**(トム御者になり)'로 원작에 충실하게 번역한 것과도 차 이가 나는 부분이다.[15] 그런 점에서 아가호시 센타의 이 부분은 원작의 영시에 없던 의미가 끼어들어 중의적 작용을 하게 하는 대목이라 할 수 있다.[16] 이 부분은 방정환이 영시집을 기본 텍스트로 하고 아가호시 센 타의 번역시를 중역본 텍스트로 참고해 새로운 발상을 하는 데 영향을 주었을 것으로 추정되는 대목이다. 방정환의 번안시에는 원작과 달리 '부유함'과 '성공'을 추구하는 가족과는 다른 삶을 선택한 어린 화자가 대비적으로 부각되기 때문이다.

아가호시 센타의 번역시의 마지막 두 행은 원작에서 가장 많이 달라 진 대목이다. '그때 초롱을 든 아가씨가/함께 따라 돈다 기쁨이구나'라 는 마지막 두 행은 원작시뿐 아니라 아가호시 센타의 번역시의 전반부 어린이 이미지를 여성 이미지로 바꿔 놓는다. 어린이 화자가 자신을 초 롱을 든 아가씨라 상상하며 불 켜는 이와 함께 기쁘게 불을 붙이는 모습 을 표현한 것인지, 때마침 등장한 아가씨가 불 켜는 이와 함께 하는 모 습을 보고 어린이 화자가 기쁘다는 것인지 불확실하다. 일본의 번역시 에서는 원작의 영탄 표현과 각운이 사라지고, 전반적으로 간결하게 번 역되면서 원작에 담긴 평온함과 따뜻함, 낭만적 동심주의 색채가 감소

---

15 후쿠하라 린타로우(福原麟太郎), 쿠즈하라 시게루(葛原滋), 「點燈夫」, 『子供の詩』, 東光閣書店, 1922, 60쪽.

16 '富'는 음독으로 읽을 때는 [ふ, ふう]로, 훈독으로 읽을 때는 [とむ, とみ]로 소리가 난다. 시의 원문 '富' 자 옆에 'とみ'로 루비를 달아, 독자는 '토미'로 읽게 된다.

했다. 마지막 두 행의 해석이 모호하지만 전반적으로 원작시의 분위기와 주제가 크게 변형되었다고 보기는 어렵다.

한편, 방정환의 번역은 새로운 발상이 개입하여 원작, 일본어 번역시와 상당히 다른 색채를 띤 시로 재탄생했다. 방정환이 문학청년 시절에 번역한 「어린이노래—불 켜는 이」(『개벽』, 1920.8)는 수록 지면 또는 매체의 형태에서도 원작, 중역본과 차이가 난다. 원작과 중역본은 다수의 어린이시가 수록된 '어린이시집(A Child's Garden of Verses; 『子供の歌園』)' 가운데 한 편으로, 다른 시들과 통일성을 형성하며 장르 특성을 공유한다.

반면, 방정환의 번안시는 잡지에 1회 번역된 것으로, 1920년대 초 잡지 『개벽』의 위상 속에서 특별한 의미를 지닌 번역시로 이해할 필요가 있다. 스티븐슨의 시, 그 가운데에서도 이 시가 당대의 신지식층 남성을 주된 독자층으로 한 『개벽』에 '번안'되었다는 사실은 흥미롭다.

아가호시 센타가 스티븐슨의 시를 집중적으로 번역 소개한 『新女界』는 여성 신도를 주독자로 한 기독교 잡지로, 이 무렵 '자녀교육론' 등의 논설을 활발히 소개했다. 일본의 기독교 여성 잡지에서의 스티븐슨의 어린이시 번역은 장차 아이를 양육할 어머니인 여성에게 어린이에 대한 새로운 근대적 이미지, 즉 낭만적이고 동심주의적인 순수한 어린이 심상을 내면화하는 데에 효과적으로 작용했을 터이다. 방정환이 동심의 낭만적 예찬을 설파했던 수필 「어린이讚美」를 『개벽』이나 『어린이』가 아닌 『신여성』(1924.6)에 발표했던 것도 같은 맥락에서 이해할 수 있다.

스티븐슨의 시가 서구와 일본에서는 여성과 아동을 주독자층으로 하여 확산되었다면, 우리의 경우 천도교 측에서 여성 독자를 대상으로 발행했던 『신여성』(1923년 9월 창간)이나 그 전신인 『부인』(1922년 6월 창간), 또는 소수의 신지식층 여성 필자와 독자를 기반으로 한 『신여자』(1920년 3월 창간)가 아닌, 1920년 『개벽』을 통해서였다. 이 사실은 무엇을 의미하는 것일까?

2) '어린이를 위한 시'에서 '번안시'로, 다시 '번안동시'로

방정환의 번안시「어린이노래—불 켜는 이」는『개벽』이라는 수록 매체의 특성상 성인을 독자 대상으로 하기에 번역자가 '동시'라는 장르적 특성[17]을 의식적으로 염두에 두거나 어린이를 수신자로 설정하고 번역한 작품이라 보기는 어렵다. 오히려 번역자인 방정환이 '어린이'라는 순수한 존재의 퍼소나(persona)를 빌어 작품 속 등장인물(아버지, 언니, 누이, 불 켜는 이)과 독자를 향해 자신의 삶의 지향이나 태도를 표현하고자 했다고 볼 수 있다.

이 시에서 원작과 미묘한 차이가 발생하는 "銀行家로 이름난 우리아버지는/재조껏 마음대로 돈을모겠지/언니는 바라는 大臣이되고/누나는 文學家로 成功하겠지"라는 대목을 눈여겨볼 필요가 있다. 원작에서 두 아이의 모습은 아이다운 천진한 바람과 놀이의 성격이 강하다. 반면 방정환의 번안시에서는 '대신(大臣)' '성공'이라는 어휘가 부각된다. 미묘한 차이가 나타나는 번안시의 2연은 원작과 일본어 번역본에는 없는, 새롭게 추가된 4연과 5연의 시상으로 확대되는 발상의 전환점이다. 즉 방정환 번안시의 시적 화자인 어린이는 고단한 삶을 살아가는 노동자인 불 켜는 이가 세상의 빈한함과 구차함을 벗어나게 할 소중한 존재라고 인식한다. 그러면서 자신도 불 켜는 이가 지닌 상징적 역할을 하는 인물이 되기를 소망한다.

방정환의 삶에서 청년운동가에서 소년운동가로의 변모 과정이나, 문학청년 시대의 창작·번역 활동과 아동문학가로서의 번역·창작 활동의 경계를 명확히 이분법적으로 설명하는 것은 무리이다. 하지만 방정환이

---

17 '동시'는 일반적으로 성인 작가가 어린이에게 주는 시로, 어린이다운 심리와 정서로 어린이들이 이해할 수 있는 언어와 소박하고 단순한 사상·감정을 담은 시를 의미한다 (이재철, 앞의 책, 74쪽).

『개벽』에 이 시를 번역 소개한 의도는 소년운동이나 아동문학에 대한 주체적이고 미래지향적인 뚜렷한 소신보다는 어린이 화자의 순수성을 빌어 민중적 삶에 대한 숭고한 지향을 표명한 것이라 볼 수 있다.[18]

『개벽』에 발표된 이 시는 엄밀한 의미에서 '어린이'를 명백히 의식하고 독자인 '어린이'를 향해 또는 동심을 지향하는 성인을 향해 독자적 목소리를 내려고 번역한 '동시'라기보다는 어린이 화자의 목소리를 차용해 자신의 삶의 방향에 대해 결연한 의지를 피력한 시라 봐야 할 것이다. 즉 번안시를 통해 민중주의적 삶을 지향하는 '자기 선언'을 한 셈이다. '어린이' 화자의 순수성과 '시' 장르의 고백적 특성이 번역자 방정환의 이 시기 지향과 맞물려 원작, 일본어 번역본과 달리 민중적 삶을 지향하는 시로 새롭게 재구성된 것이다.

원작에 담긴 어린이시의 발랄함과 순수성, '레리'를 향한 상상과 신비감이 결부된 낭만적 동심주의의 특성은 사라지고 방정환의 번안에 이르면 '돈' '대신(大臣)' '성공'이라는 단어가 연상케 하는 현실의 이해타산과 입신출세 지향으로부터 철저히 거리를 둔, 가난한 이들을 위해 헌신하는 삶, 평등한 세상에 대한 지향을 드러낸다.

이러한 민중주의적 지향은 이 시기 방정환의 다른 글에서도 여실히 드러난다. 계급적 모순을 비판하고 '절대평등 지상낙원'을 건설하고자 했던 천도교 개혁주의자 방정환, 사회주의와 친연했던 청년 방정환, 이후 『백조』의 후기 동인으로 참여하기도 했던 낭만주의자 방정환의 이

---

18 박지영은, 방정환이 「불 켜는 이」를 번역한 것을 두고 1920년에 이미 '어린이' 운동에 대한 관념이 생성되었던 지표로 보면서 그가 이 시의 번역을 통해 1920년대 좌절의 터전에서 미래에 대한 막막함과 민족 스스로에 대한 자괴감을 '어둠'과 '구차함'으로 투사하며 '어린이'를 현재의 고통을 극복할 미래지향적 주체로 설정했다고 보았다(박지영, 「방정환의 '천사동심주의'의 본질―잡지 『어린이』를 중심으로」, 『대동문화연구』 51집, 성균관대학교 동아시아학술원, 2005, 151~153쪽). 그러나 방정환은 이 시기에 '청년'으로부터 분할된 '어린이'를 새로운 운동의 주체로 설정하고 '청년운동'과 거리를 둔 채 '소년운동'을 지향하거나 전개했던 때가 아니라 한창 천도교 청년회의 핵심 멤버로 청년운동을 활발히 전개하던 때였다. 각주 18번은 염희경, 앞의 책, 305쪽에서 재인용함. 자세한 내용은 같은 책, 304~306쪽 참조할 것.

시기 사상이 번안시 「불 켜는 이」에는 강렬히 내장되어 있다.

그렇다면 원작의 「The Lamplighter」를 우리말로 옮긴 「불 켜는 이」라는 시 제목 앞에 '어린이노래'라는 이 부분을 어떻게 이해해야 할까? '동요'라는 장르 표지로 볼 수도 있지만 원작 또는 일본어 번역본의 시집 명칭(Verses ; 歌)을 끌어와 일종의 출처를 밝힌 것으로 볼 수는 없을까. 『개벽』에서의 이러한 편집은 방정환이 필명 '잔물'로 『천도교회월보』(1920.4)에 발표한 「나의 詩」에서도 동일하게 나타난다.

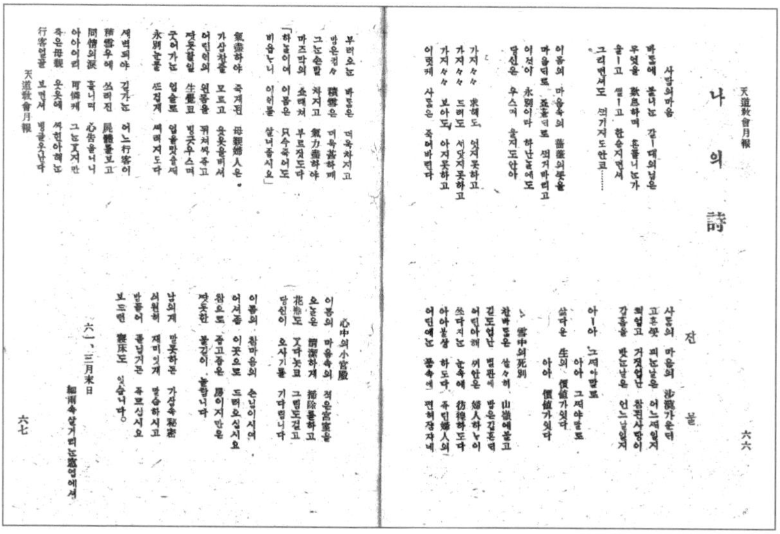
天道教會月報

나의 詩

사람의마음

바람에 불니는 갈ㅣ대의닙은
무엇을 歎息하며 흔들니는가
울ㅣ고 쩔ㅣ고 한숨지면서
그리면서도 쩍기지도안코……

이몸의 마음속의 薔薇의꽃을
마음딕로 쫏출딕로 꺽거바리고
어져아 永劫이라 하난날에도
당신은 우스며 울지도안아

가지々々 求해도 엇지못하고
가지々々 드려도 서닷지못하고
가지々々 보아도 아지못하고
이럿케 사람은 죽어바린다

잔 물

사람의 마음의 沙漠가운데
고흔꽃 피는날은 어느때일지
퇴업고 거짓업난 참된사랑이
감출을 맛는날은 언느날일지

아ㅣ아 그저야말로
아아 그저야말로
삶다운 生의 價値가잇다
아아 價値가잇다

雪中의死別

찬바람은 삼々히 山嶺에불고
길도업난 벌판에 밤은깁흔데
어린아해 어안은 婦人하나이
쏘다지는 눈속에 彷徨하도다
아아불상 하도다 주린婦人의
어린애는 품속에 편히잠자네

六六

부러오는 바람은 더욱차지고
방운것々 積雪은 더욱甚하매
그는손발 차지고 氣力盡하야
마즈막의 소래쳐 부르짓도다
「하늘이여 이몸은 뭇수죽어도
비옵나니 이어를 살녀줍시요」

氣盡하야 죽게된 母親婦人은
가상찬줄 모르고 웃옷을버서
어린이의 원몸을 뀌처싸주고
짯듯할일 生覺코 빙긋우스며
굿어가는 입술로 입을맛출세
永別눈물 쓰겁게 쎄러지도다

새벽되야 길가는 어느行客이
積雪우에 쓰러진 屍體를보고
同情의淚 흘니며 心告을너니
아아어린 可憐케 그는깃지만
죽은母親 웃옷에 싸힌아해는
行客얼골 보면서 방글웃난다

心中의小宮殿

이몸의 마음속의 적은宮室을
오늘은 淸潔하게 掃除를하고
花瓶도 곳다놋코 그림도걸고
당신이 오사기를 기다립니다

이몸의 참마음의 손님이시여
어서좀 이곳으로 드러오십시요
참으로 좁고좁은 房이지만은
짯듯한 불길이 눈합니다

남의게 말못하는 가삼속秘密
서원히 재미잇게 말슴하시고
밤들어 졸닙거든 주므십시요
보드런 寢床도 잇슴니다。

六、三月末日
細雨속살거리는窓연에셔

天道教會月報 六七

[그림 6] 잔물, 「나의 시」, 『천도교회월보』 1920.4.

「나의 詩」라는 큰 제목 아래에 「사람의 마음」, 「雪中의 死別」, 「心中의 小宮殿」이라는 개별 시 3편이 실렸다. 이때 「나의 詩」라는 제목은 세 편의 시를 아우르는 전체 시 제목이라기보다는, '시'의 장르적 특성과 '나'라는 개인의 '내면성 · 고백성'이 맞물려 '시적 고백'을 강조하는 일종의 표지로 읽힌다. 또는 방정환의 습작용 시노트(잡기장)에서 뽑은

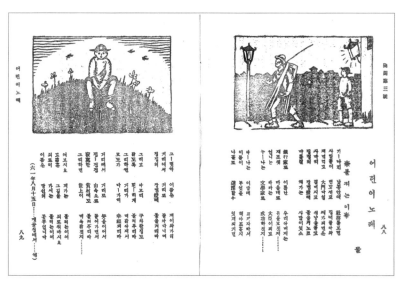

▲ [그림 7] 「어린이노래―불켜는이」, 『개벽』 3호(1920.8)

▶ [그림 8] 「어린이의 노래」, 『어린이』 6권 1호(1928.1)

시 코너를 의미하는 것으로도 읽힌다. 마치 신문이나 잡지의 특정란과 유사한 기능을 한다고 볼 수 있다. 따라서 『개벽』에 발표되었던 「어린이노래―불 켜는 이」라는 제목에서 '어린이노래'에 매달려 이 작품을 방정환의 '최초의 번역동시'라 확정하고 문학사적 평가를 내리는 것은 조심스럽게 접근할 필요가 있다.

『개벽』에서『어린이』로 수록 매체가 변하면서 '번안시'에서 '번안동시'로의 전환이 이루어진다. 수록 매체가 바뀌면서 변한 부분을 구체적으로 살펴보자. 첫째, 「어린이노래─불 켜는 이」라는 제목에서 '불 켜는 이'를 삭제하고, 「어린이의 노래」로 제목이 바뀌었다. 「어린이의 노래」가 어린이들에게 모범이 될 만한 생활의 덕목을 일깨워주기 위해 교훈성 강한 글을 주로 실었던『어린이』의 〈어린이독본〉란에 실렸던 만큼 독자이자 주체인 '어린이', '그'가 부르는 노래라는 사실을 강조하고자 했던 것으로 보인다. 제목에서의 '의'의 삽입은 이 부분을 더 부각하는 듯하다.

둘째, 1연의 1~2행과 3연의 2~3행이 변하였다.[19] 다른 연보다 길게 번역된『개벽』의 1연과 3연을『어린이』에 재수록하면서 긴 시행을 간결하게 줄이고 운을 맞추려 말을 줄인 표현으로 리듬감이 살아났다. 또한 '사무' '벤도' '選擇' 등의 어휘를 삭제하거나 '選擇'을 다른 어휘로 대체해 한층 쉽고 매끄럽게 읽힌다.[20] 『개벽』에서와 마찬가지로『어린이』에서도 한글 표기 옆에 괄호 안의 한자 병기 형태가 아니라 한자를 표면에 노출했다. 이러한 표기는 아동잡지『어린이』에서의 일반적인 표기 방식은 아니다. 어려운 한자의 뜻을 풀이해주며 자학자습을 할 수 있도록 편집했던 〈어린이독본〉란의 특성에서 비롯된 것이다. 『개벽』의 번안시에서 3번이나 나오는 말줄임표도『어린이』에서는 모두 삭제했다. 『개벽』에서의 말줄임표는 하고 싶은 말이 넘쳐나는 화자의 복잡한 심경 등

---

19 "기 - 나긴 낮동안에 사무를보던/사람들이 벤도끼고 집에돌아와"(『개벽』 1연의 1, 2행) ->"하로일을 맛치고 집에도라와"(『어린이』 1연의 1행), "이몸이 무엇을 해야조흘지/나홀로 選擇할 수 잇게되거던"(『개벽』 3연의 1, 2행) -> "내일을 내맘으로 定케되거던"(『어린이』 3연 1행)

20 운율을 살리기 위해 줄인 부분은 다음과 같다. "우리아버**지는**"->"우리아버**진**", "**외로워마시요**"->"**설허마시요**"(이 부분은 운율도 살리고 다음의 행에 나오는 반복되는 어휘도 피하기 위해서인 듯). 반면, 더 늘어난 부분도 있다. "그리하면**世上**이"->"그리하면 **이世上**이", "여보시오 **게가는**"->"여보시오 **거긔가는**". 늘어난 경우는 운율감이 떨어지더라도 좀더 의미를 분명하게 하기 위해서 고친 듯하다.

을 시각화한 것으로 볼 수 있다.

셋째, 『개벽』의 경우 1연의 1·2행의 특정 어휘("~사무를보던/사람들이 벤 도끼고") 때문에 행위의 주체가 어른들로 여겨지며 그들의 고단했던 하루의 노동이 자연스레 연상된다. 그 때문에 3행의 "저녁먹고 大門다칠 재 가되면은"에 이어지는 불 켜는 이의 노동은 더욱 고달픈 것으로 부각된다. 하루의 노동을 마무리하고 모두들 휴식을 취할 시간에 그는 비로소 거리에 나서기 때문이다. 이런 흐름 속에서 불 켜는 이가 가는 길을 "고달흔 그길"(6연 2행) "외로이 가시는"(6연 3행)이라고 표현한 대목이 자연스럽게 읽힌다.

전반적으로 『어린이』 수록작은 『개벽』의 수록작보다 '고된 노동'의 의미나 '입신출세'에 대한 부정적 의미가 상대적으로 감소한 듯하다. 성인 독자를 대상으로 했던 『개벽』에서 어린이 독자를 대상으로 한 『어린이』로 지면을 달리하면서 방정환은 민중 지향성을 일관되게 유지하면서도 비판적인 대목을 다소 순화한 듯하다. 그밖의 변화는 대체로 표기법의 차이 때문에 달라진 부분이다.

4. 남은 과제―방정환의 번역·번안문학과 창작문학과의 연계성

이 글에서는 방정환의 「불 켜는 이」의 원작 로버트 루이스 스티븐슨의 「The Lamplighter」와 중역본으로 추정되는 일본어 번역본 아가호시 센타의 「點火夫」를 중심으로, 번역 과정에서의 구체적 변모를 살폈다. 그 변모 과정을 통해 「불 켜는 이」는 원작이나 일본어 번역본을 직역한 시가 아니라 방정환의 이 당시 사상이 적극적으로 개입되어 시상과 주제가 대폭 변화된 '번안시'임을 확인했다.

원작과 일본어 번역시는 '어린이시집'이라는 시선집(단행본)에 실림으로써 어린이를 향해 발언하는 '동시'의 정체성을 유지하며 성인 독자(특히 여성 독자)뿐 아니라 어린이 독자에게 어린이의 순수성이라는 낭만적 동심주의 심상을 재생산하는 기능을 했던 것으로 보인다. 반면, 『개벽』에 처음 번역 소개된 방정환의 「어린이노래─불 켜는 이」는 당대의 신지식층 남성 독자를 대상으로 한 잡지에 단독으로 수록되면서 원작의 '동시'적 성격보다는 어린이 화자의 목소리를 차용해 작가의 민중 지향성을 선언한 시로 소통 맥락이 변모되었다. 이렇게 맥락화 된 번안시 「불 켜는 이」는 어린이를 일차 독자로 한 『어린이』에 재수록되는 과정에서 몇 부분이 고쳐져 '동시'로 재맥락화한다. 이러한 사실은 애초에 '동시'라는 특정의 불변하는 자질의 장르가 독자적으로 존재하는 것이 아니라는 점, 즉 발신자와 수신자, 매체 등을 기반으로 한 소통 맥락에 따라 관습적으로 위치 지어지는 것이지 어린이 화자의 목소리를 차용한 시와 장르적으로 본질적인 차이가 존재하는 것이 아닐 수 있다는 점을 시사한다.

이 글에서는 「불 켜는 이」의 원작과 중역본으로 추정되는 일본어 번역본을 실증적 자료에 근거해 밝히고, 번역 과정에서의 구체적 변용을 살피는 데에 초점을 두었다. 「불 켜는 이」를 동시대 방정환의 번역·번안 문학과 창작문학과의 연계성 속에서 입체적으로 재조명하는 것도 흥미로운 연구 과제이다. 특히 방정환의 '첫 창작동요'로 최근 발굴 조명된 「크리스마스」(목성, 『조선일보』 1920.12.27)도 자료의 실증적 보완과 구체적 분석을 토대로 문학사적 재평가가 요구된다.[21] 「크리스마스」를 창작시가 아닌 '창작동요'라 규정할 만한 근거가 있는지, 창작이 아닌 번역·번안시일 가능성은 없는지, 「불 켜는 이」와 유사한 시상이 펼쳐지는 『어린이』 권두에 발표된 「눈 오는 새벽」(『어린이』 1926.2)을 비롯해 방정환의 다

---

21 장정희, 「방정환의 첫 창작동요 <크리스마스>의 발견과 그 의미」, 『아동문학평론』, 아동문학평론사, 2014.6, 132~138쪽.

른 작품들과 상호텍스트성의 관점에서 재조명할 부분은 없는지도 따져 볼 필요가 있다.

또한 이 글에서 살펴본 「불 켜는 이」처럼 「금시계」 「졸업의 일(日)/졸업의 날」 「참된 동정」 등 동일 제목의 작품이 주 독자층이 다른 매체에 재수록되는 과정에서의 변모 양상을 구체적으로 살피는 일도 중요하다. 장르 변환의 관점에서 이들 작품의 문학사적 의미를 재조명할 필요가 있다. 이러한 부분은 향후 연구 과제로 남긴다.

참고문헌

1. 자료

『개벽』,『어린이』,『천도교회월보』,『新女界』

山戶道昭·榊原貴敎,『兒童文學飜譯作品總攬 第 1卷(イギリス編)-明治 大正 昭
和 平成の135年飜譯目錄』, 大空社·ナダ出版センター, 2005

福原麟太郎·葛原滋,『子供の詩』, 東光閣書店, 1922.

赤星仙太,『子供の歌園』, 福音社書店, 1912.

Robert Louis Stevenson, Charles Robinson, A Child's Garden of Verses, New
York: Charles Scribner's Sons London Ichn Lane, 1895.

Robert Louis Stevenson, Jessie Willcox Smith, A Child's Garden of Verses,
Charles Scribner's Sons, 1905.

Robert Louis Stevenson, Florence Edith Storer, A Child's Garden of Verses,
Charles Scribner's Sons, 1909.

Robert Louis Stevenson, Myrtle Sheldon, A Child's Garden of Verses,
M.A.Donohue &. Co. Chicago, 1916.

Robert Louis Stevenson, "A Plea For Gas Lamps", Virginibus Puerisque, and
Other Papers., 1881
(http://ebooks.adelaide.edu.au/s/stevenson/robert_louis/s848vi/
chapter12.html)

2. 단행본

염희경,『소파 방정환과 근대 아동문학』, 경진출판, 2014.

이재철,『세계아동문학대사전』, 계몽사, 1989.

존 로 타운젠트, 강무홍 옮김,『어린이 책의 역사』1, 시공사, 1996.

페리 노들먼, 김서정 옮김,『어린이 문학의 즐거움』2, 시공주니어, 2001.

『『新人』『新女界』の硏究: 二〇世紀初頭キリスト敎ジャーナリズム』, 同志社大学
人文科学研究所 , 人文書院, 1999.

3. 논문

박지영, 「방정환의 '천사동심주의'의 본질—잡지 『어린이』를 중심으로」, 『대동문화연구』 51집, 성균관대학교 동아시아학술원 대동문화연구원, 2005.

염희경, 「소파 방정환 연구」, 인하대학교 박사학위논문, 2007.

염희경, 「숨은 방정환 찾기—방정환의 필명 논란을 중심으로」, 『아동청소년문학연구』 14호, 한국아동청소년문학학회, 2014.6.

장정희, 「방정환 문학 연구」, 고려대학교 박사학위논문, 2013.

장정희, 「방정환 필명 논의 무엇을 지향하는가?」, 『방정환의 재발견』(2014년 방정환포럼 : 소파 방정환 연구(3) 토론문), 한국방정환재단, 2014.5.16.

장정희, 「방정환의 첫 창작동요 〈크리스마스〉의 발견과 그 의미」, 『아동문학평론』 151호, 아동문학평론사, 2014.6.

조은숙, 「번역시 〈어린이 노래 : 불 켜는 이〉(방정환 역, 1920)의 원작 〈The Lamplighter〉(로버트 루이스 스티븐슨, 1885)를 찾아서 다시 돌아보는 방정환이 꿈꾼 "모도가 다-가티 행복"한 세상」, 『봄에 만나는 방정환』(방정환 봄 문학 포럼 자료집), 2015. 3.27.

李姃炫, 「方定煥の兒童文學における飜譯童話をめぐって—『オリニ』誌と『サランエソンムル(愛の贈リ物)』を中心に」, 大阪大學大學院 言語文化研究科 碩士論文, 2004.

李姃炫, 「方定煥の飜譯童話研究—『サランエソンムル(사랑의 선물)를 中心に」, 大阪大學大學院 言語文化研究科 博士論文, 2008.

'소설가' 방정환과 근대 단편소설의 두 계보

염희경

『

1. '소설가' 방정환

일반인뿐 아니라 한국 근대소설 연구자에게도 '소설가' 방정환은 낯설다. 그러나 방정환은 1922년 1월, 근대 문학의 3대 장르를 대표하는 문인을 상대로 '작가로서의 포부'를 묻는『동아일보』기획에서 소설계를 대표하는 인물로「必然의 要求와 絶對의 眞實로」(『동아일보』, 1922.1.6)를 발표한바 있다. 소설계를 대표하는 방정환에 이어 황석우가 시단을, 현철이 극계를 대표해 작가의 포부를 밝혔다.[1]

이러한 사실은 일반의 통념과 달리 1910년대 후반~1920년대 초 근대소설 형성기에 '소설가' 방정환의 위상이 결코 가볍지 않았다는 것을 시사한다. 실제로 방정환은 1910년대 후반, 당대의 주요 잡지인『청춘』의 독자문예(현상문예)에 소설과 시, 수필을 열심히 투고하면서 문단에 진출한 '문청(문학청년)'이었다.[2] 나아가 자신이 직접 편집에 관여했던『신청년』, 그리고 편집고문으로 활동했던『신여자』에도 시, 소설 등을 발표

---

1 황석우,「詩作家로서의 抱負―新年詩壇에 對한 一二의 贅言」,『동아일보』, 1922.1.7.
 현철,「劇界에 對한 私步」,『동아일보』, 1922.1.8.

했고, 1920년대 대표적 종합잡지 『개벽』에 문제작을 발표하면서 신진소설가 대열에 합류한다.

방정환의 소설에 대한 연구는 그리 많지 않지만 김복순, 박현수, 장정희의 연구가 주목된다. 먼저 김복순은 1910년대 한국문학의 근대성을 논의하면서 방정환이 고학생의 참상을 심리적

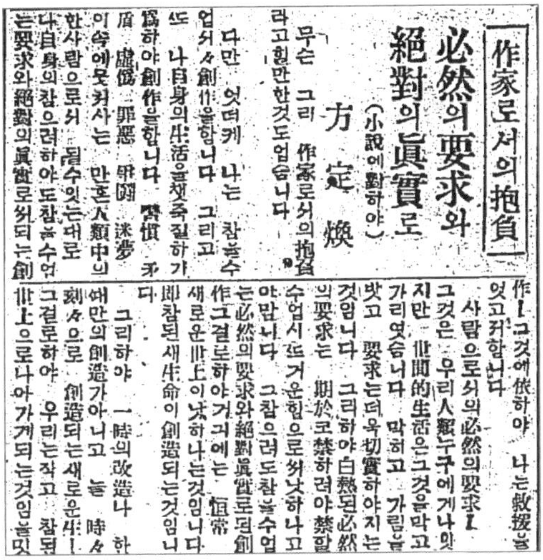

[그림 1] 『동아일보』, 1922.1.6.

갈등 묘사로 절실히 표현했다고 평가했다.[3] 박현수는 방정환이 현상문예 투고 경험을 통해 문학에 대한 열의를 키우고 매체를 통한 문학 재생산 과정의 중심에 놓이게 되었다는 사실을 주목했다.[4] 장정희는 "방정환의 소설문학 연구는 '소설' 장르가 '소년소설' 양식으로 이행해 나가는 과정을 살피는 일에 주력해야"한다는 점을 부각하면서 이러한 연구는 "방정환의 문학에서 소설과 소년소설 양식의 관계 양상"을 살피고 "성인문학과 아동문학의 차이를 확인"[5]하는 일이라고 밝혔다.

이 글에서는 기존의 방정환 소설 연구의 성과를 잇는 한편, 연구자의 특정 시각과 연구 주제에 맞춰 대상 소설을 제한적으로 다룬 문제점을

---

2 박현수는 이 시기 방정환의 현상문예 투고 현황에 대해 상세하게 다루어 이후 방정환 소설 연구의 기반을 마련했다. 박현수, 「문학에 대한 열망과 소년운동에의 관심—방정환의 초기 활동 연구」, 『민족문학사연구』 28호, 민족문학사연구소, 2005.

3 김복순, 『1910년대 한국문학과 근대성』, 소명출판, 1999, 247~248쪽.

4 박현수, 앞의 논문.

5 장정희, 「방정환 문학 연구—'소년소설'의 장르의식과 서사전략을 중심으로」, 고려대 박사논문, 2013, 2쪽.

보완하고 근대소설 형성기의 관점에서, 그리고 방정환의 사상과 문학의 전체 지형 속에서 그의 초기 소설을 고찰하고자 한다. 기존 연구는 1910 년대 소설사의 관점이나 1910년대 후반 『청춘』『유심』의 독자문예(현상문 예), 그리고 방정환의 '소설'와 '소년소설'의 상관성을 중심으로 다루었 기에 1920년대 초 다양한 지면에 발표된 '연애소설'의 계보에 속한 작 품을 거의 다루지 않았다. 근대 단편소설 형성기에 방정환이 창작한 '연 애소설'은 중요한 의미를 지니는 바, 최근의 발굴작을 연구 대상에 포괄 하여 방정환 소설의 전반적 특징을 살피고 1910년대 후반~1920년대 초 반 근대 단편소설 형성기에 방정환 소설이 지닌 문학사적 의미를 규명할 것이다. 또한 방정환 아동문학의 주요한 경향으로 논의되는 특징들이 창 작 소설의 변모에서도 드러난다는 점을 아울러 살피고자 한다.

2. 고학생소설: 식민지 근대, '입지'를 향한 꿈과 좌절

방정환의 소설은 '고학생소설'과 '연애소설'의 두 계보로 나뉜다. 그 는 가난한 고학생의 곤핍한 삶과 꿈을 다룬 '고학생소설'과 신구 세대의 결혼과 연애 문제를 다룬 '연애소설'로 대별되는 두 경향의 작품을 창작 하였다. 두 계보의 소설은 봉건 질서를 거부하고 근대를 지향한다는 점 에서는 동일하나 근대에 대한 인식에서 미묘한 차이를 내장하고 있다.

〔표 1〕 방정환의 '고학생소설'

필명	제목	발표지	발표 연도	주인공/조력자[6]	비고
ㅅㅎ생	牛乳配達夫	청춘 13호	1918.4	오기영(吳基泳)/ 교장	〈독자문예〉/ 상금 일 원 당선작
ㅈㅎ생	苦學生	유심 3호	1918.12	창호(昌浩)/일본 인 목장주인	〈학생소설〉/현상문 예 일 원 당선작

小波生	金時計	신청년 1호	1919.1	최흥수(崔興洙)/ 목장주인	〈단편소설〉/ ʻ一九 一八, 一0ʼ 「금시 계」(『어린이』 1929. 1~2)로 개작 수록
잔물	卒業의 日	신청년 2호	1919.12	최영호(崔永浩)/(교장과 교사들)	〈학생소설〉/ ʻ一九 一八, 一一, 一三 夜 脫稿ʼ「졸업의 날」 (『어린이』1924.4)로 개작 수록

  방정환은 1910년대 후반 「牛乳配達夫」「苦學生」「卒業의 日」「金時計」 등 일련의 ʻ고학생소설ʼ을 발표했다. 첫 작품인 「牛乳配達夫」(ㅅㅎ생, 『청춘』 13호, 1918.4)는 『청춘』 13호 독자문예에서 일등 당선된 단편으로, 당시 방정환의 삶의 자세가 엿보이는 자전적 성격이 짙은 소설이다.

  주인공 오기영은 목장에서 소를 돌보고 우유를 배달하면서 고학하는 인물로, 눈 오는 새벽 우유배달을 하는데 "눈까지 나를괴롭게 하는가 ʻ아아 世上도無情도하다ʼ 하면서 한숨을 길게 수이더니 다시 힘잇는語調로 ʻ눈이여 쏘다져라 만이만이 쏘다져서 나의 **忍耐心**과 **奮鬪心**을 더욱 두텁게하여라 쏘다져라 만이限업시 쏘다져서 世上의**無用者**를업시하고 奸惡한人物을 업시하야 이 社會를 한결갓치 明白케하야라 그리고 永久히 銀世界 光明世界를 일우게하여라 아아 쏘다지는 눈이여 너도 쏘한 나의몸을 **鍛鍊**함에 無二한 良友오 唯一한 **針砭**이로다 어서오너라 나의 벗이여 어서쏘다져라 나의 **針砭**이야!!"(103쪽, 이하 강조는 인용자)하고 마음속으로 부르짖는다. "해여진**防寒帽**"에 "다씨여진 검은**洋服**" 차림의 가난한 그는 우유 배달을 마치고 목장으로 돌아가는 길에 교장을 만난다.

---

6 [표 1]에서 ʻ주인공/조력자(또는 후원자)ʼ를 밝힌 것은 방정환의 두 계보의 소설 가운데 ʻ고학 생소설ʼ에는 ʻ조력자(또는 후원자)ʼ가 일관되게 등장하기 때문이다. 또한 방정환이 작중 인물의 이름을 유사한 패턴으로 짓는 것을 확인하기 위해서 주인공의 이름에 한자를 병기해 표기하였 다. ʻ고학생소설ʼ에 등장하는 주인공의 이름에는 ʻ영(永/泳)ʼ자와 ʻ호(浩)ʼ자가 자주 등장한다. ʻ연애소설ʼ에서의 작명은 각주 18번을 참조할 것.

평소 오기영을 "學力이 優秀하고 品行이 方正한 模範的 學生"(104쪽)으로만 생각했던 교장은, 그의 딱한 사정을 알고는 자기 집에 와 있으라고 권유한다. 그러나 기영은 "남의힘은빌지안켓다는 決心"이 있다며 교장의 후의를 정중히 사양한다. 학교 측으로부터 월사금을 면제 받고 여러 특전을 받게 된 그는 하굣길 학우들에게 심하게 멸시를 받는다. 기영은 나폴레옹의 '勝利는 能히 참는者에게 歸한다'는 말을 되새기며 "苦勞는 나의 藥이다 '初分의苦勞는 無限한 幸福의 母'"라는 금언을 떠올리며 "**成功** 두 글자가 번득어리는날 **苦勞**가**幸福**으로變하는날"을 기약하며 눈물을 삼키면서 버틴다.

「牛乳配達夫」에는 고학생의 고통스런 일상과 성공을 위한 집념, 내면 심리 등이 사실적으로 묘사되었다. 특히 작품의 후반부로 갈수록 '아아'라는 탄식과 '눈물'('더운눈물' '痛憤한 熱淚')이라는 어휘, 현실의 어려움을 정신력으로 견뎌내려는 '인내심' '분투력' '결심' '단련' '영웅'이라는 어휘가 자주 등장한다. 사실적 묘사와 감상적 어휘의 점층적 사용으로 독자는 고달픈 현실에서 분투하는 주인공의 감정에 동일화된다. 같은 시기 『청춘』 독자문예의 상금 50전에 뽑힌 수필 「自然의 教訓」(ㅅㅎ생, 『청춘』 13호, 1918.4)에서 방정환은 "**大自然**의 森羅한 萬象이 日常의 **教師**안인 것이업고 **良友**안인것이업"(101쪽)다며 "**奮鬪**하야 **立身**하마"고 부르짖는다. 이처럼 수필에서 제시된 생각이 「牛乳配達夫」에도 반영되어 있는데, "**차디찬모진바람**이 싸인눈의낫츨스치며 門압흘지나 定處업시몰녀간다. 白楊樹가지에 싸인 눈이 바람을 못닉여서 힘업시 쩌러진다"(106쪽)로 마무리 되는 「牛乳配達夫」의 마지막 장면은 고학생의 앞날이 결코 순탄치만은 않다는 것을, 낙관과 의지를 강렬하게 피력했던 수필과 달리 현실을 냉정히 직시하는 작가의 시선을 드러낸다.

『청춘』의 독자문예에 「牛乳配達夫」가 당선된 뒤 방정환은 한용운이 낸 불교잡지 『유심(唯心)』에 「苦學生」(ㅅㅎ생, 『유심』 3호, 1918.12)을 투고하여

상금 1원의 당선작으로 뽑힌다.[7] 발표 시기는 「牛乳配達夫」보다 늦지만, 주인공 창호(昌浩)가 목장에 들어가기까지의 사연을 다루어 내용상으로는 「牛乳配達夫」의 전편에 해당된다.[8] 가난한 시골 소년 창호는 서울 외삼촌 집에 더부살이하면서 고등보통학교에 다니는데 본래 넉넉지 못한 외삼촌댁이 북간도로 이주하게 되자 일본인이 경영하는 목장에 배달부로 들어간다. 창호는 그곳에서 일을 하며 공부를 계속하려 하지만 고생은 더욱 심해질 뿐이다. 가난과 힘겨운 노동으로 마음이 약해지려 할 때 고향에서 어머니가 보낸 편지를 받고 창호는 "一時의 苦痛을 춤지못ㅎ야 決心을… 決心을 썩그려ㅎ얏슴니다 容恕ㅎ십시오 決斷코 期於코 **成功**ㅎ겟슴니다"(60쪽)라며 힘써 공부하리라 결심한다.

이 작품도 「牛乳配達夫」에서처럼 고난과 역경을 이겨내려는 주인공의 강한 의지를 담고 있다. '눈물('눈에 맺힌 이슬')'이라는 어휘를 10번, '성공'이라는 어휘를 4번이나 사용해 「牛乳配達夫」에서보다 더 직접적으로 고난뿐 아니라 역경을 이겨내려는 주인공의 의지를 강조하고 있다. 그리고 "아아 이이슬(露)!! 이눈물!! 決心의 이슬이냐, 自歎의눈물이냐…… 房中은 고요ㅎ디 두서너닙落葉이들窓을 슬츠면셔 힘업시 써러진다"(61쪽)로 마무리해 슬픈 감정이 고조된 상태에서 힘없이 떨어지는 낙엽의 쓸쓸함을 배가하여 여운을 남긴다. '성공'하리라는 결심이 무색해지는 마무리로 「牛乳配達夫」의 마지막 장면과 유사하게 처리되었다.

---

7 「苦學生」은 발표 지면이었던 『유심』 창간호에 실린 한용운의 논설적 글인 「苦學生」(『유심』 1호, 1918.9)의 영향을 받은 흔적이 강하다. ("一時의 窮困은 非常ㅎ 大人格을 陶鑄하는 天然의 師友오 實習의 教育이니라…(중략)… 困窮은 能히 人生生活의 實趣味를 맛보며 困窮은 能히 懶惰를 驅逐ㅎ고 勤勉을 增長ㅎ야 前途 幸福의 荒野를開拓ㅎ는 奮鬪力을 得ㅎ며 窮困은 能히 民生의 難險을 憐悶ㅎ는 慈善心을 養成ㅎ느니 一時의困窮을 엇지 人生의 不幸이라 謂ㅎ리오"(한용운, 「苦學生」, 『유심』 1호, 1918.9, 10쪽.))

8 일찍이 김복순은 1910년대 신지식층의 소설을 주목하면서 방정환의 이 시기 소설을 논의했다. 그는 발표 순서상 「우유배달부」가 앞서지만 내용은 「고학생」이 「우유배달부」의 전편에 해당한다고 하면서 두 작품을 '자매편'으로 보았다. 김복순, 『1910년대 한국문학과 근대성』, 소명출판, 1999, 246~247쪽.

「卒業의 日」(잔물, 『신청년』 2호, 1919.12)[9]은 고학생이 고생 끝에 학교를 무사히 마치고 영광스런 졸업을 맞는 이야기로, 「牛乳配達夫」와 「苦學生」의 후속편에 해당한다. 아버지를 일찍 여읜 주인공 영호(永浩)는 가난한 살림 때문에 누이는 일찍 시집을 가고 어머니와 단 둘이 어려운 살림을 해가는 고학생이었다. 졸업을 앞 둔 두어 달 전 어머니마저 세상을 떠나 영호는 빚을 갚기 위해 집을 처분하고 학교 기숙사에서 머문다. 우등 졸업의 영예를 안고 졸업생 대표로 답사를 하는 영호는 모두의 부러움을 사지만 졸업식이 끝나자 어머니 무덤을 찾아가 그동안 애써 참았던 울음을 터뜨린다.[10]

이때의 슬픔은 돌아가신 어머니에 대한 그리움과 불우한 시절에 대한 한(恨)뿐 아니라 고생 끝에 맞은 영광스런 졸업의 기쁨을 함께 나눌 가족

---

9 방정환은 이 작품의 줄거리를 그대로 유지한 채 본문에 한자어가 노출되어 있는 부분들을 한글로 고치고, '一ㅆ다'체에서 '一았/었습니다'체로 종결어미만을 고쳐 『어린이』(잔물, 1924. 4)에 「졸업의 날」로 제목을 바꿔 '소년소설'이라는 장르명을 달고 재발표하였다. (염희경, 「소파 방정환 연구」, 인하대 박사논문, 2007, 216쪽.)
장정희는 소설 「卒業의 日」에서 소년소설 「졸업의 날」로의 이행 과정에서의 변화를 '① '소년' 독자와 어휘의 변화 ② '주정'의 서사 전략과 눈물주의'라는 항으로 나누어 구체적으로 검토하였다. (장정희, 앞의 논문, 139~147쪽.)
필자는 「卒業의 日/졸업의 날」(『신청년』판 → 『어린이』판)의 변화가 소년소설의 독자에 대한 방정환의 구체적 인식에서 비롯된 변화라는 장정희의 논의에는 수긍하지만 「卒業의 日/졸업의 날」의 경우 '소설' 「金時計」에서 '소년사진소설' 「금시계」로 개작한 과정에서 일어난 서사 구조의 변화와 같은 본질적 변화가 없다는 점을 주목할 필요가 있다고 생각한다. 「卒業의 日」은 발표 당시의 장르 표제가 '학생소설'이었고, 「금시계」는 발표 당시의 장르 표제가 '단편소설'이었다. 방정환이 『어린이』에 발표한 「만년샤쓰」(夢見草, 『어린이』, 1927.3)의 경우 발표 당시 장르 표제가 '학생소설'이었다. 이것은 「卒業의 日」에서 「졸업의 날」로의 변화 과정을 장르상의 본질적 차이에 따른 개작으로 평가하기는 곤란하다는 것을 의미한다. '학생소설'(소설)과 '소년소설'은 장르상 '동화'와 '소년소설'(소설) 만큼의 본질적인 차이가 내재한다고 보기 어렵기 때문이다. 따라서 장정희가 방정환의 소설 연구를 통해 '성인문학'과 '아동문학'의 본질적 차이를 규명할수 있다며 그 예로 「卒業의 日」과 「졸업의 날」의 개작 과정을 구체적으로 분석한 부분은 재고가 필요하다. 이 당시(1910년대 후반~1920년대 초) '학생'과 '소년'이 '성인'과 '아동(어린이)'만큼 변별적인 독자적 존재가 아니었다는 점, 그리고 두 작품의 문체상의 변화는 '소년' 독자를 고려해 어휘를 변화시킨 것은 맞지만, 1910년대와 1920년대라는 시기의 차이와 잡지 『신청년』과 『어린이』가 지향한 문체가 달라졌다는 점을 고려해야 한다. 방정환의 소설 연구를 통해 '성인문학'과 '아동문학'의 본질적 차이를 규명하기 위해서는 방정환 소설의 또 다른 계보인 '연애소설'이 '소년소설화'되지 않은 점을 중심으로 논의하는 것이 타당할 것이다.

도, 당장 거처할 집도 없는 암담한 현실에서 오는 절망이자 슬픔이기도 하다. 이런 점에서 「卒業의 日」은 당대의 고학생들이 가난과 시련 속에서 성공과 입지를 꿈꾸며 앞날을 개척해가려는 열망이 강렬했지만 더 큰 시련에 부딪히게 되는 비극적인 닫힌 현실을 암시적으로 보여주었다고 할 수 있다.

일련의 세 작품 「牛乳配達夫」 「苦學生」 「卒業의 日」이 가난과 고난 속에서도 '입지' 또는 '성공'을 꿈꾸며 분투하는 청년상을 제시한 고학생소설이라면, 『신청년』에 발표된 「金時計」는 고학생소설의 계보에 속하는 작품 가운데 주인공의 '입지'의 꿈이 부당한 현실에 의해 철저히 패배하고 마는 절망적 상황을 담고 있다. 「金時計」(小波生, 『신청년』 1호, 1919.1; 1918.10 탈고)의 주인공 흥수(興洙)는 시골에서 상경하여 우유 배달을 하며 고학하는 인물로, 주인집 금반지와 금시계를 도둑질한 목장 급사인 흥봉(興鳳)이 때문에 도둑 누명을 쓰고 주인집에서 쫓겨난다. 이전의 고학생소설에서 주인공이 불굴의 투지로 현실의 곤궁함을 극복해내는 과정을 부각했다면 「金時計」는 주인공이 억울한 누명을 쓴 채 쫓겨나는 불행한 결말을 통해 현실의 불합리함과 모순, 그에 따른 비극성이 한층 강화된다. 「金時計」는 주인공의 이상이 철저하게 깨어지는 현실의 냉엄한 질서

---

10 이 작품에는 1917년 5월 6일 가난과 질병으로 고생하던 어머니가 돌아가셨던 때의 슬픔이 배어 있다. 『어린이』 2권 6호(1924.6)의 「독자담화실」에는 독자들이 그 전 호에 실린 「졸업의 날」을 읽고 보낸 엽서가 많이 소개되어 있다. 한 독자가 불쌍한 영호가 지금도 살아있는지, 그 이야기가 사실소설(실화)인지를 묻자, 방정환은 "그것이 꼭 그대로 사실이라고는 할수 업스나 이 세상에는 그와가티 불상한일이 퍽만히잇다고 생각합니다. 우선 우리어머니도 그럿케 도라가섯습니다. 나도 지금도 그것을 넑으면서작고 웁니다."(「독자담화실」, 『어린이』 1924.6, 42쪽)라고 밝혔다. 「졸업의 날」은 방정환이 실제로 겪은 이야기를 소설화 한 것은 아니지만 이 작품에는 일찍 돌아가신 어머니에 대한 그리움이 짙게 배어있고 주인공 영호처럼 고난의 시기를 겪었던 과거의 자신과 동시대의 소년들에 대한 연민의 감정이 담겨 있다. 고난 끝에 우등 졸업을 하는 주인공의 모습은 고난 끝에 천도교 교주의 사위가 되어 인생의 전환을 맞이했던 방정환의 모습으로 치환된다. 작품 말미에 밝혀둔 탈고 시기가 1918년 11월이니 이때는 방정환이 보성전문에 다닐 때이다. 이러한 때에 방정환은 어려움 끝에 학업을 마치고 우등으로 졸업하는 고학생을 주인공으로 한 이야기를 꾸몄다.

를 여지없이 보여준다. 그런 점에서 이전의 고학생소설보다 부조리한 현실에 대한 작가의 비판 의식이 한층 진전된 작품이다. 이러한 비극적 전망은 『신청년』에 실린 「卒業의 日」의 결말[11]에서 예견된 것이기도 하다.

방정환은 일련의 고학생소설에서 고학생의 곤핍한 꿈을 대리하는 인물을 형상화했지만 이들의 꿈이 현실에서 행복하게 실현되리라는 낙관적 전망을 제시하지 않았다. 일제 강점기에 유학을 다녀온 고등 교육의 수혜자인 지식 청년들이 현실 사회의 말단에서 일제 식민 통치 체제에 기생하는 인물로 살아가야 하는 비애를 그려내고 있는 현상윤의 「핍박」(『청춘』 8호, 1917.6)이나 현실의 부적응으로 룸펜 지식인으로 살아가거나 운동적 전망을 잃고 살아갈 수밖에 없었던 것은 그들이 기반한 현실의 취약한 물적 토대로부터 기인한다. 방정환의 '고학생소설'에서 고학생의 고난과 시련, 그러한 상황에서도 입지를 꿈꾸는 인물들이 기존 사회 체제로 편입되면서 입신출세를 지향한 인물로 형상화되었다는 평가[12]는 일면적임을 알 수 있다.[13] 특히 「牛乳配達夫」의 오기영이 교장의 후의 앞에서 "남의집에서먹는 珍羞盛饌이 제가벌어먹는 찬밥에식은된장찌개 한그릇만못하닛가요"(104쪽)라고 단오하게 답하는 장면은 비록 과정이 고통스럽더라도 자신의 노동으로 떳떳한 결과를 얻고자 하며 성공과 입신출세만을 위해 불의에 타협하고 기생하는 부정적인 삶을 거부

---

11 "아아 可憐한 苦學生崔英浩는 將次 어디로가랴느고⋯⋯?/적으나마 집이라고잇든것은母親이도라가신後곳 債務에쌔앗기고 입석썻 學校內寄宿舍한구석에 붓처잇든몸이 이제卒業證書를 찌고 校門을나스니 그는只今어디를 向하는지 숨흠의눈물은 십쏫듯흐느는디 힘업시거러가는그는 어느덧南大門停車場압을지나 南廟압흐로지나 梨泰園共同墓地에니르럿다 坪數도 넓지못한 조고마한墓압헤 그는卒業證書와 賞狀賞品을 놋코 再拜하더니 몃칠참엇든 숨흠이 일시에 복밧쳐 痛哭한다 아 말업난무덤! 애긋는울음!/바람은 덧업시 불어 나무 닷을 흔들며 도라가는기러기 소래춧차업도다." 잔물, 「卒業의 日」, 『신청년』 2호, 1919.12, 7쪽.

12 이재복, 『우리 동화 이야기』, 우리교육, 2004, 85~118쪽.

13 원종찬은 "'역경을 딛고 일어서는 입지전적 삶'은 근대의 명암을 잘 헤아려 평가해야 하는 식민지 조선의 특수성과도 맞물린 현상"이라는 점을 주목하면서 방정환 소설(소년소설)의 '입지전적 인물'이 식민지 '제도와의 화해'로 귀착된다고 비판한 이재복의 논의를 비판한 바 있다. 원종찬, 「한일 아동문학의 기원과 성격 비교」, 『아동문학과 비평정신』, 창비, 2001, 70쪽.

하리라는 믿음을 준다.

이상의 '고학생소설'을 살펴보면 흥미로운 사실을 발견할 수 있다. 『청춘』과 『유심』의 독자문예 당선작인 「牛乳配達夫」나 「苦學生」의 경우, 주인공이 고난을 겪더라도 끝내 성공하리라는 '입지'의 뜻이 부각되고 주인공의 인내와 분투심이 한층 강조된다. 한편 『신청년』에 발표된 「卒業의 日」과 「金時計」는 주인공의 고난과 비애, 현실에서의 좌절이 두드러지고 결말도 비극으로 마무리 된다. 같은 '고학생소설'의 계보에 속하는 작품이지만 그 저변에 깔린 세계에 대한 인식에는 적지 않은 차이가 내재되어 있음을 감지할 수 있다. 그러나 이러한 인식상의 차이를 작품 창작 시기에 따른 작가 의식의 변모로 설명하기는 어렵다. 「卒業의 日」과 「金時計」의 경우 발표 시기는 늦지만 작품 말미에 밝힌 창작 시기는 두 편 모두 1918년 10월과 11월로, 「牛乳配達夫」, 「苦學生」과 거의 비슷하기 때문이다. 그렇다면 그 차이는 어디에서 비롯된 것일까.

방정환이 1910년대 후반~ 1920년대 초에 소설가 지망생으로 작품의 발표 매체를 염두에 두고 창작에 임했다는 사실을 눈여겨 볼 필요가 있다.[14] 『청춘』과 『유심』에 투고하여 선정된 작품의 경우 방정환이 선자(選者)들의 경향이나 잡지의 지향을 정확히 읽고 그러한 경향에 어느 정도 부합되는 주인공과 주제, 결말 구도를 상정하고 창작에 임했던 것으로 추정된다. 현상문예의 선자와 매체의 편집자의 경향, 기존 수록작의 주제나 문체, 양식 등은 습작기 문학청년들에게 일종의 모델 역할을 하기 마련이다.

한편, 『신청년』은 방정환의 자의식이나 세계 인식을 한층 솔직하게 드러낼 수 있는 매체였다. 『신청년』은 방정환이 주축이었던 '경성청년구락부'가 주도한 기관지 성격을 띤 잡지인데다 당대 청년들의 의식과 사

---

14 박현수, 앞의 논문.

상의 상호 교류의 장이자 '문청'들의 문예동인지 성격을 띤 매체였기 때문이다.[15] 따라서 『청춘』 『유심』과 견줄 때 방정환의 의식이 매체를 주도하는 선자나 편집자의 검열로부터 상대적으로 자유로웠을 것이다. 『신청년』의 두 작품에 드러나는 고학생의 불투명한 앞날에 대한 불안과 비극적 결말의 형상화는 동시대에 대한 방정환의 솔직한 자기표현이었고 1910년대 계몽의 끝자락에서 1920년대 초를 경유하는 시기에 청년 세대가 공감했던 감성의 표출이었다고 볼 수 있다. 『신청년』에 수록된 두 편의 소설은 방정환이 1910년대 『청춘』과 『유심』의 강력한 지반인 계몽주의로부터 서서히 탈각하여 1920년대의 낭만주의 또는 비관적 감상주의와 조우하는 과정에서의 산물이라 할 수 있다. 방정환이 1922년 말, 김기진과 함께 『백조』의 후기 동인에 가입했다는 이력[16]도 이 시기 방정환의 문학적 경향성을 엿볼 수 있는 대목이다.

1920년대는 교육(계몽)을 통한 가난으로부터의 탈피, 이를 바탕으로 세계 속에서 자아를 실현하고 부와 명예를 얻을 수 있으리라는 신분 상승과 입신출세의 낙관적 전망이 철저히 깨어지는 시기이다. 이 시기에 이르면 방정환의 '고학생소설'은 더 이상의 진전을 보이지 않는다. 이 지점에서 발아한 것이 방정환의 '연애소설'이다.

3. 연애소설: 연애, '봉건'과의 결별과 '정치'와의 접속

'고학생소설' 계열의 주인공은 대체로 고등보통학교를 다니거나 졸업

---

15 『신청년』에 대해서는 한기형, 「근대잡지 『신청년』과 경성청년구락부—『신청년』 연구 (1)」, 『서지학보』 26호, 한국서지학회, 2002.12 참조할 것.
16 「六號雜記」, 『백조』 3호, 1923.9; 홍사용, 「백조 시대에 남긴 여화」, 『한국 문단 측면사』, 깊은샘, 1983; 홍정선 편, 『김팔봉 문학 전집 II —회고와 기록』, 문학과지성사, 1988, 344쪽 참조.

한 학생이다. 그들은 '청춘남녀'로 호명되기 이전의 존재, 즉 성(性)적 주체성과 거리 두기를 강요받는 '학생'이라는 신분에 강력하게 규정되는 시기의 인물이다. 학생 신분의 인물들이 '청년' '여성'으로 호명되는 청년기에 들어서면서 연애와 사업의 기로에 놓이게 된다. 이때의 '연애'는 1920년대를 들뜨게 했던 낯설고 자극적인 유행이자 신청년, 신여성들이 봉건과 대결하며 근대 사회를 새롭게 모색하고자 했던 개조주의 시대의 키워드이기도 했다.[17]

방정환이 고학생 주인공의 고난과 분투를 선보인 지면이 잡지 『청춘』과 『유심』이었다면, 청춘 남녀의 연애와 사랑을 주제로 한 작품을 선보인 지면은 『신청년』, 『신여자』, 『개벽』 등이다. 이 세 잡지는 1920년대 '신세대'의 사상 지형을 주도했던 매체들이다. 이들 잡지의 발행은 『청춘』 『유심』과 견줄 때, 시기적으로는 2, 3년의 차이에 불과하지만 지면을 구축하고 있는 편집자와 선자, 독자와 창작 주체의 의식에서는 적지 않은 차이가 존재한다. 『신청년』과 『신여자』, 『개벽』은 1910년대 계몽주의의 강력한 자장 아래에 있던 『청춘』 『유심』과는 다른 사회 문화적 배경에서 탄생한 1920년대 초의 대표적 잡지다. 다소 도식적일 수 있지만 방정환 소설에서 그 기점은 1919년 3·1운동이고, 1920년대를 특징짓는 문화운동과 개조주의의 열풍, 문학 예술에 불어 닥친 낭만주의 사조 등은 1910년대의 잡지를 뒷받침했던 정신적 토대와는 사뭇 다르다.

방정환이 '고학생소설' 창작 이후 집중적으로 창작한 작품은 '연애소설'이다. 그가 이 시기에 발표한 '연애소설'은 다음과 같다.

---

17 권보드래, 『연애의 시대』, 현실문화연구, 2003.

〔표 2〕 방정환의 '연애소설'

필명	제목	발표지	발표 연도	남녀 주인공[18]	비고
SP生	사랑의 무덤	신청년 2호	1919.12.8	韓雪子, **素波 金泳煥**	〈연애소설〉
勿忘草	處女의 가는 길	신여자 1호	1920.3.10	春愛, 基洙	
月桂	犧牲된 處女	신여자 1호	1920.3.10	이름 밝히지 않음	〈혼인애화〉 '신구충돌의 대비극'
小波	愛의 復活	천도교회월보 117호	1920.5	貞華, **泳煥**	〈소설〉/'六一年 四月一日夜'
牧星	流帆	개벽 1호	1920.6	重植, 惠淑, 東昊	'61.6.18 夜'
覆面冠	두소박덕이	동아일보	1920.9.17~ 9.23	貞姬, 玉姬, **仁煥**, 柳明宰	
牧星	그날밤	개벽 6호~8호	1920.12~ 1921.2	崔英植, 許貞淑 (CS)	

방정환이 처음 선보인 '연애소설'은 「사랑의 무덤」(SP生, 『신청년』, 2호, 1919.12.8)이다. 작품의 첫 시작부터 예사롭지 않다. 바이런 시집을 손에 들고 저녁에 공원으로 산책 가는 영환(泳煥)은 자동차에 탄 남녀를 보고 당시의 불량청년과 매춘부를 연상한다. 그는 산책길에 "富豪의 子弟를 誘引하기와 養家의 處女를 籠絡하기를 일삼"(20쪽)는 박문양(朴文洋)을 만나는데, 그로부터 영환의 이웃에 한설자(韓雪子)라는 절세미인인 고등여학생이 살고 있다는 사실을 전해 듣는다. 박문양은 그녀에게 두 번이나

---

18 '연애소설'이라는 장르에 맞게 '고학생소설'에서 볼 수 없었던 여자 주인공들이 새롭게 등장한다. 『신청년』『신여자』의 경우에는 여자 주인공이 중심인물이고, 『개벽』에는 남자 중인공이 중심인물이다. 남자 주인공의 이름에 **영환(泳煥)**'과 '**환(煥)**'자, '**식(植)**'자가 자주 쓰이며, 남자 주인공에 '문학청년'의 형상이 부각된 것이 특징적이다. 여자 주인공의 이름에는 '**정(貞)**' 자와 '**희(姬)**'자, '**숙(淑)**'자를 많이 사용했다. 당시의 여자 이름에 이 한자어가 자주 쓰였기 때문이기도 하지만 구시대뿐 아니라 당대 사회에서도 주요한 가치였던 정조 · 정숙미의 강조, 자유연애와 사랑이라는 주제를 고려해 여자 주인공의 이름에 '정(貞)'자, '숙(淑)'자를 의도적으로 부각했다고 보인다.

편지를 했는데 감감무소식이라며 곧 자기 수중에 들어올 거라고 떠벌린다. 영환은 타락한 청년의 독수가 뻗힌 "可憐한 處女"를 구하기 위해 망설임 끝에 그녀에게 편지를 보내고, 이 편지를 계기로 영환은 설자에게 고맙다는 답장을 받게 되고, 강연회에 갔다 돌아오는 길에 두 사람은 처음 대면하게 된다. 그런데 설자는 같은 동네에 사는 영환의 존재를 이미 알고 있었고, 문예잡지에 실리는 영환의 시, 산문, 소설을 읽고 공감하면서 그를 경모하던 터였다. 그들은 1년간 교제하는데, 사랑을 얘기한 적도, 손 한번 잡아본 적 없이 문예에 관한 담화를 나누는 사이이다.

설자의 "敬慕하는 마음은 변하는 줄 모르게 戀愛의 정으로 변하야 적은 가삼은 쓰거운 정서에 슬어"(22쪽)오르게 된다. 그러던 중 완고한 아버지와 계모와 살던 설자는 졸업을 하게 되고 집안 어른들이 자기 의사와 무관하게 혼인을 정한다. 그러자 설자는 상해의 여학교에 봉직하고 있는 종형에게로 도망가려 하는데 상황은 여의치 않고 혼인 날짜만 다가온다. 조선 혼인문제에 관한 논문을 읽을 때마다 공조하던 설자는 온갖 번민에 사로잡혀 있다가 혼인 전 날 영환에게 "神聖한 處女의 眞心의 피로 쓴" 혈서를 보낸다. 내용인즉 "아직 더럽히지 아니한 處女의 피를 귀하에게 밧치고 저는 갑니다. 그러흐오나 쓰거운 마음만은 아참저녁에 늘 貴下를 뫼시고 잇날줄로 生覺흐야 쥬시옵소서"(23쪽)라는 다짐이 담긴 편지였다. 이런 편지를 받고도 영환은 설자의 행복을 빌 뿐 별다른 행동을 취할 수 없는 처지이다. 1개월 뒤 영환은 잡지사에 보낼 시를 쓰던 중 출가한 설자에게서 온 유서를 받게 된다. 설자는 사모하는 이를 두고 세상과 사람을 속이고 사는 가련한 처지를 한탄하여 자살을 택한 것이다. 영환이 설자의 무덤 앞 나무비석에 몇 줄 슬픈 마음을 적어 보내는 것으로 소설은 마무리된다.

「사랑의 무덤」은 봉건적 결혼 제도로 말미암아 결국 자살을 택하고 마는 여주인공의 비극적 삶을 다루었다. 이 소설은 당대 사회의 주요 이슈

였던 결혼 제도를 둘러싼 봉건 구습과 청춘 남녀의 '연애'와 '자유결혼'의 문제를 다루고 있다. 특히 이 작품은 당대의 풍속을 엿볼 수 있는 자료로도 특별한 의미를 지닌다. 『신청년』 3호(1920.8)의 〈편집실에서〉를 보면, 「사랑의 무덤」은 독자들로부터 대호평을 받았다. 독자들은 소설을 읽고 많은 글을 보냈는데, 필명 SP의 원 작가명과 주소를 알려달라는 엽서가 쇄도했다. 이것은 「사랑의 무덤」이 '결혼'과 '연애', 그리고 새로운 시대의 지식 청년으로 떠오른 '문학청년'의 형상 등에서 독자의 호기심을 자극했고 독자들이 공명하는 바도 컸다는 것을 잘 보여준다. 게다가 여주인공 설자의 형상은 흥미롭다. 설자는 신청년들과의 자유연애를 꿈꾸던 당대 여성들의 연애의 첫 시작이 지면에 실린 '문청'들의 글에 대한 공감과 동경("경모하는 마음"), 그것이 만들어낸 허구적 감정("연애의 정" "뜨거운 정서")이 강하게 작용했던 점을 잘 보여준다. 주인공이 방정환의 분신 같은 문학청년으로, 소파 방정환(小波 方定煥)을 연상케 하는 '소파(素波) 김영환(金泳煥)'이라는 점도 흥미롭다. 동시대 청춘남녀의 고민과 대중의 감각, 당대 풍속과 시대적 화두에 민감했던 방정환의 창작 전략이 효과적으로 발휘된 작품이다.

이 소설의 남녀는 부모가 강제로 맺어준 사람과 결혼하는 것을 순결을 잃는 죄악이라 생각한다. 현재의 관점에서 볼 때 두 사람의 관계와 감정은 우정이나 신의(信義)와 다를 바 없지만, 그들은 자신의 감정을 '연애'라 의심치 않는다. 주인공 영환이 설자의 강제 결혼에 대해 "자기의 것을 무리로 쌔앗기는 것 갓흣다"(22쪽)고 느끼는 대목도 따지고 보면 그 근거가 취약하다. 이때의 연애는 구체적으로 실감할 수 있는 남녀 관계에 바탕을 둔 정신적, 육체적 관계의 총체로서의 연애라기보다는 근대가 만들어낸 허구적 관념으로서의 연애 감정이다. 방정환이 주인공의 내면 심리를 통해 당대의 '연애'가 지닌 관념성을 간파하고 이를 비판적으로 형상화했다고 보기는 어렵다. 방정환도 이 시대의 자장 속에서 '연애'라는 기호가 불러일으키는 허구적 관념과 가상의 감정들, 특히 낭만적 연애열과 감상성에 강하게 영향을 받던 시기였기 때문이다.

방정환은 「사랑의 무덤」에 이어 필명 물망초(勿忘草)로 두 번째 '연애소설'「處女의 가는 길」(勿忘草, 『신여자』 창간호, 1920.3)을 발표하였다.[19] 이 소설에서도 사랑하는 사람이 있지만 부모에 의해 일방적으로 혼인이 정해진 여주인공이 등장한다. 흥미롭게도 여주인공은 자신을 「사랑의 무덤」의 설자와 다르지 않은 '제 2의 설자'로 자처한다. 이 소설은 작품 안에 당대의 독자들에게 센세이션을 불러일으켰던 연애소설 「사랑의 무덤」을 끌어와 "현실을 살기 전에 책을 살아버린 사람들"[20]의 모습을 단적으로 보여준다. 방정환은 자신이 전에 발표해 센세이션을 일으켰던 '연애소설'「사랑의 무덤」을 이 소설에 끌어와 강한 상호텍스트성을 시도했다. 두 작품의 발표 지면은 당대의 신청년, 신여성을 주독자로 삼은 일종의 '자매' 잡지인 『신청년』과 『신여자』이다. 두 소설의 상호텍스트성은 잡지의 주 독자층의 반응을 예견하고 감정의 동일화를 적극적으로 꾀하며 주제를 심화하려 한 작가의 소설 기획이라 평가할 수 있다.

한편 「處女의 가는 길」은 「사랑의 무덤」과는 달리 여주인공이 혼인 전날 야반도주하는 것으로 마무리된다. 주인공 처녀의 앞날은 여전히 불투명하지만 자신과 닮은꼴로 여겼던 이전 소설의 주인공이 택한 '무덤' 즉 자살과는 다른 '길'을 결연히 선택한다. 방정환이 「處女의 가는 길」에서 제시한 여주인공의 야반도주는 새 삶을 위한 결단이다. 물론 그 앞에 놓인 미래는 여전히 불안하고 불투명하다. 여주인공과 함께 새로운

---

19 목차와 작품 원문에는 「處女의 가는 길」로 제목이 표기되어 있는데, 편집후기에는 「두 處女의 가는 길」로 언급되어 혼란을 빚고 있다. 텍스트는 유진월의 『김일엽의 〈신여자〉 연구』, 푸른사상, 2006에 실린 3부 〈원본 『신여자』〉를 참고했다. '물망초'를 '망양초(望洋草)' 김명순의 또 다른 필명으로 보고, 이에 대해 논의한 연구도 있지만 현재는 방정환의 필명으로 확정되었다. 최근 서정자, 남은혜가 펴낸 『김명순 문학전집』(푸른사상사, 2010)에도 이 소설은 수록되지 않았다.

20 권보드래, 앞의책, 100쪽.

삶의 길로 들어설 남자 주인공의 적극적 행동이 없을 때, 그리고 사회 제도나 구조의 변화가 병행되지 않을 때 「사랑의 무덤」에서처럼 여주인 공의 삶은 비극으로 귀결되기 쉽다. 하지만 이 작품에서 주인공의 야반 도주를 도와주는 존재로 여학교 친구 '마리아'를 설정해 여성의 연대를 부각한 점은 새롭게 평가할 지점이다. 방정환은 『신여자』의 주독자인 여성들에게 불합리한 봉건적 결혼 제도를 제대로 인식하고 그러한 악습을 벗어나기 위해서는 문제의 당사자인 여성들이 적극적인 연대로 구시대의 모순을 벗어나야 한다는 것을 강하게 설파하고 있는 것이다.

「處女의 가는 길」의 불투명한 앞날에 방정환이 새롭게 제기한 또 다른 길은 「愛의 復活」(小波, 『천도교회월보』, 1920.5)이다. 「愛의 復活」은 야반도주를 선택한 「處女의 가는 길」의 여주인공의 행보에 앞날을 헤쳐 나갈 새로운 힘을 부여하였다. 「愛의 復活」에는 고등여학교 졸업을 앞두고 중퇴한 열일곱 살의 여주인공 정화(貞嬅)가 등장한다. 정화어머니는 동학교도 였던 남편이 고생 끝에 객지에서 죽은 뒤 미신과 금력을 맹목적으로 숭상하는 인물이 된다. 딸의 사주가 드세다는 이웃 점쟁이의 말을 맹신하여 딸과 열 살 넘게 나이 차이가 나는 전당국 김 씨에게 딸을 억지로 시집보내려 한다. 그런데 정화는 일찍이 아버지 친구의 자제인 열아홉 살 영환(泳煥)과 결혼하기로 언약이 되어 있었다. 하지만 정화어머니는 재산도 명예도 없는데다 동학교도인 학생 신분의 영환이 탐탁지 않다. 정화는 강제 결혼을 앞두고 「處女의 가는 길」의 주인공처럼 야반도주를 한다. 도망의 명분은 "自身의 永遠한 將來를 爲하든지 도라가신 父親의 뜻을어긔지아니하기爲하야든지 年老하신 母親께 기나긴念慮를아니끼치기爲하야서든지…(중략)…母親을爲하난**眞實한孝**"(106쪽)를 택한 것으로 처리하였다. 이 또한 「處女의 가는 길」에서 방정환이 '마리아'의 입을 빌어 "春愛가 만일 父母命에 服從ㅎ야셔 本意 아닌 出嫁를 ㅎ야 雪子처럼 自殺을 ㅎ면 父母의 生涯는 그리도 졸가?"(549쪽)라고 하여 춘애(春愛)

의 밤도주에 정당한 명분을 부여했던 것과 다르지 않다.

한편 조상굿을 하다가 불이나 목숨을 잃을 위험에 처한("世上에둘도업난 맑은眞理를 깨닷지못하야 흐리인迷信에 헤매이다가 死境에싸저"(111쪽)) 정화어머니를 남자 주인공 영환이 구해내 지극한 간호로 "蘇生"토록 하여 세 사람의 갈등은 해소되고 결말도 행복하게 마무리된다. 제목이 뜻하는 '사랑의 부활'은 정화와 영환의 파괴될·뻔했던 사랑이 회복된 것을 의미하지만 동학을 불신하고 금력과 미신에 빠졌던 정화어머니가 종교적 죽음의 상태에서 거듭남("蘇生")을 의미하는 것으로도 읽힌다.

「愛의 復活」은 부모의 강압에 의해 불행한 결혼을 한 여주인공이 사랑하는 남자에게 순정을 바치고 자살에 이른 「사랑의 무덤」의 파괴된 사랑을 되살린, 즉 '다시 쓴' 소설로 읽힌다. 비극적으로 종결될 수 있었던 사랑은 여주인공의 결단과 남자 주인공의 굳센 믿음의 힘("信力") 때문에 부활할 수 있었다. 두 사람의 '애'를 뒷받침하는 강력한 사상은 '신력(信力)', 즉 "사람이하날이다 하날이하날을救하기에 무엇이무서우며 무엇이怯나랴"(110쪽)하는 인내천(人乃天) 사상이다. 소설의 발표 지면이 천도교기관지이고 주 독자가 천도교인이었던 만큼 방정환이 작품에서 천도교의 인내천 사상을 부각하고 남자 주인공을 동학교도로 설정했다고 할 수 있다. 이 시기 천도교는 근대의 개조 사상의 영향을 받아 개혁적인 종교의 면모를 띠던 때로,「愛의 復活」에는 미신 타파라는 봉건 악습 철폐의 사상이 드러나지만 근대의 자유연애 사상이 부각되었다고 보기는 어렵다. 이때의 '애(愛)'란 신사조로서의 '연애'라기보다는 믿음, 의리와 같은 동양의 전통 정서에 가깝다.

「愛의 復活」에는 유난히 작가의 들뜬 계몽의 목소리가 강하게 노출된다. 더욱이 결말에서 "불속으로달려드는勇少年"(110쪽)이라든가 "아아 危險한火炎中의 **大活劇!**"(110쪽)이라는 식으로 일종의 신파 활극과 같은 장면을 연출하여 인물간의 갈등을 극적으로 봉합한다. 천도교사상의 실현(實現)이라는 작가 의식이 작중 현실을 압도하여, 「愛의 復活」은 지나치게 우연에 기댄 통속적이며 작위적인 결말에 이르렀다. 당대의 신청년, 신여성을 주된 독자로 삼은 다른 작품의 경우, 동시대의 풍속과 감각, 인물의 내면 심리와 배경 묘사가 돋보였는데 「愛의 復活」은 심리와 배경 등 묘사의 핍진성도 떨어지고 구성의 작위성과 작가 개입, 서술에서의 감정의 과잉 노출이 문제점으로 드러난다.

시대적 흐름에 따른 여 주인공의 행보라는 점에서 볼 때, 「사랑의 무덤」과 「處女의 가는 길」 「愛의 復活」은 '봉건적 결혼 제도의 모순에 대한 비판과 자유연애의 추구'라는 주제로 구성된 일련의 연작 소설이라 할 수 있다. 그러나 이들 작품은 봉건적 결혼 제도의 모순을 비판하기는 하지만 근대적 사상으로서의 자유연애에 대한 시대적 비전을 제시하지는 못했다. 그 과정에 이르는 개인의 발견이 치열하게 이루어지지 않았다는 근본적 한계를 안고 있다. 특히 「愛의 復活」의 경우 주 독자층의 성격도 두 작품과 다를 뿐 아니라 자유연애의 추구라는 주제보다는 천도교의 인내천 사상이 부각되면서 주제에서도 혼란을 빚고 있다.

방정환이 '월계(月桂)'라는 필명으로 발표한 「犧牲된 處女」(『신여자』 창간호, 1920.3.10)는 '혼인애화(婚姻哀話)' '신구 충돌의 대비극(新舊 衝突의 大悲劇)'이라는 표제를 달고 있는데, 〈편집후기〉에서 "**敍情文** 희성된 처녀 一篇은 新舊衝突에서 희성된 **事實** 그디로를 그의 愛弟 되는 女子가 눈물노 原稿紙를 적시며 쓴 것닙니다 널리 읽혀쥬시기 바랍니다"라고 하여 '실화'임을 강조하면서 널리 애독하기를 권한 작품이다. 「犧牲된 處女」는 조혼의 악습에 의해 희생된 구여성을 대변하는 여주인공의 비극을 신교육을 받은 그의 여동생이 기록하는 형식으로 쓴 소설이다. 편집자는 '서정문'이며 '실화'임을 강조했고 후대의 연구에서 이를 근거로 '수필'로 분류하기도 했지만[21] 이 글은 수기, 실화의 형식을 취하면서 계몽적 주제 의식과 고백의 방식을 강하게 결합했던 근대 소설 형성기의 대표적인 소설 양식의 하나였다.

'연애소설'의 계보를 잇고 있는 「犧牲된 處女」는 이후 『신여성』 (1924.6)에 「出嫁한 處女」로 제목이 바뀌어 재수록 되기도 했다.[22] 방정환의 이 시기 작품들과 주제가 일맥상통하면서도 '어린이'에 대한 생각과 자녀교육에 대한 필요성을 두드러지게 드러낸다는 점에서 주목된다.[23] "邪氣 업고 天眞한 天使 같은 少女" "어리게 活潑ㅎ게 天性딕로 자라고 클 兒孩"라는 표현은 방정환이 이후 어린이운동을 펴며 아동문학을 했을 때의 어린이관을 잘 보여준다. '子女를 養育하는 부모'에게 일독을 권한다는 계몽의 목소리가 부각된 서두의 작가(또는 편집자) 논평에 이어 소설은 비극의 당사자의 여동생을 화자로 설정하여 감상적 어조로 사건의 전말을 들려준다. 이러한 화자의 설정은 독자로 하여금 주인공의 비극에 적극 공감하도록 하는 동정의 상상력을 자극한다. 동시에 신교육의 수혜자인 여동생의 시각으로 서술함으로써 구여성이 겪는 비극을 기존 관습을 무자각적으로 수용한 탓으로 보고, 이를 타계하기 위해서는 여성도 교육을 받아야 한다는 주제를 비판적 관점에서 확고히 한다. 하지만 교육을 통한 여성의 자각과 계몽으로 사회 구조적 모순에서 파생된 조혼과 자유연애에 관한 문제가 해결되리라는 단순한 결론에 도달하여 작가 의식의 한계가 드러난다.[24]

---

21 유진월, 「〈신여자〉와 근대 여성 담론의 형성 과정」, 『김일엽의 〈신여자〉 연구』, 푸른사상, 2006, 65쪽.

22 방정환은 '月桂'라는 필명으로 『신여자』에 발표했던 **「犧牲된 處女」**를 '월계'라는 필명 그대로 『신여성』 6호(1924.6)에 **「出嫁한 處女」**라는 제목으로 바꿔 재수록했다. 『신여성』 발표 당시의 표제는 '애화(哀話)'로 표기했고, 작품의 도입부 작가 또는 편집자적 논평으로 읽히는, '자녀를 양육하는 부모'에게 권하는 내용을 삭제해서 실었다. 또한 『신여자』 발표 당시 노출한 한자를 한글로 고치고 문맥을 약간 다듬어 재수록했다.

23 방정환은 이 당시 남녀평등의 문제, 자아 각성과 청년의 단합의 문제, 자녀 교육의 필요성 등을 역설했다. 특히 그는 '조선학생대회강연단'의 일행으로 순회강연을 다니던 1920년 7월 28일, 고려청년회와 동아일보 지국의 후원으로 개성의 송도보통학교에서 개최된 강연회에서 「자녀를 해방하라」는 연제로 강연을 하기도 했다. (『동아일보』, 1920.8.1.) 방정환의 강연회 및 동화회 관련 일정은 「소파 방정환 연구」의 〈부록〉 참조할 것.

한편, 방정환은 『개벽』의 창간호에 '연애소설' 「流帆」(牧星, 『개벽』 1920.6)을 발표하였다. 이 작품에는 청춘남녀의 삼각구도가 흥미롭게 전개되는데 이전의 연애소설과 달리 당대의 청년운동, 독립운동의 길에 나선 세 남녀의 동지로서의 삶이 결부되어 있다. 삼각구도가 야기하는 갈등이 더 깊고 치열한 것은 이들이 비밀결사조직의 조직원으로 함께 운동을 펼치던 청년이라는 사실이 얽혀 있기 때문이다. 남자 주인공 동호(東昊)는 신의를 지키기 위해 동지를 대신해 감옥행을 결심하고 감옥에서 이십 일 간의 설유로 풀려나온 뒤 "애인의 옆에 있어서 그를 사모하는 정을 금할" 방도가 없는데다 친구와의 '신의'를 지키기 위해 그들에게 합류하지 못한다. 그러나 여기서 인물들이 사랑을 포기하고 얻은 신의가 민족운동의 승화로 나아간 것은 아니다. 작가는 동호의 입을 빌어 우정과 사업(운동)을 위해 사랑을 포기했다고 하지만 삼각관계에 놓이게 되는 상황 자체를 회피하기 위해, 정작 명분이었던 운동(사업, 대의)의 길에서 함께 했던 동지에게로 돌아갈 수 없는, 그들과 재결합할 수 없는 지경에 이르고 말기 때문이다.

이 작품은 〈상〉〈중〉〈하〉의 세 부분으로 나누어 〈상〉에서는 중식, 혜숙, 동호 세 사람이 감옥에 갇힌 동지를 기리며 노래를 부르는 모습을 제시하고 중식과 동호 사이에 오가는 미세한 의견 충돌, 갈등 상황을 객관적으로 묘사한다. 〈중〉에서는 중식을 초점화자로 삼아 그의 입장에서 동호와의 의견 충돌의 이면에 의남매 사이인 혜숙에 대한 자신의 사랑의 감정과 그 두 사람에 대한 질투심이 개입되어 있다는 점을 드러낸다. 〈하〉에서는 동호를 초점화자로 삼아 신의와 사랑이라는 선택의 기로에서 내면의 갈등을 겪는 것을 그려내고 있다. 두 인물의 시선을 교차시켜 인물들의 심리적 갈등이 객관적으로 드러나는 서사 전략을 취하고 있다.

---

24 「犧牲된 處女」 부분은 염희경, 「새로 찾은 방정환 자료, 풀어야 할 과제들」, 『아동청소년문학연구』 10호, 한국아동청소년문학학회, 2012.6, 240~241쪽에서 재인용함.

또한 방정환은 중식을 '지극한 열정가'로, 동호를 1년간 옥살이를 한 전력이 있는 '침묵성'의 운동가로 설정해, 신의와 사랑 사이에서 세 사람이 빚어내는 삼각구도의 갈등을 동호로 하여금 끊어내도록 설정했다. '열정가' 중식을 표상하는 또 다른 기호는 산책길에 가지고 나가는 "롱펠로의 시집"이다. 이러한 표현은 「사랑의 무덤」의 '문학청년' 영환이 산책길에 들고 나가는 '바이런 시집'과 같은 기능을 한다.

중식이 번민하는 대목에서 "남모르는 큰 활동"을 하는 데에 "대의를 위하야 생사를 가티할 친우를 戀敵으로 보게 되는 비열한 마음!"(143쪽)에 대한 가책이라든가 "戀이라 하면! 愛라 하면" "아— 무서운 戀着의 念! 비열한 俗情!"(145쪽)이라는 식의 과잉 감정이 노출되는데, 이것은 동시대 청년들이 경험했거나 또는 상상적으로 열망했던 연애를 철저히 '큰활동' '대의' '운동'이라는 공동체의 집단적 열망 안에 귀속하고 사적 감정을 부정적인 것으로 귀결시켰다. 이러한 부분은 동호가 "세상은 죄악이다. 정은 죄악이다"(148쪽)라고 하며 자신을 그러한 세상에서 헤매는 '죄인'이라고 자책하는 대목에서도 드러난다.

한편, 소설 제목이 왜 '유범'(流帆)인가를 따져 볼 필요가 있다. '유범'은 주인공 동호의 다음과 같은 발언에서 그 뜻을 드러내는데, 이것은 작가가 전하고자 하는 이 작품의 주제이기도 하다.

세월의 흐름이 저러케 速한 것입니다. 저 배가 모르는 동안에 위치가 변해진 그만콤 세월이 모르는 동안에 지나간 것입니다. 딸아서 사업을 일울 기회라는 것도 저러케 모르는 동안에 지나가고 마는 것입니다. 생각하면 지금 우리의 이 잠시 동안도 이러케 무의미하게 보낼 것이 안인가 해요. 이러고 잇는 동안에 엇더한 기회 엇던 세월이 모르게 지나가는지 모릅니다……. (141쪽)

민족이 처한 당대의 현실이라는 구도 속에서 주인공이 선택한 사적 욕망의 희생은 정당성을 확보하게 되고 연애 감정과 같은 '무의미한' 심적 방황으로 '사업을 이룰 기회'를 놓치는 것을 경계해야 한다는 점을 강조하고 있다. 「流帆」은 '연애소설'의 계보에 드는 작품이지만 작가는 연애와 사업(운동)을 개인과 집단(민족), 사랑과 신의라는 이분법으로 나눈 채, 집단의 대의와 신의라는 가치를 선택함으로써 개인의 가치와 사적 욕망으로서의 연애를 희생시킨다. 동호는 "나의 일생이 기념일 풋사랑인 이 愛를 희생하여 그 남매의 **진정한 愛**를 살리리라. 그리고 아모 것으로도 바꾸지 못할 信友를 일치 말리라"(148쪽) 다짐한다. 작품에서 집단과 신의를 선택한 동호는 '사랑으로 사랑을 구한' 인물로 고평되고, 결말도 친구와 사랑하는 여인이 다정히 걷는 것을 흐뭇하게 바라보면서, "평화로운 晩春!! 洞里마다 저녁 연기가 모락모락 오르고 세상은 저 ─곳에서부터 조곰씩 어두어 온다……"(150쪽)고 서술해 평화로운 분위기로 마무리한다. 방정환은 자기 안의 두 존재인 '지극한 열정가'인 '중식'과 '침묵성'의 운동가 '동호' 가운데 '동호'의 관점을 손쉽게 선택함으로써 열정과 이성, 사적 감정과 민족적 대의를 이분화하고 위계화해 계몽의 구도를 실현하고 있다.

더욱이 〈중〉과 〈하〉에서 초점화자로 설정된 남자 주인공 중식과 동호 두 인물의 시점만을 빌어 정작 그 둘 사이에 끼인 주체적 존재로서의 '여성'의 시선과 목소리는 철저히 억압되어 있다. 「流帆」은 이러한 서술 시점의 처리로 남성 중심적 사고를 무의식적으로 노출하고 있다는 점에서도 비판적으로 검토할 필요가 있다.[25]

한편, 「流帆」은 방정환의 자전적 요소가 적지 않게 투영된 작품이기에 더욱 흥미롭다. 방정환의 아들인 방운용의 회고에 따르면 방정환의 이

---

[25] 『신여자』에 발표된 연애소설의 경우 주인공이 희생자이든 주체로 서려는 인물이든 여성의 목소리가 드러난다면 『개벽』에 발표된 두 편의 연애소설에는 신여성이 등장하지만 당대 남성의 시선에 갇히거나 왜곡된 여성상이 그려진다는 점에서 차이가 난다. 이런 차이는 매체와 주 독자층의 상관성에서 비롯된 문제일 가능성이 높다.

시기 일기에는 "오늘도 S가 나타났다. 연애냐? 사랑이냐? 사업이냐?"는 것을 두고 적지 않게 고민한 내용의 글들이 많았다고 한다.[26] 1920년대에 방정환은 『신여자』의 편집고문으로 활동하면서 신준려(신줄리아)를 알게 되어 사모하게 되었다고 한다. 그는 이미 결혼을 한 처지였고, 당시 신준려와는 청년운동의 장에서 함께 활동하는 관계였다. 또한 방정환과 절친이었던 유광렬의 회고에 따르면 방정환과 유광렬, 신준려 사이에는 일종의 삼각관계에서 일어나는 감정적 갈등이 존재했다고 한다.[27] 이러한 사실을 감안하면 방정환이 「流帆」에서 주인공의 연애를 치열하게 밀고 가지 못하고 신의 또는 사업을 선택한 것은 문학가 이전에 운동가였던 방정환에게는 필연적인 귀결이었을지도 모른다. 「流帆」은 작가의 삶과 관련해서 읽을 때 방정환의 이 당시 고민과 운동적 전망을 창작으로 실천한 작품이라는 점에서 주목된다. 그렇지만 작가의 관념을 작중 인물과 상황에 관철함으로써 작품의 완결성에서 미흡함을 드러내었다.

한편, '복면관(覆面冠)'이라는 필명으로 발표된 소설 「두소박덕이」(『동아일보』, 1920.9.17~23(6회))도 방정환의 작품으로 추정된다.[28] 「두소박덕이」에는 정희(貞姬)와 옥희(玉姬) 자매가 당대의 구여성과 신여성을 대표하는

---

26 이상금, 『소파 방정환의 생애―사랑의선물』, 한림출판사, 2005, 223쪽.

27 유광렬, 「나의 이력서」, 『한국일보』, 1974.3.16; 유광렬, 『기자반세기』, 서문당, 1963.

28 방정환은 편집과 집필에 주도적으로 관여했던 최초의 영화잡지 『녹성(綠星)』에 '복면귀(覆面鬼)'라는 필명으로 번역 탐정소설 「疑問의 死」를 발표한 바 있다. 「두소박덕이」의 필자인 '복면관(覆面冠)'도 방정환의 필명일 것으로 추정된다. 당시 방정환은 『신청년』과 『신여자』, 『천도교회월보』, 그리고 『개벽』에 '연애소설'을 발표하던 때였다. 『동아일보』의 〈잡기장(雜記帳)〉란에는 '복면관(覆面冠)'이라는 필명으로 소설 「두소박덕이」 6회, 그리고 '광무대'에 대한 논평을 발표한 「光武臺」라는 글을 3회 연재한다. '복면관'과 방정환의 필명 '복면귀'와의 유사성, 이 시기 방정환이 신구 세대의 결혼과 연애를 둘러싼 봉건적 구습의 타파를 주제로 한 일련의 '연애소설'을 집중적으로 창작 발표했다는 점, 방정환이 최초의 영화잡지 『녹성』을 편집 발간했고, 1920년대 초 소인극(素人劇) 배우로 활동하는 등 연극과 영화, 대중문예에 지대한 관심을 가졌다는 점, 활동사진과 환등을 구경했던 광무대에서의 일화를 밝힌 글(파영, 「민중오락 활동사진 이약이」, 『별건곤』, 1926.12)이 있다는 점 등은 '복면관'이 방정환의 필명일 가능성을 더욱 뒷받침한다. 더욱이 '복면관'이라는 필명은 『동아일보』에서의 이 두 편의 글 외에는 더 이상 발견되지 않는다.

인물로 등장한다. 「두소박덕이」는 1920년대 구여성과 신여성을 대표하는 두 인물이 신구 세대의 충돌로 인해 결혼에 실패하는 비극적 사연을 담은 소설이다. 정희는 열네 살에 좋은 집안의 두 살 연하의 인환(仁煥)에게 시집을 가는데 남편이 집안의 돈을 훔쳐 동경으로 유학을 떠나버린 뒤 그곳에서 미술학교 양화과(洋畵科)에 다니는 신여성과 연애를 하게 되면서 "그대와가튼우매한녀자"와 함께 살 수 없으며 "부모가 임의로 정한 결혼"인 만큼 이별하는 것이 마땅하다는 일방적 편지를 받고는 결혼 생활의 파탄을 맞는다. 정희의 부모는 구여성인 맏딸의 불행한 결혼을 보고 "아모리 딸자식일지라도가르키여야하겠고나"하는 교훈을 얻어 둘째 딸을 서둘러 여학교에 입학시켰다. 이른바 신여성인 둘째딸 옥희는 여학교를 우등으로 졸업하지만 부모는 나이가 들면 남의 후처나 된다는 말로 결혼을 서두르는데 마침 전문학교 출신의 유명재(柳明宰)라는 사람에게서 혼인 말이 있어 양 쪽 집안의 승낙으로 결혼을 한다. 신교육을 받은 두 사람은 목사의 주례로 신식결혼을 하려고 하지만 양반가문임을 자부하는 남자 집안의 불허로 처음부터 "新舊思想의 衝突"이 빚어진다. 남편과는 사이가 돈독했지만 신교육 받은 며느리가 자신을 우습게 여기고 건방을 떤다며 구박하는 시어머니 때문에 신여성 옥희의 결혼 생활도 결국 파탄을 맞는다.

이 작품에서도 남자 주인공은 적극적인 행동인으로 자기 삶을 개척하기보다는 완고한 봉건 의식에 사로잡혀 있는 부모 세대로부터 철저히 독립하지 못한 미성숙한 인물로 그려진다. 「사랑의 무덤」의 영환, 「處女의 가는 길」의 기수와 그리 다를 바 없는 수동적 존재다. 방정환은 이 작품을 통해 신·구여성뿐 아니라 당대 청년들의 의식과 실천의 불일치를 비판적으로 그려내고 있다. 또한 여성의 신교육의 수혜 여부만으로 조혼과 강제 결혼의 모순을 타파할 수 있는 것이 아님을 보여준다. 「두소박덕이」는 시대가 낳은 신구를 대표하는 두 여인의 비극적 삶을 다룬 문제작이다. 이 소설은 새로운 세대의 연애와 결혼 문제에서 구여성의 무자각적 태도를 비판하고 문제해결의 실마리를 교육을 통한 여성의 자각이라는 관점에서 접근한 「犧牲된 處女」의 문제의식에서 한 발 나아가고 있다. 계몽의 의도가 직접적이고 인물 형상화나 구성력이 떨어지지만 작가의 문제의식이 진전되어 가는 과정을 보여준 작품으로 주목된다.

「그날 밤」(牧星, 『개벽』 1920.12~1921.2)은 방정환의 소설 가운데 연애의 상이 본격적으로 제기되었고 파격도 강한 작품이다. 현재까지 알려진 바로는 방정환의 창작 소설로는 마지막 작품이다. 부모가 정해준 약혼녀가 있는 최영식(崔英植)과 독실한 신자이며 주일학교 교사인 허정숙(許貞淑)은 교회 일과 청년회 일로 자주 만나게 되어 호감을 갖다가 편지로 서로의 감정을 주고받으면서 교제를 하게 된다. 그러다 영식의 부모가 그 사실을 알고 심하게 반대하게 되고, 정숙도 영식이 약혼녀가 있다는 사실을 뒤늦게 알게 되면서 두 사람은 갈등을 겪는다. 오해와 갈등의 시간을 보낸 뒤 두 사람의 관계는 회복되는데, 어느 날 격정을 누르지 못한 영식은 정숙과 육체적 관계를 갖게 된다. 영식은 이에 대한 죄책감과 책임감을 떨치지 못하는데, 부모의 뜻을 거부하고 정숙과 결혼을 할 수 없는 상황에 괴로워한다. 반면 영식과 영원한 사랑을 기약했던 정숙은 좋은 조건의 '미국 유학생'과 결혼하기로 결심한다. 영식은 자신을 배신하고 자기와의 육체적 관계를 비밀로 한 채 결혼하려는 정숙을 혐오하기에 이른다. 심지어 영식은 길에서 만나는 모든 여자들이 정숙과 같은 비밀을 가지고 있다는 망상에 사로잡힌다. 어느 날 차에서 결혼할 남자와 다정하게 함께 있는 정숙을 목격한 영식은 실신하듯 "여자 업는 곳, 여자 업는 곳, 그 곳이 천국"이라며 친구에게 유서를 남기고 자살을 선택한다.

이 작품은 발표 당시 이익상에 의해 영식의 연애가 불충실해 죽음을 택했으며 주인공이 자살에 이르는 결말이 성급하게 처리되었다고 비판

받았다. 그러나 심리묘사나 세련된 문장, 풍부하게 구사된 우리말 어휘 등은 높이 평가되었다.[29] 이익상은 「그날 밤」의 성과와 문제점을 정확히 짚었는데 덧붙이자면, 「그날 밤」은 "결혼은 반듯이 연애로써 성립되지 안하면 안됩니다. 연애는 반듯이 이성의 합치"(139쪽)라야 진실한 연애라는 영식의 발언을 통해 엘렌 케이(Ellen Key)의 연애와 결혼관에 영향을 받은 동시대 청춘남녀들의 연애와 결혼관뿐 아니라, 당대의 신청년과 신여성의 연애 풍속도도 잘 보여준 소설이다. 특히 방정환의 이전 작품에서 남자 주인공들의 수동적이고 우유부단한 측면만이 부각되고 그 과정에서의 갈등이 깊이 있게 형상화된 작품이 부족했다면, 「그날 밤」에서는 경제적 자립이 불가능한 학생 신분의 남자 주인공이 부모의 강제와 예속으로부터 벗어나지 못해 결국 사랑하는 사람과의 연애와 결혼에 충실할 수 없는 상황과 그로부터 빚어지는 심리적 갈등을 세밀하게 그려낸 점이 돋보인다. 문제는 영식이 병적인 과잉 감정을 노출하는 과정과 자살에 이르는 과정이 과장되어 부자연스럽다는 점이다. 또한 과잉 감정과 피해 의식에 사로잡힌 영식의 시선으로 허정숙을 그림으로써 허정숙이 영식에게 보낸 편지에서 "주님도, 부모도, 세상도 모두 속이고 허위와 죄악의 생활"을 하게 된 것, 사랑하는 사람을 두고 부모의 뜻에 따라 결혼을 하게 된 자신의 처지를 "부모의 억제"로 "人肉의 犧牲"이 되었다고 고백하는 편지도 위선과 허위로만 읽힌다. 방정환의 이전 소설에서 정신적 집단적 사랑이라는 측면만이 부각되었던 것에 비해 「그날 밤」은 영육의 합치로서의 이상적인 연애에 도달하기 이전 영과 육의 충돌 과정에서의 갈등을 그려냈다는 점에서 주목할 만하다. 그러나 남녀의 사랑을 구성하는 성적 본능의 문제를 죄악시하는 순결 이데올로기에 갇혀 자유연애의 문제를 깊이 있게 성찰하지 못한 문제점이 남는다.

---

29 星海, 「憑虛君의 「貧妻」와 牧星君의 「그 날 밤」을 읽은 印象」, 『개벽』 11호, 1921.5.

세계 개조의 목소리가 높던 시대에 연애는 개조론의 대중적 변종으로서 새로운 가치인 '행복'에 이르기 위한 통로이자 문화, 예술, 문학의 유행을 자극한 원천이었다.[30] 연애는 암울한 사회 상황 속에서 자유로운 개인의 자각이라는 근대적 명분을 획득하면서 오랫동안 지배적 결혼양식이었던 조혼과 강제 결혼을 거부하는 '반역'의 기호로써 지식인과 대중들에게 전파된 새로운 사상이었다.[31]

이처럼 방정환이 이 당시에 창작한 일련의 '연애소설'은 청춘남녀의 자유연애 문제를 통해 구시대의 봉건 질서로부터 결별을 선언하는 도정에 있음을 강렬하게 보여주고 있다. 그러나 방정환의 '연애소설'에 나타나는 자유연애는 개성과 자유의 실현으로서의 연애로 자리 잡아가기보다는 여전히 계몽의 구도 속에 배치됨으로써 연애이기 이전에 신의이자 우정에 머물러 있다. 따라서 사업과 운동이라는 민족적 과제 앞에서는 포기해야만 하는 것으로 귀결되고 만다. 방정환 자신의 연애관과 사상가, 운동가로서의 면모가 이 문제를 양자택일의 관점에서 바라보면서 주인공이 현실과 치열하게 대면하지 못하게 제약한 것으로 보인다. 그러한 문제들은 이후 1920년대 중후반을 거쳐 연애와 운동(정치)의 기로에 선 인물들이 치열하게 고투하는 작품으로 또는 '붉은연애'라는 이름으로 연애와 사상(정치)을 하나로 결합하고자 한 계급주의 문학가들의 작품에서 비판적으로 형상화되기에 이른다.

4. 결론을 대신하며

방정환은 긴 시기에 걸쳐 지속적으로 소설 창작에 힘을 기울이지는

---

30 권보드래, 앞의 책, 8쪽.
31 유진월, 「〈신여자〉와 근대 여성들의 글쓰기」, 앞의 책, 86쪽.

못했다. 그의 전체 문학 활동 가운데 '소설'이 차지하는 비중은 크지 않으며 창작 시기도 초창기 3~4년에 집중되어 문학 활동의 '습작기'에 해당한다고 볼 수 있다. 그러나 이 시기 방정환의 소설 창작을 문학청년의 습작기 활동의 일부로 가볍게 보는 시각은 재고되어야 한다. 방정환의 단편 소설이 근대 단편 소설 형성기에 유의미하게 작용했으며 이후 소설사에도 주요한 과제를 제기했기 때문이다. 또한 이 시기 방정환이 창작한 소설은 그의 문학과 사상을 입체적으로 조명하기 위해서도 본격적으로 재검토할 필요가 있기 때문이다.

이 글에서는 1910년대 후반~20년대 초반에 방정환이 창작한 '고학생소설'과 '연애소설'을 대상으로 방정환의 소설 세계를 살펴보았다. 방정환의 '고학생소설'의 주인공이 기존 사회 체제로 편입되면서 입신출세주의를 지향한 인물로 형상화되었다는 평가는 일면적임을 살폈다. 또한 '고학생소설'의 계보에 드는 작품 저변에 깔려 있는 세계에 대한 인식에는 적지 않은 차이가 존재한다는 점도 살폈다. 그 차이는 방정환이 당시 발표 매체의 특성을 잘 파악하고 선자와 주된 독자층을 고려해 작품을 창작했던 데에서 연유한 것으로 파악된다.

한편, 방정환이 이 당시에 창작한 일련의 '연애소설'에서의 '연애'는 청춘남녀들이 당대의 봉건적 구투로부터 결별을 선언하고 자유연애를 근간으로 한 새 사회 건설의 도정에 서 있음을 보여주고자 탐색한 주제였다. 방정환은 1910년대를 마무리하는 '고학생소설'과 1920년대를 여는 '연애소설'로 당대의 주류적 사조였던 계몽주의와 낭만주의에 기반한 두 계보의 소설을 창작했다. 특히 방정환의 '연애소설'은 1920년대 유행했던 '연애소설'의 시발점에 놓여 있다. 결혼과 연애를 둘러싼 신구 세대의 갈등과 사회적 문제를 어떻게 풀어갈지 독자와 동시대 작가들에게 일찍이 질문을 던진 셈이다. 그의 '연애소설'이 동시대 연애소설의 시발점이라는 것은 성과와 한계를 동시에 보여주는 대목이다. 「그날 밤」

을 마지막 작품으로 방정환의 '연애소설'이 멈춘 자리에서 1920년대의 '연애소설'은 '자아'와 '연애와 성'에 대한 본격적 탐색을 예고한다.

　방정환은『개벽』에 발표한 소설에서 새로운 시대의 청년층의 '연애' 문제를 정치와 본격적으로 접속하고자 했다. 그러나 그 기획은 더 이상 진전되지 못한다. 방정환은 소설 창작 과정에서 '고학생소설'의 막힌 자리에서 '연애소설'로, 다시 그 막힌 자리에서 당대 세태의 부정성을 폭로하는「銀파리」로 대변되는 풍자만필(諷刺漫筆) 또는 기록서사라는 새로운 서사체로 이행하는 과정을 보여주는데, 이것은 우연이 아닌 듯하다. 1921년 2월, 방정환이 소설「그날 밤」을『개벽』에 마지막으로 연재한 때에「童話를쓰기前에 어린이 기르는 父兄과 敎師에게」(牧星,『천도교회월보』, 1921.2)를 통해 '동화 작가 선언'을 한 것도 우연의 일치일까. 짧은 시기였지만 방정환의 소설 창작 과정을 볼 때, 그의 아동문학을 관통하는 계몽성, 낭만성, 현실성의 세 경향이 복합적으로 상관하며 변주되고 있음을 확인할 수 있다. 아동문학가와 소년운동가, 언론출판인으로서의 활동이 본격화되면서 문학청년 방정환, 소설가 방정환의 모습을 더 이상 보기 어렵게 되었다. 집중했던 활동 영역의 변화가 주요하게 작용했겠지만 그가 계몽성, 낭만성, 현실성을 온전히 조화롭게 드러낼 수 있는 문학 장르가 성인을 독자 대상으로 한 소설이 아니라 아동문학임을 발견해냈던 것은 아니었을까. 초창기 방정환의 소설을 방정환의 문학과 사상의 지형 속에서 재조명해야 한다는 문제의식은 그러한 과정에 질문을 던져보기 위함이다.

　1910년대~20년대 문화사, 풍속사 연구와 더불어 그동안 소설사에서 조명 받지 못한 이 시기의 소설에 대해 본격적인 연구가 진행되어 방정환의 소설에 대해서도 온당한 문학사적 평가가 이루어져야 할 것이다. 또한 방정환이『신여성』의 편집 겸 발행인으로 활동하면서 썼던 권두언이나 편집후기, 기타 여성 관련 논설이나 수필 등을 근대 여성담론의 장에서 비판적으로 고찰할 필요가 있다. 지금까지 간과되어 온 방정환의 다방면의 활동들이 조명될 때 입체적이고 총체적인 방정환 연구로 심화 확장될 것이다.

참고문헌

1. 기본자료

『개벽』『녹성』『동아일보』『별건곤』『신여자』『신여성』『신청년』『어린이』『유심』
『천도교회월보』『청춘』

2. 논문

박현수, 「문학에 대한 열망과 소년운동에의 관심—방정환의 초기 활동 연구」, 『민
        족문학사연구』 28호, 민족문학사연구소, 2005.
염희경, 「소파 방정환 연구」, 인하대 박사논문, 2007.
염희경, 「새로 찾은 방정환 자료, 풀어야 할 과제들」, 『아동청소년문학연구』 10호,
        한국아동청소년문학학회, 2012.6.
장정희, 「방정환 문학 연구」, 고려대 박사논문, 2013.
한기형, 「근대잡지 『신청년』과 경성청년구락부—『신청년』 연구 (1)」, 『서지학보』
        26호, 한국서지학회, 2002.12.

3. 단행본

권보드래, 『연애의 시대』, 현실문화연구, 2003.
김복순, 『1910년대 한국문학과 근대성』, 소명출판, 1999.
서정자, 남은혜, 『김명순 문학전집』, 푸른사상사, 2010.
염희경, 『소파 방정환과 근대 아동문학』, 경진출판, 2014.
원종찬, 『아동문학과 비평정신』, 창비, 2001.
유광렬, 『기자반세기』, 서문당, 1963.
유진월, 『김일엽의 〈신여자〉 연구』, 푸른사상, 2006.
이상금, 『소파 방정환의 생애—사랑의 선물』, 한림출판사, 2005.
이재복, 『우리 동화 이야기』, 우리교육, 2004.
홍정선 편, 『김팔봉 문학 전집 II —회고와 기록』, 문학과지성사, 1988.

제2부_『어린이』를 만든 시대, 『어린이』가 만든 시대

개벽사의 잡지 발행과 편집진의 변화

정용서

1. 머리말

개벽사는 1919년 9월 2일 설립된 천도교청년교리강연부의 편술부 사업으로 시작되었다. 교리강연부는 3·1운동으로 핵심 지도자들과 많은 교인들이 투옥되면서 위기 상황을 맞게 된 천도교에서 이를 타개하기 위한 일환으로 조직한 단체이다.[1] 교리강연부는 편술부·음악부·체육부 등의 부서를 두고 천도교리의 연구·선전에 주력하였다. 그 일환으로 편술부 사업으로 개벽사를 설립하고, 월간잡지『개벽』을 발행하기로 결정한 것이었다.

『개벽』의 발행 결정이 언제 이루어졌는지에 대해서는 자료마다 조금 상이하다. 먼저, 교리강연부에서 언론기관을 설치하는 것이 필요하다 생각하고 개벽사 창립을 발의하여 만반의 준비에 착수하였으나 자금이 없어 곤란을 느끼던 중 평안북도 박천에 사는 천도교인 최종정이 1천원, 변군항이 5백원을 기부함으로써 이를 기본으로 하여 1919년 12월 20일

---

[1] 교리강연부에 대해서는 정용서, 「일제하 천도교청년당의 운동노선과 정치사상」, 『한국사연구』 105, 1999.6 참고.

에 신문지법에 의한 언론잡지『개벽』의 발행 허가원을 조선총독부에 제출하였다는 자료가 있다.[2] 그 외에 1920년 1월 교리강연부에서 월간잡지를 발행하기로 결정하여 제호를『개벽』으로 하고 기사종류는 종교·학술·문예 등으로 지정하야 총독부에 허가원을 제출하였다는 자료,[3] 1월 8일자로 신청하였다는 자료[4] 등이 있다. 이들 자료를 종합해 볼 때, 교리강연부에서는 1919년 12월 말에서 1920년 1월 초에 월간잡지『개벽』의 발행 허가를 신청한 것으로 보인다.

교리강연부에서 발행 청원 중이던『개벽』은 1920년 6월 1일에 5월 22일자로 발행허가 지령을 교부받았다.[5] 이에 개벽사에서는『동아일보』6월 4일자, 6일자, 8일자에 계속해서 "신문조례에 의한 월간 잡지 개벽" 이 6월 25일자로 창간호를 발행할 것이라는 광고를 게재하였다. 그리고 6월 25일 잡지『개벽』의 창간호를 발행하였다. 발행인은 이두성이었고, 편집인은 이돈화, 인쇄인은 민영순이었다.

창간호에 대해 총독부에서는 일부 기사 내용을 문제 삼아 발매 반포 금지 처분을 하였다. 개벽사에서는 문제된 기사를 삭제하고 호외로 다시 발행하였다. 하지만 26일 경성 본정경찰서에서 인쇄소인 신문관에

---

2 「開闢社略史」,『별건곤』30, 1930.7, 8쪽.
3 関泳純, 「天道教六十一年年譜」,『천도교회월보』116, 1920.4, 24~32쪽 ; 「開闢雜誌許可」,『동아일보』1920.6.2. 3면.
4 「開闢雜誌許可」,『매일신보』1920.6.2. 2면.
5 「開闢雜誌許可」,『동아일보』1920.6.2. 3면 ; 「開闢雜誌許可」,『매일신보』1920.6.2. 2면. 한편, 교리강연부는『개벽』발행 허가가 나오기 전인 1920년 4월 25일 그 명칭을 천도교청년회로 개정하였다(「天道教青年教理講研部의 名義改定」,『천도교회월보』117, 1920.5, 114쪽). 당시 사회에서는『개벽』을 천도교청년회의 '기관지'로 인식하였다. "천도교청년회의 기관 잡지로 금년 1월에 이두성씨의 명의로 신문지법에 의하여 청원 중이던 잡지 개벽은 5월 22일부터 허가되었다" 라는 신문보도에서 확인할 수 있다(「開闢雜誌許可」,『동아일보』1920.6.2, 3면). 또한 이것은 천도교청년회의 수입·지출 보고를 통해서도 확인할 수 있다. 1920년 12월~1921년 3월 사이에 천도교청년회의 총수입(13,232원 40전 5리) 중『개벽』판매 대금(4,679원 28전)이 차지하는 비중이 35.4%였다. 또한 총지출(13,171원 74전) 중에 개벽사 경영비(8,350원 61전)가 차지하는 비중이 63.4%였다(「本會의 收入支出(一)」,『천도교청년회보』3, 1921.12, 6~9쪽). 이처럼 개벽사 설립과『개벽』발행은 천도교청년회의 가장 중요한 사업이었다.

新聞條例에 依한

月刊 雜誌 開闢

月刊雜誌開闢(言論、學術、文藝、宗教)은 朝鮮文化의 發展을 自負하고처음으로出世하얏슴니다 朝鮮 本社에서經營하는

開闢을마즈소서! 開闢을사랑하소서!

六月 二十五日 創刊

每月定期刊行 京城府松峴洞三四番地 開闢社

이로부터開闢이됨니다 開闢의精神은新朝鮮의精神이오 開闢의生命은新朝鮮의生命이외다 時代를乘하야 開闢을當하는權域兄弟二 千萬이시여

『동아일보』 1920.6.4. 2면 광고

경찰을 파견하여 성책한 호외 전부를 압수하였다.[6] 결국 『개벽』 창간호 는 6월 30일 임시호로 발행되어 일반 독자들이 그 실물을 처음 접하게 되었다.[7] 분량은 160쪽, 가격은 40전이었다. 이렇게 어렵게 처음으로 잡 지를 발간한 개벽사에서는 이후 1935년까지 지속적으로 다양한 잡지를 발행하였고, 틈틈이 단행본을 출간하였다.[8]

지금까지 개벽사에 대한 연구는 주로 1920년대 전반기 『개벽』이 간행 된 시기를 대상으로 『개벽』과 개벽사에 대한 연구가 진행되거나 개벽사 에서 발행한 개별 잡지를 중심으로 연구가 이루어졌다.[9] 이 글은 이들 연구 성과를 토대로 개벽사에서 발간한 다양한 잡지의 성격과 지향을

---

6 「개벽잡지 압수, 26일 또다시 호외까지 압수」, 『매일신보』 1920.6.28. 3면.

7 임시호 판권지에는 1920년 6월 25일 발행으로 되어 있으나, 뒷표지에는 "대정9년 6월 30일 발 행(매월 1회 25일 발행) 개벽 임시호 정가 40전(우세 2전)"이라고 적혀 있다.

8 개벽사에서 발행한 대표적인 단행본은 『사랑의 선물』(1922), 『朝鮮之偉人』(1922), 『사회주의학 설대요』(1925), 『중국단편소설집』(1929) 등이다.

9 유석환, 「개벽사의 출판활동과 근대잡지」, 성균관대 석사논문, 2006 ; 김수진, 「신여성담론 생산 의 식민지적 구조와 『신여성』」, 『경제와 사회』 69, 2006 ; 임경석·차혜영 외, 『〈개벽〉에 비친 식 민지 조선의 얼굴』, 모시는 사람들, 2007 ; 최수일, 『〈개벽〉 연구』, 소명출판, 2008 ; 이상경, 「『부 인』에서 『신여성』까지 : 근대 여성 연구의 기초자료」, 『근대서지』 2, 2010 ; 정가람, 「1920-30년

보다 명확히 이해하기 위해서는 개벽사 편집실에서 근무한 인물들에 대한 연구가 필요하다 문제의식에서 출발하였다. 하지만 개벽사에서 발행한 개별 잡지의 편집자가 누구였고, 어떻게 바뀌었는지에 대한 구체적인 연구가 없는 상황에서 이 문제를 바로 해결할 수는 없었다. 각 잡지의 판권지에 있는 편집 겸 발행인과 그 잡지를 직접 편집한 편집책임자가 일치하지 않는 경우가 많기 때문이다.

그렇다 보니 각 잡지 편집자들의 성장배경, 학력, 개벽사 외의 대외활동, 인적 관계 등은 물론 그들이 쓴 여러 가지 글에 대한 정치한 분석 없이 개별 잡지의 편집을 누가 담당했고 어떻게 바뀌었는가를 밝히는 작업을 우선 진행할 수밖에 없었다. 따라서 이 글에서는 개벽사에서 발행된 잡지를 대상으로 각 잡지 편집에 참여한 편집자들은 누구였는가, 편집진의 중심인물은 누구였는가 등을 각 잡지의 편집후기를 중심으로 추적해 보려고 한다. 개벽사의 잡지 간행 현황과 편집진의 인적 변화를 확인해보려는 것이다. 이를 통해 향후 다방면의 잡지를 발간한 개벽사의 성격을 입체적으로 조명할 수 있는 또 하나의 계기가 마련되었으면 한다.

2. 개벽사의 잡지 발행 현황

1920년부터 1935년까지 개벽사에서는 『개벽』, 『부인』, 『신여성』, 『어린이』, 『별건곤』, 『학생』, 『혜성』, 『제일선』, 『신경제』 등의 잡지를 발행하였다. 1920년 6월 창간호가 발행된 『개벽』은 1926년 8월 제72호를 끝으로 폐간되었다. 그리고 1934년 11월 신간 제1호로 다시 발행되어 1935년 3월 신간 제4호를 끝으로 더 이상 발행되지 못했다. 1926년 폐간 때

대 대중잡지 『별건곤』의 역사 담론 연구 : 역사적 사건과 인물의 재현 방식을 중심으로」, 『대중서사연구』 20-1, 2014 등 참고.

까지 『개벽』이 발행되지 않은 것은 단지 3개월뿐이다. 먼저 『개벽』 제4호(1920.9.25.)까지 매월 25일자로 발행하다가 제5호(1920.11.1.)부터 매월 1일로 발행 기일을 변경하면서 빠지게 되는 1920년 10월이다. 다음으로 제62호(1925.8.1.)에 「밖에 있는 이 생각」이란 기사로 발행정지처분을 당해 발행하지 못한 1925년 9월과 10월이다. 이처럼 『개벽』은 6년이라는 장기간 동안 매월 안정적으로 발행되었다.

『개벽』은 매호 평균 2만 부 정도 발행되었고,[10] 분량은 보통호의 경우 150~160쪽 내외였다. 가격은 처음에 1부 40전으로 하였다가 제15호(1921.9.1)부터 50전으로 인상하였다. 잡지 가격을 인상한 이유는 제1차 세계대전 이래 오르기 시작한 물가가 떨어지지 않자 더 이상 40전으로는 수지를 맞출 수 없게 된 때문이었다.[11] 이후 『개벽』은 배대호 혹은 특대호 등 특집호를 제외하고는 폐간될 때까지 정가 50전으로 간행되었다.

개벽사에서는 1922년 6월 "일반 조선 여자에게 보통상식을 보급하여 생활을 개선하자"[12]는 목적으로 두 번째 잡지이자 여성 잡지인 『부인』을 발행하였다. 개벽사에서는 "우리 청년회의 본부, 즉 편집부가 보여준 '인문개벽'의 정신을 일층 철저히 실현키 위하여" '부인 잡지'를 새로 발행하기로 결정하고, 3월 9일에 총독부에 허가원을 제출하였다.[13] 그리고 당시 개벽사 학예부 주임 현희운(=현철)을 편집책임자로 하여 1922년 4월 1일자로 『부인』 창간호 간행을 준비하였다.[14] 그러나 발행 허가가 늦게 나고, 편집책임자 현희운이 질병으로 고생하는 등 여러 사정으로 창간호 발행이 늦어져 6월 1일자로 간행되었다.[15]

---

10 「社告: 놀라지 말라 雜誌發行尺數가 月世界까지」, 『어린이』 76, 1930.7.20. 56~57쪽.
11 「經理部 特別啓事」, 『개벽』 14, 1921.8.1. 134쪽.
12 一記者, 「社會日誌(5월-6월)」, 『개벽』 25, 1922.7.10. 95쪽.
13 「本會各部事業經過」, 『천도교청년회회보』 4, 1922.9. 8~11쪽.
14 「부인 창간 광고」, 『개벽』 20, 1922.2.1.
15 「編輯局消息」, 『개벽』 21, 1922.3.1. 72쪽.

1922년 6월 창간호가 발행된 『부인』은 제14호(1923.8.10.)까지 간행되고, 제호가 『신여성』으로 변경되어 1923년 9월에 제1호가 발행되었다. 『부인』은 매호 평균 7천 부 정도, 『신여성』은 매호 평균 1만 2,500부 정도 발행되었다.[16] 『신여성』은 1926년 10월 제31호를 내고 휴간하였다가 4년여의 시간이 지난 1931년 1월 제32호로 속간되었다. 그리고 1934년 6월 제71호를 마지막으로 폐간되었다. 『부인』은 통상 90쪽 내외의 분량에 가격은 30전이었다. 특집호의 경우에는 120여 쪽이나 150여 쪽 분량으로 발행하고 가격을 40전 혹은 50전으로 하였다. 1931년 1월호로 『신여성』을 속간할 때는 120쪽 내외의 분량으로 가격은 25전이었다. 하지만 3월호부터 분량을 몇 쪽 줄이고 가격을 20전으로 인하하여 계속 간행하였다. 1933년 6월호(제60호.)부터는 분량을 160쪽 정도로 하여 발행하였고, 가격은 20전으로 동일하였다.

　　개벽사에서는 1923년에 어린이를 대상으로 한 잡지를 발행하였다. 1923년 3월 20일자로 『어린이』 창간호가 편집·발행된 것이다. 『어린이』는 1935년 3월 제122호까지 발행되어 개벽사에서 나온 잡지 중에 가장 오랫동안 가장 많은 호수가 발행되었다. 처음에 4·6배판 12쪽, 5전으로 발행된 『어린이』는 1924년 1월 제12호부터 40여 쪽 10전으로, 1925년 9월 제32호부터 70쪽 전후 15전으로 인상되었다가 1927년 12월 제54호부터 다시 가격만 10전으로 인하되었다. 그리고 『어린이』의 판형은 제8호(1923.9.15.)부터 4·6판 책자 형식으로 바뀌었고, 제92호(1932.1.20.)부터는 국판으로 변경되었다.[17]

　　『별건곤』은 『개벽』이 폐간된 이후인 1926년 11월 창간호를 발행하여 1934년 8월 제74호까지 간행하고 중단되었다. 하지만 두 번의 합병호(12·13합호, 16·17합호)를 발행한 것을 생각한다면 실질적으로 총 72호가

---

16 「社告: 놀라지 말라 雜誌發行尺數가 月世界까지」, 『어린이』 76, 1930.7.20. 56∼57쪽.
17 「어린이 體裁 菊版改正」, 『어린이』 92, 1932.1.20.

간행되었다. 50전 150~180쪽 정도의 분량으로 발행하던 『별건곤』은 1931년 3월 제38호부터 가격을 5전으로 인하하고 분량은 30여 쪽으로 줄였다. 3월부터 개벽사에서 새로운 잡지 『혜성』을 발간하게 되자 『별건곤』의 비중을 줄인 것이다. 1932년 6월 제52호부터 분량을 60여 쪽으로 늘리고 가격을 10전으로 인상하였다. 개벽사에서는 『어린이』와 『별건곤』을 매호 평균 3만 부 정도 발행하였다고 밝혔다.[18]

『학생』은 1929년 3월 제1호부터 1930년 11월 제18호까지 간행되었다. 『학생』은 가격을 25전으로 하여 통상 110쪽 정도 분량으로 매호 평균 1만 부 정도 간행되었다. 『혜성』은 1931년 3월 창간호를 발행한 이래 1932년 4월 제13호까지 발행되었다. 160쪽 내외의 분량으로 가격은 30전이었다. 1932년 5월 제호를 『제일선』으로 변경하여 이듬해 3월 제10호까지 발행되었다. 『제일선』의 분량은 130여 쪽 정도였고, 가격은 역시 30전이었다. 『신경제』는 아직까지 실물을 확인하지 못했다. 다만 광고 등을 통해 1932년 5월 창간호가 나온 이래 1933년 6월 제10호까지 간행되었음을 확인할 수 있을 뿐이다. 분량은 8쪽이고, 가격은 2전이었다.[19]

이처럼 개벽사에서 발행한 잡지는 현재 실물을 확인할 수 있는 것과 당시 광고 등을 통해 발행 사실을 확인할 수 있는 것을 모두 합해 9종 406개 호이다. 다음 [표 1]은 1920년부터 1935년까지 개벽사에서 발행한 잡지 현황이다. 숫자는 각 잡지의 호수를 의미하고, 괄호로 되어 있는 것은 필자가 아직 실물을 확인하지 못한 것이다. 『어린이』 6개 호(제4호~제7호, 제104호, 제107호), 『별건곤』 2개 호(제54호, 제56호), 『신경제』 10개 호(제1호~제10호) 등 406개 호 가운데 18개 호의 잡지 실물을 확인하지 못했다.

---

18 「社告: 놀라지 말라 雜誌發行尺數가 月世界까지」, 『어린이』 76, 1930.7.20. 56~57쪽.
19 "『신경제』을 읽어보라! 창간호(新聞 半切型 8頁) 2백만부를 發行"(「本社의 飛躍的 第二期 新計劃」, 『신여성』 47, 1932.5.1.)

[표 1] 개벽사의 잡지 발행 현황

연도	잡지명	1월	2월	3월	4월	5월	6월	7월	8월	9월	10월	11월	12월	계
1920	개벽						1	2	3	4		5	6	6
1921	개벽	7	8	9	10	11	12	13	14	15	16	17	18	12
1922	개벽	19	20	21	22	23	24	25	26	27	28	29	30	12
	부인						1	2	3	4	5		6	6
1923	개벽	31	32	33	34	35	36	37	38	39	40	41	42	12
	부인/신여성	7	8	9	10	11	12	13	14	1		2		10
	어린이			1	2, 3	(4)	(5)	(6)	(7)	8	9	10	11	11
1924	개벽	43	44	45	46	47	48	49	50	51	52	53	54	12
	신여성		3		4	5	6		7	8	9	10	11	9
	어린이	12	13	14	15	16	17	18	19	20	21	22	23	12
1925	개벽	55	56	57	58	59	60	61	62			63	64	10
	신여성	12	13	14	15	16	17	18	19	20	21			10
	어린이	24	25	26	27	28	29	30	31	32	33	34	35	12
1926	개벽	65	66	67	68	69	70	71	72					8
	별건곤											1	2	2
	신여성	22	23	24	25	26	27	28	29	30	31			10
	어린이	36	37	38	39	40	41	42		43	44	45	46	11
1927	별건곤	3	4	5	6			7	8	9			10	8
	어린이	47	48	49	50		51	52			53		54	8
1928	별건곤		11			12·13		14	15			16·17		5
	어린이	55		56			57	58		59	60		61	7
1929	별건곤	18	19		20		21		22	23			24	7
	어린이	62	63	64		65	66		67	68	69		70	9
	학생			1	2	3		4	5	6	7	8		8
1930	별건곤	25	26	27		28	29	30	31	32	33	34	35	11
	어린이	71	72	73		74	75	76		77	78	79	80	10
	학생	9	10	11	12	13	14	15		16	17	18		10
1931	별건곤	36	37	38	39	40		41	42	43	44	45	46	11
	신여성	32	33	34	35		36	37	38	39	40	41	42	11
	어린이	81	82		83	84	85	86	87	88	89	90	91	11

연도	잡지													계
	혜성			1	2	3		4	5	6	7	8	9	9
1932	별건곤	47	48	49	50	51	52	53	(54)	55	(56)	57	58	12
	신여성	43	44	45	46	47	48	49	50	51	52	53	54	12
	어린이	92	93	94	95	96	97	98	99	100	101	102	103	12
	혜성/제일선	10	11	12	13	1		2	3	4	5	6	7	11
	신경제					(1)		(2)	(3)	(4)	(5)		(6)	6
1933	별건곤	59	60	61	62	63	64	65		66		67	68	10
	신여성	55	56	57	58	59	60	61	62	63	64	65	66	12
	어린이	(104)	105	106	(107)	108	109	110	111	112	113	114	115	12
	제일선	8	9	10										3
	신경제	(7)	(8)			(9)	(10)							4
1934	개벽										신1	신2		2
	별건곤	69	70	71		72	73		74					6
	신여성	67		68	69	70	71							5
	어린이	116	117	118	119	120	121							6
1935	개벽	신3		신4										2
	어린이		122											1
합계	9종	36	35	37	33	35	34	35	33	33	30	31	34	406

〔표 2〕 개벽사 발행 잡지의 총분량

연도	1월	2월	3월	4월	5월	6월	7월	8월	9월	10월	11월	12월	계
1920						160	154	152	154		152	152	924
1921	206	152	154	148	144	152	224	136	156	148	160	162	1,942
1922	242	160	160	158	172	232	302	254	250	254	194	276	2,654
1923	306	244	266	312	258	280	282	250	280	184	282	188	3,132
1924	288	342	196	352	308	302	264	312	348	344	312	296	3,664
1925	400	296	300	302	284	208	354	286	226	192	332	236	3,416
1926	396	312	324	324	298	340	368	248	162	152	226	226	3,376
1927	220	226	228	226		72	240	172		246		246	1,876
1928	70	178	68		260	68	246	182	68	68		248	1,456
1929	248	250	186	288	174	254	110	360	356	184	112	246	2,768

1930	372	354	362	112	362	356	356	176	360	364	364	246	3,784
1931	360	364	294	366	262	180	370	366	360	386	386	400	4,094
1932	420	356	362	368	358	242	390	390	388	388	376	384	4,422
1933	376	386	376	246	266	298	294	232	290	232	292	282	3,570
1934	284	136	288	224	280	282		64			272	268	2,098
1935	306		364										670

* 비고 : 『어린이』 4~7호는 12쪽, 104호와 107호는 68쪽으로 추정 / 『별건곤』 54호와 56호는 64쪽으로 추정 / 『신경제』 1~10호는 모두 8쪽으로 추정

〔표 3〕 잡지별 편집 겸 발행인

잡지명	호수(시작)	호수(끝)	편집인/발행인
개벽	1호(1920.06.25.)	72호(1926.08.01.)	이돈화/이두성
부인	1호(1922.06.01.)	3호(1923.01.01.)	이돈화
	4호(1923.02.10.)	14호(1923.08.10.)	박달성
신여성	1호(1923.09.15.)	2호(1923.10.15.)	박달성
	3호(1924.02.20.)	38호(1931.08.01.)	방정환
	39호(1931.09.01.)	71호(1934.06.01.)	차상찬
어린이	1호(1923.03.20.)	30호(1925.07.08.)	김옥빈
	31호(1925.08.10.)	86호(1931.07.20.)	방정환
	87호(1931.08.20.)	122호(1935.03.01.)	이정호
별건곤	1호(1926.11.01.)	12 · 13합호(1928.05.01.)	이을(이재현)
	14호(1928.07.01.)	74호(1934.08.01.)	차상찬
학생	1호(1929.03.01.)	18호(1930.11.10.)	방정환
혜성	1호(1931.03.01.)	13호(1932.04.15.)	차상찬
제일선	1호(1932.05.20.)	10호(1933.03.15.)	차상찬
개벽(신간)	1호(1934.11.01.)	4호(1935.05.01.)	차상찬

[표 1]과 [표 2]에서 볼 수 있듯이, 개벽사에서 1920년 6월 『개벽』을 간행한 이래 1935년 3월까지 15년 동안 한 종류의 잡지도 발간되지 않은 달(月)은 전체 178개월 중 10개월(1920.10, 1927.5 · 9 · 11, 1928.4 · 11, 1934.7 · 9 · 10, 1935.2)에 불과하다. 비율로 보면, 5.6% 정도이다. 이 중 『개벽』 제4호

(1920.9.25.)까지 매월 25일자로 발행하다가 제5호(1920.11.1.)부터 매월 1일로 발행 기일을 변경하면서 빠지게 되는 1920년 10월과 개벽사 잡지 발행이 불안정해지는 1934년 7월 이후를 제외한다면, 개벽사에서는 전체 168개월 중 163개월을 매월 1종의 잡지라도 발행하였다. 1927년 5월, 9월, 11월과 1928년 4월, 11월에만 잡지가 발행되지 않은 것이다.

그렇다면 위 5개월은 왜 잡지가 발행되지 않았을까? 이때는 『개벽』 폐간 이후 개벽사에서 『별건곤』과 『어린이』 두 종류의 잡지만 발행하던 시기이다. 『별건곤』과 『어린이』 1927년 5월호와 9월호, 11월호가 동시에 발행되지 못은 이유는 편집진의 부재와 총독부의 검열 때문이었다. 예를 들어, 3월 말부터 차상찬과 방정환이 명예훼손으로 고소를 당하여 경성지방법원 검사국에 구속되었다가 4월 26일에야 석방되었다. 또한 당시 『별건곤』 편집책임자였던 신영철이 병으로 입원하게 되었고, 검열 과정에서 3차례나 편집을 새로 하게 되면서 5월호 발행이 늦어지게 된 것이다.[20] 9월호 역시 차상찬의 지방 출장과 방정환의 신병, 그리고 검열 등의 문제로 발행할 수 없었다. 11월호의 경우에도 검열과 개벽사 내부 사정 등으로 10월호 발행이 늦어지면서 건너뛰게 되었다.[21]

그리고 1928년 4월호 잡지가 나오지 못한 것은 다음 이유 때문이었다. 먼저 『별건곤』 1928년 4월호가 나오지 못한 것은 2월호인 제11호가 판권지 발행일(1928.2.1.)과 달리 2월 말에야 겨우 나올 수 있었고, 다음 호를 3월 20일에 발행하려고 하였으나, 특집(조선자랑호)으로 편집하면서 검열 등의 문제로 결국 제12호와 제13호를 합하여 5월호로 함께 발행했

---

20 「車方兩氏釋放, 일시 석방해」, 『매일신보』 1927.4.28. 2면 ; 「謝告: 두 달 동안」, 『별건곤』 7, 1927.7.1. 69쪽.
21 「편즙실에서」, 『어린이』 53, 1927.10.1. 74쪽 ; 「편즙을 맛치고(사고)」, 『어린이』 54, 1927.12.1. 68쪽 ; 「編輯後에(社告)」, 『별건곤』 9, 1927.10.1. 172쪽. 『별건곤』 9호는 발행일이 10월 1일로 되어 있으나 편집후기에 "9월은 커냥 10월도 반이나 지나게 되니"라는 표현을 봤을 때, 실질적으로는 10월 하순에 발간된 것으로 보인다.

기 때문이다.[22] 『어린이』 역시 4월호가 나오지 못한 것은 검열 때문이었다. 1928년 3월호(제56호, 1928.3.20.)를 발행하고, 다음 호를 '어린이날 기념호'로 발행하려고 하였다. 하지만 원고를 모두 압수당하여 새로 편집하느라 발행하지 못하고 결국 1928년 5월호와 6월호를 합하여 5·6월 합호(제57호, 1928.5.20.)로 발행할 수밖에 없었던 것이다.[23]

1928년 11월호 잡지를 발행하지 못한 것도 개벽사 내부 사정과 검열 때문이었다. 세계아동예술전람회 개최로 잡지를 편집하기 위한 일손이 부족했으며, 총독부의 검열이 여전했던 것이다. 개벽사에서는 『별건곤』 제15호(1928.8.1.)를 발행하고 나서 9월호나 10월호로 다음 호 발행을 계획하였다. 아마도 차상찬이 쓴 편집후기에 "첫가을에 편집한 것을 이제야(눈 오실 때에) 인쇄소로 넘기게 되니"라고 표현한 것을 봐서는 10월호로 발행하려고 한 것으로 보인다. 그런데 그것이 세계아동예술전람회 개최와 검열 문제 등으로 늦어져 제16호와 제17호를 병합하여 12월호(1928.12.1.)로 발행한 것이다.[24] 그리고 이러한 사정 때문에 『어린이』도 11월호가 발행되지 못한 것이다.

이외에도 개벽사에서 개별 잡지가 발행되지 못한 경우는 대부분 총독부의 검열 때문이었다. 그리고 인쇄소 문제, 개벽사 내부의 사정(편집자들의 개인사정 혹은 질병 등) 등도 그 원인으로 작용하였다. 예를 들어 『부인』의 경우, 1922년 11월호를 발행하지 못하였다. 제5호를 1922년 10월 20일에 발행하고, 제6호를 11월호로 준비하였으나 결국 12월 10일에야 발행하였다. 11월에 잡지를 내지 못한 이유는 원고 검열과 인쇄소 사정에 따른 것이었다. 원고 검열과 인쇄하는 기간이 30일이나 걸린 것이다.[25]

---

22 「社告: 자랑號 닑으시는 분에게」, 『별건곤』 12·13, 1928.5.1. 1쪽.
23 「이 冊을 기다려주신 동무들께(社告)」, 『어린이』 57, 1928.5.20. 1쪽.
24 車, 「編輯室落書」, 『별건곤』 16·17, 1928.12.1. 178쪽.
25 「謝告」, 『부인』 6, 1922.12.10. 45쪽.

또한 『부인』을 『신여성』으로 개제하여, 발행하는 일도 순조롭지만은 않았다. 본래 개벽사에서는 『신여성』 창간호를 1923년 9월 1일에 발행할 계획이었다. 하지만 "9월 1일에 발행될 신여성 창간호가 15일이나 밀려서 이처럼 9월 15일에야 나타나게 됨은 무어라 여쭐 말씀이 없습니다. 『부인』을 『신여성』으로 고친다는 수속 상 편집도 조금 지체되었습니다마는 실상은 당국의 허가가 늦게 된 까닭이외다. 8월 19일에 제출한 원고가 9월 8일에야 본사에 나왔습니다."[26]라고 한 것으로 보아, 잡지 제호 변경 수속과 원고 검열 등으로 차질을 빚은 것이다. 그리고 이것은 다음 호 발행에도 영향을 끼쳤다. 개벽사에서도 이것을 예상하고 9월호 편집후기에 "9월호가 이처럼 15일이나 늦었으니까 10월호도 형편상 또한 늦어질 염려가 없지 못합니다."라고 하여, 독자들에게 10월호 발행이 지연되더라도 양해해 달라고 하였다. 결국 개벽사에서는 『신여성』 제2호를 10월호로 발행하지 못하고, 11월호로 발행하였다. 그 사정을 "여러 날 걸린 이 11월호 편집이 이제야 끝났습니다. 호는 11월호이지만 이 책을 편집하기는 10월 초승입니다. (중략) 10월 초승에 편집된 것이 11월 늦게 발행되게 된 까닭은 창간호를 9월 다 늦게야 발행하고 뒤밋처 한 것이 엇저는 수 없이 제절로 10월 달을 넘어가게 된 것입니다."[27]라고 밝혔다. 이처럼 개벽사에서 잡지를 제때 발행하지 못한 경우는 대부분이 총독부의 검열로 인한 지체 때문이었다. 그리고 여기에 질병·구속 등으로 인한 개벽사 편집진의 부재와 인쇄소 사정 등이 부가되었던 것이다.

이상의 내용을 토대로 개벽사 자체의 잡지 간행 추이를 구분해 보면, 크게 다섯 시기로 나누어 볼 수 있을 것이다. 먼저, 『개벽』이 간행되던 1920년부터 1926년까지의 시기이다. 이때 개벽사에서는 『개벽』 외에 『부인』, 『신여성』, 『어린이』 잡지를 간행하였다. 두 번째 시기는 『개벽』

---

26 「社告」, 『신여성』 1, 1923.9.15.
27 「編輯을 맛치고」, 『신여성』 2, 1923.10.25. 80쪽.

이 폐간되고 나서 『어린이』와 『별건곤』 두 종의 잡지만 간행되던 1927
~1928년의 시기이다. 이때는 전체적으로 보아 다른 연도에 비해 잡지
발행이 현저히 적었다. 이것은 매년 발행된 잡지의 총 호수는 물론, 개벽
사에서 발행된 잡지들의 전체 분량([표 2])을 통해서도 확인할 수 있다.
1927년과 1928년, 이 시기가 개벽사 입장에서는 잡지 발간이 가장 불안
정한 가장 힘든 시기였을 것이다. 세 번째 시기는 소년소녀를 대상으로
한 『어린이』, 남녀학생을 대상으로 한 『학생』, 일반대중을 대상으로 한
『별건곤』이라는 잡지 발행 체제를 갖춘 1929~1930년의 시기이다. 개
벽사는 점차 사원도 늘고 잡지 발행도 안정되어 갔다. 네 번째 시기는
개벽사 잡지 발간이 가장 활성화 되는 1931~1933년의 시기로, 5종의
잡지가 간행되던 때이다. 마지막 다섯 번째 시기는 개벽사 잡지 발간이
침체되고, 결국 문을 닫게 되는 1933년 하반기부터 1935년 상반기까지
의 시기이다. 즉, 개벽사의 잡지 발간은 『개벽』 폐간 이후 침체기를 맞았
다가 1929년부터 조금씩 회복해 1931년과 1932년에 가장 절정을 맞이
했다고 할 수 있다.

3. 1920년대 잡지 편집진의 동향

개벽사 설립 당시의 조직 구성을 직접 확인할 수는 없다. 다만 『개벽』
제29호(1922.11.1.)에 실린 「사규적요(社規摘要)」를 통해 개벽사 조직을 확
인할 수 있다.[28] 이것에 따르면, 개벽사는 편집국·영업국·서무과를 두
었다. 편집국에 조사부·정경부·사회부·학예부, 영업국에 경리부·판매
부·광고부·대리부가 있었다. 사원으로는 고문, 사장, 주간, 편집국장,

---

28 「開闢社 社友制의 設行에 관한 취의와 규정」, 『개벽』 29, 1922.11.1. 114~115쪽.

영업국장, 서무과주임을 비롯해 조사부주임, 정경부주임, 사회부주임, 학예부주임, 경리부주임, 판매부주임, 광고부주임, 대리부주임 등을 두었다. 또 경성에 본사를 두고 전국에 지사·분사·분매소를 설치하였다.

물론 이런 조직 구성이 개벽사 설립 당시부터 만들어진 것은 아닐 것이다. 예를 들어, 일종의 소비조합과 같은 사업을 진행한 대리부가 처음 설치된 것은 1921년 1월이었다.[29] 또한 개벽사에서는 1921년 12월 21일부로 『개벽』지 기사 변경(정치, 경제에 관한 일반 시사를 게재)을 신청하고, 1922년 1월 30일 "정치 시사의 보증금으로 300원 납부의 수속을 완료"하였다. 하지만 총독부에서는 9월 12일자로 이를 인가하였다. 이에 개벽사에서는 1922년 10월 제28호는 편집상 관계로 종래의 방침을 준수하고, 11월 제29호부터 새로운 기사를 게재하기로 하였다.[30] 종래 집필분야가 종교·학술·문화에 한정되어 있었으나, 이때부터 정치 경제 등의 분야로 내용이 확대된 것이다. 이렇게 본다면, 개벽사 조직구성 중 정경부는 이런 일련의 일정과 맞물려 설치되지 않았을까 생각된다.

그리고 자신들의 목적을 "범인간적 민족주의의 하에서 인간사회에 일체 현상을 고구(考究), 평론, 소개 제창하야 무릇 생의 발전에 대한 최합리(最合理), 구참신(具嶄新)한 행로를 개벽"하는 것으로 표방하고, 이를 달성하기 위해 잡지와 단행본 출판, 강연회 개최 등 제반 사업을 진행하려고 하였다. 그렇다면 어떤 사람들이 이런 목적을 달성하기 위해 개벽사의 사원으로 활동했을까?

1920년 6월 『개벽』 창간 당시 개벽사원이 누구였는지 확인할 수 있는 자료를 아직 발견하지 못했다. 다만 『개벽』 제7호(1921.1.1.)에 실린 개벽사원들의 '근하신년' 광고를 통해 초기 사원 명단을 확인할 수 있다. 아

---

29 「代理部 新設」, 『개벽』 7, 1921.1.1.

30 「社會日誌(2월)」, 『개벽』 21, 1922.3.1. 86쪽 ; 「雜誌四種許可」, 『동아일보』 1922.9.16. 2면 ; 「注目할 言論界 前途」, 『동아일보』 1922.9.16. 3면. ; 「編輯餘言」, 『개벽』 28, 1922.10.1.

마도 이들이 『개벽』 창간 당시의 사원들일 것이다. 여기에 등장하는 개벽사원은 강인택 김기전 노수현 민영순 박달성 박용준 방정환 이돈화 이두성 최종정 현희운 등 모두 11명이다.[31] 이 중 최종정은 사장, 이돈화는 편집인, 이두성은 발행인, 민영순은 인쇄인이었다. 노수현과 현희운을 제외한다면 모두 천도교단이나 천도교청년회 주요 인물들이다. 천도교청년회의 지도자들이자 개벽사원인 김기전 박달성 방정환 이돈화 등은 『개벽』을 간행하고, 여기에 '범인간적 민족주의'[32] 기치 하에 인내천주의를 비롯한 천도교리에 대한 소개, 신문화건설에 대한 방안 등 다양한 글을 실었던 것이다.

한편, 『개벽』 제31호(1923.1.1.)에 실린 개벽사의 「근하신년」 인사에 등장하는 인물들은 오세창 권동진 최린 민영순 홍광호 이돈화 이두성 김옥빈 이재현 차상찬 김기전 최종정 박달성 박군실 박승철(在독일) 방정환(재일본) 이우명(재중국) 장회근(재미국) 등 18명이다.[33] 이를 『개벽』 제7호에 수록된 명단을 비교해 보면, 오세창 권동진 최린과 홍광호 김옥빈 이재현 차상찬 박군실 박승철(독일) 이우명(중국) 장회근(미국) 등 11명이 추가되었다. 그리고 강인택 노수현 박용준 현희운 등 4명이 개벽사를 그만둔 것으로 확인된다. 개벽사원으로 계속 등장하는 인물은 민영순 이돈화 이두성 김기전 최종정 박달성 방정환 등 7명이다.

새로 등장한 인물 중 오세창 권동진 최린은 당시 천도교단의 주요 지도자들로 개벽사의 고문으로 위촉된 것 같다. 김옥빈은 1922년 9월 17일에 입사하였고,[34] 이재현은 1922년 11월 27일 열린 '신천지·신생활 필화사건'에 대응하기 위한 회합에 개벽사를 대표해 참석한 것으로 보

31 「謹賀新年: 開闢社員(가나다순)」, 『개벽』 7, 1921.1.1.
32 '범인간적 민족주의'에 대해서는 정용서, 앞의 글 참고.
33 「謹賀新年」, 『개벽』 31, 1923.1.1. 104쪽.
34 「社員動靜」, 『개벽』 28, 1922.10.1.

아 그 이전에 입사한 것으로 보인다.[35] 박군실은 1922년 8월 31일 사임한 광고부원 겸 집금인(集金人) 이달여를 대신해 그 역할을 담당하였다.[36]

그리고 새로 등장한 인물 가운데 주목되는 사람은 이후 개벽사에서 중요한 역할을 하는 차상찬이다. 다만 그가 정확히 언제부터 개벽사에 합류했는지는 분명치 않다. 차상찬은 『개벽』 창간 동인으로 알려져 있다.[37] 하지만 아직까지 이를 입증할 만한 자료를 직접 확인하지는 못했다. 이돈화 박달성 이두성 외 몇 사람이 개벽사 창립을 발의하였다는 자료가 있을 뿐이다.[38] 지금까지 확인한 자료 어디에서도 '개벽 창간 동인'이라는 단어를 보지 못했다.[39] 그렇다면 차상찬이 개벽사에 합류하는 시점은 언제일까? 그것은 아마도 개벽사에 정경부가 만들어지는 시점, 차상찬이 천도교청년회에 합류하여 활동하는 시점 등과 관련이 있을 것 같다.

개벽사에서는 1921년 12월 21일부로 『개벽』지 기사 변경(정치, 경제에 관한 일반 시사를 게재)을 신청하고, 1922년 1월 30일 "정치 시사의 보증금으로 300원 납부의 수속을 완료"하였다. 하지만 총독부에서는 9월 12일자로 이를 인가하였다. 이에 개벽사에서는 1922년 10월 제28호는 편집상 관계로 종래의 방침을 준수하고, 11월 제29호부터 새로운 기사를 게재하기로 하였다.[40] 종래 집필 분야가 종교·학술·문화에 한정되어 있었

---

35 「言論의 擁護를 決議, 법조계와 언론계가 연합하여」, 『동아일보』 1922.11.29. 3면 ; 「當局의 言論壓迫과 民衆의 輿論激昂, 言論의 擁護를 協同決議한 法曹界와 言論界」, 『개벽』 30, 1922.12.1. 90쪽.

36 「社員動靜」, 『개벽』 28, 1922.10.1.

37 오영근, 「개벽에 관한 서지적 연구」, 청주대학교 석사학위논문, 1994.

38 「開闢社略史」, 『별건곤』 30, 1930.7, 8쪽.

39 1926년 『개벽』이 폐간된 직후 발행인 이두성이 "개벽사란 원래 『개벽』 한가지만 발행할 목적으로 생긴 것이 아니라 여러 가지 사업을 하는 동시에 개벽 잡지도 발행하던 것이니까 우리 동인은 어디까지든지 개벽사를 조직한 정신으로써 목적한 사업을 계속할 뿐입니다."(發行人 李斗星氏談, 「子息은 죽엇스나 産母는 如前健在」, 『동아일보』 1926.8.3. 2면)라고 한 말에서 '우리 동인'이란 단어를 확인할 수 있었을 뿐이다.

40 「社會日誌(2월)」, 『개벽』 21, 1922.3.1. 86쪽 ; 「雜誌四種許可」, 『동아일보』 1922.9.16. 2면 ; 「注目할 言論界 前途」, 『동아일보』 1922.9.16. 3면. ; 「編輯餘言」, 『개벽』 28, 1922.10.1.

으나, 이때부터 정치·경제 등의 분야로 내용이 확대된 것이다. 개벽사 조직구성 중 정경부는 이런 일련의 일정과 맞물려 설치되지 않았을까 생각된다. 또한 차상찬은 1922년 3월 4일 천도교청년회 간무(서무담당)로 선출되었다.[41] 이때를 전후해서 차상찬이 본격적으로 천도교청년회 활동에 참여한 것으로 보인다. 그리고 개벽사에서는 1922년 『부인』 간행을 앞두고 여기자를 채용하였다. 김경숙을 당시 조선 언론계에서 제일 먼저 여기자로 채용한 것이다. 춘천 출신의 김경숙은 "어찌어찌 소개가 되어" 개벽사에 입사하였다. 김경숙이 춘천 출신인 점으로 짐작해 보건데 차상찬이 개벽사에 합류한 이후 그녀를 추천한 것이 아닐까 생각된다.[42] 이와 같은 일련의 상황을 종합해 볼 때, 차상찬은 1922년 초 개벽사에 합류하여 정경부 주임을 맡은 것으로 보인다.

다음으로 개벽사를 그만둔 인물 가운데 강인택은 1922년 말 천도교단 분규와 관련해 오지영 등과 함께 천도교회연합회에서 활동하면서 개벽사를 그만둔 것으로 보인다. 개벽사를 퇴사한 인물 가운데 가장 주목되는 사람은 경성미용원 원장으로 활동하며 초기부터 개벽사에 참여한 현희운이다. 그는 개벽사 학예부 주임으로 활동하며 잡지 『부인』 창간호(1922.6.1.)부터 제3호(1922.8.20.)까지 편집책임(편집주임)을 맡기도 하였다. 그는 『부인』 제3호 편집후기에서 "불초한 본인이 본지 창간호로부터 명색 편집주임의 중한 책임을 맡아 마음과 뜻대로 책 꼴이 되지 못함은 사과하거니와 (중략) 불행이 신체의 고장으로 이를 맡기 어려워 이번호 편집까지만 참례하고 다음부터는 직접으로는 관계치 안삽기에 두어 자 글을 적어 평시 애호하시던 여러분에게 감사한 뜻을 표하는 동시에 여름 문안을 드립니다."라는 인사말을 끝으로 개벽사를 떠났다.[43] 학예부

---

41 「第五回定期總會會錄」, 『천도교청년회회보』, 4, 1922.9, 4~5쪽 ; 「任員의 任免」, 『천도교청년회회보』, 4, 1922.9, 11~12쪽.
42 翠雲生, 「朝鮮 新聞雜誌의 婦人記者 列傳-金敬淑氏」, 『신여성』 45, 1932.3.1. 48~51쪽.
43 「사고」, 『부인』 3, 1922.8.20. 16쪽.

주임으로 활동하며『부인』창간과 편집을 책임졌던 현희운이 1922년 7월 31일 일신상의 사유로 개벽사를 퇴사한 것이다.[44]

위 두 명단에 모두 등장하는 인물들 중 방정환은 1920년 9월부터 일본 동경으로 유학을 가게 된다.[45] 이돈화는 1921년 1월 4일 현재 천도교단에서 발행하던『천도교회월보』의 주필도 겸하고 있었다.[46] 박달성은 1921년 1월 7일 일본 동경에 도착하여 활동한다. 하지만 박달성은 1921년 4월 천도교 천일기념일(4월 5일)을 맞아 일시 귀국하여 4월 3일 천도교청년회 주최 강연회에서 연설하고, 4월 4일 천도교청년회 제3회 정기총회에 참석하였다. 그리고 다시 일본으로 돌아갔다가 그해 6월부터 8월에 걸쳐 진행된 천도교청년회 동경지회 순회강연단의 일원으로 참여하여 조선 각지에서 강연을 하였다. 7월 13일 원산에서의 강연으로 15일 구류처분을 받은 후 강연 금지를 당하고, 이 사건 이후 일본으로 돌아가지 않은 듯하다.[47] 이렇게 보면 방정환은 1920년 9월 이후, 박달성은 1921년 1월부터 7월 경까지『개벽』편집에 직접 참여하기는 어려웠을 것이다.

한편, 위 두 명단에는 없지만 개벽사 초기 활동에서 빼놓을 수 없는 사람이 있다. 다름 아닌 당시 조선 언론계에서 제일 먼저 여기자로 채용된 김경숙이다. 개벽사에서는 1922년『부인』간행을 앞두고 여기자를 채용하였다. 춘천 출신의 김경숙이 개벽사에서 부인 잡지를 발행하며 여기자를 채용할 때 "어찌어찌 소개가 되어" 개벽사에 입사한 것이다.

---

44 「社員動靜」,『개벽』28, 1922.10.1.
45 에쓰, 피-生,「달밤에 故國을 그리우며」,『개벽』7, 1921.1.1. 145~148쪽.
46 姜仁澤,「좀 보시오 거룩한 우리 講習會報告의 橫說竪說을」,『천도교회월보』127, 1921.3, 89~95쪽.
47 小波,「敎友 또 한사람을 맞고」,『천도교회월보』126, 1921.2, 73~74쪽 ;「中央總部彙報 -青年會特別講演盛況」,『천도교회월보』128, 1921.4, 112~113쪽 ;「第三回定期總會會錄」,『천도교청년회회보』3, 1921.12, 2~3쪽 ;「天道敎青年會 東京支會 巡廻講演狀況」,『천도교회월보』131, 1921.7, 102쪽 ;「天道敎青年會 東京支會 巡廻講演狀況續報」,『천도교회월보』132, 1921.8, 101쪽 ;『왜정시대인물사료 1』, 11쪽, 223쪽.

개벽사에서 김경숙이 맡은 일은 "가정 방문의 기사가 제일 많았었고 또 한 가지는 그 때만 하여도 일반 가정에서 잡지가 어떠한 것을 잘 이해하지 못하는 까닭에 기사보다도 여러 가정을 방문하여 그 잡지의 선전을 하는 것이 큰 임무"였다.[48] 즉, 개벽사의 남자 기자들이 찾아가기 어려운 가정방문 기사도 쓰고, 일종의 영업사원 역할도 했다는 것이다.[49] 김경숙의 글은 『부인』창간호에 '일기자'로 쓴 「부인기자 가정방문기—양춘 삼월에 상춘원으로 의암선생의 내정을 방문」, 독자들의 질문에 답하는 「가정고문」난에 '본사 부인기자 김경숙'이라고 쓴 글이 『부인』창간호와 제2호(1922.7)에 있다. 하지만 김경숙은 개벽사에 입사한 지 얼마 지나지 않아 병으로 그만두게 되었다.

이외에 개벽사 판매부주임으로 활동하는 조기간[50]과 1922년 3월부터 6월까지 개벽사 사장대리를 한 이종린 등이 있다. 천도교회월보사 사장이었던 이종린은 1922년 3월 개벽사 사장대리를 맡았다가 천도교회월보사 업무로 인하여 6월 30일 사임하였다.[51] 그가 사장대리를 맡은 구체적 사유는 확인하지 못하였다.

이상에 언급한 인물들이 개벽사에서 담당한 역할은 무엇일까? 개벽사의 조직구성에 따라 몇몇 인물들에 대해서는 그 역할을 짐작해 볼 수 있다. 즉, 앞에서도 언급했듯이 오세창 권동진 최린은 개벽사의 고문으로 활동하였다. 사장 최종정(1922년 3~6월 사장대리 이종린), 주간 이돈화, 편집국장 김기전, 조사부주임 이재현, 정경부주임 차상찬, 사회부주임 박달성, 학예부주임 현희운(후임은 확인하지 못함), 영업국장 민영순, 서무과주임 이두성, 판매부주임 조기간 등이었을 것이다.[52] 이 시기 경리부주임, 광고부

48 翠雲生, 「朝鮮 新聞雜誌의 婦人記者 列傳—金敬淑氏」, 『신여성』 45, 1932.3.1. 48~51쪽.
49 이상경, 「『부인』에서 『신여성』까지」, 『婦人/新女性』(영인본), 케포이북스, 2009.12, 29쪽.
50 「人事消息」, 『매일신보』 1922.3.27. 2면.
51 一記者, 「社會日誌(3월)」, 『개벽』 22, 1922.4.1. 103쪽 ; 開闢社長 李鍾麟氏談, 「人選問題」, 『매일신보』 1922.4.9. 3면 ; 「社員動靜」, 『개벽』 28, 1922.10.1.

주임, 대리부주임은 구체적으로 누가 담당했는지 아직 확인하지 못했다.

이렇게 보면, 초기 개벽사 편집국에 근무하며, 잡지 편집에 참여한 구성원들이 누구였는지 짐작해 볼 수 있다. 먼저 『개벽』의 경우는 편집인 이돈화와 편집국장 김기전을 중심으로 몇 사람이 공동으로 편집을 맡았던 것으로 보인다. 『개벽』 30호(1922.12.1.) 「편집여언」에 "이번호의 편집에는 편집인 되는 이군이 서선지방을 견학하는 노정에 올라 우리 집 일은 별로 분망하였습니다. 따라서 기사의 편집상 스스로 정제되지 못한 것이 많습니다."라고 한 것으로 보아 편집인 이돈화가 『개벽』 편집에 주요 인물이었음을 짐작할 수 있다.

그리고 『개벽』 제33호(1923.3.1.) 편집후기에는 "편집자 중 3인이 출타하옵고 유(惟) 1인이 당국(當局)하야 어물어물 하였사오니 꼴이 보잘 것이 있겠습니까."라고 적었다.[53] 당시 『개벽』 편집에 참여한 사람이 모두 4명이라는 의미다. 이들 4명이 누구인가? 개벽사에서는 '경남도호'를 준비하기 위해 김기전과 차상찬이 2월 내내 경남 지방 출장 중이었다. 편집후기에서 언급한 '3인의 출타자' 중 2명은 이들일 것이다. 그리고 개벽사에 남은 1명은 박달성이다. 그것은 박달성이 『부인』 제9호(1923.3.1.)에 쓴 "우리 개벽사에서는 이 3월부터 개벽 도호(道號)하기에 퍽 밧뿌외다. 편집국에서는 눈코뜰새 없이 모드 나아가 덤비게 되었습니다. 다만 이 한 몸뚱이가 붙잡혀 앉아서 한숨을 턱턱 접할 뿐이외다."[54]라는 편집후기를 통해 확인할 수 있다. 그리고 출타자 3인 중 확인되지 않는 1명은 아마도 당시 개벽사 조직 구성과 사원들의 역할을 볼 때, 이돈화

---

52 「編輯局消息」, 『개벽』 21, 1922.3.1. 72쪽 ; 「人事消息」, 『매일신보』 1922.3.27. 2면 ; 「消息」, 『동아일보』 1923.3.5. 2면 ; 「人事消息」, 『매일신보』 1923.4.1. 2면. 한편, 조기간이 판매부주임을 계속 맡은 것 같지는 않다. 비록 1년 뒤의 사원 동정이기는 하지만 洪光鎬가 판매부 사무로 1924년 2월 14일에 평양으로 출장을 떠났다(「社員動靜(二月中)」, 『개벽』 45, 1924.3.1. 155쪽)는 내용으로 보아, 홍광호가 판매부 주임을 맡았던 것으로 보인다.

53 「編輯을 마치면서」, 『개벽』 33, 1923.3.1.

54 달성, 「끗흐로 한말슴」, 『부인』 9, 1923.3.1. 94쪽.

일 듯싶다.

이렇게 보면 이 시기 개벽사 편집국에서 활동하며 잡지 편집에 참여한 사람은 김기전 이돈화 박달성 차상찬 등이 그 핵심이었을 것이다. 그리고 1922년 7월 퇴사하기 전까지는 현희운도 편집국의 핵심 중 한 사람이었을 것이다. 『개벽』은 처음에 이돈화(편집인)와 김기전(편집국장)을 중심으로 박달성(사회부주임) 차상찬(정경부주임) 현희운(학예부주임) 등이 중심이 되어 편집되었고, 1922년 『부인』을 창간하면서부터 현희운은 『부인』편집책임을 맡았던 것이다. 현희운이 개벽사를 떠나자 『부인』 제4호(1922.9.10.)부터 사회부주임이던 박달성이 그 편집책임(편집주임)을 맡았다.[55]

한편, 이들 외에 1920년대 전반기에 개벽사에서 발행된 잡지의 편집에 관여하는 주요 인물이 한 사람 더 있다. 바로 방정환이다. 개벽사에서는 1923년 3월 『어린이』를 발행하였다. 천도교소년회 기관지로 출발한 『어린이』[56]의 편집 겸 발행인은 김옥빈이었으나, 실제로 창간호부터 『어린이』를 편집한 것은 방정환이었다.[57] 그리고 1925년 8월 제31호부터 직접 편집 겸 발행인을 맡아, 『어린이』의 명실상부한 편집책임자가 되었다.

방정환은 『어린이』 뿐만 아니라 『신여성』의 편집 겸 발행인도 맡았다. 박달성이 『개벽』의 편집상 관계로 더 이상 『신여성』을 책임질 수 없게 되자 『신여성』 제3호(1924.2.20.)부터 방정환이 대신하게 된 것이다.[58] 그리고 『신여성』 제4호(1924.3.20.)부터는 방정환이 『어린이』와 함께 편집을 책임지게 되었다. 방정환은 "이전에라도 『신여성』 편집에 전연 관계 안한 것은 아니나 그 책임을 도맡아 나 혼자 편집하기는 이번이 처음입니

---

55 「사고(社告)」, 『부인』 3, 1922.8.20. 83쪽.
56 「『어린이』 創刊, 소년소녀 잡지로」, 『동아일보』 1923.3.25. 3면
57 「닑어보십시오」, 『신여성』 1, 1923.9.15. ; 「돌풀이」, 『어린이』 14, 1924.3.13. 26쪽.
58 「社告」, 『신여성』 3, 1924.2.20. 17쪽.

다.『어린이』를 혼자 맡은 내가 어린이 한가지에도 힘이 부족한 터에 『신여성』까지 책임을 지기는 너무도 힘에 넘치는 일이요 안 될 일이나 그러나 사내의 여러 가지 형편상 내가 맡지 아니치 못하게 되어 어느 시기에 이르기까지 그동안 내손으로 꾸미게 된 것입니다."라고 하여,[59] 자신이『어린이』와 함께『신여성』을 편집책임을 맡게 되었음을 밝혔다.

1924년 7월경에는 정병기가 입사하여『어린이』편집을 도왔다.[60] "편집실은 2층 북편 방인고로 1년 12달 가도 볕 구경을 못하는 고로 박달성 선생 같은 이는 북빙양에 온 것 같다고 불평이 많더니 이번에 난로를 드려놓고 책상 자리를 새로 옮겨 놓느라고 부산하였습니다. 새로 옮긴 결과 앉은 자리는 방선생님 옆에 정선생님 또 그 옆으로 꺾어서 박선생님 또 그 옆으로 차선생님 자리고 따로 뚝 떨어져서 내 책상이 있습니다."라는 편집후기를 볼 때,[61] 개벽사 편집실에는 방정환 정병기 박달성 차상찬 등이 근무하였다. 그리고 이들이 주로 담당한 업무가 무엇인지 짐작할 수 있다. 즉 새로 입사한 정병기는 방정환과 함께『어린이』편집에 참여했을 것이고, 박달성은『개벽』의 편집을 담당했을 것이다. 박달성은『개벽』제55호(1925.1.1.) 편집후기(「餘言」)를 기명으로 작성하였다. 차상찬은 『개벽』의 도호 발행 때문에 주로 지방 답사에 치중하고 있었다.

이런 상황에서 개벽사에 새로 입사하여 편집실에서 활동하는 두 사람이 있다. 박영희와 신영철이다. 박영희는 1924년 12월경 개벽사에 입사하여『개벽』1925년 1월 제55호부터 문예편을 담당하였다.[62] 또한 비슷한 시기에 신영철이 입사하여『신여성』의 편집을 책임지게 되었다. 즉, 『어린이』와『신여성』을 편집하던 방정환이 1925년 1월호부터『어린이』

---

59 方,「편즙을 마치고」,『신여성』4, 1924.3.20. 88쪽.
60 方,「남은 잉크」,『어린이』19, 1924.8.7. 49쪽.
61 편즙실급사,「편집실이약이」,『어린이』23, 1924.12.11. 44쪽.
62 春坡,「餘言」,『개벽』55, 1925.1.1.

편집에만 주력하기로 한 것이다.[63] 하지만 방정환이 『신여성』 1925년 신년호(제12호)부터 바로 편집에서 빠진 것은 아니다. 방정환이 『신여성』 제12호 편집후기에 "다음 2월호부터는 나는 『어린이』에 전력하게 되어 신여성의 편집은 주로하게 못되고 다른 이의 힘을 많이 빌게 되었습니다."[64]라고 한 것과 『어린이』 제25호(1925.2.1.)에 "기자 선생님이 또 한분 새로 들어오셨습니다. 신영철 선생님입니다. 일본 동경에서 동양대학에서 공부하시고 오신 유명한 선생님이십니다."라고 한 것을 종합해 보면, 『신여성』 1925년 신년호까지는 방정환이 편집을 했고, 다음 2월호(제13호)부터 신영철이 편집을 담당했다.[65]

그렇다고 이들이 자신이 맡은 잡지에만 관여한 것은 아니다. "『어린이』의 두 돌잔치에는 방정환씨 신영철씨 박달성씨 정병기씨가 추리고 추려서 좋은 것을 마련하신 외에"[66]라고 한 것으로 보아, 『어린이』 편집 책임은 방정환이 맡았지만 경우에 따라서는 『개벽』을 담당한 박달성, 『신여성』을 담당한 신영철 등이 서로 협력하여 잡지를 발간하였음을 짐작할 수 있다. 또한 박달성이 도호 준비차 지방 출장 중에 김기전에게 보낸 글을 보면, 당시 박달성만이 『개벽』의 편집책임을 맡았던 것 같지는 않다. 박달성은 이 글에서 "소춘형 이 좀 얼마나 바쁘십니까. 기자대회는 퍽도 성황인가 보구려? 보고 싶습니다. 5월호는 엇지 되었습니까?"라고 질문하였다.[67] 또한 "황해도 답사 중에 잇던 차상찬군은 기간 친상을 당하고 향제에 갔다가 근경에 귀사하고 박달성군은 차군을 대하야 또 황해도에 출장하고 보니 편집실은 일시 고적한 감이 불무하였었다. 연중 전국적으로 떠드는 조선기자대회와 민중운동자대회가 계속 개

63 편즙실급사, 「편즙실이약이」, 『어린이』 23, 1924.12.11. 44쪽.
64 方, 「신년호 편즙을 맛치고」, 『신여성』 12, 1925.1.1. 130쪽.
65 「편즙을 맛치고」, 『신여성』 17, 1925.6.20.
66 「광고」, 『어린이』 25, 1925.2.1.
67 春坡, 「東西片信: 黃州에서」, 『개벽』 59, 1925.5.1. 69쪽.

최되는 까닭에 지방 손님의 심방이 퍽도 빈번하고 거기에 관련되는 일도 만해서 편집자도 매우 분망하였었다."[68]라는 편집후기 등을 종합해 볼 때, 『개벽』편집에 김기전이 계속 참여하고 있음을 알 수 있다.

이외에 1925년 4월경, 개벽사 사원을 확인할 수 있는 자료가 있다. 1925년 4월 15일 열린 조선기자대회에 참석한 개벽사 사원 명단이다.[69] 『동아일보』에 발표된 이 명단에 따르면, 개벽사 본사 박달성 김기전 차상찬 민영순 이두성 이돈화 허익환 홍광호 이을(=이재현) 박영희 이태운, 어린이부 방정환 이정호 김옥빈, 신여성부 신영철 박군실 등 모두 16명이 개벽사 사원이다.[70] 『개벽』제31호(1923.1.1.)에 나온 명단과 비교해 볼 때, 빠진 인물은 최종정(사장)과 당시 해외에 있던 박승철(在독일) 이우명(재중국) 장회근(재미국) 등 4명이다. 그리고 새로 등장한 인물은 허익환 박영희 이태운 이정호 신영철 등 5명이다.

그런데 『신여성』1925년 2월호(제13호)부터 편집을 맡았던 신영철이 5월호(제16호)까지 편집하고 개벽사를 그만두었다. 결국 『신여성』제17호(1925.6.20.)는 6·7월 합병호로 발행되었다. "4개월 동안이나 이 편집을 맡아 해주시던 신씨가 돌연히 다른 지방에 가시게 되어 이번 6월호는 몹시 창황하게 몰아쳐 편집되었습니다."[71] 신영철이 퇴사하자 방정환이 『어린이』제29호(1925.6.1.) 편집을 끝내고 『신여성』을 편집하면서 늦어진 듯하다.

그렇다면 이후 신영철을 대신해 『신여성』편집을 담당한 사람은 다시 방정환인가? 그렇지는 않다. 다음 호인 『신여성』제18호(1925.8.1.)부터 제22호(1926.1.1.)까지는 허정숙이 편집을 담당하였다. 허정숙은 개벽사의

---

68 「餘滴」, 『개벽』59, 1925.5.1.
69 「參加人員(제1회)」, 『동아일보』1925.4.6. 2면 ; 「記者大會 參加人員(제3회)」, 『동아일보』1925.4.15. 2면.
70 이 대회가 끝나고 발행된 『조선기자대회 회원명부』에는 이들 외에 개벽사 본사 항목에 『동아일보』기사에는 천도교회월보사 소속으로 나온 이종린과 박래홍 조기간 등 3명이 더 들어 있다.
71 「편즙을 맛치고」, 『신여성』17, 1925.6.20.

세 번째 여기자였다. 개벽사에서는 김경숙이 퇴사한 후 두 번째 여기자로 1923년 5월 이덕성이 입사하여 『부인』 편집부에서 일하였다.[72] 이덕성이 언제 개벽사를 그만두었는지는 불명확하다. 어쨌든 개벽사 여기자로 입사한 허정숙이 『신여성』의 편집을 책임지게 된 것이다. 『신여성』 편집자로서 허정숙은 단발문제(제18호), 조선 여성의 자랑과 여성 생활백태(제19호, 1925.9.1.), 신여성 빈민(제21호, 1925.11.1.), 현대여성 신소망(제22호, 1926.1.1.) 특집 등 그 이전의 남성 편집자들이 계몽적 어조로 여성들의 생활과 처지의 개선을 이야기하는 것에서 벗어나 여성 자신의 목소리를 적극적으로 내었다.[73] 허정숙의 이런 활동은 그녀에 대한 1930년대 회고에서도 확인할 수 있다. "그가 개벽사로 전근하야 신여성 편집책임을 맡어 볼 때에 자기의 손으로 논문을 쓰고 편집을 하고 인쇄 교정까지 하야서 잡지를 상당하게 내 놓은 것으로 보와 그 실력을 족히 짐작하겠고 신녀성에 단발호를 내여 일반 여성의 단발을 주창하는 동시 자기가 솔선하야 (중략) 용감하게 단발한 것을 보면 그의 주의 또는 실행력이 상당히 강한 것을 또한 알 수 있다."[74]

1925년 11월 개벽사는 편집실을 2층에서 1층 넓은 방으로 옮겼다. 당시 편집실 "서편 끝에 김선생님과 방선생님이 등을 마주 향하고 앉으셨고 그다음에 방선생님 옆에 차선생님과 여자 허선생님이 얼굴을 마주보고 앉으셨고 그 건너에 이성환 선생님이 나하고 얼굴을 마주보고 앉으시고 박달성 선생님은 혼자 외따로 동편 끝 책장 옆에 오붓하게 차리고 앉아서" 있었다.[75] 즉, 개벽사 편집실 근무자가 김기전 방정환 차상찬 허정숙 박달성과 이성환이었다는 것이다. 그런데 이성환이 개벽사 사원이 아니라 『조선농민』을 발행한 조선농민사가 개벽사와 사무실을 함께 사

---

72 「편즙실에서」, 『부인』 12, 1923.6.1. 108쪽.
73 이상경, 「『부인』에서 『신여성』까지」, 『婦人/新女性』(영인본), 케포이북스, 2009.12, 30~31쪽.
74 「女記者 群像」, 『개벽』 신간4, 1935.3.1. 70~71쪽.
75 편집급사, 「편즙실 이야기」, 『어린이』 35, 1925.12.1. 68쪽.

204 제2부 『어린이』를 만든 시대, 『어린이』가 만든 시대

용한 것으로 봐야 할 듯하다. 즉, 김기전 차상찬 박달성은『개벽』, 방정환은『어린이』, 허정숙은『신여성』의 편집책임을 맡고 있었던 것이다. 그리고 김기전이 편집국장으로써 이를 총괄하였던 것이다.

하지만 허정숙은 1926년 1월경에 개벽사를 떠나게 된다. 이에 개벽사에서는『신여성』편집을 담당할 사람으로 신영철의 재입사를 추진하게 된다.『어린이』제38호(1926.3.1.)에는 "지나온 3년의 경험을 밑천하여 앞날의 새로운 경륜과 새로운 활동을 계획함으로써 기념하는 동시에 그것을 즉시부터 실행하기 위하여 이달 이날에 새로운 기자 두 분을 더 마저 왔습니다."라는 글이 있다.[76] 개벽사에 2명의 사원이 새로 입사한 것이다. 이들 2명이 바로 신영철과 박경식이었다. 허정숙을 대신해『신여성』을 편집할 사람과 후임 여기자였던 것이다.

하지만 이들은 곧바로 개벽사에 참여하지 못한다. 이들이 개벽사에 합류하게 되는 것은 두 사람이 다니고 있던 직장(학교)의 일을 마무리하게 되는 4월부터이다.[77] 신영철은 개벽사에 다시 합류하게 된 소감을, "내가 시골 있는 동안에 편집인으로부터 다시 와서 이것을 좀 맡아 줄 수 없겠느냐고 완곡하신 뜻의 청탁이 있었습니다. 처음에는 퍽이나 주저하였지만 다시 생각하고 편히 수락했습니다. 작년 5월에 이곳을 떠났다가 금년 4월에 다시 이 편집실의 걸상 하나를 점령하게 되니 그저 시집갔던 새 아씨가 친정에 근친 온 것 같아서 수스럼도 없고 미덤직한 생각이 나서 기쁘기도 하지만 앞으로의 일을 생각하면 그저 가슴이 답답만 합니다."라고 밝혔다.[78] 1925년 5월 개벽사를 퇴사했다가 방정환의 요청으로 1926년 4월 재입사한 신영철이『신여성』제26호(1926.5.1.)부터 다시 편집에 참여한 것이다.

76「三月 一日 創刊參周年紀念」,『어린이』38, 1926.3.1. 1쪽.
77「편즙을 마치고서」,『신여성』25 1926.4.1. 95쪽 ;「독자담화실」,『어린이』40, 1926.5.1. 65쪽.
78 신,「편즙을 맛치고」,『신여성』26, 1926.5.1. 83쪽.

한편, 조선총독부 경무국에서는 『개벽』이 안녕질서를 방해한다는 이유로 1926년 8월 1일 발행금지 처분을 내렸다.[79] 『개벽』이 제72호를 끝으로 막을 내리게 된 것이다. 『개벽』 발행인 이두성은 "개벽사란 원래 『개벽』 한가지만 발행할 목적으로 생긴 것이 아니라 여러 가지 사업을 하는 동시에 개벽 잡지도 발행하던 것이니까 우리 동인은 어디까지든지 개벽사를 조직한 정신으로써 목적한 사업을 계속할 뿐입니다. 말하자면 아들하나 잃어버린 산모 개벽사는 여전히 건재할 것입니다."[80]라고 하여, 『개벽』을 제외한 『신여성』과 『어린이』를 계속 발행할 것이라고 설명하였다. 또한 개벽사에서도 "『신여성』 『어린이』 양지(兩誌)의 계속발행은 물론이어니와 개벽의 대(代)로 다시 별개 잡지 또는 별개 사업으로 배전 노력하야써 우리의 본래 목적을 관철하기로 다시금 결심하오니 여러분 동무도 더 많은 애호를 주시기 바랍니다."라는 신문광고를 게재하였다.[81]

이에 개벽사에서는 먼저, 방정환이 혼자 담당하고 있던 『어린이』 편집자를 한 사람 더 늘렸다. "개벽이 없어진 대신으로 곧 두 가지 새로운 잡지를 시작하기로 하였고 어린이 편집실에는 기자를 또 한 분 더 늘여서 일이 속히 되도록 하는 동시에 더 많은 활동을 하게 되었사오니 기뻐하여 주시기를 바랍니다."[82] 즉, 이전까지 개벽사 영업국에서 일하던 이정호가 편집실로 자리를 옮겨 『어린이』 제43호(1926.9.1. 8·9월 합병호)부터 편집에 참여하게 된 것이다.[83] 『어린이』 창간 당시부터 방정환을 도와 제반 업무를 처리하였던 이정호가 『어린이』를 편집하게 된 것이다.

다음으로, 개벽사에서는 폐간된 『개벽』을 대신할 잡지 발행을 추진하였다. "개벽 대신의 신문지법에 의한 『혜성』 잡지는 방금 출원 중이고

---

79 「言論界 一大慘劇, 開闢에 發行禁止」, 『동아일보』 1926.8.3. 2면.
80 發行人 李斗星氏談, 「子息은 죽엇스나 産母는 如前健在」, 『동아일보』 1926.8.3. 2면.
81 「광고: 謹告天下同志」, 『동아일보』 1926.8.4. 2면.
82 「독자 여러분께(社告)」, 『어린이』 43, 1926.9.1. 5쪽.
83 「편즙을 맛치고」, 『어린이』 43, 1926.9.1. 68쪽.

우선 취미잡지로 10월 창간호를 낸 것이 『별건곤』이라는 것입니다."[84] 하지만 새로운 잡지의 발행에 따라 『신여성』은 『어린이』와 다른 길을 걷게 되었다. 원래 개벽사에서는 『신여성』 31호(1926.10.1.)를 낼 때만 해도 계속해서 『신여성』 다음 호(11월호)를 발간할 예정이었다.[85] 하지만 1926년 11월 1일자로 개벽사의 새로운 잡지 『별건곤』이 발행되면서 내용 중복 등을 이유로 결국 『신여성』을 휴간하게 된다.[86]

개벽사에서는 "우리는 벌써 1년이나 전부터 취미와 과학을 갖추인 잡지 하나를 경영하여보자고 생각하였다. (중략) 별느고 별느든 것이 1년 동안이나 내려오다가 개벽이 금지를 당하자 틈을 타서 이제 『별건곤』이라는 취미잡지"를 편집인 겸 발행인 이을, 인쇄인 민영순으로 하여 발간하게 되었다. 이후 개벽사에서는 1929년 3월 새로운 잡지 『학생』이 나올 때까지 2년여 동안 『어린이』와 『별건곤』 2종류의 잡지가 간행되었다. 앞에서도 언급했듯이 이 시기가 개벽사가 존속했던 기간 중에 가장 적은 수의 잡지가 간행된 시기였다. 또한 2종의 잡지마저도 매월 발행되지 못한 경우가 많았던, 즉 개벽사의 잡지 발행이 가장 불안정했던 시기였다.

그렇다면 이때, 『별건곤』과 『어린이』의 편집 책임자는 누구였는가? 『어린이』는 앞에서도 말했듯이 방정환과 이정호가 편집을 맡았다. "이 번호는 내가[=방정환] 병 뒤의 한양차로 지방에 간 사이 이정호씨의 힘으로 많이 된 것을 감사히 생각하고 있습니다."[87] 『별건곤』은 신영철이 편집책임자로 활약하였다. 이는 "만치 않은 기자 중에 반수나 되는 사람이 자유구속된 중에 편집 책임자인 신영철군이 또 신병으로 입원해 잇게 되야 5월호의 편집이 2주여나 느저 젓난대"라는 개벽사 '사고(謝告)'를

---

84 「이것은 참 별것!!」, 『신여성』 31, 1926.10.1. 38쪽.
85 「편즙을 맛치고」, 『신여성』 31, 1926.10.1.
86 「社告」, 『별건곤』 2, 1926.12.1. 11쪽.
87 「편즙을 맛치고」, 『어린이』 45, 1926.11.15. 72쪽.

통해 확인할 수 있다.[88] 그리고 이 시기 개벽사 편집실에는 이돈화 이두성 신영철 박달성 김기전 방정환 안석주 차상찬 등이 근무하고 있었다.[89] 따라서 신영철이 질병 등의 사정으로 편집을 하지 못할 때는 다른 사람들이 대신하였다. 박달성이 대신하기도 하였고,[90] 방정환이 대신하기도 하였다.[91]

한편, 개벽사에서는 1928년 4월경에 신입사원 3명을 채용하였다.[92] 배재고보를 졸업한 손성엽과 안주의 최경화, 그리고 여기자 최의순이 개벽사에 입사한 것이다.[93] 최경화는 개벽사 입사 이전에 『어린이』에 많은 글을 투고하였던 인물이다. 손성엽도 『어린이』와 인연이 깊은 인물이다. 그는 입사 소감을 "『어린이』 잡지가 맨 처음 창간될 때에는 천도교소년회 교양부 사업으로 경영하던 것인데 그 때 내 나이가 17살! 여러분이 잘 아시는 이정호씨와 같이 천도교소년회에 다닐 때였습니다. 그래서 나는 항상 '어렸을 때 우리 회에서 하던 잡지! 우리 회에서 하던 잡지!' 하면서 잊을래야 잊을 수 없는 어떤 실마리가 내 마음에 지울 수 없는 화인과 같이 얼크러져 있었습니다."[94]라고 말하였다. 최의순은 개벽사의 다섯 번째 여기자였다.[95]

이들 신입사원 세 사람의 역할은 "여러분을 늘 웃기어 온 차상찬형 또 암중비약에 솜씨 익은 신영철 형 두 분이 별건곤 편집의 전책임을 지고 신입기자 세분이 뒤를 돕게 된 것입니다."라는 방정환의 글을 통해 확인

---

88 「謝告: 두 달 동안」, 『별건곤』 7, 1927.7.1. 69쪽.
89 「編輯局員總出: 내가 第一 창피하엿든 일」, 『별건곤』 7, 1927.7.1. 134~138쪽.
90 春, 「編輯後言」, 『별건곤』 7, 1927.7.1. 168쪽 ; 「編輯後에(社告)」, 『별건곤』 8, 1927.8.17. 172쪽.
91 「편즙실에서」, 『어린이』 53, 1927.10.1. 74쪽.
92 「編輯室로로부터」, 『별건곤』 12 · 13, 1928.5.1. 224쪽.
93 「편즙을 맛치고」, 『어린이』 56, 1928.3.20. 68쪽 ; 方, 「편즙실에서」, 『어린이』 57, 1928.5.20. 68쪽.
94 孫盛燁, 「入社 첫인사」, 『어린이』 57, 1928.5.20. 67쪽.
95 하지만 최의순이 1928년 12월 『동아일보』 기자로 활동하는 것을 봤을 때, 그 이전에 이미 개벽사를 퇴사한 것으로 보인다(『동아일보』 1928.12.13. 4면).

할 수 있다.[96] 차상찬과 신영철 두 사람이 『별건곤』의 편집을 책임지고, 신입기자 최경화 손성엽 최의순이 협조하는 체제로 『별건곤』이 간행되었고, 『어린이』는 방정환과 이정호가 그 역할을 했던 것이다. 즉, 이 시기 개벽사에서 발행한 『어린이』와 『별건곤』의 편집 책임자는 방정환 이정호와 차상찬 신영철 네 사람이었던 것이다. 이들이 서로 협력하며 두 종의 잡지를 책임지고, 손성엽 최경화가 보조했던 것이다. 특히 방정환은 자신은 『어린이』 편집에 주력하겠다고 했지만,[97] 개벽사 주간으로서 『별건곤』 편집에도 계속 관여할 수밖에 없었다. 그럴 경우 『어린이』는 이정호가 대신 편집을 담당하였다. 하지만 신영철은 『별건곤』 15호 (1928.8.1.)를 편집한 이후 다시 개벽사를 떠났다.[98]

개벽사에는 1928년 11월경에 다시 두 사람의 신입사원이 들어오게 된다. "키가 5척 4촌 각테안경에 개벽사 유일의 모던 양복을 입은" 오래 동안 극을 전문으로 연구하던 24세의 박승진과 "어느 음악가가 한번 보고 무용을 하면 성공할 좋은 스타일이라고 찬사를 아끼지 않았다는" 경성여자고등보통학교를 졸업한 18세의 백시라였다.[99] 백시라는 최의순이 개벽사를 그만두게 되자 새로운 여기자로 채용된 듯하다. 따라서 이때 개벽사 편집실 기자는 방정환 차상찬 이정호 최경화 손성엽 박승진 백시라 등이었다.

한편, 개벽사에서는 1929년 2월부터 새로운 잡지를 창간할 계획을 세운다. "개벽지 代의 『혜성』은 아즉 더 허가되기를 기다리기로 하고 『별건곤』으로 일반대중을 벗해가고 『어린이』로 전국 소년소녀를 지도해 가

---

96 方, 「編輯室」, 『별건곤』 14, 1928.7.1. 178쪽.
97 方, 「編輯室」, 『별건곤』 14, 1928.7.1. 178쪽.
98 1926년 4월 경 재입사했던 신영철이 1928년 가을 개벽사를 퇴사한 것이다. 그는 약 2년 후인 1931년 8월에 다시 입사한다.
99 崔, 「編輯室落書」, 『별건곤』 16·17, 1928.12.1. 178쪽 ; 편즙실급사, 「編輯室 이약이」, 『어린이』 61, 1928.12.20. 68쪽 ; 「白米한섬 懸賞當選發表」, 『별건곤』 18, 1929.1.1. 34쪽.

는 외에 남학생 여학생을 위하여"[100] '학생 잡지'를 창간하기로 한 것이다. 즉, 소년소녀를 대상으로 한『어린이』, 남녀 학생을 대상으로 한『학생』, 일반대중을 대상으로 한『별건곤』이라는 체제를 갖추려고 한 것이다. 이에 따라『어린이』는 1929년 신년호부터 내용을 쉽게 편집하였다.[101]

개벽사에서는『학생』잡지 간행을 위해 1929년 1월 편집실에 기자 2명을 새로 채용하였다. 한 명은 "키도 알맞고 얼굴도 얌전하거니와 호리호리한 몸맵시가 마치 여자와 같은" 최영주였고, 다른 한 명은 "후리후리한 키, 얌전한 얼굴, 어여뿐 표정이 현대식 미남 타입에 만점은 염려 없을" 이태준이었다.[102]『학생』창간호는 방정환을 편집 겸 발행인으로 하여, 1929년 2월 20일 인쇄, 3월 1일 발행되었다.「숙직실(宿直室)」이라는 제목의 편집후기에서 방정환은 "편집인이란 나는 이름뿐으로 자주 드려다 보지도 못하고 전혀 새로 입사하신 이태준씨와 최신복씨 두 분의 노력으로 창간호는 편집된 것을 고백해 둡니다"라고 하여,『학생』창간호가 이태준과 최영주(최신복)에 의해 편집되었음을 밝혔다.

1929년 4월경에는 백시라 후임 여기자로 김순렬이 입사하였다. "내호부터는 여기자의 활동이 있음으로 더욱 여학생 여러분에게 재미있는 페이지를 많이 드릴 줄 믿습니다."라는『학생』창간호(1929.3.1.) 편집후기를 역으로 생각해 볼 때,[103] 백시라는 1929년 1월경 개벽사를 그만둔 것으로 짐작된다. 그리고 이 시기 개벽사에는 최영주의『어린이』편집후기를 통해,[104] 이정호 최경화 이태준 박승진 김진구 김순렬 차상찬 전준성 방

100「新雜誌創刊豫告」,『별건곤』16 · 17, 1928.12.1. 35쪽.
101 方,「編輯室落書」,『별건곤』18, 1929.1.1. 180쪽 ; 方,「편즙을 맛치고」,『어린이』62, 1929.1.20. 68쪽.
102「編輯室落書」,『별건곤』19, 1929.2.1. 182쪽.
103 俊,「宿直室」,『학생』1, 1929.3.1. 114쪽.
104 信,「편즙을 맛치고」,『어린이』68, 1929.8.20. 70쪽.

정환 최영주 등이 근무하고 있음을 알 수 있다. 그런데 1929년 여름 제주도에 간 여기자 김순렬은 이후 개벽사로 복귀하지 않았다.[105] 또한 이태준이 개인 사정으로 퇴사하게 되었다.[106] 이에 개벽사에서는 1929년 11월경 채만식 박로아와 여기자 성선희 김원주 등 4명을 새로 채용하였다.[107]

한편, 개벽사에서 발행한 잡지의 편집을 담당한 사람들은 모두 편집부에 소속되어 있었다. 이들은 본사 · 어린이부 · 학생부 · 신여성부 등으로 구분되기도 했지만 한 사무실에서 일했고, 담당 업무 분야도 고정된 것이 아니었다. 이런 사정을 최영주를 통해 보자. 1929년 1월 편집진에 합류해 『학생』 편집에 참여한 최영주는 그해 여름부터 겨울까지는 『어린이』 편집에 참여하였다. 1929년 7월 1일 발행된 『학생』 3호(1929.5.1.) 편집후기에 방정환 이태준 김순렬 세 사람만 글을 쓴 것으로 보아 최영주는 『학생』 편집에서 한 발 물러나 『어린이』 편집에 주력했던 것 같다. 그러다가 이태준이 개벽사를 그만둔 1929년 11월부터 다시 『학생』 편집에 참여하여, 『학생』 8호(1929.11.20.)부터[108] 마지막 호(18호, 1930.11.10.)까지 편집 책임을 맡게 되었다.[109] 대신에 1930년에 간행된 『어린이』 71호(1930.1.20.)부터 80호(1930.12.20.)까지는 방정환과 이정호를 중심으로 편집되었다. 그리고 다른 기자들은 대부분 『별건곤』 편집에 참여했던 것이다.

이상에서 살펴보았듯이, 1920년 6월 창간한 『개벽』은 김기전 박달성 이돈화 등이 편집하였다. 1922년 6월 창간한 『부인』은 현희운이 편집책임을 맡다가 9월호부터 박달성이 뒤를 이었다. 『어린이』는 1923년 3월

---

105 俊, 「宿直室」, 『학생』 6, 1929.9.1. 106쪽.
106 方, 「宿直室」, 『학생』 8, 1929.11.20. 112쪽.
107 車, 「編輯室落書」, 『별건곤』 24, 1929.12.1. 126쪽.
108 方, 「宿直室」, 『학생』 8, 1929.11.20. 112쪽 ; 崔, 「宿直室」, 『학생』 8, 1929.11.20. 112쪽.
109 당시 방정환은 개벽사 주간으로써 다른 잡지(『어린이』, 『별건곤』) 편집에도 관여하였다. 따라서 『학생』은 편집후기에 방정환의 이름이 등장하고 있지만 그 편집 책임은 처음에 이태준이 맡았고, 그 뒤를 최영주가 이었던 것으로 보인다.

창간호부터 방정환이 편집을 책임졌다. 방정환은 1924년 3월호부터『어린이』와『신여성』의 편집을 함께 담당하였다. 1925년에 들어 방정환은『어린이』편집에만 주력하기로 하고『신여성』은 다른 사람이 맡기로 하였다.『신여성』1925년 2월호부터 5월호까지는 신영철이 편집을 책임졌고 8월호부터 이듬해 신년호까지는 허정숙이 맡았다. 1926년 5월호부터 신영철이 다시 편집에 참여하였다. 1926년『개벽』이 발행금지를 당하고 11월『별건곤』을 창간하면서 내용 중복 등을 이유로『신여성』을 휴간하였다.『별건곤』은 차상찬과 신영철 두 사람이 편집을 책임지고『어린이』는 방정환과 이정호가 그 역할을 했다.『어린이』와『별건곤』2종류의 잡지만 간행된 1927~1928년은 개벽사의 잡지 발행이 가장 불안정했던 시기였다. 1928년 말에 개벽사에서는 소년소녀를 대상으로 한『어린이』, 남녀학생을 대상으로 한『학생』, 일반대중을 대상으로 한『별건곤』이라는 잡지 발행 체제를 갖추려고 하였다. 그 일환으로『어린이』는 1929년 신년호부터 내용을 한층 쉽게 편집하였고 최영주 이태준 등을 신입기자로 채용하였다. 1929년 말에는 채만식 박로아 성선희 김원주 등이 새로 입사하였다. 사원들이 늘면서 잡지 발행도 점차 안정을 찾아갔다.

4. 1930년대 잡지 편집진의 동향

개벽사에서는 1930년 가을에『학생』을 폐간하고 "조선의 장래 어머니가 될 여자들을 위하여"『신여성』을 다시 발간하기로 결정하였다.[110] 『학생』을 폐간하는 대신에『별건곤』에 학생란과 교육란을 증설하여 관련기

---

110 微笑,「파란만튼 方定煥先生의 一生」,『어린이』87, 1931.8.20. 29쪽.

사를 게재하고,『신여성』을 부활하기로 한 것이다. 속간하기로 한『신여성』편집은 방정환과 종래『학생』을 편집했던 최영주가 맡기로 하고, 이정호는『어린이』, 차상찬 채만식 박로아는『별건곤』을 담당하였다. 그리고 방정환과 차상찬이 각각 개벽사 주무와 편집국장을 맡아 잡지 발간을 총괄하고 있었다. 이때 개벽사 사원은 편집국의 방정환 최영주 이정호 차상찬 채만식 박로아 김원주 성선희와 영업국의 전준성 박승진 이학중 민삼식 최경화 손성엽 등이었다. 이들 중 1930년 12월경에 김원주가 개벽사를 퇴사했고, 성선희는 병으로 진주에 내려가 있었다.[111]

1926년 10월호(제31호)를 끝으로 휴간되었던『신여성』은 1931년 1월호(제32호)로 속간되었다. 편집 겸 발행인은 제3호(1924.2.20.)부터 맡았던 방정환이 다시 맡았다. 인쇄인은 1929년 민영순이 사망한 이후 개벽사 발간 잡지(『어린이』,『별건곤』,『학생』)의 인쇄인을 맡고 있던 전준성이었다. 1931년 7월 23일 방정환이 사망하자 차상찬이 편집 겸 발행인을 맡아 제39호(1931.9.1.)부터 종간호인 제71호(1934.6.1.)까지 발행하였다. 인쇄인은 제60호(1933.6.1.)부터 이학중으로 바뀌었다.

속간된『신여성』의 편집은 방정환과 최영주가 담당하였다. 방정환이『신여성』편집에 참여한 것은 "어린 사람의 운동도 크지만 제일에 앞으로 그들을 직접 낳고 기르고 교양해 나갈 어머니들의 문제도 또한 큰 것"[112]이라는 생각에서였다. 그리고 최영주는 "친애하는 여러분을 모시고 새해부터 다시 나오는『신여성』편집을 맡게 된 것을 무한한 영광으로 생각합니다."[113]라는 말로 편집에 참여한 소감을 밝혔다. 속간된『신여성』은 세간의 폭발적인 관심을 끌었다. 각지에서 주문이 밀려들어 발

---

111 「넌센스 本位, 無題目座談會, 本社社員끼리의」,『별건곤』 36, 1931.1.1. 136~146쪽 ; 朴給仕, 「編輯落書」,『별건곤』 36, 1931.1.1. 164쪽.
112 微笑,「파란만튼 方定煥先生의 一生」,『어린이』 87, 1931.8.20. 29쪽.
113 崔,「편즙을 마치고」,『신여성』 32, 1931.1.1.

행된 지 1주일 만에 절판되었다. 재판을 간행하려고 하였으나 인쇄소에서 이미 판을 헐어버린 후여서 재판을 간행하지는 못하였다. 대신 1월 9일 이후 들어오는 주문은 2월호를 보내기로 결정하였다.[114]

1931년 1월에 간행된 『신여성』 제32호부터 제37호(1931.7.1.)까지의 편집은 최영주와 함께 방정환이 맡았다. 그리고 1931년 3월경에 개벽사에 들어온 송계월이 『신여성』 제35호(1931.4.20.)부터 이들과 함께 편집에 참여하였다.[115] 1931년 7월 방정환이 사망 후에는 최영주와 송계월이 편집 책임을 맡았고, 최영주가 개벽사를 그만둔 9월 이후에는 최영주를 대신해 이정호가 송계월과 함께 편집을 맡았다.

『신여성』을 다시 낸 개벽사는 1931년 1월에 사무실을 옮겼다. 사무가 점점 복잡해지고 많아지면서 좀 더 넓은 방을 쓰기 위하여 천도교기념관 2층으로 옮긴 것이다. 이에 따라 편집실은 더욱 넓어졌고 쾌적해졌다.[116] 그리고 3월에는 "선각적 인테리겐차의 동무가 되기"[117]를 기대하며 또 다른 잡지 『혜성』을 창간하였다. 편집 겸 발행인은 차상찬, 인쇄인은 이학중이 맡아 제13호(2권 4호, 1932.4.15.)까지 발행하였다. 그리고 1932년 5월호(2권 5호, 1932.5.20.)부터 제호를 『제일선』으로 개제하여 1933년 3월호(3권 3호, 1933.3.15.)까지 발행하였다.

이로써 개벽사는 『별건곤』『어린이』『신여성』『혜성』 등 4종류의 잡지를 간행하게 되었다. 각 잡지의 분량과 가격은 1931년 3월호의 경우 『별건곤』 34쪽 5전, 『어린이』 74쪽 10전, 『신여성』 100쪽 20전, 『혜성』 160쪽 30전이었다. 종래 150~180쪽 정도 분량으로 발행하던 『별건곤』을

---

114 方, 「편집을 맛치고」, 『신여성』 33, 1931.2.1. 116쪽 ; 崔, 「편집을 맛치고」, 『신여성』 33, 1931.2.1. 116쪽.

115 方, 「편즙을 마치고」, 『신여성』 35, 1931.4.20. 104쪽

116 車, 「編輯落書」, 『별건곤』 37, 1931.2.1. 178쪽 ; 崔, 「편집을 맛치고」, 『신여성』 33, 1931.2.1. 116쪽 ; 李, 「特別社告」, 『어린이』 82, 1931.2.20. 70쪽.

117 「卷頭言: 創刊에 際하야」, 『혜성』 1, 1931.3.1. 1쪽.

1931년 3월호부터 분량을 30여 쪽으로 줄이고 가격을 5전으로 인하한 것이다. 『신여성』의 경우에도 1931년 1월호로 속간할 때는 120쪽 내외의 분량으로 가격이 25전이었는데, 3월호부터 분량을 조금 줄이고 가격을 20전으로 인하하였다. 3월호부터 새로운 잡지 『혜성』을 발간하게 되자 『별건곤』과 『신여성』의 비중을 줄인 것이다.

개벽사에서는 분량을 대폭 줄이고 가격을 인하한 『별건곤』을 '읽기 쉽고 값싸고 재미있고 유익한 5전짜리 잡지'로 규정하고, "잡지에의 혁명아"라고 부르기를 주저하지 않았다. 그리고 "5전 짜리 잡지! 종로서 남대문까지 가는 동안 전차를 한 번 안타면, 마-코나 단풍 한 갑만 덜 피우면, 선술집에 들어가서 다섯 잔 먹을 때 넉 잔만 먹으면, 모든 생활에서 5전 한 푼만 덜 쓰면 이 『별건곤』 한 권을 사서 읽을 수가 있다."[118]고 선전하였다. 가격을 대폭 인하한 『별건곤』 3월호는 단 5일 만에 책이 모두 팔리는 상황이 벌어졌다.[119] 또한 『혜성』 창간호도 『신여성』 속간호와 마찬가지로 독자들에게 환영을 받았다. 『혜성』 창간호는 "단 9일만에 다 팔리고 책이 모자라서 늦게 주문하신 이에게는 보내드리지 못하게 되어 미안하나마 2호로 보내 드릴 밖에 할 수가 없는 대인기"[120]를 얻었다.

『혜성』 창간호(1931.3.1.)는 종래 『별건곤』을 편집하던 차상찬 채만식 박로아 등이 만들었다. 『별건곤』의 비중이 줄면서 편집 업무의 중심을 『혜성』으로 옮긴 것이다. 특히 채만식이 중심이 되어 편집하였다. 채만식은 1931년 10월 말 개벽사를 퇴사할 때까지 『혜성』과 『별건곤』 편집에 참여하였다.[121] 그런데 개벽사 주무로써 업무를 총괄하고 있던 방정환이 1931년 봄부터 자주 병으로 고생하였다.[122] 이에 따라 『어린이』는 이

---

118 「編輯餘言」, 『별건곤』 38, 1931.3.1. 21쪽.
119 「大部數增加」, 『별건곤』 39, 1931.4.1. 24쪽.
120 「깃분 消息」, 『별건곤』 39, 1931.4.1. 24쪽.
121 「彗星餘滴」, 『혜성』 8, 1931.11.15. 156쪽.
122 李, 「편즙을 맛치고」, 『어린이』 83, 1931.3.20. 74쪽.

정호가 중심이 되어 편집되었고, 방정환은 새로 복간된 『신여성』에 편집 후기를 작성하는 정도로 관여했다.

예를 들어, 『신여성』 1931년 4월호(제35호)는 원래 예정보다 10일 늦은 20일에야 발행되었다. 방정환이 여러 날 동안 병석에 누워 있었으며, 최영주 또한 건강이 나빠져 편집이 순조롭게 진행되지 못한 까닭이었다.[123] 방정환은 스스로 "이번 책 내용을 전혀 모를 만큼 나는 병으로 누워서 아무 노력도 하지 못하였습니다. 전호에 쓰기 시작한 것의 계속도 쓰지 못하여서 미안하기 한이 없습니다."[124]라고 말할 정도였다. 그리고 『어린이』도 1931년 4월호를 내지 못하는 상황이 벌어졌다. 3월호를 3·4월 합호(제83호, 1931.3.20)로 내면서 4월 한 달을 거르게 된 것이다. 그리고 『어린이』 1931년 5월호(제84호, 1931.5.20) 발간에도 방정환은 제 역할을 못했다.[125]

방정환은 1931년 2월경부터 병으로 고생하다가 5월경에 일시 회복되었다. 하지만 6월경부터 다시 병이 깊어져 7월 9일 경성제대 부속병원에 입원하였다. 그리고 7월 23일 별세하였다. 이렇게 보면 방정환은 6월경부터는 사무실에 출근을 못했을 것이다. 또한 3월부터 5월까지는 사무실에 출근하며 편집에 일정 정도 관여했을지 모르지만 이전과 같이 직접적인 일을 하지는 못했을 것이다. 즉, 방정환은 1931년 2월 이래 실질적으로 직접적으로 잡지 편집에 참여하지 못한 것으로 볼 수 있다. 단지 편집 후기를 작성하는 정도로 참여했을 것이다. 『신여성』 1931년 7월호(제37호, 1931.7.1) 편집후기가 방정환이 마지막으로 작성한 편집후기였다.

그나마 다행인 것은 1931년 3월경에 편집실에 새로 들어온 송계월이 편집에 참여하게 된 것이었다. 송계월은 처음 잡지 편집에 참여한 소감

---

123 崔, 「편즙을 마치고」, 『신여성』 35, 1931.4.20. 104쪽.
124 方, 「편즙을 마치고」, 『신여성』 35, 1931.4.20. 104쪽.
125 李, 「편즙을 맛치고」, 『어린이』 84, 1931.5.20. 74쪽.

을 "아직 수양기에 처하여 있는 그리고 배움의 시기에 있는 나로서 감히 잡지 편집 일을 맡아 보게 된 것은 분에 넘치는 일 같은 생각이 없지 않 사오나 지성을 다하여 여러분의 기대에 어그러지지 않을 잡지를 만들고 자 힘쓰겠습니다."[126]라고 밝혔다. 이렇게 보면, 1931년 상반기에 개벽사 에서 발행한 잡지 『별건곤』은 차상찬, 『어린이』는 이정호, 『신여성』은 최영주와 송계월, 『혜성』은 채만식 등이 중심이 되어 편집된 것이었다.

방정환은 사망 전에 개벽사 주무와 『신여성』 및 『어린이』의 편집 겸 발행인을 맡고 있었다.[127] 차상찬은 편집국장과 『별건곤』 및 『혜성』의 편 집 겸 발행인을 맡고 있었다. 그것은 1926년 『개벽』 폐간 이후 개벽사 잡지 발행이 방정환과 차상찬 두 사람을 중심으로 이루어졌음을 의미한 다. 당시 한 필자는 방정환을 "조선서는 잡지왕국이라 할 개벽사 2층에 는 편집실에 북극의 백웅(白熊) 모양으로 혼자 들어앉아서 연해 연방 담 배를 피어물고는 『혜성』, 『신여성』, 『별건곤』, 『어린이』들의 매호 편집 목차에 하루 같이 땀을 흘리는 동씨(同氏)는 개벽 잡지왕국의 총리라는 관도 없지 아니하거니와 그보다는 몸뚱이가 뚱뚱하고 부지런한 것이 '노력하는 곰'이라는 감을 금할 수 없는 것은 필자만의 특수감이 아닐 것이외다."라고 묘사하였다. 아울러 "개벽왕국의 잡지들이 꾸준히 달마 다 (중략) 그만한 내용을 독자에게 내어 놓게 되는 것은 물론 다른 이들 의 노력이 없는 것이 아니외다마는 씨의 '곰' 같이 노력만 아는 부지런 의 결과에 지내지 않는 것이외다."라고 하였다. 그리고 차상찬이 '방정 환 총리'를 보조하지 않았다면, "개벽 왕국의 잡지 편집에는 호기로의 새뜻한 목차가 보기 어려울는지 몰을 것이외다."라고 하였다.[128] 이 시기

---

126 宋, 「편즙을 마치고」, 『신여성』 35, 1931.4.20. 104쪽.
127 『동아일보』 기사에 의하면, 방정환은 사망 당시 "개벽사 상무이사, 신여성 어린이 잡지의 주간 발행인"이었다(「少年文學의 先驅 方定煥氏 永眠」, 『동아일보』 1931.7.25. 2면).
128 金萬, 「雜誌記者 漫評」, 『동광』 24, 1931.8.4. 61쪽.

개벽사의 중심인물이 방정환과 차상찬이라는 것이다.

방정환이 사망하자 그가 편집 겸 발행인을 맡고 있던 『어린이』와 『신여성』은 1931년 9월호를 이정호와 최영주가 각각 책임을 맡아 '방정환 추도호'로 특별 편집하였다. 방정환을 '참으로 믿음성 있는 성곽' '의지해 버텨 나갈 수 있는 울타리'로 묘사한 최영주는 방정환이 떠난 허전함을 "그를 잃고 나니 지금까지 믿고 있던 터전은 빈들과 같습니다."라고 토로하였다.[129] 또한 『혜성』의 한 편집자(차상찬으로 추정됨)는 "10여 년 동안이나 한 책상머리에서 웃음을 같이 웃고 울음을 같이 울며 잡지를 같이 편집하던 소파군이 꿈과 같이 영원한 길로 떠나고 보니 편집실이 텅 비인 것과 같고 잡지를 편집할 때마다 군의 그 뚱뚱한 자태가 눈앞에 황연히 뵈이는 것 같다."[130]고 하며, 방정환의 빈자리를 그리워하였다.

이후 방정환이 맡고 있던 역할을 차상찬 이정호와 다시 입사한 신영철이 나누어 맡게 된다. 즉, 차상찬은 자신이 이미 맡고 있던 『별건곤』과 『혜성』의 편집 겸 발행인 외에 방정환이 맡고 있던 개벽사 주무와 『신여성』의 편집 겸 발행인을 추가로 맡게 되었다. 이정호는 방정환이 맡았던 『어린이』의 편집 겸 발행인을 이어 받았다. 그리고 차상찬이 맡았던 개벽사 편집국장은 신영철이 담당하였다.[131] 건강 문제와 기타 사정으로 1928년 8월에 개벽사를 떠났던 신영철이 방정환 사망을 전후한 시기에 다시 개벽사에 들어온 것이다.[132]

반면 방정환 사망 이전 개벽사 잡지 편집진의 중심인물 중 한 사람이었던 최영주는 개벽사를 그만두었다. 『신여성』을 편집하던 최영주가 『신여성』 제39호(1931.9.1.)를 끝으로 건강상의 문제를 이유로 들어 스스

129 崔, 「편즙을 마치고」, 『신여성』 39, 1931.9.1. 104쪽.
130 「彗星餘滴」, 『혜성』 6, 1931.9.15. 156쪽.
131 宋, 「편즙을 마치고」, 『신여성』 39, 1931.9.1. 104쪽.
132 李, 「編輯後記(社告)」, 『어린이』 87, 1931.8.20. 72쪽.

로 개벽사를 퇴사하고 잡지 편집에서 물러난 것이다.[133] 그리고『별건곤』
과『혜성』편집에 참여하고 있던 채만식 역시 자신의 앞날을 위해 무엇
이든지 좀 더 배우겠다는 의사를 내비치고 1931년 10월 말경 개벽사를
그만두었다.[134]

방정환의 사망과 최영주 채만식의 퇴사라는 변동 속에서 이후『신여
성』편집은 이정호와 송계월이 담당하였다. 그리고 이정호가 맡았던『어
린이』는 신영철이 편집하게 되었고,『혜성』과『별건곤』편집에는 차상찬
과 1931년 9월경 새로 입사한 김규택이 참여하였다.[135]

1931년 하반기에 개벽사 사원은 편집국 소속의 차상찬 신영철 이정호
송계월 김규택을 비롯해 영업국 소속의 박승진 이학중 최경화 손성엽
등이었다. 당시 편집실의 풍경을『혜성』의 한 편집자는 "사내에는 얼굴
이 모두 변하였다. 뚱뚱한 소파가 영영 가고난 뒤에(아! 지금도 주무실에서 뒤
뚱뒤뚱 걸어 나오는 것만 같다!) 그 극반대의 신영철씨의 101% 야윈 얼굴이
편집국 한 구석을 차지하고 몹시 야윘던 최신복씨가 병으로 쉬이게 됨
에 소파만은 못하지만 역시 뚱뚱한 김규택씨가 들어앉았다. 잠깐 새 일
이지만 인사의 오고감이 무상하다. 만년청인 청오가 요즈음 병으로 여
러 날 째 쉰다."라고 묘사하였다.[136] 그리고 11월경에는 백세철(백철)이
입사하여 문예편을 담당하였다.[137]

한편,『어린이』를 편집하다가 송계월과 함께 방정환과 최영주가 떠난
『신여성』편집을 맡게 된 이정호는 자신이 맡은 일 혹은 환경이 변화되
었음을 "9년 동안이나『어린이』일을 맡아 볼 때에는 어디서나 귀염을

---

133 崔,「편즙을 마치고」,『신여성』39, 1931.9.1. 104쪽.
134 「彗星餘滴」,『彗星』8, 1931.11.15. 156쪽.
135 李,「편즙을 맛치고」,『어린이』88, 1931.9.20. 70쪽 ;「彗星餘滴」,『혜성』7, 1931.10.15. 156쪽.
136 「彗星餘滴」,『혜성』7, 1931.10.15. 156쪽.
137 李,「編輯餘言」,『신여성』42, 1931.12.1. 114쪽 ; 編輯室,「彗星餘滴」,『혜성』9, 1931.12.15.
    160쪽.

개벽사의 잡지 발행과 편집진의 변화 • 정용서 219

받았더니 별안간 『신여성』 일을 맡아보게 되니 첫째 『별건곤』과 기사 쟁탈전이 가끔 생깁니다 그려"[138]라고 표현하였다.

이정호가 『신여성』 편집에 참여하면서부터 그 내용에 일정한 변화가 생겼다. 『신여성』 1932년 신년호부터 '어머니란'을 따로 두기로 한 것이다. 이정호가 주로 어린 아이의 보육·교육 등 문제와 어머니로서 반드시 알아야 할 상식과 지식을 매달 한 제목씩 선택하여 아주 쉽게 쓰기로 한 것이다.[139] 이정호의 '어머니란'은 『신여성』 1932년 2월호(제44호, 1932.2.1)에 「어머니의 난(其一) 아기에게 들려줄 이야기」라는 제목으로 처음 실리게 된다. 아마도 『어린이』에 오랫동안 관여해 온 이정호 입장에서 『신여성』으로 자리를 옮겼다고 해도 어린이와 관련된 내용에서 완전히 손 뗄 수 없었을 것이다. 그것이 『신여성』에 어린이와 어머니가 알아야 할 상식과 지식을 집필하게 된 이유일 것이다. 또한 『신여성』은 1932년 신년호부터 특별한 글을 제외하고는 되도록 한글로 고쳐 써 누구나 쉽게 읽을 수 있도록 하였다. 그런데 『신여성』 편집에 참여하고 있던 송계월이 1932년 3월경 폐렴에 걸려 고향에 내려가 요양을 하게 되었다.[140] 결국 『신여성』은 1932년 4월호(제46호, 1932.4.1.)부터 이정호가 혼자 편집을 맡을 수밖에 없었다.[141]

한편, 이정호에 이어 『어린이』 편집을 맡은 신영철은 『어린이』의 체재와 내용을 바꾸었다. 『어린이』 1931년 10월호(제89호, 1931.10.20)를 '혁신 특집호'로 꾸민 신영철은, 종래보다 좀 더 새롭고 힘차 보이는 잡지를 만들려고 "우선 표지부터 그 전보다는 힘 있어 보이는 소년사진을 썼고" 내용도 독자 작품을 많이 수록하는 방향으로 고쳤다. 그는 편집을

---

138 「五行餘墨」, 『별건곤』 45, 1931.11.1. 33쪽.
139 「어머니의 欄」, 『신여성』 42, 1931.12.1. 46쪽.
140 李, 「編輯餘言」, 『신여성』 46, 1932.4.1. 106쪽 ; 黎曉, 「第一線後報」, 『제일선』 1, 1932.5.20. 134쪽.
141 李, 「編輯餘言」, 『신여성』 47, 1932.5.1. 104쪽.

맡은 후 두 번째로 발간한『어린이』제90호(1931.11.20)를 '독자작품 특집호'로 꾸몄다. 그리고 제91호 편집후기에서 11월호(제90호)에 "새로 나오는 소년문예가들의 생기가 팔팔 뛰는 작품을 많이 넣든 것"이 무엇보다도 기뻤다고 썼다.[142] 그리고 이전에 부록으로 냈던 '어린이세상'의 제작을 중단하고, 그 대신『어린이』의 분량을 70쪽에서 80여 쪽으로 늘렸다.[143] 또한『어린이』의 판형을 1932년 1월호(제92호, 1932.1.20.)부터 국판으로 변경하였다.[144] 그리고 이전에는 다루지 않았던 소년들의 현실문제를 취급하려고 노력하였다. 예를 들어, 1932년 3월호(제94호, 1932.3.20)의 경우에는 '창간 9주년 기념호'이면서 동시에 '공사립소학교졸업생문제호'였다.

신영철은『어린이』의 내용이 변한 것은 "대개 소년잡지의 독자를 보면 적어도 열대여섯 살 내지는 스무 살 내외의 청소년들이 많고 여간 내용을 쉽게 해서는 정말 오늘 어린 사람에게 재미 붙여 읽도록 하기가 어렵고 또는 조선의 가정 부모가 자질에게 잡지 한권이라도 사 읽히거나 읽혀서 들려줄 만한 식견과 성의를 가지신 분이 적은 만큼 자기 자력, 자기 학력, 자기 성력을 가지고 읽는 독자가 많은 만큼 그런 동무를 표준 아니 할 수가 없고 또는 효과로 말하더라도 그편이 훨씬 낳을 듯하므로 다소 그렇게 방향을 튼 것"이라고 설명하였다.[145] 이러한『어린이』의 변화에 대해 일부 사람들은 "『어린이』가 정도가 높아지고 내용이 어려워서 정말 나이 어린 소년은 재미 붙여 읽기가 어렵다"고 비평하였지만 신영철은 "남들이 그렇게 말한다고 이러고저러고 할 애매한 태도를 가지고 나가려는 생각은 없습니다."[146]라고 하여, 남들이『어린이』에 대해

---

142 申,「편집을 마치고」,『어린이』91, 1931.12.20. 88쪽.
143 申,「편즙을 마치고」,『어린이』89, 1931.10.20. 86쪽.
144 「어린이 體裁 菊版改正」,『어린이』92, 1932.1.20.
145 申,「편즙을 마치고」,『어린이』94, 1932.3.20. 72쪽.
146 申,「편즙을 마치고」,『어린이』95, 1932.4.20. 72쪽.

이런 저런 말을 하더라도 그것에 휘둘릴 생각이 전혀 없음을 분명히 밝혔다.

한편, 개벽사에서는 1932년부터 『혜성』의 "지면을 일층 확장 혁신하여 주로 정치, 시사에 관한 논평을 만재하는 동시에 특히 문예란에 힘을 써서 위축 부진하는 조선 문단의 진흥"을 도모하려 하였으며, 1932년 2월호부터 "지방란을 신설하고 지방인사의 논평 또는 지방에서 새로 일어나는 사실을 될 수 있는 데까지 많이 기재"할 계획을 세웠다.[147] 그리고 『혜성』을 1932년 4월호(제2권 제4호, 통권 제13호, 1932.4.15.)를 끝으로 중단하고, 제호를 『제일선』으로 개제하여 1932년 5월 20일자로 첫 호(제2권 제5호)를 발행하였다. 개벽사에서는 『제일선』 발행을 앞두고 『제일선』을 '시사의 엄정비판, 지식의 통속화, 취미의 충실, 문예란의 확장, 화보 그림 삽화의 증가' 등을 중심으로 꾸미겠다고 발표하였다.[148]

개벽사에서는 제호를 바꾼 이유를 "『혜성』이라는 명칭은 너무도 막연하고 현실의 '사람'과의 가까운 느낌이 적었"기 때문이라고 설명하였다. 대신에 『제일선』은 "대중과 한가지로 제일선에 나서서 그 여론을 위하여 문화의 계몽과 향상을 위하여 그리고 특히 침체된 문예의 진흥을 위하여 전력을 다하려 하는" 의미라고 설명하였다. 그리고 체재도 국판에서 4·6배판으로 변경하였다.[149]

1932년 5월에는 "천하 독자에게 경제 지식을 보급시킬"[150] 목적으로 대중경제 잡지 『신경제』를 창간하였다. 신문 절반 크기에 8쪽 분량이었고, 가격은 2전이었다.[151] 『신경제』 창간호 2백만 부를 발행하여 4대 잡

---

147 「彗星餘滴」, 『혜성』 10, 1932.1.15. 173쪽.
148 「本社의 飛躍的 第二期 新計劃」, 『신여성』 47, 1932.5.1.
149 「卷頭言: 題號 內容 體裁를 變更하면서」, 『제일선』 1, 1932.5.20. 5쪽.
150 「本社의 飛躍的 第二期 新計劃」, 『신여성』 47, 1932.5.1.
151 「광고」, 『第一線』 1, 1932.5.20. ; 「本社의 飛躍的 第二期 新計劃」, 『어린이』 96, 1932.5.20. 69쪽 ; 「개벽사에서 『新經濟』 발간」, 『매일신보』 1932.5.21. 2면.

지(별건곤, 어린이, 신여성, 제일선) 독자에게 무료 배포하고, 일반 조선인에게
도 백만 부를 무료 배포할 계획을 세웠다. 아직까지『신경제』실물을 확
인하지 못해 어떤 내용이 수록되었는지 정확히 알 수는 없다. 다만 개벽
사에서는『신경제』의 내용이 매우 간단하고, 가두경제·가정경제·농촌
경제를 중심으로 하여 누구든지 볼 수 있는 것이라고 설명하였다.[152]

한편, 개벽사에서는 1932년 7월부터 자신들이 발간한 잡지에 대한 신
문광고를 줄이기로 결정하였다. 신문광고 내는 힘을 잡지에다 더 넣어
서 "허풍을 치느니 조금이라도 독자에게 유리하도록 하려는 것"이라고
했지만, 실상은『신경제』발간과 관련이 있다.『신경제』는 개벽사 발간
잡지들에 수록된 기사를 소개하는 기능도 가지고 있었다. 따라서 이『신
경제』를 팔기 위한 전략, 즉 일종의 자체 광고 매체를 이용하려는 것이
었다. 이 상황을 노골적으로 "신문에 광고가 아니 나서 궁금하거든 우선
신경제(값이 2전이나 혹 무료로 보낼 수도 있으니) 엽서로 청구하여 보라. 본사의
잡지가 잘 소개되어 있으니까."[153]라고 하였다. 또는 "내용을 미리 알고
싶거든 그달 그달의『신경제』를 청구하여 보면 충분하다."고 선전하였
다.[154]

그리고『별건곤』도 1932년 5월호부터 분량을 늘리고 가격을 5전에서
10전으로 인상하였다. 편집자(김규택으로 추정)는 인상 이유를 "『별건곤』을
가을철부터 10전으로 올리자든 것이 독자 제씨로부터 하루라도 더 속히
실현해 달라는 간절한 부탁이 빗발치듯 하야서 우리는 그 뜻을 받들기
원하여 이달부터 단연히 시작하기로 하였다."고 설명하였다. 그리고 10
전으로 가격을 올린만큼 분량을 종래 30쪽에서 60쪽으로 늘렸다.[155]

---

152 石南, 「第一線後報」, 『제일선』 1, 1932.5.20. 134쪽.
153 「第一線後記」, 『제일선』 2, 1932.7.15. 136쪽.
154 「第一線後記」, 『제일선』 3, 1932.8.15.
155 金, 「몽당鐵筆」, 『별건곤』 52, 1932.6.1. 60쪽.

즉, 개벽사에서는 1932년 5월 2전짜리 잡지『신경제』발간하였으며, 『별건곤』의 가격을 10전으로 인상하고 분량도 증가시켰다. 아울러『혜성』을『제일선』으로 개제하고, 종래의 편집체재를 변경하였던 것이다. 그리고 자신들이 발행하는 잡지를 "아버지와 아저씨가 읽으실 잡지"『제일선』, "어머니와 아주머니 누님 모두 재미있게 읽으시는 잡지"『신여성』, "할아버지 할머니 아버지 어머니 아저씨 아주머니 누가 읽든지 재미있고 정말 재미있는 알기 쉬운 잡지"『별건곤』이라고 광고하였다.[156] 이런 변동이 있던 1932년 4~5월경에는 지난해 10월 말 퇴사했던 채만식이 다시 입사하였다. 이후 채만식은 주로『제일선』편집을 맡았다.[157]

그런데 이 시기를 전후해 개벽사 편집실은 직원들의 병으로 몸살을 앓고 있었다.『신여성』편집에 참여하던 송계월,『어린이』편집을 책임진 신영철, 문예편을 담당하고 있던 백세철(백철) 등이 병으로 고생하고 있었던 것이다.[158] 특히 송계월은 1932년 3월경부터 폐렴으로 고향에서 요양 중이었다.[159] 편집책임자인 신영철이 병으로 누워 있게 되자『어린이』1932년 6월호(제97호, 1932.6.20)는 다른 사람이 임시로 편집을 맡아 보았다. 통상 신영철이『어린이』편집을 못 하게 되면 이전 편집책임자인 이정호가 대신 맡았다. 하지만 이정호 역시 이때 병으로 고생하고 있었기 때문에 구체적으로 누군지 확인할 수는 없다. 다만 "다른 분이 임시로 일을 맡아 보느라고 총총한 중 체재라든지 기타 모든 것이 이처럼 불완전한 것을 내놓게 되었사오니"라는 사고를 볼 때,[160] 이정호가 아닌 것만은 분명하다. 당시『별건곤』을 편집하던 김규택은 이 상황을 "편집국에는 뜻 아니 한 일이 생겼으니 그것은 네 사람의 사원이 병으로 드러눕

---

156 「開闢社五大雜誌十月號」, 『어린이』 101, 1932.10.20. 66~67쪽.
157 黎曉, 「第一線後報」, 『제일선』 1, 1932.5.20. 134쪽.
158 「第一線後記」, 『제일선』 2, 1932.7.15. 136쪽.
159 黎曉, 「第一線後報」, 『제일선』 1, 1932.5.20. 134쪽.
160 「社告」, 『어린이』 97, 1932.6.20. 70쪽.

게 된 것입니다. 그래서 마음먹은 것의 절반도 못되고 말았습니다."[161]라고 표현하였다.

이처럼 편집책임자들이 병으로 일을 못 보게 되자 개벽사에서는 "가뜩이나 바쁜데 다른 편집 맡은 이가 손을 나눌 수가 없어서 새로 여기자" 한 명을 채용하였다. 배화여고를 마치고 평소부터 문필계에 많은 관심을 가지고 있던 장덕조였다.[162]

『신여성』 1932년 6월호(제48호, 1932.6.1)는 영인본에 판권지가 누락되어 있어 누가 편집했는지 정확히 확인할 수 없다. 정황상 5월 말부터 병석에 누운 이정호가 『신여성』 6월호까지 편집에 참여한 듯하고, 7월호(제49호, 1932.7.1)는 차상찬과 새로 입사한 장덕조가 편집한 듯하다. 차상찬은 7월호 편집에 참여하면서 "본지 기자 송계월군은 아직도 건강이 쾌복되지 못하여 재가 요양 중인데 엎친데 덥친 격으로 본지 편집 일을 맡아보는 이정호군은 전월 말부터 또 신경통으로 병석에 누워 아직도 출근을 못한다. 평소에도 일이 바빠서 눈코 뜰 새 없는데 본지의 책임자들이 이와 같이 병마에 사로잡히게 되니 이달 호의 편집은 참으로 곤란하였다."[163]고 술회하였다. 그리고 『신여성』 1932년 7월호부터 편집에 처음 참여한 장덕조는 "처음으로 기자 생활을 하려니까 여러 가지로 설음설음합니다. 그러나 첫술에 배부르랴고 차차하면 무엇이나 잘되리라는 자신을 가지고 앞으로 활동해 보려 합니다."[164]라고, 잡지사 기자 생활의 시작을 알렸다. 이후 장덕조는 이정호를 도와 『신여성』 1932년 8월호, 9월호 편집에도 참여하였다.[165]

병으로 고생하던 신영철이 『어린이』 편집에 다시 참여한 것은 1932년

---

161 金, 「몽당鐵筆」, 『별건곤』 53, 1932.7.1. 60쪽.
162 車, 「編輯餘言」, 『신여성』 49, 1932.7.1. 114쪽.
163 車, 「編輯餘言」, 『신여성』 49, 1932.7.1. 114쪽.
164 張, 「編輯餘言」, 『신여성』 49, 1932.7.1. 114쪽.
165 張, 「編輯餘言」, 『신여성』 50, 1932.8.1. 114쪽.

7월호(제98호, 1932.7.20)부터였다. 하지만 "병마로 (중략) 거의 한 달이나 누웠다가 일어나고 보니 모든 일이 많이 밀리기도 했거니와 이번 호 편집도 다른 분의 손을 빌어서 거의 모아진 것을 불충분하나마 그대로 내어 놓기로 했습니다."라는 그의 편집후기를 볼 때,[166] 전적으로 신영철이 책임진 것은 아니었다.

그리고 5월 말부터 병으로 누워 있던 이정호 역시 한 달 만인 6일 27일부터 출근하게 되었다. 『신여성』 1932년 7월호를 차상찬에게 맡겼던 이정호는 "자리에 누워 앓느라고 지난 7월호는 순전히 다른 분의 정성과 노력으로 이뤄졌습니다. 아직도 완쾌되지 못하여 약을 계속 복용중이나 책임상 또는 안타깝게 이달 호를 고대하실 여러분을 생각할 때 그저 누워있기에는 너무도 민망하와 지난 달 27일 경부터 다시 사에 얼굴을 비추게 되었습니다."[167]라는 말로 다시 『신여성』 편집에 참여하게 되었음을 알렸다.

이정호가 다시 출근한 1932년 6월 말과 8월경에 개벽사에 누가 근무하고 있었는지는 다음 두 글을 통해 짐작할 수 있다. "지난 6월 27일 오후 3시쯤 편집실의 차·채 선생은 『제일선』 교정 때문에 인쇄소에 가시고, 신·김·이·장 선생만 계신 동안에 일어난 '초코레트' 소동기! 새로 들어오신 장선생님이 어떻게 초콜렛을 좋아하시는지 언제나 핸드백 속을 여시면 울긋불긋한 그 서양과자가 쏟아져 나오는데 이것을 눈치 채신 백선생님 역시 초콜렛 동호자이시라."[168] "한동안 병원의 분실을 내인 느낌이 있던 사내도 대부분 건강들이 회복되었다. 신영철씨의 마마도 불행(!)히 곰보가 아니 된 채 일어났고 백군의 학질도 빠-그농 주사로 쾌차되고 송계월양도 병은 쾌하였고(원기 회복차로 아직 본가에 머물러 있으나) 여

---

166 申, 「편즙을 마치고」, 『어린이』 98, 1932.7.20. 72쪽.
167 李, 「編輯餘言」, 『신여성』 50, 1932.8.1. 114쪽.
168 李給仕, 「編輯餘言」, 『신여성』 50, 1932.8.1. 114쪽.

름에 사경을 치루는 박진군도 금년은 아무 소식이 없고 다만 이정호군이 아직 누어있고 손성엽군이 신장의 고장으로 수술을 해야 되겠고 최경화군이 그 큼직한 몸에 볼퉁이를 앓다가 말았다. 급사 덕종이도 차차 쾌하여 가는 모양. 여전히 팽팽한 것은 만년청의 청오요 김규택군과 허익환씨는 여전히 막걸리로 대건강. 이학중군도 역시 건강. 채만식군은 연세보다 창백한 얼굴로 찌푸리고."[169] 즉, 1932년 6월 27일 현재 개벽사 편집실에는 차상찬 채만식 신영철 김규택 이정호 장덕조 백철 등이 근무하고 있었다. 이정호의 경우에는 병으로 쉬다가 다시 출근한 날이었다. 8월에는 편집실에 이들 7명 외에 송계월이 곧 합류할 예정이었고, 영업국에는 박진 손성엽 최경화 허익환 이학중 등이 근무하고 있었다. 그리고 급사 1명이 일을 도왔다.

이때 개벽사에서 발간하고 있던 잡지는 『별건곤』 『신여성』 『어린이』 『제일선』 『신경제』 등 5종류였다. 편집실 구성원의 면면을 봤을 때, 각 잡지의 편집 책임을 누가 맡고 있었는지 짐작할 수 있다. 즉, 『별건곤』은 김규택, 『제일선』은 채만식, 『신여성』은 이정호 장덕조, 『어린이』는 신영철이 담당하고 있었다. 그리고 차상찬이 전체를 총괄하였던 것이다. 다만 『신경제』 편집 담당은 확인하지 못했다.

하지만 1932년 8월에 장덕조가 신병 치료차 고향 대구로 내려간다. 대구에서 보내온 장덕조의 『신여성』 1932년 9월호 편집후기를 보면, "들어온 지 얼마 도지도 안는 몸이 가끔 앓아서 社의 여러분 특히 이선생께 폐를 많이 끼치게 됨을 미안히 생각합니다. 이번 호는 순전히 이선생님 혼자 편집하시다시피 되어 고향에서 병으로 누워 있으면서도 어떻게 마음속으로 불안을 느꼈는지 모릅니다."라는 말과 함께 "역시 건강이 회복되지 못하신 이선생에게 모든 일을 맡기고 이곳 대구에 온지도

---

169 「第一線後記」, 『제일선』 3, 1932.8.15.

근 2주일이나 되었습니다. 지금은 병이 순조로 나아서 불일간 상경할 것이니 그 대가로 오는 10월호에나 배전의 노력을 해볼까 합니다."[170]라는 말을 남겼다. 건강을 회복하고 다시 출근해서 잡지 편집에 참여할 의사를 피력한 것이다. 하지만 장덕조는 이것을 마지막으로 개벽사를 그만두게 되었다.

장덕조의 신병으로 『신여성』 1932년 9월호(제51호, 1932.9.1)는 이정호 혼자 편집을 하게 되었다. 다음 10월호는 병이 나아 복귀한 송계월이 편집에 참여하였다. 송계월은 편집에 참여한 소감을 "'병을 이기여야 합니다! 이기는 것이 용사지! 결코 져서는 안되오! 17세기 노서아혁명 당시에는 병과 싸워 이기는 것도 한 개의 투쟁이라고 나는 보았소!' 여러분의 이러한 참된 격려장으로 단연코 나는 다시 여러분과 친하게 되었습니다."라고 밝혔다.[171] 하지만 송계월 스스로 "이를 악물고 병마와 싸우고"[172] 있다고 표현할 정도로 그의 병이 완전히 회복된 것은 아니었다.

한편, 방정환 사망 이후 개벽사를 떠났던 최영주가 1932년 9월 개벽사에 재입사하였다.[173] 1년 만에 다시 복귀한 최영주는 신영철의 뒤를 이어 『어린이』 편집을 책임지게 되었다. 『어린이』 1932년 10월호(제101호, 1932.10.20)부터 최영주가 편집을 전적으로 책임지게 된 것이다.[174] 지난 1년간 『어린이』를 편집한 신영철은 자신의 마지막 편집후기인 제100호 기념호 편집후기에서 앞으로 『어린이』의 내용과 체재를 다시 바꿀 것이며, 이것은 자신이 아닌 "소년 잡지에는 누구보다도 많은 포부와 숙련하신 경험을 가진" 최영주가 담당할 것임을 밝혔다.[175] 그런데 개벽사에서

---

170 大邱에서 張, 「편즙을 마치고」, 『신여성』 51, 1932.9.1. 110쪽.
171 宋, 「編輯餘言」, 『신여성』 52, 1932.10.1. 114쪽.
172 宋, 「編輯餘言」, 『신여성』 53, 1932.11.1. 112쪽.
173 崔泳柱, 「微笑갔는가! -悼李定鎬君-」, 『문장』 6, 1939.7, 192쪽.
174 李, 「編輯餘言」, 『신여성』 52, 1932.10.1. 114쪽.
175 申瑩澈, 「편즙을 마치고」, 『어린이』 100, 1932.9, 70쪽.

는 최영주가 입사하기 전인 8월부터 이미 『어린이』의 내용과 지면을 1932년 10월호부터 혁신하기로 결정한 상태였다.[176] 즉, 『어린이』를 다시 "아주 쉽고 아주 재미있고 아주 새롭게 아주 실익 있는" 내용으로 바꾸겠다는 것이었다.[177] 아마도 그런 변화를 이끌 인물로 최영주가 가장 적합하다고 판단하고, 그의 재입사를 추진한 것으로 보인다.

이처럼 개벽사 편집실은 1932년 10월호부터 담당 업무에 일대 변동이 생겼다. 1년 동안 건강문제와 여러 사정으로 개벽사와 인연이 끊어졌던 『신여성』의 이전 편집책임자 최영주가 9월에 다시 입사하여 제101호부터 재혁신하기로 한 『어린이』의 편집 책임을 맡았다. 반면에 1931년 10월부터 만 1년 동안 내용을 혁신한 『어린이』 편집에 힘을 쏟은 신영철은 『별건곤』 편집을 맡기로 하였다. 그리고 『별건곤』 편집과 개벽사 4대 잡지(별건곤, 어린이, 신여성, 제일선)의 표지화를 담당하던 김규택은 표지와 삽화·만화를 전문적으로 맡기로 하였다. 또한 1932년 6월경에 입사한 여기자 장덕조가 개인 사정으로 3개월 만인 9월에 퇴사했고, 오랫동안 정양 중에 있던 송계월이 건강을 회복하고 상경하여 『신여성』 편집에 합류하였다.[178]

그런데 1932년 11월에도 이정호 신영철 등 개벽사 편집국 기자 3명이 병으로 쉬게 되었다.[179] 당시 이정호는 『신여성』 편집을, 신영철은 『별건곤』 편집을 책임지고 있었다. 따라서 이들이 맡았던 일을 『어린이』를 편집하던 최영주가 대신하게 되었다. 『신여성』 12월호(제54호, 1932.12.1.) 편집후기는 내용 일부가 멸실된 상태라 송계월이 쓴 내용만 확인할 수 있다. 하지만 『신여성』 1933년 1월호 편집후기에서 최영주가 "처음으로

---

176 「광고」, 『신여성』 51, 1932.9.1. 81쪽.
177 「內容大更新될 『어린이』 十月號」, 『어린이』 100, 1932.9.29. 68쪽.
178 李, 「編輯餘言」, 『신여성』 52, 1932.10.1. 114쪽.
179 씨동, 「씨동이 차지」, 『어린이』 103, 1932.12.20. 68쪽.

편집해 본 12월호가 여러분에게 어떤 비평을 받고 있는지 퍽이나 궁금합니다."[180]라고 한 것을 볼 때, 그가 『신여성』 12월호 편집에 참여한 것을 알 수 있다. 또한 『별건곤』 12월호 편집 역시 최영주가 맡았다.[181] 즉, 1932년 12월호 『신여성』, 『별건곤』, 『어린이』를 모두 최영주가 편집한 것이다. 최영주는 이때의 심경을 "여러 가지 일이 서로 엉키어져서 골고루 생각을 깊게 해 가지고 책을 꾸밀 수가 없었습니다."라고 토로하였다.[182]

결국 개벽사에서는 안필승(안회남) 이석훈 등 새로운 직원을 채용하게 되었다. 반면에 백철은 1932년 12월에 개벽사를 퇴사하였다.[183] 이에 따라 1933년 1월 개벽사에는 차상찬 채만식 이정호 최영주 송계월 신영철 김규택 박승진 허익환 이학중 손성엽과 새로 입사한 안필승 이석훈 등이 근무하였다.[184] 『어린이』 1933년 3월호(제106호)에는 개벽사 편집실과 영업국 사진이 실려 있다. 이때 편집실 사진에 등장하는 인물은 차상찬 채만식 이정호 최영주 송계월 김규택 안필승 이석훈 박승진 한영창이다. 영업국 사진에는 허익환 이학중 손성엽 곽현모 한영창이 있다. 1933년 1월 개벽사에 들어 온 한영창이 편집실과 영업국 사진 모두에 등장하지만 아무래도 영업국에서 일한 것 같다.[185] 하지만 신영철은 편집실과 영업국 어디에도 없다. 아마도 신영철은 1933년 2월경에 개벽사를 그만 둔 것으로 보인다. 그리고 영업국에서 일하던 박승진이 편집실로 자리를 옮겼다.

---

180 泳柱, 「편즙을 마치고」, 『신여성』 55, 1933.1.1 120쪽.
181 泳柱, 「몽당鐵筆」, 『별건곤』 58, 1932.12.1. 64쪽.
182 영주, 「편즙실에서」, 『어린이』 103, 1932.12.20. 60쪽.
183 「독자제군께 소개」, 『어린이』 91, 1931.12.20. 59쪽 ; 백철, 『진리와 현실』, 박영사, 1975.6. 280쪽.
184 金奎澤, 「꼬꼬-合唱!(讀者 諸氏께 問安드립니다)」, 『제일선』 8, 1933.1.15. 77~79쪽 ; 「第一線後記」, 『제일선』 8, 1933.1.15. 116쪽.
185 「몽당鐵筆」, 『별건곤』 59, 1932.12.30. ; 「第一線後記」, 『제일선』 22, 1933.2.15. 132쪽.

몸이 회복되어 다시 출근한 이정호는 『신여성』이 아니라 1933년 1월호부터 『별건곤』 편집을 맡았다.[186] 새로 입사한 안필승은 송계월과 함께 『신여성』 1933년 2월호 편집에 참여하였다.[187] 그리고 1933년 3월호 『제일선』 편집에 투입되었다. 즉, 『제일선』은 김규택과 새로 입사한 안필승 이석훈이 편집을 맡았던 것으로 보인다. 이는 『제일선』 1933년 3월호에 있는 "이번 호는 사내(社內) 사정이며 이석훈씨 김규택씨 두 분의 병환으로 종래에 비하여 좀 손색이 있는 것도 같으나 그 대신 풍부한 문예작품이 여러분의 마음을 흡족히 할 것을 믿으오며"라는 안필승의 편집후기를 통해 확인할 수 있다.[188]

그런데 『제일선』은 1933년 3월호를 끝으로 막을 내린다. 3월호 편집할 당시만 해도 "오는 4월호는 지금 굉장한 플랜을 꾸미고 있다. 이번 4월호야말로 조선 사람이면 누구나 읽지 아니하고는 못 백일 내용의 것이다."[189]라고 하여, 계속해서 4월호를 낼 계획이었다. 하지만 결국 『제일선』은 더 이상 간행되지 못하였다. 그 이유를 구체적으로 알 수 없지만, 1932년부터 본격화한 여러 사정을 통해 짐작은 해볼 수 있다. 즉, 검열로 인한 곤란, 심각해져가는 경제공황으로 인한 독자층의 위축과 그에 따른 각 잡지사의 독자 획득을 위한 경쟁의 노골화, 환율 하락을 구실로 한 인쇄업자들의 인쇄단가 인상 등으로 잡지 경영이 점차 힘들어지고 있었던 것이다.[190] 그 영향인지 모르겠지만 『신경제』 역시 1933년 6월호(제10호)를 끝으로 더 이상 발행되지 못하였다.

한편, 이정호와 송계월은 각각 『별건곤』과 『신여성』 1933년 3월호 편집을 끝으로 개벽사 발간 잡지에서 손을 놓게 된다. 송계월은 그동안 앓

---

186 微笑, 「몽당鐵筆」, 『별건곤』 60, 1932.2.1. 66쪽.
187 懷南, 「편즙을 마치고」, 『신여성』 56, 1933.2.1. 112쪽.
188 安, 「第一線後記」, 『제일선』 10, 1933.3.15. 132쪽.
189 「第一線後記」, 『제일선』 10, 1933.3.15. 132쪽.
190 「第一線後記」, 『제일선』 7, 1932.12.15. 132쪽.

던 병이 다시 심해져서 고향으로 돌아갔고,[191] 이정호 역시 병이 재발하여 결국 시골로 요양을 가게 된 것이다.[192] 개벽사에서는 이정호와 송계월이 더 이상 편집에 참여할 수 없게 되자 직원들의 업무를 일부 조정하였다. 이정호가 1933년 1월호부터 맡고 있었던 『별건곤』 편집을 4월호부터 안필승과 이석훈에게에게 맡겼다.[193] 『제일선』을 편집하던 이들에게 『별건곤』 편집을 맡긴 것이다.

『신여성』은 1933년 5월호(제59호, 1933.5.1.)부터 김규택과 손성엽이 편집에 참여하였다. 영업국에서 일하고 있던 손성엽은 입사 초에 잡지 편집에 참여한 경험이 있었다. 1928년 4월경에 입사한 손성엽은 입사 초에 잠깐 『별건곤』 편집을 도왔다. 손성엽은 편집에 다시 참여하게 된 소감을 "처음 시집 온 새색시 격으로 별안간 자리가 바뀌는 통에 실력 없는 이 몸이 신여성 편집을 거들게 되니 어리둥절 정신을 차릴 수가 없고 밖으로 다니고만 싶습니다."라고 표현하였다.[194] 김규택 역시 "『신여성』 잡지에 대하여 별 경험을 갖지 못한 제가 할 수 없이 이번 5월호를 편집하게 되었습니다."라고 밝혔다.[195] 하지만 이들은 5월호 편집을 하고 『신여성』에서 손을 떼게 된다. 대신에 『신여성』 6월호(제60호, 1933.6.1.)부터 최영주가 편집을 맡게 된다. 최영주는 자신이 책임을 맡고 있던 『어린이』 5월호(제108호, 1933.5.20)를 "다른 잡지 편집을 하는 틈에 꾸며진 5월호!"라고 표현하였다.[196]

1933년 5월 10일 윤석중이 개벽사에 입사하여 『어린이』 6월호(제109

---

191 송계월은 1933년 5월 31일 23세의 나이로 북청군 신창리 고향 집에서 폐결핵으로 사망하였다(「女流新進文人 宋桂月孃逝去」, 『동아일보』 1933.6.2. 4면 ; 「故宋桂月君의 略歷」, 『신여성』 61, 1933.7.1. 87쪽).

192 崔泳柱, 「편즙을 마치고」, 『신여성』 60, 1933.6.1. 160쪽.

193 「몽당鐵筆」, 『별건곤』 63, 1933.5.1. 60쪽.

194 孫盛燁, 「編輯餘言」, 『신여성』 59, 1933.5.1. 132쪽.

195 金奎澤, 「編輯餘言」, 『신여성』 59, 1933.5.1. 132쪽.

196 최영주, 「편즙을 마치고」, 『어린이』 108, 1933.5.20. 66쪽.

호. 1933.6.20.)부터 편집에 참여하였다.[197] 대신에 편집실 사정상 『어린이』
와 『신여성』을 편집하던 최영주는 『신여성』 1933년 6월호(제60호,
1933.6.1.)부터 『신여성』만 편집하게 되었다.[198] 이후 최영주는 『신여성』마
지막 호(제71호, 1934.6.1.)까지 계속 편집을 맡았고, 윤석중은 『어린이』제
121호(1934.6.20.)까지 편집을 전담하였다. 윤석중이 『어린이』를 맡게 된
것에 대해 최영주는 "윤선생님은 옛날 어린이 잡지가 맨 첨 발행될 때에
여러분처럼 우리 잡지를 사랑하여 읽으시던 분인데 그분이 이제는 선생
님이 되어서 우리 잡지를 편집하시게 된 것입니다."라고 하여, 초기 『어
린이』독자가 자라서 이제 그 편집을 맡게 된 감회를 밝혔다.[199]

또한 개벽사에서는 송계월 후임으로 신입 여기자 윤봉태를 채용하였
다. 배화여고를 마치고 이화보육을 졸업한 윤봉태는 『신여성』 1933년 7
월호(제61호, 1933.7.1.)부터 편집에 참여하였다.[200] 윤봉태는 "아직 아무것
도 모르는 몸이 이달부터 본사에 입사하여 더구나 신여성부 최영주 김
규택 양씨에게 괴롬을 끼쳐드리게 되었습니다. 그러나 이미 모든 점에
시련을 닦아 오신 최선생님의 곰상구든 인도에 따라 저의 첫 기록이라
할 조그만 활동이 책에 실려지게 된 것은 영광스러우면서 또 기쁩니다."
라고 편집에 참여한 소감을 밝혔다.[201]

윤봉태와 함께 『신여성』 7월호 편집에 참여한 김규택은 "내월호부터
는 이 두 분에게 슬금 살짝 무거운 짐을 떼밀 밖에 업습니다. 여러분 이
런 말 두 분께 아여 맙쇼."라는 말을 편집후기에 썼다.[202] 그래서 그런지

197 尹石重, 「入社인사」, 『어린이』 109, 1933.6.20. 6~7쪽.
198 崔泳柱, 「편즙을 마치고」, 『신여성』 60, 1933.6.1. 160쪽. 『신여성』 1933년 6월호부터 분량을
　　종래 120쪽 내외에서 160쪽으로 늘렸다. 아마도 1933년 3월호 이후 『제일선』을 발행하지 못
　　하게 되자 대신에 『신여성』의 분량을 늘린 것으로 보인다.
199 최영주, 「남은 잉크」, 『어린이』 109, 1933.6.20. 68쪽.
100 崔泳柱, 「編輯을 마치고」, 『신여성』 61, 1933.7.1. 160쪽.
201 尹鳳台, 「編輯을 마치고」, 『신여성』 61, 1933.7.1. 160쪽.
202 金奎澤, 「編輯을 마치고」, 『신여성』 61, 1933.7.1. 160쪽.

다음 호부터 김규택은 『신여성』 편집에서 손을 떼었다. 그리고 곧바로 개벽사를 그만두고 조선일보사로 자리를 옮겼다. 김규택이 그리던 개벽사 발행 잡지들의 표지화도 8월호부터 안석주(안석영)가 그리게 되었다. 『별건곤』을 맡고 있던 채만식 역시 1933년 8월경 개벽사를 퇴사한다. 채만식 후임으로 안필승(안회남)이 『별건곤』 9월호부터 편집을 맡고, 박승진이 협력하기로 하였다.[203]

윤봉태는 1933년 9월경에 결혼을 하였다.[204] 그녀는 결혼과 동시에 개벽사를 그만둔다. 결국 『신여성』 1933년 10월호(제64호, 1933.10.1.)와 11월호(제65호, 1933.11.1.)는 최영주 혼자서 편집을 하게 된다. 그리고 개벽에서는 다시 여기자를 채용하려고 노력한다. 『신여성』 1933년 10월호에 실린 "원산 계시던 이선희씨! 지금 어디 계십니까. 극단 연극사에 계시다는 소식을 들었습니다만은 소식을 드릴 수 없어서 궁금합니다. 긴급히 여쭐 말씀이 있는데 기별드릴 주소를 못 알려 주시겠습니까? 신여성 편집부로 알려주십시오."[205]라는 글을 볼 때, 이선희를 채용하려고 한 것으로 보인다.

1933년 10월경에는 지난 4월경부터 병으로 쉬고 있던 이정호가 다시 출근하게 되었다.[206] 이정호는 『별건곤』을 편집하던 안회남과 박승진이 개벽사를 그만두게 되자 그들을 대신하여 『별건곤』 12월호(제68호, 1933.12.1)부터 편집을 맡게 되었다. 이정호는 "종래에 이를 편집하던 회남(懷南)·우석(愚石) 양군이 사정상 퇴사하고 불초가 또다시 이 중임을 걸머지게 되었습니다. 오랫동안 휴양으로 쌓이고 쌓였던 정력과 힘을 모아 정말 만인 잡지로서의 면목을 세우고 아울러 본지의 새로운 사명

---

203 崔, 「편집을 마치고」, 『신여성』 62, 1933.8.1. 160쪽 ; 懷南, 「몽당鐵筆」, 『별건곤』 66, 1933.9.1. 58쪽.
204 崔, 「우리들의 차지」, 『신여성』 64, 1933.10.1. 160쪽.
205 「우리들의 차지」, 『신여성』 64, 1933.10.1. 160쪽.
206 崔, 「우리들의 차지」, 『신여성』 65, 1933.11.1. 160쪽.

을 다하기에 분투노력할 것을 자기하나이다."라고 포부를 밝혔다.[207] 이정호는 이때부터 『별건곤』 마지막 호인 1934년 8월호(제74호, 1934.8.1)까지 편집을 책임졌다.

개벽사에서 찾고 있던 이선희가 입사하게 되었다. 그녀는 원산 루시아고보와 이화여전을 다녔다.[208] 이선희는 『신여성』 1933년 12월호(제66호, 1933.12.1)부터 최영주를 도와 편집에 참여하게 되었다. 그녀는 입사 소감을 "저는 이달부터 여기서 일을 보게 됐습니다. '아무 것도 모르는 제가 무엇을 합니까' 하고 겸사 말씀은 드리지 않을텝니다. 저는 저의 힘껏 해볼 작정이니까요."라고 밝혔다.[209] 이선희는 『신여성』 마지막 호인 1934년 6월호(제71호, 1934.6.1)까지 최영주와 함께 편집에 참여하였다.

이렇게 보면, 1933년 3월경에 개벽사 편집실에 있던 차상찬 채만식 이정호 최영주 송계월 김규택 안필승 이석훈 박승진 가운데 그해 연말까지 남은 사람은 차상찬 이정호 최영주뿐이다. 그리고 윤봉태가 중간에 잠깐 근무하였고, 새로 윤석중과 이선희가 입사하였다. 당시 편집실의 풍경을 이선희는 "최영주 선생님 이정호 선생님 윤석중 선생님 모두 자기 자리에서 열하고 계십니다. 아니 이선생님은 벌써 일을 다 하시고 팔자 좋으시게 그림책만 뒤적거리십니다. 제 생각에는 우리 개벽사 안에서 개근장을 타실 이는 단연 이선생이라고 주장합니다. 최선생님 일 하시는 솜씨를 좀 보십시오. 저고리 소매를 걷어 올리시고 손끝에서 불이 번쩍 날 지경입니다. 윤선생님은 일만 열심히 하실 뿐 아니라 요즘은 영예의 호떡대장의 존호를 받으셨습니다."라고 묘사하였다.[210] 즉, 1933년 말 개벽사에서 낸 잡지 『별건곤』은 이정호, 『신여성』은 최영주와 이

---

207 微笑, 「남은잉크」, 『별건곤』 68, 1933.12.1. 58쪽.
208 崔, 「우리들의 차지」, 『신여성』 66, 1933.12.1. 152쪽.
209 李, 「우리들의 차지」, 『신여성』 66, 1933.12.1. 152쪽.
210 李善熙, 「우리들의 차지」, 『신여성』 67, 1934.1.1. 152쪽.

선희, 『어린이』는 윤석중이 편집책임을 맡았던 것이다. 그리고 차상찬이 이를 총괄하였다.[211] 하지만 개벽사는 1933년 하반기부터 점차 사원들이 퇴사하고, 잡지 발간 역시 점차 쇠퇴의 길을 걷게 된다.

1934년 5월경에는 송경이 편집실에 새로 들어와 최영주 이선희와 함께 『신여성』 마지막 호인 6월호(제71호, 1934.6.1.) 편집에 참여하였다.[212] 최영주의 『신여성』 6월호 편집후기를 볼 때, 창사 14주년 기념호로 7월호를 발간할 계획이었다.[213] 하지만 『신여성』은 이 6월호를 끝으로 다시 발행되지 못했다. 『어린이』 역시 1934년 6월호(제121호, 1934.6.20)를 낸 이후 이듬해 3월호(속간기념호, 1935.3.1)를 낼 때까지 발행이 중단된다. 『별건곤』은 5·6월 합병호(제73호, 1934.6.1.)를 내고, 7월부터 매달 정기발행을 할 계획이었다.[214] 하지만 7월호를 발행하지 못하고, 7·8월 합병호(제74호, 1934.8.1.)를 내게 된다. 그리고 다음 9월호를 8월 하순경에 내놓을 계획이었지만,[215] 8월호를 끝으로 더 이상 발행되지 못하였다.

이처럼 개벽사에서 간행하던 잡지들이 1934년 하반기에 접어들어 발행되지 못한 이유는 앞에서 언급한 사정(검열, 독자층의 위축, 각 잡지사의 노골적인 경쟁, 인쇄단가 인상 등)이 더 격심해졌고, 내부적으로 사원들의 퇴사와 『개벽』 속간 준비 등 여러 이유가 겹친 때문이었다. 개벽사에서는 창립 15주년을 맞이하여 『개벽』을 다시 발행하기로 결정하고 1934년 5월경부터 조선총독부와 교섭을 진행하였다. 그리고 7월 1일자로 속간호를 발행하기로 하고, 그 준비에 박차를 가하였다.[216] 하지만 일부 원고를 변경하게 되어 속간호 발행이 8월 1일자로 미뤄졌다는 광고만 내는 등[217] 우여곡절 끝에 『개

---

211 개벽사 주간 차상찬, 「꾸준히 발전하라」, 『조선중앙일보』 1934.7.15. 1면.
212 崔, 「우리들의 차지」, 『신여성』 71, 1934.6.1. 144쪽 ; 宋, 「우리들의 차지」, 『신여성』 71, 1934.6.1. 144쪽.
213 崔, 「우리들의 차지」, 『신여성』 71, 1934.6.1. 144쪽.
214 「남은 잉크(社告)」, 『별건곤』 73, 1934.6.1. 66쪽.
215 微笑, 「남은잉크」, 『별건곤』 74, 1934.8.1. 64쪽.
216 「發行禁止 十年만에 開闢雜誌復活, 七月에 속간호를 발행코자」, 『매일신보』 1934.5.17. 7면

벽』은 1934년 11월 1일자로 '신간 제1호'로 발간되었다. 즉, 개벽사에서 『개벽』을 다시 발행하기로 결정하고 5월부터 준비를 하였으나 그 발행이 연기되면서 다른 잡지 발행을 잠시 중단한 것이다. "개벽 속간과 아울러 사내의 여러 가지 일이 늘어남을 따라 종래 발행의『신여성』『별건곤』『어린이』 등이 죄다 제때 발행을 못하"는 상황이 벌어진 것이다.[218]

또한 이 기간에『신여성』 편집에 참여하고 있던 최영주 이선희 송경과 『어린이』 편집을 맡았던 윤석중이 개벽사를 그만두었다. 최영주는 1934년 11월에 조선중앙일보사로 자리를 옮겨 잡지『중앙』1935년 1월호(제3권 제1호)부터 종간호인 1936년 9월호(제4권 제9호)까지 편집을 맡았다. 윤석중은 1935년 1월『중앙』의 자매지로 창간한『소년중앙』의 편집을 맡았다. 결국 개벽사 편집실에는 차상찬과 이정호 두 사람만이 남아 고군분투하게 되었다.[219]

1934년 11월에는 박영희가 다시 개벽사에 입사하여『개벽』신간 제2호(1934.12.1.)부터 편집을 맡게 되었다.[220] 1935년 초 개벽사 편집실에는 차상찬 이정호 박영희 세 사람이 있었던 것이다. 그런데 박영희가 '신건설 사건'으로 검거되어[221]『개벽』은 1935년 2·3월 합병호(신간 제4호, 1935.3.1.)로 발행되었다. 이 3월호 편집은 차상찬과 이정호가 맡았으며, 상해특파원으로 있다 돌아온 강성구가 편집실에 들어와 일을 도왔다.[222] 차상찬과 이정호가『개벽』을 계속해서 발행하려고 노력하였으나 더 이상 발행되지 못하였다.[223]

---

217 「광고」,『신여성』71, 1934.6.1.
218 微笑, 「編輯餘墨」,『개벽』신간2, 1934.12.1. 93쪽.
219 懷月, 「編輯餘墨」,『개벽』신간2, 1934.12.1. 92~93쪽.
220 靑吾, 「編輯餘墨」,『개벽』신간2, 1934.12.1. 92쪽.
221 「'新建設' 事件 豫審終結書全文(一)」,『동아일보』1935.7.2.
222 姜聖九, 「編輯餘墨」,『개벽』신간4, 1935.3.1. 107쪽.
223 『매일신보』에는 '휴간 중의『개벽』은 9월부터 속간 예정'이라는 기사가 나온다(「學藝往來」, 『매일신보』1935.8.10. 1면).

한편, 『개벽』을 다시 발행하기 시작한 개벽사에서는 『별건곤』, 『어린이』, 『신여성』을 계속 발간할 계획을 세웠다. 『별건곤』은 12월 중에, 『신여성』은 1935년 봄에 속간할 계획이었다.[224] 특히 이정호는 1934년 6월호 이후 발행이 중단된 『어린이』를 다시 발행하기 위해 그 편집 책임을 맡아 12월호 발행을 준비하였다.[225] 하지만 여러 가지 곡절과 파란으로 1935년 3월호(제122호, 1935.3.1.)로 발행되었다.[226] 그리고 『별건곤』도 1935년 5월호로 다시 속간하기 위해 편집에 착수하였으나[227] 끝내 『개벽』, 『신여성』, 『어린이』와 함께 다시 볼 수 없게 되었다. 차상찬과 이정호가 마지막을 지킨 개벽사에서 더 이상 잡지를 발행하지 못한 것이다.

5. 맺음말

이 글은 개벽사 발간 잡지의 내용과 성격의 변화 등을 편집진 변동을 통해 검토해 보겠다는 문제의식에서 출발하였다. 1920년부터 1935년까지 발행된 개벽사 잡지 전체를 대상으로 누가 어떤 생각을 가지고 그것을 만들었는가, 즉 누가 잡지를 편집했는가를 확인하는 것도 개벽사와 그 운영주체들의 성격과 지향을 확인할 수 있는 방법 중에 하나라는 판단이었다.

따라서 개벽사 잡지 발간의 전체 현황과 추이를 살펴보고, 이어서 각 잡지 편집에 참여한 이들을 추적하였다. 다만 개벽사에서 발간한 각 잡

---

224 微笑, 「編輯餘墨」, 『개벽』 신간2, 1934.12.1. 93쪽.
225 「『어린이』續刊, 李定鎬씨 編輯」, 『매일신보』 1934.10.14. 7면.
226 李, 「편즙을 마치고」, 『어린이』 122, 1935.3.1. 76쪽. 그런데 『어린이』 1935년 3월호가 인쇄 중 압수당했다는 당시 신문 기사(「어린이 雜誌 押收」, 『조선일보』 1935.2.27. 2면)와 개벽사 社告 (『개벽』 신간 제4호, 1935.3.1.)가 있다. 현재 필자가 확인한 『어린이』 제122호와 이 압수된 3월호의 상관관계는 아직 불분명하다.
227 「광고」, 『개벽』 신간 4호, 1935.3.1.

지의 편집을 책임졌거나 편집에 참여한 이들이 각각 누구였는지를 확인하는 수준에 머물렀다. 하지만 이와 같은 분석은 향후 이들 편집자들의 현실 인식과 활동, 편집자의 교체에 따른 편집 방향과 잡지 내용의 변화 등을 분석하고, 이를 통해 개벽사 발간 잡지의 성격과 지향을 보다 분명히 하기 위한 연구의 토대가 될 것이란 점에서 의미가 있다고 생각한다. 이하에서는 본고에서 확인한 내용을 정리하는 것으로 결론을 대신하고자 한다.

개벽사는 천도교를 배경으로 설립된 잡지사로서 천도교라는 종교 세력의 조직적·경제적 지원이 그 현실적 기초였다. 따라서 다른 잡지사들과는 달리 처음부터 강력한 현실적 기반 위에서 출발하였다. 1920년 『개벽』 창간 당시 개벽사 사원도 대부분 천도교단이나 천도교청년회의 주요 인물들이었다. 김기전 박달성 방정환 이돈화 등 천도교청년회의 지도자들이자 개벽사 사원인 이들은, '범인간적 민족주의'의 기치 하에 『개벽』에 천도교 교리, 신문화건설 방안 등에 대한 다양한 글을 실었다.

『개벽』은 처음에 이돈화 김기전 박달성 차상찬 현희운 등이 중심이 되어 편집하였고, 1922년 창간한 『부인』은 현희운이 편집책임을 맡다가 4호(1922.9.10)부터 박달성이 뒤를 이어 받았다. 방정환 역시 개벽사의 편집에 관여하고 있었다. 그는 1923년 3월 천도교소년회 기관지로 출발한 『어린이』 창간호부터 편집을 책임졌고, 31호(1925.8.8)부터 편집 겸 발행인을 직접 맡았다. 방정환은 『어린이』뿐만 아니라 『신여성』의 편집 겸 발행인도 맡아, 『개벽』 편집에 주력하기로 한 박달성의 뒤를 이어 『신여성』 4호(1924.3.20.)부터 편집을 담당하였다.

박영희가 『개벽』 55호(1925.1.1)부터 문예편을 담당하였다. 또한 비슷한 시기에 입사한 신영철이 『신여성』의 편집을 책임지게 되었다. 『어린이』와 『신여성』의 편집을 책임지고 있던 방정환이 1925년 1월부터 『어린이』 편집에만 주력하기로 하고, 『신여성』의 편집책임은 신영철이 맡기로 한 것이다. 그렇다고 이들이 자신이 맡은 잡지에만 관여한 것은 아니다. 『어린이』 편집을 방정환이 담당했지만 『개벽』을 담당한 박달성, 『신여성』을 담당한 신영철이 『어린이』에 실을 원고 선별에 참여하였으며, 김기전 역시 『개벽』 편집에 계속 관여하고 있었다.

『신여성』 13호(1925.2.11)부터 편집을 맡았던 신영철이 16호(1925.5.1)까지 편집하고 개벽사를 그만두었다. 『신여성』 17호는 6·7월 합병호로 발행되었고, 다음 호인 18호(1925.8.1)부터 22호(1926.1.1)까지는 개벽사의 세 번째 여기자였던 허정숙이 편집을 담당하였다. 『신여성』 편집자로서 허정숙은 이전의 남성 편집자들이 계몽적 어조로 여성들의 생활과 처지의 개선을 이야기하는 것에서 벗어나 여성 자신의 목소리를 적극적으로 내었다. 하지만 허정숙은 1926년 1월경에 개벽사를 떠나게 된다. 이에 개벽사에서는 『신여성』 편집을 담당할 사람으로 신영철의 재입사를 추진하였다. 1926년 4월 재입사한 신영철이 『신여성』 26호(1926.5.1)부터 다시 편집에 참여하였다.

한편, 『개벽』은 조선총독부 경무국에서 안녕질서를 방해한다는 이유로 1926년 8월 1일 발행금지 처분을 내리면서 제72호를 끝으로 막을 내렸다. 개벽사에서는 폐간된 『개벽』을 대신해 『별건곤』 발행을 추진하였다. 1926년 11월 1일자로 『별건곤』이 발행되면서 내용 중복 등을 이유로 31호(1926.10.1)를 끝으로 『신여성』을 휴간하게 되었다. 이후 개벽사에서는 1929년 3월 『학생』이 나올 때까지 2년여 동안 『어린이』와 『별건곤』 2종류의 잡지만 간행되었다. 이 시기에 개벽사에서는 잡지를 간행하지 못한 때도 많았다. 개벽사 잡지 발행이 가장 불안정했던 시기였다.

『신여성』 휴간 이후 신영철은 『별건곤』의 편집책임자로 활약하였다. 신영철에게 사정이 생겨 편집을 맡지 못할 때는 박달성이나 방정환이 대신하기도 하였다. 1928년 4월경에는 손성엽 최경화 최의순이 입사하였다. 『별건곤』은 차상찬과 신영철 두 사람이 편집을 책임지고, 신입기자 최경화 손성엽 최의순이 협조하는 체제로 간행되었다.『어린이』는 방정환과 이정호가 그 역할을 했다. 즉, 1927~28년에 개벽사에서 발행한 『어린이』와 『별건곤』의 편집책임자는 방정환 이정호와 차상찬 신영철 네 사람이었다. 이들이 서로 협력하며 두 종의 잡지를 책임지고, 손성엽 최경화 등이 보조했던 것이다. 신영철은 『별건곤』 15호(1928.8.1)를 편집한 이후 개벽사를 떠났고, 1928년 11월경에는 박승진과 백시라가 채용되었다.

1920년대 말에 개벽사에서는 소년소녀를 대상으로 한 『어린이』, 남녀학생을 대상으로 한 『학생』, 일반대중을 대상으로 한 『별건곤』이라는 체제를 갖추려고 하였다. 그 일환으로 『어린이』는 1929년 신년호부터 보통학교 2~3년 학생이라도 혼자 읽을 수 있도록 내용을 한층 쉽게 편집하였다.『학생』 잡지 간행을 위해 1929년 1월 편집실에서는 최영주와 이태준을 새로 채용하였다.『학생』 창간호는 방정환을 편집 겸 발행인으로 하여 3월 1일 발행되었다.

1929년 4월경에는 백시라 후임 여기자로 김순렬이 입사하였다. 하지만 그해 여름 제주도에 간 김순렬이 개벽사로 복귀하지 않았고, 이태준이 개인사정으로 퇴사하자 개벽사에서는 1929년 11월 경 채만식 박로아와 여기자 성선희 김원주 등 4명을 새로 채용하였다.

이처럼 『개벽』 폐간 이후, 즉 1920년대 하반기부터 방정환과 차상찬이 각각 개벽사 주무와 편집국장을 맡아 개벽사를 이끌었다. 이들은 1929년부터 발행해 오던 『학생』을 1930년 11월호를 끝으로 폐간하고, 대신에 『신여성』을 1931년 1월호부터 다시 발간하기로 결정하였다. 그리고 1931년 3월에는 새로운 잡지 『혜성』을 창간하였다. 이로써 개벽사에서는 1931년 봄부터 종래부터 발행해 오던 『어린이』『별건곤』과 함께 『신여성』『혜성』이라는 잡지를 간행하게 되었다. 다만 『혜성』을 간행하면서부터 『별건곤』의 분량을 대폭 축소하였다.

『신여성』편집은 방정환과 종래『학생』을 편집했던 최영주를 중심으로 이루어졌다. 1931년 1월에 간행된『신여성』속간호(제32호)부터 제37호까지의 편집은 방정환과 최영주가 맡았다. 그리고 1931년 3월경에 입사한 송계월이 제35호부터 이들과 함께 편집에 참여하였다.『어린이』는 이정호가 편집을 책임졌고,『혜성』은 종래『별건곤』을 편집하던 차상찬 채만식 박로아 등이 만들었다.『별건곤』의 비중이 줄면서 편집 업무의 중심을『혜성』으로 옮긴 것이다.『혜성』편집의 중심이었던 채만식은 1931년 10월 말 개벽사를 퇴사할 때까지『혜성』과『별건곤』편집에 참여하였다.

그런데 개벽사 주무로써 업무를 총괄하고 있던 방정환이 1931년 봄부터 병으로 고생하였다. 이에 따라『어린이』는 계속 이정호가 중심이 되어 편집되었고, 방정환은『신여성』에 편집후기를 작성하는 정도로 관여하다가 7월 23일 사망하였다. 방정환은 사망 전에 개벽사 주무와『신여성』및『어린이』의 편집 겸 발행인을 맡고 있었다. 차상찬은 편집국장과『별건곤』및『혜성』의 편집 겸 발행인을 맡고 있었다. 그것은 위에서도 언급했듯이 1926년『개벽』폐간 이후 개벽사 잡지 발행이 방정환과 차상찬 두 사람을 중심으로 이루어졌음을 의미하는 것이다.

방정환이 사망하자 그가 맡고 있던 역할을 차상찬 이정호와 다시 입사한 신영철이 나누어 맡게 되었다. 즉, 차상찬은 자신이 이미 맡고 있던『별건곤』과『혜성』의 편집 겸 발행인 외에 방정환이 맡고 있던 개벽사 주무와『신여성』의 편집 겸 발행인을 추가로 맡았다. 이정호는 방정환이 맡았던『어린이』의 편집 겸 발행인을 이어 받았다. 그리고 차상찬이 맡았던 개벽사 편집국장은 다시 입사한 신영철이 담당하였다. 반면 방정환 사망 이전 개벽사 편집진의 중심인물이었던 최영주와 채만식이 1931년 9월~10월에 개벽사를 그만두었다.

방정환의 사망과 최영주 채만식의 퇴사라는 변동 속에서 이후『신여성』편집은 이정호와 송계월이 담당하였다. 이정호가 맡았던 『어린이』
는 신영철이 편집하게 되었다. 『혜성』과 『별건곤』 편집에는 차상찬과 새
로 입사한 김규택이 참여하였다.

이정호가 편집에 참여하면서부터 『신여성』 내용에 일정한 변화가 생
겼다. 1932년 신년호부터 '어머니란'을 따로 두기로 하였으며, 수록된
글을 되도록 한글로 고쳐 써 누구나 쉽게 읽을 수 있도록 하였다. 그런
데 편집에 참여하고 있던 송계월이 1932년 3월 경 폐렴으로 요양을 떠
나게 되면서 결국 4월호부터 이정호 혼자 편집을 맡을 수밖에 없었다.

이정호에 이어 『어린이』 편집을 맡은 신영철은 『어린이』의 체재와 내
용을 혁신하였다. 종래보다 새롭고 힘차 보이는 잡지를 만들고자 했고
독자 작품을 많이 수록하는 방향으로 변경하였다. 또한 판형을 국판으
로 고치고 이전에는 다루지 않았던 소년들의 현실 문제를 취급하려고
노력하였다. 『어린이』 편집방향의 변화는 편집자가 독자층을 청년층까
지도 대상으로 삼고 있었음을 의미하는 것이다.

한편 개벽사에서는 1932년 5월 20일자로 『혜성』을 개제한 『제일선』
을 발행하여 종전 『혜성』의 지면을 확장 혁신하고자 하였다. 또한 대중
경제 잡지 『신경제』를 5월에 창간하여 경제 분야의 다양한 지식을 일반
대중에게 전달하고자 하였다. 이런 변동이 있던 1932년 4월~5월경, 퇴
사했던 채만식이 다시 입사하여 이후 주로 『제일선』 편집을 맡았다.

개벽사 편집실에는 1932년 9월부터 담당 업무에 일대 변동이 생겼다.
방정환이 사망한 이후 1년 동안 건강문제와 여러 사정으로 개벽사와 인
연이 끊어졌던 최영주가 9월에 다시 입사하였다. 그는 『어린이』 1932년
10월호(제101호)부터 편집 책임을 맡았다. 반면에 1931년 10월호부터 만
1년 동안 『어린이』 편집에 힘을 쏟은 신영철은 『별건곤』 편집을 맡기로
하였다. 『별건곤』 편집과 개벽사 4대 잡지의 표지화를 담당하던 김규택
은 표지와 삽화·만화를 전문적으로 맡기로 하였다. 그리고 요양 중에

있던 송계월이 상경하여 『신여성』 편집에 합류하였다.

　1932년 말에서 1933년 초에 개벽사 편집실에는 안필승 이석훈 등이 새로 들어왔고, 신영철이 개벽사를 떠났다. 그리고 영업국에서 일하던 박승진이 편집실로 자리를 옮겼다. 안필승은 송계월과 함께 『신여성』 1933년 2월호 편집에 참여하였고 1933년 3월호 『제일선』 편집에도 투입되었다. 하지만 1933년 3월호를 끝으로 『제일선』은 막을 내리고, 『신경제』 역시 6월호를 끝으로 더 이상 발행되지 못하였다.

　이런 가운데 송계월이 『신여성』 1933년 3월호 편집을 끝으로 개벽사 잡지 발간에서 손을 놓게 된다. 개벽사에서는 1933년 6월호부터 『신여성』을 최영주가 맡고, 대신에 『어린이』를 새로 입사한 윤석중에게 편집하도록 하였다. 또한 1933년 하반기에 채만식 김규택 안회남 박승진 등이 개벽사를 떠나자 이정호가 그들을 대신하여 1933년 12월호부터 『별건곤』 편집을 책임졌다. 즉 1933년 말에 개벽사에서 발행된 『별건곤』 『신여성』 『어린이』는 각각 이정호 최영주 윤석중이 편집 책임을 맡았고 차상찬이 이를 총괄하였던 것이다.

　1933년 하반기부터 잡지 발행이 불안정해지기 시작한 개벽사의 상황은 1934년에 접어들어 더 심각해졌다. 결국 『신여성』은 1934년 6월호를 끝으로 다시 발행되지 못했고, 『별건곤』도 7 · 8월 합병호를 낸 후 더 이상 발행되지 못하였다. 『어린이』 역시 1934년 6월호를 낸 이후 이듬해 3월호를 낼 때까지 발행이 중단되었다. 개벽사에서는 이와 같은 난국을 타개하기 위한 일환으로 창립 15주년을 맞이하여 『개벽』을 다시 발행하기로 결정하고 우여곡절 끝에 1934년 11월 1일자로 『개벽』 '신간 제1호'를 발간하였다.

　하지만 이 기간에 최영주 윤석중 등이 개벽사를 그만두고, 결국 편집실에는 차상찬 이정호 두 사람만이 남아 고군분투하게 되었다. 1934년 11월에는 박영희가 다시 입사하여 『개벽』 신간 제2호부터 편집책임을

맡게 되었으나 그가 '신건설 사건'으로 검거되어 『개벽』은 신간 제4호
(1935년 2·3월 합병호)가 발행된 이후 더 이상 발행되지 못하였다. 이처럼
개벽사의 잡지 발행은 1933년 하반기부터 위축되고 사원들이 속속 퇴
사하는 등 점차 쇠퇴의 길을 걷게 된다. 그 이유를 구체적으로 확인할
수는 없었지만 조선총독부의 검열, 심각해져가는 경제공황으로 인한 독
자층의 위축, 그에 따른 각 잡지사의 독자 획득을 위한 경쟁의 노골화,
환율 하락을 구실로 한 인쇄업자들의 인쇄단가 인상 등으로 경영이 점
차 힘들어졌던 것으로 보인다.

참고문헌

1. 자료
『개벽』, 『동광』, 『문장』, 『별건곤』, 『부인』, 『신여성』, 『어린이』, 『제일선』, 『중앙』, 『학생』, 『혜성』
『동아일보』, 『조선일보』, 『조선중앙일보』, 『매일신보』

2. 논저

임경석, 차혜영 외, 『〈개벽〉에 비친 식민지 조선의 얼굴』, 모시는 사람들, 2007.

최수일, 『〈개벽〉 연구』, 소명출판, 2008.

김수진, 「신여성담론 생산의 식민지적 구조와 『신여성』」, 『경제와 사회』 69, 2006.

김정의, 「『개벽』지상의 소년운동론 논의」, 『역사와 실학』 30, 2006.

박현수, 「잡지 미디어로서의 『어린이』의 성격과 의미」, 『대동문화연구』 50, 2005.

유석환, 「개벽사의 출판활동과 근대잡지」, 성균관대 석사학위논문, 2006.

이명희, 「『어린이』 자매지 『학생』의 의미」, 『상허학보』 8, 2002.

이상경, 「『부인』에서 『신여성』까지 : 근대 여성 연구의 기초자료」, 『근대서지』 2, 2010.

정가람, 「1920-30년대 대중잡지 『별건곤』의 역사 담론 연구」, 『대중서사연구』 20-1, 2014.

정용서, 「방정환과 잡지 『어린이』」, 『근대서지』 8, 2013.

정용서, 「최영주(1906-1945)의 소년운동과 출판활동」, 『수원역사문화연구』 3, 2013.

차웅렬, 「흘러간 개벽사의 별들(전10회)」, 『신인간』 598-607, 2000~2001.

방정환과 잡지『어린이』의 편집자들

정용서

1. 글을 시작하며

소파 방정환(方定煥, 1899~1931)의 주도로 간행된 잡지『어린이』는 1923 년 3월 20일자로 개벽사에서 창간호가 나온 이래 1935년 3월 제122호 까지 발행되었다. 일제강점기 개벽사에서 나온 9종의 잡지(『개벽』,『부인』, 『신여성』,『어린이』,『별건곤』,『학생』,『혜성』,『제일선』,『신경제』) 중에 가장 오랜 기 간 동안 가장 많은 호수가 발행된 잡지였다. 그런데 1976년에 간행된 『어린이』영인본에는 122개 호 중에 88개 호만이 수록되었다. 그동안 이를 제외한 34개 호는 그 내용을 확인할 수 없었는데 최근에 새로 28 개 호가 발견되어 영인되었다.[1]

새로 발견된 28개 호 중에 1925년 1월호(제24호)와 1927년 6월호(제51 호)를 제외한 나머지 26개 호는 모두 1931년 이후에 발행된 것이다. 1931년에 발행된 11개 호 중에 6개, 1932년 발행된 12개 호 중에 7개, 1933년에 발행된 12개 호 중에 8개, 1934년에 발행된 6개 호 중에 4개,

---

1 『미공개『어린이』(전4권)』, 소명출판, 2015 참고.

1935년에 발행된 1개 호 중에 1개가 그것이다. 이렇게 보면, 일제강점기에 발행된 『어린이』 중에서 아직 그 실물이 확인되지 않은 1923년에 발행된 제4호~제7호, 1933년에 발행된 제104호와 제107호 등 6개 호를 제외하고는 그 실체가 모두 확인된 셈이다. 이번에 발견된 『어린이』는 그동안 전체적인 실상을 명확하게 알 수 없었던 1931년 이후에 간행된 『어린이』의 내용과 편집 방향 등을 확인할 수 있게 해주는 자료들이다.

새로 발견된 『어린이』가 영인·간행된 것을 기회로 일제강점기에 어린이를 대상으로 간행된 제반 잡지들에 대한 연구와 어린이·소년운동에 대한 연구 등이 보다 활성화되기를 기대하며 『어린이』 발행 현황과 편집 책임자의 변화를 살펴보고자 한다.

2. 어린이날 제정과 기념행사

김기전 방정환 등은 1921년 4월 천도교청년회 산하에 소년부를 두고, "우리는 참되고 씩씩하게 자라는 가운데 인정 많은 소년이 됩시다"[2]라는 구호 아래 어린이운동을 시작하였다. 5월 1일에는 소년부를 천도교소년회로 개편하였다.[3] 천도교소년회에서 전개한 가장 대표적인 어린이운동은 '어린이날' 행사 개최와 잡지 『어린이』 발행이라고 할 수 있다. 이 장에서는 천도교소년회의 '어린이날' 제정과 행사 내용 등을 살펴보고, 다음 장에서 잡지 『어린이』에 대해 검토하도록 하겠다.

---

2 「단체추이: 소년운동」, 『동아일보』 1929.1.4. 4면.
3 소년회 사무를 처리하기 위하여 6월 5일 회장 구자흥, 간무 김도현 신상호 정인엽 장지환, 총재 김기전, 고문 정도준 박사직, 지도위원 이병헌 박용준 차용복 강인택 김상률 조기간 박래옥 김이숙 등을 임원으로 선정하였다(妙香山人, 「天道敎少年會의 設立과 其波紋」, 『천도교회월보』 131, 1921.7, 15-21쪽 ; 「本會의 各部事業經過」, 『천도교청년회회보』 3, 1921.12, 3-6쪽 ; 趙基栞, 『天道敎靑年黨一覽』, 1928, 9쪽).

천도교소년회는 천도교 교인·비교인을 불문하고 7세에서 16세까지의 조선인 소년소녀 누구나 회원이 될 수 있었다. 그리고 이들이 표방한 천도교소년회의 주목적은 "일반 소년의 지식계발을 도(圖)함보다 녕(寧)히 소년기의 향락을 중요시하여 쾌활 건전한 소년을 만들고자 함에 있으며, 그리하여 가정상으로나 사회상으로나 소년의 인격을 시인(是認)케 하여 사람인 유자(幼者)와 사람인 장자(長者)가 서로 교환(交歡)하며 서로 조화하는 곳에 활기 있고 감격 있는 신문화의 수립을 책코저 함"에 있었다.[4] 따라서 천도교소년회에서는 각종 강연회·동화회 등을 통해 자신들의 취지 선전과 소년문제에 대한 사회적 여론 환기에 노력하였다. 이러한 노력으로 천도교소년회 회원은 설립당시 60여 명에서 1922년 말 458명으로 급증하였다.[5]

천도교소년회에서는 어린이를 위하여 부모의 도움이 더욱 두텁기를 바라는 마음으로 1922년 5월 1일 창립 1주년을 기념하여 이날을 '어린이날'로 정하였다. 1923년 조선소년운동협회가 '어린이날'을 제정한 것보다 1년 앞선 것이었다. 이들이 어린이날을 5월 1일로 정한 것은 "① 사시(四時) 중의 춘절(春節)이 유소년에 당하는 중 5월의 1일이 가장 춘의 정(精)을 표현하는 날이라 본 것 ② 구주에는 고석(古昔)부터 5월 1일을 유소년의 명일(名日)로 해 오는 것" 외에 기타 몇 가지의 이유 때문이었다.[6]

천도교소년회에서는 5월 1일에 '항상 10년 후의 조선을 생각하십시오'라고 쓴 인쇄물을 서울 시내에 배포하며 거리행진을 하였다.[7] 조선총독부 경찰당국의 집회 허가를 얻지 못해 난항을 겪다가 우여곡절 끝에 당일 오후 1시가 되어서야 선전문 배포와 가두선전을 허가받았다. 천도교청년회·개벽사·천도교회월보사 등에서 활동하던 사람들과 천도교소

---

4 「社說: 少年運動의 第一聲」, 『매일신보』 1921.6.2. 1면.
5 「새해 어린이지도는 어찌할까?(1)」, 『조선일보』 1923.1.4. 3면.
6 「敬通: 朝鮮少年運動의 年代槪觀」, 『신인간』 12, 1927.5, 78쪽.
7 「十年後朝鮮을 慮하라」, 『동아일보』 1922.5.1. 3면.

十年後朝鮮을慮하라
조선소년운동의 비롯으로
금일던도교소년회의 활동

『동아일보』 1922.5.1. 3면

년회원들이 총출동하여 여러 대로 나누어 종로를 위시하여 탑골공원·전동·교동·광화문통 등 각처에서 노래를 부르며 어린이날의 취지를 선전하였다.

또한 천도교청년회원과 소년회원들이 연합하여 조직된 자동차 선전대는 3대의 자동차에 '어린이의 날' '소년보호' 등의 문구를 대서특필하여 붙이고 종로 큰 길을 위시하여 시내 각처를 다니며 선전지를 뿌렸다. 이 날 배포된 인쇄물은 4종류였다. 이 중 '어린이의 날'이란 제목의 선전물에는 "① 어린 사람을 헛말로 속이지 말아 주십시오. ② 어린사람을 늘 가까이 하시고 자주 이야기하여 주십시오. ③ 어린사람에게 경어(敬語)를 쓰시되 늘 부드럽게 하여 주십시오. ④ 어린사람에게 수면(睡眠)과 운동을 충분히 하게 하여 주십시오. ⑤ 이발이나 목욕 같은 것을 때맞춰 하도록 하여 주십시오. ⑥ 나쁜 구경을 시키지 마시고 동물원에 자주 보내 주십시오. ⑦ 장가와 시집보낼 생각마시고 사람답게만 하여 주십시오." 등의 내용이 담겨 있었다.[8] 이처럼 천도교소년회에서는 각종 표어를 내걸고 자동차까지 동원하여 대대적인 행사를 거행함으로써 우리나라에서 처음으로 '어린이 날'의 시작을 알렸다.

1922년 어린이날 행사를 치룬 천도교소년회에서는 이후 지속적으로

---

8 「街路로 취지 선전」, 『동아일보』 1922.5.2. 3면.

어린이·소년운동을 전개하였다. 예를 들어 부모들과 어린이 보호 방침을 상의하고자 하는 천도교소년환등강연회를 열었다. '가정의 보물은 어린이들입니다.' '민족의 새싹은 어린이들입니다.' '어린이를 잘 기르시려면 천도교소년회로 보내시오.'라고 쓴 각종 표어를 환등기로 보여주고, 이어서 일본과 조선 각지의 명소 사진, 고래 잡는 사진, 백두산 실경 등 60여 종의 사진을 보여주었다. 그리고 방정환 김기전 이종린 등이 강연을 하였다.[9]

특히 방정환은 "이제부터는 각지의 소년단체가 만이 일어날 줄을 믿으며 우리 동포가 하루라도 먼저 사람스럽게 또는 자유스럽게 행복스럽게 생활을 하려면 먼저 어린이들을 좋은 길로 인도하고 그들을 위하여 사업을 경영하여야 하며 기관을 설립하여야 할 것이외다. 참으로 어린이들처럼 중한 이는 없을 것이외다. 그들은 바다에 띄워 있는 배와 같이 바람이 동으로 불면 동으로 서로 불면 서로 흘러가는 것과 같이 지도하는 이의 지도하에 따라서 혹은 행복의 길로 혹은 불행의 길로 돌아가는 것이외다."라는 생각을 표출하였다. 그리고 이러한 처지에 있는 어린이들을 위해 이후 천도교소년회 뿐만 아니라 다른 소년운동단체와 연합하여 어린이날 행사를 진행하는 것이 더 좋겠다는 생각을 가지게 되었다.[10]

이를 계기로 서울 시내에 있던 각 소년단체 관계자들은 어떠한 방법으로든지 소년문제를 세상에 널리 선전하는 동시에 이 문제를 성심으로 연구하여 보자는 논의를 전개하였다. 수차 협의한 끝에 1923년 4월 17일 천도교소년회·조선소년단·조선소년군·불교소년회 등 40여 개 소년운동단체 대표가 모여 조선소년운동협회를 조직하였다.[11] 1923년 어린이날

9「少年會의 講演, 금 18일 오전부터, 환등도 영사한다고」, 『매일신보』 1922.6.18. 3면 ; 「천도교소년회 환등회와 강연회」, 『동아일보』 1922.6.18. 3면 ; 「'가정의 보물'은 어린이들이다. 소년부 주최 환등회」, 『매일신보』 1922.6.20. 3면 ; 「천도교소년회 환등회 및 강연회」, 『동아일보』 1922.12.25. 3면 ; 「천도교소년회 환등강연회」, 『동아일보』 1922.12.30. 3면.
10「새해 어린이지도는 어찌할까?(1)」, 『조선일보』 1923.1.4. 3면.

기념행사를 전국적·통일적으로 진행하기 위한 일종의 비상설 기구의 성격이 강한 소년운동단체가 출범한 것이다. 소년운동협회에 참여한 한 인사는 "자식이란 것은 나아 놓는 것만 능사가 아니오. 낳은 자식을 잘 가르칠 것이 제일 필요한 줄로 믿는 까닭이외다. (중략) 종래 우리 사회에서는 아희가 어른 대접을 아니 하는 것만 책하였지만은 오늘부터는 아희가 어른을 공경하는 동시에 어른도 아해들을 위하여 사랑할 줄을 알아야하겠습니다."라는 취지에서 이 단체를 발기한 것이라고 말하였다.[12]

소년운동협회에서는 먼저 소년에 대한 사상을 선전하는 동시에 전조선의 소년으로 하여금 서로 연락을 하기 위하여 매년 5월 1일을 조선의 '어린이날'로 정하였다. 먼저 소년문제에 관한 선전지 20만장을 인쇄하여 5월 1일 하오 3시에 조선 각지에 일제히 배포하기로 하였다. 그리고 5월 1일 오후 7시 반부터 기념소년연예회와 소년문제강연회를 개최하기로 하였다. 연예회는 소년을 위하여, 강연회는 어른을 대상으로 하기로 하였다. 소년운동협회는 임시사무소를 천도교당 안에 두고, 매월 한차례씩 회의를 개최하기로 결정하였다.[13] 1922년에 처음으로 어린이날 행사를 개최한 천도교소년회는 이후 소년운동협회의 일원으로써 어린이날 기념행사를 주도해 나갔다.

3. 『어린이』 발행 현황

천도교소년회에서는 어린이날 행사와 함께 어린이운동의 일환으로 1923년 3월 20일 잡지 『어린이』 창간호를 간행하였다. 『어린이』 간행을

---

11 「少年運動의 新旗幟」, 『동아일보』 1923.4.20. 3면.
12 「少年運動의 第一聲」, 『매일신보』 1923.4.30. 3면.
13 「5월 1일로 소년일」, 『동아일보』 1923.4.20. 3면 ; 「소년운동협회의 창기」, 『조선일보』 1923.4.21. 3면.

『동아일보』 1923.3.22. 1면, 광고

천도교소년회에서 준비했다는 것은 여러 자료에서 확인할 수 있다.『어린이』가 창간될 당시 『동아일보』에는 『어린이』 창간을 알리는 기사와 광고가 실려 있다. 특히 『동아일보』 1923년 3월 22일, 4월 4일자 1면에는 각각 『어린이』 창간호와 제2호가 천도교소년회에서 편집하여 개벽사에서 발행하였다는 광고가 실려 있다. 창간 당시 『어린이』의 편집을 천도교소년회에서 맡았다는 것이다.

이외에도 『어린이』의 편집 혹은 간행을 천도교소년회에서 준비했다는 것은 여러 자료에서 확인할 수 있다. 『어린이』 창간호부터 제3호까지에 수록된 현상문제의 정답을 보낼 곳이 '천도교소년회 편집부(혹은 어린이 편집실)'이다. 또한 『동아일보』는 "천도교소년회의 기관 잡지인 개벽사에서 발행하는 어린이 잡지 『어린이』의 첫 호는 지난 20일에 발행"하였다고 보도하여,[14] 『어린이』를 천도교소년회의 기관지로 인식하였다.

그리고 천도교소년회에서는 자신들이 『어린이』를 발행한 이유를 "더할 수 없이 여지없는 곤경에 처하여 갖은 박해와 갖은 신고(辛苦)를 겪으

---

14 「『어린이』 創刊, 소년소녀 잡지로」, 『동아일보』 1923.3.25. 3면.

『동아일보』 1923.4.4. 1면, 광고

면서도 그래도 우리가 안타깝게 무엇을 구하기에 노력하는 것은 오직 '내일은 잘 될 수가 있겠지 내일은 살 수가 있겠지' 하는 한 가지 희망이 남아있는 까닭입니다. (중략) 한 가지 희망을 살리는 도리는 내일의 호주(戶主) 내일의 조선 일꾼 소년소녀들을 잘 키우는 것 밖에 없습니다. (중략) 어떻게 하면 남보다 낫게 키울까. 그것을 위하는 한 가지 일로 우선 시작한 것이 『어린이』입니다."라고 밝혔다.[15] 어린이운동의 일환으로 소년소녀를 대상으로 한 잡지 『어린이』를 발행하기로 했다는 것이다.

『어린이』 창간호를 발간할 당시는 매월 2회(1일과 15일) 발행을 목표로 하였다. 창간호 역시 3월 1일 발행한다고 미리 광고하였지만 일제의 검열로 인해 20일에야 발행할 수 있었다. 『어린이』 편집실에서는 창간호 사고(謝告)를 통해 "원고 검열하는 절차가 어떻게 까다로운지 여기저기 왔다 갔다 하는 동안에 어느덧 20여 일이 휙 지내가고"라며 그간의 사정을 밝혔다. 그리고 검열 과정에서의 원고 삭제로 인해 일부 내용이 "꼬리 뺀 족제비 모양"이 되었다고 지적하였다.[16] 다음 [표 1]과 [표 2]는 『어린이』 발행 호수와 발행일을 정리한 것이다.[17]

---

15 「광고: 새 雜誌 어린이 創刊號」, 『동아일보』 1923.3.22. 1면.
16 「사고(謝告)」, 『어린이』 1, 1923.3.20. 12쪽.
17 발행일의 경우 『어린이』 판권지에 있는 날짜를 정리한 것이다. 하지만 실제 발행일과 다른 경우가 있다.

〔표 1〕 『어린이』 발행 호수

	1923년 (제1권)	1924 (2권)	1925 (3권)	1926 (4권)	1927 (5권)	1928 (6권)	1929 (7권)	1930 (8권)	1931 (9권)	1932 (10권)	1933 (11권)	1934 (12권)	1935 (13권)
1월		1(12)	1(24)	1(36)	1(47)	1(55)	1(62)	1(71)	1(81)	1(92)	1(104)	1(116)	
2월		2(13)	2(25)	2(37)	2(48)		2(63)	2(72)	2(82)	2(93)	2(105)	2(117)	
3월	1	3(14)	3(26)	3(38)	3(49)	2(56)	3(64)	3(73)	3(83)	3(94)	3(106)	3(118)	1(122)
4월	2, 3	4(15)	4(27)	4(39)	4(50)			4(74)		4(95)	4(107)	4(119)	
5월	(4)	5(16)	5(28)	5(40)		3(57)	4(65)	5(75)	4(84)	5(96)	5(108)	5(120)	
6월	(5)	6(17)	6(29)	6(41)	5(51)		5(66)		5(85)	6(97)	6(109)	6(121)	
7월	(6)	7(18)	7(30)	7(42)	6(52)	4(58)	6(67)	6(76)	6(86)	7(98)	7(110)		
8월	(7)	8(19)	8(31)				7(68)	7(77)	7(87)	8(99)	8(111)		
9월	8	9(20)	9(32)	8(43)		5(59)		8(78)	8(88)	9(100)	9(112)		
10월	9	10(21)	10(33)	9(44)	7(53)	6(60)	8(69)		9(89)	10(101)	10(113)		
11월	10	11(22)	11(34)	10(45)				9(79)	10(90)	11(102)	11(114)		
12월	11	12(23)	12(35)	11(46)	8(54)	7(61)	9(70)	10(80)	11(91)	12(103)	12(115)		

〔표 2〕 『어린이』 발행일

	1923년 (제1권)	1924 (2권)	1925 (3권)	1926 (4권)	1927 (5권)	1928 (6권)	1929 (7권)	1930 (8권)	1931 (9권)	1932 (10권)	1933 (11권)	1934 (12권)	1935 (13권)
1월		3일	1일	1일	1일	20일	20일	20일	1일	20일	(간행)	20일	
2월		13일	1일	1일	1일		20일	20일	20일	20일	20일	20일	
3월	20일	13일	1일	1일	1일	20일	20일	20일	20일	20일	20일	20일	1일
4월	1일, 23일	18일	1일	10일	1일			20일		20일	(간행)	20일	
5월	(간행)	11일	1일	1일		20일	10일	20일	20일	20일	20일	20일	
6월	(간행)	10일	1일	9일	1일		18일		20일	20일	20일	20일	
7월	(간행)	10일	1일	30일	22일	20일	20일	20일	20일	20일	20일		
8월	(간행)	7일	1일				20일	20일	20일	20일	20일		
9월	15일	6일	1일	1일		20일		20일	20일	20일	20일		
10월	15일	11일	1일	1일	1일	20일	20일		20일	20일	20일		
11월	15일	9일	1일	15일				20일	20일	20일	20일		
12월	23일	11일	1일	10일	1일	20일	20일	20일	20일	20일	20일	20일	

『어린이』제2호는 당초 목표대로 1923년 4월 1일에 간행되었다. 제3호도 비록 4월 15일에 간행되지는 못했지만 23일에 간행되어 매월 2회 발행 목표를 달성하였다. 이때의 사정을 『어린이』편집자[=방정환(필자 추정)]는 "이 3호 꾸미기가 벌써 끝이 낫건마는 2호는 아직까지도 허가가 아니 나와서 인쇄를 못하고 있습니다. (중략) 2호가 아직 나오지 않았지만 이 3호를 또 디밀어 두겠습니다."라고 밝혔다.[18] 제1호가 3월 20일에 발행되었지만 원래 1일에 낼 계획이었으므로 아마도 제1호 검열 기간 동안에 제2호를 편집한 것으로 보인다. 제3호 역시 마찬가지였던 것이다.

1923년 5월 1일 발행 예정이었던 제4호는 어린이날을 기념해 '어린이날 기념호'로 결정되었다.[19] 하지만 현재 『어린이』제1권 제4호부터 제7호까지는 확인할 수 없는 상태이다. 다만 『동아일보』1923년 5월 13일자에 실린 『어린이』제4호 광고와 창간 1주년 기념호인 1924년 3월호(제14호)에 있는 「돌풀이」란 글을 통해 목차와 내용 일부를 확인할 수 있을 뿐이다. 특히 '어린이날 기념호'로 발행된 제4호는 종전보다 지면을 배로 늘려 발행하였고, 가격도 10전으로 인상되었다. 그리고 어린이날을 기념해 주문 선착자 1천 명에게 무료로 증정한다고 광고하였다. 방정환이 『어린이』창간 초기를 회고하며, "『어린이』가 처음 나올 때 돈 안 받고 거저 준다하여도 가져가는 사람이 단 18인 밖에 없던 것을 생각하고 오늘 10수만의 독자와 더불어 이 기쁨을 맞이하는 것을 생각하면 스스로 감격한 생각이 가슴에 넘칩니다."[20]라고 한 것은 아마도 이 제4호 무료 증정 행사를 말하는 것으로 보인다.

한편, 제4호부터 제7호까지 아직 실물이 발견되지 않아 매월 2회 발행이 또 이루어졌는지 직접 확인할 수는 없다. 하지만 『동아일보』에 실린

---

18 「남은 잉크」, 『어린이』 3, 1923.4.23. 12쪽.
19 「남은 잉크」, 『어린이』 3, 1923.4.23. 12쪽.
20 方定煥, 「세번째 돌날에」, 『어린이』 38, 1926.3.1. 2쪽 ; 方, 「七周年紀念을 마즈면서」, 『어린이』 73, 1930.3.20. 2쪽.

제4호와 제7호 발행 광고를 보면,[21] 매월 2회 발행은 4월에만 이루어진 것으로 판단된다. 그리고 매월 2회 발행이 어려워지자 1924년 1월호(제12호)부터 종전의 매월 2회 발행 방침을 매월 1회 발행으로 변경하였다. "그동안 한 달에 두 번씩 꼭꼭 내려고 해 보다 못하여 일이 일 같지도 않고 여러분께도 미안하기 짝이 없어서" 변경하였다는 것이다.[22] 대신에 잡지의 분량을 40여 쪽으로 늘리고, 가격도 5전에서 10전으로 인상하였다.

1925년 9월호(제32호)부터는 분량을 70쪽 전후로 늘리고 가격을

『동아일보』 1923.5.13. 1면, 광고

『동아일보』 1923.8.24. 1면, 광고

---

21 『동아일보』 1923년 5월 13일자 1면에는 '새잡지 『어린이』 제4호를 어린이날 기념 배대호로 간행'하였다는 광고가 실려 있다. 또한 8월 24일자 1면에 '『어린이』 제7호를 금일부터 발매'한다는 광고가 게재되어 있다.
22 「새해부터는」, 『어린이』 12, 1924.1.3. 10쪽.

15전으로 인상하였다. 1927년 12월호(제54호)부터는 분량을 그대로 둔 채 "돈이 없어서 못 보게 되는 동무들을 생각하고 책값을 5전 내려서 10전으로 하였습니다. 책을 줄이지 말고 돈만 내리려고 애썼으나 부득이 사진부록 한가지만은 당분간 줄이기로 하였습니다."라고 하면서,[23] 가격만 다시 10전으로 인하하여 종간호인 1935년 3월호(제122호)까지 유지하였다. 다음 [표 3]은 『어린이』의 호별 분량과 가격의 변화를 정리한 것이다.

〔표 3〕『어린이』 분량 및 가격

	1923년 (제1권)	1924 (2권)	1925 (3권)	1926 (4권)	1927 (5권)	1928 (6권)	1929 (7권)	1930 (8권)	1931 (9권)	1932 (10권)	1933 (11권)	1934 (12권)	1935 (13권)
1월		40/10	50/10	64/15	64/15	70/10	68/10	72/10	74/10	72/10	(?/10)	72/10	
2월		40/10	48/10	68/15	64/15		68/10	72/10	70/10	64/10	68/10	72/10	
3월	12/5	40/10	52/10	68/15	64/15	68/10	72/10	70/10	74/10	72/10	68/10	72/10	76/10
4월	12/5, 12/5	48/10	48/10	68/15	66/15			70/10		72/10	(?/10)	72/10	
5월	(?/10)	48/10	48/10	68/15		68/10	66/10	70/10	70/10	72/10	66/10	72/10	
6월	(?/5)	44/10	48/10	70/15	72/15		70/10		74/10	70/10	68/10	70/10	
7월	(?/5)	44/10	48/10	70/15	72/15	68/10	68/10	70/10	76/10	72/10	72/10		
8월	(?/5)	48/10	48/10				70/10	70/10	72/10	68/10	72/10		
9월	42/10	44/10	72/15	68/15		68/10		72/10	70/10	70/10	72/10		
10월	24/5	46/10	72/15	68/15	74/15	68/10	70/10		86/10	68/10	72/10		
11월	44/10	48/10	70/15	72/15				70/10	86/10	68/10	72/10		
12월	22/5	44/10	68/15	72/15	68/10	68/10	68/10	70/10	88/10	68/10	72/10		

『어린이』는 제122호까지 발행되는 동안 판형이 '4·6배판 → 4·6판 → 국판'으로 바뀌었다. 창간호부터 제3호까지는 4·6배판 12면으로 편

---

23 「편즙을 맛치고」, 『어린이』 54, 1927.12.1. 68쪽.

집·발행되었고, 제4호부터 제7호까지는 아직 실물이 발견되지 않아 형태를 직접 확인할 수 없다. 다만 『어린이』 창간1주년 기념호인 1924년 3월호(제14호)에, "8호는 지도자대회기념호요 또 특별히 이 달부터 어여쁘게 책으로 매게 된 고로"[24]라고 한 것으로 보아 1923년 8월호(제7호)까지 4·6배판 형태로 간행되다가 9월호(제8호)부터 4·6판 책자 형태로 발행된 것을 짐작할 수 있다. 그리고 이번에 새로 발견된 『어린이』를 통해 1932년 1월호(제92호)부터 체재를 국판으로 개정하여 발행하였음을 확인할 수 있다. 또한 1931년 10월호(제89호)부터 80여 쪽으로 늘렸던 『어린이』의 분량을 판형을 국판으로 키우면서 70여 쪽으로 다시 조정하였다.

4. 『어린이』의 편집자와 내용 변화

『어린이』가 발행되는 동안 편집 겸 발행인을 맡은 사람은 모두 3명이었다. 김옥빈·방정환·이정호가 그들이다. 『어린이』 창간호에는 편집 겸 발행인이 밝혀져 있지 않다. 제2호에서 처음으로 편집 겸 발행인을 확인할 수 있다. 그가 이후 1925년 7월호(제30호)까지 『어린이』의 편집 겸 발행인을 맡은 당시 천도교청년회의 주요 임원 중 한 사람인 김옥빈이다.[25] 창간호부터 김옥빈이 편집 겸 발행인이었던 것으로 봐도 무방할 듯하다. 그 뒤를 이어 편집 겸 발행인이 된 사람은 방정환이다. 방정환은 1925년 8월호(제31호)부터 1931년 7월호(제86호)까지 그 역할을 수행하였다. 그리고 방정환이 사망한 이후에 발간된 1931년 8월호(제87호)부터 1935년 3월호(제122호)까지는 이정호가 그 역할을 맡게 된다. 아래 [표 4]는 『어린이』의 편집 겸 발행인과 인쇄인을 정리한 것이다.

---

24 「돌풀이」, 『어린이』 14, 1924.3.13. 27쪽.
25 『어린이』 제3호도 편집 겸 발행인이 잡지에 밝혀져 있지 않다.

〔표 4〕『어린이』 편집 겸 발행인, 인쇄인

호수(시작)	호수(끝)	편집 겸 발행인	인쇄인
1호(1923.03.20.)	17호(1924.06.10.)	김옥빈	정기현
18호(1924.07.10.)	30호(1925.07.08.)		민영순
31호(1925.08.10.)	69호(1929.10.20.)	방정환	
70호(1929.12.20.)	86호(1931.07.20.)		전준성
87호(1931.08.20.)	121호(1934.06.20.)	이정호	
122호(1935.03.01.)			김용규

그런데 『어린이』의 편집 겸 발행인(김옥빈, 방정환, 이정호)과 매호『어린이』를 편집한 편집 책임자가 일치하는 것은 아니다. 그렇다면 누가『어린이』를 편집했을까? 위에서 천도교소년회에서 『어린이』를 편집했다고 했지만, 천도교소년회에서 직접 『어린이』를 편집한 것은 아니다. 실제로 『어린이』를 편집한 것은 천도교 어린이 · 소년운동의 중심이었던 방정환이었다. 이것은 "곱고 아름답고 보드랍고 깨끗한 사람의 가슴 속을 어떻게 하면 더럽히지 아니하고 더 곱게 더 아름답게 할가 (중략) 이것 뿐만을 위하는 고귀한 사업으로 본사에서 발행하는 『어린이』 잡지는 그 길에 연구가 깊은 소파 방정환씨의 손에 곱게 맑게 편집되야 천하 몇 만의 소년소녀는 물론이요 널리 나 젊은 남녀의 품에까지 반가히 안겨 가게 되야"라는 『신여성』 창간호(1923.9) 광고를 통해서 확인할 수 있다.[26]

그런데 방정환은 『어린이』 창간호가 나오기 직전, 즉 1923년 2월 초에 일본 도쿄로 건너갔다. 『어린이』 1924년 3월호(제14호, 창간1주년기념호)에 "맨 처음에는 방선생님이 그때 일본 동경에 계신 관계로 독자 여러분에게서 모여 온 글과 그 외 여러 가지가 한번 동경으로 건너가서 기기서 편집이 되어서 도로 서울로 나와서 서울서 총독부로 허가를 맡고"라고

---

[26] 「넘어보십시오」, 『신여성』 1, 1923.9.15.

한 것을 보면,[27] 방정환은 도쿄에 있으면서도 원고를 받아보고 직접 검토한 후 편집하여 보냈음을 알 수 있다. 또한 이것은 "당시『어린이』편집에 있어서는 순전히 동경에 가계신 방씨의 손으로 원고와 체재까지 짜여 나왔고 이에 대한 선전 또는 일체 잡무에 있어서는 그때 소년회원 한사람으로 있던 필자가 개벽사의 한 귀퉁이를 빌러 이를 담당하고 있었습니다."라는 이정호의 회고를 통해서도 확인할 수 있다.[28] 즉, 초기『어린이』편집은 일본 도쿄에서 방정환이 했고, 국내에서의 제반 잡무는 당시 천도교소년회원이었던 이정호가 맡고 있었던 것이다.

1920년『개벽』창간 당시부터 개벽사에서 활동했던 방정환이『어린이』발행과 함께 본격적으로 잡지 편집에 참여하기 시작한 것이다.『어린이』창간호부터 편집을 책임졌던 방정환은 1925년 8월호(제31호)부터 직접 편집 겸 발행인을 맡아, 명실상부한『어린이』의 편집 책임자가 되었다. 다만 창간호부터 편집을 책임진 방정환이 편집 겸 발행인을 맡지 않고, 김옥빈이 맡은 이유는 아직 확인하지 못했다.

그렇다면『어린이』는 계속해서 방정환 혼자 편집을 책임졌을까? 방정환이 사망한 이후에는 누가 편집을 책임졌을까? 이런 문제를 해결할 수 있는 방법 중에 하나는『어린이』의 '편집후기'에 해당하는 글을 누가 썼는가를 정리해 보는 것이다. 편집후기를 쓴 사람을 통해 잡지의 편집 책임자가 어떻게 변화했는지를 확인할 수 있기 때문이다. 아래 [표 5]는『어린이』편집후기의 제목과 필자를 정리한 것이다. '편집후기 필자(1)'은『어린이』에 표기된 필자명이고, '편집후기 필자(2)'는 확정한 필자명이다. 그리고 '편집후기 필자(2)' 필자명 중에 괄호 안의 이름은 '편집후기'의 내용을 토대로 추정한 것이다.

---

27 「돌풀이」,『어린이』14, 1924.3.13. 26쪽.
28 李定鎬,「百號를 내이면서 創刊當時의 追憶」,『어린이』100, 1932.9.20. 19쪽.

〔표 5〕『어린이』 편집후기 제목과 필자

권호	발간일	편집후기 제목	편집후기 필자(1)	편집후기 필자(2)
제1권 제1호	1923.03.20	남은 잉크		(방정환)
제1권 제2호	1923.04.01	남은 잉크		(방정환)
제1권 제3호	1923.04.23	남은 잉크		(방정환)
제1권 제4호				
제1권 제5호				
제1권 제6호				
제1권 제7호				
제1권 제8호	1923.09.15	미진한 말슴		(방정환)
제1권 제9호	1923.10.15	남은 잉크		(방정환)
제1권 제10호	1923.11.15	남은 잉크		(방정환)
제1권 제11호	1923.12.23	금년의 마즈막 인사		(방정환)
제2권 제1호(12호)	1924.01.03	남은 말		(방정환)
제2권 제2호(13호)	1924.02.13	남은 잉크		(방정환)
제2권 제3호(14호)	1924.03.13	남은 잉크		(방정환)
제2권 제4호(15호)	1924.04.18	남은 잉크		(방정환)
제2권 제5호(16호)	1924.05.11	남은 잉크		
제2권 제6호(17호)	1924.06.10	남은 잉크	方	방정환
제2권 제7호(18호)	1924.07.10	남은 잉크		(방정환)
제2권 제8호(19호)	1924.08.07	남은 잉크	方	방정환
제2권 제9호(20호)	1924.09.06	남은 잉크		(방정환)
제2권 제10호(21호)	1924.10.11	남은 잉크		(방정환)
제2권 제11호(22호)	1924.11.09	남은 잉크	方	방정환
제2권 제12호(23호)	1924.12.11	편즙실 이약이	편즙실급사	
제3권 제1호(24호)	1925.01.01	남은 말슴		(방정환)
제3권 제2호(25호)	1925.02.01	편즙실에서/편즙실 이약이		(방정환)
제3권 제3호(26호)	1925.03.01	편즙실에서/편즙을 맛치고		(방정환)
제3권 제4호(27호)	1925.04.01	편즙을 맛치고	方	방정환
제3권 제5호(28호)	1925.05.01	편즙을 맛치고		(방정환)

제3권 제6호(29호)	1925.06.01	편즙을 맛치고	方	방정환
제3권 제7호(30호)	1925.07.01	편즙실 이약이		
제3권 제8호(31호)	1925.08.01	편즙실에서	小波	방정환
제3권 제9호(32호)	1925.09.01	사랑하는 동모 어린이 독자 여러분께	小波	방정환
제3권 제10호(33호)	1925.10.01	편즙을 맛치고	方	방정환
제3권 제11호(34호)	1925.11.01	글지여 보내는 이에게		(방정환)
제3권 제12호(35호)	1925.12.01	편즙실 이야기		
제4권 제1호(36호)	1926.01.01	새해 편즙을 맛치고		(방정환)
제4권 제2호(37호)	1926.02.01	기뻐하십시오	담화실직이	
제4권 제3호(38호)	1926.03.01	편집을 맛치고		(방정환)
제4권 제4호(39호)	1926.04.10	편집을 맛치고		(방정환)
제4권 제5호(40호)	1926.05.01	편집을 맛치고		(방정환)
제4권 제6호(41호)	1926.06.09	편즙실 이약이	편즙급사	
제4권 제7호(42호)	1926.07.30	편집을 맛치고	편집인	(방정환)
제4권 제8호(43호)	1926.09.01	편집을 맛치고		(방정환)
제4권 제9호(44호)	1926.10.01	편집을 맛치고		(방정환)
제4권 제10호(45호)	1926.11.15	편집을 맛치고		(방정환)
제4권 제11호(46호)	1926.12.10	과세 잘 하십시다	방덩환	방정환
제5권 제1호(47호)	1927.01.01	새해인사		(방정환)
제5권 제2호(48호)	1927.02.01	독자 여러분께		(방정환)
제5권 제3호(49호)	1927.03.01	편즙을 맛치고		(이정호)
제5권 제4호(50호)	1927.04.01	편즙을 맛치고	定鎬	이정호
제5권 제5호(51호)	1927.06.01	편즙실에서	方	방정환
제5권 제6호(52호)	1927.07.20	편즙실 이약이		
제5권 제7호(53호)	1927.10.01	편즙실에서		(방정환)
제5권 제8호(54호)	1927.12.01	편즙을 맛치고		(방정환)
제6권 제1호(55호)	1928.01.20	새해호를 맛치고		(방정환)
제6권 제2호(56호)	1928.03.20	편즙을 맛치고		
제6권 제3호(57호)	1928.05.20	편집실에서	方	방정환
제6권 제4호(58호)	1928.07.20	편즙을 맛치고	李	이정호
제6권 제5호(59호)	1928.09.20	남은 말슴(餘言)	李	이정호

제6권 제6호(60호)	1928.10.20	편즙을 맛추고	李	이정호
제6권 제7호(61호)	1928.12.20	編輯室 이약이	편집실급사	
제7권 제1호(62호)	1929.01.20	편즙을 맛치고	方, 李	방정환, 이정호
제7권 제2호(63호)	1929.02.20	편즙을 맛치고	李	이정호
제7권 제3호(64호)	1929.03.20	편즙을 맛치고	方, 李	방정환, 이정호
제7권 제4호(65호)	1929.05.10	(전문 삭제)		
제7권 제5호(66호)	1929.06.18			
제7권 제6호(67호)	1929.07.20	편즙을 맛치고	方, 信, 李	방정환, 이정호, 최영주
제7권 제7호(68호)	1929.08.20	편즙을 맛치고	方, 李, 信	방정환, 이정호, 최영주
제7권 제8호(69호)	1929.10.20	편즙을 맛치고	方, 李, 信	방정환, 이정호, 최영주
제7권 제9호(70호)	1929.12.20	편즙을 맛치고	李, 信, 京	이정호, 최영주, 최경화
제8권 제1호(71호)	1930.01.20	편즙을 마치고	方, 李	방정환, 이정호
제8권 제2호(72호)	1930.02.20	편즙을 마치고	方, 李	방정환, 이정호
제8권 제3호(73호)	1930.03.20	편집을 맛치고	方, 李	방정환, 이정호
제8권 제4호(74호)	1930.04.20	편집을 맛치고	方, 李	방정환, 이정호
제8권 제5호(75호)	1930.05.20	편집을 맛치고	方, 李	방정환, 이정호
제8권 제6호(76호)	1930.07.20	편즙실 이야기	編輯給仕	
제8권 제7호(77호)	1930.08.20	편집을 맛치고	方, 李	방정환, 이정호
제8권 제8호(78호)	1930.09.20	편집을 맛치고	方, 李	방정환, 이정호
제8권 제9호(79호)	1930.11.20	특별사고	李	이정호
제8권 제10호(80호)	1930.12.20	편즙을 맛치고	方, 李	방정환, 이정호
제9권 제1호(81호)	1931.01.01	편즙실 이야기	朴給仕	
제9권 제2호(82호)	1931.02.20	특별사고	李	이정호
제9권 제3호(83호)	1931.03.20	편즙을 맛치고	李	이정호
제9권 제4호(84호)	1931.05.20	편즙을 맛치고	李	이정호
제9권 제5호(85호)	1931.06.20			
제9권 제6호(86호)	1931.07.20	편즙을 맛치고	李	이정호
제9권 제7호(87호)	1931.08.20	편집후기(사고)	李	이정호
제9권 제8호(88호)	1931.09.20	편즙을 맛치고	李	이정호
제9권 제9호(89호)	1931.10.20	편즙을 맛치고	申	신영철

제9권 제10호(90호)	1931.11.20	편즙을 마치고	申	신영철
제9권 제11호(91호)	1931.12.20	편집을 마치고	申	신영철
제10권 제1호(92호)	1932.01.20	편집을 마치고	申	신영철
제10권 제2호(93호)	1932.02.20	편즙을 마치고	申	신영철
제10권 제3호(94호)	1932.03.20	편즙을 마치고	申	신영철
제10권 제4호(95호)	1932.04.20	편즙을 마치고	申	신영철
제10권 제5호(96호)	1932.05.20	편즙을 마치고	申	신영철
제10권 제6호(97호)	1932.06.20	社告		
제10권 제7호(98호)	1932.07.20	편즙을 마치고	申	신영철
제10권 제8호(99호)	1932.08.20	편즙을 마치고		
제10권 제9호(100호)	1932.09.20	편즙을 마치고	申瑩澈	신영철
제10권 제10호(101호)	1932.10.20	편즙실에서 / 씨동이 차지	영주 / 씨동	최영주 /
제10권 제11호(102호)	1932.11.20	편즙실에서 / 씨동이 차지	영주 / 씨동	최영주 /
제10권 제12호(103호)	1932.12.20	편즙실에서 / 씨동이 차지	영주 / 씨동	최영주 /
제11권 제1호(104호)				
제11권 제2호(105호)	1933.02.20	씨동이 차지	씨동	
제11권 제3호(106호)	1933.03.20	편즙실에서	崔泳柱	최영주
제11권 제4호(107호)				
제11권 제5호(108호)	1933.05.20	편즙을 마치고	최영주	최영주
제11권 제6호(109호)	1933.06.20	남은 잉크	최영주, 尹石重	최영주, 윤석중
제11권 제7호(110호)	1933.07.20	남은 잉크	尹石重	윤석중
제11권 제8호(111호)	1933.08.20	남은 잉크	尹石重	윤석중
제11권 제9호(112호)	1933.09.20	남은 잉크	尹石重	윤석중
제11권 제10호(113호)	1933.10.20	남은 잉크	尹石重	윤석중
제11권 제11호(114호)	1933.11.20	남은 잉크	尹石重	윤석중
제11권 제12호(115호)	1933.12.20	남은 잉크	尹石重	윤석중
제12권 제1호(116호)	1934.01.20	편집을 마치고	尹石重, 崔泳柱, 李定鎬	윤석중, 최영주, 이정호
제12권 제2호(117호)	1934.02.20	편집을 마치고	尹石重	윤석중
제12권 제3호(118호)	1934.03.20	편집을 마치고	尹石重	윤석중
제12권 제4호(119호)	1934.04.20	편집을 마치고	尹石重	윤석중

제12권 제5호(120호)	1934.05.20	편집을 마치고	尹石重	윤석중
제12권 제6호(121호)	1934.06.20	편집을 마치고	尹石重	윤석중
제13권 제1호(122호)	1935.03.01	편즙을 마치고	李	이정호

방정환은 『어린이』뿐만 아니라 당시 개벽사에서 발행하고 있던 『신여성』의 편집 겸 발행인을 1924년 2월호(제3호)부터 맡고 있었다. 그리고 1924년 3월호부터 『신여성』과 『어린이』의 편집 책임자 역할을 함께 담당하게 되었다. 이런 상황에서 1924년 12월경에 신영철이 개벽사에 입사하여 『신여성』의 편집을 책임지게 되었고, 『어린이』와 『신여성』을 함께 편집 하던 방정환은 1925년 2월호(제25호)부터 『어린이』 편집에만 주력하게 되었다.[29]

1926년 가을에 개벽사에서는 방정환이 혼자 담당하고 있던 『어린이』의 편집자를 한 사람 더 늘렸다. 이전까지 개벽사 영업국에서 일하던 이정호가 편집실로 자리를 옮겨 1926년 9월호(제43호)부터 방정환을 도와 『어린이』 편집에 참여하게 된 것이다.[30] 『어린이』 창간 당시부터 방정환을 도와 제반 업무를 처리하였던 이정호가 드디어 방정환과 함께 『어린이』를 편집하게 된 것이다.[31] 이 당시 방정환은 『어린이』 편집뿐만 아니라 개벽사 주무로써 『별건곤』 편집에도 계속 관여할 수밖에 없었고, 각종 강연을 위한 지방 출장도 자주 있었다. 그럴 경우 『어린이』는 이정호가 방정환을 대신하여 편집하였다.

한편, 개벽사에서는 1929년 2월부터 새로운 잡지 『학생』을 창간할 계획을 세웠다. 소년소녀를 대상으로 한 『어린이』, 남녀 학생을 대상으로 한 『학생』, 일반대중을 대상으로 한 『별건곤』이라는 체제를 갖추려고 한

---

29 편즙실급사, 「편집실이약이」, 『어린이』 23, 1924.12.11. 44쪽 ; 方, 「신년호 편즙을 맛치고」, 『신여성』 12, 1925.1.1. 130쪽.
30 「편즙을 맛치고」, 『어린이』 43, 1926.9.1. 68쪽.
31 「편즙을 맛치고」, 『어린이』 45, 1926.11.15. 72쪽.

것이다. 이에 따라 개벽사에서는 『어린이』의 내용을 1929년 신년호(제62호)부터 보통학교 2~3년 학생이라도 재미 붙여 혼자 읽을 수 있도록 한층 더 쉽게 편집하기로 결정하였다.[32] 즉, 『어린이』 독자의 "나이가 많아지고 지식정도가 높아지는데 따라서 『어린이』도 차차 차차 조금씩 어려워지게 되었습니다. 그래서 새로이 보통학교 3, 4년급 되는 소년이 처음 따라 오기에는 좀 어렵다고 하게 되었습니다. 그래서 『학생』이 창간되는 기회에 『어린이』는 다시 옛날 처음 창간하던 정도로 돌아가서 아주 쉽게 아주 읽기 쉽게 새롭고 재미있는 신기사(新記事)를 취급해 가기로" 결정하였다는 것이다.[33] 『학생』 창간에 따라 『어린이』의 독자층 일부를 『학생』으로 돌리고, 『어린이』의 내용을 보다 쉽게 편집하기로 한 것이다.

1930년 가을에는 개벽사에서 『학생』을 폐간하고 『신여성』을 다시 발간하기로 결정하였다. 『학생』을 폐간하는 대신에 『별건곤』에 학생란과 교육란을 증설하여 관련기사를 게재하고, 1926년 10월호(제31호)를 끝으로 정간했던 『신여성』을 다시 부활하기로 한 것이다. 1931년 1월호(제32호)로 속간한 『신여성』의 편집 겸 발행인은 방정환이 맡았고, 편집은 방정환과 1929년 1월 개벽사에 입사하여 『어린이』와 『학생』 등의 편집에 참여하고 있던 최영주가 담당하기로 하였다. 그리고 당시 개벽사에서 발행하고 있던 다른 잡지, 즉 『어린이』의 편집책임은 이정호가, 『별건곤』의 편집책임은 차상찬과 채만식이 맡기로 하였다. 이때부터 『어린이』는 이정호가 중심이 되어 편집된 것이다. 1926년 가을부터 방정환과 함께 『어린이』 편집에 참여하고 있던 이정호가 『어린이』 편집책임을 맡아 1931년 9월호(제88호)까지 그 역할을 수행하게 된 것이다.

그런데 개벽사 주무로써 업무를 총괄하고 있던 방정환이 1931년에 들

---

32 方, 「編輯室落書」, 『별건곤』 18, 1929.1.1. 180쪽 ; 方, 「편즙을 맛치고」, 『어린이』 62, 1929.1.20. 68쪽.

33 方定煥, 「『學生』 創刊號를 내면서 男女學生에게 하고 십흔 말슴」, 『학생』 1, 1929.3.1. 6~9쪽.

어서면서부터 자주 병으로 고생하였다.[34] 그는 1931년 2월 이래 잡지 편집에 실질적으로나 직접적으로 참여하지 못하고, 단지 새로 속간된 『신여성』에 편집후기를 작성하는 정도로 관여했다. 그리고 결국 그해 7월에 사망하였다. 방정환이 사망하자 개벽사 업무에는 일대 변동이 일어났다.

방정환은 사망 전에 개벽사 주무와 『신여성』 및 『어린이』의 편집 겸 발행인을 맡고 있었다. 차상찬은 편집국장과 『별건곤』 및 『혜성』의 편집 겸 발행인을 맡고 있었다. 방정환이 사망한 이후 그가 맡고 있던 역할을 차상찬과 이정호, 그리고 1928년 8월에 개벽사를 떠났다가 방정환 사망을 전후한 시기에 다시 개벽사로 돌아온 신영철이 나누어 맡게 된다. 즉, 차상찬은 자신이 이미 맡고 있던 『별건곤』과 『혜성』의 편집 겸 발행인 외에 방정환이 맡고 있던 개벽사 주무와 『신여성』의 편집 겸 발행인을 추가로 맡게 되었다. 이정호는 방정환이 맡았던 『어린이』의 편집 겸 발행인을 이어 받았다. 그리고 차상찬이 맡았던 개벽사 편집국장은 신영철이 담당하였다.[35]

이런 역할 분담 속에서 잡지 편집 책임자 역시 변하였다. 방정환이 사망 전에 관여하던 『신여성』 편집은 이정호와 송계월이 담당하기로 하였고, 이정호가 맡았던 『어린이』는 신영철이 편집을 책임지기로 하였다. 『혜성』과 『별건곤』 편집은 차상찬과 1931년 9월경 입사한 김규택이 맡기로 하였다.[36] 이정호에 이어 『어린이』 1931년 10월호(제89호)부터 편집을 맡은 신영철은 『어린이』의 체재와 내용을 바꾸었다. 종래 신영철이 편집을 맡으면서부터 『어린이』의 내용과 형식 등이 변했다는 것은 어느 정도 알려진 사실이었다. 하지만 이번에 새로 발견된 『어린이』를 통해 그 실체가 보다 분명해졌다.

자신이 편집을 처음 맡은 『어린이』 1931년 10월호(제89호)를 '혁신특

---

34 李, 「편즙을 맛치고」, 『어린이』 83, 1931.3.20. 74쪽.
35 宋, 「편즙을 마치고」, 『신여성』 39, 1931.9.1. 104쪽.
36 李, 「편즙을 맛치고」, 『어린이』 88, 1931.9.20. 70쪽 ; 「彗星餘滴」, 『혜성』 7, 1931.10.15. 156쪽.

『어린이』제86호(1931.7)　　　『어린이』제89호(1931.10)

집호'로 꾸민 신영철은, 종래보다 좀 더 새롭고 힘차 보이는 잡지를 만
들려고 하였다. 먼저 표지부터 "그 전보다는 힘 있어 보이는 소년사진"
을 사용하였다. 다음 『어린이』제86호와 제89호의 표지 사진은 신영철
이 『어린이』편집을 맡기 이전과 이후의 변화를 잘 보여 주고 있다.

　또한 이전에 부록으로 냈던 '어린이세상'의 제작을 중단하고, 그 대신
『어린이』의 분량을 70여 쪽에서 80여 쪽으로 늘렸다.[37] 아울러 『어린이』
의 판형을 1932년 1월호(제92호)부터 국판으로 변경하였다.[38] 그리고 『어
린이』의 내용도 독자 작품을 많이 수록하는 방향으로 고쳤다. 신영철은
편집을 맡은 후 두 번째로 발간한 『어린이』1931년 11월호(제90호)를 '독
자작품 특집호'로 꾸몄고, 12월호(제91호, 신미 송년 특집호)에도 '애독자 특
집 동요'란을 두고 "새로 나오는 소년문예가들의 생기가 팔팔 뛰는 작품
을 많이 넣은 것"을 무엇보다도 기뻐했다.[39] 1932년에 들어서도 독자작품

37　申, 「편즙을 마치고」, 『어린이』 89, 1931.10.20. 86쪽.
38　「어린이 體裁 菊版改正」, 『어린이』 92, 1932.1.20.

게재는 계속되었다. 1월호(제92호)는 '신춘 소년 문예호'로 편집했고, 2월호(제93호)는 '애독자 동시·동요' 16편을 수록하는 특집호로 만들었다. 4월호(제95호)는 '신춘 독자 동요 특집'으로 꾸몄고, 5월호(제96호)에도 '독자 동요' 16편을 수록하였다. 또한 1932년 3월호(제94호)는 '공사립소학교 졸업생 문제호'로, 6월호(제97호)는 '소년 생활전선 특집호'로 꾸미며 이전에는 다루지 않았던 소년들의 현실 문제를 취급하려고 노력하였다.

신영철은 『어린이』의 내용과 체재를 바꾼 이유를 "대개 소년잡지의 독자를 보면 적어도 열대여섯 살 내지는 스무 살 내외의 청소년들이 많고 여간 내용을 쉽게 해서는 정말 오늘 어린 사람에게 재미 붙여 읽도록 하기가 어렵고 또는 조선의 가정 부모가 자질에게 잡지 한권이라도 사 읽히거나 읽혀서 들려줄 만한 식견과 성의를 가지신 분이 적은 만큼 자기 자력, 자기 학력, 자기 성력을 가지고 읽는 독자가 많은 만큼 그런 동무를 표준 아니 할 수가 없고 또는 효과로 말하더라도 그편이 훨씬 낳을 듯하므로 다소 그렇게 방향을 튼 것"이라고 설명하였다. 따라서 "꿈같은 고운 이야기나 정말 옛이야기에서나 들을 수 있는 허무한 이야기나 꽃같이 곱고 새같이 어여쁜 노래를 바라시는 이"는 변한 『어린이』 내용에서 실망할 수도 있을 것이라고 밝혔다.[40]

이정호 역시 "『어린이』는 변했습니다. 선생[=방정환]을 잃은 뒤에 『어린이』는 엄청나게 변했습니다. 선생의 생전에 끝없이 위하고 사랑하던 『어린이』는 그 모양과 내용이 근본으로 변했습니다. 이것을 일부에서는 오해하는 이도 있으나 이는 결코 선생을 저버림이 아니요 오직 선생의 생각과 정신을 그대로 이어서 좀 더 밝고 좀 더 바르고 좀 더 굳건하게 시대에 맞추어 나아가려는 의도에 지나지 않는 것"이라고 하여, 방정환의 정신을 시대 변화에 맞추어 계승한 변화임을 주장하였다. 이 변화를 통

---

39 申, 「편집을 마치고」, 『어린이』 91, 1931.12.20. 88쪽.
40 申, 「편즙을 마치고」, 『어린이』 94, 1932.3.20. 72쪽.

해 "보다 더 크고 옳은 충동과 의식을 전조선의 어린 동무들에게 넣어
줄 수 있으면" 이것이 곧 방정환의 "생전의 업적을 더욱 빛내고 더욱 거
룩하게 하는 것"이라는 주장이다. 다시 말해 방정환의 뒤를 이어 『어린
이』를 잘 키우고, 보다 더 충실하게 만들기 위해서는 "책의 체재가 바뀌
고 편집 수단이 바뀌고 변하는 것쯤은" 문제가 아니라는 것이다.[41]

이와 같은 『어린이』 편집 방향의 변화는 편집자들이 『어린이』 독자를
누구로 생각하고 있었는가와 관련된 문제라고 할 수 있다. 이러한 변화
외에도 『어린이』에 수록되어 있는 고등보통학교 입학시험에 관련된 글,
중등역사 책 광고, 철도원 노트 등을 보면, 이것은 당시 편집자들이 『어린
이』의 독자를 단순히 현재 우리들이 생각하는 어린이가 아닌 청소년층까
지 그 대상으로 삼고 있었음을 의미하는 것이다. 이렇다 보니 전체적인
내용과 수준이 높아지게 되고, 이에 대해 "『어린이』가 정도가 높아지고
내용이 어려워서 정말 나이 어린 소년은 재미 붙여 읽기가 어렵다"[42]는
불만이 나오게 되었다.

한편, 방정환 사망 직후에 나온 『신여성』 1931년 9월호(제39호) 편집을
끝으로 개벽사를 떠났던 최영주가 이정호의 권유로 1932년 9월 개벽사
에 재입사하였다.[43] 1년 만에 다시 복귀한 최영주는 신영철의 뒤를 이어
『어린이』 편집을 책임지게 되었다. 『어린이』 1932년 10월호(제101호)부
터 최영주가 전적으로 편집을 책임지게 된 것이다.[44] 개벽사에서는 최영
주가 입사하기 전인 8월부터 이미 『어린이』의 내용과 지면을 1932년 10
월호부터 재혁신하기로 결정한 상태였다.[45] 『어린이』를 다시 종래와 같

---

41 李定鎬, 「九周年을 마지며」, 『어린이』 94, 1932.3.20. 3쪽.
42 申, 「편즙을 마치고」, 『어린이』 94, 1932.3.20. 72쪽.
43 崔, 「편즙을 마치고」, 『신여성』 39, 1931.9.1. 104쪽 ; 崔泳柱, 「微笑갓는가! -悼李定鎬君-」, 『문
장』 6, 1939.7, 192쪽.
44 李, 「編輯餘言」, 『신여성』 52, 1932.10.1. 114쪽.
45 「광고」, 『신여성』 51, 1932.9.1. 81쪽.

이 "아주 쉽고 아주 재미있고 아주 새롭게 아주 실익 있는" 내용으로 바꾸겠다는 것이었다.[46] 『어린이』와 함께 "오래 동안 정들여 온 커다란 동무들보다도 새로 자라나는" 어린 소년들을 위한 잡지로 내용을 바꾸겠다는 결정이었다.[47] 그리고 그런 변화를 이끌 인물로 "소년 잡지에는 누구보다도 많은 포부와 숙련하신 경험을 가진"[48] 최영주가 가장 적합하다고 판단하고, 그의 재입사를 추진한 것으로 보인다. 대신에 신영철은 『별건곤』 편집에 참여하기로 하였다.

이것은 아마도 1931년 가을 이래 변화된 『어린이』에 대한 불만이 누적되는 가운데 결국 다시 종전과 같은 내용, 즉 '꿈같은 고운 이야기'나 '꽃같이 곱고 새같이 어여쁜 노래'로 돌아가겠다는 결정을 내렸던 것으로 보인다. 김규택이 그린 『어린이』 제101호와 제102호 표지 그림은 이런 변화를 상징적으로 보여 준다고 할 수 있다.

『어린이』 제101호(1932.10.20.)

『어린이』 제102호(1932.11.20.)

46 「內容大更新될 『어린이』 十月號」, 『어린이』 100, 1932.9.20. 68쪽.
47 李定鎬, 「다시 책머리에」, 『어린이』 101, 1932.10.20. 5쪽.
48 申瑩澈, 「편즙을 마치고」, 『어린이』 100, 1932.9.20. 70쪽.

1933년 5월에는 윤석중이 개벽사에 입사하여 『어린이』 6월호(제109호)부터 편집에 참여하였다.[49] 대신에 이정호 등이 병으로 쉬고 있던 당시 편집실 사정상 『어린이』와 함께 『신여성』 편집에도 관여하고 있던 최영주는 1933년 6월호(제60호)부터 『신여성』 편집에 주력하게 되었다.[50] 1933년 3월호 이후 『제일선』을 발행하지 못하게 된 개벽사에서는 『신여성』 1933년 6월호부터 분량을 종래 120쪽 내외에서 160쪽으로 늘렸다. 이에 따라 최영주가 『어린이』와 『신여성』을 함께 편집하는 것은 힘들다는 판단하에 윤석중의 입사가 이루어진 것으로 추측할 수 있다. 윤석중이 『어린이』 편집을 맡게 된 것에 대해 최영주는 "윤선생님은 옛날 어린이 잡지가 맨 첨 발행될 때에 여러분처럼 우리 잡지를 사랑하여 읽으시던 분인데 그분이 이제는 선생님이 되어서 우리 잡지를 편집하시게 된 것"이라며,[51] 초기 『어린이』 독자가 자라서 이제 그 잡지의 편집을 맡게 된 감회를 밝혔다. 이때부터 윤석중은 『어린이』 1934년 6월호(제121호)까지 편집을 담당하였다.

그런데 1933년 하반기부터 개벽사는 사원들이 하나 둘 퇴사하고, 잡지 발간 역시 점차 쇠퇴의 길을 걷게 되었다. 이런 상황은 1934년에 접어들어 더 심각해졌다. 이런 상황을 타개하기 위한 일환으로 개벽사에서 『개벽』을 다시 발행하기로 결정하고 5월부터 준비를 하여 11월 1일자로 '신간 제1호'를 발간하였다. 하지만 『개벽』의 발행이 계속 연기되면서 다른 잡지들의 발행을 잠시 중단하였다. 결국 『신여성』은 1934년 6월호를 끝으로 더 이상 발행되지 못했고, 『어린이』 역시 1934년 6월호(제121호)를 낸 이후 발행이 중단되었다. 『별건곤』도 1934년 7·8월 합병호(제74호)를 내고 더 이상 발행되지 못하였다. 그리고 이 기간에 『신여

---

49 尹石重, 「入社인사」, 『어린이』 109, 1933.6.20. 6~7쪽.
50 崔泳柱, 「편즙을 마치고」, 『신여성』 60, 1933.6.1. 160쪽.
51 최영주, 「남은 잉크」, 『어린이』 109, 1933.6.20. 68쪽.

성』편집에 참여하고 있던 최영주와 『어린이』편집을 맡았던 윤석중 등이 개벽사를 그만두었다. 최영주는 1934년 11월에 조선중앙일보사로 자리를 옮겨 잡지 『중앙』의 편집을 맡았고, 윤석중은 1935년 1월『중앙』의 자매지로 창간한 『소년중앙』의 편집을 담당하였다.[52]

개벽사 편집실에는 차상찬과 이정호 두 사람이 남아 고군분투하게 되었다.[53] 이정호는 1934년 6월호 이후 발행이 중단된 『어린이』를 다시 발행하기 위해 노력하였다. 자신이 편집 책임을 맡아 1934년 12월호 발행을 준비하였다.[54] 하지만 여러 가지 곡절과 파란으로 1935년 3월호(제122호)로 발행되었다. 이것이 이번에 새로 발견된 일제강점기에 발행된 마지막 『어린이』이다.

5. 글을 마치며

잡지 『어린이』는 방정환의 주도로 간행되었다. 방정환은 한국 근대 아동문학의 선구자, 아동교육가, 소년·청년운동가, 동화구연가, 민족운동가, 언론·출판인 등 다양한 수식어를 가진 인물이다. 그는 조선의 현실 속에서 근대적 인간을 재구성하고 창출해내려고 노력한 선구자였다. 또한 운동가·문학가·작가·편집인·출판 기획자·동화 구연가·이벤트 기획자 등으로 다방면에서 활동한 근대 계몽의 인간이었다.

지금까지 방정환에 대한 연구는 다양한 분야에서 이루어졌다. 특히 1990년대 후반 이후 방정환에 대한 연구는 상당히 진전되었다. 아동문학 분야뿐 아니라 다른 학문 분야에서도 연구가 활발히 진행되었다. 하

---

52 崔泳柱, 「編輯餘錄」, 『중앙』 3-1, 1935.1, 92쪽.
53 懷月, 「編輯餘墨」, 『개벽』 신간2, 1934.12.1. 92~93쪽.
54 『매일신보』 1934.10.14. 7면.

지만 방정환의 생애와 사상, 문학의 구체적 실상이 제대로 논의되지 못한 채 근대 아동문학의 한계와 문제를 드러내는 방식으로 연구가 진행되기도 하였다.[55] 다시 나타나기 어려운 만능인 방정환의 생애와 사상은 물론 문학의 실상을 연구하고, 그의 시대와 사람들을 이해하기 위해서는 기존의 연구를 바탕으로 다음과 같은 분야의 연구가 더 심도 있게 진행될 필요가 있다고 생각한다. 그래야만 다방면에서 활동한 방정환의 활동을 입체적으로 조명할 수 있을 것이다.

먼저, 방정환과 그의 시대, 그의 사람들을 이해할 필요가 있다. 즉 천도교 신파의 핵심 인물들, 『개벽』 『어린이』 『신여성』 등 개벽사에서 발간한 잡지를 중심으로 활동한 인물들, 『동아일보』 『조선일보』 등 신문사 학예부 기자들(문인들), 계급주의 아동문학인 및 각종 소년운동 단체의 핵심인물들 등과 방정환의 관계를 검토해야 한다. 방정환은 근대 계몽의 시기에 다방면에서 활동한 만능인이었다. 그런데 방정환 이후 각 분야에서 분화된 전문인이 출현하였다. 따라서 방정환을 이해하기 위해서는 방정환과 이들 사이의 관계, 이들이 보는 방정환, 이들 간의 영향력 또는 상호관계 등에 대한 집중적인 탐구가 필요하다.

다음으로, 방정환이 가장 주력한 잡지 『어린이』에 대한 집중적 분석이 필요하다. 당시 『어린이』에 실린 기사와 동화는 많은 이들에게 지식과 상식을 제공하였다. 그렇다면 그 지식과 상식의 근거는 어디에서 유래한 것인가와 같은 문제에 대한 근원·연원을 추적할 필요가 있다. 이를 통해 잡지 『어린이』에 수록된 글의 필자를 확정하고, 그들(방정환과 그의 동료들)은 어디에서 이런 지식·상식을 얻었는가를 밝혀야 한다. 이를 위해서 우선적으로 『어린이』의 지면과 내용에 대한 꼼꼼한 독해와 해석이 필요하다.

---

55 방정환에 대한 연구 동향은 염희경, 『소파 방정환과 근대 아동문학』, 경진출판, 2014 참조.

그리고 방정환 저작의 원본을 찾아야 한다. 기존 연구에서 방정환의 저작으로 추정한 글에 대해 꼼꼼히 검토해야 한다. 아울러 미발견 자료를 지속적으로 확보하고, 이에 대한 실증적 검토가 꾸준히 병행되어야 할 것이다. 이를 통해 방정환의 다양한 필명과 저작은 물론 번역·번안된 글의 원전을 확인할 필요가 있다. 또한 이들 저작의 연도별 변화 양상을 추적하고, 그 변화의 원인을 분석해야 한다.

이와 같은 연구를 통해서 방정환을 단순히 아동문학가 혹은 소년운동가로써만이 아니라 '근대인 방정환'으로 자리매김할 필요가 있다. 즉 소년운동 지도자, 출판기획자, 기자, 문학가, 교육자 등 다재다능한 영역에서, 단순한 다재다능을 넘어서 문화콘텐츠 개발과 기획자로써 활동하며 한국 근대 문화 전반에 기여한 방정환을 재조명할 필요가 있는 것이다.

한편, 위에서 언급했듯이 『어린이』는 1929년 1월호(제62호), 1931년 10월호(제89호), 1932년 10월호(제101호)를 기점으로 내용에 큰 변화가 있었다. 1929년 1월호부터 내용이 변한 것은 당시 개벽사에서 『학생』 잡지를 창간하면서 독자층을 고려해 『어린이』의 내용을 한층 쉽게 편집하기로 한 결정 때문이었다. 하지만 신영철이 편집을 맡게 되는 1931년 10월호부터, 최영주가 맡게 되는 1932년 10월호부터 그 내용이 왜 다시 변하는가에 대해서는 아직 분명하게 밝혀진 것이 없다. 특히 신영철이 『어린이』 편집 책임을 맡았던 시기를 중심으로 그 이전과 이후의 내용 변화에 대한 세밀한 분석이 요구된다고 할 수 있다. 편집 책임자의 개인적 성향, 시대적 상황, 조선총독부의 출판 정책, 개벽사의 잡지 출판 동향 등을 종합적으로 고려하는 가운데 『어린이』의 내용 변화가 갖는 의미를 추적해야 할 것이다. 『어린이』의 성격과 위상을 보다 분명히 하기 위해서도 이와 같은 부분이 명확해져야 한다. 이번에 새로 발견된 『어린이』 28책은 이와 같은 것을 밝히는 데 중요한 역할을 할 것으로 기대된다.

참고문헌

1. 자료

『개벽』, 『문장』, 『별건곤』, 『신여성』, 『신인간』, 『어린이』, 『중앙』, 『천도교청년회회보』, 『천도교회월보』, 『학생』, 『혜성』

『동아일보』, 『조선일보』, 『매일신보』

2. 논저

박철하, 『청년운동(한국독립운동의 역사 제30권)』, 독립기념관 한국독립운동사연구소, 2009.

염희경, 『소파 방정환과 근대 아동문학』, 경진출판, 2014.

임경석. 차혜영 외, 『〈개벽〉에 비친 식민지 조선의 얼굴』, 모시는 사람들, 2007.

최수일, 『〈개벽〉 연구』, 소명출판, 2008.

박현수, 「잡지 미디어로서의 『어린이』의 성격과 의미」, 『대동문화연구』 50, 2005.

유석환, 「개벽사의 출판활동과 근대잡지」, 성균관대 석사학위논문, 2006.

이명희, 「『어린이』 자매지 『학생』의 의미」, 『상허학보』 8, 2002.

이상경, 「『부인』에서 『신여성』까지 : 근대 여성 연구의 기초자료」, 『근대서』 2, 2010.

정용서, 「방정환과 잡지 『어린이』」, 『근대서지』 8, 2013.

정용서, 「최영주(1906-1945)의 소년운동과 출판활동」, 『수원역사문화연구』 3, 2013.

정용서, 「개벽사의 잡지 발행과 편집진의 역할」, 『한국민족운동사연구』 83, 2015.

정용서, 「1930년대 개벽사 발간 잡지의 편집자들」, 『역사와 실학』 57, 2015.

차웅렬, 「흘러간 개벽사의 별들(전10회)」, 『신인간』 598-607, 2000~2001.

1920년대『어린이』지에 나타난 세계와 세계인

이기훈

1. 머리말

민족주의는 무엇보다 자기 민족과 국가의 언어, 역사, 지리, 문화에 지극한 관심을 가지는 것에서 시작한다. 그러나 복수의 다른 민족들이라는 타자를 전제로 하지 않는다면, 민족의 자의식을 형성할 수 없다. 민족을 국가를 구성하고 다른 국가와 경쟁하는 역사적 주체로 삼기 위해서는, 근대 세계에서 국민(국가)들의 위치, 지위, 특성을 이해해야만 한다. 즉 '세계'에 대한 이해는 근대 민족주의를 위한 필수적 전제였다. 개항 이후 조선의 근대 교과과정에서 본국사와 본국지리와 함께, 만국사(萬國史)와 만국지리(萬國地理)가 필수가 되었던 것도 이 때문이다.

방정환 등『어린이』지의 편집진들은 근대화된 세계를 책이나 사진이 아니라 근대교육과 유학을 통해 인식한 세대라는 점에서 이전의 개화한 인사들보다 훨씬 더 해외에 대한 정보의 중요성을 절감했다. 지리나 세계사는 식민지 교과과정에도 포함되어 있기는 하지만, 조선 민족주의의 입장에서 절실한 내용은 아니었다. 근대화를 추구하는 계몽주의자들의 입장에서, 서구는 제국 일본보다 더 앞서는 근대의 진정한 모델이었다.

어떻게 그 문명을 이루었는가? 영국, 독일, 프랑스, 미국과 그 국민(혹은 민족)에 대한 더 많은 정보가 필요했다. 게다가 비행기, 잠수함, 자동차 등 1차 세계대전을 전후하여 급속히 보급되기 시작한 근대 과학 문물들은, 세계의 변화를 식민지 교육과정으로 충분히 전할 수 없다는 의식을 더욱 자극했다.

『어린이』의 편집진들은 교과서와는 다른 방식으로 정보를 전달하고자 했다. 세계의 명소 사진들을 별책부록인 화보로 만들기도 했지만, 표지 안쪽의 사진들은 서구의 사진, 그 중에서도 새로운 문물이나 경관으로 채워 넣었다.[1] 1928년 개최하는 세계아동예술전람회도 '아동'과 '세계'라는 두 가지 강조점을 동시에 가진다. 어린이가 예술의 주체가 되는 것을 실제로 보여주면서, 여러 나라에서 온 작품을 어린이들이 직접 보게 하여 '세계'를 실감시키는 것도 중요한 교육적 효과였다.

더 직접적인 것은 『어린이』에 실린 수필, 여행기, 지리와 역사이야기 등이었다. 『어린이』에 실린 이 정보와 시각이 오늘날까지 이어지는 세계와 세계를 구성하는 민족들에 대한 대중적 인식의 기원을 형성한다. 실제 『어린이』지에 실린 이야기들이 오늘날 언론이나 인터넷에서 그대로 통용되는 경우를 많이 볼 수 있다. 그런데 이 1920년대의 정보와 이데올로기에 입각한 이야기들에 편견과 오류가 없을 수 없다. 서구중심주의는 말할 것도 없지만, 아예 틀린 정보도 많다. 이 점에 대해 세심하게 살펴볼 필요가 있다.

대표적인 사례를 들어 보자. 1927년 『어린이』 5권 1호부터 방정환이 〈어린이 독본〉을 연재한다. 그 1과가 「한 자 앞서라」라는 이야기다. 고

---

[1] 『어린이』 3권 4호, 5호에 특별부록 세계일주 사진이 들어갔고, 『어린이』 5권 4호도 세계일주 사진화보를 부록으로 제공했다, 『어린이』 3권 3호의 표지 속면에는 라이트 형제의 비행기와 당시 최신형 비행기 사진이 있었고, 이어 3권 4호에는 초창기 자동차와 당시 최신 자동차 사진이 나란히 실렸다. 이런 예들은 이후에도 계속 등장한다.

대 그리이스와 페르시아가 전쟁을 하던 중에 일어난 일이다. 스파르타의 한 어머니가 출전하게 된 세 아들에게 아버지의 유품인 칼을 나눠 주었는데, 막내에게 준 것만은 많이 짧았단다. 막내 아들이 어머니에게 내 칼이 형들 것보다 한 자나 짧다고 하자 어머니가 정색하며,

> 이 애야 스파르타 사람은 칼이 길고 작음을 가리지 않는다. 네 칼이 형의 칼보다 작으면 너는 형들보다 한 자 더 앞에 나서서 싸워라

고 했다. 이에 감동한 세 아들, 그 중에서도 막내는 적과 싸울 때 맨 앞자리를 지켰다는 것이다.[2]

결론부터 말하자면 있을 수 없는 이야기다. 스파르타를 포함한 그리이스인들은 전쟁에서 항상 중무장을 갖추고 팔랑크스라고 하는 밀집대형을 짜서 싸웠다. 병사들은 투구를 쓰고 흉갑과 정강이받이 등을 걸친 다음 왼팔에 지름이 90cm 정도되는 둥근 방패를 들었다. 허리에는 검을 차고 오른손에는 길이가 2.4m나 되는 긴 창을 들고 대열을 이루어 적과 격돌했다. 스파르타의 병사들은 8열 횡대를 이루는 경우가 많았는데, 동료들과 이루는 대형을 튼튼히 유지하는 것이 가장 중요했다. 자

[그림 1] 스파르타 이전 수메르인들의 팔랑크스

---

2 방정환, 「어린이독본 제1과 한자 앞서라」, 『어린이』 5권 1호, 1927, 6~9쪽

신의 오른쪽 방어는 옆의 전우가 들고 있는 방패에 의지했고, 나도 마찬가지로 열을 고수하며 내 왼쪽 전우를 보호해야 했다. 그러니 팔랑크스에서 가장 용감하고 노련한 전사는 맨 앞이 아니라 가장 오른쪽에 서 있었고, 항상 동료와 어깨를 나란히 해야 했다.[3] 한 발 앞으로 나서는 것은 아군을 전멸시키는 치명적인 행동이었으니 이런 교훈이 있을 리가 없다.

방정환이 이 이야기를 창작하지는 않았을 것이다. 아마 일본의 교과서나 훈화집 같은 곳에 있는 내용을 약간 손본 것일 텐데, 문제는 이 허구의 이야기가 군사적 정신주의를 강조할 때 꽤 그럴싸하다는 점이다. 방정환은 현실의 어느 측면에서나 밝은 면을 찾기 힘든 식민지의 어린이들에게 투지를 북돋우기 위해 들려준 것일 테지만, 오늘날에도 이 이야기를 인용하며 발상의 전환이나 마음가짐의 문제를 운운하는 사례가 적지 않다. 실제로 스파르타의 군사적 힘은 한 발 앞서는 개인의 용기가 아니었다. 중장보병을 유지할 수 있는 시민의 경제력, 지속적인 훈련으로 쌓은 유대감과 단결력, 대형을 유지하는 체력, 민주주의 정치체제와 동료 시민에 대한 신뢰가 이들의 강력한 군사력을 유지하게 하는 원동력이었다.

『어린이』의 문화적 영향력은 우리가 생각하는 것보다 컸고, 『어린이』에 나타난 세계와 세계인에 대한 이미지는 오늘날에도 영향력을 미치고 있다. 그러나 이 인식체계에 대한 진지한 고찰은 부족하다. 이 점에 유의하며 『어린이』가 세계와 세계를 구성하는 민족들을 어떻게 인식했는지 살펴보자.

---

3 버나드 로 몽고메리 저, 송영조 옮김, 『전쟁의 역사』, 책세상, 2004, 126~127쪽.

2. 민족과 민족성

『어린이』지에는 세계 전체를 설명하기보다는 각 나라와 민족들의 특징을 소개하는 이야기들이 많다. 그 중 두드러지는 것은 여러 나라의 민족성, 또는 국민성에 대한 단정적인 서술이다. 이광수의 민족개조론에서 단적으로 드러나지만, 프랑스 학자 르봉의 생물학적 인종주의에 기초한 민족성 담론은 1920년대 계몽적 지식인들 사이에 널리 퍼져 있었다.[4]

『어린이』지의 편집진이나 필자들은 한 나라의 국민들은 공통의 성격을 지니고 있으며, 이 국민성은 환경의 변화에도 유지되는 불변의 속성이라고 파악했다. 특히 독일, 영국, 프랑스 등 유럽의 대표적 강대국들의 국민성에 대해서는 확고한 고정관념을 가지고 있었는데, 그 중에서도 독일에 대한 언급이 가장 두드러진다. 독일인들은 "굳건하고 규모 있고 지식 많고 그러면서도 몹시 고상한 성질과 사랑을 가진" 보기드문 사람들이다. 유치원의 어린이들조차 "말도 아니하고 장난도 아니하고 그저 일심"으로 마치 전 생명을 쏟아부을 듯 수업에 몰입한다면서 감탄하고, 이것이 "독일 사람 전체의 성질"이라고 단언한다.[5]

비록 세계대전이라는 큰 전쟁에서 패배했다고 해도, 그 국민성은 변하지 않는다고 보았다. "독일의 가난한 형세는 이루 말할 수 없이 곤란"하여 "부모는 새벽부터 일하러 나가 있고 음식은 한때도 배불리 먹지 못"하지만 "원기는 조금도 꺾이는 법이 없고 굳건히 깨어" 있어 "독일의 국민성에 무서운 생각이 난다"고 했다.[6]

독일의 국민성은 근면 성실, 인내, 단결, 강인함 등으로 정리되었다.

4 르봉의 군중심리학과 그 수용에 대해서는 김항, 「개인, 국민, 난민 사이의 '민족' : 이광수 「민족개조론」 다시 읽기」, 『민족문화연구』 58, 2013 참조.
5 「불쌍하면서도 무섭게 커가는 독일의 어린이—매일 한번씩 낮잠을 재우는 학교」, 『어린이』 1권 2호, 1923, 3쪽.
6 「가난과 싸우는 독일 소년」, 『어린이』 1권 3호.

1928년 『어린이』지는 세계 어린이들의 생활을 소개하는데, 독일에 유학을 다녀온 의사 이성용[7]은,

> 독일의 민족성은 한마디로써 말하면 그들의 격언인 "천천히 그러나 확실하게"라는 말로써 잘 그려낼 수 있습니다. 무슨 일이든지 황급하게 서두르지 않고 천천히 하지만 확실하게 그릇됨 없이 하는 것이 그들의 특색입니다. 이 정신은 가정에서 부모들이 학교에서 선생들이 그 어린이들을 지도하는 골자

라고 정의했다.[8] 역시 독일 의학박사였던 정석태[9]도 독일 어린이들의 우표 수집을 사례로 들며 학교에 다니기 전부터 시작하여 수만 장의 각국 우표를 모으는 데서 그 성실함을 알 수 있다고 했다.[10]

독일인의 국민성에 대한 칭찬이 비교적 많은 편인데, 우리가 본받고 따라하기 위해서는 유럽의 다른 나라보다 근면 성실한 독일을 잘 알아야 된다고 판단한 듯하다.

독일에 비해서 프랑스는 파리로 대표되는 화려한 문화의 나라고 밝고 세련된 민족이라는 이미지가 주어졌다. 프랑스에 유학하고 돌아온 이정섭[11]은 "서양 소년들은 어느 나라 소년이든지 그렇지만 불란서 소년들은

---

7 1921년 경성의전 졸업. 독일 유학하여 세균병리학을 전공하여 박사학위를 받고 보헤미아 여성과 결혼하여 1925년 귀국, 경성에서 병원을 운영했으나 1932년부터 상하이로 이주하여 병원을 운영했으며 한국독립당에 참여해 활동했다. 연극인 이해랑의 숙부이기도 하다. (『동아일보』 1926. 1. 27 ; 『동아일보』 1983. 3,19)

8 李星鎔, 「본 받을 것이 많은 독일의 어린이 생활」, 『어린이』 6권 3호(5ㆍ6월 합본), 1928, 36~37쪽.

9 1901년생. 도쿄의학전문학교 졸업. 독일 프라이부르크대학에서 세균학 전공. 1926년 1월 귀국, 『동아일보』 1926. 1. 9 경성시내에 지성내과의원 개업.

10 鄭錫泰, 「직심성이 많은 독일 어린이」, 『어린이』 5권 1호, 1927, 23쪽.

11 함흥 출신. 보성중학 졸업 후 파리에 유학하여 고등학교를 졸업하고 파리대학에서 사회학 전공했다. 졸업 후 1926년 3월 귀국(『동아일보』 1926. 7. 28). 이 글을 쓸 때는 중외일보 기자였던 것으로 추정된다. 1928년 2월 세계일주기행문 「조선에서 조선으로」가 문제가 되어 주간 이상협과 함께 구속되기도 했다.

그 중에도 더 친절하고 쾌활"하며 "어려서부터 교제술이 능란하고 민활"하다고 했다.[12] 그런데 프랑스를 소재로 한 이야기에서 더 자주 등장하는 것이 애국의 열정과 헌신의 이미지였다. 프랑스 대혁명을 소재로 하여 혁명군을 돕는 소년의 이야기[13]나, 잔다르크의 이야기도 중요한 소재였지만,[14] 프랑스와 프로이센의 전쟁을 배경으로 한 '미담'들이 눈길을 끌었다. 침략을 당한 나라가 패전을 겪는 상황 자체가 나라 잃은 식민지 조선의 상황을 연상시키는 측면이 강했기 때문일 것이다. 독일도 세계대전의 패배를 겪었지만, 침략국이라는 인식이 강했으므로 이런 식의 형상화가 불가능했을 터였고 이를 소재로 한 이야기가 일본어로 번역될 만한 시간적 여유도 없었다.

그러므로 프랑스인을 주인공으로 하여 독일군의 횡포와 어린이들의 애국적 희생을 다룬 이야기,[15] 아들을 전쟁에서 잃은 퇴역 장교 할아버지와 손녀가 파리의 포위를 견디다가 독일군이 개선해 오는 속에서 할아버지가 최후를 맞는다는 신파조의 이야기들이 나왔다. 망국의 슬픔, 애국 헌신의 결의나 분노의 열정은 프랑스인의 몫이었다.[16]

영국인들은 진취성의 상징으로 이해되었다. 섬나라인 영국 사람들은 "무슨 큰 일을 하려면 반드시 그 바다를 건너 저쪽 넓은 세상에 가서" 해야 하다 보니 "어렸을 때부터 넓고 넓은 바다 위에 떠서 이 나라 저 나라로 시원스럽게 돌아 다니기를 좋아"하게 된다고 했다. "어렸을 때부터 바다와 친근하게 되는 고로 영국 사람의 성질은 바다와 같이 침중하고

---

12 「친절 쾌활한 불란서 어린이」, 『어린이』 5권 1호, 1927, 불국문학사 李晶燮(22쪽).
13 정호, 「美談 프랭크의 피」, 『어린이』 3권 4호. 1925, 16쪽.
14 최경화, 「시골의 한 무명소녀로 조국을 구하기까지—용장무비의 잔다크 이약이」, 『어린이』 8권 1호, 1930,1930.
15 정호, 「愛國美談 佛蘭西의 小勇士」, 『어린이』 4권 9호, 1926, 50~59쪽.
16 「애국미담 비통한 최후」, 『어린이』 5권 2호. 미담의 허구성에 대해서는 4절에서 자세히 다룰 것이다. 이탈리아도 애국적 헌신과 열정의 사례로 등장하지만 대개 가리발디의 이야기로 국한된다. 定鎬, 伊太利의 勇少年, 5권 3호, 제5권 제6호 : 定鎬, 血染의 紅衣, 제5권 제7호. 1927.

도 바다와 같이 씩씩하고 시원스러워서 넓고 넓은 세상을 자기 집 마당 같이 알게" 된다는 것이다. 진취성, 모험심, 개방성과 관대함 등이 영국인에게 주어진 천부의 국민성이 된다. 그리고 영국이 "차지한 땅은 여기도 있고 저기도 있고 이 넓은 세상에 없는 데가 없"는데, 그것은 "다른 나라 사람들보다도 부진런히 시원스럽게 나돌아 다니며 차지"해 놓았기 때문이라고 했다.[17] 제국주의적 침략과 확장이, 자연환경에 의해 주어진 국민성의 자연스러운 발산으로 합리화되는 것이다.

3. '행복'한 문명의 서구, '유치'한 오리엔트

서구를 중심으로 문명의 공간을 설정하고 나머지 비서구를 야만으로 규정하여 세계를 구분하는 시각은, 개항 이래 점점 더 강화되고 있었다. 식민지 조선의 많은 지식인들도 민족과 민중을 계몽하여 야만에서 문명으로 옮겨 가는 것이 생존의 길이라고 생각했다. 어린이운동에서도 이 시각 자체를 탈피하기는 더 어려웠다. 특히 앞서 살펴본 바와 같이 각각의 국민성이 나라의 진로를 결정한다는 시각에서 본다면 어린이에 대한 올바른 교육이야말로 가장 중요한 문제라고 충분히 주장할 수 있었다. 또 서구 근대가 어린이들이 보호받는 이상적 표준이라는 점에서, 근대 서구 사회는 달성해야 될 목표인 동시에 행복이 실현되는 이상향이었다.

『어린이』6권 6호는 세계아동예술전람회 특집호로 작품이 출품된 중국, 인도, 독일, 프랑스, 영국, 벨기에, 스페인, 미국의 동화를 번역해서 실었는데, 작품 앞에 각 나라의 위치, 지형과 토질, 면적, 인구, 수도, 주

---

17 三山人, 「쾌활하면서 점잖게 커가는 영국의 어린이 생활―넓은 세상을 자기 마당으로 안다」, 『어린이』6권 4호(하기방학호), 1928 삼산인이 누군가에 대해서는 논란이 있지만, 내용이나 어투로 보아서 이 글의 필자 삼산인은 방정환인 듯하다.

요 건축물, 산업, 교육 등을 소개했다. 독일이나 프랑스, 미국, 영국은 산업이 발달한 국가들이고, 파리나 런던은 세계에서 제일 큰 도시고 화려한 곳이다. 특히 교육제도에 대해 "독일에 태어나고는 반드시 소학교육이라도 받지 않으면 안될 그러한 국법이 정해져 있습니다. 아무리 가난한 사람이라도 그 자제를 소학교에는 반드시 보내주며 수업료는 전부없고 몹시 가난한 아이에게는 교과서까지 빌려 준"다고 소개했다.[18] 프랑스는 유치원부터 대학까지 순차로 계단을 밟아 올라가게 되어 있으며 "13살까지는 어린 사람이 싫어해도 억지로 소학교에 입학을 시킵니다. 그리고 수업료는 한푼도 받지 않고 가난한 아이에게는 서적과 필묵까지거저 빌려 주어 공부를 시키는데", 정부가 이 사업에 크게 노력하고 있다고 했다.[19] 학령인구의 20% 정도가 겨우 초등교육을 받던 조선의 어린이들의 눈에는 천국과 다름 없는 곳이었다.

서구는 물질적인 조건이나 제도보다 가족과 학교의 생활 자체가 환상적인 이상향이었다. 독일의 어린이들은 "따뜻한 부모의 두터운 애호"를받으며, 어른들은 어린이들을 때리지 않는 것은 물론이고 심지어 큰 소리로 꾸짖지도 않는다고 했다. 학교에서는 어린이들에게 독립심을 길러주는 것을 우선시하며, "엄격한 교훈보다 따뜻하고 사랑 깊은 교육"으로재미있게 노는 곳이라는 인상을 심어준다고 했다. 중학생이 되면 반더포겔에 가입해서 "일요일 또는 휴가의 틈을 타서 산수 좋고 경치 좋은곳 또는 고적" 등을 찾아 다니며 "기타의 소리마저 청아한 노래를 부르며 삼삼오오 짝을 지어 녹음 우거진 산림 속 또는 비단 같이 잔디 깔린들판 위를" 활보할 수 있다고 했다.[20] 이 서술로만 본다면 지상낙원이 따

18 「독일소개」, 『어린이』 6권 6호, 1928, 22쪽.
19 「불란서 소개」, 『어린이』 6권 6호, 1928, 28쪽.
20 이성용, 「「본 받을 것이 많은 독일의 어린이 생활」, 『어린이』 6권 3호(5·6월 합본), 1928, 37~38쪽.

로 없다. 이성용이 서술한 것은 그가 유학하던 1920년대 전반 독일 부르주아 어린이나 소년들의 생활이지 모든 계층의 모습은 아니다. 반더포겔도 1920년대 변질되기 시작해 일부에서는 대오를 갖추어 행진곡을 부르며 행군하는 군사적인 행태를 시작할 때였다.[21] 그러나 앞서 살펴본 것처럼, 기존의 독일 국민성 인식과 결합하면서 이것이 독일이라는 '문명'되고 개화한 사회의 이미지로 정착했다.

영국도 환경과 사람들이 모두 문명화된 곳으로 묘사되었다. '신사'의 나라라는 이미지를 그대로 투영한 것이다. 방정환이 영국인들은 진정한 스포츠맨들로, "운동을 위하여 운동을 하지 결코 내가 이기는 것만" 위해 운동을 하지 않으며, 진 팀의 선수도 이긴 팀을 위해 만세를 불러주고 많은 것을 배웠다고 인정한다고 했다. 자전거 경기나 야구, 축구 시합 중에 판정에 불만을 품고 폭동을 일으키는 조선인들과는 천지 차이다. 또 영국 어린이들은 "쾌활하고 씩씩하면서도 결코 남의 일에 방해되게 하지 않"는다고 했다. 점잖고 얌전하지만, 자유롭게 뛰어놀기도 하는 이 어린이들에 대해 그는 "어떻게 그렇게 그들은 좋은 성질만 추려 가졌는지" 모른다고 감탄한다. 또 영국 어린이들은 "동물을 끔찍히 사랑하"고, 동물들도 어린이를 "친절한 동무로 알고 가깝게 와서 같이" 논다고 했다.[22]

식민지 지배국인 일본의 어린이들도 훨씬 '문명'한 처지였다. 진장섭[23]은 일본을 한마디로 우리가 생각하는 것보다 훨씬 부자라고 설명했다.

21 권형진, 「나치정권의 소년들에 대한 통제―히틀러 유겐트를 중심으로」, 『대구사학』 89, 2007, 7~9쪽.
22 三山人, 「쾌활하면서 점잖게 커가는 영국의 어린이 생활―넓은 세상을 자기 마당으로 안다」, 『어린이』 6권 4호(하기방학호), 1928, 15~16쪽. 식민지 조선에서 평소에 경쟁심이 강한 지역 간의 운동 경기에서 판정시비가 폭동이 되는 경우도 없지는 않았으나, 조선인과 일본인 간의 시합에서 심판의 판정에 대한 불만으로 충돌이 일어나는 일도 흔했다. 때로는 이런 충돌이 동맹휴교로 번지기도 했으니, 처음부터 스포츠맨십으로 해결할 수 있는 일이 아니었다.
23 1904년 출생. 보성고보, 도쿄 아오야마학원, 도쿄고등사범학교 영문과 졸업하여 1926년 귀국, 휘문고보 교사(『동아일보』 1926. 3. 4). 유학 중에 색동회 참여. 동화와 동요 발표.

부자이므로 학교 설비도 충실하고 체육 용구도 다 갖춰져 있다. 학교에
는 도서관이 있고, 집에 돌아오면 가정교사가 있으며 정부에서는 교육
영화를 제작해 상영한다. "가정에서나 학교서나 혹은 사회에서나 다 같
이 어린이를 마구 내리누르고 윽박지르지 않고 몹시 위해주고 지켜"준
다는 것이다.[24]

이에 비해 비서구 지역인 아시아나 아프리카에 대한 관심은 거의 없
다. 중국이나 인도, 페르시아 모두 동화나 소설의 배경으로 설정될 뿐,
현재의 나라들과는 거의 무관하다. 심지어 아라비안 나이트(천일야화)를
소개하면서 페르시아라고 설명하고는 끝내 버린다. 판타지의 배경일 따
름이지 현실 지구 상의 공간과는 아무 관련이 없었던 것이다. 중국에 대
해서도 조선 민족의 역사와 연관될 때 관심을 가지는 수준이었다. 1928
년 『어린이』 6권 6호에서 각 나라를 소개할 때도 인도나 중국에 대해서
는 학교제도가 아직 유치하다거나, 공업이 거의 발달하지 않았다는 부
정적인 면이 두드러졌다.

인도에 대한 소개는 이 당시 소년들에게 제공된 아시아에 관한 잘못
된 정보를 단적으로 보여준다. 1927년 신년호에서 『어린이』는 세계 각
국의 신년풍속을 소개한다. 그 중에서 눈길을 끄는 것이 인도다.[25] 인도
는 "얼굴 까만 흑인종들만 사는 나라"이며 "열대 지방인고로 사철 아름
다운 꽃이 피고 시퍼런 풀과 나무가 우거져 있고 따뜻이 내려 쪼이는 거
룩한 햇볕이 자애로운 어머니의 품 속과 같이 아주 따뜻한 나라"란다.
이 글의 필자는 인도의 기후, 지형, 인종적 다양성에 대해 완전히 무지했
고, 힌두교에 대해서도 거의 알지 못했다. 이 기사에서는 인도에 마치 설
이 있는 것처럼 소개했는데, 인도의 네 명절 가운데 태양력으로 2월 말
이나 3월 초 봄에 열리는 홀리 축제와 10월이나 11월쯤에 열리는 디왈

---

24 진장섭, 「씩씩하고 진취성 있는 일본의 어린이」, 『어린이』 6권 4호(하기방학호), 1928.
25 「신긔하고 자미잇는 世界 各國의 正月 노리」, 『어린이』 5권 1호, 1927, 56쪽.

리 축제를 합쳐서 마치 하나의 축일인 것처럼 설명하고 있다.

이 기사는 인도에 "한 가지 이상한 풍습"으로 "묵은 해에 집안에서 살림살이에 쓰는 도구는 무엇이고 죄다 내버리고 깨뜨려 버리고 새 물건을 쓴"다고 했다. 실제로는 홀리 축제의 첫날 만월일 밤 마을의 한가운데서 악을 상징하는 마녀의 상과 낙엽, 작은 가지들, 쓰레기, 잡동사니 등 불필요한 물건들을 함께 태운다.[26] 모든 악의 요소를 제거하는 봄청소 풍습을 보고, 인도인들의 살림살이가 한 해에 한 번씩 다 태워도 괜찮을 정도로 빈약하다고 생각한 모양이다. 또 이 글은 특이한 풍습으로 '여자의 날'이라는 것을 소개했다.

> 정월 초 사흘날은 특별히 여자의 날이라고 해서 그날이 되면 어느 집에서나 아침에 일어나는 길로 여자들만 널찍한 방으로 모인답니다. 할머니 어머니 며느리 딸 외에 집 하인들까지 여자면 누구나 한 자리에 참례하고 (중략) 그 집에 남자들은 누구나 어여쁜 화환을 가지고 들어와서 여러 여자들 앞에 절을 굽실굽실

한다는 것이다. 홀리 축제 이틀째 날 여성들에게 남성, 특히 높은 카스트의 남성들의 권위에 대한 도전이 허용되는 풍습이 있다. 그 풍습에 대한 소개가 여러 번 번역과 전재를 거치면서 전혀 다르게 표현된 것 아닐까? 홀리 축제는 사실 사람들이 거리로 나와 서로에게 색색의 가루와 물감을 뿌리면서 춤추고 노래하는 시끌벅적한 봄축제다. 이날에는 성적인 금기도 풀어지고 하층 카스트의 도발이 허용되며 여성들이 남편의 형제들을 막대기로 때린다거나 지나가는 높은 카스트의 행인에게 돈을 요구하기도 한다.[27] 그런데『어린이』는 이렇게 설명한다.

---

26 류경희, 「인도 봄 축제 홀리의 종교적 의미와 사회적 기능」,『아시아연구』7권 2호, 2004, 173쪽.
27 류경희, 앞의 논문, 187쪽.

이 나라에서는 예전부터 여자는 가장 신비로운 힘을 가졌기 때문에 남자들은 여자들을 몹시 고상하게 생각하고 여자를 그렇게 위하지 않고는 아무 일도 성공하지 못한다는 일종 미신을 믿는 까닭이라 합니다.[28]

가장 존중받지 못하던 인도의 여성들에게 허용된 하루의 난장일 뿐이니 사실과 다른 것은 물론이려니와, 여자들을 고상하게 생각하고 그렇게 위하지 않으면 아무 일도 성공하지 못한다는 것이 왜 미신일까? 조선의 지식인들이 그렇게 환영하던 부인해방운동이 표방하는 것이 이것 아니었던가? 인도는 흑인종들이 사는 잘 해봐야 반쯤 개화된 지역이라고 생각하니, 그 풍속들은 다 미신에 불과한 것으로 보일 수밖에 없다. 이어서 이 기사는 인도에서는 이날 '수신제'를 지낸다고 했다. 저녁에 사람들이 모두 등에 불을 켜가지고 근처 냇가로 모여 등불을 물 위에 띄우는 행사이며, "마치 하늘에 떠 있는 별들이 일시에 물 위에 떨어져 반짝이는 것 같이 아름다운" 풍경이라고 했다. 이 모습은 홀리 축제와는 별개인 디왈리 축제의 풍경이다. 홀리 축제보다 디왈리 축제가 신년제의 성격은 더 강한데, 한해의 풍요와 행복을 기원하는 날이며 등불 축제로 유명하다.[29] 그런데 이 풍습조차도 물에는 반드시 물귀신이 있다는 미신에서 비롯되었다고 설명하고 있다.

이런 서구중심주의는 어처구니 없는 오류를 낳기도 한다. 1927년 『어린이』 5권 4호는 「새지식 세계제일」이라는 기사에서 세계에서 제일 오래된 건축물은 이집트 피라미드, 가장 긴 성벽은 만리장성이며 가장 아름다운 건축물은 인도의 타지마할이라고 소개했다. 그런데 1632년부터 22년간 지은 타지마할을 2,000년 전의 건물이라고 했다. 단순한 숫자의

---

28 2016년 2월 한 신문이 『어린이』지의 이 설명까지 그대로 인용해 인도의 설풍속이라고 소개했다. https://joongdoilbo.co.kr/jsp/article/article_view.jsp?pq=201602100003
29 류경희, 「인문학적 관점에서 인도 비즈니스 이해하기」, 『CHINDIA Plus』, 31, 2009, 40쪽.

오류라기보다는 불과 250년 전의 인도가 그렇게 아름다운 건물을 지었다고 상상할 수가 없었던 탓이다. 아마도 수천 년 전에 지금과는 거의 다른 족속이었던 인도인들이 만들었을 것이라 단정했던 것은 아닐까?

4. 구성되는 세계 — '미담'을 위한 가상 공간

1920년대 『어린이』지에서 종종 등장하는 것이 '미담(美談)'들이며, 그 중에서도 용감한 소년(아주 드물게 소녀)들의 "義勇" 미담이니 애화니 하는 이야기들이 종종 실렸다. 그리고 그 대부분은 서양 여러 나라들의 이야기고, "나라"를 위해 목숨을 바친 헌신의 서사구조를 가지는 경우가 일반적이다. 『세계일주동화집』을 번역했던 이정호가 이런 미담, 애화, 사실류들도 담당했는데, 헌신과 애국, 열정을 다루다 보니 전쟁 중의 이야기들이 많았고, 소년들의 희생으로 나라의 위기가 극복된다는 결말로 맺었다. 당연히 이 미담들은 사실을 전제로 했다. 실제로 미담류의 기사에서는 "정말로 있던 아름다운 이야기"[30]라거나 "이렇게 피가 끓고 가슴이 뛰는 무서운 전쟁 중에도 이렇게 아름다운 일이 있었다"고 하여 사실임을 강조하고 있다. 그러나 이 "미담", 특히 이정호가 작자인 많은 미담들은 실화가 아니라, 과장된 이야기거나 완전한 허구들이다.

대표적인 것이 「알프스 산의 눈사태」로, 나폴레옹이 알프스를 넘어 이탈리아로 진군한 제2차 이탈리아 원정에서 일어난 "아름다운 이야기"라고 한다.[31] 나폴레옹의 군대가 "천하의 준령인 알프스산"을 넘을 때 선두에서 북을 치던 소년 고수 피에르가 갑자기 일어난 눈사태로 계곡에 빠졌다. 그러나 절망적인 상태에서도 여전히 명령대로 행진곡을 연주하자

---

30 定鎬, 「義勇美談 英國의 勇少年」, 『어린이』 3권 2호, 1925, 26쪽.
31 정호, 「雪中 美談 알프스 산의 눈사태」, 『어린이』 4권, 10호, 25~32쪽.

지휘하던 맥도날 장군이 직접 계곡에 내려가 구출했고, 전쟁에서 이겼다는 것이다.

그러나 이 이야기는 이정호가 완전히 만들어낸 허구일 가능성이 매우 크다. 그는 이 사건이 "이태리와 불란서의 전쟁"이라고 했다. 전황이 프랑스에 계속 불리해져서 총사령관인 나폴레옹이 최후의 용기를 내어 알프스를 넘어 이탈리아 군대를 기습하기로 했다는 것이다. 그러나 이 2차 이탈리아 원정에서 프랑스가 상대한 것은, 오스트리아 군대였다. 이정호는 프랑스 군대가 국경을 넘어 이탈리아 땅에서 오스트리아군과 싸운다는 것을 상상할 수도 없었겠지만, 1800년에 벌어진 이 전쟁은 혁명 프랑스와 유럽 열강들 사이에서 진행되고 있던 전쟁의 연장선상에 있었다. 아직 나폴레옹은 황제가 아니라 통령이었고, 이탈리아라는 통일국가는 존재하지도 않았으니, 프랑스가 전쟁을 벌일 실체조차 없었다. 프랑스가 제노바를 장악하고 있었으나 오스트리아군에게 맹공을 당하자, 이를 구원하기 위해 나폴레옹이 직접 원정을 떠났고, 가장 신속하게 접근하기 위해 알프스 산맥에서 원래 사용하던 통로인 그랑 생 베르나르 고개를 넘었던 것이다. 이정호는 이 고개가 알프스의 최고봉이라고 생각하여 나폴레옹이 "알프스의 최고봉 大 싼벨나루"를 향하여 병력을 보냈다고 썼다. 그 때문에 이 고개를 넘다가 눈사태가 났다고 한 것 같은데, 행군이 5월 15일이었으니 정상 부근에는 물론 눈이 녹지 않았겠지만 "한 없이 내려 쌓인 흰 눈 속으로 전신이 푹푹 빠지는 산등성이"라고 할 상황은 아니었다. 또 인명 피해도 그다지 크지 않았다. 대포와 같은 장비는 분해해서 노새들이 실어 나르고, 노새가 쓰러지면 병사들이 운반했다. 이 사건은 나중에 다비드가 그린 [그림 2] 때문에 더 유명해졌지만, 실제로는 나폴레옹도 자신의 애마가 아니라 노새를 타고 산을 넘었다고 한다.[32] 아마도 이정호는 이 그림과 데 아미치스의 『사랑의 학교』 중 「사르데냐의 소년 고수」에서 모티프를 얻어 이 이야기를 만들어낸 듯하다.[33] 북치는 고수, 어린 수병 등 소년 병사들이 전투 중 지휘관의 밀명을 받고 큰 부상을 당하면서 맡은 바 임무를 끝까지 수행해 아군의 승리를 가져왔다는 이야기는 이정호가 쓴 미담의 흔한 소재다. 가장 비슷한 것이 『어린이』 3권 6호, 7호에 연이어 연재된 「熱血美談 美國의 勇少年」인데, 배경을 남북전쟁으로 옮겨 놓았다는 것 외에는 「사르데냐의 소년 고수」와 거의 똑같다. "정의와

[그림 2] 다비드가 그린 〈그랑 생 베르나르를 넘는 나폴레옹〉

인도"를 위하여 싸우는 북군의 한 부대가 남군에 포위되자, 소년병사 조지가 본부에 구원군을 요청할 결사대로 나서 갖은 고난을 겪으면서 서류를 본부에 전달하고 자신은 목숨을 잃는다는 이야기다.[34]

완전히 새로 창작하지는 않았지만, 일본어 잡지 등에 있는 이야기를 적당히 가공했을 가능성이 높은 미담들도 있다. 이정호는 1925년 「英國의 勇少年」이라는 "정말로 있었던" "義勇美談"을 『어린이』 3권 2호에 썼다. "오래 되지 않은 넷날에 오란다와 영국과 두 나라 사이에 맹렬한 싸움"이 있을 때의 이야기라는 것이다. 영국 – 네덜란드 전쟁은 1652년

---

32 송혜영, 「나폴레옹(1769~1821)의 선전초상화」, 『서양사학회논문집』 17, 2002, 150쪽.

33 에드몬도 데 아미치스, 이현경 역, 『사랑의 학교 1』, 창작과비평사, 1997. 이정호가 1929년 『동아일보』에 『사랑의 학교』를 번역, 연재했고, 1929년 3월 29일부터 4월 3일까지 「살듸니아의 少年鼓手」가 실렸다.

34 정호, 「熱血美談 美國의 勇少年」, 『어린이』 3권 6호, 1925
___, 「熱血美談 美國의 勇少年 (二)」, 『어린이』 3권 7호, 1925

부터 1784년까지 네 차례나 일어났지만, 그나마 맹렬한 전쟁이라고 할 만한 것은 1652년~1654년의 1차 전쟁과 1665~1667년의 2차 전쟁이다.[35]

이정호의 이야기에서는 영국 함대가 네덜란드 함대에게 계속 밀리다가 기함의 돛대까지 부러져 버렸다. 예비함대를 출동시켜 기함을 구원해야 하는데, 신호기를 올릴 수 없는 상태가 되어 연락을 할 수가 없었다. 사령관 '나포로' 장군은 예비함대를 호출하기 위해 헤엄쳐 갈 전령을 찾았으나 아무도 자원하지 않았다. 그런데 13세의 심부름하던 소년 사무엘이 지원하여 용감하게 임무를 끝내 영국이 대승리를 거두었고, 사무엘도 장교가 되어 마침내 함대 사령관이 되었다는 것이다.[36] 그런데 4년 뒤인 1929년 양재응(梁在應)이 7권 7호에 「英國의 寶物」이라는 '泰西美談'을 싣는데, 이것 또한 "이백 오십년 전 영국과 화란 두 나라가 전쟁"하던 때에 일어난 일이란다. 함대 사령관은 '나폴나우 장군'이니 같은 이름이라고 봐도 될 듯하다. 이번에는 풍랑으로 돛대가 꺾인 상태에서, 네덜란드 함대에게 기습을 당해 위험에 처했다. 역시 이 사실을 영국 함대에 알리기 위해 열다섯 살난 소년이 헤엄쳐 가서 구원군을 데리고 왔다는 이야기다. 양재응은 좀 더 극적인 요소를 주고 싶었던 듯하다. 국기를 빼앗기면 모든 권리를 네덜란드에게 넘겨 주게 되므로 이 소년은 국기를 품에 안고 헤엄쳐 갔고, 먼 곳에 있던 영국 함대를 직접 이끌고 오는 것으로 만들었다. 그리고 소년이 이후에 '클라우스리'라는 젊은 해군 대장이 되는 것으로 결말을 맺었다.[37]

영국-네덜란드 전쟁에서 일어난 해전 가운데 영국 함대 사령관이 탄

---

35 1672년의 3차 전쟁은 영국과 네덜란드 간 전쟁이라기보다는 프랑스가 네덜란드를 침공하면서 발생한 전쟁이고, 해전에서는 영국-프랑스의 연합함대가 네덜란드 함대와 결전을 벌였으므로 양상이 전혀 다르다.
36 定鎬, 「義勇美談 英國의 勇少年」, 『어린이』 3권 2호, 1925, 28~29쪽.
37 양재응, 「泰西美談 英國의 寶物」, 『어린이』 7권 7호, 1929, 20~28쪽.

기함의 돛대가 부러지는 위기를 겪은 전투는 1652년 11월 던즈네스 해전이다. 블레이크 제독의 영국 함대와 트롬프 제독이 이끄는 네덜란드 함대가 정면으로 맞붙었다. 블레이크의 기함인 트라이엄프의 앞돛대 중 가운데 돛대가 부러졌고, 트롬프의 기함 브레데로드도 제1사장이 부러지는 타격을 입었다.[38]

17세기의 해전은 전함들이 최대한 접근해 포격을 주고받으며, 마지막 순간에는 상대방의 배 위로 뛰어올라 육박전을 벌였다. 배들이 유리한 자리를 잡기 위해서 숨박꼭질을 벌이는 시간에 비해, 실제 교전이 벌어지는 상황은 그리 길지 않았다. 연락병을 보내느니 결사대를 뽑느니 하는 것은 육전에나 가능한 일이었다. 더구나 이날 영국 함대는 기함의 뒤를 계속 따라오고 있던 상황이었으니 기함의 위기를 알릴 필요도 없었다. 트라이엄프의 위기를 구하기 위해 달려든 영국 함선들이 순서대로 네덜란드 함대의 집중 공격을 받고 5척이나 침몰 혹은 나포되었다. 이 과정에서 많은 선장, 장교, 해군 병사들이 목숨을 잃었음은 물론이다. 사령관 블레이크도 중상을 입었다.

유사 이래 해전에서 수병이 헤엄쳐서 구원을 청하러 가는 경우는 없다. 게다가 11월의 영불해협의 바다라면 수영이 아무리 능숙하다 해도 저체온증으로 곧 목숨을 잃을 것이다. 개연성조차 없는 허구의 미담이다. '나폴나우'나 '나포로' 혹은 '클라우스리' 비슷한 이름을 가진 영국 제독조차 없으니, 비슷한 일도 없다고 봐야 한다. 영국 함대가 반격을 가해 승리를 거두기는 하지만, 다음해인 1653년 2월 포틀란드 해전에서였다.[39]

양재응이 이 이야기를 다시 '미담'으로 만들었을 때, 이정호는 여전히

---

[38] wikipedia 중 Battle_of_Dungeness 항목 https://en.wikipedia.org/wiki/Battle_of_Dungeness
이에인 딕키, 마틴 J. 도헤티, 필리스 J. 제스티스 저, 한창호 역,『해전의 모든 것』, 휴먼앤북스, 2010 중 제3장 범선의 시대
[39] 버나드 로 몽고메리 저, 송영조 옮김,『전쟁의 역사』, 책세상, 2004, 498~500쪽.

개벽사에 있으면서 『어린이』 편집을 담당하고 있었다.[40] 같은 이야기라는 것을 몰랐을 리가 없는데, 약간 다르게 각색하는 것으로 충분하다고 생각했던 듯하다. 유사한 이야기 구조, 비슷한 사령관 이름 표기 등으로 보아, 같은 일본어 자료를 읽고 번안한 것으로 추측된다.

이들은 정의롭고 용감하다(義勇)는 덕목을, 위기에서의 (민족에 대한) 헌신이라고 정의하고 싶었던 듯하다. 조선 민족의 위기를 전쟁이라는 극단적 위기 상황, 그 중에서도 침몰하는 배나 포위된 도시 등으로 형상화하려 했다. 그 속에서 목숨을 바쳐 의무를 다하는 소년의 모습을 통해 의롭고 용감하다는 덕목이 실현되는 것을 보여주려 한 것이다.

이정호가 쓴 또 다른 '사실 애화' 「佛蘭西의 勇少年」은 트라팔가 해전에서 프랑스 선장의 아들이 아버지와 함께 침몰하는 배를 지키다 목숨을 바친 이야기다.[41] 이 무렵 부르주아의 자제들이 해군 장교 후보생으로 10대 초반부터 배를 타는 일이 많았고, 비슷한 나이의 견습선원들도 많았다.[42] 10대 소년들이 전투에서 희생되는 일도 당연히 적지 않았다. 이정호와 양재응은 아마도 이런 소년들의 이야기를 좀 더 극적으로 구성하려 했던 듯한데, 양재응의 글은 지나치게 상황을 극적으로 서술하려 하고 있다. 사령관은 소년에게 "너의 정신을 사랑한다! 영국을 위하여 모든 것을 바쳐야 한다!"고 격려하고, 소년은 "사랑하는 영국을 위하여 모든 것을 바치"겠노라 다짐한다.[43] 양재응이 쓴 또 다른 '泰西美談' 「아메리카의 寶物」 또한 실화라고 믿기에는 너무 의심스럽다. 배가 출항하면서 바람이 불어 수병들이 벗어 놓은 상의가 바다에 빠지자, 장

---

40 정용서, 「1930년대 개벽사 발간 잡지의 편집자들」, 『歷史와實學』, 57, 2015.
41 이정호, 「事實哀話 불타는 배를 끝까지 지킨 佛蘭西의 勇少年」, 『어린이』 2권 10호, 1924, 7~13쪽.
42 영국함대에서는 이들을 midshipman이라고 불렀고, 이들의 교육을 담당할 교사까지 승선하기도 했다.
43 梁在應, 「泰西美談 英國의 寶物」, 『어린이』 7권 7호, 1929, 24쪽.

교가 옷을 건지러 바다에 뛰어들지 말 것을 명령한다. 그러나 가장 어린 병사가 장교의 만류를 뿌리치고 바다에 뛰어들어 떠내려가던 자신의 옷을 찾아온다. 명령불복종으로 군법회의에 회부된 병사는 옷에 어머니가 자신처럼 생각하라면서 준 사진이 있었기에 포기할 수 없어서 어머니를 사랑하는 마음으로 바다에 뛰어들었다고 했다. 재판장인 사령관은 훌륭한 정신이며 '아메리카의 보물'이라고 칭찬하고 석방하면서 오히려 휴가를 주었다. 휴가를 받은 병사는 귀향하여 어머니를 만나고 돌아왔다는 것이다. 생존해 있는 모친의 사진을 구하기 위해 상관의 명령을 거부하고 바다에 뛰어들다니, 실제라면 용서받을 리가 없다. "이 아름다운 이야기"가 "미국 각 신문에 굉장히" 났다는 서술 자체가 진실성을 더 의심하게 한다.[44]

1924년에 실린 「佛蘭西의 小勇士」는 '포위된 마을'이라는 위기 상황을 전제로 하고 있다. 아마도 1차 세계대전이 끝난 지 얼마되지 않은 탓에, 『어린이』에서 이런 '미담'들에서는 독일을 침략자로 규정하고 프랑스인들을 저항하는 주체로 내세우는 사례가 많다. 그 중에서도 이 「佛蘭西의 小勇士」는 좀 극단적인데, 독일군이 프랑스 마을을 포위하고 어린이 인질 세 명을 요구했다. 어린이를 인질로 넘기지 않으면 마을을 공격해 다 죽이겠다고 협박했다는 것이다. 절친한 네 명의 어린이가 서로 나섰으나, 3명만 보내기로 결정했다. 다음날 가지 않기로 했던 나머지 한 어린이가 자결하며 마을 사람들에게 정의를 위해 싸워 달라는 유서를 남겼단다. 이에 마을 사람들이 떨쳐 일어나 독일군과 싸워 몰아냈다는 비상식적인 '미담'이다.[45] 다짜고짜 자살을 선택하는 것도 설득력이 없는 데다, 민간인들이 힘을 모아 싸운다고 정규군을 갑자기 몰아낼 수 있는 것도 아니다. 그리고 1차 세계대전 중에 독일군의 비인도적 행위가

---

44 梁在應, 「泰西美談 아메리카의 寶物」, 『어린이』 7권 6호, 1929, 53쪽.
45 정호, 「愛國美談 佛蘭西의 小勇士」, 『어린이』 4권, 9호, 1926, 50~59쪽.

없었던 것은 아니지만, 독일군을 마치 악마처럼, 그리고 프랑스를 정의와 인도의 상징처럼 묘사하는 것도 바람직한 것은 아니다.

이정호나 양재응의 경우에는 이미 유럽이나 일본에서 가공된 이야기들을 그대로 번역, 혹은 번안하기만 했을 가능성도 완전히 부정할 수는 없다. 그러나 『어린이』지의 편집진들도 독자적으로 '실화'를 창작하기도 했다. 1925년 박달성은 「목숨을 갈러준 안나의 義勇」이라는 미담을 실었다.[46] 자기가 "두고 두고 아끼고 아끼던 참날 여간해서는 잘 아니 내놓을 퍽 귀엽고 아름답고 값있는 이야기"니 자세히 들어 달라고까지 했다. 남자 주인공은 20년 전 평양에 살고 있던 김만득이라는 열서너 살 된 혈혈단신의 고아 소년인데, 멕시코(墨西哥)에 이민을 갈 수 있다는 소리를 듣고 새로운 기회를 찾아서 힘들게 이민선을 탔다. 그러나 멕시코 현지에 도착하자 관리들에게 입국을 거부당하고 도로 태평양을 가로질러 오다 여러 사람의 주선으로 하와이에 도착했다고 한다.[47] 실제 멕시코 이민은 1905년 한 번으로 그쳤는데, 이민 가운데 두 사람만 질병으로 배 위에서 사망했고 입국 거부자는 없었다.[48] 멕시코에서 돌아올 일이 없었던 것이다.

하와이에 도착한 김만득은 공장에서 심부름을 하면서 1년 정도 지내게 되었는데, 심부름을 다녀오는 길에 자동차에 치여 중상을 입는 교통사고를 당했다. 그런데 외국인이다 보니 쓰러져 있어도 누구 하나 돌봐주지 않아 죽어가고 있는데, 지나가던 중년 부인과 안나라는 소녀가 불쌍히 여겨서 병원으로 데려갔다고 한다.[49] 이것도 1905~6년 하와이에서 10대 조선 소년이 조선인들이 많은 사탕수수 농장에서 일했다고 하면

---

46 朴達成, 「목숨을 갈러준 안나의 義勇」, 『어린이』 3권 3호, 1926
47 위의 글, 34~35쪽.
48 우덕룡, 1996, 「멕시코 이민정책과 한인 이민」, 『영미연구』 3, 한국외국어대학교 영미연구소 : 이종득, 「멕시코 한인 이민자들의 성격과 정체성 변화—농장생활(1905~1909)을 중심으로」, 『스페인어문학』. 2003, 한국스페인어문학회

차라리 이해할 수 있을 텐데, 갑자기 공장에서 심부름을 했다는 것은 납득하기 어려운 일이다.

　병원으로 옮겨진 다음 이야기는 더 허무맹랑하다. 의사는 워낙 출혈이 심해 어렵겠다고 하면서도, "누구의 피든지 피만 부어 넣으면 구해낼 듯이" 말한다. 그러자 생면부지의 소녀 안나가 나서서 자기 피로 죽어가는 소년에게 생명 절반을 나눠 주겠다고 한다. 그리하여 병원에서는 안나의 동맥을 끊고 기계를 통해 그 절반의 피를 만득에게 나눠 주었고, 두어 주일 뒤에 둘 다 완치되었다고 했다. 혈액형 검사도 없이 동맥을 대뜸 끊어 몸의 혈액 전체를 반으로 나눈다는 황당한 시술로 김만득을 낫게 한 박달성은, "이 일이 한 번 세상에 발표되자 세상의 모든 동정은 이 두 남녀 소년에게로 돌아갔"고 "돈도 많이 생기고 공부도 잘하게 되었"으며 "마침내 두 소년 소녀는 부부가 되어 잘 살았"다고 마무리지었다.[50]

5. 조선과 세계—조선을 알기 위해 세계를 상상하기

　『어린이』 6권 6호를 세계아동예술전람회 기념특집호로 내면서 방정환은 어린이독본을 "世界一家"라고 했다. 세계가 한 가족이라는 것이다. 어린이들이 쓰는 연필을 예로 들면서 가장 중요한 흑연은 영국에서 수많은 사람들의 노력으로 생산된 것이니, 날마다 물건을 바꾸어 쓰는 세계 속에서 우리와 세계가 연결된다고 했다. 그러므로 "우리는 조선 사람이니 조선 일을 잘 알기에 힘쓰는 동시에 세계 일을 잘 알아야만" 한다고 했다. 1920년대 『어린이』지의 세계에 대한 관심은 딱 이 정도였다.

49 朴達成, 앞의 글, 36쪽.
50 朴達成, 앞의 글, 38~39쪽.

세계를 연결시켜주는 것은 자본주의적 세계시장과 그것에 연동되는 국제정치였지, 실제 사람들은 아니었다. 세계를 이해하는 것도 조선인으로서 조선을 이해하고 세계에 적응하기에 적당한 수준이면 충분했다. 그러니 서구와 일본의 매체들을 통해 고정된 이미지들을 확산시키고 그럴싸하게 다시 만들어도 별다른 저항감이 없었다. 다른 민족의 실체에 대한 정보보다, 조선인들에게 전달할 이미지가 더 중요했다. 그리고 때로는 세계는 그 가상의 이미지를 구성하기 위해 적당히 상상되기도 했던 것이다.

이렇게 상상된 세계는 서구와 일본, 근대 중심주의가 지배했다. 힌두교도인지, 북인도의 이슬람교도인지, 시크교도인지, 버마의 불교도인지, 북아프리카 이슬람교도인지는 중요하지 않았다. 그냥 '흑인'이었다. 『어린이』 6권 6호에 실린 파리에 온 흑인종이라는 시다.[51] 유럽인들에게 조선인들 또한 마찬가지 유색 인종이었음에도 불구하고, 어린이들은 이 흑인의 이미지를 받아들이고 있었던 것이다.

파리에 온 흑인종

李求 역

꼬맹이 흑인종 불란서에 온 것을
사람들이 파리 구경을 시켰답니다.
무어라고 말하더냐 무어라고요?
　우리가 사는 집은 오막살인데

---

51 「파리에 온 흑인종—불란서 어린이 주간잡지 『우리들 신문』에서」, 『어린이』 6권 6호, 20~21쪽.

여기 있는 집들은 그저 조고만
우리 사는 데보담 더 높소이다.

꼬맹이 흑인종 불란서에 온 것을
사람들이 양복집에 데려갔지요.
무어라고 말하더냐 무어라고요?
  새하얀 셔츠 입은 작은 흑인종
  이렇게 어여븐 좋은 의복은
  우리 사는 곳에는 참말 없다오

꼬맹이 흑인종 불란서를 떠나서
제가 사는 제 고향 돌아가서는
무어라고 말하더냐 무어라고요?
  그 사람들은 사자를 가둬 놓았데
  그야말로 파리라 하는 곳에는
  훌륭한 것 픽도나 많이 있더라.

참고문헌

권형진, 「나치정권의 소년들에 대한 통제—히틀러 유겐트를 중심으로」, 『대구사학』 89, 2007.

김 항, 「개인, 국민, 난민 사이의 '민족' : 이광수 「민족개조론」 다시 읽기」, 『민족문화연구』 58, 2013.

류경희, 「인도 봄 축제 홀리의 종교적 의미와 사회적 기능」, 『아시아연구』 7권 2호, 2004.

류경희, 「인문학적 관점에서 인도 비즈니스 이해하기」, 『CHINDIA Plus』, 31, 2009.

송혜영, 「나폴레옹(1769~1821)의 선전초상화」, 『서양사학회논문집』 17, 2002.

버나드 로 몽고메리 저, 송영조 옮김, 『전쟁의 역사』, 책세상, 2004.

에드몬도 데 아미치스, 이현경 역, 『사랑의 학교 1』, 창작과비평사, 1997.

우덕룡, 「멕시코 이민정책과 한인 이민」, 『영미연구』 3, 한국외국어대학교 영미연구소, 1996.

이종득, 「멕시코 한인 이민자들의 성격과 정체성 변화—농장생활(1905~1909)을 중심으로」, 『스페인어문학』, 한국스페인어문학회, 2003.

최영주의 소년운동과 잡지 출판

정용서

1. 머리말

최영주(崔泳柱, 1906~1945)의 본명은 최신복(崔信福)이다. 그는 1929년 개벽사에 입사하여 방정환·이정호 등과 함께 『학생』『어린이』『신여성』 등의 잡지를 편집하였다. 그리고 이때의 경험을 토대로 이후 『중앙』『박문』『신시대』 등에서도 솜씨 좋은 편집자로 이름을 떨쳤다. 또한 자신의 이름인 최영주·최신복을 비롯해 다양한 필명으로 수필·동화·동요 등 많은 글을 발표하였다.

그럼에도 불구하고 최영주는 일반에 잘 알려지지 않은 조금은 낯선 인물이다. 오히려 그의 여동생이자 아동문학가 이원수(李元壽, 1911~1981)의 부인인 최순애(崔順愛, 1914~1998)가 일반에게 더 알려졌다. "뜸북뜸북 뜸북새 논에서 울고 뻐꾹뻐꾹 뻐꾹새 숲에서 울제"로 시작하는 「오빠생각」이 최순애의 작품이다.[1] 그나마 최영주에 대해 세간에 알려진 사실은 소파 방정환과의 관계일 것이다.

---

1 崔順愛, 「(입선동요) 옵바생각」, 『어린이』 34, 1925.11.1. 58쪽.

최영주는 1920년대 소년운동 참여하고 개벽사에서 일하면서 방정환과 인연을 맺었다. 1920년대에는 방정환을 초청하여 수원에서 동화회를 열기도 하였고, 방정환이 사망한 이후인 1936년에는 소파 방정환 기념비 건립 모금운동을 전개하였다. 1940년 5월 박문서관에서 발행된 『소파전집』편찬에 참여하는 등 '소파 방정환 기념사업'에 적극적으로 앞장섰다. 또한 1937년 부친이 사망하자 망우리에 있는 방정환의 묘 아래쪽에 아버지의 묘를 마련했다. 1945년 사망한 그의 무덤 역시 방정환의 묘 바로 아래 자리 잡았다. 이것이 최영주에 대해 세간에 알려진 거의 전부라 해도 과언이 아닐 것이다.

따라서 본 연구는 아직 일반에 잘 알려지지 않은 최영주의 행적을 밝히는데 중점을 두고자 한다. 1920년대 활발하게 전개된 어린이·소년운동에서 최영주가 한 역할과 이후 잡지 편집자의 길을 걷게 되는 과정을 중심으로 그의 삶과 활동을 추적해 보고자 하는 것이다.

2. 수원의 대표적 소년운동가

최영주는 1906년 3월 13일 경기도 수원군 수원면 북수리에서 최경우의 장남으로 태어났다. 그의 집은 장안문에서 화홍문에 이르는 성곽 바로 아래동네에 있었으며, 과수원을 하였다.[2] 그는 어린 시절 수원에서 학교를 다녔으며,[3] 1922년 봄 배재고등보통학교를 제6회로 졸업하였다.[4]

---

2 "우리 고향집이 그때는 과목밧집이여서 배나무 사과나무 포도나무 감나무들이 퍽 만헛습니다." (崔泳柱, 「가을 기억 : 나와 가을」, 『어린이』78, 1930.9.20. 19쪽) ; 「가요에 담긴 근세백년(19): 오빠생각」, 『경향신문』1981.5.23. 9면.

3 "여름이 갓차워만와도 나는 물노 갓습니다. 우리 동리 압흐로 흐르는 망세천(忘世川) 개울물로 갓습니다. 학교에서 하학하면 책보들을 긴채 동무들하고 몰켜서 바로 개울노 차저갓습니다. (중략) 송장 헤엄들을 치고 물쌈을 하고 놀앗습니다. 아마 내가 여덜살 때부터 열두살 되든 해까지 어떤 여름치고 이 개울에서 이러케 보내지 안은 해는 업섯슬 것입니다."(崔泳柱, 「여름날의 옛

배재고보 졸업 후 일본에 유학을 갔으나 1923년 9월 '관동대지진'의 영향으로 중도에서 포기하고 귀국하였다.[5] 1945년 1월 그의 부고를 알리는 신문기사에 "씨는 일찍이 일본대학을 나온 후"[6]라는 표현이 있는 것으로 보아 유학 당시 일본대학에 다녔던 것으로 짐작된다.

최영주는 수원에서 교사생활을 하면서[7] 화성소년회를 통해 수원지역의 어린이·소년운동에 참여하였다.[8] 화성소년회가 언제 결성되었는지, 누가 참여했는지 등에 대한 구체적인 자료는 아직 확인하지 못했다. 다만 당시 일반적인 상황과 연관해 생각해 볼 때 1920년대 중반에 결성된 듯하다. 1919년 3·1운동 이후 일제는 기만적 '문화통치'를 실시하여 한국인들의 언론·집회의 자유를 제한적으로나마 허용하였다. 이에 따라 1910년대 무단통치 아래에서는 불가능했던 각종 청년단체, 지식인단체, 대중단체들이 결성되기 시작했다. 일부 지역에서는 3·1운동 직후부터 소년단체도 조직되었으며, 1920년대 들어 서울을 비롯하여 전국 각 지역에서 소년회 결성이 본격화되기 시작하였다. 수원지역에서도 여러 소년단체가 결성되었다.[9] 수원지역 소년운동의 한 축을 담당했던 화성소년회 역시 이 시기에 결성된 것으로 보인다. 최영주가 화성소년회를 대표해 1928년 결성된 조선소년총연맹에 참석하는 것을 볼 때, 아마도 최영주가 일본에서 귀국한 이후 그를 중심으로 결성된 듯하다. 결성 이

기억 : 물! 물! 물!」, 『어린이』 76, 1930.7.20. 12쪽).

4 「窓生氏名及住所」, 『배재』 5, 1924.3, 113쪽.

5 「가요에 담긴 근세백년(19): 오빠생각」, 『경향신문』 1981.5.23. 9면.

6 「최영주씨」, 『매일신보』 1945.1.14. 2면.

7 잡지 『배재』에 수록된 배재고보 졸업생 명단에 그의 직업이 '교원(敎員)'으로 기재되어 있다 (「窓生氏名及住所」, 『배재』 5, 1924.3, 113쪽).

8 최영주가 소년운동에 관심을 갖게 된 이유는 무엇일까? 최영주가 일본에 유학하고 있을 당시 동경에는 방정환·고한승·정순철·윤극영 등 이후 한국 소년운동·아동문학에 큰 족적을 남기는 인물들이 유학하고 있었다. 최영주가 이들과 교류하며 일정한 영향을 받은 것은 아닐까 하고 조심스럽게 추측해 볼 뿐이다.

9 「수원에도 소년군」, 『동아일보』 1923.7.28. 4면.

후 화성소년회는 수원지역의 소년(어린이)을 대상으로 동화회·동요회 등을 개최하였다.[10] 1927년 11월 동아일보 수원지국 후원으로 방정환·이정호·정순철 등을 초청하여 동화·동요회를 개최하였고, 1929년 1월에도 방정환·정순철 등을 초청하여 동화대회를 개최하였다.[11]

한편, 최영주는 1928년에 결성된 조선소년총연맹에 화성소년회를 대표하여 참가하였다. 이후 조선소년총연맹의 주요 임원으로 활동하였으며, 경기도소년연맹 결성과정에서도 주도적 역할을 담당하였다. 이하에서는 최영주가 중요 간부의 한 사람으로 참가하는 조선소년총연맹이 결성되기까지의 과정을 1920년대 어린이날을 둘러싸고 전개된 소년운동단체의 분열과 통합 과정을 중심으로 간단히 살펴보도록 하겠다.[12]

어린이날 행사는 1922년 5월 1일 천도교소년회 주최로 처음 열렸다. 천도교에서는 1921년 4월 천도교청년회 산하에 소년부를 두고, "우리는 참되고 씩씩하게 자라는 가운데 인정 많은 소년이 됩시다."[13]라는 구호 아래 '어린이운동'을 시작하였다. 그리고 5월 1일에 소년부를 천도교소년회로 개편하였다. 천도교소년회에서는 1922년 5월 1일 창립 1주년을 기념하여 이 날을 '어린이날'로 정하고, '항상 10년 후의 조선을 생각하십시오'라고 쓴 4종류의 인쇄물을 서울 시내에 배포하며 거리행진을 하였다.[14]

이 행사 이후 천도교소년회 어린이운동의 핵심인 방정환은 향후 어린이날 행사는 천도교소년회 뿐만 아니라 다른 소년회와 연합하여 진행하

---

10 "벌써 6년 전 섣달 그믐에. 그때 나는 고향 수원에서 화성소년회 일을 보고 있었습니다. 소년회에서는 방선생님을 해마다 모시어다가 동화회를 열었습니다."(崔泳柱,「순검과 小波」,『어린이』87, 1931.8.20. 11쪽).
11 「水原 華城少年 童話童謠會」,『조선일보』 1927.11.8. 5면 ;「水原童話大會」,『동아일보』 1929.1.25. 3면.
12 1920년대 소년운동 단체에 대한 자세한 내용은 박철하의『청년운동(한국독립운동의 역사 제 30권)』(독립기념관 한국독립운동사연구소, 2009)을 참고.
13 「단체추이: 소년운동」,『동아일보』 1929.1.4. 4면.
14 「가로로 취지 선전」,『동아일보』 1922.5.2. 3면.

는 것이 좋겠다는 의견을 피력하였다.[15] 이를 계기로 서울 시내에 있던 각 소년단체 관계자들은 어떠한 방법으로든지 소년문제를 세상에 널리 선전하는 동시에 이 문제를 성심으로 연구하여 보자는 논의를 전개하였다. 수차 협의한 끝에 1923년 4월 17일 천도교소년회·조선소년단·조선소년군·불교소년회 등 40여 개 소년운동단체 대표가 모여 '조선소년운동협회'를 조직하였다.[16] 소년운동협회에서는 매년 5월 1일을 '어린이날'로 정하였다. 그리고 1925년까지 대대적인 어린이날 행사가 소년운동협회 중심으로 진행되었다.[17]

하지만 1925년 5월에 오월회가 결성되면서부터 소년운동은 두 갈래(소년운동협회와 오월회)로 크게 분립되었다.[18] 1926년 어린이날 행사 준비[19]와 1927년 어린이날 기념행사가 둘로 나뉘어 진행될 정도로 양대 세력의 대립은 최고조에 이르렀다. 하지만 소년운동 단체의 분립에 대한 비판이 고조되었고, 통일이 필요하다는 문제가 제기되었다. 이에 따라 1927년 7월 30일 4개 연맹체와 68개 참가단체 가운데 22개 단체의 대의원 61명이 출석하고, 40개 단체에서 위임한 가운데 조선소년연합회 발기대회가 개최되었다.[20]

---

15 「새해 어린이지도는 어찌할까?(1)」, 『조선일보』 1923.1.4. 3면.

16 「少年運動의 新旗幟」, 『동아일보』 1923.4.20. 3면.

17 1922년 5월 1일 시작된 '어린이날'에 대한 자세한 내용은 이 책에 수록된 필자의 「방정환과 잡지 『어린이』의 편집자들」 제2장 참고.

18 1925년 5월 일부 소년단체들이 경성소년지도자연합회를 구성하고 연합기관으로서 오월회를 발기하였다. 정홍교 박준균 이원규 김흥경 장무쇠 등을 창립준비위원으로 선출하였다. 창립총회 당일 회의 명칭을 '경성소년연맹'으로 개칭하기로 결의하였으나 일제 경찰의 반대로 '오월회'라 부르기로 하였다.

19 1926년 어린이날 행사는 두 단체가 별도로 행사계획을 수립·추진하였다. 그러나 이 해 4월 순종이 사망하여 행사가 중단되었다.

20 "조선소년운동의 최고기관이 될 조선소년연합회의 발기대회는 오래동안 사회의 주목을 끌어오던 조선소년운동협회 측의 천도교소년회 명진소년회 현대소년구락부 취운소년회 별탑회 개운소년회 등 이 연합회 준비위원의 열성과 오월회 측의 타협도 있어 새로이 발기 승인하고 또 안변의 신고산소년단, 경성 선광소년회도 새로이 발기 승인하여 총합 4개 연맹단체와 68개의 개체단체의 발기대회를 예정과 같이 7월 30일…개최"(「조선소년연합회 성황을 極한 발기대회」, 『동아일보』 1927.8.1. 3면 ; 「조선소년엽합회 대의원회 개최」, 『조선일보』 1927.8.1. 2면).

1927년 10월 16일 조선소년연합회 창립대회가 52개 단체 80여 명의 대표들이 참석한 가운데 열렸다. 출석대표 가운데 60여 명이 지방 소년 단체 대표였다. 창립대회에서는 규약에 따라 위원장·중앙집행위원 등 임원을 선정하고, 선언·강령 등을 발표하였다.[21] 그리고 10월 17일 제1 회 임시대회를 개최하였다. 임시대회에서 결정한 중요한 것은 어린이날 기념행사 날짜와 소년회원의 연령에 관한 문제였다.

종래 5월 1일에 실시되던 어린이날 기념행사를 5월 첫째 일요일로 변경하였다. 그동안 5월 1일이 국제노동일(메이데이)과 겹쳐 기념행사 진행에 많은 곤란을 겪어왔기 때문이었다. 그리고 소년회원의 연령을 18세까지로 제한하고, 지도자에게는 발언권과 피선거권만 주기로 하였다. 하지만 이미 선거된 중앙집행위원의 권한범위와 저촉되어 1928년 대회까지 보류하기로 결정하였다. 조선소년연합회의 창립에 대해 당시의 논자들은 '기분운동에서 조직적 운동으로 전환할 필요성이 당면한 요구였음을 확실히 보여주는 것',[22] 어린이날 기념행사를 둘러싼 오월회와 소년운동협회의 대립을 극복하고 '이산(離散)에서 통일로 가는 것'[23]이라는 등의 평가를 하였다.

1928년 3월 25일 조선소년연합회 제1회 정기총회(전국대회)가 개최되

---

21 임원으로 위원장 방정환, 중앙상무서기 고장환 연성흠, 중앙집행위원 전백 조문환 추병환 김병욱 최청곡 정홍교 하헌훈 이현 김태오 박정식 남천석 변세택 이덕인 박세혁 박일 서겸순 길인복 강석원 김창성 김학영 유경애 강해갑 이명업 안용석 김달영, 중앙검사위원 안준식 민봉희 윤소성 김형규 최규동이 선출되었다. 그리고 "이산(離散)으로부터 통일집력(統一集力)에, 기분적 운동에서 조직적 운동으로 우리 소년운동은 방향을 전환할 절대 필연에 당면하였다. 이 중대한 시기에 입(立)한 우리는 오늘까지의 온갖 사정과 장애를 초월하여 일치상응 전운동의 통일을 기하고 이에 조선소년연합회를 창립한다."는 선언이 발표되었다. 강령으로 "1. 본회는 조선소년운동의 통일적 조직의 충실과 발달의 민활을 도(圖)함. 1. 본회는 조선소년운동에 관한 연구와 그 실현을 도함"을 채택하였다(「소년연합회 창립준비 진행」, 『동아일보』 1927.9.3. 3면 ; 「소년운동의 통일완성」, 『동아일보』 1927.10.19. 3면 ; 「소년연합 창립 후 최초의 임시대회」, 『조선일보』 1927.10.20. 2면 ; 「단체추이: 소년운동」, 『동아일보』 1929.1.4. 4면 ; 「在京社會團體 紹介: 朝鮮少年總聯盟」, 『대중공론』 2-7, 1930.9, 116쪽).
22 김태오, 「정묘 1년간 조선소년운동(1)」, 『조선일보』 1928.1.11. 3면.
23 「단체추이: 소년운동」, 『동아일보』 1929.1.4. 4면.

었다. 지방대의원 21명을 포함하여 40명의 대의원이 참석한 가운데 정홍규의 개회선언과 방정환의 개회사가 있었다. 총회에서는 조선소년연합회의 명칭을 조선소년총동맹으로 변경하였으며, 강령을 채택하였다. 그리고 신임 중앙위원을 선정하였으며,[24] 조직문제와 관련된 주요 내용 등을 결의하였다.[25] 정기총회 다음 날인 3월 26일 제1회 중앙집행위원회를 개최하여 교양문제, 재정문제에 관한 결의를 하고, 당면표어를 결정하였다.[26] 또한 정기총회에서 지도자 연령을 25세 이하로 결정한 것을 철저히 실현시킬 것을 결의하였다.[27]

이처럼 조선소년연합회 제1회 정기총회에서는 종래의 자유연합제이던 조직을 '민주주의적 중앙집권제'인 조선소년총동맹으로 변경하였다. 하지만 종로경찰서에서 소년기관을 '총동맹'이라 하는 것은 불필요하다며 명칭을 '총연맹'으로 변경할 것을 요구하였다. 결국 '총동맹'에서는 '조선소년총연맹'으로 명칭을 변경할 수밖에 없었다.[28] 그리고 조선

---

24 신임 위원으로는 위원장 정홍교, 상무서기 최청곡 홍찬, 중앙집행위원 조문환 윤소성 박해서 박정식 이정호 박세혁 남천석 하영락 강석원 고장환 변세택 조용복 홍순기 전삼룡 이덕인 외 3명이 선출되었다.

25 "종래의 자유연합제인 완미(頑昧)한 조직제로부터 민주주의적 중앙집권제인 총동맹으로 결성할 것, ① 연령은 12세 이상 18세까지로 제한함 ② 군부동맹(郡府同盟)에 25세 이하의 지도자 3인을 치(置)하여 지도부를 조직케 하여 운동을 지도 훈련케 함. 단 지도자에게 발언권과 피선거권만 유(有)함 ③ 군부에 단일 소년동맹을 조직할 것 ④ 면에는 동맹지부를 설치할 것 ⑤ 동리에 반제(班制)를 설치할 것 ⑥ 부(府)에는 구역별로 지부를 설치하고 동·리·정·공장 내에 반(班)을 치할 것"(「민주중앙전권제로, 조선소년총동맹」, 『조선일보』 1928.3.27. ; 「연합회를 개칭, 조선소년총동맹, 25일 기념관에 열린 정기대회에서 결정」, 『중외일보』 1928.3.28. 2면 ; 「在京社會團體紹介: 朝鮮少年總聯盟」, 『대중공론』 2-7, 1930.9, 116쪽).

26 "문맹퇴치는 소년기부터 하자, 농촌소년 교양에 주력하자, 미신적 소년운동에 대하여 철저 배격하자, 소년 인신매매에 대한 방지운동을 하자, 18세 이하 조혼 방지운동을 하자, 조선아동도서관 설치를 실행하자, 소년의 위험작업과 유년노동 방지운동을 하자" 등이 이때 결정된 당면표어이다.

27 「조직체를 변경한 조선소총동맹의 첫 중앙집행위원회의 결의」, 『동아일보』 1928.3.28. 3면 ; 「소년기부터 과학적으로 지도하자, 조선소년총맹 결의」, 『조선일보』 1928.3.28. 2면 ; 「단체추이: 소년운동」, 『동아일보』 1929.1.4. 4면.

28 「조선소년총동맹, 臨時書面대회 소집, 총동맹을 총연맹으로, 개칭하란 경찰간섭」, 『중외일보』 1928.3.31. 2면.

소년총연맹의 조직방침에 따라 지방에서 군(郡)·부(府)를 단위로 한 소년동맹의 결성이 확산되었으며, 지방 소년동맹들은 조선소년총연맹에 가맹하였다.

조선소년총연맹은 결성 직후 1928년도 어린이날 행사를 준비하였다. 1928년 어린이날 기념행사는 5월 첫 번째 일요일인 5월 6일에 진행되었다. 지방 가맹단체들 역시 중앙과 연계하여 대대적인 기념행사를 전개하였다.

조선소년총연맹은 1928년 6월 3일 제2회 중앙집행위원회를 개최하여 '도에는 도연맹, 군에는 군연맹을 결성할 것' 등을 결의하였다.[29] 총연맹에서는 1928년 7~8월에 경남·경기·전남 소년연맹을 조직하기로 결정하고,[30] 해당 지역에 총연맹에서 작성한 도연맹 조직규정을 내려 보냈다. 도연맹의 조직에는 총연맹에서 정한 조직위원이 그 중심 역할을 담당하였다. 조직위원으로는 해당지역 위원과 함께 총연맹의 대표도 포함되었다. 도연맹이 조직되면 총연맹에 가맹한 해당지역의 소년단체는 모두 도연맹으로 이적되고, 도연맹은 총연맹의 지휘를 받도록 하였다.[31]

경기도소년연맹을 결성할 때 해당지역 위원으로 활동한 사람이 최영주(최신복)였다. 1928년 6월 조선소년총연맹 중앙상무위원회에서 경기도소년연맹 조직과 관련해 처음 논의할 때 최영주는 총연맹의 정홍교와 함께 설비위원 및 교섭위원으로 선출되었다. 그리고 그가 활동하고 있던 화성소년회가 준비 장소로 결정되었다.[32] 조직위원들은 다음과 같은 '경기도소년연맹 조직규정'을 제정하여 7월 29일 오전 10시부터 수원

---

29 「一面一會, 소년총연맹 집행위원회에서 결의」, 『동아일보』 1928.6.6. 3면.

30 경상남도소년연맹(1928.7.8.)과 경기도소년연맹(1928.7.29.)은 예정대로 조직되었으나 전라남도소년연맹은 1928년 8월 4일 일제 경찰당국에 의해 창립대회가 금지되었다(「9명은 석방, 8명은 송국, 전남소년연맹사건」, 『동아일보』 1928.8.20. 2면, 「보안법위반으로 7명은 공판회부, 전남소년연맹사건」, 『동아일보』 1928.8.26. 5면).

31 「朝鮮少年總聯盟京畿道及全南少年道聯盟組織規定發送ノ件」, 『사상문제에 관한 조사서류(4)』, 국사편찬위원회 ; 「조선소년총연맹 경남연맹 조직」, 『동아일보』 1928.7.5. 3면.

화성소년회관에서 경기도소년연맹 결성식을 거행하기로 결정하였다.[33]

〈경기도소년연맹 조직규정〉

1. 본 총연맹 경기도내 가맹단체 및 미가맹단체로 오는 7월 29일 오전 10시 수원 화성소년회관에서 조선소년총연맹 경기도소년연맹을 조직함.

1. 본 총연맹 가맹단체는 경기도소년연맹 창립에 별(別)로 가맹원(加盟願)을 제출치 않고 본 총연맹 미가맹단체만 7월 25일 이내로 가맹원서 및 출석 대의원수를 수원 화성소년회 최신복(崔信福)에게 송정(送呈)함을 요함.

1. 본 총연맹 경기도소년연맹이 조직되면 본 총연맹 가맹단체는 전부 해(該) 도연맹에 이적(移籍)하며 경기도소년연맹은 경기도내의 지방단체를 지휘 하며 본 총연맹의 통제를 수(受)함.

1. 창립대회의 경비는 각 단체로 징수하되 단일 군부(郡府)동맹 및 연맹체는 금2원, 단일 면소년회 및 도시지리적 소년회는 금1원으로 하고 해(該) 금 원(金員)을 7월 25일 이내로 수원 화성소년회 최신복에게 송정함을 요함.

1. 대의원 선출비율은 총연맹규약 별표 제2에 준함

1. 출석대의원 및 조직위원의 경비 일체는 각자의 부담으로 함

1. 조직위원 : 정홍교(丁洪教) 최신복(崔信福) 고장환(高長煥) 남천석(南千 石) 윤소성(尹小星) 최청곡(崔靑谷) 홍성덕(洪性德)

위 조직규정을 보면, 최영주는 경기도 지역을 대표한 조직위원의 한사 람으로서 대회 개최에 필요한 제반 업무(참석 대의원 확인, 재정 문제 등)를 담

---

32 "① 조직위원 : 丁洪教 尹小星 高長煥 南千石 외 1명 ② 조직시일 : 7월 하순 ③ 조직장소 : 수 원 ④ 준비장소 : 수원 화성소년회 ⑤ 설비위원 : 崔信福 丁洪教 ⑥ 교섭위원 : 崔信福 丁洪教" (「조선소년총연맹 도연맹 조직」, 『동아일보』 1928.6.16. 3면).

33 「京畿, 全南 少年聯盟, 조직규정 결정」, 『매일신보』 1928.7.17. 3면 ; 「조선소년총동맹, 경기 전 남 兩聯盟 조직규정, 경기는 7월 29일 전남은 來 8월 5일에」, 『중외일보』 1928.7.18. 4면 ; 「경 기급전남연맹규정」, 『동아일보』 1928.7.19. 4면.

당한 중심인물이었다. 이렇게 준비를 마친 경기도소년연맹 창립대회는 1928년 7월 29일 개최되었다. 다만 대회 장소가 당초 계획했던 수원이 아니라 경성부 견지동 시천교당으로 변경되었다. 창립대회는 수원·개성 등 경기도 각 지역 대의원 30여명이 참석한 가운데 정홍교의 사회로 시작되었다. 이 대회에서 최영주는 경기도소년연맹 중앙집행위원으로 선출되었다.³⁴ 그리고 창립대회가 끝난 뒤 바로 열린 중앙집행위원회에서 결정한 조직부·조사부·교양부·출판부·체육부·재정부 등의 부서 중 최영주는 교양부 일을 맡게 되었다.³⁵

한편, 조선소년총연맹은 1928년 12월 27~28일 제2회 정기대회를 개최하여 중앙집행위원을 선출하고, 교양·조직·재정·금후 문제 등에 관한 의안을 토의 결정하였다.³⁶ 하지만 중앙집행위원 선거 과정에서 연령 문제로 논란을 벌이다가 일부 소년단체 대의원이 모두 퇴장하였다.³⁷ 이

---

34 중앙집행위원장 정홍교, 후보 최병호, 중앙상무서기 고장환(수석) 최병호, 중앙집행위원 최신복 홍순기 홍찬 민병희 유시용 안정복 최영윤 정홍 김진호 주봉출, 중앙검사위원장 우성규, 중앙검사위원 장흥근 박춘영(「一面一會促進決議 京畿少年聯盟完成 륙십여명 대의사가 모도혀서 결의 萬歲三唱, 圓滿終了」,『매일신보』1928.7.31. 2면 ; 「조선少年總의 경기연맹 창립, 다수한 대의원이 모여 성황리에 창립대회 완료」,『중외일보』1928.7.31. 2면).

35 조직부장 홍찬 부원 김진호, 조사부장 안정복 부원 주봉출, 교양부장 홍순기 부원 최신복, 출판부장 민병희, 체육부장 최영윤 부원 정홍, 재정부장 유시용(「중앙위원회, 임원을 일일이 선정하고 상무위원을 선정」,『매일신보』1928.7.31. 2면 ; 「제1회 중앙위원회, 경기소연의」,『중외일보』1928.7.31. 2면).

36 「(京鍾警高秘 第17542號) 朝鮮少年總聯盟第二會定期大會開催ノ件(1928.12.31)」,『사상문제에 관한 조사서류(5)』, 국사편찬위원회. 대회에서 선출된 중앙집행위원은 다음과 같다. 위원장: 민영득(경성), 후보 김봉진(경성) / 중앙검사위원장: 엄면섭(임실), 위원: 정홍교(경성), 고장환(경성), 최청곡(경성) / 교양부: 김봉진(부장·상무) 김종태, 강석원(광주) / 조사부: 이정환(부장·상무, 경성), 김종원(경성), 신혁(이원), 이현(광주) / 조직부: 이재림(부장·상무, 진남포), 김정련(안성), 오태진(북청), 김상만(목포) / 재무부: 이원재(부장·상무, 경성), 장재선(정읍), 김종기(김천) / 출판부: 박광수(부장·상무, 개성), 곽복산(김제), 김성용(단천) / 체육부: 박오봉(부장·상무, 광주), 이운용(광주), 김봉식(경성).

37 1928년 3월 정기대회에서 결정한 연령제한(郡府同盟에 25세 이하의 지도자 3인을 置하여 지도부를 조직케 하여 운동을 지도 훈련케 함) 조항을 무시하고 참석한 대의원들이 문제가 되었다. 예를 들어 중앙집행위원장으로 선출된 민영득은 28세, 재무부장으로 선출된 이원재는 27세라는 것이 문제였다(「(京鍾警高秘 第1622號) 朝鮮少年總聯盟ノ通信ノ件(1929.2.7)」,『사상문제에 관한 조사서류(6)』, 국사편찬위원회).

것은 단순히 연령문제 때문만은 아니었다. 금후 소년운동의 목표를 소년단체의 복리증진에 두고 사회운동과 엄격하게 구별하겠다는 입장과 소년운동을 사회운동의 한 부문운동으로 규정하던 입장의 대립이었다.[38]

결국 12월 30일 참가 21개 단체 가운데 13단체의 동의를 얻어 대의원 22명이 출석한 가운데 다시 제2회 정기대회가 속개되었다. 임시집행부로 의장 우성규, 부의장 박노순, 사찰 박세혁이 선출되었고, 최영주(최신복)는 조용복과 함께 서기로 선출되었다. 대회에서는 각지에 간이아동도서관을 설치할 것, 10월 16일을 소년운동기념일로 정하여 전국적으로 기념식을 거행할 것 등을 결정하였다. 그리고 중앙집행위원과 중앙검사위원을 선출하였다. 최영주는 중앙검사위원으로 선출되었다.[39]

12월 31일에 총연맹 회관에서 중앙집행위원회를 개최하고 규약을 수정하여 총연맹원의 연령을 8세 이상 18세 이하로 하였다. 그리고 부서를 결정하고[40] 예산안을 확정하였다. 이어서 정기대회에서 위임된 사안들을 처리하였다. 1면 1소년회제, 군부연맹 조직, 단일군부동맹 등 조직에 관한 문제는 "전국적 현상으로 보아 견실한 조직체인 동맹제를 채용"하기로 하고, 실행방법은 상무위원회에 일임하였다. 또한 이들은 1929년 1월에 "우리 운동을 교란하려는 불순분자의 발호, 소총(少總) 제

---

38 「(京鍾警高秘 第17542號) 朝鮮少年總聯盟第二會定期大會開催ノ件(1928.12.31)」, 『사상문제에 관한 조사서류(5)』, 국사편찬위원회.

39 중앙집행위원장: 박세혁(군산, 在경성), 후보 박갑수(고흥) / 상무서기: 고장환(경성), 이병로(경성) / 중앙검사위원: 정홍교(위원장, 경성), 위원 최신복(수원, 在경성), 최청곡(경성) / 중앙집행위원: 김상만(목포) 박오봉(광주) 이현(함평) 박노순(익산) 김종렬(마산) 전삼룡(김천) 추교철(양양) 박광수(개성) 김정련(안주) 신혁(이원) 김성용(단천) 우성규(수원) 하영락(원산) 정홍석(장단) 이덕인(평양, 在경성) 이달환(북청, 在경성) 최병호(경성) 김봉진(경성) 홍찬(경성) 유시용(경성) 조용복(밀양, 在경성), 후보: 강석원(광주) 변세택(함흥) 김봉은(대구) 이석태(김제) 추월순(동래)

40 조직부: 조용복(부장 · 상무), 박오봉 신혁 김종렬 / 교양부: 정홍석(부장 · 상무), 하영락 김봉진 이현 / 조사부: 이달환(부장 · 상무), 박노순 김정련 김상만 / 출판부: 최병호(부장 · 상무), 박광수 우성규 홍찬 / 체육부: 이덕인(부장 · 상무), 김성용 전삼룡 / 재정부: 유시용(부장 · 상무), 추교철

2회 정기대회 분규의 경과를 들어 진실한 소년운동을 위하여 만천하 동지에 고함"이라는 제2회 정기대회 전말을 기록한 성명서를 발표하였다. 성명서는 최영주가 활동하던 화성소년회를 비롯하여 경성·개성·양양 소년연맹, 익산·김제·광주·안주 소년동맹, 군산어린이회, 고흥어린이 수양단, 회천·진남·밀양 소년회 등 13개 단체 대표대의원 명의로 발표 되었다. 그들은 성명서에서 '소년애호의 정신을 확립하자', '사회 파쟁 적 기분을 일소하자', '착란과 악분자를 철저히 박멸하자', '조선 소년 대중은 조선소년총연맹 깃발 아래로 모이자' 등을 주장하였다.[41]

이처럼 최영주는 1923년 말 일본에서 귀국한 후 수원지역에서 화성소 년회를 중심으로 어린이·소년운동을 활발하게 전개하였다. 그리고 1928년에 결성된 조선소년총연맹에도 화성소년회를 대표해 참가하였으 며, 주요 간부로 활동하였다. 또한 조선소년총연맹 산하 경기도소년연맹 결성 과정에서 조직위원으로써 핵심적인 역할을 담당하였다. 최영주는 수원지역 소년운동 뿐만 아니라 전국적 차원의 소년운동에도 참가하여 활동한 1920년대 소년운동의 중심인물 가운데 한 사람이었다.

3. 솜씨 좋은 잡지 편집자

1) 개벽사 발행 『어린이』, 『신여성』, 『학생』 편집

최영주는 "소화 2년 정월, 시골서 서울에 올라와 개벽사란 잡지사에 기자라는 이름으로 직을 갖게 되고 『어린이』란 잡지의 편집조역을 보게

---

41 「(京鍾警高秘 第17542號) 朝鮮少年總聯盟中央委員會ノ件(1929.1.4)」, 『사상문제에 관한 조사 서류(6)』, 국사편찬위원회 ; 「(京鍾警高秘 第1622號) 朝鮮少年總聯盟ノ通信ノ件(1929.2.7)」, 『사상문제에 관한 조사서류(6)』, 국사편찬위원회.

되었는데"라고 하여, 1927년 1월에 수원에서 서울로 올라와 개벽사와 인연을 맺게 되었다고 회고하였다.[42] 하지만 최영주는 1927년 1월에 『동아일보』 수원지국 기자로 활동하였다.[43] 3월부터는 『조선일보』로 자리를 옮겨 수원지국 총무 겸 기자로 활동하였다.[44] 8월 26일자 『조선일보』 기사를 볼 때,[45] 최소한 8월까지 『조선일보』 수원지국 기자로 활동한 사실을 확인할 수 있다. 그리고 최영주는 1927년 10월 17일에 개최된 신간회 수원지회 창립대회에서 상무간사로 선출되었고,[46] 12월 18일에 열린 수원지회 제2회 정기대회에서도 상무간사로 유임되었다.[47] 이렇게 볼 때, 개벽사에 들어간 시점에 대한 최영주의 회고는 착오라고 할 수 있다.

최영주가 개벽사에 입사하여 잡지 편집자의 길을 걷게 된 것은 1929년 1월부터였다. 당시 잡지 『어린이』와 『별건곤』을 발행하고 있던 개벽사에서는 1929년에 들어 『학생』 잡지를 발간하기로 하였다. 이를 위해 1929년 1월 편집실에 기자 2명을 새로 채용하였다. 한명은 "키도 알맞고 얼굴도 얌전하거니와 호리호리한 몸맵시가 마치 여자와 같은" 최영주였고, 다른 한명은 "후리후리한 키, 얌전한 얼굴, 어여뿐 표정이 현대식 미남 타입에 만점은 염려 없을" 이태준(李泰俊)이었다.[48] 하지만 당시 어린이 독자들에게 최영주는 "동요 잘 짓는 수원의 최순애씨의 오빠"[49] 라고 소개될 정도로 낯선 인물이었다.

『학생』 창간호는 방정환을 편집 겸 발행인으로 하여, 1929년 2월 20일 인쇄, 3월 1일 발행되었다. 「숙직실」이라는 제목의 편집후기에서 방

42 勝山雅夫(崔泳柱), 「가을과 登山」, 『신시대』 1-9, 1941.9, 149~150쪽.
43 「社告」, 『동아일보』 1927.1.12. 8면 ; 「社告」, 『동아일보』 1927.3.10. 4면.
44 「社告」, 『조선일보』 1927.3.6. 1면.
45 " 水原在外 유학생 일동 주최와 동아 조선 양지국 후원으로 유학생강연회는 去 21일 오후 8시에 城外 화성학원 강당에서 본지국 崔信福군의 사회로 개회한 바"(「水原在外留學生講演會」, 『조선일보』 1927.8.26. 4면).
47 「水原支會定期大會」, 『조선일보』 1927.12.21. 4면.
48 「編輯室落書」, 『별건곤』 19, 1929.2.1. 182쪽.
49 李, 「편즙을 맛치고」, 『어린이』 63, 1929.2.20. 68쪽.

정환은 "편집인이란 나는 이름뿐으로 자주 드려다 보지도 못하고 전혀 새로 입사하신 이태준씨와 최신복씨 두 분의 노력으로 창간호는 편집된 것을 고백해 둡니다"라고 하여, 『학생』 창간호가 이태준과 최영주(최신복)에 의해 편집되었음을 밝혔다. 그리고 최영주는 "시골서 갓 올라온 촌퇴백인 생원님이 새잡이 입을 붓잡고 편집국 모퉁이에서 허둥대기만 하는 저를 애여홉 보지 마십소. 그래도 맵씨만은 제딴에 고우오니 무엇이든 궁금한 것은 넌지시 물어주세요. 그리고 많이 사랑해 주십시사고. (중략) 겁나는 새색시라 먼저 이 말씀을 들여둡니다."라는 말로 잡지 편집에 처음 참여한 소감을 밝혔다.[50] 『학생』 제1권 제1호(1929.3)와 제2호(1929.4), 제8호(1929.11), 제2권 제1호(1930.1)부터 제10호(1930.11)까지에서 최영주가 쓴 편집후기를 확인할 수 있다. 그리고 최영주는 『학생』에 최영주(崔泳柱) 또는 윤지훈(尹芝薰) 등의 필명을 사용해 「배재학당(培材學堂)」, 「동덕학교(同德學校)의 창립시대(創立時代)」, 「인천(仁川) 월미도(月尾島)」, 「등산(登山)의 지식(知識)」 등의 글을 게재하였다.[51]

　『학생』을 편집하던 최영주는 1929년 여름부터 겨울까지 『어린이』 편집에 참여하였다. 1929년에 발행된 『어린이』에서 최영주의 편집후기를 확인할 수 있는 것은 제7권 제6호(1929.7)부터 제9호(1929.12)까지이다. 1929년 5월 1일 발행된 『학생』 제1권 제3호의 편집후기부터 방정환 김순렬 이태준 세 사람만 글을 쓴 것으로 보아 최영주는 『학생』 편집에서 한발 물러나 『어린이』 편집에 주력하였다. 그러다가 1929년 겨울부터 다시 『학생』 편집에 참여하였다.[52] 제1권 제8호(1929.11) 편집에 참여하였

---

50 「宿直室」, 『학생』 1, 1929.3.1.

51 "필자는 『학생』이란 잡지의 편집기자가 되고 또 어느 달인가 등산특집을 내게 되었는데 … 제씨의 글을 받았음에 불구하고 배분이 모자라서 필자가 南宮桓이니 尹芝薰이니 하는 필명으로 두서너 편의 기사를 썼었다"(勝山雅夫, 「가을과 登山」, 『신시대』 1-9, 1941.9, 150쪽).

52 "지난달부터 학생 편집을 맞게 되어서 섭섭하나 여러분과 떠나게 되엿습니다. 떠낫대야 책상 멧자리를 건너 안게 되엿슬 뿐이고 한 방안에 잇기는 맛찬가지 올시다. 원체 서투른 몸이 큰일을 맞게 되어서 몸이 휘여나가기에 너무나 밧부게 되엿습니다. 그러나 어린이를 늘 잇지안코

고, 제2권 제1호(1930.1)부터 마지막호인 제10호(1930.11)까지 편집하였다. 대신에 1930년에 간행된 『어린이』 제8권 제1호(1930.1)부터 제10호(1930.12)까지는 방정환과 이정호를 중심으로 편집되었다.

한편, 최영주는 『어린이』 제7권 제2호(1929.2)에 자신의 본명인 최신복(崔信福)의 이름으로 「(事實美話) 아름다운 마음」과 청우생(靑牛生)이라는 필명을 사용해 「(자미잇는 이약이) 삼형제의 재조내기」라는 동화를 발표하였다. 『어린이』 제7권 제3호(1929.3)에서 제8호(1929.10)에 '푸른소'라는 필명으로 우리의 지나온 역사와 현재 조선의 산과 강, 산물 등을 소개한 「조선은 이러타」라는 글을 6회에 걸쳐 연재하였다.[53] 또한 그의 첫 동요라고 할 수 있는 「봄나드리」를 제7권 제3호에 발표하였다.[54] 이외에도 이 시기에 『별건곤』에 「괴상(怪常)한 취인(取引)」, 「서울 내음새, 서울 맛·서울 정조(情調)」 등을 발표하였다.

1929년 초부터 1930년 가을까지 『학생』과 『어린이』 편집에 참여했던 최영주는 1930년 겨울부터 『신여성』 편집에 참여하였다. 개벽사에서는 여성 독자를 겨냥해 1923년 9월 15일 박달성을 편집 겸 발행인으로 한 『신여성』 창간호를 간행하였다. 제3호(1924년 2월호.)부터 편집 겸 발행인이 방정환으로 바뀌어 거의 매달 간행된 이 잡지는 1926년 10월까지 모두 31호를 내고 휴간되었다. 5년 뒤인 1931년 1월에 제32호(제5권 제1호)로 복간되었다.

최영주가 『신여성』 편집에 참여한 것은 1930년 12월에 준비해 다음해

힘잇는데까지 도아드리려고 합니다."(信, 「편즙을 맛치고」, 『어린이』 70, 1929.12.20. 68쪽).

53 『어린이』 64호(1929.3.20.)에 수록된 「조선은 이러타」의 경우, 잡지 앞부분 목차에는 필자가 '崔信福'으로 기록되어 있다. 이에 근거해 '푸른소' 또는 '청우생(靑牛生)'을 최영주의 필명으로 추정하였다.

54 "갑시다 봄나드리 아즈랑이 타고요 / 비탈길 꼬불꼬불 넘어갑시다 / 한아름 꼿다지꼿 실냉이꼿 석거서 / 꼿묵금 꼿방석을 틀어가지고 / 갑시다 봄나드리 언덕넘어 비탈길 / 달내가 머리풀은 다북솔압혜 / 새파란 진듸돗고 개나리꼿 욱어진 / 큰누나 무덤으로 차저갑시다"(푸른소, 「봄나드리」, 『어린이』 64, 1929.3.20. 26~27쪽).

1월 1일자로 간행한 복간호인 제32호(제5권 제1호)부터였다. 편집후기(「편즙을 마치고」)에는 방정환과 최영주 두 사람의 글이 있다. 최영주는 "친애하는 여러분을 뫼시고 새해부터 다시 나오는 『신여성』 편집을 맡게 된 것을 무한한 영광으로 생각합니다. (중략) 지금은 새해도 며칠 안남은 12월 중순 새벽 3시올시다. 사위(四圍)는 죽은 듯 고요하고 다만 편집실의 난로불 소리와 원고쓰는 붓소리 만이 들릴 뿐입니다. 인제 편즙도 끗낫스니 닷새만에 비로소 나의 하숙으로 멋처럼 가서 오래간만에 자리편 방에 누어 보렵니다. 그리고 멋츨 못잔 잠을 한꺼번에 자고 다시 내월호 꿈일 꿈을 구어야 하겠습니다."[55]라는 말로 『신여성』 편집에 참여한 소감과 다짐을 표현하였다.

복간된 『신여성』은 세간의 폭발적인 관심을 끌었다.[56] 최영주는 "고맙습니다. 감사합니다. 다만 감격할 뿐입니다. 신년호의 놀라운 인기! 발행 단 7일 만에 절판! 매일매일 빗발치듯 들어오는 독려의 서신! 우리는 다시 더 무슨 말씀을 할 수 없이 감격합니다"란 말로 독자들의 호응에 답하였다. 그리고 개벽사가 천도교기념관 2층으로 옮겨 "편집실이 넓어지고 창밖으로 운현궁과 창경원의 수림이 내다보인다"고 자랑하기도 한다.[57]

『신여성』 제5권 제4호(1931.4.20.)는 평소보다 늦게 간행되었다. 방정환이 여러 날 동안 병석에 누워있었으며, 최영주 또한 건강이 나빠져 편집이 순조롭게 진행되지 못한 까닭이었다. 그나마 다행인 것은 송계월(宋桂月) 새로 편집실에 들어와 편집에 참여하게 된 것이었다.[58] 잡지 편집과

---

55 崔, 「편즙을 마치고」, 『신여성』 32, 1931.1.1.
56 方, 「편집을 맛치고」, 『신여성』 33, 1931.2.1. 116쪽.
57 崔, 「편집을 맛치고」, 『신여성』 33, 1931.2.1. 116쪽.
58 "의사는 정양을 강권합니다만은 모든 형편이 여이하지 못하야 큰 걱정 중에들 잇습니다. 편집을 마타보든 두 사람리 모다 건강치 못하엿슴으로 하야 대단히 붓그러운 말씀이나 이러케 책이 느저젓습니다. 그러나 한가지 깃븐 소식을 드릴 것은 이달부터 우리 편집실에 宋桂月씨가 새로 입사하신 것입니다. 이번 책을 꿈이는데 씨의 노력이 여간하지 안엇습니다."(崔, 「편즙을 마치

발간에 전심전력한 최영주는 건강을 잃게 된다. 『신여성』 제5권 5호(1931.6.1.)에서도 그는 "사람은 건강이 제일인 것을 다시 새삼스럽게 느끼고 있습니다. 불건강(不健康)으로 인하여 마음까지 약해지고 기력까지 없어져 버리는 것은 참으로 안타까운 일입니다."라고 자신의 몸에 이상이 있음을 밝히고 있다.[59] 또한 『신여성』 제5권 제7호(1931.8.1.)에서도 "여러분 더위에 몸조심하시고 부디 건강하신 중에 이 여름을 보내 주십시오."라는 말로 편집후기를 마쳤다.[60]

1931년 7월 23일 방정환의 사망은 최영주에게 커다란 충격이었다. 최진순(崔瑨淳) 정순철(鄭淳哲) 신현익(申鉉益) 등의 도움으로 『신여성』 제5권 제8호(1931.9.1.)를 일종의 '방정환 추도호'로 꾸민 최영주는 편집후기에서 "오호 소파 선생은 가시엇습니다. 1931년 7월 23일 오후 6시 54분 아가운 33세의 짧은 생애로 그는 가시엇습니다. (중략) 부즈런히 공부하시오. 힘서 일하시오. 남은 일을 부탁합니다. 짧은 유언을 남기어노코 그는 안타가운 눈을 감엇습니다. 오- 선생이 이러케 일즉 가신탓에 선생을 밋고 일하는 우리들은 너무나 의외요 너무나 돌연한 바이라 손에 맥이 푸러젓습니다. 무슨 말을 써야 애통의 이 슯허하는 이 가슴 이 마음을 표현식힐 수 잇스며 무슨 글자를 가지고 이 기맥히는 사실을 낫낫치 기록할는지요. 선생의 유작을 읽으면서 새삼스럽게 눈물을 몃번이나 뿌리엇는지요. 소파 선생은 참으로 미덤성잇는 성곽이엇습니다. 의지해 버텨 나갈 수 잇는 울타리엿습니다. 그를 일코나니 지금까지 밋고 잇든 터전은 뷘들과 갓습니다. 오호! 선생은 어찌하야 그 가심을 이가치 일즉

고」, 『신여성』 35, 1931.4.20. 104쪽) ; "신여성부에 새로이 송계월씨가 입사하엿습니다. 여학생 시대부터 씩씩한 활동이 만어서 신문지상으로 이미 여러번 쩨의 기억이 여러분께도 잇슬 줄 압니다만은 이 새로운 일꾼을 더 마지하야 신여성의 할략이 더 한층 새로워질 것을 여러분과 함게 깃버하야 마지 안습니다."(方, 「편즙을 마치고」, 『신여성』 35, 1931.4.20. 104쪽).

59 崔, 「편즙을 마치고」, 『신여성』 36, 1931.6.1. 102쪽.

60 崔, 「편즙을 마치고」, 『신여성』 38, 1931.8.1.

하시엇나이까."[61]라는 말로 방정환을 추도한다. 그리고 방정환의 사망이 그에게 준 충격 때문인지는 모르겠지만『신여성』제5권 제8호를 끝으로 건강상의 문제를 이유로 들어 스스로 개벽사를 퇴사하고 잡지 편집에서 물러난다.[62]

최영주는『신여성』편집에 참여하는 가운데 자신의 글을 게재하였다. 그는 이 시기에 최영주라는 이름뿐만 아니라 윤지훈·남궁환(南宮桓) 등의 필명을 사용해『신여성』에 「살인 여죄인(女罪人)의 소리업는 비명」, 「모던 여학생 풍경」, 「모던 녀성 십계명(十誡命)」, 「누가 정말 죽엿는가」, 「소파(小波)와 그 일생」 등의 글과 함께 그의 묘비에도 새겨져 있는 「호들기」를 발표하였다.

최영주가 개벽사를 사직한 것은 표면적으로 건강상의 이유였다. 하지만 1931년 9월 개벽사를 그만 둔 최영주가 곧바로 경성보육학교(京城保

『신여성』 34, 1931.3, 19쪽

---

61 崔, 「편즙을 마치고」, 『신여성』 39, 1931.9.1.

62 "生은 身瘁으로 부득이 이달로써 여러분과 작별 하겟습니다. 좀더 잇섯스면 하는 생각도 잇섯습니다만은 몸의 衰弱이 더해갈 뿐 아니라 쇠약한 몸이라 여러 가지로 성의이슨 편집을 못하는 것은 서로서로 미안과 손실이라고 생각하고 이 자리를 물러갑니다."(崔, 「편즙을 마치고」, 『신여성』 39, 1931.9.1.).

育學校) 일로 일본 도쿄에 가는 것을 봤을 때 건강상의 문제만은 아니었을 것이다.[63] 그것은 최영주가 개벽사를 떠난 직후부터 만 1년 후인 1932년 9월 재입사할 때까지 경성보육학교에서 하는 일을 통해서도 확인할 수 있다. 조재호 정순철 정인섭 등과 함께 『보육시대(保育時代)』라는 잡지 발간을 준비하기도 하였으며,[64] 1932년 6월에는 전조선유아작품전람회를 개최하기도 하였다.[65] 또한 7월에는 "어린 아기 보육에 필요한 여러 가지 이론과 실지 재료를 제공하기 위하여" 개최한 하기보육강습회의 강사로도 활동하였다.[66] 그리고 후에 최영주는 이 당시 자신의 심정을 "미소(微笑)! 그대는 소파(小波)를 잃고 울었소. 같이 낙담하였소. 그때 나는 울면서 개벽사 책상을 떠났건만 그대는 울면서 개벽사를 지켰소. 1년 동안 떠돌다 다니러 갔을 때 그대는 나를 붙들고 같이 있자고 졸라주었소. 그리고 기우는 개벽사의 기둥을 버티기에 시달림을 받았소. 개벽사의 명운이 가까워오자 모두들 달아났소. 나도 또다시 달아났소. 그러나 그대는 끝끝내 지키고 마지막 임종의 물까지 떠넣어 주었소."라고 밝혔다.[67]

이정호의 권유로 1932년 9월 개벽사에 재입사한 최영주는 신영철의 뒤를 이어 『어린이』를 책임지게 되었다. 『어린이』 제10권 제10호(통권 제101호, 1932.10)부터 최영주가 편집을 전적으로 책임지게 된 것이다.[68] 그리

---

63 「學界漫話」, 『별건곤』 44, 1931.10.1. 19쪽.
64 「유아보육연구지 『保育時代』 창간, 경성보육학교 녹양회에서」, 『동아일보』 1931.12.22. 4면.
65 京城保育學校 綠羊會 崔信福, 「全朝鮮幼兒作品展 아기의 그림을 모으면서①」, 『동아일보』 1932.5.27. 5면 ; 京城保育學校 綠羊會 崔信福, 「全朝鮮幼兒作品展 아기의 그림을 모으면서②」, 『동아일보』 1932.5.30. 4면 ; 京城保育學校 綠羊會 崔信福, 「全朝鮮幼兒作品展 아기의 그림을 모으면서③」, 『동아일보』 1932.5.31. 5면 ; 「1주일 박게 안남은 제1회 전조선 유아작품전」, 『동아일보』 1932.6.3. 5면.
66 「실제에 이론을 겸한 하기보육강습회, 22일부터 경성보육 강당, 경성 교우회 주최」, 『동아일보』 1932.7.5. 5면 ; 「광고: 夏期保育講習會」, 『동아일보』 1932.7.19. 5면.
67 崔泳柱, 「微笑갔는가!—悼李定鎬君」, 『문장』 6, 1939.7, 192쪽.
68 申瑩澈, 「편즙을 마치고」, 『어린이』 100, 1932.9.20. 70쪽 ; 李, 「編輯餘言」, 『신여성』 52, 1932.10.1. 114쪽.

고 최영주는 『어린이』를 편집하는 가운데와 『신여성』 편집에도 참여하였다. 『신여성』 제7권 제1호(1933.1.1.) 편집후기에서 최영주가 "처음으로 편집해 본 12월호가 여러분에게 어떤 비평을 받고 있는지 퍽이나 궁금합니다."[69]라고 한 것을 볼 때, 그가 『신여성』을 다시 편집하게 되는 것은 제6권 제12호(통권 제54호, 1932.12.1.)부터였다.

1933년 5월 윤석중이 개벽사에 입사하여 『어린이』 편집을 맡게 되고, 최영주는 『신여성』 편집을 맡게 되었다. 『어린이』와 『신여성』을 편집하던 최영주가 『신여성』 제7권 제6호(1933.6.1.)부터 『신여성』의 편집만 맡게 된 것이다.[70] 이후 최영주는 『신여성』 마지막 호인 제8권 제5호(1934.6)까지 계속 편집을 담당하였다.

최영주는 스스로 "어떻게 하면 좀 더 충실한 잡지를 만들 수 있을까? 어떻게 하면 좀 더 기발한 제재(題材)를 취급하여 더 재미있게 할 수 있을까?"[71]라는 생각을 하며, 열정적으로 잡지를 편집하였다. 함께 일하던 개벽사원들은 이런 최영주의 모습을 "최선생은 불볏가튼 그의 성질로 좀더 일직 좀더 시원한 책을 되게 하시느라고 짧고도 더운 밤에 단잠을 못 주무시고 초조(焦燥)를 하시어 갓득이나 말라깽이란 별명을 드르시는 분이 그늘미테 수수깽이가티 되신데다 그 예술적으로 된 머리칼은 얼키고 얼켜서 누가 보던지 쌈나가고자 할 판"[72]이라고 묘사하였다. 최영주는 개벽사에서 "저고리 소매를 걷어 올리시고 손끝에서 불이 번쩍 날 지경"[73]으로 열정적으로 잡지를 편집하였던 것이다.

---

69 泳柱, 「편즙을 마치고」, 『신여성』 55, 1933.1.1. 120쪽.
70 崔泳柱, 「편즙을 마치고」, 『신여성』 60, 1933.6.1. 160쪽. 최영주가 1934년 1월호로 간행된 『어린이』와 『신여성』에 편집후기를 쓴 것으로 보아 『신여성』 편집만을 담당했다고 확신할 수는 없다.
71 崔泳柱, 「우리들의 차지」, 『신여성』 63, 1933.9.1. 160쪽.
72 윤봉태, 「편집을 마치고」, 『신여성』 62, 1933.8.1. 160쪽.
73 李善熙, 「우리들의 차지」, 『신여성』 67, 1934.1.1. 152쪽.

2) 조선중앙일보사 발행『중앙』편집

최영주는 1934년 11월에 조선중앙일보사로 자리를 옮겨『중앙(中央)』의 편집을 맡는다.『중앙』은 1933년 11월 1일 김동성(金東成)을 편집 겸 발행인으로 하여 조선중앙일보사에서 발행한 잡지이다. 창간 이래 편집을 맡고 있던 이정순(李貞淳)이 1934년 11월 조선중앙일보사 사회부로 자리를 옮기고 그 후임으로 최영주가 편집을 맡게 된 것이다.[74] 최영주는『중앙』제3권 제1호(1935.1)부터 종간호인 제4권 제9호(1936.9)까지 편집을 맡았다.

『중앙』은 1935년 여름까지 잡지를 내고 몇 개월 동안 잡지를 내지 못한다. 1936년 1월에 최영주와 윤석중이 편집을 맡아 5개월 만에 다시 잡지를 내게 되었다.[75] 1935년 1월에 조선중앙일보사에서는『중앙』의 자매지로『소년중앙(少年中央)』을 창간하였다.『소년중앙』의 편집 책임은 최영주와 함께 개벽사에서 근무했던 윤석중이 맡았다.[76] 1935년 말에 두 사람이 함께『중앙』을 편집해 1936년 신년호를 간행한 것이다.『중앙』제4권 제1호부터 제4호(1936.4)까지는 최영주와 윤석중 두 사람이 편집을 맡았고, 제5호(1936.5)부터 종간호인 제9호(1936.9)까지는 최영주와 윤석중 외에 박노경이 함께 하였다.

한편, 조선중앙일보사에 근무하며『중앙』을 편집하고 있던 시기에 최영주와 윤석중은 소파 방정환의 묘를 조성하고 기념비를 건립하는 데 주도적으로 활동하였다. 이들을『중앙』제4권 제5호(1936.5)에 발기인 27명 명의로 방정환 기념비 건립을 위한 '성금 모금' 광고를 게재하였다. 방정환의 기념비를 그의 5주기인 오는 7월 23일에 세우고자 어린이날

---

74 崔泳柱,「編輯餘錄」,『중앙』3-1, 1935.1, 92쪽.
75 崔泳柱,「編輯後記」,『중앙』4-1, 1936.1, 350쪽.
76 崔泳柱,「編輯餘錄」,『중앙』3-1, 1935.1, 92쪽.

을 기회로 모임을 발기하였으니 생전에 방정환과 교분이 있거나 그를 경모하던 분은 누구든지 오는 6월 30일 이내로 경성부 견지정 조선중앙 일보사 출판부 내 최영주 윤석중 두 사람에게 헌금을 보내달라는 내용이다.[77] 그리고 7월 23일 기념비 건립식을 차상찬의 사회로 진행하였다. 이정호의 약력 보고가 끝난 후 최영주가 비석을 세우기까지의 경과를 보고하였다. 그리고 이은상 유광렬 정인섭 김도현의 추억담 등으로 행사를 진행하였다.[78]

3) 박문서관 발행『박문』편집 겸 발행인, 『신시대』주간

최영주는 1938년 5월 조선일보사 출판부에 입사하였다. 1936년 4월부터『여성(女性)』을 발행하고 있던 조선일보사에서 당시 명편집자로 이름이 높던 최영주를 영입한 것이다. "이 달엔『여성』편집실에 잠깐 이동이 있어 그동안 많은 애를 써 주시든 문동표(文東彪) 선생은 신문사 정치부로 옮겨 가시게 되자 그처럼 책임감이 무섭고 꼼꼼하며 주밀하든 문선생의 뒤를 누가 이을가 하든 중─일즉이 개벽과 중앙 잡지의 편즙

---

77 "조선 어린이 운동의 선구자 小波 方定煥씨가 세상을 떠난지 이미 5주년이 되었습니다. 씨의 일생은 오로지 조선 어린이들을 위하여 조선 어린이들의 보다 더 행복스런 明日을 위하여 받히었습니다. 우리는 씨의 공적을 장황히 다시 말씀드리지 아니하려합니다. 다만 씨의 5주기를 맞이하면서 씨의 생전의 공로를 기념하고 그의 영혼을 위로하고자 씨와 가깝던 친지 여러분의 손으로 오는 7월 23일 씨의 5주기일을 卜하여 조그마한 紀念碑를 세우고저 합니다. 부끄러운 말씀이나 씨의 유해는 아직도 땅에 묻히지를 못하고 홍제원 화장장 납골당 안에 들어 있습니다. 이를 생각하매 생전에 不遇하였던 씨가 사후까지 이다지 불행함이 더욱 눈물겹고 안타깝습니다. 생전에 씨와 교분이 계시었고 또 씨를 경모하시던 분은 누구시든지 씨에게 대한 성의를 베푸시어 據金을 던져 주시면 감사하겠습니다. 丙子 5월 3일 어린이날. 발기인 金復鎭 金炯元 薛義植 曹在浩 柳光烈 鄭淳哲 車相瓚 鄭寅燮 孫晉泰 金東煥 尹石重 崔泳柱 金奎澤 金永壽 金乙漢 金顯道 朴八陽 徐恩淑 安碩柱 李殷相 李定鎬 李泰運 李泰俊 李軒求 車士百 崔鳳則 玄鎭健. 據金은 경성부 견지정 111 조선중앙일보사 출판부 내 최영주 윤석중 양인에게 보내옵소서"(「謹告」, 『중앙』 4-5, 1936.5, 155쪽 ; 「어린이날의 창시자 故方定煥氏記念碑」, 『동아일보』 1936.5.3. 2면).

78 「故方定煥先生 記念碑建立式」, 『매일신보』 1936.8.2. 6면.

을 마타 본 적이 있으며 잡지의 명편즙자로 이미 그 일홈이 높은 최영주(崔泳柱) 선생을 모셔왔습니다."[79]

조선일보사에 근무할 당시 최영주의 글은 1938년 6월 자신의 소속을 조선일보로 밝힌 글과[80] 배재고보를 다니던 시절에 친구와 함께 수원 서둔방죽에서 낚시질 하던 이야기를 담은 「낚시」(『조광』 제4권 제8호, 1938.8)라는 수필 등이 있다. 하지만 최영주의 조선일보사 생활은 짧았다.

최영주는 조선일보사에 들어간 지 3개월 만인 1938년 8월 박문서관으로 자리를 옮겨 『박문(博文)』 창간호 발간을 준비하였다. 이때 최영주는 "일신상의 어쩔 수 없는 사정"으로 수원에서 서울로 통근하였다.[81] 개벽사와 인연을 맺으며 시작한 10년간의 서울 하숙생활을 접고 수원 집으로 내려간 것이다. 1940년에는 수원에서 서울 사직공원 부근으로 가족 전체가 이사를 하였다.[82]

『박문』 창간호는 1938년 10일 1일 박문서관에서 발행되었다. 국판 32쪽에서 50쪽 내외로 발간된 『박문』 1941년 1월 1일 통권 23호로 종간되기까지 당대를 대표하는 문장가들의 수필이 주로 실렸다. 최영주는 『박문』의 창간호부터 종간호까지 편집 겸 발행인이었다. 그는 발간사에서 『박문』은 "조그만 잡지외다. 이 잡지는 박문서관의 기관지인 동시에 각계 인사의 수필지로서 탄생된 것"이라고 밝혔다.[83] 한편 최영주는 『박문』을 편집하는 가운데 마해송 등과 함께 1940년 5월 『소파전집(小波全

---

79 「編輯後記」, 『여성』 3-6, 1938.6.1. 102쪽.

80 조선일보 崔泳柱, 「라디오학교: 세상의 궁금거리」, 『동아일보』 1938.6.21. 5면.

81 "9월 1일: 거리의 다방이나 R형의 私室에서 푸랑을 짱고 의견을 모으고 하던 것을 이 날부터 따로 방을 만들고 자리를 잡기로 하였다. 출관부의 일이 그만큼 성숙된 것이다. 일신상 어쩔 수 없는 사정은 당분간 수원→경성간의 통근을 하기로 하였다. 건강이 감내할지 미지수이나 80리 통근에 신선한 느낌이 없지도 않다."(崔, 「編輯室日記抄」, 『박문』 1, 1938.10, 30쪽).

82 "가을이면 日曜가 기다려졌고 일요면 으례 교외로 발을 옮겨 보는 것이 10여년래의 습관이었다. 그러던 것이 살림을 서울로 이주해 와서 그런지 금년엔 암만해도 그러할 여유를 갖지 못하고 이 가을을 보내었다("崔泳柱, 「獨白」, 『문장』 2-9, 1940.11, 134쪽).

83 「博文發刊辭」, 『박문』 1, 1938.10, 30쪽.

集)』을 500부 한정판으로 간행하였다.[84] 최영주는 책 앞부분에 수록된 「소파 방정환선생의 약력」을 기술하였다.

한편 박문서관에서는 1940년 11월부터 『신시대(新時代)』라는 잡지 간행을 준비하였다.[85] 박문서관에서 일본제국주의의 '대동아공영을 이루기 위한 세기적 대전환기에 필요한 신시대의 대중교양'을 표방하며 발행한 잡지 『신시대』는 1941년 1월에 창간호가 간행되었다. 『신시대』의 사장은 노익형(盧益亨), 부사장은 노성석(盧聖錫, 瑞原聖)이었다. 최영주(勝山雅夫)는 창간호부터 주간으로 활동하였다.[86] 최영주는 『신시대』 주간으로 활동하며 1941년 1월호에 실은 「반도 건아의 정신도장 육군지원자훈련소 참관」에서 일본 군대에 지원하는 것을 '제국 흥륭에 가담하는 세기적 감격'이라 찬양하는 등 일제의 식민지배정책을 선전하였다.[87]

최영주가 언제까지 『신시대』 주간으로 활동했는지는 분명하지 않다. 다만 그가 1941년 7월 초순부터 병으로 요양 중이었다는 사실에 비추어

---

84 "우리는 小波 方定煥 선생의 고난과 힘의 일생을 엮은 遺稿集을 꾸미고 있습니다. … 5월 상순까지에 발간코자 합니다. 이 책도 역시 5백부 한정판으로 내놓겠습니다. 종이가 하도 貴하고 物資가 너무도 옹색한 때문도 때문이겠지만 所重스런 책을 더욱 所重스럽게 하려는 적은 생각에서입니다. 시방이라도 이 책을 所用하신다면 미리 葉書를 주시면 책 나오는 날 寄別하여 優先權을 드리겠습니다"(「編輯室通信」, 『박문』 16, 1940.3, 23쪽). 한편 김종수는 『소파전집』에 대해 『춘원시가집』(1940)과 마찬가지로 박문서관에서 기획된 출판물이라고 평가하였다. 즉 상업적 성공을 의도하여 작가의 이름을 내세운 새로운 출판형태였고, 한정판임을 내세워 소장의 가치를 높임으로써 서적의 상품성을 제고하였다는 것이다(김종수, 「일제 식민지 문학서적의 근대적 위상―박문서관의 활동을 중심으로」, 『우리어문연구』 41, 2011.9, 478쪽).

85 「人事」, 『매일신보』 1940.11.3. 1면.

86 「藝術家動靜」, 『삼천리』 12-10, 1940.12, 215쪽.

87 이외에도 최영주는 1940년 10월 '조선문사부대(朝鮮文士部隊)'의 일원으로 양주(楊州) 육군지원병훈련소에 입소해 하루 동안 참관하고 훈련을 받은 후 이를 『삼천리』 1940년 12월호에 「忍苦의 精神과 規律」이라는 제목으로 투고해 육군지병훈련소의 생활을 찬미했다(崔泳柱, 「文士部隊와 '志願兵' : 忍苦의 精神과 規律」, 『삼천리』 12-10, 1940.12, 62쪽). 또한 12월에 공덕리(孔德里)에 소재한 육군지원자훈련소에서 조선인 지원자 5명과 함께 좌담회를 개최해 입영을 앞둔 조선인 지원병들에게 '일본제국의 군인으로서 역할을 다할 것'을 주문했다(勝山雅夫(崔泳柱), 「榮譽의 入營을 앞둔 陸軍志願兵訓練座談會」, 『신시대』 1-2, 1941.2). 이와 같은 활동으로 결국 일생의 오점을 남긴 최영주는 민족문제연구소에서 발행한 『친일인명사전』에 수록되었다(친일인명사전편찬위원회 편, 『친일인명사전』, 민족문제연구소, 2009).

볼 때 제7호(1941.7.1.)까지는 주간으로 활동한 것으로 보인다.[88] 다만 제7호부터 나타나는 편집상의 차이를 볼 때는 제6호(1941.6.1.)까지 참여한 것으로도 볼 수 있다. 즉『신시대』는 창간호부터 '어린이 차지'라는 란을 두었는데 제7호부터 이것이 사라진 것이다. 최영주는 주간으로 활동하며 여기에 자신의 여동생인 최순애를 비롯해 윤석중·이원수·신석우 등의 동요·동화를 게재하였다. 그리고 자신도 적두건(赤頭巾)이라는 필명으로 동화를 발표하기도 하였다.[89]

잡지 편집에 열정적이던 최영주는 1941년 7월경부터 병을 앓더니 결국 1945년 1월 12일 자택(경성부 필운정 133의 2)에서 40세를 일기로 별세하였다.[90] 그리고 자신이 존경하고 흠모하던 소파 방정환의 곁으로 갔다.

4. 맺음말

이상에서 최영주의 소년운동가로서의 활동과 잡지 편집자로서의 삶을 살펴보았다. 최영주는 1906년 3월 수원에서 태어났다. 그는 어린 시절 수원에서 학교를 다녔으며, 1922년 배재고등보통학교를 졸업하였다. 배재고보 졸업 후 잠시 일본에 유학하기도 하였다. 일본에서 귀국 후 최영주는 화성소년회를 통해 동화회·동요회 등을 개최하며 수원지역에서 소년운동을 전개하였다. 또한 1928년에 결성된 조선소년총연맹에 화성소년회를 대표해 참가하였다. 그는 조선소년총연맹에서 주요 임원으로

---

88 "新時代社 同社 주간이던 崔泳柱씨는 지난 7월 초순부터 병으로 요양중이며 편집인 崔暎海씨, 화가 林鴻恩씨도 사임하였는데, 후임으로 소설가 祭萬植씨, 화가 洪祐伯씨, 李種勝씨, 玄在德씨가 입사하였다."(「情報室, 우리 社會의 諸事情 - 文壇情報」,『삼천리』13-9, 1941.9, 85쪽).

89 윤석중의 동요「껍정을 껍정을」「어깨동무」「석수쟁이 아들」, 이원수의 동요「공작아」「호랑이」, 최순애의 동요「이불」, 신석우의 동화「꾀보와 도적」, 적두건의 동화「무격장수」「헛수고」「겁쟁이」, 청두건의 동화「만나본 공자님」등이『신시대』제1호에서 제6호에 걸쳐 발표되었다.

90「최영주씨」,『매일신보』1945.1.14. 2면.

활동하였으며, 경기도소년연맹 설립 과정에서도 주도적 역할을 담당하였다. 최영주는 1920년대 소년운동을 주도한 중심인물 가운데 한 사람이었다.

한편, 수원에서 신문 기자로도 활동하고, 신간회 수원지회에서도 중요 역할을 담당했던 최영주는 1929년 개벽사에 정식 입사하였다. 그는 개벽사에 입사하여 처음에는 『학생』의 편집을 담당하였다. 하지만 당시 여러 잡지를 발간하고 있던 개벽사는 한사람이 한 잡지만을 편집할 형편이 아니었다. 최영주도 『학생』 외에 『어린이』 『신여성』 등의 잡지 편집에도 참여하였다. 1931년 여름 방정환의 사망 이후 개벽사를 그만두고 1년간 경성보육학교에서 일하던 최영주는 1932년 9월 재입사하여 『어린이』의 책임편집자가 되었다. 이후 최영주는 1934년 11월 조선중앙일보사로 자리를 옮길 때까지 개벽사에서 『어린이』와 『신여성』을 편집하였다. 조선중앙일보사에서 최영주는 『중앙』을 편집하였다. 그는 1935년 1월호부터 종간호인 1936년 9월호까지 편집을 맡았다. 1938년 5월부터 조선일보사 편집부에서 『여성』의 편집을 담당하던 최영주는 3개월 만인 8월에 박문서관으로 옮겨 『박문』의 창간을 준비하였다. 『박문』은 당대를 대표하는 문장가들의 수필이 주로 실린 잡지였다. 최영주는 1938년 10월부터 1941년 1월까지 총 23호가 발행된 『박문』의 편집자 겸 발행인이었다. 또한 그는 박문서관에서 1941년 1월부터 발행한 『신시대』의 주간으로 그해 여름까지 활동하였다. 이처럼 최영주는 개벽사에서 『학생』 『어린이』 『신여성』 등의 잡지를 편집하였다. 그리고 이때의 경험을 토대로 이후에도 『중앙』 『박문』 『신시대』 등을 편집하며 솜씨 좋은 편집자로 이름을 떨쳤다.

이 연구는 앞에서도 지적했듯이 최영주의 행적에 대한 기초적인 확인과 작품을 발굴하는 데 중점을 두었다. 잡지 편집자로서의 최영주를 어떻게 평가할 것인가 하는 문제에 대해서는 접근을 하지 못했다. 최영주는 몇몇 출판사를 옮겨 다니면서 여러 종류의 잡지를 편집하였고, '솜씨 좋은 편집자'로 이름을 떨쳤다. 그가 이런 평가를 받을 수 있었던 이유는 무엇일까? 이 문제를 해결하기 위해서는 그가 편집한 잡지의 특성, 지면 구성의 특징에 대한 분석 등은 물론 다른 잡지, 다른 편집자와의 비교 연구 등이 필요할 것이다. 또한 최영주는 일제 말에 여러 글을 통해 일제의 식민지배정책을 선전·찬양하였다. 최영주는 어떤 이유로 이렇게 갑자기 일종의 '사상적 전환'을 하게 되었을까? 이 문제는 최영주에게만 국한된 문제는 아닐 것이다. 이 시기 출판계 전반의 동향에 대한 분석이 필요한 문제가 아닐까 한다. 본 연구를 토대로 이와 같은 문제에 대한 후속 연구가 이어지기를 기대하며, 아울러 이 과정에서 최영주가 여러 필명으로 발표한 그의 작품에 대한 분석도 진행되기를 희망한다.

〔부록 1〕 최영주가 쓴 편집후기

잡지명	권호	발행일	편집후기 제목	필자명	비고
學生	1권 1호	1929.03.01	宿直室	崔	방정환 이태준
學生	1권 2호	1929.04.01	宿直室	崔	방정환 이태준
어린이	7권 6호	1929.07.20	편즙을 맛치고	信	방정환 이정호
어린이	7권 7호	1929.08.20	편즙을 맛치고	信	방정환 이정호
어린이	7권 8호	1929.10.20	편즙을 맛치고	信	방정환 이정호
學生	1권 8호	1929.11.20	宿直室	崔	방정환
어린이	7권 9호	1929.12.20	편즙을 맛치고	信	이정호 최경화
學生	2권 1호	1930.01.01	宿直室	崔	방정환 김원주
學生	2권 2호	1930.02.01	宿直室	崔	방정환 김원주
學生	2권 3호	1930.03.01	宿直室	崔	방정환 김원주
學生	2권 4호	1930.04.01	宿直室	崔	방정환 김원주
學生	2권 5호	1930.05.01	宿直室	崔	방정환 김원주
學生	2권 6호	1930.06.15	宿直室	崔	방정환 김원주
學生	2권 7호	1930.07.15	宿直室	崔	방정환 김원주
學生	2권 8호	1930.09.05	宿直室	崔	방정환 김원주
學生	2권 9호	1930.10.13	宿直室	崔	방정환 김원주
學生	2권 10호	1930.11.10	宿直室	崔	방정환 김원주
新女性	5권 1호	1931.01.01	편즙을 마치고	(崔)	방정환
新女性	5권 2호	1931.02.01	편즙을 마치고	崔	방정환
新女性	5권 3호	1931.03.15	편즙을 마치고	崔	방정환
新女性	5권 4호	1931.04..20	편즙을 마치고	崔	방정환 송계월
新女性	5권 5호	1931.06.01	편즙을 마치고	崔	방정환 송계월
新女性	5권 6호	1931.07.01	편즙을 마치고	崔	방정환 송계월
新女性	5권 7호	1931.08.01	편즙을 마치고	崔	송계월
新女性	5권 8호	1931.09.01	편즙을 마치고	崔	송계월
어린이	10권 10호	1932.10.20	편즙실에서	영주	
어린이	10권 11호	1932.11.20	편즙실에서	영주	
어린이	10권 12호	1932.12.20	편즙실에서	영주	
別乾坤	제58호	1932.12.01	몽당 鐵筆	泳柱	
新女性	7권 1호	1933.01.01	편즙을 마치고	泳柱	

어린이	11권 3호	1933.03.20	편즙실에서	崔泳柱	
어린이	11권 5호	1933.05.20	편즙을 마치고	최영주	
어린이	11권 6호	1933.06.20	남은 잉크	최영주	윤석중
新女性	7권 6호	1933.06.01	편즙을 마치고	崔泳柱	
新女性	7권 8호	1933.08.01	편집을 마치고	崔	윤봉태
新女性	7권 9호	1933.09.01	우리들의 차지	崔泳柱	윤봉태
新女性	7권 10호	1933.10.01	우리들의 차지	崔	
新女性	7권 11호	1933.11.01	우리들의 차지	崔	
新女性	7권 12호	1933.12.01	우리들의 차지	崔	이정호
新女性	8권 1호	1934.01.01	우리들의 차지	崔	이선희
어린이	12권 1호	1934.01.20	편집을 마치고	崔泳柱	이정호 윤석중
新女性	8권 2호	1934.03.01	우리들의 차지	崔泳柱	이선희
新女性	8권 3호	1934.04.04	우리들의 차지	崔泳柱	이선희
新女性	8권 4호	1934.05.04	우리들의 차지	崔	이선희
新女性	8권 5호	1934.06.01	우리들의 차지	崔	이선희 송경
中央	3권 1호	1935.01.01	編輯餘錄	崔泳柱	
中央	3권 2호	1935.02.01	編輯餘錄	崔	
中央	3권 4호	1935.04.01	編輯後記	崔	
中央	3권 5호	1935.05.01	編輯後記	崔	
中央	4권 1호	1936.01.01	編輯後記	崔泳柱	윤석중
中央	4권 2호	1936.02.01	編輯後記	崔泳柱	윤석중
中央	4권 3호	1936.03.01	編輯後記	崔泳柱	윤석중
中央	4권 4호	1936.04.01	編輯後記	崔泳柱	윤석중
中央	4권 5호	1936.05.01	編輯後記	崔泳柱	윤석중 박노경
中央	4권 6호	1936.06.01	編輯後記	崔泳柱	윤석중 박노경
中央	4권 7호	1936.07.01	編輯後記	崔泳柱	윤석중 박노경
中央	4권 8호	1936.08.01	編輯後記	崔泳柱	윤석중 박노경
中央	4권 9호	1936.09.01	編輯後記	崔泳柱	윤석중 박노경
博文	1집	1938.10.01	編輯室日記抄	崔	
博文	2집	1938.11.01	編輯室日記抄	崔	
博文	3집	1938.12.01	編輯室日記抄		
博文	4집	1939.01.01	編輯室日記抄		

博文	5집	1939.02.01	編輯室日記抄		
博文	6집	1939.03.01	編輯室日記抄		
博文	7집	1939.05.01	編輯室日記抄		
博文	8집	1939.06.01	編輯室日記抄		
博文	9집	1939.07.01	編輯室日記抄		
博文	10집	1939.08.01	編輯室日記抄		
博文	11집	1939.09.01	編輯室日記抄		
博文	12집	1939.10.01	編輯室通信		
博文	13집	1939.12.01	編輯室通信		
博文	14집	1940.01.01	編輯室通信		
博文	15집	1940.02.01	編輯室通信		
博文	16집	1940.03.01	編輯室通信		
博文	17집	1940.04.01	編輯室通信		
博文	18집	1940.06.01	編輯室通信		
博文	19집	1940.07.01	編輯室通信		
博文	20집	1940.09.01	編輯室通信		
博文	21집	1940.10.01	編輯室通信		
博文	22집	1940.12.01	編輯室通信		
博文	23집	1941.01.01	編輯室通信		
新時代	1권 1호	1941.01.01	餘滴	雅	
新時代	1권 2호	1941.02.01	餘滴	雅	
新時代	1권 3호	1941.03.01	餘滴	雅	최영해 임홍은
新時代	1권 4호	1941.04.01	餘滴	雅	최영해 ○○건
新時代	1권 5호	1941.05.01	餘滴	雅	최영해 ○○건 이영근

* 비고 항목은 최영주와 함께 편집후기에 등장하는 이름임.

〔부록 2〕 최영주의 글

필자명	글제목	책명	권호	발간일
靑牛生	三兄弟의 재조내기 (동화)	어린이	7권 2호	1929.02.
崔信福	아름다운 마음 (사실미화)	어린이	7권 2호	1929.02.
푸른소	조선은 이러타	어린이	7권 3호	1929.03.
푸른소	봄 나들이	어린이	7권 3호	1929.03.
푸른소	怪常한 取引〈記者 大出動 1時間 探訪 大京城 白晝 暗行記〉	別乾坤	20호	1929.04.
푸른소	조선은 이러타 (역사)	어린이	7권 4호	1929.05.
푸른소	조선은 이러타 (역사강화)	어린이	7권 5호	1929.06.
푸른소	조선은 이러타 (지식)	어린이	7권 6호	1929.07.
崔泳柱	LK團 水泳團 職業團〈우리들의 放學時代 放學生活 回顧〉	學生	1권 4호	1929.07.
푸른소	조선은 이러타 (지식)	어린이	7권 7호	1929.08.
崔泳柱	가을에 닉는 여러가지 果實 이약이〈가을의 學校(제4막)〉	어린이	7권 7호	1929.08.
崔泳柱	서울 내음새, 서울 맛·서울 情調	別乾坤	23호	1929.09.
푸른소	조선은 이러타 (지식)	어린이	7권 8호	1929.10.
崔泳柱	培材學堂	學生	1권 7호	1929.10.
崔泳柱	同德學校의 創立時代	學生	1권 8호	1929.11.
崔泳柱	새해 아츰에 (입지)	어린이	8권 1호	1930.01.
崔泳柱	미련이 나라 (동화)	어린이	8권 2호	1930.02.
崔泳柱	쉬는 날입니다. 남녀학생들의 봄, 일요일 선용책	學生	2권 3호	1930.03.
崔泳柱	朝鮮 第一 큰 江	어린이	8권 3호	1930.03.
崔泳柱	봄 꽃 이야기	어린이	8권 4호	1930.04.
崔泳柱	내 봄 자미	어린이	8권 4호	1930.04.
崔泳柱	初夏의 小景〈初夏小品〉	어린이	8권 5호	1930.05.
崔泳柱	冠岳山 戀主臺	學生	2권 5호	1930.05.
崔泳柱	學園의 봄	別乾坤	28호	1930.05.
尹芝薰	仁川 月尾島	學生	2권 5호	1930.05.
尹芝薰	登山의 知識 -처음으로 登山하려는 이를 爲하야-	學生	2권 7호	1930.07.
崔泳柱	물! 물! 물!〈여름날의 옛 기억〉	어린이	8권 6호	1930.07.

崔泳柱	방학 동안의 早起會 (실익)	어린이	8권 6호	1930.07.
崔泳柱	해바라기 〈初秋小品〉	어린이	8권 7호	1930.08.
崔泳柱	나와 가을 〈가을 기억〉	어린이	8권 8호	1930.09.
崔泳柱	落葉 자미 〈가을 자미(1)〉	어린이	8권 8호	1930.09.
赤頭巾	年賀狀 쓰는 法 (연말상식)	어린이	8권 10호	1930.12.
崔泳柱	殺人 女罪人의 소리업는 悲鳴	新女性	5권 1호	1931.01.
尹芝薰	平凡한 이 事實	新女性	5권 1호	1931.01.
崔泳柱	호들기	新女性	5권 3호	1931.03.
崔泳柱	허풍선이 이야기 ―동생에게 들려 줄 이야기	어린이	9권 3호	1931.03.
崔泳柱	三月바람 · 여우바람	慧星	1권 1호	1931.03.
泳柱	봄 片景	慧星	1권 2호	1931.04.
南宮桓	모던 女學生 風景	新女性	5권 4호	1931.04.
尹芝薰	모던 女性 十誡命	新女性	5권 4호	1931.04.
崔泳柱	六月雅歌	어린이	9권 5호	1931.05.
崔泳柱	이상한 돈주머니	어린이	9권 6호	1931.07.
崔泳柱	순검과 小波	어린이	9권 7호	1931.08.
崔泳柱	各新聞社會部記者大臥談會	慧星	1권 5호	1931.08.
南宮桓	누가 정말 죽엿는가	新女性	5권 7호	1931.08.
南宮桓	누가 정말 죽엿는가 -解決篇-	新女性	5권 8호	1931.09.
崔泳柱	小波와 그 一生	新女性	5권 8호	1931.09.
崔泳柱	내 사랑하는 順南아 ―S村의 나의 어린 다섯동무들	어린이	10권 2호	1932.02.
崔泳柱	한발자죽 또 한거름 ―S村 다섯동무에게	어린이	10권 3호	1932.03.
崔泳柱	華城春風曲	別乾坤	50호	1932.04.
崔泳柱	봄과 農村女性	新女性	6권 4호	1932.04.
崔泳柱	入學은 햇지만!―누이의 日記에서	新女性	6권 5호	1932.05.
崔信福	全朝鮮幼兒作品展 아기의 그림을 모으면서①	東亞日報		1932.05.27
崔信福	全朝鮮幼兒作品展 아기의 그림을 모으면서②	東亞日報		1932.05.30
崔信福	全朝鮮幼兒作品展 아기의 그림을 모으면서③	東亞日報		1932.05.31

崔泳柱	新綠點描	新女性	6권 6호	1932.06.
崔泳柱	모기장	第一線	2권 6호	1932.07.
崔信福	밤줍기와 감따기	어린이	10권 9호	1932.09.
崔信福	回顧十年間	어린이	10권 9호	1932.09.
崔泳柱	가을 버레	第一線	2권 9호	1932.10.
崔泳柱	어려운 일 내가 합시다	어린이	10권 11호	1932.11.
赤頭巾	쫓겨난 級長	어린이	10권 11호	1932.11.
崔泳柱	門巖洞 집자리	第一線	3권 3호	1933.03.
崔泳柱	에푸릴·풀大會, 거짓말 안는 사람 〈광고〉	別乾坤	62호	1933.04.
赤頭巾	太陽 나라 이야기	어린이	11권 5호	1933.05.
崔泳柱	귀여운 아가를 위하여 ―젊은 어머니에게	新女性	7권 6호	1933.06.
崔泳柱	아가를 위하여―어머니에게 보내는 글	新女性	7권 7호	1933.07.
崔泳柱	어린 딸한테 ; 가을과 편지	어린이	11권 10호	1933.10.
崔泳柱	눈	新女性	7권 12호	1933.12.
崔泳柱	一行 연하장	어린이	12권 1호	1934.01.
赤頭巾	隊商(제1회)―카리푸의 왜가리	新女性	8권 1호	1934.01.
崔泳柱	쥐불 구경	어린이	12권 2호	1934.02.
赤頭巾	隊商(제2회) ―유령선: 아하메트 노인의 이야기	新女性	8권 2호	1934.03.
赤頭巾	隊商(제3회)―팔을 잘린 이야기	新女性	8권 3호	1934.04.
崔泳柱	숩속의 하누님	月刊每申	1934년 4월호	1934.04.
赤頭巾	隊商(제4회)―파토메를 구한 이야기	新女性	8권 4호	1934.05.
赤頭巾	隊商(제5회)―난쟁이 묵크	新女性	8권 5호	1934.06.
崔泳柱	江邊의 회ㅅ바람	四海公論	1권 5호	1935.09.
崔泳柱	南漢山城 飛行同乘記	中央	4권 3호	1936.03.
南宮桓	近郊指南	中央	4권 5호	1936.05.
崔泳柱	北漢登攀記	中央	4권 6호	1936.06.
崔泳柱	어린이날, 희망의 명절 생명의 명절	朝鮮中央日報		1936.5.3
崔泳柱	마름 따먹고 보삼하고 〈즐겁던 여름 放學〉	少年	1권 2호	1937.08
崔泳柱	더 멀리 가보리라 〈한살 더 먹으면, 어렸을 때 나의 결심〉	少年	1권 9호	1937.12

崔泳柱	석류나무	少年	1권 9호	1937.12
崔泳柱	호호 할머님 그 두 분이 〈시방 생각해도 고마운 이〉	少年	2권 2호	1938.02
崔泳柱	艶書	漫畵漫文	1집	1938.08.
崔泳柱	낚시	朝光	4권 8호	1938.08.
崔泳柱	微笑갔는가―悼李定鎬君	文章	1권 6호	1939.07.
崔泳柱	隨筆	文章	2권 3호	1940.03.
崔泳柱	小波 方定煥先生의 略歷	小波全集		1940.05.
崔泳柱	校正	文章	2권 7호	1940.09.
崔泳柱	獨白	文章	2권 9호	1940.11.
崔泳柱	文士部隊와 '志願兵' ―忍苦의 精神과 規律	三千里	12권 10호	1940.12.
主幹	新時代辯―創刊辭에 대신하여	新時代	1권 1호	1941.01.
赤頭巾	무격장수	新時代	1권 1호	1941.01.
勝山雅夫	半島健兒의 精神道場 陸軍兵志願者 訓練所參觀―世紀의 感激	新時代	1권 1호	1941.01.
勝山雅夫	榮譽의 入營을 앞둔 陸軍志願兵訓練座 談會	新時代	1권 2호	1941.02.
勝山雅夫	扶餘神宮御造營勤勞奉仕記 ―聖鍬를 두르고	新時代	1권 3호	1941.03.
赤頭巾	헛수고	新時代	1권 4호	1941.04.
崔泳柱	近郊	文章	3권 4호	1941.04.
赤頭巾	겁쟁이	新時代	1권 5호	1941.05.
勝山雅夫	가을과 登山	新時代	1권 9호	1941.09.
勝山雅夫	감주	新時代	1권 12호	1941.12.

* 『어린이』 7권 3호(1929.3) 수록 「조선은 이러타」의 경우 목차에는 필자가 崔信福임.
* 『어린이』 8권 6호(1930.7) 수록 「물! 물! 물!」의 경우 목차에는 필자가 草童兒임.
* 『어린이』 8권 10호(1930.12) 수록 「연하장 쓰는 법」의 경우 목차에는 필자가 崔泳柱임.
* 『신시대』 1권 9호(1941.9)에 수록된 「가을과 登山」에서 南宮桓과 尹芝薰이 본인임을 밝힘.
* 『신시대』 1권 1호에 나오는 주간은 崔泳柱를 의미함.
* 『신시대』 1권 9호와 12호에 수록된 글의 필자는 '勝山雅夫(崔泳柱)'로 표기됨.

참고문헌

1. 자료

『대중공론』,『만화만문』,『문장』,『박문』,『배재』,『별건곤』,『사해공론』,『삼천리』,『소년』,『신시대』,『신여성』,『어린이』,『여성』,『월간매신』,『제일선』,『조광』,『중앙』,『학생』,『혜성』

『동아일보』,『조선일보』,『조선중앙일보』,『중외일보』,『매일신보』

「朝鮮少年總聯盟京畿道及全南少年道聯盟組織規定發送ノ件」;「(京鍾警高秘 第17542號) 朝鮮少年總聯盟第二會定期大會開催ノ件(1928.12.31.)」;「(京鍾警高秘 第1622號) 朝鮮少年總聯盟ノ通信ノ件(1929.2.7.)」(이상 국사편찬위원회 한국사 데이터베이스)

2. 논저

박철하,『청년운동(한국독립운동의 역사 제30권)』, 독립기념관 한국독립운동사연구소, 2009.

김종수,「일제 식민지 문학서적의 근대적 위상-박문서관의 활동을 중심으로」,『우리어문연구』41, 2011.

박현수,「잡지 미디어로서의『어린이』의 성격과 의미」,『대동문화연구』50, 2005.

신현득,「최영주 : 아동문학 100년에 가장 아름다운 이야기」,『한국아동문학연구』18, 2010.

유석환,「개벽사의 출판활동과 근대잡지」, 성균관대 석사학위논문, 2006.

이명희,「『어린이』자매지『학생』의 의미」,『상허학보』8, 2002.

이상경,「『부인』에서『신여성』까지 : 근대 여성 연구의 기초자료」,『근대서지』2, 2010.

정용서,「방정환과 잡지『어린이』」,『근대서지』8, 2013.

1920년대『어린이』지 독자 공동체의 형성과 변화

이기훈

1. 머리말

1920년대는 젊은이들의 시대이며 격변의 시기였다. 새로운 사상과 생활태도가 밀려 들어오면서 전통과 충돌했다. 근대적 관념들은 새로운 매체들을 통해 급속히 확산되었고, 이를 수용한 젊은, 혹은 어린 세대들이 눈부시게 성장했다.『어린이』는 1920~30년대 가장 많은 독자층을 확보한 잡지였고, '어린이'라는 새로운 세대관념을 확산시킨 중심매체였다. 그만큼 잡지『어린이』나 방정환, 그리고 소년운동의 전략에 대해서는 상당한 연구가 축적되었다.[1]

그런데 정작『어린이』를 읽는 독자들은 그 속에 포함된 근대적인 사고와 민족 관념을 어떻게 수용했을까? 최근 근대 언론 매체의 독자 참여에 대한 관심과 연구는 적지 않았고, 필자도 1920년대『동아일보』독자투

---

[1] 매체로서『어린이』의 성격과 소년운동 및 아동문학에서『어린이』가 차지하는 위상에 대해서는
김정인, 「1920년대 천도교 소년운동의 이론과 실천」, 『한국민족운동사연구』, 73, 2012.
염희경, 「1920년대 아동문학 연구의 현황과 과제—'방정환과 그의 시대'를 중심으로」, 『아동청소년문학연구』, 2008.
박현수, 「잡지 미디어로서『어린이』의 성격과 의미」, 대동문화연구 50, 2005. 등 참조.

고 분석을 통해 근대 지식과 감성이 실제 대중들 사이에서 어떻게 확산되었는지 추적한 바 있다.[2] 미디어로서 『어린이』의 제작과 독자 참여에 대한 연구가 없었던 것은 아니다. 최근 『어린이』를 만든 개벽사의 편집진에 대한 실증적 연구가 이루어졌고,[3] 독자투고에 대해서도 아동문학사에서 기본적인 연구들이 축적되었다.[4] 염희경은 『어린이』의 독자투고를 분석하여 이 소년작가들이 한국 근대 아동문단 형성의 기원을 이루었음을 밝혔고, 이희정, 최윤정 등은 『어린이』, 『별나라』에서 소통 양상과 독자공동체의 형성을 소개했다. 박정석은 『신소년』에서 편집자와 독자, 독자 상호간 소통과 공론장 형성 과정을 분석했다. 그러나 기존 연구들은 독자담화실에서 주고받은 발화 양상이나 내용의 분석을 중심으로 진행되어, 실제 독자투고에 등장하는 수많은 '어린이'들의 의식과 성장을 구체적으로 살펴보지는 못했다.

이 글에서는 『어린이』지의 독자 참여 양상을 데이터베이스화하여 분석함으로써 소년들이 근대적, 민족(주의)적 감성의 체계를 어떻게 수용하고 공감하는지, 또 그들의 성장 과정에서 어떤 변화를 겪게 되는지 추적해 보고자 한다. 참여한 독자들에 대한 구체적 분석을 통해, 발간 주체들의 계몽적 구상을 실제 독자층이 어떻게 받아들였고, 독자들이 성장하

---

2 이기훈, 「1920년대 언론매체와 소통공간―『동아일보』의 〈자유종〉을 중심으로」, 『역사학보』 204, 2009, 4쪽.

3 정용서, 「방정환과 잡지 『어린이』」, 『근대서지』 8, 2015. ; 「개벽사의 잡지 발행과 편집진의 역할」, 『한국민족운동사연구』 83, 2013.

4 염희경, 「한국근대아동문단 형성의 '제도'―『어린이』를 중심으로」, 『동화와 번역』 11, 2006.
김영순, 「매일신보 어린이란 '전래동요모집'을 통한 독자와의 소통과 김소운」, 『동화와 번역』 14, 2007.
최배은, 「근대 소년 잡지 『어린이』의 '독자담화실' 연구-'세대 간 소통 양상과 기능'을 중심으로」, 『세계한국어문학』 2, 2009.
이희정, 「1920년대 『매일신보』의 독자문단 형성과정과 제도화 양상」, 『한국현대문학연구』 33, 2011.
최윤정, 「근대 아동 독자의 형성과정 연구」, 『동화와 번역』 25, 2013.
박정선, 「『신소년』 독자담화실의 특성과 기능」, 『어문학』 128, 2015. ; 「근대 소년잡지 『신소년』의 독자투고제도 연구」, 『국어교육연구』 60, 2016.

면서 어떤 지적, 정서적 변화를 겪게 되는지를 분석할 것이다. 등장한 독자들의 성명, 거주지, 연령, 학교나 소년회 등 단체, 관련 인물 등을 모두 수집하고 정리했다. 이로써 개별 독자들의 활동과 상호관계를 추적할 수 있었다.[5] 발간 초기부터 독자 참여의 양상이 크게 변화하는 1931년까지, 1976년 간행된 영인본 『어린이』와 2015년 소명출판에서 새로 발간한 『미공개 어린이』를 모두 대상으로 했다. 비교를 위해 『신소년』, 『별나라』 등의 독자 작품과 담화실도 일부 데이터로 활용했으나 이들 잡지에 대한 본격적인 분석은 후고를 기하고자 한다.

2. 『어린이』 독자 공동체의 형성

1) 잡지 『어린이』의 독자 참여

독자 참여는 『어린이』지 창간부터의 전략이었다. 1917년 간행된 『청춘』에도 현상문예와 독자투고가 있었지만,[6] 『어린이』만큼 다양하고 적극적으로 독자들의 참여를 유도한 사례는 드물다. 그리고 실질적으로 『어린이』지 편집을 도맡아 진행하던 방정환이 독자투고를 적극적으로 유도하는 전략을 구상하고 실행했을 것이다.[7] 독자들의 반응을 확인하는 것은 여러 면에서 필수적이었다. 우선 상업적인 면에서 잡지의 기획이나 연재가 얼마나 호응을 얻는지 확인하고, 독자의 충성도를 높일 수 있는 가장 확실한 방법이었다. 자신의 글이 실리는지 확인하기 위해서

---

5 1920년대 말 일부 호의 경우 독자담화실이 부록에 수록되어 현재 전하지 않는다. 그러나 1930년 8권 2, 3호 등은 독자담화실이 본책에 있어 포함했으며 이 시기에도 다른 방식의 독자 참여는 모두 포함했다.
6 『靑春』11,「特別懸賞文藝」; 『靑春』12호,「讀者文藝」.
7 정용서, 앞의 글, 2013. 참조.

라도 독자들은 다시 잡지를 사야 했다. 계몽적인 목적도 중요했다. 『어린이』의 발행 자체가 천도교 소년운동이 표방하는 근대적 소년 주체를 현실화하는 과정이었다는 점에서, 독자들의 반응을 확인할 필요가 있었다. 방정환은 아동문학가이며, 편집자이면서, 동화구연가요, 소년운동가였다. 즉 현장에서 소년들을 만나고 조직하는 것도 그의 중요한 과제였으니, 독자공동체는 소년운동의 확산을 위해서도 반드시 필요한 과제였다.[8]

『어린이』는 창간호에서부터 '현상 글뽑기'를 시작하여 "感想文, 遠足글, 편지글, 日記文, 童謠 以上 무엇이던지" 지어 보내면 "뽑아서 책 속에 내여 들이고 조흔 賞品을 보내" 드린다고 했다. 독자의 반응이 적었던지 『어린이』 1권 9호에서는 〈나의 소원〉이라는 제목을 주고 모집했다.[9] 본격적으로 독자 작품이 게재되기 시작한 것은 그 다음 호인 1권 10호(1923년 11월)부터였다. 변귀현, 김찬호, 이병관, 한선애, 김군례의 「나의 소원」이 각각 뽑혔다. 현상글 뽑기와 나란히 〈담화실〉 광고를 냈다. "누구에게던지 하실 말슴"을 엽서나 서신으로 보내면 싣겠다는 것이었다. "彼此에 퍽 情다워지는 것이요, 먼 곳에 잇는 모르는 사람과도 意思교환이 되어서 퍽 有益한 것"이라고 목적을 밝히고 있다. 처음부터 편집진과 독자만이 아니라, 독자 상호 교류를 전제로 만들었음을 알 수 있다. 현재 전하는 1권 8, 9호에는 〈독자담화실〉이 없지만, 1권 10호 〈독자담화실〉에 "오래간만에 이 방문을 열었"다고 했으니 1권 7호 이전에 이미 〈독자담화실〉을 개설했음을 알 수 있다.

이후 『어린이』에는 독자들이 투고한 동요, 작문 등을 심사, 선발하여 뽑는 〈뽑힌 글〉, 독자들이 짧은 감상, 의견을 내거나 서로 교류하는 〈독자담화실〉[10], 그리고 1925년 3권 3호부터 독자들이 사진과 이름, 주소,

---

8 방정환과 천도교 소년운동의 계몽전략에 대해서는 1부 1장 및 김정인, 앞의 글, 2012. 참조.
9 염희경, 앞의 글, 2006, 11~12쪽.

나이를 적어 보내면 후면 표지 안에 싣는 〈독자 사진〉, 3권 6호부터 시작된 독자 참여 유머 〈깔깔笑學校〉로 구성되는 독자 참여의 틀이 형성되어 1920년대 내내 거의 그대로 유지되었다.

곧 소년 독자들은 『어린이』에 자신의 작품을 열성적으로 보내기 시작했다. 윤석중, 신고송, 소용수, 서덕출, 이원수 등 『어린이』지 1세대 독자이자, 이후 소년문학계의 주요 작가들이 「작문」과 「동요」, 「독자담화실」에 이름을 계속 올렸다. 『어린이』지의 독자 참여는 1925년 말부터 1926년까지 절정에 달했다. 1925년 11월호에는 독자작문 6편, 입선동요 5편이 소개되었고, 어린이 기자가 쓴 「보고 십흔 인물 상상기」 4편이 실렸다. 〈깔깔소학교〉에는 8명의 독자들이 글을 보냈고, 독자담화실에 등장한 어린이들의 이름만 95명이었다. 작문이나 동요의 선외가작으로 이름만 실린 사람도 각각 40명과 20명이었다. 1926년 2월에는 독자담화실에 소개된 독자의 명단만 107명이었다. 이러다 보니 1926년 후반부터는 독자담화실에 독자들의 이름을 다 쓰지 못하고 "○○○ 외 몇 명"이라는 식으로 소개하게 되었다. 많을 때는 100명을 훌쩍 넘어가기도 했다. 가장 많았던 것은 1929년 7권 3호에서 소년삼태성이 검열로 빠진 것에 대한 불만과 유감을 표시한 독자들이었는데, 모두 398명에 달했다.[11]

한편 독자 사진은 〈씩씩하고 참된 소년이 됩시다〉는 제목을 붙이고 책의 뒷장 앞에 이름, 주소, 나이와 함께 게재되었다. 독자 사진은 원고만큼 많이 실을 수는 없었지만 큰 노력 없이도 독자들이 참여할 수 있는 기회를 주었다. 의외로 이 〈독자 사진〉에 대한 관심이 컸다. 1930년 『어린이』 8권 2호의 독자담화실에서 안주에 사는 독자 이만수는 독자들 가운데 정확하게 세 사람을 지목하여 두 번씩 사진을 냈다고 불평했다.[12] 그는 수년간 『어린이』의 전질을 확인할 수 있도록 모아 놓은 것은 물론이고,

10 3권 5호에 〈휴게실〉로 이름을 바꾸기도 하지만, 대부분 〈독자담화실〉을 유지했다.
11 『어린이』 7권 3호, 70쪽.

꽤 시차를 두고도 사진의 중복을 알아챘던 것이다. 놀라운 열독이다.

1920년대 『어린이』지의 독자집단은 다른 어떤 매체보다 더 충성도가 높고 강력한 유대감을 가지고 있었다. 6, 7년 이상의 애독자가 흔했고, 스스로 자랐다고 생각해 『어린이』를 한동안 보지 않다가도 아무래도 손을 뗄 수가 없어 다시 읽기 시작했다는 독자도 있었다. 『어린이』 독자라면 누구든지 "자기가 자라서 어린이를 그만 보겠다는 생각이 나면 반드시 자기가 바든 리익을 생각해서 다른 독자를 대신 세워야" 한다는 것이었다.[13] 많은 독자들이 수년 간 "『어린이』로 말미암아 만흔 지식과 상식"을 얻었으며 『어린이』가 조선 제일이라고 믿었다.[14] "청년이 되고 쏘 더 오래되야 로년이 되드라도 나의 혼(魂)의 한 가닥은 오래 오래 어린이 나라"에 깃들어 있을 터라고 했다.[15]

2) 방정환과 편집진의 역할

잡지 『어린이』에서 편집자, 집필자로서 방정환의 역할이 중대했음은 말할 필요도 없다. 『어린이』지 독자공동체에서도 어린이들의 방정환에 대한 열렬한 지지와 존경이 큰 역할을 했다. 작가, 편집자, 동화구연가, 소년운동가로서 방정환에 대한 팬덤은 독자들에게 공동체 의식을 키워주는 데 큰 역할을 했다. 『어린이』 또한 독자들을 끌어들이기 위해 방정환을 활용했다. 방정환의 수많은 필명은 혼자서 여러 개의 원고를 쓰지 않을 수 없었기 때문이었지만, 독자들과 편집진이 함께하는 놀이거리가

---

12 이화룡, 김재철, 이상수의 세 사람인데, 현재 남아 있는 자료에서는 실제로 이상수가 4권 8호와 5권 3호, 김재철이 4권 6호, 6권 3호에 두 번 사진을 보내 실린 것을 확인할 수 있다. 이화룡은 1928년 6권 2호의 사진을 현재 확인할 수 있는데, 아마 현재 전하지 않는 1929년도 어느 호에 한 번 더 사진을 보낸 듯하다.
13 전주 김백신, 『어린이』 9권 3호, 73쪽.
14 무산 이화룡, 『어린이』 7권 3호, 71쪽.
15 이원수, 『어린이』 7권 3호, 30쪽.

되기도 했다.[16] 1925년 『어린이』 편집진은 "정드러온 讀者 여러분"들이 기자들의 모습을 상상해 보내도록 했는데,[17] 어느 경우에나 "제일 그리운 方선생님"의 뚱뚱한 풍채가 먼저 나왔다. 한 독자가 썼다는 「方定煥氏 尾行記」도 이 호에 게재되었다.[18]

경성을 찾은 독자들이 실제 편집실을 방문하기도 했다. 수학여행으로 경성에 갔는데 방문하지

[그림 1] 독자가 그린 방정환의 모습 (2권 5호 43쪽)

못해 미안하다는 사연도 적지 않았고, 밀양의 애독자 박해쇠(朴亥釗)는 경성 수학여행 길에 방정환에게 선물하려고 감 한 상자를 가져왔으나 만나지 못하고 남겨 두고 갔다.[19] 방정환의 와병 소식에 옛 독자들까지 나서서 건강 회복을 기원했다.[20] 자신의 생각과 지식이 넓어진 것은 "선생님의 그 정성스러우신 가르치심" 덕분이며, 그 은혜에 눈물로 감사해야 한다는 것이 굳이 이원수만의 생각은 아니었다. "조선의 十萬이나 넘는" 애독자들은 비슷한 정서를 가지고 있었고, 이것이 그들을 묶어주는 강력한 힘 중의 하나였다.[21]

방정환을 중심으로 한 『어린이』 편집진들은 작문이나 동요의 선정에

---

16 『어린이』 1권 8호, 43쪽.
17 「늘 보고 십흔 어린이 記者 人物想像記」, 『어린이』 3권 11호. 33~35쪽. 최경화, 소용수, 전봉종 등 자주 『어린이』지에 투고하는 독자들이 썼다.
18 『어린이』 3권 11호.
19 「편즙실이야기」, 「어린이』 3권 12호, 68쪽. 박해쇠는 그 전호인 3권 11호에 자신의 사진을 보냈다.
20 『어린이』 4권 10호, 68쪽.
21 『어린이』 7권 3호, 70쪽.

매우 엄격했다. 윤석중은 "다른 잡지에는 써 보내는대로 자조 나는대 어린이에는 한달에 한번씩 꼭꼭 보내도" 뽑히지 않는다고 불평했고, 이원수의 이름도 3권 11호의 뽑히지 못한 투고자들의 명단 〈선외가작〉에서 처음 발견된다.[22] 윤복진, 서덕출, 최경화 등 내노라 하는 작가들도 모두 선외가작이었다. 이 호의 입선작은 최순애의 「옵바생각」, 신고송의 「우톄통」, 천정철의 「쟁아」 등으로 가히 명작이라 할 만한 작품들이었다. 윤석중의 불평에 대해 편집진은 "함부로 내이면 무슨 리익이 조금인들" 있겠냐면서 "쌉고 쌉고 추리고 추려서 잘된 것만" 낼 것이니 다른 잡지에 나는 글과 비교하여 자세히 보라고 했다.[23] 또 『어린이』지에 응모하기 위해서는 잡지에 한 장씩 있던 〈독자증〉을 오려 작품과 함께 보내야 했다. 여러 명이 돌려 읽는 경우에는 그 중 한 사람밖에 기회가 돌아가지 않았지만, 많은 어린이들이 저마다 최선을 다해 원고를 보냈다.[24]

　엄격하게 뽑으니 보상도 남달라야 했다. 처음에는 상품을 수여했으나, 2권 4호부터는 메달을 수여해 큰 인기를 끌었다. 현상 공모에서 다른 상품에 당선되어도, 이 "반짝 반짝 빛나는" 메달을 원하는 독자가 많았다.[25] "메달은 돈 주고 살 수 업는 것"이라는 광고는 상상 이상의 효과를 거두었다.[26] 엄선주의는 1920년대 내내 유지되어, 『어

[그림 2] 메달 도안, 『어린이』 2권 4호, 46쪽.

---

22 『어린이』 2권 7호 ; 3권 11호, 27쪽.
23 기자, 「독자담화실」, 『어린이』 2권 7호, 42쪽.
24 〈나의 소원〉이라는 주제 공모 당시부터 독자증을 요구했다. 『어린이』 1권 8호, 39쪽.
25 『어린이』 5권 3호, 63쪽.
26 『어린이』 3권 1호, 46쪽.

린이』를 다른 잡지와 구분했다.

3) 〈독자담화실〉과 독자 교류의 확대

일반적인 매체와 독자의 관계 속에서 이런 충성심이나 애착이 성립할
리는 없었다. 독자들은 어느새 '십만 독자'를 하나의 공동체로 상상하기
시작했다. 정가 5전에서 15전이고, 1년 구독료가 1원 정도였던 『어린이』
를 집에서 구독할 만큼 여유 있는 소년 소녀들은 많지 않았을 것이다.
대신 소년 소녀들은 마을이나 교회의 소년회나 학교에서 돌려 읽었을
것이고, 오빠나 형이 읽어 주는 것을 듣는 독자들도 상당수 있었을 것이
다. '십만 독자' 운운 하는 것은 이런 독자까지 포함하는 큰 공동체를 지
칭한다. 물론 이 가상의 공동체가 조선의 소년 소녀 집단 전체를 대표할
수는 없었고, 독자들도 그렇게 생각하지 않았다. 뒤에 살펴보겠지만, 『어
린이』 독자들은 자신들의 공동체를 조선의 소년 일반보다 앞서 있는 집
단으로 상상했다. 이렇게 구별되는 공동체를 유지하기 위해서는, 그 안
에서 지켜야 할 공동의 지향점과 소통의 방식, 규율을 만들고 확산시켜
야 했다. 그리고 이 과정에 짧은 의견도 쉽게 쓸 수 있는 〈독자담화실〉
이 큰 역할을 했다.

처음에 편집진과 묻고 답하는 것에서 시작했다. 지난 호에 대한 칭찬,
독자의 요청, 방정환 등 '선생님'들에 대한 감사, 필명에 대한 질문이 많
았다. 독자가 방정환에게 직접 묻거나 요구하는 것에는 '方'이라고 하여
방정환이 답했고, 편집이나 기사 작성, 투고 원칙 등에 대해서는 간혹
'기자'들이 답하기도 했다. 그 외의 문제는 모두 '직이' 즉, 담화실지기
의 몫이었다. 담화실지기는 방정환 대신을 자처하거나,[27] "방선생께 말

---

27 『어린이』 3권 9호, 68쪽.

씀할 터"[28]라고 답하곤 했는데, 이정호일 것으로 추정된다.[29] 방정환과 이 정호는 독자 개개인의 신상을 기억하는 세심한 면모를 보이기도 했다. 1925년까지 종로에 살며 글을 보냈던 오정환이 1926년 당진으로 옮겨 가 독자담화실에 편지를 보냈는데, 담화실지기는 언제 당진으로 갔냐고 묻고 있다.[30] 공동체로서 『어린이』라는 의식은 이런 기억과 관심을 통해 강화되었을 것이다.

독자 간 대화나 상호소통이 활발해지면서 공동체 의식 형성을 더 촉 진시켰다. 독자들은 마을이나 학교를 단위로 독자 모임을 만들기 시작 했다. 1925~1926년 각지에서 수 명에서 수십 명까지 참가하는 독자회 가 결성되었다.[31] 울산 병영에 사는 독자 김인석은 일면식도 없지만 서 덕출을 찾아가 교류를 시작했다.[32] 독자들은 우리 지역에 몇 명의 독자 가 있다느니, 독자를 몇 명 늘렸다느니 하는 소식을 전했다. 지역 연락망 이 없다면 알 수 없는 사실이다. 독자회보다 더 큰 범위에서 지역 동인 회가 만들어지기도 했다. 북청군 이망리 공명소년회장이던 이춘단은 북 청의 『어린이』 독자들에게 주소와 성명을 보내면 등사판으로 인쇄해서 배포하여 서로 연락하고 친목을 도모하겠다고 제안했다.[33] 이런 독자 모 임과 네트워크는 경성의 기쁨사니 대구의 등대사, 합천 달빛사, 고성 광 명사 같은 문예결사의 기반이기도 했다.[34] 특히 천도교 소년회를 중심으 로 한 지역 소년운동의 활성화도 『어린이』의 지역 독자모임 활성화에 크게 기여했다.

28 『어린이』 4권 1호, 60쪽.
29 이정호는 1926년부터 개벽사 영업국에서 편집실로 자리를 옮겨 방정환을 도와 일하게 된다. 정용서, 앞의 논문, 2015. 참조.
30 『어린이』 4권 4호, 60쪽.
31 『어린이』 3권 11호 65쪽, 5권 1호 60쪽, 4권1호 61쪽, 4권 2호 62쪽, 4권 11호 60쪽.
32 서덕출, 「새동무」, 『어린이』 4권 9호, 63쪽.
33 『어린이』 4권 4호, 61쪽.
34 『어린이』 5권 3호 62쪽, 4권 1호 60쪽.

〔표 1〕『어린이』지 참여 독자들의 지역 분포

	참여독자 수(명)	참여가 활발한 지역
경성	195	
경기	294	개성(109), 고양(40), 수원(22)
충북	35	충주(15)
충남	60	공주(8)
전북	49	전주(17), 군산(11)
전남	45	광주(9)
경북	129	대구(51), 김천(16)
경남	126	마산(29), 진주(12), 부산 (14)
강원	40	철원(7)
황해	116	해주(17), 장연(17), 재령(14),사리원(12)
평북	132	신의주(20), 의주(17), 구성(12),용천(12), 영변(11)
평남	148	평양(65), 안주(19), 개천(9)
함북	43	성진(20)
함남	129	원산(42), 함흥(23), 북청(21), 이원(12)
계	1,541	

[표 1]은 다양한 형태로 『어린이』에 참여한 독자 1,500여 명의 거주 지역을 행정구역 별로 나타낸 것이다. 제주와 울릉도까지 포함한 전국 각지에서 모두 참여하고 있지만,[35] 천도교의 세력이 강하거나 소년운동이 강력히 전개되는 지역에서 훨씬 활발하다. 서울, 경기는 물론이고 천도교 청년회 지방조직이 일찍 결성되어 활발히 움직인 안주, 개천, 구성 등지에서 많은 독자들이 참여했다.[36] 소년운동이 활발했던 마산이나 진주의 독자 참여가 부산보다 더 많은 것도 이런 상황을 반영한다.

다른 고장 독자들과의 교류는 '조선'의 『어린이』 독자라는 공동체 의식을 강하게 했다. 독자담화실에 자신의 사연과 함께 상세한 주소를 알

---

35 『어린이』 7권 4호, 45쪽.
36 성주현, 「천도교청년회 지방조직의 설립과 운영」, 『한국민족운동사연구』 60, 2009, 133~136쪽.

리는 것은, 서신 교류를 원하기 때문이었다. 1924년 2월호에 처음 사연을 보냈던 김진호는 이후 군산으로 와서 괴롭고 외로운 점원생활을 하고 있다며 자신의 주소를 알렸다.[37] 충남 개천이 고향인 박영래도 오사카에서 외로운 일본생활을 한탄하고 있다.[38] 바뀐 주소를 알리거나, 편지를 보냈는데 반송되어 왔다면서 사연을 묻는 질문들은 꽤 많이 나타난다. 경기도 광주군 실촌면에서 윤영식이 이사했으니 편지 자주 달라는 내용을 보냈고, 역시 경기도 광주 송파시장에 살면서 독자담화실에 편지를 보내던 이태현은, 1925년 신당리로 이사했다면서 바뀐 주소를 독자들에게 알렸다.[39]

한편 친구들의 안부를 확인하거나 연락이 끊긴 친구들을 찾아줄 것을 부탁하는 경우도 많았다. 곽산군에 사는 승정현은 강계로 이사 간 허태운의 안부를 물었고, 군산에서 점원일을 하던 방회문이 개성에서 함께 일했던 이경희를 찾아 서로 주소를 알려주었다.[40] 간혹 행방이 묘연해진 가족을 찾는 경우도 있다. 북간도로 가서 소식이 끊긴 형을 찾는 이순주의 사연이 대표적이다.[41] 1929년 이원수는 함경남도 이원에 살던 하도윤이 세상을 떠났다는 소식에 크게 슬퍼하면서 그곳 독자들에게 확인해줄 것을 부탁했다.[42]

1925년 충주보통학교에 다니던 남상덕이 경남 고성에 살던 김재홍에게서 편지를 받은 후, 「뜻밧게 편지」란 글을 투고했다. 김재홍은 남상덕에게 "우리들의 『어린이』 잡지에서 뇐님의 성함을 뵈온지 오래엿고 이번 작문에 쌥힌 뇐님의 글을 닑고 뇐님을 몹시 그립게" 되었다고 했다.[43]

---

37 『어린이』 2권 11호, 47쪽.
38 『어린이』 3권 6호, 43쪽.
39 『어린이』 4권 5호, 65쪽.
40 『어린이』 3권 11호, 65쪽. ; 4권 6호, 54쪽.
41 『어린이』 4권 4호 60쪽. ; 4권 10호, 65쪽.
42 『어린이』 7권 3호, 71쪽.
43 『어린이』 3권 11호 61~62쪽.

남상덕은 바로 "아아 『어린이』에서 자조 보던 그 金在洪씨"라고 생각했다. 사실 김재홍은 『신소년』에 집중적으로 투고했지만 『어린이』에는 글을 싣지 않았다.[44] 그렇지만 김재홍은 『어린이』 애독자로서 남상덕에게 편지를 보냈으며, 남상덕 또한 김재홍을 『어린이』지의 투고자로 착각할 정도로 그 독자공동체의 힘이 강했던 것이다.

독자들은 『어린이』 독자 마크를 만들어 달라고 요구했다. 여학생은 머리띠나 가방에, 남학생들은 모자에 달고 다니겠다고 했다. 이 아이디어는 태천에 사는 선우만년이 1926년 5월호에 제안한 것인데,[45] 이후 독자담화실에서 폭발적인 지지를 얻었다.[46] 『어린이』 독자인 자신들을 한눈에 다른 어린이들과 구별하고 싶었던 것이다.

3. 1920년대 『어린이』 독자공동체의 규율과 성격

1) '어린이' 세상의 평등과 위계

그러나 편집진들은 『어린이』지의 독자들을 다른 어린이들로부터 구분하는 것을 그다지 탐탁하게 생각하지 않았다. 독자들의 빗발치는 요구에도 불구하고 독자 마크에 대해서는 계속 "연구 중"이라고만 했다. 『어린이』는 조선의 소년들을 결집하는 중심이어야 하지, 구분하는 지표가 되어서는 곤란했다.

중요한 것은 '어린이'들을 어른들의 기존 세계와 분리하는 것이었고, 이는 방정환, 나아가서는 천도교 소년운동이 표방하던 바였다.[47] 『어린

---

44 김재홍은 1924년부터 26년까지 26회에 걸쳐 작품을 실었다. 박태일, 「나라 잃은 시기 아동잡지로 본 부산 경남 지역 아동문학」, 『한국문학논총』 37, 2004, 18쪽.
45 『어린이』 4권 5호, 65쪽.
46 1927년까지 요청이 계속됐다. 『어린이』 5권 3호, 63쪽.

이』지의 독자 참여에서도 이 규칙이 가장 중요했다. 어린이다운 글, 어린이다운 그림, 어린이다운 행동을 요구했다. 그러나 '어린이'답다는 것을 독자들이 바로 이해하기는 어려웠다. 1권 10호 〈나의 소원〉이라는 주제 공모에서 탈락 원고들은 대부분 어린이답지 않다는 것이 탈락 이유였다.[48] 결국 어린이다운 글의 전범은 『어린이』에 실린 작품들이나 편집진의 말과 글투가 될 수밖에 없었다. 어린이들은 독자담화실에서도 담화실지기의 말투를 따라하게 되었다. 언행의 기준 또한 『어린이』가 제시하게 된 것이다.

독자–투고자들은 금세 익숙해졌다. 우선 적당한 소재들을 찾아내기 시작했다. 『어린이』지 편집진들이 추구한 이상적인 '어린이'는 순수하면서도 적극적이고 진취적인 '조선'의 소년들이었다.[49] 이런 감성을 살리는 데는 자연, 가족, 친구, 소년회, 고향과 같은 소재가 좋았다. 독자담화실에서는 항상 '어린이'다운 말투를 쓰되 존댓말을 해야 했고, 비판할 때도 점잖았다. 1924년 독자 이치구는 "고문규씨"에게 "당신이 지으셨다는 동요는 『매일신보』 신년호 현상문예에 실린 부산 황문경씨의 「겨울아침」과 똑 갓트니 엇지된" 일이냐고 꾸짖으면서도 "어른들 세상에는 거짓이 만치만 우리 어린이 세상에는 거짓이 잇서서는 안 되겟습니다. 이 다음에는 주의하시기 바랍니다"라는 점잖은 충고로 마무리하고 있다.[50]

어른 세상과 구별되는 어린이 세상으로서 자신들의 공동체 속에서 독자들은 평등한 관계를 형성했다. 모든 독자들은 서로를 '～씨"로 불렀다. '씨'는 여성들 끼리, 남녀 간에도 문제 없이 사용할 수 있는 호칭이었고, 나이도 큰 상관이 없었다. 1926년 소녀 윤정희와 최순애는 베니스

---

47 김정인, 앞의 논문, 2012. 144~160쪽.
48 『어린이』 1권 10호, 41쪽.
49 방정환 등 천도교 소년운동 주도층의 계몽 운동 전략과 어린이상에 대해서는 이기훈, 앞의 글, 2002. 참조.
50 『어린이』 2권 4호, 44쪽.

의 '이옥희씨'에게 편지를 보냈다.[51] 의령의 손주환도 '윤정희씨'라고 불렀으며 권농동 서창남도 「윤정희씨에게」라는 작문을 보냈다.[52] 이런 호칭은 적어도 1929년까지는 변하지 않았다. 『어린이』 7권 3호의 독자 담화실에는 서로의 호칭을 "간도의 황문선씨", "울산의 안성수씨", "하 도윤씨", 심지어 가명조차 "물망초씨"라고 부르고 있다.[53]

'선생님'들도 어린이에게 존댓말을 썼지만, 편집진, 작가 등 선생님과 '어린이' 사이에 위계가 있었다. 독자-투고자 '어린이'들은 항상 '선생 님'을 의식하지 않을 수 없었다. 『어린이』의 지면은 방정환 등 편집진과 성인 작가 '선생님'들이 쓴 글과 '어린이'들이 쓴 글을 명확히 구분했 다. 뽑힌 글, 입선 동요, 작문, 독자기사 등이 어린이들의 글이었고, 엄격 한 심사와 선발을 거쳤다. '선생님'과 '어린이'의 구분은 처음에는 큰 문제가 없었지만, 초기의 독자-투고자들이 성장하면서 상황이 달라졌 다. 편집진들은 성장한 『어린이』 독자들이 잡지를 떠나 '학생계'에 합류 하는 것을 기대했을 것이다. 그러나 다수의 소년들은 그렇게 이동하지 않았다.[54] 압도적 다수가 보통학교 졸업 이후에는 더 이상 학생이 아니 었으며, 중등학교에 진학한 소수의 독자들도 자신들의 소년문예운동 네 트워크에서 여전히 머무르고자 했다. 전형적인 '어린이/소년' 공간은 만원이었던 것이다.

2) 근대적 개인으로서 '나'—익명에 대한 거부, 진실성의 강조

『어린이』 편집진들은 어린이들이 도덕적이고 계몽된 개인으로 성장하 는 것을 목표로 삼았다. 독자들에게 개인의 개성과 책임, 권리의식을 심

---

51 「어린이」 4권 1호, 59쪽. ; 4권 2호, 59쪽.
52 『어린이』 4권 4호, 65쪽. : 『어린이』 4권 5호.
53 『어린이』 7권 3호, 70쪽. 1929년에는 3호에만 독자담화실이 본권에 실려 전한다.
54 개벽사가 진행하고 방정환이 담당했던 『학생』지의 실패는 이를 단적으로 보여준다.

어주기 위해서, 『어린이』지의 독자투고는 자신이 누구인지를 꼭 밝히도록 했다. 어린이들이 독자공동체에 참여하기 위해서는 주소, 성명, 연령까지 밝혀야 했다.[55] 무기명, 필명, 가명 등은 환영받지 못했다.

이 규율은 독자담화실의 '직이'가 직접 관장했다. 인천 K.Y가 6년 만에 본 친구의 주소를 알려달라고 하자, 당신의 주소 성명을 정당하게 쓰면 알려주겠다고 답했다.[56] 지난 호에 대해 극찬을 해도 이름이 없으면 "성명을 니저 버리면 안 되여요"라는 충고가 따랐다.[57] 필명에 대해서도 부정적이다. 1925년 평안북도 선천읍에서 石泉이 두 번 글을 보냈다. 독자담화실에서 '직이'가 본명을 쓰라고 충고하자, 석천은 사라지고 선천읍에 사는 김명건이 독자담화실과 작문란에 부지런히 글을 올렸다.[58]

투고에서 실명을 중시하는 것은, 독창성의 관념을 심어주기 위한 것이기도 했다. 특히 처음부터 표절은 경계의 대상이었다. 1924년 2월호부터 독자작품 공모에 "남의 것 보고 그리거나 벅기는 것은 낫븐 일이니가 쌉지 아니"한다는 문구가 포함되기 시작했다.[59] 그러나 1920년대 독자 – 지식 소비자들에게 표절 금지 규칙은 무척 낯설었고,[60] 어린 독자 – 투고자들은 이 규칙을 거듭 확인했다. 1926년 한 독자가 다른 잡지에 났던 것을 베껴 보내도 좋은지 물었고, '직이'는 그런 옳지 못한 일이 어디 있냐고 답했다.[61] 독자가 실제로 베낄 의도가 있었다기보다는 표절 금지를 다시 한 번 명확히 하고자 했던 것 같다.

---

55 『어린이』 3권 9호, 68쪽 ; 3권 11호 64쪽.
56 『어린이』 4권 5호, 64쪽, 66쪽. K.Y는 연락이 끊겼던 친구가 일본에 있다는 소식에 주소를 알려 달라고 했지만, 거절당했다.
57 『어린이』 5권 3호, 63쪽.
58 『어린이』 3권 9호 69쪽, 3권 10호 68쪽, 11호 36쪽, 63쪽. ; 4권 2호 59쪽. ; 4권 5호 26쪽. ; 63 쪽. 필명이 전혀 없는 것은 아니지만, 주소 등을 밝혀 누군지 확인할 수 있도록 했던 듯하다.
59 『어린이』 2권 2호, 38쪽.
60 이 시기 『동아일보』 독자투고에서 횡행한 표절 현상에 대해서는 이기훈, 앞의 논문, 2009. 참조.
61 『어린이』 4권 2호. 61쪽.

곧 독자들이 표절을 찾아내고 비판하기 시작했다. 1924년 고영직은 3권 11호 배종환의 「자전거」가 오정환의 작품을 표절했음을 찾아냈으며,[62] 또 다른 독자가 4권 11호 장석중의 「아모나 못할 일」도 표절임을 밝혔다.[63] 『어린이』의 독자공동체 안에서 개인의 독창성을 침해해서는 안 된다는 근대적 의식이 정착하고 있었다.

그러나 『어린이』지 편집진들은 이율배반을 범하고 있었다. 『어린이』지에 '실화'라고 소개했지만 사실은 만들어낸 이야기거나 소설을 번안해서 소개한 경우가 꽤 많았던 것이다. 독자들도 이런 모순을 찾아냈다. 1927년 『어린이』 5권 3호에서 많은 독자들이 번역한 글을 실으면서 번역이라고 밝히지 않은 이유를 물었던 모양이다. 편집진은 좋은 글을 『어린이』에 번역해 내는 것은 소개하기 위해서가 아니라 "독자에게 주는 유익! 그것"이 목적이라고 했다. 크게 감동을 주는 글이라도 다른 나라의 이야기를 번역한 것이라고 하면 그 감동이 약해지므로 "어린 사람 잡지에는 번역이라고 아니 하는 경우가 흔히" 있으며, "『어린이』는 큰 사람의 연구나 참고를 위하는 것이 아닌 고로 어른의 잡지와는 경우가 다른 것"이 많다는 것이다. 궁색한 변명이다. 『어린이』지에는 많은 번역 작품들이 실렸고, 그 작품들을 읽고 감동받았다는 독자들의 소감도 넘쳐난다. 편집진들은 적당한 번안을 통해 아예 실화로 만들어 더 큰 교훈과 감동을 주고 싶었던 것이다.

글에 대한 권리와 책임은 독창성과 진실성을 견지할 때 유지된다. 익명에 대한 거부는 자기 글에 대한 책임을 묻는 것이며, 허구와 진실, 주장과 근거를 구분하고 논리를 전개할 때 의미를 가진다. 『어린이』지 편집진들은 독자들에게 실명을 밝혀서 글의 독창성에 대한 책임을 지라고 요구했지만, 자신들은 계몽적 목적을 위해서라면 허구를 사실로 만들기

---

62 『어린이』 4권 11호, 60쪽.
63 『어린이』 5권 2호, 61쪽.

도 했다. 연구와 참고는 어른들만 하는 것이고, "어린 사람"들은 허구를 사실로 알아도 된다는 논리가 설득력을 가질 리 없었다. 『어린이』지 편집진들만의 문제는 아니었다. 민족적 의무감과 계몽적 강박의 무게에 비해, 이들이 의지할 근대 지식의 축적은 극히 빈약했던 것이다. 독자들도 이런 모순을 눈치채기 시작했다.

3) 민족의식과 감성의 공유—우리『어린이』, 온 조선의 어린이

편집진들은『어린이』독자들에게 '조선'의식을 심어주려고 노력했고, 꽤 성공적이었다. '온 조선'의『어린이』독자라는 인식은 빨리 확산되었다. 특히 독자들의 수가 급격히 늘어나면서 "우리 서로 사랑하는『어린이』十萬명 동무들이여"[64](재령 안병수), "우리 十萬명 동모"[65](평양 박경준), "十萬명이나 되는 독자"[66](당진 오정환), "우리 十萬명 독자"[67](태천 선우만년)라는 표현이 빈번히 사용되었고, 독자들 스스로 동무들을 권고하여『어린이』을 읽게 하는 운동까지 벌여야 한다는 주장이 퍼졌다.[68]

또 주소와 성명을 꼭 쓰도록 하는 방침도, 독자들이 '왼 조선'을 실감하도록 하는 효과를 가져왔다. 앞의 [표 1]에서도 보았듯이, 전국 방방곡곡에서 많은 독자들이 참여하여 서로 교류했다. 독자들은 약 200개 정도의 행정구역에서 편지를 보냈는데, 1914년 조선의 행정구역이 12부 220개 군이었던 점을 고려하면 거의 전 지역이라고 해도 무방할 것이다. 수많은 편지들이 쌓이면서『어린이』지면은 '전조선'에 걸친 독자

---

64 『어린이』 4권 2호, 60쪽.
65 『어린이』 4권 4호, 59쪽.
66 『어린이』 4권 4호, 60쪽.
67 『어린이』 4권 5호, 65쪽.
68 『어린이』 4권 5호, 66쪽.

공동체의 유대감을 형성하는 공간이 되었다. 이 유대감 위에서 전남 해남의 백치선이 함경도 성진에 사는 일면식도 없는 허영만에게 친구의 소식을 물어볼 수 있었다.[69] 재해라도 나면 그 지역 독자들의 안부가 관심이 되었고, 곧 다들 무사하다는 소식을 전하곤 했다.[70]

특히 재난의 소식은 감성적 차원에서 '동포' 의식을 고양했다. "이천만 형제가 다 갓치 마음을 합"하여,[71] "불상한 동모를 구원"하자고 했다. 이와 함께 조선인이라는 의식, 조선 문화에 대한 자각도 나타났다. 우리 어린이에게 우리 조선 문법을 가르쳐 달라거나,[72] 왜 각국 국화 중에 무궁화가 빠져 있느냐[73]는 질문은 조선 의식의 자연스런 성장을 보여주는 사례다.

조선의 여러 지방들에서 온 편지들을 한 지면에 모아 놓는 것도 좋았지만, 타국에서 '고국'을 그리며 보낸 편지들도 우리 '조선 어린이=『어린이』독자'라는 정체성을 더욱 강화했다. 편집진들은 의식적으로 해외 동포 독자들의 편지를 자주 실었다. 1924년 만주 영안현의 이성택은 "그렇지 않아도 한번도 못 가본 내 고국을 그리고 있는 내가 병들어 누어서 저 달을 바라보니 고국 그리운 마음이 가슴을 울리고 눈물이 베개를 적"신다면서, 특히 "고국 안에 계신 동무 여러분"에게 자신의 외로움을 호소하고 있다.[74] 실제로 고국을 떠났다고 해서 항상 슬프거나 외로울 리도 없지만, 대부분 고초를 겪는 '동포' 어린이들의 사연이 많이 실렸다.[75]

1925년 『어린이』 3권 11호에는 「유랑(流浪)의 소조(小鳥)」가 실렸다. 12살에 부모를 잃고 곡마단에 팔려가 세계를 돌아다니며 공연을 하는 소

69 『어린이』 4권 10호, 69쪽.
70 『어린이』 2권 9호 43쪽. ; 1권 10호 44쪽. ; 3권 9호 68쪽.
71 成滉動, 「水害同胞 少年少女 慰問團記」, 『어린이』 3권 8호, 1925.
72 『어린이』 4권 2호에서 박열이 주장했고, 다수 어린이들이 여기에 동조했다. 4권 4호 60쪽.
73 『어린이』 5권 2호 61쪽. 방정환은 넣었으나 삭제되었다고 대답했다.
74 李聖澤, 「고국꿈」, 『어린이』 2권 5호, 25쪽.
75 안시원, 「어린이를 읽을 때 느낌」, 『어린이』 5권 3호, 1927, 61쪽.

녀 이옥희가 머나먼 베니스에서 고국을 그리며 편지를 보냈다는 것인데, 사실 이 기사는 허구일 가능성이 아주 높다.[76] 베니스까지 가게 된 사연도 개연성이 떨어지고, 베니스를 큰 바다 한가운데 섬나라로 묘사한 것도 이야기를 믿을 수 없게 만든다. 게다가 가난한 소녀가 베니스에서 이미 낙엽이 지는 가을에 보낸 편지가, 벌써 10월에 조선에 도착한 것도 있을 수 없는 이야기다. 하지만 독자들의 호응은 컸다. 이국에서 고통받는 외로운 소녀에 대한 동정과 구원의 호소는 이후 몇 개월에 걸쳐 독자 담화실의 주요한 주제가 되었다.[77] 윤정희는 「李玉姫氏에게」라는 편지글을 보냈는데, 그 자신 한 팔이 없는 장애가 있었으니 동병상련의 아픔이 절실했을 것이다.[78]

현실의 조선에서 이옥희보다 슬픈 '애화(哀話)'가 넘쳐 났다. 빚 때문에 팔려간 소녀들은 고사하더라도, 『어린이』 독자들의 실화들도 가슴아프다. 엄한 부모 덕분에 공부는커녕 밖에 나가지도 못하고 시집가라는 성화에 시달리던 김용자나, 생일날이 원수라는 장애 소녀 윤정희가 옥희보다 덜 고통스러웠을까?[79] 「유랑의 소조」는 조선 소녀를 주인공으로 하여, 너무 현실적이지 않으면서도 독자들의 민족적 감성을 고취할 수 있도록 창작 혹은 번안한 허구의 이야기일 것이다. 『어린이』지에서 이런 식의 가공이 매우 빈번히 등장하는데, 민족주의적 자부심을 고취할 때 더욱 급증한다. 『어린이』지에는 「유랑의 소조」보다 더 허무맹랑한 '실화'들도 꽤 등장한다.[80]

---

76 李玉姫, 베니스에서, 「異國哀話 流浪의 小鳥─『어린이』를 통하여 고국에 계신 여러 동무에게」, 『어린이』 3권 11호, 1925, 51~56쪽.
77 『어린이』 3권 12호, 64~65쪽. ; 4권 1호, 59쪽. 「오빠생각」의 작사자인 최순애 또한 위로의 편지를 보내달라고 했다.
78 윤정희는 이 호에 「팔 없는 슬픔」이란 제목의 글을 실었고, 4권 9호에는 생일날이 원수의 날이라는 '생일날'이라는 글을 실었다. 『어린이』 4권 2호, 1926, 59쪽. ; 4권 9호, 1926, 63쪽.
79 『어린이』 2권 2호, 34~35쪽. ; 2권 5호 44쪽. ; 4권 2호, 59쪽, 4권 9호 63쪽.
80 여기에 대해서는 2부 3장 「1920년대 『어린이』지에 나타난 세계와 세계인」에서 상세히 다뤘다.

선생님들의 글에서 소설, 동화, 실화, 기사 등을 구분한 것은, 독자들에게 허구와 사실을 구분하게 하기 위해서였다. 그러나 편집진 스스로이 규율을 어기고 있었고, 이를 눈치챈 독자들도 작문에 그럴듯한 허구를 쓰기 시작했다. 1929년 익산의 윤용순은 태천의 물망초라는 『어린이』 독자에게서 위로의 편지를 받고 당황했다. 자신이 보낸 글은 진짜 경험이 아니라, "추상(推想)으로 쓴 것"이었기 때문이다.[81] 선생님들이 제시한 규율은 흔들리기 시작했다.

4. 성장하는 소년들—독자공동체의 동요와 변화

역설적으로 『어린이』 독자공동체의 동요는 창간호부터 읽어온 1세대 독자-투고자들이 『어린이』의 세계를 이탈하지 않았기 때문이었다. 이들은 잡지를 구독한 지 5~6년, 심지어는 7~8년이 지나도 소년운동과 소년문예의 세계를 떠나지 않았다. 그러면서도 사회 문제에 대해서도 점점 더 많은 관심을 보였다. '성장'의 기미가 역력했던 것이다. 『개벽』의 사회일지 같은 것을 내달라거나 세계 형편 같은 시평을 해보자는 제안은 이들의 사회의식의 성장을 반영하는 요구였다.[82] 사회주의에 대해 점점 관심이 커졌을 것이며, 천도교 소년운동의 노선에 대한 비판적인 시각도 생겼을 것이다.

그러나 『어린이』 독자공동체의 변화를 이념적 좌우 대결의 과정으로 보기는 어렵다. 그보다 자신들의 네트워크를 형성해 온 기존 독자층이

---

81 태천 물망초가 윤용순에게 조선을 아버지로 섬겨달라고 했다는 내용으로 보아, 아버지의 죽음을 다룬 글이었던 듯하다. 물론 윤용순의 부모님은 생존해 있었을 것이다. 『어린이』 7권 3호, 70쪽.

82 『어린이』 3권 9호, 70쪽. ; 4권 6호, 54쪽. 1925년 사회일지를 요구한 변갑손은 당시 16세로 보통학교 5학년이었다. 「씩씩하고 참된 소년이 됩시다」, 『어린이』, 3권 12호.

소년문학과 운동의 세계를 벗어나지 않고서, 기존 독자공동체 내부의 규율과 원칙을 새로운 것으로 대체한 것으로 이해해야 한다. 1세대 독자들은 1920년대 후반 보통학교를 졸업하고 중등학교에 진학했다. 이념적 변화도 변화거니와 이미 자기들끼리의 동인지 활동을 경험한 이들은, 독자와 선생님의 지면 구분과 엄격한 심사·선발에 반발하며 새로운 매체로 이동하여 자신들의 네트워크를 강화하고 있었다.

이들이 새롭게 진출한 잡지(『신소년』이 대표적이다)들은 훨씬 많은 공간을 독자들에게 제공했으며, 기존 작가의 작품과 뚜렷이 구별되지도 않았다. 1927년 1월호를 비교해 보자. 『어린이』 1927년 1월호(5권 1호)에는 입선 동요 8편이 실렸고, 독자담화실을 포함한 독자 공간은 4면에 그쳤다. 이에 비해 『신소년』 1927년 1월호는 동요 15편, 소년시 10편, 작문 2편과 독자담화실을 포함하여 11면이 독자－투고자들의 공간이었다. 소년시의 작가들은 이원수, 지수룡, 송완순, 승응순 등 『어린이』에서 활동하던 소년들이었으며, 담화실에는 송완순, 남상덕, 윤석중, 선우만년, 변갑손 등이 활동하고 있었다.

이들의 교류와 작품 공간의 규율은 『어린이』와 크게 달랐다. 가장 두드러진 것은 호칭이었다. 『신소년』의 소년작가들은 서로를 '～형(님)'이라고 불렀다. '형'의 호칭과 함께 성인 남성의 어투가 일반화되었다. 이들의 나이에 어울리는 호칭이기도 하지만, '형'들의 공간에 소녀들이 끼어들 여지는 없었고, 여성들은 추방되었다. 마초 소년들이 주도권을 장악했던 것이다.

이들은 『어린이』의 규칙 밖에서 "어린이"답지 않게 이야기하기 시작했다. 불과 1년 전, 『어린이』지 독자담화실에서 "같은 어린이 애독자요 같은 생각을 키워가는 같은 일꾼들이니…… 친밀히 교제하여 우리의 사이를 더욱 가깝게 하고 우리의 단결을 더욱 힘있게" 할 것을 약속하자고 했던 승응순은, 1927년 3월 『신소년』의 담화실에서는 "충주 ×형, 나는

君의 반성을 그윽히 바라고" 있다고 하며, 표절에 대한 비판에 참여했다.[83] 『어린이』가 점점 더 굉장히 퍼져가는 것"을 기뻐하고 "제 동무 중에서도 세 사람이나 새로 독자가 되었"다고 자랑한 진잠면 소년주일회의 송완순은,[84] 1년 뒤인 1927년 성진의 변갑손과 『신소년』 지상에서 치열한 비난을 벌인다. 보다 못한 『신소년』 편집자가 그만하라고 말릴 정도였다.[85]

작품도 달라졌다. 1926년 5월 송완순이 『어린이』에 당선된 「故鄕의 팽나무」는,

아아 내 고향의 동구 밧게 서 있는 늙은 팽나무야! ……너의 그늘에 놀면서 내 품에서 자라난 내 몸이 너를 작별하고 온지도 벌써 三년이 지나 이제 또 봄이 되엇스니 타향에 잇슨들 엇지 너의 생각이 간절치 아니하랴. ……물오른 버들가지 꺼서서 피리를 맨들어 동생과 갓치 안저 불든 것도 그 째의 봄이오 사금파리 돈치기로 동모들과 싸호던 것도 그 때의 봄이니 모다가 너의 그늘에서 하던 일이엇고나.

라는 서정적인 글이었다.[86] 『어린이』에 어울리는 소재와 분위기, 어투를 선택한 것이다. 약 7개월 뒤인 1927년 1월, 송완순은 『신소년』 5권 1호에 「朝鮮의 天才여? 나오너라―「功든 塔」을 읽고」라는 시를 싣는다. 이 시에서 그는 조선의 현실을 "주린 자는 울기만 하고 불은 자는 노래만 하고 질알"을 하는 상황이라고 했다. 조선의 천재들이 "녯날의 나포레온과 갓치 용맹스럽게" 나와서 "모―든 것을 새로 맨들고 차저내서 「프로」

---

83 『어린이』 4권 1호, 59쪽. ; 『신소년』 5권 3호, 62쪽.
84 『어린이』 4권 7호, 57쪽.
85 「담화실」, 『신소년』 5권 4호, 63쪽. ; 5권 5호, 60쪽. 표절과 중복 투고를 두고 다툰 것인데, 자세한 내용은 박정선, 2015, 앞의 글 참조
86 『어린이』 4권 5호, 62쪽.

의 주린 자를 배불니 걱정업시 잘 살게" 해야 하며, "「쌀즈와」의 질알을 禁하고 서로 난화먹고 갓치 난화 배호게 힘"써야 한다는 것이었다.[87] 프롤레타리아/부르주아, 주린 자/배부른 자를 극단적으로 대립시키고 있지만, 개혁의 방향은 매우 온건하다. 시의 영감의 원천이 된 「功든 塔」이란 중앙인서관에서 나온 "소년독물(少年讀物)"로, "동서고금 발명 발견가의 피땀 흘리던 이야기"이며 "성공미담"으로 에디슨, 모르스, 스티븐슨, 링컨, 풀턴, 콜럼부스, 김정호, 이순신 등이 주인공이었다.[88] 성공한 부르주아의 모범을 배워 서로 나누고 배우는 사회를 만들자는 논리였으니 사회주의라고 할 수는 없다. 사회주의로 전환한 소년문인들이 『신소년』에 모여들었다고 보기는 어렵다는 것이다. 『어린이』지 편집진의 입장에서는 이들이 『어린이』로부터 이탈한 것이 당연하겠지만,[89] 이들은 『신소년』 등에서 새로운 관계를 구축했고, 이들이 만든 남성적 네트워크는 『어린이』를 도로 장악했다. 1931년 9월 『어린이』의 〈독자담화실〉에서 독자들은 서로를 형이라 부른다. 군산의 차칠선은 평원의 김기주 형님을 찾았고, 북청의 박약서아는 고문서 형에게 주소를 물었다.[90]

성장하는 소년들의 관계 변화를 잘 보여주는 것이 성진 허영만의 사례다. 허영만은 1926년 7월 처음 『어린이』지 독자담화실에 등장한다. 엄격한 심사 탓에 작품이 실리지는 못했지만, 독자담화실을 통해서 사람을 찾아주기도 하고, 의견도 내고, 다른 독자들과 편지와 책을 주고받고, 독자 사진을 싣기도 하면서 1927년 10월까지 부지런히 등장한다.[91] 그런데 그 이후 허영만은 『신소년』과 『별나라』를 무대로 삼았다. 1927년 5월

---

87 宋完淳, 「朝鮮의 天才여? 나오너라―「功든 塔」을 읽고」, 『신소년』 5권 1호, 1927, 63~64쪽.
88 『신소년』 1930. 3월호 후면 광고.
89 1930년 어린이 8권 5호를 〈옛동무호〉라고 하여 1세대 독자들의 글로 꾸민 것도 이들을 새로운 독자층과 완전히 분리하려는 시도였을 수도 있겠다.
90 『어린이』 9권 9호, 54~55쪽.
91 『어린이』 4권 7호, 59쪽. ; 4권 9호, 65쪽. ; 4권 9호 뒷표지, 4권 10호 69쪽. ; 5권 3호 63쪽, 5권 7호 73쪽.

『신소년』에 「거울」이라는 동요를 게재한 이후, 여러 작품을 실었고 담화실에서도 부지런히 활동했다.[92] 또 마을에 『별나라』 성진지사를 차리고 『白衣少年』이라는 잡지를 만들어 보려고 했다.[93] 그리고 이 무렵 마을에서도 본격적으로 소년운동을 시작했다. 1927년 12월 마을에서 석호소년회를 창설하고 위원이 되었으며 성진군 소년동맹에 참여했다. 또 마을에 소년회 부설 강습소를 만들고 학교에 다니지 못한 아동 30여 명을 모아 직접 교사로 나서 가르치기도 했다.[94] 그동안 허영만은 『어린이』에서 『신소년』으로 옮겨 맹활약했던 것이다. 허영만이 1926년에 18세였으니 1928년에는 20세였는데,[95] 아마 보통학교를 졸업하고 향리에서 소년운동에 적극 나선 듯하다. 이는 1920년대 말~30년대 초 지역 소년운동이나 청년운동이 실질적으로 어떤 사람들에 의해 이루어졌는지 잘 보여주는 사례일 것이다. 적어도 이 무렵의 소년/청년들에게 소년문예와 운동은 세상과 접속하는 관점과 네트워크의 가장 중요한 원천이었다. 뒤에서 볼 박해쇠, 황복호, 이화룡은 모두 그 사례들이다.

5. 소년들, 세상 속으로

이제 『어린이』의 독자 참여 공간에서 활동했던 소년 독자/필자들의 구체적인 면면을 살펴보자. 1929년까지 『어린이』지에 5회 이상 투고, 참여한 소년 필자들의 명단은 다음 [표 2]와 같다.

---

92 『신소년』 5권 5호, 59쪽, 63쪽. ; 6권 5호, 76쪽. ; 7권 12호, 47쪽. ; 8권 2호, 53쪽. ; 8권 4호, 53쪽. ; 8권 5호, 50쪽.
93 『조선일보』 1928. 1. 25.
94 『매일신보』 1928. 1. 5.
95 『어린이』 4권 9호 뒷표지.

〔표 2〕『어린이』지 5회 이상 참여 독자

성명	지역 및 소속	횟수	투고연도	비고
강중규	동래보통학교	6	1924~1926	
고영직	고양 불광리	8	1925~1927	
김명건	평북 선천	9	1925~1926	이명 石泉
김봉옥	장연군 장연읍	7	1926~1927	1927년 17세
김연성	개성	6	1923~1925	이명 松岩
김영수	함북 경성	7	1924~1927	
김옥환	충주보통학교	5	1926~1926	
김일송	원산	6	1925~1926	1926년 15세
김장연	평남 강동	5	1926~1927	
김진호	개성→군산→개성	6	1924~1925	1925년 17세
김찬전	평북 구성군	5	1925~1925	
김형두	경남 고성	5	1925~1927	1926년 16세
남상덕	충주보통학교	6	1925~1927	
박호병	일본 오사카	5	1925~1926	
방회문	군산	5	1925~1927	1927년 19세
변갑손	함북 성진	13	1925~1927	1925년 16세
서덕출	경남 울산	21	1924~1927	
서이복	함남 안변	5	1925~1926	
성석훈	경성 삼청동	10	1924~1926	1925년 15세
소용수	경남 진주	8	1923~1926	
승응순	경북 김천	13	1925~1929	
신고송	경남 언양	12	1924~1928	본명 신말찬
안병서	경북 영천	5	1925~1927	
우순익	평남 진남포	5	1925~1926	
윤복진	경북 대구	16	1925~1927	이명 白合花
윤석중	경성 교동보통학교	10	1925~1928	
이병구	경기 수원	9	1925~1929	
이원수	경남 마산보통학교	14	1925~1929	
이응규	경성 죽첨보통학교	6	1924~1925	1925년 15세
이인호	평남 안주	5	1925~1927	

이정구	강원 원산	12	1925~1929	
임동혁	경기 고양	6	1925~1927	
장신성	중국 난징	6	1924~1926	1926년 15세
장중환	황해도 재령	6	1926~1927	
전봉종	함남 북청	9	1925~1926	
정순웅	황해도 해주	6	1925~1926	1925년 15세
조봉하	황해도 안악	5	1923~1926	
채봉남	황해도 은율	6	1926~1927	
천정철	경성 안국동	6	1925~1927	
최경화	평남 안주시	21	1925~1927	
최순애	경기 수원	11	1925~1926	1927년 14세
최의명	경성수하동보통학교	5	1925~1926	1926년 16세
최재이	경기 포천	5	1926~1926	
현용택	경남 창원	5	1924~1925	
황복호	경기 광주	6	1925~1926	
황성일	함남 이원	5	1926~1927	

　　일반적으로 투고 기간은 2~3년 정도이며 1925년에서 1927년 사이가 가장 많다. 결호가 많고 독자담화실이 부록에 실려 전해지지 않은 기간이 있지만, 1925년~1927년이 최전성기라고 할 수 있다. 윤석중, 윤복진, 서덕출, 신고송, 이원수, 이정구, 승응순, 송완순 등 아동문학 작가들이 대거 등장한 시기이기도 하지만, 전문적인 아동문학가가 되지 못한 독자-투고자들도 소년문학에 대한 열정을 버리지 못했던 것이 또 이 시기의 특징이다. 어떤 면에서는 방정환이나 『어린이』지 편집진들의 기대 이상의 성과를 거둔 것이기도 하지만, 그렇다고 방정환이 의도한 대로 성장하지도 않았다. '어린이' 세계는 쉽게 현실과 분리되지 않았고, 소년들은 아주 '순수'할 수 없었다. 아동문학을 포기하지 않는 이들도 있었으나, 제국주의의 관료가 되기도 했고, 현실 속으로 사라지기도 했으며, 의외의 선택을 하기도 했다. 그 사례들을 살펴보자.

1) 소년들, 아동문학의 전성시대를 열다

1세대 독자들 중 일부는 소년문학가나 운동가로 두각을 나타냈다. 윤석중이 대표적이다. 윤석중은 1924년 소용수, 이원수, 신고송, 윤복진, 서덕출, 승용순, 최순애, 이정구, 최경화, 서이복 등과 함께 기쁨사를 만들었다.[96] 지역과 신분의 고정관념에 갇힌 기성세대와 다른 새로운 세대의 동인조직을 만들었던 것이다. 그러나 곧 변화가 찾아왔다. 1928년 겨울 『어린이』지에는 진주, 마산을 거쳐 언양까지 윤석중이 동인들을 찾아가는 여행길을 그린 기행문이 실린다.[97] 그 중에서도 신고송과 함께 서덕출의 집에서 보낸 시간에 대한 묘사는 아주 흥미롭다. 신고송이 서덕출의 동생과 뛰놀고 윤석중 자신은 서덕출의 비밀잡기장을 가지고 장난치며 밤에는 미래의 희망에 대해 이야기하다 친구와 함께 잠이 들었다. 다음날 점심 세 친구는 다 각각 검은테 안경를 쓰고 앞뜰에 앉아서 기념사진을 찍었다. "동무의 참마음을 들여다볼 수 있는 마음의 안경"이라는 것이었다.[98]

이 그룹이 『어린이』를 떠날 무렵의 풍경이었다. 윤석중은 1926년 이후 일간 신문에 투고하기 시작했고, 1928년에는 『어린이』지에서도 기성작가 대우를 하기 시작했다. 윤복진도 1926년 12월 이후 본격적으로 『동아일보』 등에 동화와 동요를 발표하기 시작했다. 모두 사회주의 이념에 관심을 가지기 시작한 것도 이 무렵이었으며,[99] 왕성한 활동을 보이던 소년작가들은 『신소년』에서 더 자주 보이기 시작했다. 이정구도

---

[96] 윤석중, 「자유를 노래한 봄편지」, 『경향신문』 1980. 3. 29
[97] 윤석중, 「선물로 드리는 나그네 '색상자'」, 1928, 64~65쪽.
[98] 사진은 『경향신문』 1980. 3. 29(5)과 『매일경제신문』 1990. 1. 26(8)의 윤석중 회고에 각각 실려 있다. 상태가 좋은 『매일경제신문』의 사진을 활용했으나 사진의 내용은 『경향신문』이 정확하다. 신고송을 언급하는 것 자체가 금기시되던 때라 가운데 인물이 신고송이라는 사실은 어디에도 밝혀져 있지 않다.
[99] 노경수, 「윤석중연구」, 단국대학교 박사학위 논문, 2009.

1926년 『동아일보』에 「느진 여름 저녁」을 발표했고, 진주고보에 진학한 소용수는 1927년 『조선일보』에 「제비」를 발표했다.[100] 대구사범에 진학한 신고송은 1926년 『동아일보』에 「옵바를 차저서」란 동화시를 발표했으며 성석훈도 1927년 이후 『조선일보』에 동시를 발표하기 시작했다. 보성고보를 다니게 된 승응순은 점차 극작과 민요, 대중가요로 관심을 옮기게 되었다.[101]

[그림 3] 1928년 서덕출의 집에서 찍은 사진. 왼쪽부터 윤석중-신고송-서덕출(『매일경제신문』 1990. 1. 26)

　박해쇠는 사회주의 소년운동과 문예활동에 투신했다. 1925년 수학여행 길에 방선생님을 뵈려고 개벽사까지 찾아왔던 소년은, 사회주의 소년운동가가 되었다. 조선소년총연맹 경상남도 연맹의 중앙 상무 서기가 되었고,[102] 1928년 11월 일제 경찰에 구속되었다가 1929년 6월 석방되었다. 1929년 10월 석정이라는 필명으로 「유치장에서」를, 본명으로 「침묵」을 동시에 발표한 이후 본격적으로 프롤레타리아 문예운동에 참여한 것이다.[103] 박해쇠 외에도 『어린이』를 통해 민족적 정체성을 강화했던 많은 소년들은 소년운동 내지 청년운동

---

100 『조선일보』 1927. 9. 25. 이후 소용수(蘇瑢叟)는 1934년 와세다대학 전문부 법과를 졸업하고 1938년부터 만주국에서 고등관으로 근무하다 1943년 사망한 듯하다. 민족문제연구소, 『친일인명사전』, 2009.
101 김천 출신인 승응순은 김능인(金陵人)이라는 필명을 사용했는데, 가요 「타향살이」의 작사가다.
102 『동아일보』 1927. 11. 1 : 『동아일보』 1928. 7. 11.
103 「유치장에서」는 그의 1947년 시집 『凱歌』에 수록되어 있다. 「지역문학 발굴자료 박석정 시집 『凱歌』」, 『지역문학연구』 2003. 박성정은 해방 이후 월북했다. 차민기, 「박석정(朴石丁)의 삶과 문학」, 『지역문학연구』 7, 2001.

에 투신했고, 1930년대 초반 사회운동의 강력한 기반이 되었다.

2) 사라진 소년문인들

억압과 장애로부터 해방을 꿈꾼 독자들 가운데 대부분의 흔적은 찾을
수 없다. 경기도 광주의 황복호는 홀어머니를 모시고 근근히 살아나가
는 처지라 공부해 보는 것이 꿈인 소년이었다. 1925년 무렵 「나의 소
원」, 「불상한 동모」 등의 글이 당선되고 「활대장」이라는 동화까지 실렸
던 재능 있는 소년에게 글쓰기는 해방을 위한 수단이었을 터였다. 그러
나 그가 이후 어떻게 살아갔는지는 알 수 없다.[104]

이화룡은 좀 더 복잡하고 극적인 경우다. 함경북도 삼수군 삼장면에서
는 1930~31년 무렵 이화룡(李華龍, 李化龍), 이고월(李孤月), 이활용(李活湧),
이소암(李小岩) 등이 글벗社라는 문예운동조직의 동인으로 활동했다. 경
찰이 1930년 3월 이화룡의 집을 수색하고 서적과 서신을 압수하면서
『글벗』의 창간은 무산되었지만,[105] 이에 좌절하지 않고 『파랑새』라는 새
잡지를 다시 내고자 했다.[106] 이화룡, 이고월의 이름으로 많은 작품들이
『별나라』, 『신소년』, 『동아일보』 등에 발표되었고, 여러 소년 문인들과
서신을 주고 받았다.[107] 이들의 잡지 간행이 어떻게 되어 가는지 궁금해
하는 사람들도 많았다.[108] 그런데 '글벗社' 혹은 그 후계인 '파랑새社'는
사실 이화룡의 1인 단체였을 것이다. '활용'이 화룡을 살짝 바꾼 이름인
것은 쉽게 알 수 있거니와, '소암'이나 '고월'도 전형적인 필명이다. 경
찰의 수색이나 야학 활동에 대한 기사도 있는데, 이화룡 외에는 삼장면

---

104 『어린이』 3권 7호, 44쪽. ; 3권 12호, 62쪽. ; 4권 11호, 17~19쪽.
105 『동아일보』 1930. 3. 10 (3)
106 『별나라』 1931. 5, 20쪽.
107 이화룡은 다른 소년문인들과 친목회를 결성하기도 했다. 『신소년』 31. 1월호, 50쪽.
108 『신소년』 31년 1월호, 49쪽.

에서 다른 어떤 인물도 등장하지 않는다.[109]

이화룡은 매체에 따라 다른 필명을 사용했다. 『동아일보』에는 이화룡의 이름으로 서정적인 동요들을 투고했으며,[110] 『어린이』의 독자담화실에서도 주로 이화룡으로 활동했다. '이고월'은 『신소년』에도 몇 작품을 보냈지만, 1931년 이후 주로 『별나라』 같이 사회주의 성향이 강한 잡지에 반동 작품을 청산하자는 류의 계급주의적이고 공격적인 평론을 썼다.[111] 사실 이화룡은 소년문인들의 또래가 아니었다. 이화룡은 1928년에 이미 20세였는데,[112] 이때부터 문예활동을 본격적으로 시작했다. 덕분에 청년은 소년문단을 떠나라는 비난을 받았다. 여러 필명을 사용하면서 1인 결사를 운영하고 문집을 내며 소년문예 활동을 계속하려 했지만, 문학적 재능과 사회적 교류, 추진력의 모든 면에서 역부족이었던 듯하다. 1932년 『소년세계』에 투고했던 「유랑의 나그네」가 표절작품이었다는 사실이 밝혀지고 비난을 받았다.[113] 표절과 미심쩍은 동인지, 소년을 자처하기에는 너무 많은 나이 등의 문제가 겹치면서 그는 소년들의 세계를 떠나야 했다. 이화룡은 1934년 무산 명륜학교 합격자 명단에 다시 이름이 나온다. 여전히 그는 길을 찾고 있었던 모양이다.[114]

가장 극적인 사례는 최예호(崔禮昊)일 것이다. 1926년 『어린이』 4권 11호에는 의주사범학교가 주소인 소년 최예호가 왜 지난 호에는 동요를 안 뽑았는지, 낼 만한 것이 없었는지 문의했다. 아마도 동요를 지어 보낸 모양이었다.[115] 사실 최예호는 독자증을 첨부해 글을 보낼 여유도 없는

---

109 이화룡이 혼자 '글벗사', 혹은 '파랑새사'를 운영하며 소년 문인들과 서신을 교환하는 수준에 머물렀기 때문에 경찰서에 연행되었을 때도 금방 풀려날 수 있었을 것이다.

110 『동아일보』 1920. 9. 5(5)

111 『별나라』 31. 5월호, 45쪽. ; 「별나라」 32. 1월호, 38~39쪽.

112 『어린이』 1928년 9월호에는 20세 하이칼라 청년인 그의 사진이 실렸다.

113 蔡夢笑, 「李孤月君에게」, 『별나라』 32년 1월호, 1932, 40~42쪽.

114 『동아일보』 1934. 4. 6 해방 이후 남한의 휩쓸었던 폭력단의 이화룡은 평안도 출신의 인물로 동명이인이다.

115 『어린이』 4권 11호, 60쪽.

가난한 소년이었다. 나이도 꽤 많았다. 1923년 당시 17세였던 보통학생 최예호는 공부하러 갔다 오다 빈혈로 쓰러져 급히 병원으로 옮겨졌다. 영양실조에다 무리한 탓에 쓰러진 것이었다.[116] 의주사범학교도 학생이 아니라 급사로 있었지만 꽤 신뢰를 쌓았고, 1927년 3월에는 『신소년』 5권 3호에 「죽은 동생」이라는 동요도 실었다. 그런데 1927년 10월 12일 오전 최예호는 종적을 감췄다. 그것도 학교의 공금 640엔을 찾아서 그대로 사라진 것이다. 동생에게 일본으로 유학가겠다는 편지를 써 두어 수색대는 모두 남쪽을 찾았으나 실제로는 만주로 떠났다.[117] 그의 종적은 찾을 수 없었다. 소년들은 식민지의 청년들이 되었다.

6. 맺음말

1899년생 방정환은 20대 초반에 『사랑의 선물』을 썼고, 잡지 『어린이』를 만들었으며, 어린이날을 제정하고 천도교 소년운동을 이끌었다. 1909년 동갑나기 허영만과 이화룡은 20살에 마을 소년동맹 위원이 되고 야학을 이끌었으며, 혼자 동인지를 만들고 소년 잡지에 투고했다. 환경과 재능의 차이도 있었겠지만, 방정환의 선생님 세대와, 『어린이』 독자 세대의 사이에는 크나큰 차이가 있었다. 방정환은 천도교 계몽운동의 전략적 선택으로서 소년운동과 아동문학을 '선택'했다. 그러나 그의 독자들에게 소년회, 『어린이』, 소년문학은 척박한 환경 속에서 계몽된 세계로 나아가는 길로서 '주어진 것'이었다. 우리는 이미 식민지 지식청년의 일기를 통해 농촌에 고립된 젊은이들이 문명화된 미디어나 출판물

---

116 『동아일보』, 1923. 12. 24.
117 『매일신보』, 1927. 10. 24.

에 대해 가지는 열망을 알거니와,[118] 1920년대 소년소녀들에게 『어린이』
는 그 이상의 의미를 지녔다.

『어린이』는 독자들에게 민족적 정체성과 함께, 현실적인 네트워크를
통해 '근대' 세계에 접속하는 길을 제시했다. 지역의 소년운동에 참여하
게 했고, 매체를 통해 작품을 발표하는 근대 문학 제도를 경험하게 했다.
『어린이』를 통해 독자들은 새로운 정보와 윤리와 문학의 문법을 배우는
한편, 판타지에 대한 욕구도 충족할 수 있었다. 독자 네트워크는 이들이
고립에서 벗어나 새로운 세대로 성장할 수 있는 기회를 제공하는 것이
었다. 1920년대 소년들의 잡지 『어린이』에 대한 열독, 그리고 소년문학
에 대한 상상 이상의 열정은 여기에 기인하는 것이었다.[119] 당연히 소년
들은 이 네트워크의 지속과 성장을 기대했지만, 소수만이 아동문학의
세계에 남았으며 그조차 그들의 기대와 다를 수밖에 없었다. 그것이 그
시대, 성장의 사회적 특징이었다.

---

118 이타가키 류타 저, 홍종욱·이대화 옮김, 『한국 근대의 역사민족지—경북 상주의 식민지 경
    험』, 혜안, 2015의 제5장 참조.
119 중요무형문화재 1호이며 국립국악원장을 역임했던 성경린은 1911년생으로 자신의 어린 시절
    에 『어린이』가 좋은 친구였으며 동요와 작문을 열심히 기고해 메달을 3개나 탔다고 회고했다.
    남아 있는 『어린이』지에는 그의 작품이 전하지 않으므로, 17세인 1928년 이후 투고했다고 봐
    야 할 것이다. 실제 그는 1932년 송영, 신고송, 송완순 등과 함께 『소년문학』 동인으로 참여했
    다. 『경향신문』 1973. 5. 26.

참고문헌

김영순, 「매일신보 어린이란 '전래동요모집'을 통한 독자와의 소통과 김소운」, 『동화와 번역』 14, 2007.

김정인, 「1920년대 천도교 소년운동의 이론과 실천」, 『한국민족운동사연구』, 73, 2012.

박정선, 「『신소년』 독자담화실의 특성과 기능」, 『어문학』 128, 2015.

_____, 「근대 소년잡지 『신소년』의 독자투고제도 연구」, 『국어교육연구』 60, 2016.

박태일, 「나라 잃은 시기 아동잡지로 본 부산 경남 지역 아동문학」, 『한국문학논총』 37, 2004.

박현수, 「잡지 미디어로서 『어린이』의 성격과 의미」, 대동문화연구』 50, 2005.

성주현, 「천도교청년회 지방조직의 설립과 운영」, 『한국민족운동사연구』 60, 2009.

염희경, 「한국근대아동문단 형성의 '제도' - 『어린이』를 중심으로」, 『동화와 번역』 11, 2006.

_____, 「1920년대 아동문학 연구의 현황과 과제―'방정환과 그의 시대'를 중심으로」, 『아동청소년문학연구』, 2008.

이기훈, 「1920년대 '어린이'의 형성과 동화」, 『역사문제연구』 8, 2002.

_____, 「1920년대 언론매체와 소통공간―『동아일보』의 〈자유종〉을 중심으로」, 『역사학보』 204, 2009.

이희정, 「1920년대 『매일신보』의 독자문단 형성과정과 제도화 양상」, 『한국현대문학연구』 33, 201.1

정용서, 「방정환과 잡지 『어린이』」, 『근대서지』 8, 2015.

_____, 「개벽사의 잡지 발행과 편집진의 역할」, 『한국민족운동사연구』 83, 2013.

_____, 「일제하 『어린이』 발행과 편집자의 변화―미공개 『어린이』 28책을 읽고」, 『근대서지』 15, 근대서지학회, 2015.

차민기, 「박석정(朴石丁)의 삶과 문학」, 『지역문학연구』 7, 2001.

최배은, 「근대 소년 잡지 『어린이』의 '독자담화실' 연구-'세대 간 소통 양상과 기능'을 중심으로」, 『세계한국어문학』 2, 2009.

최윤정, 「근대 아동 독자의 형성과정 연구」, 『동화와 번역』 25, 2013.

원문 출처

제1부_ 방정환, 그의 시대와 문학

이기훈, 「1920년대 '어린이'의 형성과 방정환의 소년운동」: 「1920년대 '어린이'의 형성과
　　　동화」, 『역사문제연구』 8, 2002

염희경, 「숨은 방정환 찾기―방정환의 필명 논란을 중심으로」: 한국아동청소년문학학회,
　　　『아동청소년문학연구』 14호, 2014.6.

염희경, 「방정환의 번안시 「어린이노래―불 켜는 이 연구」: 한양대학교 동아시아문화연구
　　　소, 『동아시아문화연구』 61집, 2015.5.

염희경, 「'소설가' 방정환과 근대 단편소설의 두 계보」: 한국아동청소년문학학회, 『아동청
　　　소년문학연구』 13호, 2013.12.

제2부_ 『어린이』를 만든 시대, 『어린이』가 만든 시대

정용서, 「개벽사의 잡지 발행과 편집진의 변화」: 「개벽사의 잡지 발행과 편집진의 역할」,
　　　『한국민족운동사연구』 83, 2015.6.; 「1930년대 개벽사 발간 잡지의 편집자들」, 『역
　　　사와 실학』 57, 2015.8.

정용서, 「방정환과 잡지 『어린이』의 편집자들」: 「방정환과 잡지 『어린이』」, 『근대서지』 8,
　　　2013.12.; 「일제하 『어린이』의 발행과 편집자의 변화」, 『근대서지』 12, 2015.12.

이기훈, 「1920년대 『어린이』지에 나타난 세계와 세계인」: 미발표.

정용서, 「최영주의 소년운동과 잡지 출판」: 「최영주(1906~1945)의 소년운동과 출판활
　　　동」, 『수원역사문화연구』 3, 2013.12.

이기훈, 「1920년대 『어린이』지 독자 공동체의 형성과 변화」: 『역사와 현실』 102, 2016.
　　　12.

찾아보기